Pierre Naudin

Pierre Naudin est né en 1923 à Choisy-le-Roi.
Journaliste, puis rédacteur en chef pour divers journaux et magazines, il a publié des essais et plusieurs romans, parmi lesquels *Les mauvaises routes* (1959), unanimement salué par la critique. Fasciné par le XVIe siècle et ses chroniqueurs, notamment Jean Froissart et Jean Lebel, il entreprend à la suite d'un minutieux travail de recherche, la rédaction du *Cycle d'Ogier d'Argouges* (7 tomes), du *Cycle de Tristan de Castelreng* (7 tomes) et du *Cycle de Gui de Clairbois* (9 tomes).
Ainsi, depuis 1978, ces fresques de feu, de fer et de sang, ces épopées historiques sans équivalent, ressuscitent de façon magistrale et jusqu'en leurs moindres détails les turpitudes de la guerre de Cent Ans, les ombres et les lumières de la France et de l'Europe médiévales.
Membre éminent de l'Académie royale des beaux-arts et des sciences historiques de Tolède, Pierre Naudin donne régulièrement des conférences dans les universités d'Europe.

LES CHEMINS DE LA HONTE

2 - À LA GRÂCE DE DIEU

DU MÊME AUTEUR

CHEZ POCKET

Cycle d'Ogier d'Argouges :

Les lions diffamés
Le granit et le feu
Les fleurs d'acier
La fête écarlate
Les noces de fer
Le jour des reines
L'épervier de feu

Cycle de Tristan de Castelreng :

Les amants de Brignais
Le poursuivant d'amour
La couronne et la tiare
Les fontaines de sang
Les fils de Bélial
Le Pas d'armes de Bordeaux
Les spectres de l'honneur

Cycle de Gui de Clairbois :

Les fureurs de l'été
L'étrange chevauchée
Les chemins de la honte : Un vent de guerre
Les chemins de la honte : À la grâce de Dieu
Le bâtard de Clairbois
Le champ clos de Montendre : Les pèlerins du devoir
Le champ clos de Montendre : L'épée dans l'herbe

PIERRE NAUDIN

CYCLE DE GUI DE CLAIRBOIS

IV

LES CHEMINS DE LA HONTE

2 - À LA GRÂCE DE DIEU

AUBÉRON

À Jacques Broquin
en hommage moins lige qu'amical

ISBN 978-2-266-15566-3

Pour participer, sans passion, à la croisade contre les Turcs, Gui de Clairbois, au service du maréchal de France Jean II le Meingre, dit Boucicaut, a quitté toutes les personnes auxquelles il était attaché : sa mère, Luciane de Castelreng et son amie, Ermeline de Montsurvent, et surtout la gracieuse Héloïse qu'il a connue à Tours et décidé d'épouser.

Réunie à Dijon, l'immense armée franco-bourguignonne, chemine vers son destin dès le dimanche 30 avril 1396. D'emblée, elle se signale à l'attention de Gui par ses carences, son indiscipline, ses vices et la présomption de ses chefs : Jean, comte de Nevers, fils de Philippe le Hardi, duc de Bourgogne ; Philippe d'Artois, comte d'Eu, connétable de France ; Boucicaut et maints hauts seigneurs dévoyés.

Commence alors, pour le jeune chevalier du Maine, un long voyage à travers l'Europe. Un voyage dont il craint qu'il ne soit sans retour.

PREMIÈRE PARTIE

QUI SÈME LE VENT*...

* Bayézid avait été surnommé *Yildirem*: l'Éclair, en raison de sa promptitude à se déplacer pour obtenir ses victoires. Cependant, ses guerriers l'appelaient aussi *la Tempête*.

I

Gui ne comptait plus les jours. À quoi bon. Ce qu'il savait, c'était qu'il avait traversé maints pays depuis Paris et récemment, selon Jean de Nevers et la plupart de ses intimes, la Blaquie et la Molcabie[1], ce que contestaient certains capitaines ainsi que frère Théodore. Qu'importait ! Après avoir suivi de près ou de loin le cours de la Dunoe, on allait atteindre les lieux où les croisés traverseraient le fleuve pour chevaucher et piéter au-devant des Mahoms.

— Elle est belle, coie et serie[2], commenta un matin Boucicaut en désignant la vaste étendue d'eau dont le flot verdâtre aux remous de jaspe et d'azur allait se perdre dans une mer turque.

— Sommes-nous loin, messire, demanda Gui, du havre où nous devons escliper[3] ?

— Il paraît qu'on s'en approche.

Le maréchal mit son cheval au trot et s'en alla vers l'avant pour se réintégrer dans la communauté des chefs qui, derrière le comte de Nevers, parolaient sans trop élever la voix, ni accorder le moindre intérêt à un pays dont le prolongement serait un champ de mort.

1. Valachie et Moldavie.
2. Coite et sereine.
3. Embarquer.

Sigismond et son ost étaient soi-disant loin. On savait que le roi avait envoyé des coureurs en avant afin d'observer les déplacements des Turcs. Ils n'avaient apparemment rien vu. La circonspection des Hongres avait eu pour effet, auprès des capitaines, d'être qualifiée de couardise. On disait même que leur despote n'avait aucune ose [1] et que son plus grand désir était d'éviter la bataille.

« Calomnies ! » s'indignait Gui. Mais n'était-il pas seul à le penser ?

On apprit qu'Enguerrand de Coucy avait été désigné par Nevers pour le représenter auprès de Sigismond lorsque la nécessité s'imposerait. Il stimulerait le roi pour obtenir de lui et de ses hommes un assaut à outrance sitôt en vue des Turcs. Et le puissant seigneur picard de commenter :

— L'ennemi découvert, nous lui courrons sus omniement [2].

Le bruit s'était répandu jusqu'à l'écuyerie et le dernier rang des Hospitaliers que le comte d'Eu, furibond de voir Coucy exhaussé au même niveau que lui, ne décolérait pas. Il avait annoncé qu'il se refuserait à obéir à la moindre suggestion de Sigismond comme au plus petit de ses mandements. N'était-il pas le connétable ? N'était-il pas l'homme qui devait conduire l'armée à la victoire ?

La marche se poursuivait sur la rive senestre de la Dunoe. On sut qu'une partie de l'armée honguerienne avait obliqué vers le nord pour incorporer les forces vassales de la Blaquie et de la Transylvanie, peu décidées à affronter les Turcs. On sut aussi que, sans doute pour déjouer les manœuvres des déserteurs, Sigismond menait l'arrière-garde.

1. Audace. Les observateurs de Sigismond étaient allés jusqu'à l'Hellespont sans rien apercevoir de l'armée turque.

2. Tous ensemble.

Et l'on marchait !

Cette contrée aux reliefs troubles, aux forêts propices à des embûches, aux terres tantôt brunes, tantôt roussâtres, n'éveillait en Gui aucun émoi : il en avait tellement vu de semblables ! Ses compagnons, eux aussi, ne lui accordaient aucun intérêt. Parfois, dans un azur dépourvu d'alcyons, des corbeaux tournoyaient, criant leur déplaisance de voir leur domaine envahi par une multitude étincelante d'où parfois jaillissait une sagette ou un carreau qui ne les pouvait atteindre tant on remuait de part et d'autre de l'archer ou du cranequinier qui avait choisi l'un d'entre eux pour bersail [1].

— Nous sommes beaux ! s'écria Jean de Vienne.

L'amiral venait d'immobiliser son cheval pour s'emplir la vue d'un spectacle qui pourtant n'était pas le premier auquel il lui fut donné d'assister.

Petit, gros, vêtu d'écarlate safranée pour les chausses, d'un flotternel vert gai pour le torse et d'un chaperon vert à cornette, il avait l'air d'un perroquet transmuté en homme, et son nez crochu ajoutait à l'illusion.

— La beauté, messires, jointe à la force !... Soyez beaux comme savent l'être les lions et les tigres !

Beaux ? Certains, chez les Grands, à commencer par Coucy, l'étaient effectivement dans leurs parures extraordinaires uniquement bonnes à provoquer, plutôt que de l'admiration, des lippes de mépris.

— Beaux ? murmura Antigny privé depuis la veille d'un signal [2] qui avait été confié au roux Aymon de Prades Les beaux sires qui nous précèdent ne vont point jouter en l'Hôtel Saint-Pol.

1. Cible.
2. La bannière. Se disait aussi pour les armes peintes sur un écu.

Le soleil étincelait. Saintes ou profanes, les bannières se prodiguaient des attouchements colorés. Derrière lui, Gui devinait une trentaine de jeunes écuyers arroyés [1] comme s'ils accomplissaient une montre. Ils riaient haut et fort. La bataille à venir allait combler leurs désirs de prouesses, satisfaire leur passion d'une Chevalerie ardente, lumineuse et invincible. On chanterait leurs appertises aux veillées. Les jouvencelles s'éprendraient d'eux et même se saisiraient par les cheveux pour tenter d'être les élues d'un regard et d'un cœur peut-être disponible. Gui trouva leur héroïsme prématuré, comparable à une armure en papier.

« Après tout, ce n'est pas si mal : s'ils survivent, ils pourront se torcher avec ! »

Il était certain que ceux-là étaient honnêtes. Étaient-ils les seuls ? Des rumeurs, en effet, refluaient de l'arrière où les capitaines qui eussent dû veiller à la tenue de leurs hommes avaient subi leur empreinte et s'étaient eux aussi dévoyés. De jour et de nuit, les soudoyers et leurs seigneurs s'éparpillaient hors de la procession immobile ou mouvante : les pilleries, les rapts, les meurtres indignaient des populations déjà hostiles à la Honguerie. Les clercs seuls vitupéraient cette abominable conduite.

— Et ils se recommandent, grommelait frère Théodore pourtant peu enclin à se courroucer, ils se recommandent de la bannière de la Vierge sainte ! Que les foudres divines les emportent !

Les fautifs se riaient des admonestations peu nombreuses. D'où qu'elles vinssent. Ils savaient qu'à l'avant, d'autres déduits [2] étaient à l'honneur, excepté que les délinquants les dissimulaient entre des tapisseries. On les

1. *Arroier* : ranger, mettre en *arroi* : en rang, en ordre.
2. Amusements.

enveloppait sous les exhalaisons des violes, des fifres et des psaltérions. Les musiciens portaient des livrées en vert gai. Une épaisse tenture les séparait des orgiaques.

— Dieu les punira pour toutes ces diableries !

Quelle serait la nature du châtiment ? En état de guerre, qu'ils fussent nobles ou manants, les hommes recouvraient leur véritable nature. Sans doute, la crainte inavouable de la mort les incitait-elle à obtenir de la vie tout ce qui, pour eux, en composait les délices. Or, pouvait-il y avoir de la plaisance à occire ? À meshaigner des vierges, des femmes, des enfants ? À embraser des maisons ? À égorger des animaux ? Existait-il, dans l'armée de Bayézid, une pareille contagion de la cruauté ?

Gui ne pouvait imaginer Boucicaut et même le grand Coucy dont l'épouse était, disait-on, fort jeune, s'adonnant à la luxure. Faute de preuve, il se refusait à les inclure parmi les dévergondés[1].

1. Péchés de jeunesse selon certains auteurs, que ces excès en tout genre. On lit dans M. Todière (*Les Illustres chevaliers sous Charles VI*, Paris, vers 1850) :

« *Nos braves chevaliers traversèrent les plaines de l'Allemagne, étonnée de leur magnificence et souvent scandalisée par leurs excès. Si nous en exceptons Enguerrand de Coucy et le comte d'Eu, toute cette noblesse était composée de jeunes gens dont quelques-uns comme le comte de la Marche et les princes de Bar sortaient de l'enfance. Pour la première fois ils se trouvaient maîtres de leurs actions (!) et la licence militaire augmentait encore leurs dispositions naturelles au désordre. L'exemple du sire de Coucy et de Boucicaut n'était pas capable de les contenir, et pendant qu'ils se déshonoraient par leurs débauches, leurs valets portaient le pillage et la désolation dans tous les lieux où ils passaient.* »

Ce fut pire lors du cheminement de la Hongrie et des provinces limitrophes. Barbara Tuchman, consacrant un chapitre de son livre à Nicopolis écrit (dans *Un lointain miroir*, Fayard, 1978) : « *L'indiscipline et les débauches des Français allaient croissant. Des soupers fins arrosés des meilleurs vins apportés par bateau étaient servis, cependant que chevaliers et écuyers folâtraient avec les prostituées qu'ils avaient*

On s'arrêtait de plus en plus fréquemment. Nullement pour permettre à Sigismond et à ses guerriers de combler un retardement dont les prud'hommes ne se souciaient point ; nullement pour que les malandrins dispersés hors de l'armée pussent réintégrer leur compagnie, mais pour que les jeunes seigneurs en rupture de volupté pussent dormir et pour que les follieuses destinées à l'armée et celles réservées à l'élite pussent se reposer de leur contribution aux priapées nocturnes.

La jonction des armées alliées s'accomplit alors que les Français qui venaient de passer au large de la cité d'Orsova puissamment ceinte atteignaient les Portes de Fer [1] dont la vue embrassait à la fois les murailles naturelles ainsi qu'à leur base les barges et les nefs qui, les semaines précédentes, avaient descendu le cours d'une Dunoe résignée, en ce lieu, à rétrécir de quelques toises la largeur immense de son flot. Un cri s'exhala de cent bouches et fut repris par des milliers :

— *C'est là !*

D'autres suivirent : « *Nous y sommes ! — Nous y voilà ! — Pas trop tôt !* », et des rires bruyants retentirent.

amenées, et leur exemple incitait les hommes à manquer de respect envers les femmes des régions traversées. Leur arrogance et leur frivolité incitaient les autres alliés et provoquaient continuellement des conflits. Les pillages et les mauvais traitements devenus absolument effrénés […] *atterraient les prêtres* […] *Les historiens deviennent violets quand ils abordent le sujet des bacchanales perpétuelles des jeunes princes passant des purs entiers avec leurs gotons, des soldats ivres morts*, etc. »

On ne trouve guère de traces de ces excès chez les historiens français. Nicopolis est une de ces défaites honteuses dont les raisons sont occultées. Et pourtant…

1. Nom donné aux gorges du Djerdap, défilé du Danube séparant les Balkans (Serbie orientale) des Alpes de Transylvanie (Roumanie).

Par une vaste échancrure, entre l'orée d'une forêt peu à peu clairsemée et des rochers entassés par quelque cyclope, le fleuve lumineux apparaissait sans qu'aucun obstacle n'en vînt contrarier la vue. Lentement penchée vers le vaste cours d'eau, l'aire destinée au rassemblement des hommes et à leur embarquement se composait d'un terre-plein long d'une lieue, large d'un tiers, qui s'étendait en pente douce vers un courant dont les vaguelettes venaient lécher une rive aménagée en hogue [1] avec des jetées et des quais en bois contre lesquels les galères et les nefs vidées de leurs innombrables provendes frottaient leurs flancs dans l'attente de leur charge humaine et animale. Il y avait aussi quelques galères, leurs rames immenses soudain dans l'eau, tels des scolopendres aquatiques démesurément gonflés et figés par quelque sortilège. Il y avait encore, éparpillés à l'entour ou presque de ces grandes naves, tout un peuple d'huissiers, de fustereaux, flettes, hoquebots, buissars, les plus grands munis à l'arrière d'un taud de soie rutilante à l'intention des capitaines qui prendraient place en dessous si la chaleur devenait trop forte. Les couleurs vives de cette multitude ancrée en un lieu très profond se reflétaient à grands tremblements dans l'onde, nuancées ou crues selon le passage des nuages et les tressaillements d'un courant qui venait s'alanguir contre les carènes et les pieux soutenant les appontements [2].

Pour la foule des soudoyers, ces êtres simples, cette soudaine apparition d'une flotte fluviale immobile, et qui les attendait, évoquait la mer, ses dangers et ses mystères. Demeurés en selle, ils béaient devant les vaisseaux sur les ponts desquels des hommes les saluaient, et certains, sans

1. Port.
2. On estime que 70 « bateaux » étaient présents.

doute, évaluaient les périls d'une traversée dont ils étaient incapables d'évaluer la durée. D'aucuns ne pouvaient se retenir d'imaginer la force d'un courant apparemment vif et de se demander si, sur la lointaine autre rive, des Turcs n'étaient pas à l'aguet, prêts à les assaillir sitôt qu'ils toucheraient terre.

— Combien de temps les milliers d'hommes que nous sommes mettront-ils pour outrepasser toute cette eau ? Une semaine ? Deux ou trois ?

— Tu t'inquiètes ?

— Non ! s'indigna Antigny, la voix sans doute éteinte par l'oppressive majesté des lieux. Il me semble que la Dunoe ou le Donau, comme certains l'appellent, était moins large quand nous étions à Bude.

— Certes. Mais Pest, sur l'autre rive, refusait d'être envahie.

— Qu'allons-nous devenir ?

— Va-t'en le demander à Boucicaut.

Quelque justifiée qu'elle eût été, la question d'Antigny avait agacé Gui. Depuis Paris, on leur demandait d'obéir. Les commentaires et suggestions allant à l'encontre des décisions prises soit par Jean de Nevers, soit par ses féaux, ne contenaient – hormis l'orgueil – rien qui pût inspirer confiance. La moindre observation congrue défavorable à l'un de ses choix indignait le fils du duc de Bourgogne. L'on disait que Sigismond avait toujours mollement acquiescé à ses dires. Selon Boucicaut, le roi attendait le moment de contester carrément une décision du prince s'il la trouvait absurde ou trop aventurée.

— Si l'on t'offre le choix, que préféreras-tu ? Une nef ou une de ces petites nacelles faites pour contenir dix hommes, sans leurs chevaux ?

— Un huissier, Yvain, pour demeurer près de Cyrus.

— Tu as le choix. Il y en a bien deux douzaines… Aimerais-tu passer parmi les premiers ou les derniers ?

Gui, songeur, se transféra sur la berge opposée.

— Je ferai ce que le maréchal décidera. Cependant, je préférerais être parmi les premiers.

— Même si les Turcs nous attendent en face ?

— Nous sommes venus de loin pour les voir de près. Alors, un peu plus tôt, un peu plus tard…

Las d'un jeu de questions et de réponses qui, s'il se prolongeait, pouvait tourner à l'aigre, Antigny murmura simplement : « Oh ! toi… » avant de s'éloigner en direction, sans doute, de Boucicaut et de ses ouailles.

Gui enragea de ne pouvoir se soustraire à un fardeau d'ennui et d'incertitude.

« Soixante mille hommes. Pourquoi pas cent mille ? Ce sont peut-être des sornes. N'empêche qu'il y a tout autour de Cyrus et de moi une immensité… encore que ce mot me paraisse moult étroit pour décrire notre armée. »

Déjà, les chefs préparaient les traversées. Avec de grands gestes qui souvent désignaient l'autre rive, Jean de Nevers, impassible, ses chevaliers, Sigismond et son connétable discutaient sur la façon d'entreprendre les passages.

Gui pencha son front sur la joue de son cheval.

— Eh bien, Cyrus, mon compère, si j'ai un souhait à formuler, c'est que nous ne tombions pas à l'eau. Je n'ai aucun vêtement de rechange.

Il y avait de la foire dans ces préparatifs. Une foire démesurée qui semblait avoir exclu la bienséance de tous les propos et gestes. Des prud'hommes aux soudoyers, on s'invectivait parfois furieusement comme pour se décharger d'un surcroît d'anxiété ou de violence. Gui devinait que les rancunes, rancœurs et passions qui les animaient atteindraient leur paroxysme au plus fort de la mêlée. Tout ce peuple en armes semblait dans son ensemble pétri de certitudes. On avait renoncé au port des habits de fer. Quelques-uns, pour se reconnaître, portaient sur leur chaperon une plume de paon ou, tout simplement, de jante[1]. En attendant que le troupeau se clarifiât, ils étaient parvenus à ériger leurs tentes, à choisir le lieu où ils chaufferaient leur mangeaille et à limiter les écuries précaires où certains chevaux et mulets, irrités eux aussi, se mordaient, ruaient ou jouaient, seuls, du sabot. Quelques boucheries avaient été promptement installées. L'odeur du sang se mêlait au faguenas[2] des hommes et à celle des excréments des espèces humaines et animales. Certains oisifs passaient, seuls, comme oppressés par la multitude, ses ris et bouteculades. D'autres semblaient puiser dans ce charivari une exultation telle qu'ils riaient aux anges qui peut-être, déjà, là-haut, les attendaient. Du côté des chefs, les animations, huyées[3] et parleries n'avaient guère de cesse. On étudiait les prochaines manœuvres et du côté des hommes d'armes quelques orateurs, tous encore à cheval, chapitraient les indécis, exhaussaient le courage de ceux qui craignaient l'eau et leur dictaient leur conduite future.

On se demandait comment et dans quelle sorte de navire traverserait le charroi. Il faudrait, évidemment, dételer les chevaux puis, sitôt de l'autre côté de l'eau, retrouver leur chariot dans la meute des autres et les remettre entre les limons. Pour aller où ? Resterait-on sur place ? Qui se chargerait d'affourager les bêtes ? Leur nourriture devait être entassée quelque part. Ensuite, il faudrait disposer les

1. Oie.
2. Odeur de corps malpropres.
3. Cris et hurlements.

hommes sitôt sur l'autre rive. Mais avant qu'ils se fussent assemblés par compagnies, comment seraient-ils transférés d'un bord à l'autre ? Avec ou sans leurs montures confiées à des varlets ? Si des Français et des Hongres traversaient ensemble sur des coques ou des huissiers, ne chercheraient-ils pas quelques prétextes à la discorde ?

Des curieux, au bord du fleuve, admiraient les deux nefs hongueriennes réservées aux chevaliers qu'on disait peut-être étourdiment, « de grand mérite ». On les avait parées de soieries bellissimes dont les couleurs se dissolvaient dans le flot. À la rumeur des voix souvent admiratives s'ajoutaient les cris des mariniers et de leurs capitaines, les hennissements des chevaux apeurés dans l'ascension des pontons étroits et pentus et qui, devinant la Dunoe sous leurs sabots, refusaient parfois d'aller plus avant.

Il y avait, naturellement, maints capitaines à l'aguet du moindre incident. Ils ne cessaient de vociférer des instructions qui, quelque tonnantes qu'elles fussent, ne traversaient qu'incomplètement le hourvari :

— Toi, par ici !

— Emmène-moi ce mulet auprès des autres !

— Toi, va monter ce bouge[1] dans cette nacelle !

— Par le sang du Christ, hâtez-vous !

Il advenait qu'un imprudent chût dans l'eau. S'il était loin du bord, on lui lançait une corde ; s'il en était proche on lui tendait la hampe d'une arme d'hast. À travers le réseau des cordages et la haie remuante des mâts, des oiseaux planaient et s'entrecroisaient, joignant leurs cris à ceux des hommes. Au ras de la rive, des attroupements se dispersaient, d'autres se formaient, livrés à une curiosité

1. Sorte de valise.

dévorante. Parfois, le tumulte redoublait sans raison. Des huées, des sifflets, des glapissements, des jurons, voire des sonneries de cors, de bugles, de claronceaux prétendaient diligenter les allées et venues. Maints gosiers s'asséchaient. Il y avait une file d'attente face à un tonneau en perce étayé devant le hayon d'un chariot. Des bêlements aussi s'ajoutaient à ce concert dont la fureur redoublait à chaque départ de nave ou d'huissier : les victimaires ne chômaient point.

— À ouïr tout ce frai [1] les Turcs s'enfuiraient, déclara Antigny de retour sans Modus.

— Ton cheval ?

— Je l'ai confié à Broeckx.

« Un chevalier se doit de veiller sur sa monture… Il est vrai qu'Yvain n'est qu'écuyer. Mais tout de même… »

Antigny connaissait les préceptes de la Chevalerie. En une aussi extraordinaire occurrence que ce premier jour consacré aux embarquements, il se montrait d'une insouciance condamnable. À quoi bon le lui dire : il se fût offusqué.

— Agar !

Gui se tourna vers les hommes que son compagnon lui désignait.

C'étaient le comte de Nevers, Enguerrand de Coucy, Philippe d'Artois, Jean de Vienne, Gui de la Trémoille, Raoul de Gaucourt. Ils allaient de groupe en groupe, distribuaient des sourires. S'étaient-ils aperçus de l'absence de Sigismond, de son connétable et de ses chevaliers ? Les Hongres avaient-ils déjà et ailleurs passé le fleuve ? Non : la première galée s'éloignait du quai, saluée par des clameurs, des musiques et des lancers de chaperons.

1. Bruit, vacarme.

— Ils rient. Ils sont vainqueurs. Le dieu Mars les protège.

— Crois-tu que Nevers et la Fleur des chevaliers vont embarquer maintenant sur cette galée où l'on monte des chevaux ?

— Non. Elle passera la Dunoe sans eux. Ils ne traverseront que lorsqu'il y aura, là-bas, suffisamment d'hommes pour assurer leur protection.

— Tu leur ôtes de leur valeur et de leur vaillantise !

— Je les vois, Yvain, tels qu'ils sont.

Gui se reprocha des propos qui, même s'il les estimait justes, pouvaient le désigner pour un orgueilleux. Était-ce sa faute si l'acuité de sa vue lui permettait de découvrir l'esprit sous son enveloppe charnelle ? Il savait que Jean de Nevers se voyait déjà couronné de feuilles de chêne et faisant à Paris plutôt qu'en Bourgogne une entrée digne d'un roi. Il savait que ses compères magnifiques, à l'hypocrite munificence, se voyaient à sa suite, passant entre deux rangées de maisons pavoisées et recevant sur leur tête et leurs épaules une pluie de fleurs à condition que ce fût la saison.

« Et moi ? »

Il se voyait soit mort, égaré dans une vaste jonchée de corps promis à la pourriture, soit enchaîné en un ergastule puant, à la merci d'un tyran au chef surmonté d'une espèce de citrouille.

— Et toi ? demanda Antigny. N'as-tu pas envie d'être au plus tôt sur l'autre rive ?

— Qu'y ferais-je ? sinon m'ennuyer davantage ?

— Nous n'aurons point d'abri pour cette nuit qui vient.

— Bah ! Il fait beau. Il faudra se garder de s'allonger sur une merde… Sais-tu où l'on a établi notre charroi ?

— Là-bas, près de la rive. Vingt hommes en ont la surveillance. N'aie crainte pour ton armure et tes vêtements de dessous.

— Je n'ai crainte de rien, excepté des Mahoms.

— Moi également. Cependant, à l'entour de nous, il ne me paraît pas qu'on les craigne… surtout ceux qui nous mèneront à la bataille.

Pour une fois, Gui approuva l'écuyer.

— Tous se croient dans un merveilleux état d'endelechie[1].

— Ce qui veut dire ?

Antigny était pardonnable. Si frère Évrard, à Clairbois, ne lui avait pas révélé l'existence d'Aristote, Gui se demanda s'il aurait eu un jour connaissance de ce mot.

— Ce qui veut dire, Yvain, la perfection de l'être. Or, nous sommes tous imparfaits. Dieu nous a rendus ainsi, sans doute pour qu'avec Son aide nous puissions nous efforcer de devenir meilleurs… Meilleur dans la paix, je consens à le devenir. Mais meilleur à la guerre, cela implique un tel reniement de moi-même que je ne sais vraiment quel homme j'y serai.

— Je me le demande aussi.

Une nouvelle fois, ils étaient pleinement d'accord.

« Ce n'est pas de la peur qui m'étreint », songea Gui.

C'était peut-être de la honte. Celle de se méjuger un jour proche ou lointain. Celle, déjà, d'appartenir à une armée géante, maléficieuse envers des populations pacifiques dont, à présent, les motifs d'une intervention lointaine lui semblaient fallacieux. Pourquoi fallait-il aider Sigismond, cet ancien routier qui n'était en rien un ami de la France puisqu'il avait fait échouer le mariage de Louis

1. *Entéléchie*, endelechie au XIVe siècle : énergie agissante et efficace.

d'Orléans et de Marie de Hongrerie ? Pourquoi fallait-il guerroyer contre les Turcs qui laissaient les Français en paix et qui, peut-être, eussent voulu leur alliance ? Si l'on pouvait ostoier [1] pour de grandes causes, surtout celle qui consistait à aimer son pays et à le défendre contre une invasion, il était absurde d'exposer des vies aux tranchoirs de guerriers inconnus qui, somme toute, ne deviendraient des ennemis qu'après les premiers horions.

Antigny d'un côté, Cyrus de l'autre, Gui s'approcha d'une nef qui, peu à peu, s'emplissait d'hommes et de chevaux. On l'avait affublée de houssements de cariset [2] vermeil. Leurs pans se mouillaient dans une eau qui semblait ainsi se teinter de sang.

— Qui sont ceux qui montent ? Tu les connais ? Je les vois de dos.

— Messires Henri et Philippe de Bar et merdaille ! – les deux Mortefontaine.

— Ils se glissent partout comme font les couleuvres.

— On dirait que Nevers leur souhaite le bonsoir.

D'autres hommes montaient, menant leur cheval au frein. Derrière, une file d'attente se constituait non sans disputes : des chevaliers de Rhodes, des Allemands et des Polonois en faisaient partie. Il fallait avancer sur un ponton de bois rayé à la façon d'une échelle afin que les semelles et les sabots ne pussent glisser et que les roncins, coursiers et palefrois ne pussent choir et se briser un membre.

— Ceux qui se présentent sont admis pour la traversée sans qu'on se soucie des compagnies auxquelles ils appartiennent. Je me demande comment leur turme [3] se reconstituera

1. Combattre dans l'ost.
2. Lainage d'ameublement.
3. Escadron.

tituera une fois que l'autre rive sera dans le même état de confusion que celle où nous sommes.

— La nuit vient. Les traversées vont cesser.

— Des feux s'allument. Bientôt, s'ils n'ont point d'espies dans les lieux, les Turcs, voyant le ciel rougir, sauront où nous sommes.

— À condition qu'ils soient tout proches, ce dont je doute.

— Tiens, Yvain, regarde !... Il semble que Nevers aille manger.

— Sans Sigismond ?

— Le roi et ses guerriers vont peut-être traverser ailleurs. Tous les navires ne sont pas assemblés sur notre rive. Souviens-toi de ceux que nous avons vus et comptés !... Sans doute, Yvain, nos conduiseurs ayant créé le pêle-mêle où nous sommes, Sigismond s'est-il esquivé.

La confusion empirait. Il semblait qu'elle n'aurait de cesse, même dans les ténèbres. Au passage, contournant Cyrus qui commençait à saboter, Boucicaut jeta comme un cri : « Approchez-vous du bord » et disparut pour rejoindre certainement ses pairs.

« Je commence à haïr cette multitude... Nous bouillonnons comme une eau sale dans un chaudron ! »

Aux yeux de Gui, la situation présente en laissait pressentir une autre, cette fois à l'annonce de la venue des Turcs. La moindre imprudence pourrait ébranler l'espèce de communion désordonnée en laquelle il se mélancoliait[1]. Son anxiété se complaisait dans l'image négative d'une armée qui se démembrait une fois encore sans qu'il fût permis de croire à sa recomposition.

1. *Mélancolier*, *mérencolier* : méditer avec tristesse.

— Crois-tu, Clairbois, que le maréchal fait confiance au Bourguignon ?

Gui observa le prince avant que de répondre.

— Il se paonne [1]. Boucicaut a près de lui un devoir d'obédience.

Il y avait dans le caractère, les façons et toute la personne du fils de Philippe le Hardi une hautaineté qui ne pourrait que préjudicier l'armée. Sa certitude de vaincre, cette croyance, aussi, en la vaillance indestructible d'autrui et, contrainte ou non, l'accointance de Sigismond pourraient générer quelques graves mécomptes. Croyant dur comme fer que de grosses facilités de trésorerie permettraient à son garçon d'accomplir des prouesses méritoires dont une seule – certainement la première – lui vaudrait les éperons, le duc de Bourgogne avait saigné à blanc ses sujets. Et Gui se posa la question. Cet homme puissamment laid, lui aussi, aurait-il l'insigne honneur de réaliser ce qui, depuis et même avant la convocation de l'ost à Dijon, avait constitué son grand dessein : que son fils fournît une leçon de bachelerie [2] à tous les peuples de la terre en obtenant sur Bayézid une victoire aux conséquences définitives. Elle permettrait aux chrétiens de tous les pays, de l'océan de France jusqu'à une mer qu'on disait noire, d'œuvrer et de dormir sans avoir constamment la hantise d'une apparition des Mahoms.

— La victoire ne dépend pas de lui seul, murmura Gui tout à coup. Cependant, si nous l'emportons sur les Turcs, il aura le mérite d'une gloire immortelle.

— De qui parles-tu ?

— De Nevers, Yvain… De Nevers ! Il veut quelques

1. Il ressemble à un paon qui fait la roue.
2. Vaillance et chevalerie.

macules de sang sur les éperons d'or qui dorment dans un de ses coffres.

— Croyez-vous qu'il les gagnera à la bataille ?

Les deux compères s'aperçurent de la présence, par-delà Cyrus de plus en plus inquiet, d'un Cigogné attentif.

— Je vais vous le dire, moi, dit le petit écuyer en mâchant ce qui semblait être un morceau de pain. On raconte qu'il presse Enguerrand de Coucy de l'adouber dès maintenant.

— Et que dit Coucy ?

— Il atermoie, mâchouilla Cigogné tout en s'essayant à sourire. Mais il semblait furibond.

Plutôt que de poursuivre un entretien stérile, Gui demanda :

— Où peut-on manger ? Où sont les nôtres ?

Cigogné désigna la rive opposée :

— La plupart là-bas. De notre côté, des soudoyers ont fait un feu et construit des écuries. Dans quelques jours, si nous restons où nous sommes, ce seront par ma foi les écuries d'Augias.

Cigogné s'éloigna, le ventre en avant comme pour fendre la multitude. En criant : « Place ! Place ! » Gui et Antigny s'en allèrent. Ils avaient faim et le froid du fleuve les obligeait à frissonner. Ils virent, de loin, Boucicaut leur désigner la Dunoe.

— Allons-y, proposa Antigny.

Un huissier semblait les attendre. Il y avait sur le pont, autour de Godemar de Linières et Robert de Milli, Ambillon, Prades, Vernon, Abondant.

— Venez ! dit Ambillon. Boucicaut nous avait dit que vous seriez de notre traversée !

Le flanc de l'huissier béait. Un ponton permettait d'accéder à l'intérieur. Une douzaine de chevaux y étaient attachés, séparés par des parcloses. Les variations du flot, sous leurs sabots, les rendaient inquiets. Des palefreniers veillaient à leur tranquillité.

Gui attacha lui-même Cyrus à son anneau.

— Pourvu que ce bateau ne sombre pas, dit Antigny. Ni les chevaux ni nous-mêmes ne pourrions nous tirer de là !

— Ton Modus ?

— Broeckx m'a dit de ne pas me faire du souci. Je suis sûr qu'il a passé l'eau.

Ils montèrent sur le pont et considérèrent, au-delà du chaland dont la coque se fermait presque silencieusement, la large masse liquide noircie par la nuit pourtant grise encore. Elle semblait large et redoutable. Tandis qu'il observait les manœuvres des passeurs, Antigny murmura :

— C'est notre dernière épreuve avant celle qui nous attend je ne sais où… Si cette barge sombrait, ça nous éviterait…

Il n'acheva pas. Il avait peur. Il avoua qu'il ne savait noer [1]. Il avait les joues pâles et les yeux mi-clos comme pour ne point voir tout à fait les vagues que fendait une étrave au-dessus de laquelle un lion peint en vermillon montrait ses griffes. Devant, derrière, voguaient des nefs, des bacques, des galées et des ballengniers, tous pleins. Çà et là s'exhalaient des cris et des rires.

« Jusques à quand ? » s'interrogea Gui, perplexe.

Il avait envie de marcher sur un sol vierge, d'aller de l'avant, suivi par un Cyrus docile, impatient, lui aussi, de se dégourdir les jambes. Fuir la foule. Fuir des odeurs qui ne pouvaient avoir leurs pareilles dans l'univers. Recouvrer avec joie l'air de Montsurvent, du Maine et de la campagne tourangelle. Yvain, les dents serrées, les yeux

1. Nager.

clos et les mains jointes sur sa poitrine semblait prier, à moins qu'il ne voulût point voir le flot sur lequel bruissait l'huissier. À l'entour, nul ne parlait.

« Ils ont davantage peur de l'eau que des Turcs ! »

La rive s'approchait et dans le ciel la lune commençait à se colorer. Une clarté bleuâtre permettait de distinguer nettement les hommes à cent pas et de les voir piéter difficilement sur une terre certainement immonde. La rumeur coutumière grossissait tandis que des feux qui n'auraient certainement rien à cuire dressaient leurs plumails lumineux dans l'infini des ombres.

II

— Deux semaines ! maugréa Gui. Deux semaines, Yvain, que nous sommes céans parmi les immondices, les merdes de toutes provenances, les os à demi rongés, les têtes et les entrailles des bêtes abattues, grouillantes de vermissels [1]. Deux semaines à flairer des puanteurs !... Deux semaines lors desquelles, pour chier ou se laver à l'aise, il faut marcher près d'une demi-lieue !

Si la Dunoe emportait dans son cours maintes épaves flottantes ou non qu'elle disperserait dans son embouchure, l'essentiel des ordures jonchait le sol et même, en certains endroits, s'y entassait en monceaux répugnants dont les mouches, dès l'aube, entreprenaient l'assaut. On ne pouvait faire un pas sans regarder où l'on allait poser son pied. Certaines carcasses s'étaient durcies au soleil ; certaines rognures s'étaient putréfiées. On allait contournant de sombres cloaques et des flaques sanieuses que Gui devinait composées de sang, d'urine, de pus et autres humeurs infectes. Le vaste logement au bord du fleuve n'était rien d'autre qu'une souille démesurée où les sangliers eux-mêmes n'eussent point voulu vermiller.

— C'est l'avant-dernier jour, dit Antigny. Encore

1. Vermisseaux, asticots.

quelques centaines d'hommes et de chevaux, dont les soudoyers de Boucicaut, qu'il nous avait demandé d'avoir à l'œil.

— Ils sont quarante… Lorsque la puanteur a vraiment commencé, le maréchal et les siens se sont empressés de passer l'eau. Mais là-bas, même si le terrain se vide, l'infection doit rester la même. Et rien que d'y penser, l'envie de dégorger me prend !

Ils s'étaient approchés de la Dunoe dans l'intention d'y abreuver leurs chevaux. Le flot était d'une couleur si brune et d'une odeur si affreuse qu'ils avaient piété loin en amont pour découvrir dans une anse feuillue, fraîche et silencieuse, une eau convenable. Allongés sur le sol, à l'ombre de leurs montures, ils en avaient, faute de mieux, aspiré une gorgée. Puis, tandis que Cyrus et Modus étanchaient leur soif, Gui avait exprimé un regret :

— Quand pourrons-nous boire un gobelet d'hypocras ?

— Je préférerais un hanap d'hydromel glacé !

— Ceux qui auront bu, plus bas, de l'eau souillée, s'exposent à quelque maladie ou à une diarrie pour laquelle le port de l'armure est déconseillé !

— Mourir ainsi ou d'une sagette plantée dans le ventre… Mais à quoi penses-tu depuis ce matin ?

Gui exhala un soupir. Fatigue de l'esprit, lassitude du corps. Bien qu'il sentît ses muscles souples, dispos, prêts au moindre effort quel qu'il fût, il ne pouvait se dépêtrer du même ennui que sur la rive d'en face.

— Ce que je pense ?… Eh bien, c'est qu'avec Clisson, ce voyage eût été différent. Il aurait su organiser cette halte répugnante. Nos chefs ont laissé se développer tous les éparpillements, trop occupés qu'ils sont d'une victoire que rien, après ce que nous venons de vivre, ne laisse présager. Clisson aime la guerre autant que Boucicaut. Ils ne peuvent se passer des plaisances qu'elle leur fournit. Cependant, je ne crois pas que le Breton ait la même voracité de meurtre que le maréchal. Plus nous nous rapprochons des Turcs, plus il devient fiévreux. Plus il se dresse sur lui-même ainsi qu'un coq sur ses ergots… Nous l'avons vu à peine. Toujours satellite de Nevers, Coucy, Artois ; toujours accointé aux deux Bar, à Vienne, Roye, Saint-Pol, les La Trémoille et je ne saurais oublier Sigismond, son connétable et ses prud'hommes.

— Il avait demandé à ses parents de nous surveiller.

— Ses parents !… Les frères de Linières ont disparu une semaine avant qu'ils ne s'esclipent[1]. Ces falourdeurs[2] ne supportaient plus de vivre dans la merde, ce que je comprends. Pour oublier cette merde, le Barrois s'est saoulé un jour sur deux. Le Borgne de Milli a dormi tant qu'il le pouvait, sa chemise sur son visage pour tamiser la puanteur et se protéger des mouches. Le chalivali n'a pas vaincu ses sommeils. Regnault de Chavigny a erré entre les trefs, les écuries, les charrois, en quête de je ne sais quoi…

— Peut-être d'un gars bien atourné.

— Frère Théodore a disparu.

— Prades m'a dit qu'il aidait les mires.

Au pas lent de leurs chevaux, ils revinrent se mêler à la cohue des hommes.

— À quoi songes-tu ? demanda derechef Antigny.

Gui ne fut guère enclin à répondre : il venait de penser à Héloïse.

Que faisait-elle *maintenant* ? Était-elle heureuse ? L'attendait-elle toujours ? Prenait-elle toujours grand soin

1. *Escliper* : embarquer.
2. Prétentieux.

d'Éole ? Toute son attention, tout son intérêt convergeaient vers la jouvencelle. Il la sentait plus lasse que menacée par un mariage apprêté en hâte.

— Je songeais, Yvain, à Tours et à la Loire. Je l'aime mieux que la Dunoe. Elle est moins large, plus... humaine. L'onde en est lente et bleue, tandis que ce fleuve immense...

Une eau verdâtre, profonde. L'avant-veille au soir, une flette à six rameurs assurant la traversée de deux nobles et deux chevaux avait longé de trop près un dromon qui revenait à vide vers son havre. Bien que les rames du vaisseau se fussent promptement enfoncées dans leurs hourdes [1], certaines avaient eu leurs pales rompues. Des cris avaient jailli, plus nombreux et vigoureux sur les deux rives que ceux qui s'élevaient de l'esquif et du bâtiment. Les hommes des deux bords avaient échangé des injures. Jacques de Bourbon et Geoffroy de Charny, passagers de la barge, avaient dû de ne pas couler avec leurs montures aux manœuvres des bateliers de bonne voglie [2] qui les avaient pris en charge.

— Je pensais, dit Gui tout à coup, à la noyade qui fut évitée avant-hier.

— J'espère, ah ! oui, j'espère, que Bourbon et Charny, plutôt que de les semoncer, ont guerdonné [3] les rameurs !

— Qui sait. Plus les hommes sont riches, plus ils sont avaricieux... Nous n'avons pas touché notre soudée [4], mais il est vrai que nous n'en avons pas besoin. Seulement...

— Seulement, dit sourdement Antigny, si tu veux te marier à notre retour, il faudra que Boucicaut te paie.

1. Trous dans lesquels pénètrent les rames.
2. Expérimentés. De bonne volonté.
3. Récompensé.
4. Solde des gens de guerre.

« Bon ! » songea Gui, « voilà qu'il se met à penser pour moi. »

Il n'osa poursuivre le dialogue. Son mariage avec Héloïse ne concernait que lui. Il regarda le rivage en grande partie dépeuplé au-delà de la Dunoe. Une gorgée de fiel lui vint entre les dents. Il cracha.

— Je crains que nous ne nous empêtrions encore longtemps dans la merde !

— Cela vaut mieux, Gui, que dans le sang.

Depuis quelques jours, probablement depuis sa venue à Bude, mais plus certainement depuis son long séjour au bord de la Dunoe, Gui se sentait se scinder en deux. D'une part le jeune homme féru de récits héroïques, aimant la nature et Clairbois ; épris par-dessus tout d'Héloïse. De l'autre, le chevalier sans expérience qu'une croisade malavisée commençait à miner d'une fièvre parfois intense, malicieuse. Elle le couvrait de suées qui ne devaient rien aux chaufferies du ciel. Ces contradictions qui, la nuit, le tenaient en éveil, ne pouvaient que le désoler. Il redoutait parfois que ses craintes d'une déconfiture ne fussent dommageables à ses muscles plus encore qu'à son caractère et savait déjà que s'il devait combattre, ce serait hargneusement, violemment, le courroux et l'effroi de mourir suppléant toute espèce de pensée. Il savait qu'il y aurait des défections dans les rangs serrés des chrétiens, à quelque pays et quelque condition qu'ils appartinssent, et peut-être, la nature humaine étant ce qu'elle était, chez les Grands. Leur présomption, s'ils se sentaient dominés, tomberait en miettes sur le sol, mêlée au crottin des chevaux. Insidieusement, l'idée qu'il ne savait rien de pertinent sur Bayézid et ses guerriers corrompait ses méditations. Il se demandait ce qu'il éprouverait lorsqu'il découvrirait les Turcs déployés sur un grand champ prêt à devenir un charnier. Que de coups de lames ! La cupidité de la mort. Quelles forces obscures et turbulentes transcenderaient ce guerrier qu'il faudrait bien qu'il devînt ? Quelle contagion du meurtre, alors, l'envahirait. Pourvu, ah ! oui, pourvu qu'il survécût à l'enragerie collective !

— Regarde, dit Antigny, voilà un des derniers huissiers qui aborde.

La proue du gros chaland béa face à la terre. Tandis que les passeurs surveillaient l'évacuation de soudoyers inconnus – des Polonois selon Yvain – et de leurs chevaux, Gui et Antigny rejoignirent Albéric qui, lors de la traversée, s'était occupé, dans le ventre du vaisseau, des chevaux confiés à sa surveillance.

— Que penses-tu de tout cela ? demanda Gui au palefrenier.

À l'entour foisonnait une foule semblable à celle des premiers jours sur la rive opposée maintenant presque déserte.

— Je pense, messire, que quoi qu'il advienne, nous serons moins nombreux, dans quelques semaines, si nous avons à repasser la Dunoe dans l'autre sens. En attendant, avec la permission du maréchal, je me rends utile. Comme ça, j'évite de penser.

La peur cheminait en lui ; cependant, un petit éclat brillait entre ses lèvres poilues. Croyait-il dissimuler son émoi par un soupçon de sourire ?

— Tenez, dit-il, nous sommes… ou plutôt vous êtes regardés.

Au-devant des curieux figuraient Boucicaut, son inséparable Regnault de Roye, Guillaume de Namur, Le Borgne de Milli et quelques autres, tous bourgeoisement vêtus mais l'épée à la ceinture. La plupart bras croisés, le menton haut, « comme il sied à des chefs », songea Gui que la vue de ces hommes emplissait d'une gêne.

— Croient-ils que nous débarquons ? dit-il à un Antigny tout à coup soucieux.

Tenant ferme leur cheval au frein, et tandis que les Polonois s'enfonçaient dans une cohue plus compacte encore que celle qu'ils avaient connue – du fait que l'aire où s'étaient réunies les armées était plus étroite que la précédente –, ils virent le maréchal s'avancer vers eux.

— Eh bien, vous voilà !... Si je ne vous connaissais, j'aurais pu penser que vous nous aviez quittés mes-huy[1] pour aller porter la santé aux Hongueriens !

Gui s'inclina. L'accueil froid, plus encore que son intonation, révélait une humeur sombre : Boucicaut s'aigrissait de perdre son temps dans des conditions désagréables à l'extrême. Pourquoi s'attardait-il en ces lieux puants, parmi l'immense déploiement d'hommes et de bêtes la plupart sales ? Pourquoi le temps perdu s'érigeait-il devant lui comme un obstacle contraire à sa nature ?

— Pensez-vous, messire, demanda Gui en s'inclinant, que l'aide des Hongueriens nous sera précaire ? Pour ce qui nous concerne, nous serons près de vous en toute occasion.

C'était une sorte de compliment dédié à un caractère bataillard. Le maréchal le prit d'ailleurs pour tel, et sans doute, pensa Gui, en grossissait-il à sa façon les termes.

— Avançons, dit Boucicaut en priant, d'un geste, ses amis de le laisser seul.

Gui n'avait aucune envie de discuter. Antigny suivit, docile ; les chevaux également.

1. Aujourd'hui.

— Nous allons partir demain. Cette fois, plus d'immobilité. Plus d'oisiveté. Vous allez délivrément[1] retrouver les autres… Par là… Ne vous éloignez pas du charroi. Dès l'aube, je veux vous voir armés de toutes pièces. Sachez que sitôt enfoncés dans la Bougerie[2] comme une épée dans de l'axonge, ce sera la guerre !… J'en suis heureux !

Heureux, Boucicaut l'était. Il tremblait à ces mots d'une sorte de joie lugubre. « *Père était-il ainsi quand il allait se battre ?* » Fallait-il imaginer Gilbert de Clairbois démesurément heureux à l'idée de faire couler le sang ?

Pourquoi, se demanda Gui, les propos de Boucicaut le glaçaient-ils soudain ?

« Je ne suis pas un friquet[3]. Rue Sainte-Catherine, je me suis jeté dans la mêlée. Les truands de Craon étaient pourtant nombreux. »

L'espèce de jubilation mortelle que Boucicaut dégageait lui donnait davantage que du mésaise : une espèce de répugnance.

« Tu as voulu les éperons. Tu les as obtenus. Tu sais ce qu'est la guerre et tu rechignes comme un cheval devant un muret ! »

— Fourbissez votre épée, Clairbois. Apprêtez au mieux les jointures de vos plates. On raconte, chez les Hongres et particulièrement chez les intimes de Sigismond, que Bayézid, retour d'Alexandrie ou de je ne sais où, s'apprête à quitter l'Égypte, à passer la mer et à venir vers nous au galop. C'est, bien sûr, fausseté.

« Comment peut-il être aussi affirmatif ? Nous sommes je ne sais où, à patauger dans la fange depuis plus de deux semaines… ou davantage. À ne rien savoir de ce qui se

1. Promptement.
2. Bulgarie.
3. Freluquet.

passe à l'entour de nous. Ce que je sais, *et qu'il doit savoir*, c'est que les Mahoms sont vêtus et armés à la légère, qu'ils ont une cavalerie agile… adoncques qu'ils se déplacent plus vélocement que nous ! »

Le maréchal s'en alla rejoindre Enguerrand de Coucy qui venait de lui faire signe.

« Le bel Enguerrand ! »

Gui se redemanda s'il détestait cet homme. Chaque fois qu'il le voyait, il se remémorait son apparition sur le chemin de Mont-le-Héry lorsque Clisson venait de subir la plus intolérable des iniquités et que ce chevalier-là se réjouissait d'amener le connétable à Paris devant Jean de Berry, son mortel ennemi.

« Ah ! messire Olivier », songea-t-il, « comme vous nous manquez !… Vous eussiez su nous destouiller [1] de toute cette merde et nous mener aux Turcs plus favorablement ! »

À quoi bon imaginer ce que le redoutable borgne eût décidé. Tel un chien de maison, son successeur devait obéir et se taire. Et lui, Clairbois, tel un chien hargneux, devait suivre Nevers, Boucicaut et la grande meute des capitaines dont il mettait en doute, parfois sans raison, les aptitudes à exercer un commandement.

— Pauvres de nous, dit-il en entraînant Antigny, Cyrus et Modus à sa suite. Nous appartenons à des gens soucieux de léguer au monde l'exemple de leurs vertus. Je crains qu'ils ne lui lèguent, tous comptes faits, celui de leur aveuglement.

— Tu dis vrai, Gui !

— Nous nous sommes céans pourri le sang et l'esprit. La cancrène nous est entrée par le nez… Nous ne sommes

1. Débarrasser.

même pas allés rôder à l'entour de cette montagne de vitailles qui fut entassée quand longtemps avant notre traversée de la Dunoe, toute la navie de Bude est venue la déposer sur cette rive. Il paraît qu'elle est bien gardée. Sans doute. Mais les rats et les bêtes nocturnes ont dû y ripailler… On va la remettre dans le charroi. Certains crèveront d'absorber cette nourriture déjà cuite au soleil. Et gâtée…

À l'idée de manger des « choses » corrompues, une gorgée de fiel lui vint aux lèvres. Il faillit cracher et s'abstint : le voyant satisfaire à cette envie, Antigny lui en eût demandé la raison.

Enfin on avançait sur une terre propre. L'odeur des arbres, des fleurs et des herbes remplaçait celle des pestilences abandonnées. On pouvait à loisir dilater ses poumons autant que le permettaient le plastron de l'armure, les mailles du jaseran, du haubergeon, et les plaques de la brigandine. Les piétons rechignaient. C'était folie de les avoir contraints à se garnir de fer. L'ennemi était loin et le péril minime. Certains, selon Broeckx, allaient jusqu'à regretter les cloaques des bords de l'eau.

Sigismond avait requis et obtenu l'avant-garde. Il était entouré de son connétable, de ses chevaliers ainsi que d'un grand nombre d'archers équestres. Tous connaissaient les chemins et les passages. Immédiatement après cette hipparchie venaient Jean de Nevers et son porte-bannière, puis Philippe d'Artois, le comte de la Marche, le sire de Coucy, Henri et Philippe de Bar, Boucicaut et les Fleurs des chevaleries française, honguerienne et allemande. Les chevaliers de Rhodes se montraient distants. À l'entour de leur Grand Maître dont le blanc manteau drapait la croupe d'un moreau à la douceur peut-être hypocrite, ces hommes, parfois, entonnaient un chant qui n'était qu'un psaume auquel répondait, à l'arrière, un autre chant émaillé de salauderies « bien françaises ». On y évoquait plentureusement[1] l'amour. Et l'on se promettait de l'apprendre aux Turques. Qu'importait la façon dont on les forniquerait devant ou en l'absence de leur homme. Elles engendreraient un chrétien plutôt qu'un Mahom !

Il n'était pas un guerrier, dans tout l'ost, qui ne trouvât les compagnies des croisés nobles, belles et bien ordonnées. Les Hongres se distinguaient par le nombre de leurs cranequiniers. Sans préjuger de leur valeur, Gui doutait de leur efficacité lorsque, après le premier assaut, la mêlée deviendrait d'une confusion épouvantable.

S'il ne réprouvait pas ces chansons dont il connaissait certaines, il supportait difficilement les commentaires qu'elles suscitaient. Il ne pouvait accepter qu'on accommodât l'amour aux bassesses les plus indignes. Alors que tant d'hommes parlaient de leur fiancée ou de leur femme avec une impudicité qui les avilissait sans qu'ils en eussent conscience, il conservait au plus secret de son cœur les remembrances souvent agréables de toutes celles qui avaient précédé Héloïse. Il regrettait qu'Yvain sût parfois deviner les moments où elle s'imposait à lui pour le distraire d'une mélancolie que fréquemment sa *présence* hélas ! aggravait.

La Bougerie étant partiellement occupée par les Turcs, l'armée se réjouit d'entrer tout bonnement en Turquie[2]. On

1. Abondamment.

2. Mourad Ier avait pénétré en Europe en enlevant Gallipoli, clé de l'Hellespont, en 1353. Les Turcs se répandirent à travers les contrées bulgares et byzantines et, en 1365, Mourad transféra sa capitale à Andrinople (Edirne). En 1371, il vainquit une armée serbo-croate sur la Maritza, en Bulgarie. En 1389, une nouvelle coalition des Serbes, des Roumains et des Moldaves essaya de s'opposer à l'invasion ottomane

jubilait comme on pouvait. La rumeur circula qu'on avait hâte de « faire armes ». Il fallait attendre. Les prouesses ne tarderaient point. Si Nevers, Artois et Boucicaut attestaient qu'elles étaient désormais imminentes et le proclamaient bien haut, de loin en loin, tout en menant leur cheval, Coucy, lorsqu'il ne se sentait pas observé, semblait moins affirmatif. Était-il las et dolent ? Si oui, de quoi

et fut battue par Mourad à Kossovo. Le roi et l'élite des chevaliers serbes furent tués. Le fils de Jean V de Bulgarie dut rendre hommage au vainqueur. Cependant, Mourad fut tué par un Serbe blessé alors qu'il parcourait le champ de bataille.

Il laissait un successeur, Bajazet (ou Bäyazïd, ou Bayézid). Trente-cinq ans après avoir traversé le Bosphore, les Turcs avaient envahi les Balkans jusqu'au Danube. Les pays balkaniques ne pouvaient s'entendre. La Bulgarie, la Valachie (la Roumanie actuelle) et la plus grande partie de la Serbie étaient de religion orthodoxe ; la Hongrie, catholique, était politiquement isolée.

Choisi comme sultan sur le champ de bataille de Kossovo, Bayézid assiégea pendant sept ans Constantinople tout en élargissant sa domination en Bulgarie. Ses guerriers envahirent la Macédoine, l'Attique et ravagèrent la Bosnie et la Croatie. Ses armées se déplaçaient à une vitesse extraordinaire. Ses avant-gardes, composées de fanatiques, les *ghazis* (les Épées de Dieu) destinées à purifier la terre des infidèles, combattaient avec une fureur dont les compagnons de Jean de Nevers et, évidemment celui-ci, n'avaient aucune idée.

En 1393, après avoir occupé Tirnovo, Bayézid conquit Nicopolis, la plus forte citadelle de Bulgarie, sur le Danube. Sise sur une hauteur dominant la ville, elle commandait un gué sur le fleuve, protégé par une forteresse valaque sur l'autre rive. Deux affluents se jetaient dans le Danube, au pied du château. C'était un lieu stratégique exceptionnel.

Le tsar bulgare Ivan Chichman ayant refusé de soutenir l'avance turque en lui fournissant des hommes et des vivres, Bayézid le fit emprisonner à Nicopolis. Peu après l'avoir fait étrangler, il réduisit le royaume à l'état de *sandjak* (province turque) et fit mouvement vers Vidin. Quand Sigismond, inquiet, lui envoya des émissaires pour lui demander de quel droit il voulait abroger la suzeraineté hongroise, le Turc, muet, leur montra les trophées qui ornaient sa chambre.

Sur ses arrières, il fit bâtir un donjon énorme à Gallipoli et un port afin d'y abriter ses galères. Et il attendit les croisés de Jean de Nevers.

La Bulgarie s'orthographiait aussi *Boulgerie*.

souffrait-il ? D'inquiétude ou d'un mal physique ? Sur sa face tannée brillait un regard sévère. Dans une attitude plus maussade qu'incertaine, il le promenait sur ses pairs, cherchant certainement à découvrir en chacun d'eux une sorte de connivence qu'il n'éprouvait peut-être plus. Au premier arrêt, il prit la parole, sachant pourtant que sa voix portait moins loin que de coutume :

— Messires, et vous tous, les hommes, Dieu nous voit de plus près depuis notre venue en Turquie. Il vous sait vaillants et solidaires… Vous piétez… nous piétons au-devant des mécréants. Le Seigneur est avec nous. Qui que vous soyez, vous obtiendrez justice. Le pauvre sera riche et le riche vénéré plus encore que les anciens preux… Lorsque nous reviendrons, on célébrera votre vaillance. On commémorera notre grande et noble aventure. Car les Turcs ne nous peuvent vaincre. On n'a jamais vu les impies dominer les chrétiens !

C'était, évidemment, fausseté. À Mediah, le père du jeune comte de La Marche avait subi le déshonneur. Quant aux croisés et à saint Louis lui-même, ils n'avaient éprouvé que des déconfitures.

Une rumeur montait, bourdonnait comme un immense essaim de mouches, et Nevers, sourcils froncés, quelques rougeurs aux joues, écoutait bouche bée sous son grand nez. Parachevant sa sèche rhétorique, Enguerrand de Coucy hurla d'une voix courroucée :

— Vive Dieu ! Vive le roi Charles le Sixième !

Philippe d'Artois l'observait les prunelles flambantes, les narines grandes ouvertes comme s'il flairait non point une victoire ou une défaite, mais une trahison en germe. Et Gui, paisible, se sentit du dédain pour la confiance du grand Picard et pour les doutes du connétable. Il fallait laisser faire, laisser dire. Comme si toutes ces parlures ne le concernaient point, Boucicaut examinait une étrivière de son cheval.

— Qu'en penses-tu, Broeckx ?

— Que j'ai mal aux pieds. C'est étrange qu'à force de piéter, mes jambes n'aient pas raccourci.

— Trouve-toi un cheval dans tous ceux qui nous suivent et monte à cru.

— Imaginez, messire, la tête de Boucicaut s'il me voyait assis sur un roncin, même à cru !

— Je peux te prêter le mien. Je marcherai près de toi.

— Imaginez, messire, l'indignation du maréchal s'il nous voyait dans cet appareil !

Albéric, tout proche, se permit d'enchérir :

— Faut pas vous montrer trop aidable. Bien que notre maître ne pense, comme tous les Grands, qu'aux achèvements [1], il s'affellonirait [2] de nous savoir en bonne accointance. Faut ce qu'il faut : les chevaliers avec la chevalerie, les écuyers avec l'écuyerie et les piétons avec la piétaille – archers, guicliers [3], coustiliers et j'en passe.

— C'est une grosse absurdité. Une armée ne peut être forte que si les hommes qui la composent sont soudés et respectueux les uns des autres.

— Allez donc dire ça à tous ceux qui nous mènent !

On repartit. Excepté ceux de Nevers, on se désoccupait de la longue procession des chariots. Et plus on clopinait sur des chemins déserts, plus l'impatience de guerroyer enfiévrait les hommes. Gui, parfois, rejoignait Albéric occupé à conduire la charrette où certains prud'hommes de Boucicaut avaient entassé leurs armures. La sienne

1. *Achèvement* ou *achièvement* : exploit.
2. *S'affellonir* : s'irriter.
3. Piétons mal armés.

reposait dans le troisième fardier dont un varlet, Clément, un vieux barbu qui ne parlait guère, menait le limonier.

Il savait son harnois sur le plancher, dans ses deux bouges, presque sous la banquette. Bientôt, il le réendosserait. Mais quand ? Les Turcs étaient-ils proches ? Devant, les langues des bannières ventilaient vers l'Orient, comme pour montrer le chemin à l'armée.

« Je suis seul, tout seul à l'intérieur comme en une prison mouvante. »

Antigny rejoignait de plus en plus l'écuyerie du maréchal où Ambillon semblait imposer une volonté qu'acceptaient Cigogné, Prades, Vernon, Abondant. Ils chevauchaient fréquemment à la suite d'une poignée d'hommes qui ne se quittaient guère : Châtel-Morant, Regnault de Roye, Regnault de Trye, Guillaume de Namur, Jean des Ermoises, le sire de Garancières, lesquels se parlaient peu mais se devinaient aisés d'être ensemble. Et derrière ces compères toujours fiers de leurs vêtements bons pour on ne savait quelle Cour, grinçaient, l'un suivant l'autre, les vingt-quatre chariots ducaux surveillés par des vegilles[1] en livrée. Leur vert gai était devenu un vert triste.

Lorsqu'une cité qu'on baptisa « turque » apparut, la décision fut immédiate. La voix de Philippe d'Artois, retentissante, fit l'effet du tonnerre issu d'une bombarde :

— Messires, ces murs-là vont nous appartenir ! La cité, bientôt, sera nôtre !

— Oyez, messires ! Oyez ! s'écria Boucicaut. Soyez prêts à surquérir[2] ces païens et païennes !

Des rires lui firent écho parmi le cercle de leurs compères.

1. Gardes.
2. Attaquer.

— Quel est le nom de cette cité, messire, demanda Gui à un Boucicaut impatient de passer de la parole aux actes.

— La Comète [1].

Le regard du maréchal flamboya tandis qu'il le portait longuement sur la ville.

— Qu'allons-nous faire désormais ?

Gui se sentit soudain brûlé par des yeux emplis d'une sorte de fureur maladive :

— Êtes-vous un nicet, Clairbois ?… Nous allons mettre ce pays en exil [2]. Pendant que nous avancions, deux ou trois milliers des nôtres se sont répandus sur la contrée. Il n'y a plus de maisons, plus d'habitants, et les bêtes robées çà et là deviendront notre nourriture. Devant nous, cette grosse ville fermée a pour nom Baudins ou La Comète. Elle tient pour les Turcs. Nous l'allons assaillir. Nous passerons cette rivière qui s'appelle Mète [3]. Elle s'en va joindre assez près de la mer la Dunoe… Savez-vous que la Dunoe a plus de sept cents lieues de long ?

— Non, messire.

— Alors, vous ne savez rien !

« Le saviez-vous avant que Sigismond vous en informe ? » se dit Gui, plutôt que de poser cette question au maréchal.

Il voyait un homme différent de celui qu'il connaissait ; un être à l'esprit chauffé à blanc. Il voyait un gantelet

1. On ne peut trouver cette cité sur les cartes. Suivant J. de Thwzocs, après avoir franchi le Danube dans la Racie (Serbie), l'armée de Nevers et Sigismond s'avança vers la Bulgarie et assiégea les villes d'Oriszo et de Widin *en dévastant tout le pays environnant*. Les mœurs héritées des routiers suivaient leurs cours. L'auteur du *Livre des faits du maréchal Boucicaut* nomme ces deux places Baudins et Raco dans lesquelles on reconnaît Widin et Rachova appelée aussi Orchowa. La Comète est Widin ou Vidin.

2. *Exil*, *essil* : destruction. *Exiller*, *exillier*, *essiller* : ravager.

3. Ce nom est inconnu.

senestre fermé sur la prise d'une épée, tellement clos qu'une des écailles de fer semblait sur le point de sauter de l'enveloppe de cuir qui protégeait le médius. Une fureur homicide se substituait à la sérénité des jours précédents. L'aigle était l'attribut de cet homme. Il eût fallu y subroger un vautour.

« Il change », songea Gui tandis que le maréchal s'en allait rejoindre Enguerrand de Coucy qui, sur son bassinet, portait une poignée de plumes d'autruche bleues, blanches, rouges presque aussi touffues que si elles étaient restées plantées à l'entour de la croupe du grand oiseau.

« Ils s'ébaudissent… Ils se truffent sans doute de moi. Boucicaut change : il sera désormais d'humeur male [1] et détestable. »

Tenant Cyrus par le frein, il gagna le pourtour du logement afin de trouver, si petite fût-elle, une aire d'herbe haute. La bonne chance l'y aida. Quand il eut dégagé le mors de la bouche du cheval, il le laissa paître jusqu'à temps qu'il eût satisfait sa faim. La Mète était toute proche. Il l'y mena. Cyrus s'abreuva. Tout était parfait pour lui.

« Et pour moi ? Dois-je m'adouber ? Boucicaut n'a pas vu que j'étais sans armure. »

Bien qu'il s'en trouvât maintenant éloigné de quelques toises, son esprit ne pouvait se détacher du maréchal et de Coucy. Leur gaieté lui faisait horreur. Son père avait-il éprouvé de la plaisance à partager la vie de gens de cette sorte ? Gilbert de Clairbois leur avait-il ressemblé ? Était-il devenu joyeux à l'idée d'anéantir une place ?

De part et d'autre de la rivière s'étendaient de belles prairies et des vignes. Qui les vendangeait ? Les Turcs ?

1. Mauvaise.

Non : ils ne buvaient pas de vin. Toutefois, ils mangeaient les raisins. On les disait bien pourvus en fruits et épices.

Déjà, une centaine d'hommes étaient dans une vigne. Bien que ce ne fût pas encore le temps du moustyson [1], ils arrachaient les grappes, les piétinaient si les raisins n'étaient point mûrs ou se les jetaient au visage : on commençait à faire couler le sang des pampres avant celui des hommes.

— En veux-tu ? demanda Antigny comme revigoré par l'envie de se battre.

Il avait quelques grains dans le creux d'une main poisseuse et rouge.

— Vois, Yvain. Il se peut que ta main soit ainsi demain, après que nous aurons assailli cette ville. La mettras-tu, soulagé, sur ton cœur pour apaiser ses battements ?

— Oh ! toi… Tu vois le mal partout. C'est peut-être ta main que tu verras vermeille.

— Il se peut… N'as-tu pas vu frère Théodore ?

— Non… Mais il est vrai que c'est vaste, à l'entour… Va voir du côté du charroi des Hongres.

Antigny était bien informé. Sur le seuil d'une boucherie en plein vent, le clerc bénissait les vaches, bœufs et brebis robés dans les campagnes et qui allaient être égorgés.

— Je ne sais, dit-il, ce que penserait de moi saint François, mais je gage mes sandales, qui me sont moult utiles, qu'il me donnerait sa bénédiction. Mes-huy [2], on sacrifie les animaux, demain, à la face de Dieu, on sacrifiera les hommes lesquels, même les plus félonneux d'entre eux, sacrifieront, pour occire leur prochain, ce qui est en eux de valable et d'honnête. Des deux côtés adverses, la guerre engendrera des monstres. Qu'en penses-tu ?

1. La saison du moust ; la saison du vin.
2. Maintenant.

— Je pense tout ce que vous pensez.

Gui dut s'avouer qu'il avait cherché le dominicain. La forcennerie de Jean le Meingre l'avait comme flagellé. Guerroyer, soit, mais s'en réjouir passait l'entendement. Il se remit en mémoire une tête rude aux yeux nets et comme flamboyants, et le pli d'une bouche de travers dans un visage dont l'âpreté dénonçait peut-être une crainte. Nullement celle de mourir mais celle de subir un échec. Une crainte ceinte de fureur tel un noyau solide dans un fruit pourri. Il y avait de l'effronterie dans cette enragerie de vaincre.

— Il paraît, dit frère Théodore, qu'une petite armée commandée par un des vôtres s'en est allée conquérir un gros village : Oriszo. Le mayeur [1] en a fait ouvrir les portes. Nulle résistance, mais je ne sais comment ces vainqueurs sans combattre se sont conduits… Je crains qu'ils n'aient affolé [2] dans la cité, puis les champagnes à l'entour, les gens et les bêtes.

Gui acquiesça. Le moine effleura de ses mains sa croix pectorale :

— Un chevalier que j'ai reçu en confession m'a dit que Sigismond avait recommandé au connétable, à Jean de Nevers et aux autres, d'attendre les Turcs là où nous sommes plutôt que d'accomplir un long cheminement qui vous épuiserait, vous et vos chevaux. Coucy lui a répondu de toute sa hauteur que les croisés étaient résolus à chercher l'ennemi et à le détruire… ce qui a courroucé Philippe de Nevers qui, étant connétable, aurait répondu au roi lui-même la même chose, mais avant messire Enguerrand… Va les rejoindre, mon fils : il te faut savoir vers quel abîme ils te vont entraîner.

1. Le maire.
2. *Affoler* ou *affouler* : estropier, maltraiter.

Gui obéit à regret. Il trouva Antigny près de l'écurie où ils avaient confié leurs chevaux à l'attention d'Albéric.

— À en croire nos capitaines, nous allons entrer dans la Comète comme une aiguille dans un pot de saindoux.

— Et si ce saindoux était rance et putride ?

Une sorte de vergogne troubla les yeux de l'écuyer.

— C'est bien ce que je crains. Il n'y a aucun honneur à contrester à cent contre un des guerriers et des manants qui ne sont pas nos ennemis déclarés.

— Boucicaut te répondra qu'ils sont des mécréants, des Mahoms, et que par conséquent notre devoir est de les occire.

— Ils ont le droit d'avoir le dieu de leur choix.

Ils étaient donc d'accord. Tout proche, Boucicaut leur montrait son dos. Le fer y resplendissait. Un miroir. Gui ne put s'empêcher d'imaginer les criblures et traînées de sang qui, bientôt, le maculeraient.

Le maréchal, soudain, leur fit face :

— C'est pour demain, le temps que nos gentilshommes s'accordent… Nous irons à cheval jusqu'à bonne approche des chaingles [1] et nous assaillirons les portes et les murailles… Quant à vous, je tiens à vous voir en harnois plain. Votre armure est belle, Clairbois. Plutôt que de songer à l'exposer un jour dans votre ferté, j'exige, moi, que vous l'ayez sur le corps… avec ce bassinet…

Le maréchal s'interrompit et s'éloigna.

— Il ne peut souffrir, Yvain, que j'aie une défense de tête qui ressemble à la sienne.

— C'est de l'enfantillage !

C'en était. Gui préféra ne rien retenir de cette vision d'un Boucicaut hargneux, gaspillant sa salive et son souffle

1. Les murailles, l'enceinte.

en des propos chargés d'une haine dont, à l'avance, il se mit à plaindre les effets sur les prochaines victimes.

— De l'enfantillage, répéta-t-il, le ton chargé de la mélancolie d'un respect révolu. Je me demande ce que Clisson aurait dit et fait à sa place.

Antigny demeura silencieux. À quoi pouvait-il bien penser ?

Dès la nuit, alors qu'il venait d'abreuver Cyrus, Gui vit frère Théodore apparaître. Le moine allait tête haute et les mains jointes sous ses larges manches. Son visage était quiet, à l'inverse de tous ceux que réjouissait la prochaine bataille.

— Bien sûr, dit-il, mon fils, tu seras de l'empainte[1].

— Il le faut… et je n'ose vous dire hélas !

— Ils se réjouissent tous.

— Certains se refusent à passer pour des couards aux yeux de leurs compains. Je sais aussi qu'il n'existe aucun remède à cette mortelle ardeur.

Gui s'étonna d'avoir pris un ton sec et sans doute une mine appropriée. Devant lui et presque à le toucher, le dominicain semblait de pierre.

— J'imagine, mon fils, même si tu cherches à me le dissimuler, l'état de ta conscience. Elle te brûle ce soir et flamboiera demain.

Gui posa la question qui le travaillait depuis la venue du frère prêcheur :

— Pourquoi êtes-vous passé me voir, mon père, car vous ne m'avez point trouvé par hasard ?

Il percevait autour d'eux une sorte de cercle étroit, invisible et fermé, où nul ne pouvait entrer. Ils appartenaient

1. Attaque.

à un autre monde auquel ni la paix ni la guerre n'avaient accès. Ils en étaient le centre, protégés l'un et l'autre par *quelque chose* dont frère Théodore seul connaissait peut-être la nature ou le nom.

— Je suis venu te bénir, mon fils, dit-il sans retirer ses mains de l'abri de ses manches. Je sais que le bien et le mal vont se partager ton cœur. Fais pour le mieux, si j'ose dire.

Il n'y avait rien à répondre, et d'ailleurs, rompant le cercle enchanté, frère Théodore s'éloignait comme il était venu : subrepticement.

III

À l'aube, les olifants, clairons et araines mêlèrent leurs mugissements et leurs clameurs. Vainement puisque les hommes, déjà, étaient prêts à l'action.

Gui apprit par la rumeur que Sigismond et son ost avaient renoncé à partir de bon matin afin d'avoir le privilège de conquérir seuls une grosse cité turque du nom de Brehappe[1].

— À nous, messires, la victoire ! proclama Boucicaut devant ses hommes au complet parmi lesquels Aubery de Vernon portait la bannière à l'aigle éployée de gueules. Les Hongres nous rejoindront car ce sont des gens lents. Remettons à une autre fois la plaisance de les voir à l'ouvrage… Pour ce qui vous concerne, j'exige que chacun d'entre vous soit entalenté à occire du mécréant. Qu'il soit prêt à suppéditer[2] ceux qui tomberont sous ses coups. Qu'il se montre insensible à leurs quérimonies[3]. Qu'il fasse preuve du meilleur des vasselages[4]… Audace et forcen-

1. Dans le *Livre des faits de Jean Bouciquaut*, cette cité se nomme *Raco*. Il est parfois impossible de substituer aux noms des chroniqueurs anciens des appellations modernes. Il s'agit de Rachova (Oriekhovo) à 100 km de Vidin (La Comète).

2. Fouler aux pieds.

3. Plaintes.

4. Bravoure.

nerie, messires ! Dieu soutiendra vos bras et nettoiera vos consciences de tout ce qui pourrait engourdir vos mouvements.

Gui, la visière de son bassinet largement déclose, estima élémentaire d'acquiescer d'autant plus fermement que, négligeant le reste des hommes d'armes, le maréchal s'était soudain tourné vers lui.

« Il jouit déjà et sait que je ne m'esliesce[1] point comme la plupart d'entre nous. Auprès de lui, Artois et Nevers, aux faces funèbres, semblent des anges exterminateurs. »

— Les Turcs et leurs alliés savent que nous sommes nombreux. Ils connaissent nos intentions et se sont apprêtés à nous recevoir. La Comète n'est point suffisamment armée pour se défendre et les Sarrasins sont de mauvais combattants !... On m'a noncié la venue des hommes de la Bougerie[2], conduits par Jean de Strachimir... Mais nous pouvons, à quelques centaines, occire seuls les Mahoms !

« Il oublie qu'ils nous ont chassés de Terre sainte et que Bayézid passe pour être un nouveau Saladin !... J'abomine son sarrasinisme[3] ! »

— Les encercler nous prendra plus de temps que pour les vaincre.

— Nulle pitié ! s'écria Nevers dont le gros bassinet mal assujetti au colletin de l'armure branlait sous l'effet d'une fureur exacerbée. Les pères de ces démons ont occis Jésus qu'il nous faut venger !... Et c'est un soi-disant chrétien qui défend cette ville... Un Grec !

— Je croyais que c'étaient les Juifs, murmura Antigny entre deux tremblements de mâchoires.

1. De *liesse* : réjouir.
2. Bulgarie.
3. C'est ainsi que la haine de Boucicaut envers les Sarrasins fut appelée.

Gui acquiesça. En tout autre lieu et circonstance, un tel mensonge, volontaire ou non, l'eût égayé. Son savoir sur les Évangiles était assez sommaire. Il avait cependant retenu quelques leçons de frère Évrard, à Clairbois, qui déclarait : « *J'aurais suivi Jésus même en chemise si j'avais été son disciple.* » Or, bien que chrétien, Nevers n'eut point suivi longuement le Christ même en armure : ses Cènes à lui avaient pour hauts lieux des palais.

— Viens, Gui, dit Antigny recru de vaines paroles. Modus et Cyrus nous attendent... Que Dieu les préserve des carreaux et des sagettes !

Confiés à des garçons et des enfants perdus [1], les chevaux, à proximité, attendaient, le museau levé vers les branches de quelques arbres aux feuilles tendres ou abaissé sur des herbes pâles. Gui se hâta vers Cyrus et l'enfourcha, aidé en cela par un jeunet qui lui tenait l'étrier. Après un salut, il rejoignit Antigny déjà en selle. Yvain semblait extraordinairement calme, mais à l'intérieur de lui-même, l'était-il autant qu'il le laissait paraître ?

— Allons-y ensemble.

Gui accepta. Tout autour, chevaliers, écuyers et soudoyers montaient à cheval dans un tumulte de fers aheurtés, de fourreaux battant une jambière, d'épieux touchant une spallière, de grelots attachés à certaines houssures [2] et de cris de joie. Déjà, les cranequiniers avaient leur arbalète en main, un carreau engagé dans sa gouttière. Déjà l'on se voyait percutant [3] du Mahom.

On partit. À combien ? Moins de cinq milliers, selon certains, ce qui semblait exagéré. Pour une petite cité,

1. Les *garçons* : soudoyers subalternes, les *enfants perdus* : goujats, valets d'armée.

2. Ensemble des harnais du cheval.

3. *Percuter* : détruire, frapper violemment.

c'était beaucoup. Autant que son bassinet le lui permettait, Gui lança quelques coups d'œil à l'entour. En face, il n'y avait que des dossières les unes droites, les autres penchées, plus ou moins scintillantes, et au-dessus des chapels de fer d'où çà et là saillait une bannière. Sur les côtés, des hommes encore et encore. La tierce partie d'une armée fervêtue, et l'on voyait de-ci de-là tressauter une poignée de plumes d'aigle, d'oie ou de paon et même quelques parures de joute ou de tournoi : têtes d'animaux, d'hommes et de femmes d'où pendait un lambrequin.

Pour qu'on sût bien que c'était lui, Boucicaut chevauchait tête nue. Au milieu de sa compagnie dont le trot faisait tinter les plates des habits de fer et les lormeries des montures, le maréchal, tout comme Jean de Bourgogne, devant, affectait des airs d'empereur de Rome. Il se retournait parfois vers ses parents moins pour obtenir leur approbation que pour vérifier s'ils étaient tous présents. Ils riaient de loin en loin. Ils n'eussent pas été plus joyeux en se rendant à la messe ou au bordeau.

« J'ai idée », songea Gui, « qu'ils ont copieusement arrosé leur future victoire. Ils puaient le vin quand le maréchal nous a réunis. »

L'armée avançait, les dos tressautaient, entraînant dans leurs secouements les carquois, les couires [1] et les écus parmi lesquels Gui entrevit un porc de profil et passant : *D'or à un porc de sable*. Et de songer à frère Théodore qui, selon Aubery de Vernon, confessait un chevalier du nom de Porcelot de Besançon.

Où était le dominicain ? Avait-il, de loin, béni tous ces hommes de fer qui se rendaient à une boucherie ? C'était improbable. Il avait été sollicité pour devenir, lorsqu'il le

1. Carquois des arbalétriers en peau de truie.

faudrait, le truchement des vainqueurs auprès des Turcs écrasés de vergogne et de repentance. Il attendait d'être mandé à leur service. Quant au comte de Nevers, sans doute, lors de la nuit passée, si brève qu'elle eût été, s'était-il peut-être imaginé assis sur une rustique escabelle face à un Bayézid enchaîné ; un Bayézid qui s'inclinait devant lui avec une déférence piteuse. « *Que sollicite-t-il, frère Théodore ?* » Et le clerc, après quelques mots échangés avec le vaincu : « *Sa grâce, monseigneur.* » Gui crut voir les sourires de Sigismond, Boucicaut, Philippe d'Artois, Jean de Vienne, puis ceux des La Trémoille et d'Enguerrand de Coucy accompagner ceux de leurs pairs. Il les exclut de son esprit comme autant de scènes impures.

« Et si c'était Bayézid devant lequel s'agenouilleraient le Bourguignon et ses compères ? »

Il était évident que la Comète allait être prise et que les Francs, les Hongueriens et leurs alliés souhaitaient qu'elle ne se rendît point : c'eût été les priver du plaisir d'occire. Or, il existait maintes cités sur la voie qui menait aux Turcs. Il y aurait d'autres tueries.

L'armée s'arrêta lorsqu'elle fut à moins d'un quart de lieue des murailles garnies de têtes de fer. Autant que la cohue le lui permettait, Boucicaut contourna ses guerriers.

— Nous allons ceindre étroitement cette place. Je demeurerai auprès du prince, du connétable et des chevaliers qui seront là, circonstans[1]. J'ai délégué mes pouvoirs à messires le Barrois, Jean et Godemar de Linières, Regnault de Chavigny, le Borgne de Milli et Jean d'Egreville.

Dans certains dos, des écus remuaient comme sous l'effet de démangeaisons soudaines. Gui tapota de son gantelet l'encolure de Cyrus.

1. Qui seront là, m'entourant.

« Linières… J'ai déjà vu ses armes : *d'or au chef vairé de trois traits d'argent et d'azur au lion de gueules couronné d'or brochant sur le tout*… Et près de lui Milli : *de sable au chef d'argent*… Boucicaut n'a ni écu ni cotte d'armes… Moi non plus ! »

— Vous allez contourner la Comète par la dextre… Les échelles vont arriver… Une fois réunis à ceux qui vont accomplir la même besogne que vous à senestre, vous vous rapprocherez des chaingles [1] et attendrez que nos sonneurs vous enjoignent de donner l'assaut. Les soudoyers que vous précédez suivront.

Il y eut un silence, le temps, sans doute, que les hommes entendissent les mandements qui se hurlaient plus loin en avant et qui commençaient en arrière. Et Boucicaut reprit :

— Souvenez-vous que nous ne voulons pas de rendage [2]. Il nous faut exemplier notre force [3]… Ce qui signifie, messires, que je ne veux aucune pitié !

« Je m'en doutais… Il lui faut du sang, des cris et des supplications. Ce n'est pas de la sueur qui sort de ses pores. Il ne sue point : il suppure… Je suis chevalier. Les commandements que j'ai reçus de mon père, de frère Évrard et auxquels frère Théodore souscrirait, c'est de n'affronter que des hommes d'armes. Aucun manant, aucune femme, aucun enfant, aucun vieillard ! »

Se tournant autant qu'il le pouvait vers Antigny, Gui découvrit, sur les traits du peu de visage apparent dans l'ouverture du bassinet, l'expression d'une malaisance comparable à la sienne.

— Allons, mes compères !… Faites votre devoir !

1. L'enceinte, les murailles.
2. Reddition.
3. Montrer l'exemple de notre force.

Jean II le Meingre appelait ainsi son goût des homicides.

Gui mena Cyrus auprès d'Antigny.

— Qu'en penses-tu ?

— Que je ne suis pas disposé à ce genre de bataille. S'il ne nous avait pas commandé d'occire des innocents, certes, j'aurais accepté. Mais ça…

— Crois-tu que nous sommes seuls à penser ainsi ?

— Va savoir…

Ils chevauchaient sur le flanc des compagnies en marche. À senestre, l'armée ; à dextre, toute proche, se dressait une chênaie assez touffue, les pieds chaussés de hautes fougères.

— Oye, Yvain. Je vais faire comme si Cyrus se desrayait [1] et galoper jusqu'à ces arbres. Tu me suivras comme si tu voulais m'aider à le dompter.

— Certes, mais après ?

— Une fois à couvert et à recueillette [2], nous devancerons les hommes. Nous n'entrerons dans la cité que lorsqu'ils auront commis ce que Boucicaut leur a demandé.

— Ils ne seront pas les seuls à occire de la bonne gent. Regnault de Roye en a demandé autant à sa flote [3] et Regnault de Trye et Guillaume de Namur…

— Et ces gens-là, parfois, vont crier : « Vive Dieu ! » Es-tu prêt à me suivre ?

Fermement talonné, Cyrus se demanda ce qui lui advenait. Il hennit, frongnia, rua, frappa du pied en terre, se cabra et s'élança soudain droit sur les arbres distants de cinq ou six toises.

— Le cheval a peur ! s'esclaffa le Borgne de Milli.

1. *Se desrayer* : devenir ingouvernable.
2. À l'abri.
3. Troupe plus ou moins grande de guerriers.

Il y eut des rires, une éruption de commentaires et des hennissements de montures meshaignées sans raison. Gui sut qu'Yvain s'était élancé à sa poursuite sans que les hommes d'armes d'où il s'était extrait y eussent vu malice.

Il fallait s'enfoncer sous la ramée, disparaître, se confondre autant que possible avec l'ombre pour ne se montrer qu'au moment opportun. Les troncs laissaient suffisamment d'espace entre eux pour que le galop fût aisé ; quant au sol, il était jonché de tant d'épaisseurs de feuilles mortes que les sabots n'y suscitaient qu'un clapotement imperceptible à une armée en marche où chaque armure émettait des froissements, chaque arme des cliquetis contre certaines plates des habits de fer, et où chaque lormerie tintait au pas, au trot ou à l'amble du cheval qui la portait.

— Devançons-les, Yvain. Plus nous serons devant, mieux cela sera !

Cyrus galopait sans le moindre signe de ressentiment. Modus suivait, docile. Devant, sans doute à un quart de lieue, le tunnel forestier cessait pour béer sur une clairière. Les chevaux, en l'atteignant, piéteraient lentement après une manœuvre sur la senestre. De là, Gui s'attendait à découvrir le côté des murailles de la Comète qui, lorsque les échelles y seraient amenées, deviendrait la dernière difficulté offerte à la voracité meurtrière des assiégeants.

Il sentait ses veines temporales battre son crâne. Sans que rien ne l'y incitât, il éprouvait un pressentiment : celui d'un événement important pour son existence et celle d'Antigny.

Ils avançaient dans la pénombre. Elle était comme une sorte de velours frais qui leur séchait la face. Parfois, une branche basse éraflait le timbre ou la jouée de leur bassinet, une spallière ou une cubitière[1]. Gui, la bouche serrée, imaginait la Comète. Le temps qu'elle fût irrésistiblement contournée, Antigny et lui auraient quitté le peuple des arbres. Déjà, leurs fûts se clairsemaient. Déjà, les feuillages s'éclaircissaient. Déjà, dans le large collier de fer prêt à étouffer la ville, des hommes jubilaient à l'idée d'empoisser leurs armes. Déjà, dans la cité, les défenseurs accouraient aux murailles et les femmes priaient sur le seuil d'une mahomerie dont le beffroi semblait inachevé.

Tout à coup, à senestre, entre les troncs…

— Agar[2] !

Gui avait arrêté Cyrus. Yvain fut aussitôt près de lui.

— Agar ! répéta Gui le bras tendu.

Sur le pré dont il avait imaginé les vastes dimensions, un cheval blanc galopait, stimulé par son cavalier vêtu de blanc comme la plupart des guerriers sarrasins. Une longue chape diaphane flottait dans son dos. Parfois, il lançait un regard en arrière.

— Quelqu'un est à sa ressuite ! commenta Gui. C'est un chevaucheur que les gens de la Comète envoient à Bayézid ou à l'un de ses lieutenants.

— Pour quérir du secours…

— Ou pour prévenir les Mahoms d'une autre cité toute proche.

— Notre devoir est de nous en saisir.

— D'autres vont s'en charger… Regarde !

Deux hommes venaient de surgir d'un boqueteau où ils semblaient s'être mis à l'aguet. Ils galopaient en direction du fugitif.

— Ils chassaient peut-être. Ils sont dépourvus d'armure.

1. Épaulière, pièce protégeant l'articulation du coude.
2. Vois un peu !… Zyeute !

— Ils désertaient ou, cette nuit, ils s'en étaient allés vers quelque roberie, quelque chasse ou malandrinage.

— Qu'est-ce qu'on fait, Gui ?

— On y va. Nous ne pouvons, Yvain, rester indifférents.

Cyrus n'attendit pas d'être talonné pour donner sa pleine mesure. En bon sommier, il supportait le faix de l'homme et de son armure et mettait de l'acharnement à rejoindre le fugitif qui, voyant deux hommes de plus entreprendre sa poursuite, semblait être saisi de fureur et d'angoisse. Son cheval était jeune : un coursier d'Arabie. Il l'aimait, et partant renonçait à l'abrocher. Fronçant les sourcils, Gui se sentit la gorge sèche. Une inquiétude inconnue le mordit au cœur :

— Yvain ! Ce n'est pas un homme. C'est une femme !

— Et ses deux pourmeneurs [1], les as-tu reconnus ?

Gui reporta son attention sur les hommes. Ils étaient désormais assez proches. Le port de vêtements légers signifiait qu'ils avaient quitté nuitamment le logement de l'armée et que peut-être ils y revenaient lorsqu'ils avaient vu le « chevaucheur » quitter les murs de la Comète.

— Thibaut et Gaucher de Mortefontaine… Et ils nous ont vus !

Certes, mais les deux frères n'en continuaient pas moins leur poursuite.

— Avec nous ! hurla Thibaut. Quand il y en a pour deux, il y en a pour quatre. C'est une femme !… Une Moresque !

La cavalière semblait jeune. Turque ou non, elle savait qu'elle était une proie avant de devenir une victime.

Gui se mit à rire. Coutumiers des roberies et des stupres [2], les deux Mortefontaine méritaient qu'on les contraignît à renoncer aux délices auxquels ils pensaient.

1. *Pourmener* : poursuivre.
2. Viols, luxures.

« Ça y est, nous sommes sur eux ! »

Il rejoignit Thibaut, le plus acharné des deux. Alors que les chevaux galopaient flanc contre flanc, il demanda un écart à Cyrus. Violemment à dessein, le cuissot de l'armure heurta le genou de l'aîné des Mortefontaine.

— Fais at…

Thibaut s'aperçut, au second coup, qu'il n'était point l'objet d'une inhabileté. Sa dextre voulut se porter sur son épée. Gui le saisit au creux du coude et tint bon tandis qu'il imposait une ébriade[1] à Cyrus.

Ainsi qu'il l'avait prévu, Thibaut déséperonné versa et chut dans l'herbe cependant que son roncin continuait ses larges foulées droit devant.

Antigny avait tiré sa lame. Du plat de celle-ci, il en administrait une volée sur le dos de Gaucher, le contraignant à abandonner la chasse.

— À terre !

Gaucher, déjà, y était. Il aidait son frère à se relever.

— Vous ne savez pas ce que vous faites !

— Oh ! si, grommela Gui, les pieds touchant terre. Depuis le temps de Lolinghen et la forêt de Brière où les loups, d'après ce que je vois, renoncèrent à dévorer votre pourriture, je priais le Seigneur de me venir en aide contre vous !

— Cette fille est une Turque !… Elle a quitté vélocement la cité ! Elle est sûrement une messagère…

— Nous le dirons à Boucicaut, promit Gaucher.

Gui se mit à rire :

— J'en doute. Nous allons – n'est-ce pas, Yvain ? – vous couper la parole.

1. Secousse donnée à la bride d'un seul côté pour exiger la volte-face du cheval.

La haine le brûlait. Il s'aperçut que la fugitive s'était arrêtée, ébahie par une intervention qu'elle avait tout d'abord considérée comme une funeste alliance.

Le bassinet de Gui n'était point lié au gorgerin de son armure. Il s'en défit et le jeta promptement sur l'herbe. Antigny n'eut point le loisir de l'imiter : Gaucher avait tiré sa lame de son feurre[1].

— C'est de l'iniquité !… Vous êtes adoubés.

« Il a raison », songea Gui. « Nous avons l'avantage. Or, si Boucicaut apprenait ce que nous venons de faire, nous passerions un mauvais moment. Excité comme il est, il nous accuserait de trahison, et la trahison, c'est la mort. C'est pourquoi nous les devons détruire. Ce ne sera pas une perte pour l'ost ! »

Cette décision le tourmentait. Plutôt que d'occire des innocents à la Comète, n'était-il pas préférable qu'il épurât doublement, aidé par un compère, une armée viciée d'un monceau de coquins ?

Il croisait le fer. Éperdu de rage, Thibaut jouait de l'épée avec une aisance qui semblait un don du diable.

C'était un affrontement inégal. Fer contre chair. Il fallait punir deux malandrins pour une énormité qu'ils n'avaient point encore commise. D'autres l'avaient précédée.

— C'est à cause de toi ! reprocha Thibaut à son frère. Je t'avais dit de la laisser partir et que, dans la Comète, nous aurions notre content d'or et de filles !

— Tu te serais esliescé, mon frère, si ces deux-là ne nous avaient empêchés d'atteindre cette infidèle !… Tu aurais même voulu passer devant moi en excipant de ton droit d'aînesse.

1. Fourreau.

Déjà, entre les deux Mortefontaine, perçait la furibonde inimitié des complices privés d'un précieux butin.

Gui enragea : les chevaux l'empêchaient de voir Antigny, mais il le devinait à l'aise dans un affrontement que son adversaire devait craindre autant que son épée. Précieuse en ses mains, il savourait, quant à lui, la magnifique aventure qu'il devait, somme toute, à Boucicaut. En refusant de participer à la tuerie de la Comète, il allait jouir d'une victoire aisée sur un homme dont la chevalerie était probablement indue.

— Tu vas payer pour ce huron que tu fis mourir après la roberie d'un pain.

Heurté par le dos de Thibaut, Cyrus se dégagea. Soudain acculé au cheval de son frère, le malandrin attendit un coup que Gui n'osa fournir : il avait entrevu les flancs de l'animal : « *Il saigne. Il a été abroché sans pitié. Je le vengerai !* » Les épées claquèrent, vibrèrent, étincelèrent.

— Tu aurais dû, Clairbois, entrer dans un moutier.

L'impétuosité de Thibaut redoubla. Gui reçut sur son épaule senestre un taillant qui l'eût pu entamer profondément si elle n'avait été garnie de fer.

— J'entrerai dans ta chair jusqu'aux quillons de mon arme !

Gui soupesa ses chances. Ce serait une victoire malaisée. Le fait qu'il ne fût point fervêtu avantageait Thibaut dans tous ses mouvements. Il fallait qu'Yvain dominât et vainquit Gaucher sinon, bientôt, on serait à deux contre un !

Les lames se heurtaient, l'une vive, prompte, dangereuse ; l'autre plus lente et plus précise, toujours habilement déjouée. Thibaut n'avait point l'intelligence très aiguisée, mais son esprit ne manquait ni de malice ni de vivacité. Ses feintes, ses assauts toujours justes, et qui n'aboutissaient point, augmentaient sa fureur. Serrés, véloces maintenant qu'il était échauffé, ceux de Gui commençaient à l'inquiéter. L'un d'eux fit sauter son chaperon qui dut emporter quelques cheveux dans sa chute.

— Bientôt, j'atteindrai ta gorge et c'est ta tête qui cherra !

Invisible derrière les chevaux, Antigny parait les horions, déjouait les astuces, brisait le vol des tranchoirs, repoussait certainement les estocades. Il y eut tout à coup deux cris liés ensemble et la molle tombée d'un corps : le vaincu ne pouvait être Yvain. Thibaut, lui aussi, avait entendu.

— Gaucher ! Gaucher !

— Il est mat !

Ramassant ses forces et sa volonté pour une vengeance immédiate, l'aîné des Mortefontaine trébucha offrant involontairement sa poitrine à l'estoc de Précieuse qui lui traversa les chairs.

Il s'abattit sur le dos, les mains réunies sur son cœur secoué par les palpitations dernières.

— Yvain, comment vas-tu ?... Moi, j'en ai terminé !

Sans prendre soin de l'essuyer dans l'herbe, Gui remit Précieuse au fourreau. Antigny apparut, indemne et souriant.

— On les a eus, mais c'était une iniquité que d'être fervêtus...

— Ils étaient les champions de l'iniquité... Et puis, quoi ? Préfères-tu entrer dans la Comète et occire des innocents ?

Ils se tournèrent vers la Moresque. Sans crainte, elle s'approchait, menant son cheval par la bride.

— Elle est belle, murmura Gui en ramassant son bassinet qu'il tint sous son coude.

— Si tu étais un soudan, tu aurais, je crois bien, du sentiment pour elle.

— Je ne suis pas un soudan, et mon cœur est épris d'une autre.

Il parut à Gui que la vieille et inexplicable rancune de son compère venait de ressusciter : Yvain riait sans envie et son rire sentait le fiel. Se purgerait-il un jour de cette obstination à vouloir interpréter les intimes sentiments d'un compagnon qui, de loin en loin, était devenu son complice ?

« Bon sang, oui : elle est belle ! »

Elle était là, immobile. De longues jambes transparaissaient sous le tissu léger de vastes jambières resserrées aux chevilles. La grande chape de soie les effleurait comme une caresse sous les souffles du vent léger. Comme elle se tournait pour caresser le chanfrein de son coursier toujours apeuré par le galop qu'elle lui avait imposé, Antigny désheaumé risqua entre ses dents :

— Un beau petit potron… Ce n'est pas un cul de Paris [1].

Gui s'inclina devant la jouvencelle tout en différant une algarade qui s'imposait. La Moresque lui sourit. À lui seul. Elle parut chercher des mots enfouis dans sa mémoire.

— Je vous… regracie, dit-elle d'une voix feutrée qu'un souffle d'air emporta.

— Nous sommes chevaliers…

— … et avons fait notre devoir, acheva un Antigny cérémonieux.

Elle avait quinze ans peut-être. Ses vêtements étranges, constellés de paillettes de cuivre ou d'or, eussent sans doute fait s'ébaudir les gentilsfames de l'Hôtel Saint-Pol. L'extrémité de ses fines chaussures de basane se redressait

1. À cette époque, à Paris, une voluptueuse damoiselle Deschamps, héroïne d'un poème, décrivait ses charmes strophe par strophe, d'une façon qui eût pu accompagner les gestes d'une stripteaseuse pour vanter son « beau cul de Paris ».

comme un embryon de poulaine. Des broderies de fil d'argent les ornaient. Sa chape légère semblait avoir été tissée avec l'écume d'une chute d'eau claire. Les souffles indiscrets de la brise semblaient vouloir mettre en évidence, prolongeant un genou à peine renflé, une cuisse drue et ferme.

La Moresque cillait des paupières. Sous ses longs sourcils, ses yeux d'ambre – comme sa chair – semblaient ceux d'une biche et sous son nez petit, délicieusement retroussé, ses lèvres avaient emprunté leur couleur à la pulpe des framboises.

Elle essaya soudain de dissimuler son visage avec le voile accroché d'un côté à un simple frontal qui ne pouvait être que d'or. Ses cheveux à peine roux flottaient aussi splendidement que toutes ses étoffes. Ainsi enveloppée de blancheurs ondoyantes, elle était une déesse de la neige égarée en plein été.

Elle ne savait rien d'autre du français que les mots qu'elle avait prononcés. Gui enrageait de tout ignorer du langage des Turcs.

La fugitive souriait, sachant qu'elle n'avait plus rien à craindre. Son volet d'yraigne palpitait autour de ses cheveux, de sa joue, de son cou ceint d'un pentacol d'or d'une simplicité rustique. Aux mouvements de ses mains pour exprimer sa gratitude brillaient des doigts [1] scintillants. Ce n'était assurément pas une manante mais une jouvencelle accoutumée au respect, voire à une sorte de ferveur impossible à imaginer. Ces yeux si purs, ce regard où, à la reconnaissance, s'ajoutait quelque chose de plus – mais quoi ? –, le frémissement d'une bouche tendre devenaient pour Gui l'affirmation qu'il existait chez les

1. Bagues, anneaux, etc.

Mahoms, conjointement à une cruauté sans cesse évoquée – et qui n'avait d'égale, sans doute, que l'enragerie des chrétiens – autre chose qu'une bestialité continuelle.

Il eut un accès de faiblesse :

« On se convertirait pour l'amour d'une pareille créature. »

Puis Héloïse lui apparut. Moins belle, mais tellement indispensable à son âme et à son cœur. Ah ! pourquoi l'avait-il quittée ? Il eût mieux valu passer pour un couard aux yeux de Boucicaut que de le suivre dans des pays qui peut-être se refermeraient mortellement sur l'armée lorsqu'elle reviendrait en France. Tant d'excès avaient été commis par des maufaiteurs de la noblesse et du commun à l'abri des bannières et des justifications absurdes.

Déposant son bassinet dans l'herbe, il indiqua d'un geste à l'inconnue qu'elle pouvait partir sans crainte. Elle eut, sur sa face soudain triste, une expression dont l'étrangeté fit dire à Antigny :

— Si tu étais un Othman, tu pourrais prétendre à sa main. Elle regrette que ce soit impossible… Peut-être comme toi.

Une insinuation de plus. Inopinée autant que désagréable. Gui aida la Moresque à se jucher en selle. Sitôt les étriers chaussés, elle lui adressa un baiser de la main et talonna son coursier. Bientôt, deux blancs fantômes disparurent dans la profondeur des arbres.

— Ton *cul de Paris* ! reprocha Gui à son compère. Je ne sais si elle connaît notre langue…

Il était à bout de souffle et d'émoi.

— Si elle la connaît, elle aura une belle opinion de toi !

Antigny resta coi. Puis, comme il considérait les corps des Mortefontaine :

— Qu'est-ce qu'on en fait ?

— Laissons-les… Si l'armée passe par ici, nos chefs bien-aimés les croiront victimes des Mahoms.

— Nous revenons à la Comète ?

— Nous n'y sommes jamais allés, mais il convient qu'on nous y voie, sinon Boucicaut nous accuserait de trahison.

— Et les chevaux des trépassés ?

Gui les considéra. C'étaient de bons roncins noirs dont les flancs éclaboussés de rouge révélaient que pour rejoindre la Moresque, Thibaut et Gaucher ne les avaient point ménagés.

— Laissons-les. Ou ils nous suivront ou ils trouveront preneurs.

Coiffé de sa défense de tête, Gui remonta en selle.

— *Elle* est loin, maintenant, murmura Antigny. Ce n'était assurément pas une fille du commun. Elle a quelque khalife pour père… ou pour mari.

— Elle est neuve, affirma Gui avec une espèce de rage.

Il mena Cyrus droit sur la Comète. Il en voyait les murs où subsistait une échelle tandis que les hurlements des assaillants et des défenseurs devenaient de plus en plus précis à ses oreilles. Saleté de guerre ! Les gens de la cité étaient-ils Turcs ? Même s'ils l'étaient, ce n'étaient point des guerriers. De quel droit pouvaient arguer les maîtres de l'ost français pour assaillir une bastide qui ne nuisait nullement à une avancée vers ce qu'on pouvait nommer l'Inconnu ? De quel devoir pouvait-on se prévaloir pour entrer en guerre contre un Othman qui jamais, sans doute, n'eût déployé ses armées vers le royaume de France ?

— Bayézid n'a rien commis de funeste contre nous… Nous semons la fureur. Que récolterons-nous ? Ils sont dans la comète…

Ils devaient s'en donner à cœur joie. Avant même que la cité eût été assiégée, ils avaient tous conçu de se livrer à d'épouvantables excès. Nullement satisfaits de les imaginer, il avait fallu qu'ils les perpètrent. Au nom de quoi ? En forçant les piétons à faire de leur mieux, et tout en les accompagnant à la curée, les Nevers, Coucy, La Trémoille, Eu et bien d'autres, dont Boucicaut, avaient mis en pleine lumière la laideur de leur caractère.

« Or, cela », se dit Gui, « je n'en ignorais rien. »

Parmi tous les suppôts de la violence, il n'en existait pas de plus experts que ces chevaliers pour fourvoyer les hommes sur les chemins de la honte. Aucun d'eux, certainement, n'était sensible aux détresses, aux supplications, au courage d'autrui. Ces chrétiens avaient tous une âme diabolique.

Les rumeurs devenaient plus fortes. Les cœurs saignaient de deux façons : la jubilation et la frayeur, le vainqueur et le vaincu.

— Galopons un petit, proposa Antigny.

Lorsqu'il atteignit les murailles, Gui put juger de leur faible hauteur. Les conquérants de la Comète avaient dû réussir aisément leurs échellades. Ensuite, tout se devinait.

Gui mit pied à terre. Antigny hésita puis confia lui aussi son cheval à un arbalétrier navré à l'épaule.

— Ça, dit l'homme, je peux le faire. J'ai plus ma place en ces murs.

— Comment est-ce ? demanda Gui. Nous arrivons.

Le soudoyer grimaça. La douleur de sa navrure n'y était pour rien. Il ébaucha un geste de répugnance :

— Des corps partout : hommes, femmes, enfants, chiens… et j'en oublie. On patauge dans le sang. Peut-être que c'était utile, peut-être pas…

— Sûrement pas ! affirma Gui.

Il craignait d'entrer en ville. Il n'était en rien complice des crimes qui s'y étaient commis et pourtant, il en subissait l'abjection. Parviendrait-il un jour à se guérir de la maladie du scrupule, à se persuader que l'honnêteté constituait une victoire sur toutes sortes d'asservissements.

— On y va ? proposa Antigny.

Gui n'eut pas à répondre. Boucicaut s'approchait, l'armure tavelée de rouge, les solerets et les gantelets gluants, le visage singulièrement pâle sous la visière haut levée du bassinet.

— Ah ! vous êtes là... Que faisiez-vous ?

— Nous sortions, dit Gui. Nous en avions assez.

Antigny acquiesça ainsi que l'arbalétrier. Loin de se déchiffrer eux-mêmes, ils préféraient accepter ce mensonge qui peut-être leur donnait mauvaise conscience. Yvain s'appliquait si malaisément à se dominer que le maréchal eut un doute :

— Faites-moi voir vos épées.

Gui, prompt et souriant, devança son compère. Boucicaut se pencha vers deux lames enduites du sang des Mortefontaine.

— Bien !... C'est bien !... Elles auraient pu être plus rouges... Je ne vous ai pas vus lors de notre empainte [1], de sorte que j'ai pensé que vous étiez des couards.

— Oh ! messire... protesta durement Gui.

Avait-il trouvé le ton qui convenait ? Boucicaut ne dissimula point sa joie :

— Nous avons fait de la belle ouvrage... Cent ou deux cents prisonniers !

1. Attaque.

Quelles images couraient dans sa tête ? Combien d'âmes avait-il anéanties ? De quels cris avait-il grossi l'immonde charivari ? Loin de conjurer les forces démoniaques, il les avait appelées à sa rescousse, chrétiennement. Il était devenu une fois de plus un dispensateur d'oblations dont il célébrait la nature en estiquant[1] et taillant sans la moindre faiblesse des êtres tout aussi croyants qu'il l'était.

— À quoi penses-tu, Clairbois ? demanda-t-il tandis que Gui, songeur, remisait non sans répugnance, sa lame souillée au fourreau.

— À tous les innocents qui viennent de périr.

— Aucun Turc, Clairbois, ne peut être innocent. Aucun de ces démons ne mérite la pitié[2].

Cet homme avait-il une conscience ? Et si les Turcs pensaient de même ? Si les Turcs vengeaient les morts de la Comète ? Trouverait-il équitable, Boucicaut, de mourir parce qu'il *se croyait* chrétien ?

1. *Estiquer* : combattre d'estoc.

2. Froissart écrit : « *À celle cité de la Comète, on fit plusieurs assauts. Et bien se gardoient et défendoient ceux qui dedans étoient : et espéroient tous les jours être confortés, et que l'Amorath-Baquin leur sire dût venir et lever le siège à puissance ; mais non fit ; dont la cité, par force de siège et d'assaut fut prise et détruite ; et il y eut grand'occision de hommes, de femmes et d'enfans ; et n'en avoient les chrétiens que dedans entrèrent nulle pitié. Quand la Comète fut prise ainsi que je vous dis, le roi de Honguerie et son ost se logèrent et entrèrent plus amont en la Turquie pour venir devant une cité grande et forte durement qui s'appelle Nicopoli. Mais avant qu'ils y parvinssent, ils trouvèrent en leur chemin la ville du Quaire…* »

L'auteur du *Livre des faits de Jean Boucicaut* écrit qu'à Baudins (la Comète ou plus précisément Vidin, capitale de la Bulgarie sous la suzeraineté turque) les croisés voulurent combattre mais que le seigneur qui commandait la cité « *lequel estoit chrétien grec* […] *et par force avoit été mis en la subjection des Turcs* » offrit la ville au roi de Hongrie « *et lui livra tous les Turcs qui estoient dedans la forteresse* ». En vérité, le gouverneur de Vidin se rendit et les Français et (s'il y en avait) les Hongrois massacrèrent les Turcs de la garnison et leur famille.

Gui ne se sentait point enclin à vitupérer les Turcs. Pour lui, les vainqueurs aisés de la Comète deviendraient peut-être un jour les victimes d'un effrayant sabbat dont ils prétendraient sûrement qu'ils ne l'avaient pas provoqué. Mieux encore : qu'ils n'en méritaient point l'humiliante issue. Le Saint-Esprit qu'ils évoquaient ne serait alors rien d'autre que maléfique.

— Ce soir, nous fêterons notre victoire comme nous seuls savons le faire [1].

Le maréchal s'éloigna. Son départ fut mis à profit par frère Théodore.

— On ne saurait, dit-il, énarrer tout cela. Des chrétiens ont péri qui furent pris pour des Turcs… Je crains que Dieu nous dispense de sa miséricorde.

Tristan acquiesça. Pour la première fois, le clerc lui offrait un visage non point triste mais barbare. Comme une huile sur le feu, la fureur grésillait en son sang.

— Je ne puis souhaiter le trépas des pécheurs, mais il en est qui se sont comportés monstrueusement. J'ai vu Jean de Vienne se saisir d'une enfant…

1. Barbara Tuchman, cette historienne américaine qui s'est passionnée pour le XIVe siècle (*Un lointain miroir*, Fayard, 1979) écrit : « *L'indiscipline et les débauches des Français allaient croissant ; des soupers fins arrosés des meilleurs vins apportés par bateaux étaient servis, cependant que chevaliers et écuyers folâtraient avec les prostituées qu'ils avaient amenées, et leur exemple incitait les hommes à manquer de respect envers les femmes des régions traversées. Leur arrogance et leur frivolité irritaient les autres alliés et provoquaient continuellement des conflits. Les pillages et les mauvais traitements devenus absolument effrénés quand l'armée entra dans les pays schismatiques, indisposaient davantage des populations déjà hostiles à la Hongrie. Atterrés par une telle conduite sous la bannière de la Vierge et de la Croix, les prêtres qui accompagnaient les troupes les menaçaient des foudres divines.* » « *Mais leurs remontrances ne furent pas plus écoutées que s'ils eussent parlé à des ânes sourds* », écrit, désabusé, le Religieux de Saint-Denis.

Gui enferma sous ses paupières closes une scène criarde et empourprée.

— Je sais ce qu'il vaut, mon père. On dit que lorsqu'il fut chargé par le roi de la saisie de la Ferté-Bernard, cet amiral sans nef s'empara de tous les meubles et trésors réunis en cette demeure. Il chassa la nuit, de leur maison, Jeanne de Châtillon, la femme de Pierre de Craon, et sa fille. Mais avant, il les avait déshonorées.

— C'est ce que je savais, dit le moine à voix basse. Il n'est pas de pardon pour de tels pécheurs.

— Ce gros homme barbu, rose comme un porcelet, mérite…

Gui s'interrompit. L'idée d'une violence exercée par lui contre les siens baloyait sous son crâne autant qu'une bannière. Bien qu'il ne l'eût pas senti sur place, l'odeur du sang, frais encore, envahissait ses narines.

— Ce n'est pas ainsi, mon père, que la Chevalerie doit guerroyer.

— Ils ont agi par plaisance… Pas même après s'être concertés et dit qu'en sacrifiant une population qui ne viendrait pas les combattre dans le dos, ils pourraient progresser à l'aise. Parce qu'ils sont loin de chez eux, ils pensent que nul ne saura, dans le royaume, quelle est, depuis Montbeliart, leur abominable conduite.

Et le clerc, le visage de plus en plus sec, se hâta d'ajouter :

— Je ne puis leur trouver une excuse. Quiconque s'enorgueillit de l'occision d'un être, de la souillure d'une femme ou d'une jouvencelle suivies d'une plaisance qui centuple le poids du péché ; quiconque se vante du meurtre d'un homme qui s'est battu désespérément à mains souvent nues, mérite la géhenne.

— Peut-être, murmura Gui, l'enfer nous attend-il tous à vingt, trente ou quarante lieues.

Antigny, qui n'avait rien dit, s'en allait en compagnie de Cyrus et de l'arbalétrier. Gui le désigna au dominicain.

— Pendant qu'on occisait léans[1] des êtres sans importance, nous avons, lui et moi, meurtri deux hommes. Deux chevaliers dévoyés. Notre victoire n'a aucune odeur d'amertume. Ils avaient dépassé la limite du pardon. Ils étaient allés à l'extrême de ce qu'on peut accepter d'un homme. Leur vie exécrable s'est achevée dans notre exécration.

— Je crains, dit frère Théodore, que nos destins mêlés n'aient une fin détestable. Tu n'étais pas, mon fils, de la tuerie qui s'est constituée et développée en deçà de ces murs. Tu n'as donc pas fait violence au destin. Sache-le : si tes meilleures intentions rencontrent çà et là moult résistances inexplicables, c'est que, pour une cause inconnue, tu ne les dois pas accomplir. Toi et ton compain avez agi en justiciers. Je ne vous juge point : c'est à Dieu de procéder à une enquête et de vous condamner ou vous absoudre.

D'un doigt rude, frère Théodore ébaucha un signe de croix et, voyant passer Boucicaut, Vienne, Nevers, Eu, Coucy, le jeune Bourbon et d'autres, tous riant et parlant fort, tous chaussés de vermillon :

— Leurs épées, qui furent bénies, ne sont plus que des armes viles. Elles se retourneront contre eux un jour… N'essaie plus de te revancher. La vengeance est une satisfaction des plus pernicieuses puisque souvent elle en engendre d'autres. Ne révèle jamais, en l'absence d'un

1. Là-dedans ; s'oppose à *céans* : ici, dedans. En même temps que les chrétiens occisaient les habitants de Vidin, d'autres faisaient de même à Kozel, une petite cité paisible, à vrai dire sans défenseurs.

homme, ce que tu n'as osé lui dire en face. Je devine ce que tu penses de Boucicaut. Si tu dois un jour commander à d'autres, apprends maintenant le silence et l'obéissance : tu seras respecté. Ce soir, je le crains, une grande liesse va être donnée en l'honneur d'une victoire dont aucun de ceux qui l'ont obtenue ne devrait se glorifier. Si tu es invité, vas-y à condition que tu te sentes suffisamment fort pour résister à toutes les incartades de gestes et de langage. Mais si tu sais dès maintenant que tu ne pourras te retenir d'assener quelques vérités à ces présomptueux, saisis-toi de n'importe quel prétexte pour décliner cet honneur. Couche-toi sur l'herbe, contemple les étoiles et la lune. Essaie de t'unir avec l'Éternel pendant que tes pairs et tes chefs s'uniront avec des ribaudes et des prisonnières. Et demande-toi, oh ! oui, demande-toi vigoureusement si tu es fait pour la Chevalerie !

Sur un nouveau signe de croix, le clerc s'éloigna des murailles. À pas lents, tenant Cyrus au frein, Gui regagna l'espace où Antigny et Modus, Ambillon, Cigogné, Vernon et Abondant semblaient l'attendre.

— On ne t'a pas vu dans la presse, dit Ambillon.

— Bah ! fit Cigogné. Dès le commencement, il s'est glissé dans une maison pour y enfourner une Turque. Pas vrai ?

Gui haussa les épaules. La turpitude avait glissé sur lui comme une ondée. Il s'aperçut qu'il avait froid et que son armure commençait à lui peser. Jamais il ne s'était senti aussi las, mais également aussi vertueux au centre d'une assemblée de coquins dont Antigny semblait s'être accommodé.

« Si nous n'étions en guerre, je te ferais, Cigogné, entrer tes suppositions dans la gorge ! »

Et à haute voix, le regard enfoncé dans celui du grand blond aux pédieux rouges de sang et de criblures de cervelle :

— L'aventure que tu m'imputes, Cigogné, ressemble sans doute à la tienne. Ton visage, mes-huy, est celui de la mort. Le Très-Haut a dû t'observer tandis que tu tisonnais ta Turque. Il t'attend, doresnavant, à quelque détour du chemin.

— Il vous y attend tous ! déclara frère Théodore qui, mains jointes, piétait vers la Comète à la suite d'une procession de clercs, la tête embronchée dans leur coule. La mort appelle la mort, la décapitation la décapitation, et l'étripement l'étripement… On dit que les Turcs y sont experts. Prenez garde à leur ire et à vos entrailles !

Il avait une voix d'aruspice. Gui en fut tout à coup effrayé. Il entendit autour de lui des rires et des « *Hou ! Hou !* » malveillants.

— Si ça se trouve, dit le Borgne de Milli en apparaissant, les Sarrasins, après s'être emparés de sa personne, lui trancheront religieusement les burettes.

— Efforce-toi de préserver les tiennes, grognonna Gui, à l'abri de son cheval. À moins que borgne, tu n'en aies qu'une.

Et saisissant Cyrus au frein, il s'éloigna.

Il lui fallait être seul. Il s'était converti à la Chevalerie avec une ferveur sans mélange. Soudain, il se sentait laps et relaps.

« Est-ce que les jeunes clercs sont plus heureux que moi ? »

Il ne pouvait, hélas ! obtenir de réponse et pour tout oublier, il imagina Héloïse muette, auprès de lui, tandis qu'il lui réitérait son amour.

Le soir, Gui ne mangea qu'un peu de pain devant le feu autour duquel s'étaient réunis la plupart des écuyers appartenant à Boucicaut, lequel célébrait avec les Grands la victoire. Tous mangeaient des morceaux de mouton taillés à même le corps de l'animal allongé sur une grande haste sous laquelle crépitaient des flammes misérables. Et pourtant, on avait employé du bois turc : des éléments de portes fracassées à la hache, des brisures de meubles et d'escaliers.

— Tu n'as pas faim ? s'inquiéta Antigny.

— Cette viande suppurante de sang… Non, je n'y tiens pas.

Antigny baissa la voix :

— Tu penses à d'autres viandes.

— Oui.

— Moi aussi, mais j'ai faim.

Il n'y avait rien à répondre. Partout à l'entour de centaines de feux, des hommes riaient, chantaient, buvaient. Il fallait célébrer un triomphe aisé tout en évoquant des prouesses inavouables à d'honnêtes gens.

Frère Théodore apparut, salua et passa suscitant quelques rires dans son ombre. Gui jeta son morceau de pain aux flammes et rejoignit le moine.

— Mon père, comment était-ce en deçà des murailles ?

— Tu t'en doutes, mon fils. Pourquoi t'en parler ? Sais-tu que demain, pour ses mérites, le comte de Nevers, qui ne l'était point, sera armé chevalier ?

Quelque chose de sec et de sombre noya la clarté des yeux du clerc.

— Il veut être adoubé avant de conquester d'autres cités… en particulier Nicopoli… D'autres seront armés avec lui : le jeune Jacques de Bourbon, comte de la Marche, et moult autres puisqu'ils seront trois cents [1].

— Merdaille !... Tout un charroi. Pourquoi pas toute l'armée ? D'où tenez-vous ces nouvelles ?

— Un petit chevalier dont j'ai dû te parler : Porcelot de Besançon. Comme le fils bâtard d'Amédée VII de Savoie, Humbert, qui vient d'avoir dix-neuf ans, il est venu se confesser à moi pour avoir pris part à la bataille.

— Assisterez-vous, mon père, à cette promotion immense ?

D'un mouvement et d'une grimace, frère Théodore exprima son indifférence envers ces sortes de cérémonies.

— Qui, mon père, procédera à l'adoubement de Jean de Nevers ?

— Sigismond, mais on cite Enguerrand de Coucy.

— Je n'ai guère de respect pour lui. Il me paraît une sorte de satrape.

Frère Théodore haussa les épaules avec indulgence. Son visage tanné par le soleil et comme élimé par la poudre des chemins s'abaissa vers ses mains réunies en prière. Or, ça n'en était pas une. Il était pensif. Il méditait non plus sur le sort des Turcs de la Comète et de leurs victimaires, mais sur celui de ces trois cents hommes qui, assurés peut-être que la Chevalerie constituerait pour eux une seconde armure, se jetteraient sur les Mahoms en se croyant tous des archanges.

« S'il gagne, Bayézid leur coupera les ailes et sûrement autre chose ! »

Il ne serait point exclu d'une pareille vengeance si, par malheur, il tombait aux mains des infidèles. En cette

1. L'auteur ne peut se retenir de penser aux innombrables promotions dans l'Ordre de la Légion d'honneur.

occurrence, il ne serait point déçu si Boucicaut lui tenait compagnie.

Il revint à pas lents près du charroi sur lequel veillaient Broeckx, Carpillaud, le fèvre qui n'avait cessé de cheminer parmi les derniers de l'armée, Aymon de Prades et Géronnet d'Abondant.

— Tu es informé ? demanda ce dernier.

— Sur quoi ?

— Sur l'adoubement de Nevers.

— Je le suis.

— Iras-tu ?

— J'en doute… à moins que cela me soit une obligation imposée par Boucicaut.

— Pourquoi ?

Sous les regards attentifs et comme compatissants de Vernon, Cigogné, Ambillon, Godemar de Linières et le Borgne de Milli, qui venaient d'apparaître, Gui se contenta d'un : « J'ai mes raisons » qui ne satisfit personne. Pas même lui.

À y bien réfléchir ses raisons étaient doubles. Ceux que Sigismond, Coucy et leurs assesseurs allaient adouber appartenaient à la jeunesse dorée de l'armée. Ensuite, on attaquerait la cité prochaine. Une terrible émulation pousserait les nouveaux élus vers les murailles. Le reste se devinait.

Boucicaut survint, l'œil clair, la gaieté aux lèvres. Tel un coup de clairon, il lança :

— Ce n'est pas Sigismond qui adoubera Nevers. C'est Enguerrand de Coucy.

Il y eut des « Ah ! » de soulagement. Et le maréchal demanda :

— Qui viendra ?

Une gerbe de *oui* jaillit. Gui l'avait augurée. Boucicaut également.

— Et vous, Clairbois ?

— J'irai sans doute, messire.

— Pourquoi *sans doute* et non point *certainement* ?

— Je pense, messire, que le meilleur des adoubements doit avoir lieu sur un champ de bataille ou après celle-ci, lorsque la victoire est certaine.

Il y eut des rires si moqueurs et désagréables que Boucicaut, d'un geste, les suspendit. Mais les regards riaient. Ambillon demanda :

— Et toi qui es jeune… qui t'adouba ? Ton père ? Ton tayon ? Après quelle bataille ?… On voudrait bien savoir !

Il s'était tourné vers tous ses compagnons avant que de demander, d'un regard, l'avis du maréchal.

Lentement, Gui enleva son flotternel et sa chemise. Aux lueurs des flammes pourtant pauvres, les cicatrices de ses épaules apparurent, suspendant toute espèce d'ébaudissement chez ceux qui les découvraient.

— Mon premier adoubement, messires, dit-il avec une pesanteur dont il eût voulu qu'elle écrasât ses petits juges. Je défendais le Châtel-Jocelin en l'absence d'Olivier de Clisson dont j'étais l'écuyer… J'ai fait une sortie. Elle a échoué. Je suis tombé au pouvoir des ennemis du connétable, dont Pierre de Craon… Ils m'ont donné l'accolade avec mon épée chauffée au rouge. Ils ont voulu m'occire. Je me suis échappé… J'ai rejoint le connétable à Moncontour. Il m'a immédiatement adoubé…

Son regard effleura des faces immobiles. Il n'y décela aucun regret des moqueries précédentes, mais une sorte de résignation devant un des aspects de l'horreur. Il endossa ses vêtements. Ses mains tremblaient. Ses épaules à nouveau semblaient des plaies brûlantes.

— Messires, dit-il, que le plus hardi d'entre vous se présente et me rie au nez. Je vous promets que je l'embrocherai comme une geline ou un hétourdeau [1]. Il ne sera pas le premier !

Il sentit une main légère à la racine de son cou : Boucicaut.

— Je conçois ta fureur…

— Vous concevez, messire, et ne comprenez point.

— Qu'est-ce à dire ?

— Je songe à tous les maux, les joies, les esconvenues et les trépas qui fermentent dans l'ombre. Et je me dis, messire : et si les Turcs nous meshaignent… ne l'aurions-nous pas, *pour eux*, mérité ? Je me dis aussi : que sommes-nous venus faire dans ces pays perdus ?

— Défendre la Chrétienté contre l'Islam.

— J'en suis d'accord. Mais n'est-ce point à ces pays que nous avons traversés *et souillés* lors de notre passage, de s'allier contre les envahisseurs ?

Boucicaut rejeta loin de lui ces propos. Ils ne le gênaient pas, mais il voulait penser à autre chose.

— Je sais que tu feras ton devoir. Je sais aussi, Clairbois, que Clisson ne t'aurait jamais recommandé à moi si tu n'étais pas un chevalier de grand mérite. Nous sommes des gens d'armes. Nous obéissons au roi et à ses oncles. Ils sont représentés par Jean de Nevers. Nous n'avons qu'à lui obéir *sans nous interroger sur ce que nous faisons*. Nous sommes sur ces terres pour occire des Mahoms… Et nous les occirons !

Des copeaux de lumière et de haine dansaient dans les prunelles du maréchal. Sa confiance en une victoire brève, vive, sanglante et comme irrésistible était aussi solide et

1. Jeune chapon.

grandiose que le plus beau monument de la Chrétienté : Notre-Dame.

Ah ! certes, il ne pensait plus à la sienne. S'il eût pu enfourcher la guerre pour l'engrosser d'un enfant mâle, invincible, à son image, il l'eût fait !

— Peut-être que… commença Gui à la recherche d'un argument définitif.

— Peut-être *quoi*, Clairbois ?

— Je ne sache pas, messire, qu'on ait consulté le Pape.

— Lequel ? Celui de Rome ou celui d'Avignon ?

Gui se sentit piégé. Quel Pape en effet ? Boniface IX à Rome ou Benoît XIII en Avignon ?

— Lorsqu'une guerre, Clairbois, est nécessaire, on se passe de l'opinion et des intentions du Pape. On se passe de tout excepté de courage. Et l'on n'a qu'un dessein : vaincre les ennemis.

— Le courage ne me manque point, messire. J'espère bien vous en administrer la preuve ainsi qu'aux chevaliers adoubés sur du velours.

Gui avait lancé sa repartie en l'air avec une sorte d'indifférence où il entrait un soupçon de mépris. Il se souciait peu de savoir comment le maréchal recevait cette provocation. L'important c'était qu'il sût qu'il ne faillirait point ni à l'honneur ni à la Chevalerie ni surtout au nom qui était le sien.

— Puisse, messire, dit-il pour conclure, ensuite des puanteurs qui nous ont tant empoisonné le corps et l'esprit sur les bords de la Dunoe… puisse le Ciel nous épargner les éternelles pestilences. Nous voulons tous entrer dans le bleu paradis, mais le gagne-t-on quand l'orgueil de ce que nous sommes peut nous conduire dans les entrailles de l'enfer !

Gui n'assista point aux célébrations instituées en l'honneur de Jean de Nevers. Qu'il reçût les éperons d'Enguerrand de Coucy ajoutait de l'enragerie au mépris qu'il nourrissait pour l'homme le plus laid et le plus présomptueux de l'armée.

Après s'être découvert un carré d'herbe pour y dormir auprès de Cyrus, et croyant la cérémonie achevée, il se rendit en fin d'après-midi sur les lieux des adoubements. La foule des guerriers y était nombreuse : dans des rumeurs admiratives, on achevait les dernières cinctions d'épées.

Il rencontra frère Théodore.

— Tu n'as rien vu ?

— Non… Je n'avais guère envie de voir le bobant[1] que l'on déploierait pour le prince… Mais… Il me semble ne voir aucun prêtre.

— Il est vrai. Aucun d'entre nous n'a été pressenti.

Ils allaient s'en aller. Du cercle épais et mouvant des curieux, une voix jaillit, dure, impétueuse et, surtout, autoritaire.

— Qui est-ce ? demanda le dominicain. Je suis un peu dur d'oreille.

— Jean de Nevers. Maintenant que le fils de Philippe le Hardi a obtenu les éperons, il va donner de la gorge. Souhaitons que le moment venu, il donne aussi de l'épée.

Ils écoutèrent, le moine, les mains en cornet contre ses oreilles, Gui, les poings au creux des hanches.

— *Avec la grâce de Dieu, messires, nous défendrons des barbares, par l'acier tranchant et par notre forcennerie, tout ce que Dieu nous a donné : la foi, la fermeté en icelle, la volonté d'être des guerriers parfaits !*

1. Cérémonie pompeuse.

— Après tout ce que certains ont commis en chemin, murmura Gui, comment ose-t-il parler de perfection ?

— *Nous sommes prêts à exposer nos corps, nos biens et tout ce que nous possédons pour conserver notre France libre de toute atteinte et nous réputons ennemis de notre royaume tous ceux qui voudraient…*

Frère Théodore fit entendre un petit rire plein d'une malice dont il savait mesurer le degré de crudité.

— Outre qu'il parle comme si nous étions en France et, Seigneur, nous en sommes loin, on croirait ouïr le duc son père. Pense-t-il régner un jour à la place de ce pauvre Charles ?… Oublie-t-il que le roi a un frère en bonne santé ? Dieu aime certainement les cœurs vaillants, mais la vaillance peut s'exercer ailleurs que dans la guerre. Tiens, par exemple, mon fils : soutenir une idée pure dans un simple tençon[1] verbal, ce peut être de la vaillance.

Gui se sentit saisi au-dessus du coude :

— Ce que je sais, mon fils, c'est que la prochaine cité que nous verrons devant nous sera, elle aussi, ceinte de fer et d'acier. Que l'assaut en sera donné sans sommations. Je n'ai vu aucun coquelicot par ici… Crois-moi, il y en aura sur les harnois de nos hommes !

Puis, après un silence où des lèvres pourtant remuèrent :

— Tu seras obligé d'être dans la mêlée… Même si, avant, tu n'es pas venu me voir en confession, sache que je prierai pour toi.

— Pourquoi, mon père ? Je ne suis pas le seul à mériter votre soutien !

L'obscurité déjà profonde en cette nuit de victoire dissimula des traits dont Gui n'aperçut rien.

1. Dispute.

— Tu n'es pas, toi, possédé de certitudes. La mort t'inquiète. Autant la tienne que celle que tu peux et vas donner… Tu n'es pas un couard mais, si tu continues, tu peux passer pour tel. Tu as de toi une opinion avantageuse *et aventureuse*. Laisse dire et reste coi. Ce sera ton honneur et ta sauvegarde !

C'était une tente immense, la plus longue que Gui eût jamais vue. On l'avait bâtie avec des piliers de bois enlevés à la cité, couverte avec des draps et embellie par une montre des robes des Turques vivantes ou défuntes, taillées en lanières ou découpées comme des gonfanons.

— Ils doivent être une centaine, supposa Antigny, allongé sur le flanc, la tête à l'ombre de sa selle.

— Davantage peut-être en tenant compte des ribaudes.

— Crois-tu ?… Pour eux et pour elles, il y a toujours des monceaux de nourriture.

— Une nef est venue près d'où nous sommes, à la vesprée, pleine à craquer de vitailles.

— Ils vont forniquer la panse pleine.

— Voudrais-tu, Yvain, être auprès d'eux ?

— Non.

— Tu me rassures, énonça Gui sans rien changer à son immobilité.

Il cessa d'observer la lune et les étoiles. Depuis la prise de la Comète, il lui semblait qu'il existait – tout au moins pour lui et radicalement – un sentiment profond, essentiel à la nature humaine et sciemment ignoré par tous les dévorants groupés à l'immense table de Jean de Nevers et de ses compères : le respect de soi-même. Ceux que le comte avait invités pour célébrer la victoire et le chaussement de ses éperons en avaient-ils ne fût-ce qu'un athome ? C'était à ces privilégiés que l'armée des Francs, celle des Hongres grossie des mercenaires amassés par Sigismond et apparus après coup, presque innocemment, allaient confier leurs destinées !

« Pauvres de nous ! Je suis sûr que Philippe de Naillac et ses hospitaliers ont refusé d'en être. »

Depuis la prise de la Comète, lors de ses rares moments de solitude et de silence, Gui essayait d'éplucher sans succès les observations et sentiments nés d'une journée qu'il considérait comme laide. L'image de la jeune Moresque s'imprimait parfois, claire, dans son cerveau lugubre. Outre une opportunité et une excuse à son refus de batailler, la jouvencelle avait offert à son besoin de générosité, non seulement une occasion de s'exercer mais encore, étrangement, la certitude que ce sauvement lui vaudrait un jour une récompense. Elle soulignerait entre eux, au-delà de leurs races et de leurs religions, une espèce d'entente. Quand ? Comment ? Peu importait. Et pourtant, il n'avait point agi dans cette espérance. Elle eût signifié qu'il se prémunissait contre une inévitable infortune.

Il ferma les yeux. Les cris, les chants, les protestations aiguës des femmes tâtonnées prirent tout à coup plus d'ampleur.

— Les unes sont satisfaites, les autres épouvantées…

— Voilà comment, ami, nos pairs et nos chefs assouvissent leur besoin d'aimer… après avoir haï.

— Crois-tu que les Hongres réprouvent ces bacchanales ?

— Sigismond n'est rien d'autre qu'un ancien routier. Il les apprécie sans doute.

— Et son connétable ?

— Va savoir.

— Et ceux qui nous entourent et qui ne furent point conviés au régal ?

— Nous ne sommes, en vérité, que d'immenses semeurs de mort dont l'origine se puise davantage dans la fange que dans une terre durablement saine. Notre succès futur n'a de bonne chance de réussir qu'au terme d'un mouvement commun, astucieux, effectué contre les Turcs, qu'ils soient avec ou sans Bayézid… Autant je m'efforce d'avoir foi en nous, autant je doute de la clergie[1] de nos grands bataillards. Je les soupçonne, le moment venu, de s'attacher davantage à la mise en valeur de leur orgueil qu'à instiller en nous la volonté de vaincre. Je crains que leur besoin de se faire admirer ne les projette follement devant nos ennemis. Je redoute que ceux qui voudront et veulent déjà devenir illustres ne trouvent à la fois et la mort et l'oubli. Ils se voient copieusement alosés[2]. Peut-être seront-ils hués. Ils s'imaginent couronnés de lauriers ? Peut-être le seront-ils d'épines. Ils croient que la France est forte parce qu'ils existent. Ils ne savent pas – et ne veulent pas savoir – que la France forte est une fable… Depuis, je crois bien, la bataille de l'Écluse, il y a plus de cinquante ans, nous ne sommes que des vaincus… Oye !… Oye-les ! Ils s'égosillent de chants, de rires. Le vin ruisselle sur leur poitrine et leur foutre sur leurs cuisses et celles des follieuses… Nul besoin d'imaginer les putes et les prisonnières qui doivent être empoignées à plusieurs pour s'ouvrir à leurs appétits !… Mais demain… Ah ! demain, ces hommes-là seront dignes. Ils seront nombreux à s'agenouiller devant les clercs et à avaler des hosties dures comme des cailloux. Or, aucun d'eux ne s'étranglera jusqu'à en crever… parce que la bonté de Dieu est infinie !

1. Science.
2. Loués, célèbres.

Il y eut un cri. Le tohu-bohu se déchira. Un silence terrible le remplaça. Un homme chancelant sortit de la tente où des rumeurs renaissaient.

— Jean de Vienne, murmura Gui soulevé sur un coude.

Antigny abandonna son lit d'herbe et marcha vers l'amiral de France.

— *Que s'est-il passé, messire ?* entendit Gui.

— *Rien d'autre qu'une fille rétive comme une jeune haquenée. Elle ruait par trop… Celui qui la chevauchait l'a occise.*

— *C'était qui, messire ?*

— *Une Moresque.*

— *Et le chevaucheur ?*

— *Holà ! tu es bien curieux, mon ami !*

« Et si c'était lui ? » se demanda Gui, perplexe.

IV

À la vesprée du lendemain, – après qu'il eut fallu aux gens de France et à leurs compagnons une journée pour cuver leur vin et vomir de-ci de-là un surplus de mangeaille, l'armée chrétienne quitta lentement les abords de la Comète. Les hommes ne disaient mot. On n'entendait que le clapotement des sabots ferrés, les ébrouements de chevaux dérangés dans leurs habitudes et les couinements discontinus des essieux du charroi.

— Où allons-nous, messire ? demanda Gui à un Boucicaut dont les yeux glauques, sous des paupières enflées, révélaient une nuit précédente agitée.

— À Brehappe[1] en Turquie.

— Les Hongres ne sont pas avec nous ?

— Ils ont décidé de soumettre le Quaire[2].

1. Il ne faut point se fier aux noms des cités données par Froissart. L'objectif des Français était situé à quelque 80 km. Il s'agissait de Rachova (Oriekhovo) que l'auteur du *Livre de Boucicaut*, qui ne concorde pas toujours avec les récits de Froissart, nomme tout simplement Raco.

2. Les Hongrois s'étaient accordé quinze jours pour conquérir cette ville dont on ignore le nom véritable. Ils durent renoncer à leur dessein. Peut-être s'étaient-ils tout simplement éloignés, sous ce prétexte, des Français trop présomptueux. Déjà, les alliés se faisaient grise mine. Une scission se préparait. Elle n'allait point cesser de préjudicier une entreprise insensée.

— Ils nous abandonnent.

— C'est nous, Clairbois, qui les abandonnons. Ils nous rejoindront quand nous aurons presque achevé la besogne… Nous avons prévenu les Hongres de notre intention d'accomplir quelques appertises [1] destinées à montrer aux Turcs ce qui les attend s'ils veulent nous combattre. Nous allons chevaucher de nuit. Demain, nous serons sous les murs de Brehappe. Bien défendue ou non, elle deviendra nôtre.

Gui acquiesça. Que faire d'autre ? La fortitude du maréchal l'ébahissait. Il l'avait cru circonspect, il le découvrait imprudent. Il l'avait cru charitable, or il pouvait se montrer inhumain. Il avait loué sa sobriété ; elle n'était que d'apparence.

« Il est bien de la même famille que les autres ! »

Le maréchal s'en alla rejoindre ses pairs. La nuit l'absorba d'une goulée tandis que des torches commençaient à faire la nique aux étoiles. De toutes parts, c'étaient des bosquets entrecoupés, parfois, d'une longue et profonde friche dont on ne distinguait que les bruyères du bord du chemin et, en retrait, quelque arbrisseau seul, exclu de la communauté de ses semblables. Puis la grande sarrasine [2] des troncs réapparaissait. Le chemin s'amincissait sous la pression de ce peuple feuillu d'où eussent pu surgir des hordes de Mahoms. Mais rien ! La nature se révélait vide d'hommes et seule était à craindre, s'il y en avait dans ces contrées, l'irruption d'une noire bête, de sa laie et de leurs petits.

— Je ne voudrais pas muire [3] en ce pays, dit tout à coup Antigny. Je le sens d'une hostilité qui grossit à mesure que

1. Prouesses.
2. La herse à l'entrée des châteaux.
3. Mourir.

nous nous y enfonçons. J'y flaire la même malédiction que dans la forêt de Paimpont. Le Graal n'est pas plus là qu'ailleurs. Ces arbres…

Gui se montra soudainement agacé :

— Cesse de muser [1] ainsi !… Nous reverrons notre royaume, mais je crains que nous ne soyons alors en piteux état. Le soleil parfois féroce le jour ; des nuits moistes [2] aussi difficiles à supporter. Les Hongres et les Turcs y sont accoutumés. Pas nous. Parfois, quand je ne dormais pas, je pouvais ouïr ton noquetis [3]. Peut-être souffres-tu d'une fièvre bénigne qui te monte, la nuit, à la tête.

— Ce n'est pas de la fièvre. C'est la crainte du lendemain. Et pour tout t'avouer, Clairbois, je crains moins nos lendemains que les hommes qui nous conduisent.

« Il a raison », se dit Gui, « mais il se désaguerrit. Il se peut que ça m'advienne… Sommes-nous trop tendres, lui et moi ?… Trop faibles de corps ? *Non !* Trop fragiles d'esprit ?… Trop honnêtes ?… Nous n'avons rien vu des cruautés de la Comète, rien vu d'autre que des plastrons, des jambières et des solerets éclaboussés de vermillon. Nous sommes cependant ignominieusement souillés. Nous seuls réprouvons toutes ces turpitudes. Heureusement car on nous montrerait du doigt et médirait de notre faiblesse. Alors, résignons-nous et surtout taisons-nous. »

La nuit suivait son cours, l'armée également. Parfois, un juron dénonçait le trébuchement d'un cheval. Était-ce devant ? Derrière ? À quoi bon le savoir. Cyrus et Modus allaient aisément. Et frère Théodore ? Piétait-il ou dormait-il recrobillé dans un charreton ? Le charroi des presbytériens précédait de peu celui des ribaudes. De quelles

1. Méditer.
2. Humides.
3. Claquement des dents.

saillies celles-ci devaient tyranniser les saints hommes ! Pensaient-elles parfois à la victoire ? Savaient-elles qu'en cas de déconfiture, toutes seraient vendues comme esclaves ? Dans cette longue armée, même victorieuse des Turcs, beaucoup ne reverraient pas leur femme, leur fiancée, leurs enfants. Les archers, les cranequiniers, les hommes de petite estrasse devaient y penser. Mais les Grands : Nevers, Artois, Boucicaut, Coucy et leurs pairs ne songeaient point à faillir. Pauvres d'eux !

Les ténèbres lentement s'allégèrent ; on éteignit les torches et comme les oiseaux commençaient à chanter, la plupart des hommes sortirent de leur somnolence. On se remit à parler. La longue procession s'étira et alentit son allure alors que devant, les chefs se hâtaient, heureux de s'extraire du linceul nocturne pour entrevoir dans les vapeurs du jour naissant la prochaine cité à conquérir.

L'aube froide annonçait une chaude journée. Lancerait-on immédiatement l'assaut ou attendrait-on quelque temps afin que les hommes et les chevaux – si leur usage s'imposait – pussent reconstituer leurs forces ?

Au contraire de ceux qui l'entouraient et que l'exil[1] de la Comète avait excités, Gui acceptait sans plaisance de prendre part au jeu suprême. Assailli par les Turcs, il les eût combattus avec acharnement. L'office d'agresseur le rebutait. Il repoussait la crainte d'une mort prochaine et savait que, menacé, il ostoierait[2] aussi furieusement que ses compagnons. Si l'outrecuidance des maîtres à penser de l'armée ne l'avait point contaminé, le rappel de leurs cruautés ainsi que le souvenir de la bacchanale consécutive à leur « victoire » exaspérait sa mémoire. Comme il était distant des songeries belliqueuses de sa jeunesse

1. Dévastation.
2. *Ostoier* : combattre dans l'ost.

prime ! Son imagination, alors, l'entraînait dans une sorte de guerre héroïque où s'affrontaient des vaillances nobles ; une probation après laquelle, affranchi de toute contrainte, il s'imaginait en chevalier passionné d'amour et de justice. Le Graal était exclu de toutes ses pensées. Yseult et Guenièvre y occupaient peu d'espace. Parce qu'elles n'étaient point nettes. Infidèles. Maintenant, il comprenait qu'on pût le devenir.

Sa méditation fut interrompue : un murmure naissait, grandissait, devenait peu à peu rumeur, clameur, tumulte :

— C'est là !

— Nous y sommes !

— Brehappe [1] !

« Une grande cité, cette fois. Bien bataillie [2]. Ses merlons mordent le ciel à belles dents. Nous allons sans doute y casser les nôtres. »

— Merdaille, dit Antigny soudain affranchi d'un songe.

Pour lui aussi, Brehappe serait une épreuve affligeante.

L'armée avança encore. Sans doute, en face, avait-on déjà signalé son approche et se préparait-on, si ce n'était fait, à lui résister ardemment.

— C'est grand ! s'exclama Antigny.

Boucicaut, qui chevauchait devant lui à moins d'une toise, se retourna, courroucé :

— Notre victoire n'en sera que plus belle !

On chercha, sans trop de difficulté, dans le charroi de Nevers et de son connétable, un garçon agile et bien voyant. Lorsqu'il fut trouvé – il était jeune, grêle, pourvu de longs bras, de jambes courtaudes et appartenait au comte d'Eu –, Boucicaut, qui semblait usurper le commandement, lui enjoignit de monter le plus haut possible

1. Rachova.
2. Bien défendue.

sur un arbre et de lui décrire la cité. L'arbre était un chêne branchu, feuillu, ce qui rendait l'ascension à la fois prompte et aisée. Lorsqu'il fut en haut, les mots du jouvencel tombèrent lentement sur les faces levées de la plupart des prud'hommes.

— C'est une cité puissante… Elle est ceinte d'un fossé qui semble large et profond… Un pont l'enjambe… Puis il y a deux enceintes… Ça remue sur les aleoirs[1]… C'est tout ce que je peux dire.

— Descends, c'est suffisant ! cria Boucicaut.

Et sans attendre que le garçon fût à terre :

— Messires, avançons encore. Il importe que nous nous saisissions de ce pont.

— Mais nous ne sommes pas adoubés, objecta Jean de Nevers sur le ton de la protestation.

Boucicaut eut un sourire acide. L'arrogance y affleurait la dérision.

— Messire comte, ce pont doit être à nous aussitôt que possible. Les Turcs ne vont pas attendre que nous l'ayons franchi pour contrester à notre empainte[2]. S'ils décident d'en faire la démolition, jamais nous ne pourrons entrer dans cette ville. Qu'en dites-vous, Philippe ?

Du haut de son cheval, le duc de Bar se redressa. Interpellé le premier, donc choisi comme un des meilleurs manouvriers de l'armée, il ne pouvait qu'être d'accord avec un homme qui l'avait distingué, un guerrier considéré comme le parragon[3] des meilleurs chevaliers du monde.

Gui observa un autre Philippe : Artois, comte d'Eu. Il n'eût guère été plus pâle s'il avait reçu quelque trait d'acier dans la poitrine. Quoi ! bien que connétable de France,

1. Le chemin de ronde.
2. « Pour s'opposer à notre attaque. »
3. Parangon.

Boucicaut ne sollicitait point son avis ? Le sang coulait de cette invisible blessure et Nevers, sa grosse tête penchée sous son propre faix, le considérait les yeux mi-clos afin de soupeser son degré de courage. Près de lui, sur un cheval rouan cavecé de noir, le comte de la Marche, dix-huit ans, offrait son visage de pucelle au soleil comme pour le prendre à témoin d'une mésentente dont, sans doute, il diminuait l'importance sans en augurer les conséquences futures. Grand, fort – insolemment fort – Coucy caressait de l'index son nez enflammé par les buveries davantage que par les feux du ciel.

— À quoi penses-tu, Enguerrand ?

— Je pense, Le Meingre, qu'il nous faut assurer la protection de ce pont.

— Quand ?

— Orains [1].

— Orains ! se récria Jean de Nevers.

— Orains, monseigneur.

« Et voilà », songea Gui. « Ils ne se soucient point du connétable. Ah ! si c'était Clisson… Il aurait cloué le bec à tous ces malebouches. »

Or, Clisson devait guerroyer en Bretagne. Il était remplacé par le protégé de Berry, le gendre de Berry. C'était un homme curial [2] qui certes avait du courage mais dont l'épaisseur physique était si peu imposante qu'il avait été balayé au souffle de Boucicaut. Gui de la Trémoille le surveillait comme l'eût fait sans doute une araigne d'une mouche prête à s'empêtrer dans sa toile.

— Combien d'hommes faut-il ?

Philippe d'Artois essayait de rétablir ses prérogatives. Sans même le regarder, Boucicaut décida :

1. Maintenant.
2. Homme de cour.

— Cinq cents.

— Cela fera l'affaire.

Avait-on ouï Artois ? Il ne le semblait pas.

Il hurla donc, d'une voix que la fureur aiguisait et rendait plus pointue qu'il ne l'eût fallu :

— Or sus, à cheval ! Que ceux qui veulent conquester le pont de Brehappe nous précèdent !

Gui vit de part et d'autre de sa personne des hommes passer, tous à cheval : prud'hommes, écuyers, gonfanoniers, cranequiniers. Des piétons les suivaient, armés de haches et d'épieux. Familière ou non, une main s'appuya sur son épaule et le poussa en avant :

— Alors, couard, tu atermoies ?... Allons-y !

C'était le Borgne de Milli. Les deux frères de Linières le suivaient, puis le Barrois, Jean d'Egreville, Ambillon, Cigogné, Prades, Vernon, Abondant. Antigny se joignit à eux.

« Yvain doit regretter l'absence de son armure ! »

Une masse d'hommes – plus de cinq cents peut-être – s'immobilisa, indécise, à cent toises des chefs. Elle semblait inextricable et le galop vers le pont ne pourrait l'ordonner en compagnies régulières. On galoperait sans même, pour certains, en connaître la raison. Comme toujours dans les armées aux Lis, on ferait de son mieux par présomption, à l'étourdie.

Boucicaut et ses compagnons contournèrent les cœurs vaillants. Haussé sur ses étriers entre le connétable dépouillé de ses pouvoirs et Nevers à la grosse tête enchaperonnée de noir, l'usurpateur hurla :

— Messires, sur l'honneur que nous devons à la Chevalerie et sur la damnation de notre âme si notre dessein tourne à l'échec, nous certifions à tous, par la foi et serment de notre corps, que nous allons...

Soudain tirées des fourreaux, des épées semblèrent menacer le ciel.

— Aroutez-vous [1] ! cria Coucy dont la tête dominait celles de Boucicaut et de Nevers, ce qui peut-être les consternait.

— En arréement [2] ! exigea l'héritier de la Bourgogne en gonflant sa poitrine sur laquelle un pourpoint rayé d'or compensait par sa beauté une laideur irréparable.

Cependant, empêtrés dans leur hardiesse, les hommes demeuraient coagulés. Leurs chevaux craintifs ou irrités commençaient à jouer du sabot. C'en était terminé des cris, des hurlements. Les guerriers et montures, lassés d'une nuit de marche, se demandaient peut-être s'ils pourraient galoper lorsque ce mandement leur serait imposé.

Il le fut car en face, des Turcs couraient vers le pont dans l'évidente intention de l'anéantir. S'ils y parvenaient, c'en était fait d'une prometteuse victoire.

— Attendons le roi de Honguerie, proposa Godemar de Linières. Il n'est pas loin.

— Non ! tonna Boucicaut. Pour une aussi petite affaire, nous nous passerons de lui.

Sa figure était de pierre et seuls ses yeux vivaient sous un chaperon saupoudré de la farine des chemins. Sa dextre puissante semblait rivée à la prise de son épée. Il paraissait moins vivant que tout son entourage et pourtant on sentait ses forces ramassées, prêtes à se détendre, et son enragerie sur le point de se dilater.

— *Allons-y, messires !*

Enfin, le comte d'Eu recouvrait ses privilèges. Au grand dam de Nevers et de Coucy. Enfermés dans le galop de ceux qui voulaient être les premiers à l'ouvrage, ils

1. « Mettez-vous en troupe. »
2. En arroi : en bon ordre.

consentaient à se laisser dépasser par des audacieux que stimulait le plaisir d'occire. Gui craignit que leur émulation ne les desservît sitôt à proximité du pont.

Il suivait sans crainte : ce serait une échauffourée à cinq cents contre cent. Nullement de quoi se glorifier alors que les Turcs – si c'en était – sortaient toujours de Brehappe. Tous à pied. Tous armés de faucharts et d'alfanges. Tous empressés à la bataille.

— *Dieu nous garde, messires !*

C'était peut-être Jean de Vienne. Comment en être sûr ? Et d'ailleurs à quoi bon ouïr cet homme.

Le pont se rapprochait. Les Turcs l'avaient traversé pour contenir le premier assaut ennemi.

Il se rapprochait encore, occulté par la blancheur des affublements moresques. Il eût fallu abandonner les chevaux. Combattre à pied. Or, nul ne semblait y penser. On galopait l'épée haute, dans un miroitement d'acier jailli au-dessus des têtes. Certains regrettaient sans doute l'absence de leur armure. Les coups seraient terribles. Les mains puissantes, la plupart nues, devenaient lourdes comme des marteaux. Penser au trépas, c'était attirer sur soi son noir suaire. Penser à la vie, c'était s'enfelonnir de l'envie d'occire.

Gui serrait Précieuse si violemment qu'une douleur lui mordait le poignet. Les hurlements, au vent de mort, se gonflaient, prospéraient, pullulaient. La cavalerie devenait torrent. On accourait à toute bride sans effrayer, comme on l'avait auguré, la grosse épaisseur de Mahoms amassés au-delà du pont pour en interdire l'accès. Déjà une pointe se formait à l'avant des chrétiens : un homme, puis deux, puis quatre ; la proue d'une nef humaine qui éperonnerait la blanche muraille des infidèles.

Il y eut, de part et d'autre, une espèce de frémissement et déjà, le flux bourdonnant et vociférant des chevaux s'enfonçait dans la multitude des défenseurs.

Elle céda, craqua. Reflua vers l'extrémité du pont. Des chevaliers et leurs montures se trouvèrent soudain, miraculeusement, de l'autre côté du fossé. Mais les Mahoms se reformèrent en ligne, en épaisseur, isolant les audacieux de leurs compères.

— Sauvons-les ! hurla Boucicaut.

Comment ? Des chevaux, des piétons – amis et ennemis – encombraient le tablier. Gui craignit qu'il ne s'effondrât. Le fossé, en dessous, devait être profond.

Plongé dans un état d'agitation fiévreuse, il n'était point parvenu jusqu'au pont. Sitôt les premiers coups de lame, il s'était trouvé précédé, rejeté auprès des gens de Boucicaut furibonds d'avoir été devancés par des inconnus aussi hardis mais plus chanceux qu'ils ne l'étaient. Devant eux grouillait une mêlée indécise, un crépitement d'armes, de hennissements, de cris. Nul n'avançait ni ne reculait. Un croisé chut de son cheval au-delà du parapet. Il disparut dans le fossé tandis que sa monture ruait furieusement et tentait de fuir vers l'avant, auprès des impétueux qu'une meute de Mahoms assaillait. Tous se révélaient tellement chevillés à leur pont qu'il semblait impossible de les en déloger.

— On peut rien ! enragea le Borgne de Milli.

C'était une mêlée dont l'affolement durait, durait sans qu'on pût en pronostiquer la fin. Qui l'emporterait des Turcs ou des Francs ?... Des morts. Un enchevêtrement de vivants. Des hommes épouvantés tombaient dans le fossé. Les énormes lèvres vertes, broussailleuses, les avalaient. Ils avaient tellement hurlé que la certitude de mourir *en bas* ne leur tirait aucun cri.

Gui n'éprouvait plus rien qu'une peur pernicieuse. Affranchi du premier accès d'horreur, il ne savait plus que penser. Il y avait devant lui, comme attendant leur tour d'entrer en lice, une cinquantaine d'hommes. Derrière, au moins deux cents. Présences inutiles. Eu, Boucicaut, La Marche et les deux Bar progressaient. Où était Nevers ? On ne voyait point sa grosse tête. Les Turcs reculaient.

Soudain, des renforts surgis des murailles contraignirent les croisés à la reculade. Une tempête vociférante. Un jaillissement d'éclairs d'aciers courbes. Une marée de fureur et de détestation.

Le pont fut retraversé. Ceux qui le voulaient franchir renoncèrent. La débandade s'ébauchait quand des sonneries d'olifants et de trompettes firent se retourner Gui.

— Des renforts ! s'écria Jean de Vienne qui s'était tenu hors de la presse.

Leur apparition troubla les mécréants. Ils reculèrent. Boucicaut et la meute qui le suivait traversèrent le pont. Les hommes, devant Gui, s'élancèrent. Il les suivit.

Subjugués par un soudain effroi, les défenseurs reculèrent vers les murailles. Quelques têtes et quelques bras furent tranchés. Les navrés furent achevés par des piétons à l'épieu ou à la coustille.

— À moi ! hurla Boucicaut. Ils refluissent !

Il était dans son élément : le sang, la haine, les cris, les souffrances. Il pensait, à la suite des Mahoms, pénétrer dans la cité. Les portes se refermèrent avant qu'il en eût dépassé le seuil.

— Dieu nous abandonne ! enragea-t-il.

Et tourné vers le connétable de France :

— Vous, Eu, qui êtes le conduiseur de notre armée, accordez-moi la garde du pont !

— Vous la méritez, Le Meingre ! Vous êtes un très vaillant et éprouvé chevalier.

Ils manœuvrèrent leurs chevaux à la recherche, peut-être, du comte de Nevers. Or, Jean de Bourgogne était absent. Était-ce lui qui amenait des renforts ? Non. Où s'était-il mussé ? Au creux d'un nid composé par maints hommes liges ?

— Ils reviennent ! hurla Godemar de Linières.

Les Turcs ressortaient plus nombreux. Regnault de Chavigny, Jean de Linières, le Borgne de Milli, Jean d'Egreville, les parents de Boucicaut ; Archambaud d'Ambillon, Henri de Cigogné, Aubery de Vernon, Antigny et Gui se trouvèrent en première ligne face à des guerriers décidés à les rejeter quelles que fussent leurs pertes.

— Allons-y, messires, pour Dieu et notre roi !

Cyrus se regimba. Gui dut le talonner. Déjà, les Mahoms étaient là. Déjà, il fallait manier Précieuse contre un badelaire, cette lame courbe comme un croissant de lune. Le Mahom était jeune. Décidé à prouver sa forcennerie ; confiant lui aussi en son Dieu plus encore qu'en ses muscles.

Gui hésita. C'était une faute. Cyrus, nerveux et desrayé, reçut un taillant sur son col. La lame, heureusement, entama le cuir d'une rêne lâche et le coup fut amorti.

Le cheval se cabra. L'infidèle recula, heurtant du dos la cuisse du roncin de Cigogné. Le *kaftan* blanc se teinta de rouge : le cou à demi tranché, le jeune Turc s'effondra.

— Fallait me le laisser !… Ce gars m'appartenait !… Tu l'as occis traîtreusement.

— Vas-tu me reprocher de t'avoir sauvé ?

— Je me serais sauvé moi-même !

« Je me suis fait un ennemi !… Pour qui me prend ce porc ? Pour un nicet ? Je n'avais nul besoin de son aide !…

Il est vrai que la déloyauté a plus de disciples parmi nous qu'elle ne compte de gens honnêtes ! »

Il réintégra la presse. Épargner un ennemi, c'était mourir. Il sentait son sang devenir flamme, son poing devenir marteau, frappe-devant. Un homme voulut agresser Cyrus. Mal lui en prit : lâchant son alfange, il s'agenouilla brusquement, tenant sa tête entre ses mains vermeilles. Un autre ! Il était grand, certainement agile. Précieuse vola, prompte et puissante, à la rencontre d'un cimeterre dont la courbe d'acier rougi témoignait d'une victoire.

— Tiens !

Le Mahom s'affaissa, une épaule fendue.

Que se passait-il ailleurs ?

Une phalange de jeunes chevaliers et écuyers s'était formée autour de Boucicaut. En tout une dizaine : le jeune Bourbon, les deux Bar et leurs compagnons. C'étaient les festoyeurs, les robeurs, les rioteux, les ivrognes, les profanateurs des jours de chômage et des priapées nocturnes. Gui exécrait leurs noms autant que leurs fortunes. Leur ambition, face aux Mahoms, semblait s'amenuiser quand elle ne faisait défaut à certains. N'étant que les routiers d'une noblesse pernicieuse, et bien que chaussés d'éperons neufs souillés dans les rues de la Comète, ils ne seraient jamais des preux pas plus qu'ils ne seraient, ce jour d'hui, les artisans de la victoire. Ils évitaient l'adversaire et regardaient surtout le pont qui, une fois franchi, les exempterait de la mort. Ils ne pouvaient être loyaux car ils reculaient plutôt que d'avancer. Bourbon et Henri de Bar portaient leurs coups au hasard. Leur façon de combattre le vent annihilait déjà leurs prétentions à la renommée.

« Nul courage ne chauffe leur âme. Ils gesticulent, hurlent à la mort, mais ne la donnent point. Boucicaut est trop occupé pour les voir. Or çà, que fait Yvain auprès de ces singes savants ? Leur donne-t-il, lui qui n'en a guère, des leçons de vasselage[1] ? »

Un Mahom de moins. Deux. Trois. La tête, le cou, l'épaule. D'autres arrivaient. On s'affrontait encore aux abords du pont. Sur le pont. Allait-il s'effondrer sous le poids des chevaux et des hommes ? Quelle heure était-il ? Depuis combien de temps se meurtrissait-on avec acharnement ? Malgré les graviers qui le jonchaient, on glissait sur le plancher du tablier comme on avait glissé sur le sol gluant, côté Mahoms, parmi les corps allongés et les crottins expulsés par la peur. Il eût fallu combattre à pied. C'était pourquoi les Mahoms reprenaient l'avantage. Qui était mort chez les Francs ?

« J'aurai occis quatre hommes... Ils n'avaient que le tort d'être des Sarrasins !... Je recule ! On recule ! Ce pont est le pont du diable ! »

Et tout à coup, chez ceux qui, faute de place, n'avaient pas encore fourni un coup de lame, une clameur :

— Les Hongres !

— Les Hongres à la rescousse !

— Tenez bon !

« Voilà qui va déplaire à messire Le Meingre ! Il voulait pour lui seul cette victoire ! Il nous a fait pour ça chevaucher une nuit !... Il va devoir partager avec Sigismond ! »

Voyant les Hongres arriver, l'épée au clair, les Turcs refluèrent vers leurs murailles.

— Ils relinquissent ! cria Philippe d'Artois qui avait perdu son chaperon mais nullement sa superbe.

Il semblait revigoré. Il pouvait l'être puisqu'il vivait. Il cria une fois encore « Ils relinquissent » et se tut : il avait

1. Bravoure.

devancé Jean de Bourgogne dans l'expression d'un formidable soulagement.

Nul n'avait été tenté de poursuivre les infidèles. Les grands seigneurs, époumonés, ne se sentaient plus enclins à combattre. Les jeunes reculaient sans oser dire un mot. Tous pensaient qu'il allait falloir recommencer. Quand ? De quelle manière ? Le pont était français. Une compagnie serait nécessaire à sa conservation. Il y avait des corps allongés sur le sol. Personne ne s'en souciait. « Cinq hommes de notre ost », songea Gui, « parmi dix Mahoms. » La cessation des échauffourées ne pouvait, ni pour les Turcs ni pour les croisés, constituer une victoire.

« Et pourtant nous étions en grand nombre ! »

C'était inquiétant pour l'avenir.

Un assaut immédiat eût été inutile. Boucicaut, désormais à pied, allait et venait, seul, le long du fossé, montrant délibérément son dos à Sigismond qui, le sachant furibond, se gardait de l'approcher. Plutôt que d'incommoder le maréchal, le roi de Hongrerie préférait s'entretenir avec Jean de Nevers et ses huppés compères. Gui éprouva du plaisir au spectacle d'un homme contrarié qui semblait de jour en jour de plus en plus épris de gloire quel que fût le prix que ses hommes et lui-même en devraient payer. Il savait que nul ne le pouvait soupçonner d'aucune faiblesse. Parfois, regardant les murailles puissamment garnies d'hommes déterminés à les défendre, il leur montrait le poing.

Gui s'inquiéta : Boucicaut lui faisait confusément peur. Pour vaincre, il exigerait des siens les pires sacrifices. En se montrant unis et hardis, les Mahoms avaient ébranlé l'idée que le maréchal se faisait d'eux. Pour un bataillard tel que lui, cet affrontement nul affleurait la déconfiture.

— Il est consterné, murmura Antigny.

— Il a voulu se jouer de Sigismond… et c'est le Hongre qui gagne.

— On dirait que ça te plaît.

— Ce qui me plaît, Yvain, c'est que nous ayons cessé au bon moment cette bataille. Si elle avait continué, les Turcs seraient sortis en hâte. Ils n'ont pas utilisé leurs archers mais je suis sûr que maintenant, ils sont fin prêts, sur les aleoirs, à nous opprimer de leurs sagettes.

— Retraihions-nous ! hurla Jean de Nevers.

— Mettons-nous en ségurté, ajouta Enguerrand de Coucy dont la voix était en proportion du corps. Il faut cent hommes à la garde du pont.

Il s'en présenta davantage. Ce n'étaient ni des chevaliers ni des écuyers mais des piétons – archers, coustiliers, arbalétriers – qu'on avait poussés en avant.

On se retira en direction de la forêt par laquelle on était venu. Les Hongres se choisirent un endroit d'un côté du chemin, les Francs un autre, au-delà. À grands coups de lame, on trancha des herbes hautes et des arbrisseaux, et comme il était tard, on tira des charrois de quoi constituer un repas léger. Gui et Antigny, à l'écart, mais proches des capitaines – Sigismond et son connétable y compris – pouvaient juger de la dislocation d'une alliance dont les premières fissures s'étaient produites à Bude. Elle ne laissait rien présager de bon pour l'avenir.

— Il fallait prendre votre temps, monseigneur. Vous le saviez : je voulais envahir cette cité tout seul.

— *Tout seul*, murmura Gui. Il nous eût fait occire pour avoir la plaisance de planter sa bannière sur la mahomerie de Brehappe.

Sigismond parut hésiter à répondre.

— Je sais, je sais, messire Le Meingre. Mais j'ai craint que vous ne fassiez comme à la Comète.

— Qu'est-ce à dire ? Qu'ai-je commis de répréhensible ?

Il y eut un nouveau silence : Sigismond cherchait ses mots.

— J'ai craint, messire le maréchal, que vous et vos hommes ne mettiez la cité à sac et n'occisiez quantité d'innocents *et qui plus est, de chrétiens*.

— C'étaient des reniés ! Ils vivaient en accointance avec les Turcs !

— Conquis par eux, ils ne pouvaient faire autrement. Ils en étaient… comment dire ? les prisonniers. Il n'y avait qu'une garnison turque à la Comète.

— Par Dieu et par le Christ Jésus, son fils, défendez-vous ces mécréants ?

— J'essaie de comprendre, messire le maréchal.

— Agissez d'abord, comprenez après… si cela en vaut la peine !

La voix de Jean de Nevers s'éleva. Elle se voulait autoritaire, mais pouvait-elle astreindre Boucicaut à la modération ?

— Apaisez-vous, Le Meingre. En vérité, vous avez fait ce qu'il fallait à la Comète. Il convient de nous montrer vaillants et solides. Brehappe me paraît un plus dur morceau. Cependant, la bachelerie[1] dont vous avez fait montre sur le pont et à l'entour va peut-être inciter les Turcs à parlementer.

— C'est possible, admit Sigismond, mais ils ne se rendront point sans vous avoir résisté. L'honneur de ces guerriers, comme, je l'espère, celui des vôtres, c'est de batailler à outrance.

Gui approuva cette repartie. Aucune armée, aucune cité ne pouvait chercher à se rendre honorablement sans

1. Vaillance et chevalerie.

avoir tenté, par tous les moyens, de desserrer l'étreinte ennemie.

— Le sire de Brehappe est un nommé Corbadas.

— Je ne connais pas cette voix, dit Gui après avoir bu quelques gorgées à la gourde qu'Antigny lui avait tendue.

— C'est Henry d'Esten Lemhalle, le connétable des Hongres. Il porte *d'argent à une noire croix ancrée* qu'on appelle…

— *Un fer à moulin*. Qui t'a dit cela ?

— Le Borgne de Milly.

« Le Borgne !… Si nous en avions un autre plutôt qu'un Bourguignon à notre tête… »

Clisson ! Féroce mais d'une équité sans fêlure. Un autre caractère que Boucicaut : cruel et injuste. Au retour, satisfait d'une liberté recouvrée, il quitterait le maréchal et reviendrait à Jocelin. Si l'ancien connétable était mort, il prendrait le chemin de Clairbois pour y déloger Anceaux.

Gui se tourna vers les chefs, ombres indistinctes sous le dais des feuilles et des branches. Pour eux, la guerre était un jeu comme un autre. Ils aimaient à vociférer le plus clair de leur temps, une épée ou une lance en main, un écu devant leur poitrine, face à d'autres à leur semblance et qui, pour de bonnes ou mauvaises raisons eux aussi, consacraient le meilleur de leurs forces à occire leurs contendants. Ils semblaient incapables de se merveiller devant les beautés de la nature, de s'interroger sur les attraits de l'existence ou le plaisir d'être en famille. Ils prêchaient parfois la vertu, la piété, la pitié en ignorant de quoi il s'agissait. Le refus de penser à d'autres activités que la guerre et les fêtes d'armes constituait leur sauvegarde. S'exprimant sur quelque chose de différent, ils fussent passés pour des nullités humaines. Peut-être s'en remettaient-ils à leurs femmes ou à leurs amantes pour penser à leur place. Cette attitude singulière les laissait libres de décider de leurs batailles futures sans tirer les leçons des anciennes et de fourbir, conjointement à leurs épées, leurs prochains actes d'autorité sur les hommes de leur flote[1]. Parmi ces conduiseurs de troupeaux armés, il n'y avait aucun véritable berger.

— Nous les assaillirons demain !

C'était la voix du comte de Nevers.

— Nous y mettrons le temps qu'il faudra.

— Nullement, Artois, protesta Boucicaut. Nous devons agir promptement.

La voix de Lemhalle, l'homme du fer à moulin, s'éleva, nette et sereine :

— Corbadas est un vaillant guerrier. Il a trois frères : Maladius, Balachins et Ruffin. Ces quatre Turcs, tous chevaliers, sont du lignage de Bayézid. Ils se défendront âprement dans l'attente de voir paraître leur parent[2].

1. Troupe d'hommes armés.

2. Froissart raconte que les Français conquirent la cité « *fait et de force sur le terme de quatre jours ; mais ils n'eurent pas le chastel car il étoit trop fort. Le sire de Brehappe sauva moult de ses gens par la force du chastel ; et étoit courroucé, ce m'est avis Corbadas* [...] *Depuis la prise de Brehappe furent les chrestiens devant le châtel sept jours, et y livrèrent aucuns assauts, mais plus y perdirent qu'ils y gagnèrent* [...] *Quand les seigneurs de France eurent bien imaginé les forces du chastel et l'ordonnance de ceux de dedans, comment vaillamment ils se défendoient quand on les assailloit, si virent bien qu'ils perdaient leur peine ; et se délogèrent car ils entendirent que le roi de Honguerie vouloit aller mettre le siège devant la cité de Nicopoli. Ainsi se défit le siège de Brehappe ; et demeurèrent pour cette saison, le chastel et ceux qui dedans étoient en paix. Mais la ville fut toute arse* (incendiée) *et se retrait le comte de Nevers et tous les seigneurs de France en l'ost du roi de Honguerie et de ses maréchaux qui s'ordonnèrent pour aller devant Nicopoli.* »

— Bayézid est loin, ricana Boucicaut. Le temps qu'il revienne d'Égypte, nous aurons conquis dix ou vingt cités ! Nous entrerons en grand bobant dans Nicopol ou Nicopoli et planterons en haut de leur mahomerie nos bannières assemblées.

— Bayézid est au diable vauvert, messire le connétable, enchérit Nevers en s'adressant, de tout son haut, à Lemhalle. S'il apparaissait, nous mettrions son intrusion à profit pour l'aller présenter, enchaîné, à ces quatre Turcs de Brehappe[1] ! Nous les convertirions !

1. Corbadas et Maladius purent aisément quitter Brehappe (Rachova ou Oriekhovo) et galoper vers Nicopolis. Balachins fut désigné pour assurer la défense du château. Ruffin reçut l'ordre de « foncer » vers le Bras-Saint-Georges (le Bosphore) pour aller au-devant de Bayézid et « *rompre et briser l'emprise des chrestiens* ». Selon Corbadas et… Froissart, Bayézid (Basaach, Basat – ou Bajaset – ou l'Amorath-Baquin) était « *au Quaire avecques le soudan de Babylone pour avoir gens, et la le trouva le Turc dessus nommé* (Ruffin). *Quand le roi Basaach le vit, si fut tout émerveillé ; et pensa tantôt qu'il y avait de grandes nouvelles de Turquie* […] *"Quel nombre de gens sont-ils ?" demanda l'Amorath-Baquin. "Ils sont plus de cent mille", répondit le Turc, et la plus belle gent du monde, les mieux armés et tous à cheval.* »

Bayézid alla trouver le soudan. Celui-ci déclara : « *Il convient pourvoir ; vous aurez gens assez pour résister à l'encontre d'eux, car il nous faut défendre notre loi et héritage.* » Bayézid, alors, révéla qu'il avait été prévenu de la croisade par son grand ami le seigneur de Milan (Galéas Visconti, père de Valentine, épouse de Louis d'Orléans). Il avait offert à Bayézid « *ostours*, gerfaus** et faucons, douze, les plus beaux et meilleurs que je visse oncques. Avec ces présents, il m'escripsit par nom et surnom tous les chefs et barons de France qui me devoient venir voir.* »

Suivaient les noms de Jean de Bourgogne, Philippe d'Artois, Jacques de Bourbon, Henri et Philippe de Bar, Enguerrand de Coucy, Boucicaut l'ains-né, Gui de la Trémoille, Jean de Vienne, « *et contenoient les lettres, ainsi, que si j'avois ceux que je nomme en mon danger***, ils me vaudraient un million de florins. Avesques tout ce qu'ils y doivent être en leur compagnie du roi de France et des tenures de France, plus de cent chevaliers, tous vaillants hommes.* »

Le sire de Milan, Galeas Visconti, comte des Vertus (!) chrétien et

« Pauvres de nous ! » songea Gui. « Vous serez peut-être, messires, un jour prochain, en grand état de délaissement pour tout ce que vous avez commis, tout ce que vous allez commettre. Votre ennemi le plus puissant, c'est l'orgueil. »

Même s'il admettait que la croisade était destinée à refouler les Turcs dans leur pays, il ne pouvait que se demander s'il n'avait point affaire à des fous que leur suffisance rendait incapables d'accomplir ce grand dessein.

— Laissons-les discuter, dit-il à un Antigny soucieux. Essayons de dormir et ne pensons plus à ce pont de malheur.

Le lendemain, tandis que Sigismond distribuait les quartiers et donnait aux Hongres et à leurs alliés ses mandements pour la préparation d'un grand assaut, Boucicaut, furibond de ne pouvoir agir à sa manière, envoya quelques-uns de ses archers dans les profondeurs de la forêt. Ils devaient y abattre vélocement quelques arbres afin de confectionner deux grandes échelles. Sitôt construites,

baptisé trahissait allégrement ceux de sa race, de sa famille et de sa religion. « *Il queroit* », écrit Froissart, « *amour et alliance à un roi mescréant et hors de notre loi.* »

Évidemment, la Cour de France ignorait tout de cette trahison. Si Valentine Visconti était « mal vue » chez les nobles et dans le peuple au point qu'elle dut quitter Paris pour Neufchâtel-sur-Loire, c'était qu'elle était la seule qui eût été capable d'approcher le roi qui l'appelait sa « sœur bien-aimée ». On l'avait, bien avant, accusée d'être une sorcière parce que son père était considéré comme sorcier. On l'avait accusée de la possession d'un miroir magique et d'avoir, en septembre 1395, par l'intermédiaire d'un enfant qui s'était introduit dans les jardins de l'Hôtel Saint-Pol, empoisonné le dauphin Louis, âgé de quatre ans, avec une pomme.

* Autours.

** Gerfauts.

*** « en mon pouvoir ».

elles furent allongées devant lui pour qu'il pût évaluer leur longueur et leur solidité.

— Avec cela, dit-il, nous nous hausserons dans la place.

Tout était prêt. Les hommes s'étaient fervêtus et certains, même, avaient tiré leur lame du fourreau. On irait à pied jusqu'au pont que dégageraient ceux qui, la nuit, en avaient assuré la protection.

Dans son armure que sans doute Prades ou Vernon avait fourbie, Boucicaut resplendissait de santé. Ses yeux vifs allaient des grands seigneurs aux petits sur lesquels, sans doute, il comptait davantage. Gui devina qu'en cas de prise de la ville, il n'aurait merci d'aucune personne. Il avait dû dès l'aube, en compagnie de ses pairs, boire un vin qui n'était point de messe et lui adjoindre de l'hypocras, de l'hydromel et de l'eau-de-vie, de sorte qu'il bouillait d'impatience. Il se reprochait peut-être d'avoir fait lacer son bassinet, ce qui l'obligeait à restreindre ses mouvements de tête tout en exagérant ceux de son corps.

Il se tourna vers Brehappe avec un sublime air de convoitise puis, face aux prud'hommes silencieux, attentifs et ébahis qu'il eût usurpé le commandement à Jean de Nevers, au comte d'Eu et au roi Sigismond, il déclara, sa dextre ferrée appuyée sur son plastron à l'emplacement du cœur :

— Grand honte nous serait, messires, si d'autres gens que nous, gens de France, passaient ce pont devant nous qui l'avons en garde. Or, sus, mes très chers compagnons et amis ! Faisons tant en cette besogne que nous y gagnions la renommée !

Il fallut suivre, franchir le tablier, parvenir au pied de l'enceinte d'où tombaient quelques sagettes.

— On va les avoir ! grommela le Borgne de Milli.

En était-il si certain ?

Les piétons dressèrent les échelles. En bois de pin, elles étaient hautes, pesantes, et dix hommes s'employèrent à pencher chacune d'elles contre les murailles. Deux d'entre eux tombèrent, percés. Chevaliers, écuyers, soudoyers se pressèrent pour être les premiers à l'ascension. Gui vit les engins rustiques ployer sous leur charge humaine tandis qu'une pluie de sagettes et de rochers tombait dru sur les téméraires. Certains churent, atteints à la tête ; d'autres, heurtés ou renversés par des exclus, lâchèrent l'échelon auquel ils s'agrippaient pour les suivre dans le vide. Des bien chanceux atteignirent le haut du mur, franchirent le crénelage et furent, au-delà, reçus avec vigueur : leur plongée vers le sol, parmi les assaillants, provoqua des vociférations de haine et les hommes qui, pour complaire à Boucicaut, hurlade après hurlade, avaient obtenu le privilège d'écheller à la suite des audacieux, se virent accueillis, en haut, par quantité de cimeterres. Certains furent poussés, morts ou mourants, vers leurs compères aux Lis, d'autres jetés en deçà de la muraille.

— Je crains que nous n'ayons moult trépassés pour rien.

Qui disait cela ? Guillaume de la Trémoille. Gui acquiesça tout en regrettant son mouvement de sincérité. Il tenta d'effacer cette faute :

— Il faudrait vingt, trente échelles réparties à l'entour de ces murs. Alors, leurs défenseurs s'éparpilleraient de sorte qu'il y en aurait moins là-haut pour escarbouiller ceux d'en bas et refouler nos assaillants.

Pour le maréchal de Bourgogne, semblable à Boucicaut, la guerre était belle et bonne en soi. Chacun y définissait son caractère. Cependant, quelque hardi qu'il se crût, le Bourguignon attendait que la voie fût dégagée afin d'écheller sans crainte d'être rejeté.

Un cor sonna. Son intervention fut interprétée par tous, y compris les Hongres qui s'étaient approchés pour seconder leurs alliés.

— On dessiège, commenta Jean de Cadzand, l'amiral de Flandre, la tête comme écrasée par sa barbute. L'empainte[1] est achevée. Ou elle reprend isnellement[2], juste le temps de s'écueillir[3] ou alors, il serait bon de préparer d'autres échelles.

Gui acquiesça. Boucicaut apparut :

— Avez-vous vu l'assaut de la seconde échelle ?

— Non, Jean, dit La Trémoille. Nous regardions la première.

— Vous n'avez point voulu monter, Clairbois ?

Gui regarda le maréchal en face :

— Il y avait, messire, moult prétendants à l'ascension. Je me suis dit que mon tour viendrait.

— Il me disait, intervint La Trémoille en repoussant, sur la cubitière de son armure, une mouche qui s'y était posée, il me disait qu'un plus grand nombre d'échelles…

— Je sais, je sais, interrompit Boucicaut. Si la ville était quatre fois plus importante, je l'eusse fait. Mais c'est une petite cité avec de petites gens…

— Qui se défendent moult bien, dit Gui de la Trémoille, soudain présent. Ce qu'il faut…

Du tranchant de la main, Boucicaut interrompit ce qui, plus qu'un conseil, allait être une proposition :

— Sur la seconde échelle, celle dont vous vous êtes désintéressés, Hugues de Chevenon a fait merveille. Il portait ma bannière. Il allait l'arborer au faîte de la muraille

1. Attaque.
2. Rapidement.
3. Réunir ses forces.

quand les Turcs la lui ont arrachée. Ils l'ont repoussé avec l'échelle.

« C'est vrai », se dit Gui, « il n'en reste plus qu'une. Fallait-il que j'aie été trop occupé de la première pour n'avoir rien vu, rien su de la seconde ?... Elle gît au sol sans avoir souffert de sa chute. »

— Nous allons recommencer, dit Boucicaut. Cette fois, Clairbois, j'espère vous voir à l'œuvre !... Vous me suivrez car je serai le premier à gravir les barreaux.

C'était la première échelle. Celle où l'accueil des Turcs, en haut, serait le plus meurtrier.

« Passez devant, avait dit Boucicaut à Ambillon, Abondant et Prades. On vous suit. Venez, Clairbois ! »

Il avait bien fallu obéir.

L'alarme, chez les Turcs, avait été donnée. Les sagettes et les pierres tombaient sans trêve. Devant, le petit gros Archambaud d'Ambillon semblait prendre son temps car l'espace entre les échelons ne convenait guère à ses courtes jambes. On eût dit que ses genouillères s'opposaient à son ascension. Derrière, Abondant, flagellé par une espèce d'impatience, criait : « *Va ! Va !* » comme si la besogne était aisée lorsqu'on avait une main occupée au saisissement des barreaux et l'autre employée au port de l'épée. Une lame qui devenait lourde, encombrante, et dont on se demandait si on en pourrait user et abuser une fois devant l'ennemi.

Prades s'était chargé d'une hache d'armes. C'était certainement une erreur car elle était petite, inférieure, en longueur, à une épée. Une grosse pierre avait heurté son bassinet pour rebondir sur la dossière de Boucicaut. Un juron avait secoué le maréchal. Son cri avait été suivi de

« *Avant ! Avant !* » cependant que Gui se demandait : « *Et après ?* »

Il ne suffisait pas d'accéder aux aleoirs ennemis. Il faudrait s'y maintenir. Pas question de redescendre. Et d'ailleurs, comment ? Il faudrait que ceux de la seconde échelle pussent aussi accéder au faîte de la muraille. Rien n'était moins sûr. Il importait que les suivants fussent à l'ouvrage vélocement pour remplacer les chevaliers, les écuyers et les hommes d'armes perdus.

« Que fais-je à m'élever sur ces barreaux ? Je serais tellement plus aisé à Montsurvent et à Tours... Si je parviens en haut, j'y meurs ou suis fait prisonnier... Si je tombe entre leurs mains, ils me feront payer la perte de leurs compains. »

Un assaut *grand et merveilleux*, avait dit Boucicaut.

« Je ne veux pas être un second Chevenon, qu'on dit tout froissé et qui mourra sans doute. Si l'échelle penche contraval avec nous, ce sera notre trépas... On dit que la cité contient moult chrétiens grecs. Pourquoi ne s'en prennent-ils pas aux Turcs de leur garnison ? »

Un cri. Ambillon. Une grosse pierre, sans doute. Il avait lâché l'échelon.

Levant les yeux, Gui le vit penché en arrière et il chut, râpant de sa cubitière, au passage, l'épaulière d'Abondant.

Bien que le charivari fût extrême, Gui entendit, en bas, la clameur des Français et le heurt de l'armure lestée de chair.

« Mort, sans doute... De si haut ! »

Un échelon. Un autre. Cela sentit tout à coup mauvais au-dessus de lui.

« Boucicaut pète ou chie dans ses braies ! »

Un échelon encore.

Un cri, des hurlements : Abondant était sûrement près du crénelage. Les pierres pleuvaient dru et de plus en plus grosses. Prades, atteint, décrocha et tomba. Gui sentit l'échelle poussée, poussée encore par des fourches de bois longues et solides. En montant un ou deux échelons, il se pouvait qu'elle revînt contre le mur. Derrière, c'étaient des injonctions :

— Avance !

— Monte encore ! hurla Boucicaut.

— Allez !

« Ils juppent[1]… Que croient-ils ? Que j'ai peur ?… Ça ne me gêne pas. Pensez ce que vous voudrez ! »

Il était ensorcelé par le sommet. Il avait chaud. Il était pesant. Frileux. Il y avait quelque chose d'excitant dans cette ascension mortelle, dans la dispute des cris et l'averse des pierres. S'il vivait, il s'en souviendrait pendant des années. Il était… Il allait atteindre son perchoir… Mal au bras senestre : celui qui s'accrochait aux barreaux… Jambes solides, dures, indociles. Boucicaut serrait la prise d'une épée qui semblait l'embarrasser. En bas, deux corps morts. Têtes de cire et os certainement rompus. Du sang peut-être.

Il s'aperçut qu'il tremblait. Que sa gorge s'était comme empierrée. Il était sans doute à mi-hauteur. Impossible de vérifier à cause du bassinet.

Il ne vit pas venir le morceau de rocher. Trop soucieux de l'éviter en se plaquant contre l'échelle, Boucicaut ne prévint personne.

Ce fut comme un éclatement de tonnerre, un violent battement de cloche. Étourdi sous le coup d'un horion énorme, Gui sentit ses mains lâcher tout à la fois l'échelon sur lequel reposait un pied du maréchal et l'épée prête au

1. *Japper* : appeler, crier.

combat. Deux grosses abeilles bourdonnèrent au tréfonds de ses oreilles cependant qu'une force puissante le jetait dans un abîme de ténèbres et de hurlements.

Il heurta le sol du côté dextre et dès lors ne sut plus rien.

Une douleur lui mordit l'épaule. Il ouvrit les yeux. Depuis combien de temps gisait-il auprès du pont, examiné par une douzaine d'hommes – la plupart des archers que leur oisiveté semblait contrarier ?

Il tenta de se lever en prenant appui sur son bras senestre. Bien portant, il y parvenait sans difficulté. Maintenant, la pesanteur de son armure ne pouvait que contrarier cet effort. Deux hommes l'aidèrent.

— C'est rien, dit Broeckx. Vous avez chu de pas très haut.

Son camail lui mangeait presque tout le visage. Des poils en traversaient les anneaux et sa cale [1], qui s'était déplacée, dissimulait ses sourcils. Il avait son regard de toujours : clair et soucieux parce qu'à la fois tourné vers le dehors et le dedans de lui-même. « Que fais-je en ce pays, parmi ces hommes et contre des Turcs ? » devait-il se demander. Son compère Albéric, au contraire, avait l'œil agressif. Il mâchonnait une déconvenue. Sans doute s'agissait-il de l'échec d'un assaut que Boucicaut avait voulu victorieux et qui s'était achevé déshonorablement. Les deux échelles dressées contre le mur tant convoité avaient été abandonnées.

— Souffrez-vous ? demanda Broeckx.

— J'ai craint pour ma vie tout au long de cet échellement. Mon corps ne me paraît point rompu, mais mon épaule…

1. Sorte de bonnet en usage au Moyen Âge.

Et comme il regardait son gantelet dextre dont une des écailles de fer protégeant ses doigts avait disparu :

— Mon épée ?

— La voilà, dit Antigny.

Où était-il passé ? Il n'était ni de la première ni de la seconde montée. S'était-il soustrait aux regards du maréchal ? Ou bien celui-ci l'avait-il tenu en réserve ?

— Tu aurais pu te tuer, Clairbois, dit-il en remettant Précieuse en son fourreau.

— Tu m'as vu choir ?

Yvain avait un air soucieux et perplexe. Une crainte saisit Gui :

— Ambillon ?

— Mort.

— Prades ?

— Mort.

— Inutilement morts, souligna Broeckx. C'est miracle, en vérité, que vous soyez en vie… On vient d'enlever ces deux hommes pour les ensépulturer je ne sais où… Ils sont là-bas et des clercs s'en occupent.

Gui ne se détourna pas. « Deux de moins chez nous », songea-t-il, « pour satisfaire la présomption d'un maréchal de France ! » Il avoua d'une voix qu'il trouva exagérément plaintive :

— Mon épaule me fait très mal. Je ne puis plier mon bras.

— Démise, sans doute, conjectura frère Théodore qui venait de traverser le pont.

— Je tiens debout, mon père, mais je souffre. J'ai cru, en défaillant, que mon armure se mêlait à ma chair.

— Il te faudra la confier à Carpillaud, dit Antigny. Il la… guérira des coups qu'elle a reçus.

Carpillaud ! Depuis Paris, Gui ne s'était guère soucié du fèvre attaché au destin de Boucicaut. Le soudoyer devait suivre de très loin le précieux bagage du maréchal. À l'avant de son dolmon, les rênes de sa mule plus ou moins lâches en main, il devait ouïr à longueur de jour, selon les hasards des chemins, les tintements, à l'entour de sa bigorne, de ses marteaux, tenailles, pinces et soufflet. Il n'avait voulu emmener personne avec lui affirmant qu'il trouverait toujours des aides lorsque la nécessité se présenterait.

— Veux-tu, dit frère Théodore, que j'ôte ton armure ?

Cette proposition parut déplaire à Antigny. Que croyait-il ? Que c'était à lui de le faire ? Alors, pourquoi s'était-il laissé devancer ?

Le plastron et la dossière enlevés, frère Théodore se pencha vers l'épaule et le bras douloureux.

— Je ne vois rien, dit-il. Je dois t'enlever le bourras et les chemises qui t'enveloppaient.

Les épaules à jamais enlaidies apparurent.

— Seigneur ! soupira le moine. Qui t'a fait cela ?

— Adoubé chaudement, mon père, avec mon épée. C'était en Bretagne, au service d'Olivier de Clisson…

Antigny s'était approché. Son nez retroussé, sa lippe, son regard soudain réduit à un peu de clarté entre les paupières mi-closes révélaient plus de dégoût que d'ébahissement.

— J'avais vu *cela* en hâte, dit-il. C'est…

Il hésitait. Son air était amène, sans compassion.

— Cela te répugne, mon fils, devina le dominicain.

— Un tantinet, révéla l'écuyer.

— Je te sais bon gré de ta franchise.

Et tourné vers le clerc, Gui consentit à révéler :

— C'est un mal… terrible.

— Il vaut mieux que tu l'endures plutôt que d'être mort. Et permets-moi de te dire que lorsque je vois ces abominables cicatrices, je sais combien, en certaines circonstances, tu peux être courageux.

Antigny s'éloigna. Le clerc s'en étonna. « Pas autant que moi », songea Gui. « Est-ce l'allusion à mon courage qui l'a comme offensé ? » Il regarda son bras que le prêtre palpait.

— Tu ne seras pas impotent longtemps. Il s'agit d'une dislocation de ton membre. Le sommet du bras est sorti de la cavité humérale... On va te remettre tout en place.

Et tourné vers Broeckx et Carpillaud :

— Prenez ces plates d'armure, ces vêtements et suivez-nous.

Après qu'ils eurent traversé le pont, le clerc s'avisa d'un arbre – un petit chêne au fût droit dont les premières branches commençaient à se disperser à deux toises du pied.

— Assemblez vos ceintures, mes gars. Il nous faut l'attacher à ce tronc.

Gui se laissa lier au chêne par la poitrine et comme il fallait qu'il fût bien maintenu, le clerc dénoua sa cordelière pour qu'il se trouvât lié au faux-du-corps [1].

— Vous, les hommes, saisissez l'un sa main, l'autre son poignet. Quand je vous dirai de tirer, vous obéirez de toutes vos forces, lentement, sans défaillir.

— Je suppose que j'aurai mal, dit Gui.

— Certes... Je ne suis pas un mire mais certains fils d'Hippocrate m'ont enseigné quelques tours.

Disant cela, le clerc avait placé sa main sur l'épaule démise et son pouce sur la tête humérale du bras.

1. Partie où le corps s'amincit entre la poitrine et les hanches.

— Tirez ! dit-il. Tirez fort !

Gui eut le sentiment qu'on l'amputait d'un coup de hache. De son pouce, frère Théodore attendit la fin de la contracture musculaire pour faire entrer la tête de l'humérus dans sa capsule et dit ensuite :

— Lâchez tout !

— Bon Dieu de bon Dieu ! enragea Gui dont la douleur semblait se dissiper.

— Tu as raison, approuva le dominicain. Dieu est bon, ce sont les navrures qui sont mauvaises.

Et comme Broeckx et Carpillaud déliaient son patient :

— Tu pourras de nouveau jouer de ton épée. Pour le meilleur et pour le pire… Comme le mariage, en somme, puisque cette arme est ta compagne.

— Soyez acertené, mon père, que j'en préférerais une autre !

— Avec un membre toujours en bon état, ricana Broeckx.

— Mon fils ! Mon fils ! protesta paisiblement le moine. Il semble que certaine abstinence te monte à la tête. Dieu te pardonne… mais songe plutôt à la guerre et laisse aux seigneurs des contentements que sans doute ils redimeront bientôt !

Tandis que le clerc s'éclipsait tout en nouant sa cordelière, Broeckx et Carpillaud ramassèrent les plates d'armure et Gui les vêtements de dessous.

— *Redimer*, qu'est-ce que ça veut dire ? demanda l'archer.

— Racheter… mais je crois bien qu'*il* pense : racheté par la male mort.

— Et croyez-vous, messire, que certains la méritent ?

— Oui, dit sèchement Gui. Ils déshonorent notre ost. Il faudra bien qu'ils paient pour leurs mœurs dépravées.

— Ce sera cher payer ! murmura Broeckx.

— Je sais, acquiesça Gui. Je sais. Ce qui m'ennuierait, c'est de payer pour tous ces saligots !

— La mort n'est pas une solution.

— Certes, mais à mœurs dissolues seule convient la dissolution. N'as-tu pas découvert que tous les petits chevaliers et écuyers issus de la grande noblesse, qui s'entassent dans les festins, avaient disparu, de sorte qu'aucun d'entre eux n'était aux échellements ?

Broeckx s'efforça de sourire :

— Peut-être, messire, aurait-il fallu mettre en premier, aux échelons, une ribaude le cul à l'air. Ils se seraient empressés de la suivre.

— Sans doute, approuva Gui. Il n'empêche que je sens de jour en jour plus pesante sur nous une épée prête à nous occire.

— Moi aussi, approuva l'archer. Voilà quelques nuitées que je ne dors plus. Je me vois prisonnier des Turcs et je m'acharne à refuser de savoir ce qu'ils feront de moi.

Gui ne s'étonna point de communier dans une quiétude étroite mais agréable avec un soudoyer que Boucicaut eût appelé sans doute un homme de peu. Guéri de ses récents émois, il ressentait tout à coup un soulagement grave : cet inexprimable bonheur d'être en vie qu'il avait quelquefois éprouvé au sortir d'événements redoutables. Loin des hurlements et des passions de la bataille, à l'écart des guerriers aux mouvements las et alentis et dont certains s'asseyaient n'importe où tandis que d'autres revenaient, pensifs, à leur charroi, il savourait auprès d'un manant la même sensation de paix qu'en présence de frère Théodore. Il redevenait maître de son corps et de ses pensées. Il faisait peau neuve. Pour combien de temps ?

Il fut heureux de révéler :

— Je ne dors guère. Voyant au guidement de quels hommes un mauvais sort semble nous avoir confiés, je crains que le dieu des mécréants ne supplante le nôtre. Et j'ai peur… J'ai peur des Turcs et de nous-mêmes. J'ai crainte de nos chefs et de leur orgueil.

Il se tut. Il en avait assez dit.

V

Inutiles et meurtrières, les échellades recommencèrent pendant une semaine. À la vesprée du septième jour, le mayeur [1] de la cité, un Boulgre [2] suivi de ses conseillers, tous chrétiens [3], sortit solennellement des murailles pour proposer d'en remettre les clés à Sigismond s'ils obtenaient la promesse que leurs vies et leurs biens seraient sauvegardés.

— Qu'est-ce à dire ? gronda Boucicaut. Que nous allons épargner ces mécréants qui m'ont meurtri des hommes dont ce bon, ce cher Hugues de Chevenon que j'aimais moult ?... Ces manants ont pu prendre la mesure de notre impétueuse valeur. S'ils capitulent orains [4], c'est que demain nous pouvons pénétrer en force dans leur ville !

— À quoi bon tant de morts, se permit Gui qui, auprès du maréchal, assistait de loin à l'entretien de Sigismond et des députés de Brehappe.

— À quoi bon ?... À quoi bon ? s'emporta Boucicaut. Mais parce que, Clairbois, une guerre sans mort ne saurait être une guerre !... Il en faut quelques tas... Je dirai même

1. Le maire.
2. Bulgare.
3. Orthodoxes.
4. Maintenant.

des monceaux, sinon, ce n'est plus une guerre mais un solas[1] d'enfançons !

Gui préféra s'abstenir de la moindre objection.

— Et ils sont venus parlementer avec Sigismond !... Qui sommes-nous ?

Toujours vêtu de son harnois plain, le maréchal s'était tourné vers le comte d'Eu et Jean de Nevers. Ils semblaient, eux aussi, courroucés. Il était pourtant équitable que les envoyés de Brehappe eussent voulu discuter avec un roi de leur voisinage plutôt qu'avec des croisés dont ils connaissaient la néfaste réputation.

— Je sais ce qu'il nous reste à faire, grommela sombrement Boucicaut. Ah ! oui, je le sais[2]. Il va nous falloir mille otages !... Et même davantage !

1. Un divertissement.

2. On lit, sous la plume de l'hagiographie « moderne » de Boucicaut, M. Todière (Paris, vers 1850) : « *Les assiégés comprirent qu'avec de semblables ennemis, leur défense serait inutile malgré la force de leurs remparts, et ils demandèrent à capituler. On leur promit de les laisser sortir avec armes et bagages. Comme la plupart des habitants étaient chrétiens, Boucicaut entra aussitôt dans la ville pour la préserver de toute offense de la part des soldats, et il s'acquitta de son devoir avec tant de prudence et de fermeté qu'elle n'éprouva aucun dommage. Sigismond se montra moins généreux que les Français : il fit passer la garnison au fil de l'épée.* »

Adorable mensonge ! Il est d'un laudateur sans scrupule.

Ce qui se passa fut l'inverse. Barbara W. Tuchman, *qui enquêta sur place*, écrit dans son « *Lointain miroir* » : « *Mais les Français, violant l'accord, mirent la place à feu et à sang sous prétexte qu'elle avait été prise d'assaut puisque leurs hommes avaient déjà escaladé les murailles* (sans parvenir plus avant à l'intérieur). *Un millier de Turcs et de Bulgares furent faits prisonniers pour être rançonnés* (et occis) *et la ville laissée en flammes. Les Hongrois virent là une insulte à leur roi ; les Français les accusèrent de vouloir s'approprier leur gloire. Les appréhensions de Sigismond furent confirmées.* »

La France, déjà, comptait si peu de héros authentiques qu'il fallait bien en inventer.

Après celle de Barbara W. Tuchman, voici l'opinion de d'Auvigny

— Mille ! s'ébahit Bourbon.

Et comme Nevers, Eu, Coucy et Jean de Vienne observaient le maréchal de plus en plus attentivement tout en craignant sans doute le commencement d'une stérile aventure :

— Nous partons demain pour Nicopoli.

Eu broncha. Ce n'était pas à un maréchal, fût-il de haute renommée, de décider du mouvement de l'armée, mais à lui, Philippe d'Artois, connétable de France. Comme, subjugué par la puissante stature de Boucicaut, il hésitait à s'exprimer, Jean de Nevers le fit à sa place :

— Qui vous a dit que nous partirions ?

— Moi, monseigneur, orains. Et je crois en votre accord. Nous devons devancer Sigismond. Je vous garantis qu'il nous laissera lui ouvrir la voie. Les Hongres, du roi aux piétons, en passant par leur chevalerie et leur écuyerie, ne nous regardent plus qu'avec admiration !

« Et rancune », songea Gui. « Il se peut que moult d'entre eux nous haïssent. »

Peu à peu, tout en s'exprimant, Boucicaut s'était éloigné d'un pont dont la conquête avait été fatale à quelque dix Français.

— Messires, reprit-il d'une voix étranglée qui supposait une émotion – mais de quelle espèce ? – messires, les fossés les plus profonds, les murailles les plus élevées ne

dans sa *Vie des Hommes illustres de la France* (Paris, vers 1830) : « *Tous les historiens conviennent des grandes qualités de Boucicaut. Il fut brave, pieux, savant et libéral, et mérita par son zèle, le titre de parfait chevalier chrétien que les souverains pontifes lui donnèrent.* »

Boucicaut fut tellement suspect à La Curne de Sainte-Palaye qu'il ne le cite point dans ses *Mémoires sur l'ancienne chevalerie* (Paris, 1826). Il consacre douze lignes à Bajazet-Bayézid pour commenter le nombre et la qualité de ses faucons. Le mot de *Nicopolis* apparaît une fois, mais sans commentaires.

sauraient nous arrêter. La gloire de la France est au bout de la Turquie. Nous avons perdu la Terre Sainte mais nous gagnerons et garderons ce pays de mécréants. Notre réputation grandit de jour en jour et je ne doute point qu'elle n'effraie Bayézid s'il est proche de nous, ce que je ne crois pas puisqu'on le dit auprès du soudan d'Égypte.

« Il devient fou d'orgueil », songea Gui. « Et nul ne cherche à l'apaiser. Tous boivent ses paroles comme s'il était un prophète ! »

— Nous devons être toujours les premiers quelles que soient les difficultés qui nous attendent. Les Hongres sont des enfants à côté de nous. Sigismond voudrait s'en tenir à nos premières conquêtes. Elles sont minces, bien minces en comparaison de celles que nous accomplirons. En obtenant de haute lutte Nicopoli, qu'on dit bien bataillie, nous nous affirmerons comme les nouveaux croisés. Nous allons par-honnir[1] les Turcs. Je sais, et vous aussi, messires, que Sigismond balance à suivre cet avis qu'il juge imprudent…

« Nous allons vivre », songea Gui, furibond, « sous la despotie d'une poignée d'hommes incapables de s'entendre. Seul Coucy semble ailleurs. Sans doute en son château. »

— Sigismond, dit Jean de Nevers en branlant sa grosse tête, a cédé aux instances de Philippe d'Artois et de moi-même pour vous laisser le devancer à Nicopoli.

Il y avait quelque cinquante hommes groupés à l'entour d'un feu au-dessus duquel, empalés sur une grande haste, rôtissaient deux moutons. Personne, désormais, ne se souciait du pont. L'armée allait cheminer encore. Elle roberait encore. Elle profanerait encore. Pour tous ces chefs

1. Maltraiter, détruire.

dont certains s'étaient soulagés de leur armure, la suite des événements s'annonçait prometteuse.

L'ost avait parcouru moins d'un tiers de lieue lorsque le vent apporta aux narines de Gui une odeur de brûlé si forte qu'il se retourna pour en situer la provenance. Brehappe flambait. De hautes flammes poudrées d'étincelles barbouillaient le ciel d'un nuage de salissures.

« Les parjures !... Ils devaient épargner cette ville ! »

Quelques-uns de ses compagnons s'étaient, eux aussi, inquiétés de cette flaireur qui tout à coup submergeait celle des feuilles, des herbes et des fleurs dont le pays n'était point chiche.

— Je croyais que cent hommes devaient assurer le ségurement des chrétiens.

— Tu croyais ! Tu croyais, Clairbois, ricana Cigogné. Boucicaut ne croit pas : il agit.

— Les manants avaient créance en nous pareillement à leur mayeur, à leurs échevins, à leur...

— On ne peut avoir fiance en rien en ce pays perdu, intervint le Borgne de Milli. Tous ces manants et leur magistrature pouvaient nous assaillir dans le dos. La sagesse était de les occire tous... après en avoir emmené un millier entre nous et le charroi !

— Croyez-vous, messire, que des femmes, leurs enfants et enfançons auraient pu se livrer sur nous à quelque vindication[1] ?... En vérité, je dis non et affirme que cette brûlerie est un nouveau forfait à verser à notre actif.

— Le maréchal l'a voulu avec l'acceptation de Nevers, Eu, Bourbon et les autres. Vas-tu, Clairbois, le leur reprocher ? questionna Aubery de Vernon.

1. Vengeance.

Guy tapota l'encolure de Cyrus que la puanteur avait troublé bien qu'il fût accoutumé à des odeurs plus fortes.

— Je n'ai rien à leur reprocher. Ils commandent, j'obéis. Je me dis que comme l'amour appelle l'amour, la haine appelle la haine et la mort appelle la mort. Nous en reparlerons peut-être un jour.

Il se retourna encore. Bientôt Brehappe ne serait plus qu'un fumeux et brûlant linceul de cendres et de gravois couvrant tant bien que mal une jonchée d'innocents.

— Il y avait des chrétiens, des manants plus chrétiens que nous, là-bas, et parmi les Mahoms, des gens plus honnêtes que nous.

Tandis que la cité se consumait, lançant au ciel des fumées maculées de noir et de vermillon, épaisses comme celles d'un orage en germe, Gui sentit son cœur s'enflammer.

« Les fols !… Quand il saura cela, Bayézid ne pourra que s'exaspérer contre nous. Plutôt que d'inspirer le respect… et même l'admiration, nous semons le mépris avant, peut-être, la dérision ! »

— Si tu continues à paroler ainsi, menaça, de loin, le Borgne de Milli, tu seras anathématisé par nos chefs et par l'Église.

— Peut-être, messire, l'anathème vous conviendrait-il davantage qu'à moi-même. Défiez-vous de Dieu comme je m'en défie…

Il y eut une huée. Cinq ou six hommes. Les autres, sans doute, pensaient à l'avenir. Leur avenir.

Et l'on n'entendit plus que le frai[1] des chevaux.

1. Le bruit.

Gui sentait bouillonner dans son cœur un sang qu'il lui faudrait verser, sans doute, pour une cause détestable. L'armée, soudain, lui semblait partagée entre les naïfs et les seigneurs de la guerre. Les premiers ne s'interrogeaient point. Ils croyaient accomplir une croisade nécessaire et salutaire pour eux-mêmes et la chrétienté. Les autres, qui avaient trouvé dans cette expédition l'occasion d'évacuer une fureur latente, souhaitaient, par ce subterfuge, donner pleine mesure à leurs penchants pour la débauche et le meurtre. S'ils l'avaient pu – et il se pouvait que certains le fissent au moins dans leurs songeries – ils eussent bu le sang de leurs proies avec la même délectation qu'un élixir de longue vie.

Il se promit d'être muet. D'observer et de tirer pour lui seul les leçons des événements qui lui seraient imposés. Il avait perdu de vue Antigny et frère Théodore ne se montrait point.

« Nous serons damnés. Dieu, qui est l'équité suprême, ne peut accepter… ne peut pardonner ces forfaits. Rien n'est accompli en son honneur. Rien n'est digne de Sa Gloire… Où sont les mécréants ? Ils chevauchent avec moi ! »

Parfois, une mince douleur semblait sur le point de se réveiller dans son bras. Avant que l'armée ne se mît en chemin, Enguerrand de Coucy lui avait proposé de se faire examiner par son médecin personnel : Geoffroy Maupoivre. Il avait refusé, arguant qu'il était guéri. Grand, aimable – une tête d'homme qui a tout vu, tout éprouvé –, le comte de Soissons lui avait fait meilleure impression que lorsqu'il l'avait vu passer à travers les buissons d'un chemin creux proche de Mont-le-Héry. Cependant, il acceptait tout. C'était pourquoi, au risque de passer pour discourtois, il l'avait quitté en hâte.

« Je suis passé certainement pour un rustique. Après tout, je me dois d'en être fier ! »

Le chemin sinua entre des montagnes. On y devinait des Turcs dissimulés dans le dessein non pas d'affronter l'armée, mais d'agresser les gens du charroi afin de procéder à son pillage. Gui se vit intimer le soin de veiller sur le long bagage en compagnie d'une centaine d'hommes : archers, cranequiniers, guisarmiers et autres picquenaires. Parmi eux, il était à son aise. Parfois, penchées hors d'une ridelle du chariot qui les agitait, des ribaudes à peine vêtues l'interpellaient. Si la croisade s'achevait par une déconfiture, que deviendraient ces follieuses ? Celles qui ne seraient point trop flétries, des esclaves. Mais les autres ?

Il n'osait trop songer à Héloïse. Comme il en était loin ! Il lui semblait souvent impossible qu'il la revît. Le lien qui les avait unis s'était à ce point étiré que son brisement lui apparaissait comme une sage conjecture. Il n'osait plus rien espérer. La France devenait si lointaine ! Montsurvent, Clairbois, Tours étaient sans doute aussi inaccessibles que l'île d'Avalon où reposait Arthur. Il se sentait de plus en plus seul. Il eût aimé trouver un gars franc du collier pour se confier dans l'espérance d'être compris. Antigny se révélait d'une nature si singulière qu'il ne pouvait lui accorder sa créance.

« Les gens du commun demeurent entre eux. Les nobles demeurent entre eux. Par ma foi, je les gêne et ils commencent à me gêner ! »

Il évoquait parfois son père. S'il n'avait point été occis en Lombardie, peut-être eussent-ils cheminé côte à côte. Peut-être Gilbert de Clairbois eût-il recherché la compagnie des Boucicaut, Nevers, Artois, Coucy et autres prud'hommes. Peut-être n'eût-il pas protesté pour l'exil[1] et l'embrasement de Brehappe, à moins qu'il n'eût essayé de persuader les Grands à l'attemprance[2]. Peut-être eût-il blandi[3] Boucicaut pour ses actes, mais peut-être aussi l'eût-il confroissé en lui reprochant un courroux maladif et par trop meurtrier. Leurs vues contradictoires sur la conduite de cette croisade les eussent certainement amenés à la querelle, mais rien ne donnait à penser qu'elles eussent différé.

« Un homme bon en famille peut-il être, au-delà, d'une mauvaiseté impardonnable ? »

Cette idée, parfois, le tourmentait. Pourrait-il, un jour, devenir à la semblance d'un Nevers, d'un Boucicaut ou d'un Coucy ? Non. C'était une supposition im-pen-sable ! Il n'avait point été dans sa jeunesse prime aussi enclin à la violence qu'un Boucicaut ou un Guesclin. Ils s'étaient taillé une réputation de donneurs de coups contents de fournir aux faibles des leçons de souffrance et, conséquemment, de haine.

« Je ne me suis jamais montré enclin à meshaigner les autres, surtout s'ils étaient fils de vilains. J'apprenais à estremir[4] et savais gauchir[5] les coups de certains qui, pour se revancher de leur condition de hurons, essayaient de m'assener… Anceaux voulait lui aussi que je perde mon sang. Si je reviens un jour à Clairbois, il se peut qu'il verse le sien. »

Le soir, après qu'il se fut occupé de Cyrus, il se rendit au charroi des clercs. Frère Théodore, agenouillé près de

1. Destruction.
2. Modération.
3. Loué, félicité.
4. Escrimer, jouer de l'épée.
5. Feinter, éviter les coups.

sa mule, priait silencieusement, les yeux levés vers un ciel qui, bientôt, se pailletterait d'étoiles.

— Ah ! te voilà, dit-il soudain debout.

Il lâcha sa croix pectorale puis essuya des deux mains sa bure à l'emplacement des genoux.

— Que penses-tu de tout cela ?

— Rien de bon, mon père. Il fallait s'abstenir de parardoir [1] Brehappe et d'en occire les habitants.

— On ne peut chrétienner les mécréants par le meurtre et par le feu. On ne peut occire parmi eux les chrétiens en arguant que Dieu les reconnaîtra. Nos prud'hommes sont paraux [2] à ces Wandres [3] qui commirent, il y a longtemps, moult forfaits dans notre royaume. Ils se veulent vertueux. Leur allégation majeure est que la Chevalerie est belle et bonne et que le fait de chausser des éperons dorés leur enrichit l'âme... Or, ils ne font que l'appauvrir. Leurs exactions ont asséché leur cœur. Leur apparente mais stérile piété ne dupe que ceux qui veulent être dupés. La Chevalerie se meurt, occise par les chevaliers !

Gui ne pouvait qu'acquiescer. À Paris, lorsqu'il y était arrivé, il s'était promis de devenir chevalier. À Jocelin, quand Yvon de Languidic l'avait soi-disant adoubé avec son épée, Plaisance, chauffée au rouge, il avait commencé à perdre ses illusions. Depuis, il ne cessait de les dilapider.

— L'usage que les prud'hommes font de la Chevalerie et leur certitude que Dieu exercera sur eux Sa miséricorde quels que soient les crimes qu'ils commettent en excipant soit de leur religiosité, soit de l'honneur de leur nom et de leur personne, sont les cangrènes de cette fondation en laquelle, enfant, tu as cru.

1. Brûler complètement.
2. Pareils.
3. Vandales.

— Il est vrai, mon père, que je portais l'Ordène[1] aux nues. Mon mésaise, qui s'affermit, provient de l'apparente unanimité pour le mal de tous ceux qui m'entourent. Les préceptes que j'appris par cœur sont bafoués. Tous ces prud'hommes font l'apologie de cette institution... Tous se répandent en louanges démesurées sur leurs qualités. Tous vitupèrent les Mahoms et se réjouissent de les occire sans même, excepté Boucicaut et quelques-uns, les avoir combattus. L'outrance des propos qu'ils tiennent sur eux et sur les Turcs ressemble...

— À ceux, poursuivit le dominicain, qui animèrent leurs ancesseurs[2] avant l'Écluse, Crécy, Poitiers et autres batailles perdues. Ces dires que tu peux ouïr expliquent un des aspects les plus pénibles des défaites précédentes. L'orgueil, la présomption sont les pires ennemis de ces malebouches. La France perd son honneur par leur faute. Leur désobéissance et leur goût de l'appertise[3] conduisent la plupart d'entre eux au tombeau. Tous les assauts de la raison, toutes les néfastes leçons fournies à tous ces écervelés n'empêchent pas ceux qui devraient illustrer la Chevalerie par leurs vertus humaines hélas ! imaginaires, de préjudicier l'armée. Ils se croient justes, supérieurs, bénis de Dieu et des archanges...

— Peut-être s'en font-ils chaque jour détester.

Frère Théodore, d'une main, apaisa un courroux inutile. Il le comprenait. Il savait aussi qu'il était sans remède. Le mal dont souffrait la Chevalerie était inguérissable. Elle sombrerait un jour dans le néant victime de ses zélateurs !

— Ce que tu dis, mon fils, est juste et stérile. Il m'est impossible d'ouïr sans éprouver des frémissements d'en-

1. L'Ordre chevaleresque.
2. Ancêtres.
3. Prouesse.

ragerie, certains propos de prud'hommes assaisonnés de citations glanées chez autrui quand il est renommé. Ils font référence à Arthur, Lancelot, Tristan, Galaad qui n'ont existé que dans des cervelles éprises de nobles songeries.

— Croyez-vous ?

Gui se sentait au bord de l'indignation. Il avait chéri et chérissait ces personnages. Il ne s'était jamais demandé d'où ils sortaient. Son juvénile univers se délabrait. Frère Théodore fit quelques pas. Au passage, il flatta la cuisse de sa mule « Faute de mieux », songea Gui dont la déception s'était dilatée.

— En fait, reprit le clerc, il n'y a qu'un rapport plus que mince entre l'histoire probablement réelle d'un routier, Artus, il y a moult siècles, peut-être six, huit ou davantage et l'Arthur auquel tu crois. Il n'existe que par le fil verbal des légendes bretonnes qui ont donné prétexte à des enluminures successives.

Gui eut envie de dire : « C'est comme pour le Christ », mais c'eût été un énorme blasphème. Il préféra user d'un alibiforain pour fuir, peut-être, des révélations qui l'eussent consterné :

— Il se fait tard, mon père. Si vous le voulez et me le permettez, je reviendrai vous voir demain pour que vous m'éclairiez sur les champions de la Table ronde.

— Je t'attendrai, mon fils. Mais avant que la nuit te soit douce, viens avec moi.

— Les voilà, dit le dominicain dont la voix s'était affaiblie.

Gui se satisfit d'un hochement de tête.

Il n'avait rien à dire pour le moment. Il se contentait de voir.

Il avait chevauché en tête du charroi, de sorte qu'il n'avait rien su des otages de Brehappe. Ce soir, dans la blême lueur abandonnée par un soleil absent, il les avait sous les yeux.

— Un millier, commenta frère Théodore. Peut-être davantage. Hommes, femmes et enfants. Certains n'ont que dix ans. Les corps allongés ne bougent guère. Ils ont moult marché, certains nu-pieds. Ils avançaient difficilement, traînant leurs semelles sur les cailloux, la terre, et trébuchant parfois sur des racines. Souviens-toi : il n'y a eu qu'une halte. Ils sont tombés sur le sol comme si on leur avait brisé les jambes… Ah ! le maudit cheminement. C'était lugubre comme d'interminables obsèques.

— Je le conçois, dit Gui faussement quiet.

— Leurs âmes doivent à juste titre s'enfellonner contre nous. Ils vivaient en paix. Nous avons guerroyé contre eux sans raison car, sans armes, ils ne pouvaient être nos ennemis. Ils ont tout perdu, même cette dignité qui est le bien le plus précieux que puisse avoir un habitant de notre terre. Ils semblent résignés mais leur cœur bat le tocsin contre nous.

— Je comprends qu'il en soit ainsi.

Aux lueurs de la lune, les prisonniers silencieux, assemblés sous la surveillance d'une centaine de soudoyers, la plupart armés de vouges et de guisarmes, semblaient auréolés de mystère. « Nous voient-ils ? » s'interrogea Gui. Il ne le semblait pas. Ils voyaient leurs gardiens tout en essayant d'apercevoir leur destinée.

— Boucicaut peut-il se louer de cette piétable prise de guerre ?

Et Gui avoua, sur sa lancée :

— J'ai vergogne pour ceux qui nous mènent à Nicopoli !

— Oye !… Ils se réjouissent de leur prochaine victoire.

Tandis qu'en masse, les vainqueurs ivres et satisfaits faisaient retentir jusqu'à leurs victimes les échos fastidieux de leur festin, ces affamés se gorgeaient d'incertitude et de haine.

Gui ne pouvait distinguer leurs visages. Il s'en félicita. Certains levaient leur tête vers lui, et vers le moine, mais n'en espéraient rien. Ils étaient un bétail, rien d'autre. Un troupeau dont l'errance et la persécution forgeaient et unifiaient un caractère. Mahoms et Chrétiens que l'armée avait précipités hors de leurs maisons et de leur cité, hors de leur bonheur aussi, ils communiaient tous ensemble dans la volonté de vivre, ne fût-ce que pour assister à la déconfiture de leurs vainqueurs. Certaines femmes appuyaient un enfant sur leur sein. D'autres marchaient, songeuses et affligées. Elles se frottaient les bras afin que leur sang s'y chauffât : il faisait froid sous le ciel cristallin où les étoiles tardaient à paraître et à luire. Une voluptueuse mollesse hantait leur corps, et Gui ne put que s'en troubler.

— Qu'avons-nous fait, mon père ? Ne suffisait-il pas, aux bourreaux qui nous commandent, de détruire Brehappe ?

— Il faut croire que non, mon fils. Ces gens n'ont rien mangé. On leur a apporté quelques baquets d'eau… douteuse. Ils en ont tiré quelques jointées [1] avec leurs mains sales… Quel engrais de mépris que le leur pour l'éclosion de la haine ! Et nous ne pouvons rien…

— Boucicaut et les autres s'indigneraient s'ils étaient à leur place.

— Ils crieraient à l'inhumanité.

1. Une jointée : les deux mains réunies en coupe.

— Ils parleraient de liberté, d'injustice… Oye, mon fils… Pendant que tu piétais sur ton cheval, à l'avant, j'ai ouï les lamentations des femmes, les sanglots des mères et des enfants. Certaines de ces malheureuses, faibles et désemparées, qui s'effondraient dans des agenouillements suppliants, ont été battues avec le bois des guisarmes et la pointe d'icelles leur est entrée parfois dans le corps en des rondeurs que tu devines. Leurs pleurs m'ont pénétré les moelles. J'ai essayé de m'interposer.

Frère Théodore se tourna. Gui entrevit un trou sous sa croix pectorale.

— Voilà ce qu'un guisarmier m'a fait.

— Nous sommes tous des monstres.

— Tous ces vegilles[1] méritent l'enfer : ils ont été volontaires pour garder ces malheureux.

— Sigismond…

Le dominicain eut un geste d'impuissance :

— S'il s'était opposé à la prise de ces gens, il eût créé un autre sujet de discorde. Et tu sais qu'ils sont nombreux, déjà, sur la façon de batailler contre Bayézid… Alors, il s'est abstenu… Il assiste à tout ce qui se fait et se prépare ; il tend l'oreille… S'il n'avait pas à défendre sa Honguerie, il retournerait à Bude et nous laisserait…

— Dans la merde.

Ils ne voyaient plus rien de ce que Boucicaut appelait « des otages », puisque ce mot imposait un certain respect envers les prises de guerre. Rien qu'une masse informe asservie à la volonté de forains[2] innombrables. Otages pourquoi ? Puisque le maréchal et ses compères prétendaient vaincre aisément et promptement Bayézid, pourquoi se retardaient-ils avec ce millier de malheureux innocents ?

1. Gardes.
2. Étrangers.

Le dominicain se frotta la poitrine. Sa navrure était-elle profonde ?

— Mon père, mon enragerie grossit chaque jour… depuis Montbéliart…

— Je sais… Je m'en doute… Je n'ai aucun droit de vouloir du mal à quiconque et c'est pourquoi je t'envie de me suppléer.

— Demain… commença Gui.

De sa dextre levée à demi, le dominicain ébaucha un signe négatif.

— Ne viens pas les voir ! Tu les prendrais en pitié. Ce serait mauvais pour toi… Prie pour leur sauvegarde mais demeure à l'avant du bagage. Il faut te garder d'exciter les chefs et de révéler tes pensées. Ces gens sont si fols et si bêtes qu'ils t'accuseraient de trahison. Abstiens-toi de te compromettre.

Ces propos pénétrèrent l'esprit de Gui avec une prompte et vigoureuse facilité. Quand il en sut le terme, il en fut si aigri qu'il faillit en rire.

— Crois-moi, insista frère Théodore. Il te faut hurler avec les loups. Il en va de ton ségurement.

— Suis-je menacé ?

— Non, dit le moine avec une sincérité douteuse, mais bien que dans l'armée, tu vis autant que possible à l'écart d'icelle… Ta sincérité pourrait te préjudicier un jour. Il me plaît de t'en informer à l'avance. Et maintenant, viens. Oublie ces pauvres gens et prie pour leur salut.

DEUXIÈME PARTIE

LE DERNIER FESTIN

I

L'armée se remit en marche. Quel jour était-on ? Nul ne le savait. Où allait-on ? À Nicopoli. Était-ce loin ? On l'ignorait. Ce dont on se doutait, c'était qu'on était au cœur du mois de hermi [1] et que septembre serait capital. On allait vaincre les Turcs et vers la Noël, chaque croisé serait de retour chez lui. Sans doute, dans une cage de fer surveillée sans trêve, amènerait-on Bayézid à Paris.

Eu égard à ces prévisions, les avancées s'effectuaient sans trop de mélancolie. Tout autant que la plupart des chevaliers et des écuyers, les hommes d'armes se félicitaient d'une victoire prompte et cette légèreté de l'âme, ces conjectures grandioses, ils les devaient, pour la plupart, à la victoire de Brehappe, à la chaleur supportable, à la transparence de l'air, à la douceur des nuits où allongés sur un sol meuble ou feutré d'une herbe point trop souillée, ils éprouvaient au tréfonds de leur âme, outre les bienfaits du repos, le sentiment d'une sorte de sainteté puisque Dieu, jusque-là, semblait favoriser leur entreprise.

D'ordinaire d'humeur noire, Philippe d'Artois souriait. Peut-être seul, se frottait-il les mains à l'idée de cette conquête de Nicopoli non encore imminente mais que la

1. Le mois d'août.

succession des jours rapprochait au point qu'il se voyait déjà, ruisselant de sueur et de sang, écoutant les clameurs soulignant son triomphe. N'était-il pas connétable ? N'était-il pas le conduiseur de ces milliers de combattants dont il avait la charge, même si Nevers, Coucy, Boucicaut et quelques autres lui déniaient parfois une autorité des plus licites. La nuit venue, il errait désormais à l'entour des feux, seul et comme satisfait de l'être. Il avançait ses mains vers les flammes, adressait aux hommes attentifs un reproche sur leur façon de considérer les Hongres comme des alliés solides ou le peu de soin qu'ils accordaient à leur ajustement. Tous pouvaient voir, au fond de ses yeux, derrière des prunelles trop étincelantes, ô combien rouges du fait des braises, l'expression d'un lion, d'un tigre ou d'un taureau prêt à bondir. Cette dureté semblait contraindre les guerriers inactifs à éluder toute idée de bataille pour parler d'eux-mêmes ; et des phrases molles s'échangeaient lorsqu'ils confabulaient de la France après que le gêneur s'en fut allé.

On disait que Boucicaut se montrait d'une gaieté contraire à sa nature. Selon Géronnet d'Abondant qui ne le quittait guère dans l'espérance d'en obtenir les éperons, le maréchal n'avait « *pas autre chose au cœur fors à toujours grever les Sarrasins* » et connaissait par ses coureurs envoyés devant l'ost, les embûches et les retraits où, par routes [1] et par troupeaux, ils repéraient les chrétiens en marche. On racontait – mais était-ce vrai ? – qu'il y avait eu des escarmouches. Les avant-gardes en avaient meurtri les auteurs. Or, Gui, au commencement du bagage, toujours soucieux des malheureux qui piétaient à l'arrière, se demandait si Boucicaut et ses fidèles ne mentaient point puisqu'il

1. Petite armée.

n'avait vu aucun corps de part et d'autre du chemin. Escarmouches ? Nullement, à moins que ce mot-là ne désignât d'autres faits. Ce n'était pas pour l'agrément du repos que l'armée s'était immobilisée deux demi-journées à quelques lieues d'intervalle. Ce n'était pas pour rien que des fumées noires avaient ennuagé un ciel pur. D'autres petits villages avaient connu le sort de Brehappe mais, cette fois, on n'avait soustrait aucun otage aux populations « vaincues ». Gui devinait leur sort. Était-il préférable qu'elles eussent été meurtries que de subir la lente agonie des mille otages parmi lesquels on signalait quelques pertes ?

Les rumeurs allaient croissant. Elles rapportaient que les Français, par leurs prouesses, avaient enhardi Sigismond, partant ceux de sa cause. On commençait à comparer Nicopoli à Troye [1], le comte de Nevers à Alexandre le Grand, Boucicaut à Hector. Un soir, Antigny qui peut-être s'en allait quérir quelque plaisance chez les follieuses, faillit se heurter à Gui occupé, en compagnie d'Albéric et de Carpillaud, à vérifier les essieux des chariots : ils avaient besoin d'axonge.

— On ne te voit plus parmi nous, Clairbois.

— J'y reviendrai… Mais toi, où étais-tu ?

— Avec l'avant-garde… Tu nous as manqué.

— Quand le maréchal aura besoin de moi, il me le fera savoir.

« Manqué ? » songea Gui, incrédule. « Cela m'ébahirait. »

— Nous avons dispersé des mécréants. Moult ont fui en nous voyant. C'est bon signe.

— Sans doute.

— Tu ne me parais pas convaincu.

1. Troie.

Antigny semblait comme revigoré. Il avait, dit-il, assisté de loin à la prise de deux petites cités. Il n'ajouta rien. Oui, il différait de lui-même. L'espèce de brume en laquelle, depuis longtemps, il n'avait cessé de se mouvoir, l'avait désentouré, désenvahi. Gui songea : « Il deviendra comme les autres » sans trop savoir sur quels éléments il établissait sa prévision et ses craintes.

— Savez-vous où est Bayézid ?

Antigny eut un grand mouvement d'ignorance :

— Ici ou là, mais assurément à cent lieues d'où nous sommes. C'est l'opinion de Boucicaut. Ils ont des espies très en avant… La rédemption [1] de Nicopoli est pour les Mahoms une affaire immédiate et certaine.

Et tournant le dos, soudain, aux chariots d'où s'évadaient des rires et des appels :

— Gui, ta place n'est pas ici. Tu y es exposé à moult tentations.

— Et toi ?

Gui souriait. Puis, avant d'examiner un autre essieu :

— Tu m'as paru bien tenté, toi aussi. Est-ce ma présence qui te fait fuir nos ribaudes ?

— Peut-être, admit Antigny. Peut-être.

— Tu devrais en profiter. Nous ne savons pas de quoi demain sera fait.

— Il paraît qu'on nous tressera des lauriers.

Broeckx s'était approché. Avait-il tout entendu ?

— On met ces feuilles-là fréquemment sur les tombes, dit-il à voix basse.

Puis, offrant à Gui une jatte d'axonge :

— On n'entendra plus rien grincer d'autre que nos dents !

1. Reddition.

Où était Bayézid ? Se trouvait-il au Caire si toutefois[1] il y était allé ? Avait-il traversé le Bras-Saint-Georges[2] ? On était sans doute au terme de la première semaine de septembre. Le Turc pouvait-il, d'Égypte, atteindre à bride abattue la cité de Nicopoli ? Non, affirmaient tous les chefs, excepté Sigismond et son connétable. Bien qu'il eût la réputation d'être le plus véloce des Mahoms, Bayézid n'avait pu franchir sereinement les détroits puisqu'une flotte alliée en avait la surveillance. Il ne pouvait non plus être à Constantinoble que ses armées assiégeaient[3].

Sans doute avec un assez long retard dû aux difficultés du chemin, les croisés reçurent un message de l'empereur

1. Alors : *toutes voies.*

2. Le Bosphore.

3. Il y était, justement. Ce fut là qu'il apprit la destruction de Rachova (Brehappe) et que fut interceptée à son avantage une lettre de Sigismond à l'empereur Manuel. Renonçant à conquérir la ville, Bayézid partit aussitôt au-devant des Français et des Hongrois, augmentant son armée au cours de son cheminement.

D'après Froissart, il avait envoyé partout des messagers dans les royaumes où il espérait obtenir des renforts. Le soudan d'Égypte en avait fait autant. Bayézid et son allié pensaient que « *si les François conqueroient la Turquie, tous les royaumes voisins trembleraient devant eux. Ainsi seroit leur foi détruite et seroient en la subjection des Chrétiens. Et mieux et plus cher leur vaudrait à mourir qu'ils le fussent* ».

Par ailleurs le chroniqueur continue :

« *Sur mandement et prière du soudan* (d'Égypte), *du calife de Baudas* (Bagdad) *et de l'Amorath-Baquin s'inclinoient plusieurs rois sarrasins, et s'entendoient ces prières et mandements jusques en Perse, en Mède et en Tarse ; et d'autre part sur le septentrion du royaume de Lecto* (peut-être la Lituanie alors appelée Létonie), *et en outre jusqu'à sur les bondes* (frontières) *de Prusse. Et pourtant qu'ils étoient informés que leurs ennemis les Chrétiens côtoient Fleur de la Chevalerie, les rois sarrasins et les seigneurs de leur loi élisoient entre eux les mieux travaillans et combattans et les plus coutumiers et usés d'armes.* » Il en vint de Tartarie, de Mède et de Perse tandis que les Français cheminaient, sûrs d'eux, vers leur destin.

de Constantinoble. Selon lui, Bayézid était parti pour Alexandrie, il n'avait pas franchi le Bras-Saint-Georges. Les Francs, les Hongres et leurs alliés pourraient tenir leur siège devant Nicopoli puisqu'ils avaient des vitailles à grand'foison et à bon marché qui leur venaient de Hongrie et des marches prochaines.

Nicopoli !

La cité apparut le mardi 12 septembre à la mi-journée. Prévenu par des huées, Gui se porta en avant, rejoignant ainsi les fidèles de Boucicaut sans qu'aucun d'eux ne parût ébahi de son apparition soudaine.

— Je suis toujours présent au bon moment, dit-il à Antigny ni réjoui ni déçu de sa venue.

Puis, s'adressant au sire de Coucy :

— Ainsi, c'est *elle*.

— Hé oui, jeune homme. Elle me rappelle un tantinet El-Mehdia, en Barbarie, où je fus avec le sire de Bourbon, Vienne, Eu, Jean VII d'Harcourt, Philippe de Bar, Geoffrey Boucicaut, le frère du nôtre, et moult nobles et bons guerriers. Quinze cents chevaliers et écuyers, cinq mille hommes d'armes. J'ai été le premier à mettre pied à terre. Nous nous sommes battus de grand cœur… Ce fut une aventure énorme et périlleuse[1].

— Et, à ce qu'on dit, un échec.

— Hé oui !… Un échec. Mais léans, mon ami, ça n'en sera pas un.

— Dieu vous veuille ouïr !

Messire Enguerrand parut à Gui en assez piteux état : teint glauque plutôt que bruni, paupières lourdes, yeux ternes, bouche oblique, épaules basses. Il était grand, bien découplé. On le disait sobre : une rareté parmi les dévo-

1. L'armée, qui s'était embarquée à Gênes le 19 juillet 1390, subit en Tunisie une défaite à la mesure de sa présomption.

rants de l'ost ; et c'était pourquoi la lassitude avait plus de prise sur son corps que sur celui des hommes plus modestement bâtis. À cinquante ans [1] sans doute, il semblait avoir tout vu, tout connu, tout éprouvé. N'eût-il pas été plus aisé en son gigantesque château ? N'eût-il pas été

1. Gui, qui n'était pas forcé de tout savoir, commet ici une erreur : Après le désastre de Poitiers, Enguerrand de Coucy fit partie des otages qui furent envoyés en Angleterre avec Matthieu de Roye, son ancien tuteur. Il allait y rencontrer Chaucer, Froissart (âgé comme lui de vingt ans) et se faire remarquer à la Cour comme un excellent danseur et un bon chanteur. Sa famille possédait d'ailleurs, sur la Grande Île, des terres héritées de son arrière-grand-mère, Catherine de Baliol.

Isabelle d'Angleterre, deuxième enfant et fille aînée d'Édouard III et de la reine Philippa « *était la favorite de son père dont la diplomatie matrimoniale avait échoué à cinq reprises en ce qui la concernait. Depuis le dernier mécompte – elle avait alors dix-neuf ans –, elle avait vécu dans la plus grande indépendance, princesse gâtée, obstinée er dépensière jusqu'à l'extravagance. En 1365, elle était âgée de trente-trois ans, donc huit de plus que Coucy** ».

Fût-ce un coup de foudre ? Nul ne le sait. Toujours est-il que le 27 juillet 1365, ils se marièrent à l'abbaye de Windsor en grande pompe et magnificence. Un mois plus tard, le couple fut autorisé à s'établir en France.

Une fille leur naquit en avril 1366, qui fut appelée Marie. Un mois après cette naissance, les Coucy regagnèrent Londres.

Édouard III était résolu à s'attacher Enguerrand et le 11 mai 1366, il accéda au rang de duc de Bedford. Il figure dans les documents, et notamment sur ceux du Bleu Gertier (la Jarretière) sous le nom de *Ingelram, earl of Bedford*.

Une seconde fille naquit le 18 avril 1367 : Philippa. Cette année-là, de retour en France, Enguerrand affranchit ses serfs puis, en 1368, il fit de même pour 22 cités et villages de sa baronnie.

En 1379 (ou 1382) Isabelle mourut en Angleterre. Sept ans plus tard, à quarante-six ans, Coucy se remaria avec une toute jeune fille de trente ans moins âgée que lui, Isabelle, fille du duc de Lorraine.

Le mariage franco-anglais courrouça, en son début, de nombreuses personnes ; cependant, l'Anglaise fastueuse vivant la plupart du temps dans son pays parce qu'elle se déplaisait à Coucy, on s'accoutuma à cette singulière alliance.

* Barbara Tuchman.

plus heureux auprès de son épouse anglaise à galoper sur ses terres plutôt qu'à cheminer sous le soleil et les menaces tangibles ou latentes vers une incertaine Turquie ?

— Il fait de plus en plus chaud. Ce ne sera tout de même pas, jeune homme, comme lors de cette longue chevauchée en la forêt de Longaunay où notre pauvre sire fut victime d'un coup de soleil... Je vous y ai vu souventefois auprès d'Olivier de Clisson...

— J'en étais l'écuyer, le gonfanonier, messire.

— Vous avez bellement sauvé Apilly de la fureur de Charles.

« Il m'a vu aussi à ce moment-là !... Que va-t-il me confier instamment ? On dirait qu'il me cherche. Vais-je devoir lui dire que je l'ai vu passer sur le chemin de Mont-le-Héry ? Que j'ai ouï ses propos et que Clisson, qui les a ouïs aussi, en fut courroucé ? »

Gui décida de patienter.

— Je vous ai entrevu, messire. Je vous ai vu, moi, souventefois avec les ducs... Le connétable m'a dit que peu de ses pairs le soutenaient aux conseils. Il en était plus déçu qu'iré contre ceux qui l'avaient lâché au profit des ducs.

— Je n'ai pas été pour ou contre lui. J'observais... En tant que Marmouset, sa cause était perdue. Il eût dû s'efforcer de dissuader le roi d'entreprendre cette expédition en Bretagne... Mais je conçois la volonté du pauvre Charles.

C'était la seconde fois que Coucy traitait le roi de *pauvre*. Le plaignait-il ? Le jugeait-il comme un monarque dérisoire ?

— Je ne vous cache pas que Pierre de Craon méritait une punition à la mesure de l'attentat commis contre Clisson. Quarante contre huit, je crois. Et je sais que vous en étiez. Il m'a dit lui-même que vous aviez contribué bellement à le sauver... Bien sûr, dans toute cette affaire, il y eut

Isabeau[1]. J'ai ouï Craon se vanter d'entrer dans son lit sans qu'elle l'eût fait attendre devant l'huis… Voyez-vous, cette cité de Nicopoli me fait penser tout à la fois à Coucy et à El-Mehdia… Je vais m'y sentir à mon aise… si Dieu le veut.

Enguerrand de Coucy s'éloigna. Était-il soucieux ? Craignait-il que la croisade en Turquie s'achevât aussi mal que celle de Bretagne ? Il allait falloir conquérir Nicopoli. Gui, les reins douloureux, les rênes de Cyrus au poing, considéra la ville.

On l'avait érigée sur une falaise crayeuse. Une large voie courait le long d'un espace étroit sis entre le pied de la montagnette et la berge de la Dunoe. Côté terre, un ravin la découpait en deux hauteurs certainement inaccessibles qui dominaient la ville basse dont on disait que le chevalier Mircea et ses Blaquins[2] l'avaient conquise. Cette forte-

1. Selon le marquis de Sade et d'après les minutes du procès de Louis de Bourbon, qui révéla, sous la torture, sa liaison avec la reine de France, la Bavaroise avait pris part à de nombreux crimes. D'après les dires d'un homme toujours à l'affût des mœurs dissolues des gens de Cour et d'arrière-cour, la reine s'était offerte à Craon pour qu'il entreprît l'attentat contre Clisson. Elle faisait prendre à Charles des poisons qui le rendaient lentement fou. Elle avait même préparé (avec les ducs) l'apparition de Richard de Ménonval dans la forêt de Longaunay. Sade l'accusait d'avoir prémédité le Bal des Ardents et participé au meurtre de Louis d'Orléans… ce dont on peut douter – mais on ne prête qu'aux riches. Qu'elle eût été une Messaline, certes, mais qu'elle ait fait périr trois de ses enfants, certainement pas : il n'y a, parfois, de meilleures mères que les p…

2. Le 24 septembre, les chrétiens et le roi de Hongrie discutèrent du plan à adopter. Sigismond suggéra de placer en première ligne les piétons valaques et transylvaniens sous le commandement du Voïvode roumain Mircea. Il fut désapprouvé. Cet homme n'était-il pas un ancien allié de Bayézid ? Or, l'automne précédent (1395), Mircea avait rompu avec le Turc. Il s'était allié aux Polonais, aux Hongrois et aux Transylvaniens. En septembre de cette année-là, Bayézid avait attaqué Jean VII, l'empereur de Constantinople.

resse se composait de deux châteaux ceints de murailles, le plus grand, tout en haut de l'escarpement, le plus petit en bas, chacun contenant les bâtiments que l'on trouvait dans toutes les places fortes.

C'était une vision grave ; celle de deux colosses de différentes tailles. L'un serait probablement vaincu, l'autre imposerait aux ennemis maintes délibérations sur la nécessité ou non de l'assaillir.

On voyait, dressés comme des phallus blancs vers le ciel, les dards des mahomeries. La Comète et Brehappe n'étaient rien comparées à ce Vézelay turc. On discernait au-dessus des murailles, tels des yeux fixés sur la campagne verte et bossuée, les ciselures de hautes fenêtres et l'on ne pouvait se rassurer en se disant que dans les monts tout proches, des hommes veillaient ou s'assemblaient. Le mystère ajoutait à l'émotion et l'émotion engendrait la crainte. Par quels chemins les Turcs apparaîtraient-ils pour secourir Nicopoli ? Combien d'archers ? Combien d'hommes ayant pour toute arme cette faucille d'acier que certains nommaient fauchon, badelaire, alfange, cimeterre… Cimeterre, cimetière… L'on disait aussi que les mœurs des Mahoms manquaient de mesure. Leur justice prévoyait souvent la bastonnade, or, cette institution existait en France. On privait les condamnés de leur nez et de leurs oreilles, or des seigneurs très chrétiens ou soi-disant tels ne se privaient point de châtiments semblables. Les Turcs châtiaient aussi par la hart. Le grand gibet de Montfaucon témoignait qu'ils avaient des émules. On empalait les criminels. Quels tourments infligeait-on d'un cœur serein, au fond du Bon Petit et du Grand Châtelet et sans doute dans les geôles de la Bastille ? Bien qu'ils fussent épais comme des éléphants, de terribles hurlades en traversaient les murs. Malheur aux profanateurs des mahomeries ! Elles avaient été souillées, à la Comète et sans doute à Brehappe, par les alliés et leurs chevaux. Malheur, surtout, à ceux qui se riaient de l'Alcoran tout en ne sachant rien des Évangiles !

Ces impressions d'ébahissement et de crainte ne pouvaient rafraîchir les sens et l'esprit de Gui. Confronté à une autre réalité que les deux précédentes, il savait qu'il allait devoir combattre des hommes vigoureux, fermement décidés à purger leur pays des Francs et des Hongres. Plus encore qu'autour de la ville, il redoutait que le siège de Nicopoli ne se répandît dans les montagnes, les collines, les vallées et cuvettes à l'herbe rase et n'y prît l'aspect d'une solennité barbouillée de sang. Ce serait une guerre ou longue ou foudroyante : des hommes fourbus par une accumulation de lieues, de méfaits, de mangeailles voire d'orgies contre des Mahoms incorruptibles voués à leur pays, à leur guide suprême et à leur dieu.

— Il doit y avoir, dans cette forteresse, des armes, des vivres et des hommes… mais en quel nombre ?

Confronté à cette immensité ardue sinon impossible à conquérir, Henri de Cigogné avançait vers Nicopoli une lippe où le doute et le mépris se mêlaient inégalement. Il ajouta :

— Cela nous prendra du temps et des hommes.

Gui n'osa rompre la pause inattendue que l'écuyer s'accordait.

— De la brique, dit Antigny, l'index pointé sur les murailles. Si nous avions seulement deux ou trois bombardes…

Gui parvint à maîtriser sa gaieté :

— Notre bagage ne contient aucune machine de guerre. En revanche, les chariots sont bourrés de riches vêtements :

pièces de camocas[1], velours ciselés de Milan et de Gênes, gipons parfilés de fils d'or, mactabas[2] et baignoires[3] d'étoffes précieuses, flancheries[4] et parements de haut prix dont les chevaux n'ont que faire, timbres de crête[5] et moult autres choses miroitantes qui ne se voient qu'en l'Hôtel Saint-Pol ou dans les murs de Philippe le Hardi les Jours de liesse.

— Comment le sais-tu ?

Gui savoura une espèce de joie féroce, un triomphe à bon marché :

— Lorsque j'étais à l'arrière, le moyeu d'un chariot s'est rompu. Pour remédier à ce brisement, il fallait soulager la caisse de son fardeau. Outre des vêtements... princiers, elle contenait un amas de vaisselle, gobelets, ustensiles de table dont je vous fais grâce... J'ai dû veiller à ce que rien n'en fût soustrait... Cela miroitait comme autant de petits soleils. Je me suis dit : « On a pressuré les nobles, les bourgeois et manants et jusques aux pauvres ahaniers[6] pour que Nevers – car c'était un de ses chariots – confonde la guerre à je ne sais quelle partie de campagne. » Derrière, il y avait un second chariot lui appartenant. La charretée contenait des tonneaux et des tonnelets ainsi que des provisions de bouche de premier choix... alors que ses serviteurs et ses charretiers, comme d'ailleurs tous ceux de l'ost, en sont réduits, certains soirs, à errer autour des feux pour mendier ou glaner quelque subsistance...

1. Soieries.
2. Draps d'or.
3. Peignoirs.
4. Étoffes qui se plaçaient sous la selle, houssements, harnais et lormeries.
5. Lambrequins des heaumes et des bassinets.
6. Paysans.

— Je sais, dit Cigogné… Mais que pouvons-nous faire ?

— Rien, maugréa Gui. Rien, je le sais bien !

— Nous sommes à pied d'œuvre, dit Antigny, les yeux alternativement posés sur les deux châtelets. Les hommes, tous les hommes pourront bientôt manger à grand'faim.

Gui le considéra sans la moindre amitié :

— Tu t'y vois, hein ? Tu te vois mâchant du *rahat lokoum* à t'en faire péter le ventre… Tu te dis peut-être, comme Boucicaut, que tu ne feras qu'une bouchée des Turcs… Je crains, moi, dans le silence de cette forteresse et de ces montagnes, qu'ils n'aiguisent leur faim contre nous.

— Je te crois et comprends, murmura Cigogné, mais regarde à l'entour où l'on dresse les tentes comme notre armée est coie et serie[1] !… Cela devrait te donner du courage !

— Il en est moult pourvu, intervint Antigny en connaisseur.

Gui renonça soudain à toute sorte de commentaire. Il se sentait conquis et peu à peu saisi par le doute, la désespérance. Il avait rarement pensé que le sauvement de la Hongrie était une nécessité. Il était pénétré par un chapelet de dénégations, en quelque sorte « déconverti » aux idées qui, à Tours, l'avaient quelquefois animé. Il avait beau se persuader qu'il s'égarait, que l'armée était dans la bonne voie, il ne pouvait souscrire longuement à cette idée. Si des malfaisants ne l'avaient point déshonorée, alors, peut-être se fût-il cru, comme des milliers d'autres, au service d'une juste cause. Qu'eussent-ils pensé, Antigny et Cigogné, s'il leur avait révélé ce que cette cité doublement close lui donnait à pressentir ?

1. Tranquille et sereine.

« Nos ennemis sont différents de ceux de nos pays. Ils me semblent avoir quelque chose *de plus*, quelque chose *d'autre* que ceux dont nos grands seigneurs s'enorgueillissent. Quelque chose de plus sacré ou de plus attrayant. Ils peuvent mourir par milliers pour offrir à Bayézid la victoire qu'il convoite. »

Il saisit Cyrus au frein, s'éloigna en clopinant et ce faisant :

— J'espère ne point te perdre, dit-il à son cheval. S'il faut se battre, ce sera à pied pour moi… Il te faudra fuir… N'importe où… Tu trouveras bien un emploi auprès d'un huron du vicinage[1]… à moins que nous ne soyons victorieux et que je te retrouve, m'attendant au détour d'un chemin… En vérité, je n'y crois pas… Alors, si nous sommes à jamais séparés, vis ta vie sans te soucier de la mienne. »

Le soir, autour du feu réservé aux prud'hommes et à leurs écuyers, Boucicaut parut prendre en main la conquête de Nicopoli afin, lorsqu'elle serait consommée, de s'en attribuer la gloire. Sans paraître se soucier des regards plus ou moins courroucés de Jean de Nevers, Eu, Coucy, les deux La Trémoille, et tout en mâchant une part de gigot et de pain rude offerts par Abondant, il déclara, la voix et le regard secs :

— Messires !… Une sagette autour de laquelle figurait un écrit m'a appris que l'homme qui règne à Nicopoli et nous truffe, a pour nom Dogan Bey. C'est un fumeux[2] comme son maître Bayézid dont il pense – à tort – qu'il se portera vélocement à son secours. Or, le Sarrasin est à

1. Voisinage.
2. Violent.

des centaines de lieues d'où nous sommes[1], de sorte qu'au contraire de nous qui comptons sur les Hongres, Dogan Bey ne peut espérer la venue de personne… On m'a dit et presque reproché : « Nous n'avons point d'engins de siège »… Je le sais… Ni ribaudequins, beffrois, trébuchets… bombardes. Nous allons envoyer nos piétons abattre des arbres et, comme à Brehappe, nous entreprendrons des échellades. Grâce à Dieu, nous ne manquons point d'hommes courageux pour y prendre part.

Le maréchal avait, marchant et s'arrêtant, accompli un tour du feu. Il en entreprit un second :

— Nul ne peut contester ma connaissance de la guerre. À douze ans, au service du sire de Bourbon, j'ai ostoié en Normandie. À seize ans, je fus adoubé à Roosebeke. À vingt-quatre, j'ai tenu un mois dans la lice de Saint-Inghelberth contre moult chevaliers qui tous ont achoppé[2] devant moi. Il y a cinq ans, je fus installé maréchal. Par deux fois, j'ai rejoint les Teutoniques en Prusse.

« Qu'a-t-il besoin de nous délayer ses bienfaits[3] », songea Gui. « Nous savons tous qu'il est un guerrier ! »

— Je suis allé en Orient, messires. J'en ai ramené le comte d'Eu que les Mahoms avaient enchartré. Jean de Nevers, Artois, notre connétable, et quelques autres m'ont demandé de faire en sorte que Nicopoli soit à nous. Je ferai tout pour qu'il nous appartienne !

Le maréchal jeta son os à demi rongé dans les flammes et s'essuya les mains l'une contre l'autre comme un usurier concevant ou récoltant le fruit d'une bonne affaire :

1. C'était faux. Les Turcs étaient prêts à faire leur jonction avec le Serbe Stefan Lazarevich à Tarnovo.
2. Trébuché.
3. Actions bien faites.

— Demain, à l'aube crevant, je veux que des piétons abattent quelques-uns de ces peupliers réunis à cent toises de nous et qu'ils en fassent des échelles. Non pas deux, mais six. Je veux que soient apportés et déposés où nous sommes des havets [1], cordes, houètes [2], grappins ; des maillets et marteaux pour creuser une mine. Les murs sont en brique et le roc me paraît tendre. Nous entrerons !

L'influence de Boucicaut était si grande sur les esprits des seigneurs assemblés à l'entour d'un feu qui grandissait comme sous l'effet de ses paroles que Gui en fut ébahi. Le maréchal allait régner sans partage, exiger sans permettre, même à ses pairs, même à Sigismond qui se levait et se retirait, la moindre contestation comme la moindre proposition. Demain, il serait enfin dans son élément. Il s'y distinguerait, c'était l'évidence !

— Messires, dormez bien. Je ne vous hucherai [3] point : au lever du soleil, soyez tous adoubés. La journée nous appartiendra !

1. Crochets.
2. Pics.
3. *Hucher* : appeler.

II

Gui s'était endormi auprès de son cheval. Ce fut Cyrus qui l'éveilla d'un songe compliqué lors duquel il avait aimé Héloïse et Emma, joué de l'épée contre Anceaux, retrouvé Clisson à Jocelin et – il se demanda pourquoi – reçu de Raoul Segré, le notaire de Sainte-Suzanne, le conseil de conquérir Clairbois par la force. Peu enclin à démêler l'écheveau des éléments d'une seconde vie parcourue nuitamment, il se leva d'un bond et partit à la recherche d'un lieu tranquille. Comme il en revenait, il croisa Carpillaud, le fèvre qui avait gironné la partie faussée de son armure.

— Peux-tu me rère[1] ?

— J'en ai le temps, messire. Je vais vous faire une peau lisse comme le fer de vos cubitières.

On ne pouvait qu'apprécier cet homme de trente ans au visage en boule, au nez court, aux oreilles larges, rouges, à la bouche d'affamé en laquelle des dents manquaient. Sa gaieté, peut-être de surface, mit un peu d'air dans l'âme enténébrée de Gui.

— Vous croyez qu'*il* va vous redemander pour une ascension ? dit-il quand il eut, sa besogne achevée, restitué à Gui son tranchelard.

1. Raser.

— Je l'ignore. Je ne sais trop pourquoi je flaire des difficultés, voire le débridement de je ne sais quels malheurs… Nous sommes, toi et moi, contraints à l'obéissance. Si Boucicaut me désigne une échelle et me dit : « *Monte !* », je serai obligé d'obéir. S'il te dit : « *Viens !* » tu te résigneras, ton arc ou ton épée au poing. Nous sommes enchaînés les uns aux autres dans une action commune composée de grandeurs et de bassesses. Une fraternité qui est aussi fausse que l'amitié de nos grands seigneurs. Crains-tu les Mahoms ?

— Je crois bien que je ne crains qu'eux.

— Bayézid ?

— Comme le diable. On prétend qu'il est loin et cela me rassure.

— J'aimerais pouvoir te le confirmer… Tiens : aide-moi à restraindre mes plates [1].

Le logement tout entier s'animait. Parmi les bruits ordinaires des plates d'armures et des chaudrons maniés sans douceur, on pouvait entendre les voix des hommes, des chevaux et des mules. Des cors sonnaient, plus nombreux chez les Français que chez les Hongres.

— Va falloir y aller, soupira Carpillaud en commençant par boucler les attaches des solerets. Il va y avoir, peut-être pour rien, de belles appertises.

— Tu veux dire de belles morts : les murailles sont hautes et bien défendues.

Gui s'interrogea tandis que le fèvre ajustait ses jambières.

« Pourquoi suis-je ainsi, à tout noircir ?… Ai-je le don de savoir l'avenir ou suis-je inspiré par je ne sais quoi ou je ne sais qui ? »

1. Les éléments composant une armure.

Dans la plaine grouillante et bruyante de guerriers, il eût aimé se montrer comme tous : heureux d'avoir à combattre, rieur à la pensée du rapt prochain des Moresques, fier d'empoigner à senestre la prise de son épée, à dextre son anelace. Il ne le pouvait. Il n'était pourtant pas un couard ! Allait-il sauver son âme en compromettant sa vie ? À l'inverse d'un Boucicaut et de quantité d'autres, il ne pouvait exister uniquement pour la guerre.

Se tournant sur un côté afin que Carpillaud fixât dans son logement le premier taquet unissant son plastron à sa dossière, il vit, agenouillés, une trentaine d'hommes en prière bénis par un clerc qui n'était point frère Théodore.

— Voulez-vous les rejoindre, interrogea le fèvre en lui offrant son camail, ensuite son bassinet, puis en accrochant Précieuse à sa bélière.

— Non. Le Seigneur, ce jour d'hui, se passera de moi. Je vais aller rejoindre les miens, si j'ose dire. Prends soin de mon cheval, et si je ne reviens pas, fais-le tien !

Gui s'intégra dans la cohue de ses compagnons d'armes. Ils étaient adoubés, prêts à la bataille et Sigismond, haussé sur une grosse pierre, leur tenait un discours qu'il voulait héroïque :

— Beaux seigneurs, Dieu nous garde ! En venant, nous avons mis à merci moult cités et hamelets de ce pays…

« Menteur ! » se dit Gui.

— Nous allons mener force assauts contre Nicopoli car nous avons accompli moult faits d'armes et atteint la Turquie. Je tiens et compte cette ville de Nicopoli pour nôtre, toutefois que nous voudrons. Elle est si menée et astreinte à la défense qu'elle ne peut tenir. Tout bien considéré, je conseille que, la ville prise et mise à notre merci, nous n'allions pas plus avant pour la saison.

— Il nous faut gagner Constantinoble ! vociféra Boucicaut.

D'un coup de coude, Nevers, son voisin, le pria d'observer le silence. Et Sigismond, le nez au vent, à peine contrarié d'avoir été interrompu, continua :

— Nous nous retirerons au-delà de la Dunoe, au royaume de Honguerie. J'y compte plusieurs cités, villes et châtels tous appareillés et ouverts pour vous recevoir. C'est raison, puisque vous m'aidez à guerroyer contre les Turcs, qui sont, vous ne l'ignorez pas, de durs ennemis.

« Fausseté », songea Gui. « Nous n'avons engagé aucune grande bataille. Le roi de Honguerie cherche ses mots et se berce d'illusions. »

— Et cet hiver, messires, nous ferons nos pourvéances, chacun à sa façon, en prévision de l'été à venir. Nous signifierons notre état au roi de France, lequel, sur l'été qui retournera, nous rafraîchira de nouvelles gens. J'espère, quand il saura l'ordonnance où nous sommes, que son affection l'incitera à venir en personne, car il est jeune, de grande volonté et aime les armes.

« Le pauvre ! » enragea Gui. « Ne lui ont-ils pas révélé qu'il était fol ? »

— Et qu'il vienne ou non l'été qui retourne, s'il plaît à Dieu, nous acquitterons le royaume d'Arménie et passerons le Bras-Saint-Georges, et irons en Syrie et acquitterons les ports de Japha et de Baruth[1], et conquerrons Jérusalem et toute la Sainte Terre ; et si le soudan vient au-devant, nous le combattrons, et point ne s'en partira sans bataille.

Il y eut quelques approbations. Boucicaut ne sembla réprouver ce grand dessein. Conquérir Nicopoli ? Certes. Galoper jusqu'à Constantinoble ? Peut-être. Mais s'en-

1. Beyrouth.

foncer dans les sablonis de Terre sainte jusqu'à Jérusalem qu'il connaissait ? Non. La France lui manquait peut-être plus encore que son épouse.

« Ils sont décervelés », songea Gui. « Ils se saoulent de paroles. Ils n'ont même pas envahi Nicopoli qu'ils s'expriment comme s'ils en étaient les maîtres. Ils ont même oublié Bayézid !... Pas moi. Que dirait Clisson s'il était avec nous ? »

Il n'eut pas à méditer plus longtemps. Le signal du premier assaut était donné. À pied, les chevaliers, les écuyers et les piétons de l'armée chrétienne marchèrent vers les murailles distantes de trente à quarante toises et d'où retentissaient les meuglements d'un cor.

— Une grande vague de fer ! jubila le Borgne de Milli.

— Elle engloutira Nicopoli ! affirma Jean de Vienne, l'amiral qui, sans doute, avait rarement monté sur un navire.

Présomption, joie, plaisir de saigner du Mahom, tous les sentiments agréables à des hommes d'armes s'exprimaient dans cette marée qui ne tarderait point à devenir tempête.

Mais au profit de qui ?

Résolus à prouver leur vaillance, donc à transgresser les promulgations de Boucicaut, Eu, Nevers et Coucy, quelque cent jeunes chevaliers et écuyers, poussant devant eux les porteurs d'échelles, gagnèrent le bas des murailles. Les engins à peine écorcés, aux échelons taillés dans des branches d'épaisseurs diverses, furent dressés en des lieux où l'ascension paraissait aisée. Les uns furent refoulés au sol, les autres renversés avec des grappes d'audacieux dont les clameurs victorieuses se muèrent en gémissements – pour ceux qui, près du sommet, n'avaient point trépassé dans la chute.

Les grappins et les havets retournèrent à leurs envoyeurs. Il ne resta qu'un seul moyen d'entrer en ville : creuser une mine pour qu'un pan de mur s'effondrât.

On forma une tortue afin d'amener les fosseurs à pied d'œuvre. Ils entamèrent le rocher avec d'autant plus d'ardeur qu'aucune pluie d'eau ou de poix bouillante ne les avait échaudés. Cependant, le rocher s'affermit jusqu'à prendre la consistance du granit. Les houètes et les ciseaux s'émoussèrent. La vigueur des hommes se rétracta. Ce fut un échec patent, irréparable.

Boucicaut hurla ; la tête de Nevers parut se gonfler de fureur ; Philippe d'Artois menaça les Turcs de son épée de connétable – une copie, selon Gui – ; Guillaume de la Trémoille versa une larme de dépit ; Enguerrand de Coucy dit simplement :

— Nous les vaincrons par la famine.

Cependant, on récidivera l'après-midi et le lendemain matin. Il apparut que le manque d'engins de démolition et l'abrupte raideur des pentes en certains lieux impropres aux échellades rendaient tous les efforts infructueux et mortels.

— La famine ! décida Boucicaut furibond. Nous ferons en sorte qu'ils se dévorent entre eux. Qu'on cerne étroitement cette cité maudite ! Veillez qu'il n'y ait aucun orifice par lequel on puisse entrer ou sortir… Que l'on examine la Dunoe par laquelle des provisions pourraient être amenées la nuit en de petites nacelles. Qu'aucun d'entre nous tous ne manque à ses devoirs.

— Faut-il faire des rondes ?

— Non, Clairbois. Des guets constants seront suffisants. Nos vegilles seront remplacés fréquemment. Nous viendrons à bout de ces mécréants !

« Voire !… Ces mécréants disposent peut-être de monceaux de provisions. Ne comprend-il pas qu'à agir ainsi nous allons perdre plusieurs semaines et que Bayézid peut les mettre à profit pour nous choir dessus ? »

La déraison du maréchal affligeait Gui. Avec une perspicuité froide et douloureuse, il augura qu'un invisible tribunal s'apprêtait à juger non point l'armée mais des chefs qui, imbus de leurs prérogatives, exerçaient sur elle des pouvoirs absurdes et démesurés. Si les Turcs soudain jaillissaient de partout, serait-il juste qu'il mourût parce que la présomption d'une douzaine d'hommes aurait mis en péril la vie de milliers d'autres dont la sienne ? Serait-il juste aussi que son corps devînt pourriture dans un pays du bout du monde où régnait un dieu ennemi du sien ?

Il fallait qu'il revît la France. Qu'il revît Héloïse. Qu'il la touchât et l'étreignît mieux qu'en certaines nuits. Dans cette terre qui peut-être était la Turquie soit de naissance, soit parce qu'elle avait été conquise par les Mahoms, il ne sentait point Dieu. C'était sans doute pourquoi il éprouvait un sentiment d'inutilité, d'abandon et de male chance. Au plus fort de l'échellade d'où il avait chu, il avait senti au-dessus de lui, lié à la forcennerie des gens de Brehappe, un pouvoir immanent, une adversité supplémentaire d'un poids démesuré. Était-ce le dieu des Mores qui de son souffle puissant venait en aide aux défenseurs ? Mais alors pourquoi les avait-il abandonnés lors de la tuerie et de l'embrasement de la ville ? Lui fallait-il, à lui comme à l'Autre, de loin en loin, des amoncellements de martyrs ?

Il passa le reste de la journée seul, au bord de la Dunoe, comme en attente de quelque nef en laquelle il eût pu embarquer pour une contrée lointaine. Des hommes se trempaient dans l'eau, s'aspergeaient les uns les autres en échangeant des rires et des gailles[1] tandis que des vêtements trempés plutôt que lavés séchaient sur l'herbe où des crottins se confondaient avec des taupinées[2].

On eût pu se croire un dimanche dans quelque campagne française. Cependant, les armes éparses auprès des modestes lessives attestaient qu'on s'apprêtait à batailler, même nus, si les Turcs tout à coup brisaient un nonchaloir d'autant plus apprécié qu'on le savait précaire.

Les chefs et quelques jeunes loups de la noblesse ne pouvaient s'accommoder de cette sorte de trêve. Ils avaient pris les armes pour guerroyer. Il importait qu'ils fissent étalage de leur hardiesse même en perdant la vie dans quelque terrible mêlée. Tous croyaient sottement que leur nom passerait à la postérité et que, loin de figurer à la dextre du Seigneur, ils seraient auprès de Roland, de Guesclin et Jean le Bon, voire du Cid puisque sa renommée avait franchi la marche d'Espagne pour devenir universelle.

Le soir, assis sur le seuil du tref que Broeckx avait monté pour eux, Antigny rapporta les dernières nouvelles. Un morceau de lard dans une main, un tranchoir de pain dans l'autre, Gui feignit de s'intéresser à une succession de faits mineurs qui ne pouvaient influer sur son existence. Son attention se développa soudain à l'annonce d'un dessein que Boucicaut avait approuvé en se réservant le moment d'accorder pleine et entière liberté à ses instigateurs.

— Parle.

— Eh bien, voilà, dit Antigny sans hâte. Le sire de Coucy, Regnault de Roye et Jean de Saint-Py veulent cheminer vers l'avant afin de voir si les Turcs viennent ou non et quelle sorte d'ennemis ils sont. Coucy veut emprunter

1. Plaisanteries.
2. Taupinières.

à Sigismond quelques-uns de ses guerriers de Blaquie[1] avec lesquels il est en bonne accointance. Ils connaissent les us et subtilités des Mahoms.

— Il me paraît évident que le chambellan de Bourgogne, je veux dire Saint-Py, a reçu l'accord de Jean de Nevers, Roye celui de Boucicaut et que Coucy est un assez haut personnage pour inspirer la déférence. Quand, selon toi, doivent-ils nous quitter ?

— Impossible de le savoir puisque Sigismond va, demain, laisser partir son connétable et cinq cents hommes sur le chemin qu'emprunteront nos trois compères lorsqu'ils en auront reçu permission.

— Cela me paraît une émulation condamnable. Il eût fallu mêler nos hommes et les Hongres.

— Ils sont, – les Hongueriens – presque chez eux. La priorité leur revient. Et l'on dit que leurs fourrageurs ont recueilli je ne sais où des témoignages sur l'avancée des Turcs. Boucicaut, bientôt, enverra ses coureurs.

Gui jeta vers deux oiseaux sautillants le reste de son tranchoir. Il n'avait plus faim. Proches de lui et d'Antigny, sous un des vastes pavillons dressés pour les Grands et leurs satellites, le coutumier tohu-bohu venait de commencer : une nef, en fin d'après-midi, avait débarqué des vins et victuailles. Après avoir endossé de beaux vêtements quelque peu fripés par le voyage, on se réunissait une fois de plus pour un repas splendide « enluminé » de tapisseries de grand prix, de vaisselles d'or et d'argent et, bien entendu, de ribaudes.

— Les prisonnières de la Comète ont disparu, révéla Antigny sombrement. On a fossé le sol : elles avaient trop servi. Celles et ceux qu'on a pris à Brehappe ont peur.

1. Valachie.

— Et ces prud'hommes seraient scandalisés si, *maintenant*, on leur révélait que d'autres nobles à leur semblance ont procédé au rapt[1] de leurs femmes et jouvencelles, voire de leurs fils. Ils allégueraient de leur bonne conscience, de leur droiture, et appelleraient Dieu à leur rescousse en joignant ces mains qui, en ce moment, titillent les seins des femmes ou glissent sur leurs culs !

Gui se leva. Son indignation cessa.

— Nous méritons l'enfer à cause de ces routiers cousus d'or. Sont-ce, Yvain, les Turcs qui nous y plongeront ?

Ils se regardaient les yeux dans les yeux. Était-ce le désespoir qui faisait ceux d'Antigny si profonds et si noirs ?

— C'est ce que je crains, avoua lentement l'écuyer.

— Tu me rassures, s'empressa Gui. Ah ! oui... Je te croyais perdu parmi ces bienheureux. Tu es d'un autre estoc[2] que le leur. Dieu te protégera... Dieu nous protégera si les Turcs nous assaillent.

— Tu t'exprimes comme frère Théodore.

— Hé oui ! reconnut Gui, les paupières humides. Demain matin j'irai acomminger[3]. Tu devrais en faire autant.

Il fallait qu'il fût seul pour guérir de son ire.

— Je reviens, dit-il. Il me faut m'apaiser.

Poussé par une curiosité qu'il se reprocha sans toutefois dévier de son errance, il s'approcha du grand pavillon sous lequel Nevers et ses compères festinaient à grand charivari.

— Au large, lui enjoignit un picquenaire en le menaçant de son arme.

— Voudrais-tu avoir sur la conscience la mort d'un chevalier ?

1. Viol.
2. Race.
3. Communier.

La question produisit chez l'homme une soudaine ardeur à se justifier :

— J'ai reçu mandement d'éloigner…

— Tous les gêneurs… Rassure-toi, je ne faisais que passer.

La voix de Gui s'était assouplie aux exigences d'un besoin de savoir si tout ce que l'on disait sur ces fêtes nocturnes atteignait le paroxysme des sabbats. Bien qu'il eût été tenté de faire un pas vers ce que le soudoyer appelait « le large », il demeura, cloué sur place par la voix du jeune Bourbon :

— Ils doivent être mariés !

— Certes !… Un mariage en grand bobant. Les Anglais savent nous accueillir quand nous ne les menaçons point.

« Philippe de Bar », songea Gui. « L'un des pires lorsqu'il s'agit d'exiler un village et de violenter les femmes. »

— Tout de même ! ricana Bourbon. Isabelle a sept ans !

Une autre voix ; Jean de Nevers :

— Croyez-vous que Richard l'a enconnée ? Il a plus de trois fois son âge.

Un rire. Celui de Philippe de Bar :

— Une fois que la trouée est faite…

Il y eut des esclaffements. Bourbon dut les apaiser d'un geste.

— N'empêche qu'il doit être à l'étroit. Qu'en penses-tu, Philippe ?

— Certes, on y est, et c'est meilleur.

Des ébaudissements mêlés à des images désagréables peuplèrent le cerveau de Gui cependant que Nevers continuait :

— Il faudra tout de même que Richard attende pour obtenir de son épouse un héritier.

— Eh bien, il attendra. On le dit plutôt porté sur les jouvencels, comme son aïeul Édouard deux… Peut-être les préfère-t-il aux petites filles… comme…

Le nom de Jean de Berry ne fut point prononcé, mais comme Philippe d'Artois, de loin, demandait : « De qui parlez-vous ? » Nevers, perfide, répondit sans émoi :

— Nous parlions de ton beau-père.

Des exclamations et des gloussements se mêlèrent alors qu'un haro [1] abrégeait les discussions.

— Les filles entrent, commenta le picquenaire. On dit que certaines ont donné la chaude-pisse à quelques-uns des prud'hommes qui nous commandent. C'est pourquoi ils sont de mauvaise humeur… Bah ! messire, ils auront le temps de guérir avant leur retour pour ne pas souiller leurs femmes…

Gui reprit son errance.

« Pourritures !… Tous pourris… »

Une sorte de haine présidait au jugement qu'il portait sur ces hommes. Il ne pouvait accepter que la destinée d'une enfant royale eût été un sujet de bourdes [2] telles que celles qu'il avait entendues. Il plaignait la jeune Isabelle [3] comme il plaignait toutes les jeunettes qui avaient, sem-

1. Bruit, vacarme.

2. Plaisanteries.

3. Les pourparlers de mariage eurent lieu en juillet 1395. Les Anglais avaient exigé une dot considérable pour compenser en partie le non-paiement du reliquat de l'otagerie de Jean le Bon, jamais acquitté : 800 000 francs. L'entrevue eut lieu à Ardres dans un champ qui aurait pu être celui d'une bataille, du 26 au 30 octobre. Or, le lendemain, une violente tempête saccagea les tentes faites de tissus précieux et dispersa tout. On y vit un mauvais présage.

Richard II était venu chercher sa fiancée. Isabelle embrassa son père – pour une fois lucide – et disparut. Le contrat de mariage par procuration fut signé le 9 mars 1396. Une trêve de vingt-huit ans fut décidée (11 mars). Isabelle épousa Richard II en novembre, à Calais.

blait-il, fait les délices de certains dévoyés cousus d'or et dont, en France, on louait les mérites.

« N'y pense plus », se dit-il. « Ne vaut-il pas mieux que tu te remémores la grâce d'Héloïse, le son de sa voix, les formes de son corps ? »

Les flammes des foyers montaient, hautes, tremblantes. Parfois, cédant à une sorte de langueur, leurs contours emmêlés évoquaient d'énigmatiques plaisances.

« Que ne suis-je à Tours, sur la berge de la Loire sinon dans ce bosquet où j'ai connu un peu de son corps ! »

Il fallait oublier cette attache à la fois forte et fragile. S'efforcer de ne point penser comme un homme mais comme un guerrier. Trouver demain frère Théodore, l'intercesseur, et vider son crâne de cette fatigue de l'âme ; s'imprégner de sa générosité et de sa confiance en la vie. Il craignait que plus l'ost se rapprocherait des Turcs, plus Boucicaut ne fût victime de ses nerfs.

« De même qu'à El-Mehdia, notre ost est privé de machines de siège. De grosses fortunes ont été dilapidées en soieries, velours, fourrures, cartisanes d'or et d'argent[1], fanfeluces de toute espèce. Lui-même, Jean le Meingre, à de riches vêtements entassés !... Ce n'est pas avec ses échelles que nous entrerons dans Nicopoli ! La pente des rochers nous est également une épreuve ! »

Gui fit un détour vers l'écurie réservée aux hommes du maréchal. Cyrus s'y ennuyait. Il avait faim peut-être car le fourrage commençait à manquer. Broeckx veillait, allongé assez loin du cheval pour éviter une improbable ruade.

— Croyez-vous, messire, qu'on prendra cette cité ?

1. Ancêtres de la canetille : petit morceau de parchemin entortillé d'un fil d'or, d'argent ou de soie qui servait jadis, dans certaines broderies, à en former le relief.

— Il faudrait que nous nous y attardions plusieurs mois… peut-être.

Les paupières de l'archer cillèrent, atténuant ainsi des lueurs terribles.

— Nous manquerions de vivres nous aussi. D'ailleurs, Bayézid ne nous laisserait pas demeurer ainsi. Il s'approche au galop, je crois. À dire le vrai, nous le croyons tous, les Grands exceptés.

— Tu as raison. Vous avez raison de le croire.

L'archer désigna le pavillon bruyant où les prud'hommes prenaient du bon temps. On entendait parfois les rires des femmes tâtonnées.

— Les sollacieux [1] !… Ils n'ont que faire de nos soucis.

Broeckx se hérissait lui aussi d'imaginer le ramassis d'aveugles insoucieux qui, sans doute, mèneraient l'armée à sa perte. Il n'admettait point l'excuse d'un ennui corrupteur des âmes et des corps. Ces bacchanales resteraient sans doute un opprobre dans l'histoire d'une croisade sans cesse avilie qui, en cas de perdition, obséderait pour des années, peut-être pour toujours, la conscience de la vraie Chevalerie – s'il en existait encore une.

— Messire, dit l'archer, tous ces hommes qui se croient de bons époux et bons pères, ils s'indigneraient – pas vrai ? – qu'on ose toucher à leur femme et à leurs enfants.

— Certes.

— Ils n'ont même pas donné à manger aux prisonniers de Brehappe. Il y en a qui vont mourir.

— Je n'ose aller les voir, confessa Gui, incapable de retenir un grognement de fureur. Je ne fais que souhaiter à tous nos gloutons le sort de ces pauvres gens.

1. Les amateurs de plaisirs (solas).

— Moi aussi, avoua l'archer. Ce ne sont pas des ennemis : rien que des gens du commun. Peut-être qu'ils prient leur dieu de nous détruire et de pousser vélocement Bayézid jusqu'à nous. Quand, avant l'aube, le silence est presque complet, il me semble ouïr le frai[1] de son cheval.

— Moi, révéla Gui, avec une tranquillité dont Broeckx ne parut guère ébahi, il me semble ouïr un vacarme de tempête. Des milliers de chevaux accourant vers Nicopoli, des milliers de *sipahis*, puisque c'est leur nom, et de janissaires galopant pour nous détruire. Il m'advient de m'éveiller en sueur, mon épée, Précieuse, en main…

Il fut ému et plus encore ébahi des affinités d'action et de pensée qui les avaient placés aisément, l'archer et lui, sur un pied de presque amitié. Il avait longtemps cru en celle d'Antigny mais quelque chose s'était glissé entre eux qui avait terni l'espèce de bienveillance qu'il avait témoignée à Yvain. Broeckx haïssait la duplicité. Il savait, semblait-il, se consoler de son destin modeste dans un office qu'il pratiquait sans illusions. Jusqu'à son entrée chez Boucicaut, il avait traversé maints conflits. Celui qui se préparait l'attristait sans l'effrayer bien qu'il doutât des capacités humaines et militaires de ceux auxquels il devait et devrait obéir.

— Laissons faire le temps, messire, dit-il en s'allongeant à nouveau sur le sol. Et surtout laissons à l'Éternel le soin de nous juger. On dit que ce sont toujours les meilleurs qui s'en vont… Eh bien, faisons vous et moi mentir cette sorne !

À l'aube, les Hongres désignés pour surveiller la contrée s'en allèrent. Gui les vit s'éloigner, masse confuse,

1. Le bruit.

à peine bruyante, dans les vapeurs exhalées par la Dunoe. Après une nuit rien moins que paisible, quelque chose encore des agitations de la veille subsistait sous les brillances du soleil matinal.

« Ils dorment… Seuls quelques soudoyers sont debout !… Bayézid apparaîtrait que ses hommes ne trouveraient céans que des guerriers en chemise ! »

Il n'y avait personne encore au bord du fleuve. Chez les notables, les jeux et les ris avaient duré plus longtemps encore que de coutume. Quelle fête ou quel anniversaire avaient-ils célébré ?

Après une courte ablution et un séchage à l'aide d'une touaille qui, à force d'avoir servi, n'était plus qu'un torchon, Gui marcha vers l'écurie où Cyrus l'attendait.

— Mon grand, quand je t'aurai bouchonné, nous irons faire un tour.

Il s'étonna soudain de n'avoir vu aucun guetteur entre le fleuve et l'enclos où les chevaux des compères et des émules de Boucicaut avaient été rassemblés.

— Où sont-ils passés, Broeckx, toi qui sais tout ?

— Ils se relâchent, messire. Ils disent que les Turcs ne viendront jamais interrompre le siège de Nicopoli. Comme les princes et leur valetaille, ils se rassemblent la nuit pour licher jusqu'à plus soif. Personne ne s'assurant de ce qu'ils font, ils en profitent. On dit que certains s'enivrent par désespérance d'être où nous sommes.

— Ils ne sont pas les seuls, crois-moi, à avoir envie de tourner bride ! Sais-tu où sont partis les Hongres ?

— Voir le convenant[1] des Turcs, s'il y en a, du côté de Tirnovo, par la brèche de Chipka. Ils sont cinq cents.

— Je sais… Combien de lieues selon toi ?

1. L'organisation, la disposition des troupes.

— J'ai ouï dire Sigismond : dix, pas plus.

— Ils seront de retour demain.

— Boucicaut veut envoyer des découvreurs sur les mêmes lieux.

— Quand ?

— Sans doute au retour des Hongres.

— Il n'a pas de créance en eux ?

— Allez savoir !... Les sires de Coucy, Roye et Saint-Py sont décidés à chevaucher par les chemins où les Hongres vont passer.

— Toujours cette suspicion !

— Ils veulent surtout exiler [1] la contrée, forcer quelques petites cités, s'emparer de riches dépouilles et répandre partout la désolation et l'épouvantement.

— Cela va nous valoir moult ennemis en sus. Et en cas de déconfiture un châtiment condigne [2].

— C'est ce que je pense.

— Vanité des vanités ! N'y a-t-il que cela chez nos gens ?

— Hélas !

Le pire mésaise venait justement de ces hommes, de l'apparente unanimité qu'ils présentaient. Tous voulaient contribuer à une glorification de la Chevalerie aussi hardie et ardente que fausse. Et l'outrance même de leurs propos, de leurs vêtements somptueux et de leur hautaineté expliquait aussi la mélancolie d'un archer qui demeurait fidèle à Boucicaut sans même en connaître la raison. L'on disait que l'absurdité tuait. En l'occurrence, elle ne tuait pas la Chevalerie elle-même, dont le nom, seulement évoqué, résistait encore à certains procès, mais elle s'attaquait étourdiment à sa légende, pourvoyeuse de jeunes gens

1. Ravager.
2. Proportionné à la faute.

honnêtes qui, une fois adoubés et pleins d'illusions, pouvaient choir, en prélude à une bataille, dans un cloaque doré comme celui de Nicopoli.

— Laissons faire, Broeckx. Je me demande si les lieutenants de Bayézid ont autant de jactance que ceux qui nous entourent.

— Sans doute pas, je le crains, murmura l'archer. Parfois, j'aimerais moi aussi me saouler la goule mais je n'en ai point l'audace… car il en faut, messire.

— C'est bien vrai qu'il en faut, murmura Gui tristement. Notre audace, la vraie, je crains qu'il ne nous faille l'exercer ailleurs.

Les Hongres revinrent le surlendemain après-midi. Leur apparition provoqua chez les assiégés un tumulte où se mêlaient des hurlements, des bourdonnements de tambours, des sifflements de trompettes et des heurts de nacaires.

— Qu'est-ce que ce chalivali ? interrogea Boucicaut.

— Sans doute, messire, supposa Gui inquiet, ont-ils reçu quelque message annonçant la venue de Bayézid.

— Impossible !… Cette venue est une fable. Nous aurons conquis Nicopoli que ce mécréant sera encore en Égypte et au plus près, au Bras-Saint-Georges. Dites-le partout, Clairbois !… Répandez ce que je vous commande : je châtierai durement, quels qu'ils soient, tous ceux qui sèmeront cette fausse nouvelle que l'Amorath-Baquin vient vers nous [1] ! Car il ne peut venir ! Non seulement il

1. Bayézid n'était qu'à six lieues de Nicopoli lorsque quelques oreilles tombèrent. Fut-ce Boucicaut qui les trancha ? Si l'on sait qu'il eut cette idée terrible et inutile, on ignore s'il la concrétisa lui-même. Étant donné son caractère, il est bien possible qu'il se fût soulagé ainsi de son désarroi.

est loin mais il nous craint. Oyez, vous tous ! Je ferai couper les oreilles à tous les menteurs !

Croisant les bras, Boucicaut s'était tourné vers Coucy, Roye et Saint-Py. Gui leur trouva un air d'angoisse. Ils ne risquaient pourtant pas, eux, qu'on leur coupât les ouïes !

— Les hommes de Sigismond sont revenus sans avoir vu grand-chose. Ils prétendent que le grand Turc arrive mais nul ne l'a aperçu. Il convient, vous trois, que vous preniez vous aussi cinq cents hommes et même en sus cinq cents archers et cranequiniers. Allez vérifier !… Ne craignez pas de prouver aux mécréants des petites cités et campagnes que nous sommes présents.

— Les Hongres nous ont précédés, dit Coucy.

— Il doit bien en rester quelques-uns !

Coucy sourit à l'idée de nettoyer la contrée. Il semblait en meilleure santé. L'idée d'avoir à tirer l'épée le revigorait. D'un regard, Gui se sentit questionné : « Viens-tu ? » Il refusa de la tête. Quelle gloire pouvait-on tirer de l'occision d'une gent sans défense ?

« Bayézid, Bajazet… Il paraît qu'il est surnommé l'*Eclistre*[1] pour la célérité de ses coups. Il peut fondre sur nous aussi vélocement que le gerfaut sur la proie. »

La petite armée à laquelle s'étaient joints quelques Blaques s'éloigna lentement. Après qu'elle eut disparu, Boucicaut regagna son pavillon. Le Barrois, Jean et Godemar de Linières, Regnault de Chavigny, Jean d'Egreville et le Borgne de Milli le suivaient comme des chiens fidèles. Gui, qui venait de décider de seller Cyrus pour le distraire d'un galop, entendit, au-delà du seuil, la voix tonnante du maréchal :

— Ils ont dit cela ?… Impossible : les Turcs sont loin.

1. L'Éclair.

La voix du Borgne de Milli retentit :

— Une rumeur se propage, née comme de nulle part, selon laquelle les Mahoms seraient cent mille.

— Impossible !... Ce sont des sornes... Vous aberrez, mes compères. Il convient de punir ces mauvais augures... Que les porteurs de fausses nouvelles me soient amenés et qu'on leur coupe les oreilles... En outre, nous avons bien, en fin de charroi, gardés par mes soudoyers et ceux de Nevers et de Saint-Py, un bon millier de Turcs qui furent épargnés à Brehappe parce qu'ils sont des notables et qu'ils nous ont promis d'acquitter de belles rançons dès la prise de Nicopoli. Si par un noir miracle les mécréants apparaissaient, qu'on les extermine sans pitié et sans attendre.

Ce fut une journée moins ensoleillée que les autres. Plutôt que de gagner la berge de la Dunoe pour y méditer sur son avenir et imaginer les prouesses de Coucy, de ses compères et des hommes d'armes, Gui préféra demeurer sur sa couche à tenter de dormir.

Ils revinrent trois jours plus tard à la vesprée. Coucy chevauchait auprès du sire de Beauvoir, du sire de Montcaurel et d'un borgne : celui de Montquel. Derrière on distinguait des guides, puis des cranequiniers et des archers. La plupart semblaient las ; certains étaient blessés. Il se pouvait que dans quelques batailles, les Francs eussent laissé des morts sur le terrain.

« Ils ont voulu voir la Turquie plus avant », songea Gui. « Qu'ont-ils rapporté qui me puisse rassurer ? »

Boucicaut rejoignit Coucy lorsque celui-ci eut mis pied à terre.

— Eh bien, Enguerrand, dites-moi tout !

Le *moi* était une erreur ou une provocation. Gui vit Jean de Nevers froncer les sourcils et pincer sa grosse bouche sur laquelle, mal rasée, la banlèvre[1] apposait une sorte d'ombre. Il donna un léger coup de coude à Philippe d'Artois qui, tout connétable qu'il fût, ne pesait guère plus qu'une plume.

— Nous avons piété vers le sud. Apprenant qu'une armée turque arrivait par un val dont je ne sais le nom, j'ai envoyé en avant deux cents hommes. Ils ont assailli les mécréants puis se sont retrahiés[2] afin que ceux-ci se lancent à leur ressuite. Ce qui fut accompli… Au moment où les Turcs passaient entre les pentes, nous nous sommes jetés sur eux au clam de : « *Notre-Dame, Coucy !* » L'avant-garde a fait demi-tour pour revenir parmi nous… Et il y a une grande jonchée de morts sur la voie que peut-être Bayézid empruntera !

Nevers fit un pas. Celui que n'osait accomplir Philippe d'Artois.

— Il eût fallu justement, Coucy, nous amener quelques Mahoms vivants afin que nous les interrogions sur Bayézid.

Coucy et Boucicaut échangèrent un regard. Il signifiait : « De quoi se mêle-t-il ? » Gui flaira une proche discorde.

Cette victoire allait prendre des proportions extraordinaires. Il la faudrait fêter. Il était urgent de se réjouir encore !

— Combien, Coucy, en avez-vous meurtris ?

— Nous en avons occis quinze mille et dispersé le reste, affirma le Borgne de Montcaurel qui semblait vidé de ses forces.

Gui se tourna vers son voisin : Broeckx. L'archer eut une espèce de gloussement :

— Quinze mille ! Il nous prend pour des sots.

1. Le tour de la bouche.
2. Se sont retirés. Ont feint une retraite.

— Tu dis vrai. Et si c'est la vérité, cela fera à Bayézid quinze mille raisons en sus des précédentes pour nous anéantir.

La présomption des Français allait augmenter. Ils allaient une fois de plus mêler la débauche à la gloire d'être ce qu'ils étaient. Aucun noble homme n'imaginait Bayézid talonnant, voire abrochant son coursier d'Arabie et encourageant ses hommes. Le comte d'Eu s'approcha de Coucy :

— Messire, ne pensez-vous pas avoir usurpé pour quelques jours le commandement au comte de Nevers. Ne savez-vous pas que vous mettez l'armée en péril si vos hommes ont occis autant de mécréants que le dit Montcaurel et si le soudan de Turquie découvre leurs corps abandonnés sur le chemin ?

— Artois ! Artois ! s'exclama Coucy un soupçon de sourire aux lèvres. Ceux avec lesquels nous avons bataillé, c'est cette armée qui vous inquiète. Il n'y a rien d'autre derrière.

— Puissiez-vous dire le vrai !

Coucy tenta de prendre le connétable par l'épaule comme pour mettre fin à une détestation réciproque. Voire, songea Gui : une haine. Le grand Enguerrand eût agi ainsi envers un malade et Philippe d'Artois le savait. Il savait aussi qu'il passait pour un nicet et que, s'il n'avait pas été le gendre du duc de Berry, il n'eût jamais succédé à Olivier de Clisson.

— Lâchez-moi, Coucy, je vous prie !

— Venez, Eu !... Allons-nous porter la santé et mettre un terme à cette escarmouche !

— Jamais de la vie. Votre emprise a été faite par bobant[1]. Vous avez mis les chrétiens et par espécial votre

1. Vanité.

route en grande aventure et péril. Plutôt que de les mettre à recueillette [1], vous avez abandonné les Turcs morts à la vue de Bayézid. Ainsi faisant, vous vouliez usurper l'honneur et la renommée de monseigneur de Nevers.

La querelle couvait. Elle fut interrompue par la venue de Sigismond. Il voulait parler, lui aussi ; montrer qu'il existait et qu'outre son armée, il disposait d'une moitié de commandement. Il avait restraint ses plates [2] comme s'il craignait une attaque imminente. Coucy s'en éloigna. On eût dit qu'il craignait que le roi des Hongres eût la peste, et Sigismond dit à Philippe d'Artois :

— Comte d'Eu, j'ai ouï ce qu'on dit de l'appertise de cet homme et de ses compagnons. Par ma foi, j'ai plus confiance en mes découvreurs qu'en ceux de chez vous… car ceux de chez vous ne rapportent point la vérité de la besogne des Turcs. S'ils avaient chevauché plus avant comme les miens, ils eussent vu la puissance de ces hommes. Boucicaut n'a point voulu ouïr les miens. C'est pourquoi il a envoyé Coucy. Or, si je comprends bien, c'était à vous de prendre cette décision.

— Hélas ! monseigneur, Enguerrand a les faveurs de Boucicaut… qui s'est arrogé le commandement. Je ne puis leur faire la guerre. Je suis venu de loin pour combattre les Turcs.

Sigismond vit briller des feux sous les tentes. Comme toujours, il y aurait profusion de victuailles et de luminaire.

— Je vois, connétable, que vos fiers chevaliers s'attablent. Je vais aller…

« Leur couper l'appétit », se dit Gui en décidant de regagner son tref pour s'y adouber. Il revint cependant sur ses pas : Sigismond venait d'entrer sous le grand pavillon

1. À l'abri.
2. Endossé son armure.

où les hauts prud'hommes allaient se restaurer. Il entendit bientôt la voix grave, émouvante, du roi des Hongres :

— Messeigneurs, vous savez tout comme moi que les Turcs approchent.

Le roi n'avait point osé dire : Bayézid, Bajazet ou l'Amorath-Baquin, de crainte, peut-être, de déplaire à Boucicaut. Indifférent aux rires et rumeurs qu'il provoquait, il poursuivit d'une voix plus forte et même acérée :

— Mes coureurs et découvreurs les ont vus.

— J'ai fait mieux, dit Coucy. Je les ai occis… avec mes hommes.

Insensible à une nouvelle rumeur, presque une huée, Sigismond poursuivit :

— Ils sont à six lieues de Nicopoli.

Un joyeux tumulte salua cette affirmation. On riait, on tapait sur la table ; on heurtait les couteaux contre les gobelets. Était-il créable que ce roi – ce roi ! – fût si attardé ? Tremblait-il comme une feuille au vent ? Les Turcs à six lieues, c'était tout bonnement *impossible*. Une voix froide, « supérieure », mit fin à l'allégresse.

— Laissez parler le roi !

Jean de Nevers. Il était irrité, soit qu'il eût honte de ses compères jeunes et vieux, soit qu'il éprouvât le besoin d'en savoir davantage.

— Mes découvreurs montés sur fleur de chevaux viennent d'arriver pour me le dire. Je me suis empressé de venir vous mettre au fait de l'avancée de Bayézid…

— Ça ne peut être lui ! proclama Boucicaut.

Insensible et bien décidé à compléter ses sources, Sigismond continua :

— Voici, messires, son ordonnance… Ses hommes sont répandus de front sur une grande lieue de terre. Devant, environ une lieue, pour nous faire montre et visage chevauchent environ huit mille Turcs. Et les deux ailes de Bayézid sont ouvertes au front, devant, et étroites derrière. Mais elles se peuvent épaissir. Bayézid est au fond de cette bataille et tous cheminent à la couverte[1]... Et les huit mille *azabs*[2] qui forment l'avant-garde de devant sont ordonnés en cette entente pour faire montre et visage. Sitôt qu'ils nous verront approcher, petit à petit, ils devraient reculer et retraire au fort de la grosse bataille et les deux ailes, lesquelles sont toutes ouvertes, pour se clore quand nous serons entrés dedans, et se mettre en une, et par grande puissance de peuple tout étreindre et confondre tant qu'ils trouveront et encontreront... et nous étoufferont de leurs ailes.

Il y eut un silence. Les convives devaient s'interroger du regard. Boucicaut trouva que Sigismond avait « bien dit » et objecta :

— Comment êtes-vous si sûr que Bayézid est dans cette armée ?

— Mes découvreurs me l'ont dit.

— Et vous faites confiance à ces maraults ?

— Davantage que vous en les vôtres. Ils conserveront leurs oreilles et seront guerdonnés[3] ainsi qu'ils le méritent.

Cet échange allait-il se muer en querelle ? Sans qu'il les vît, mais en se fiant à leurs ombres immobiles, Gui pouvait imaginer les mangeurs. Ils devaient considérer Sigismond avec cet air d'invincible supériorité dont ils ne se départissaient jamais, pas même, sans doute, sur la bostruée[4]. Il assistait à un conseil de guerre. Peut-être le dernier.

— Je propose, messires, que ma piétaille blaque soit

1. Secrètement, mais ce serait plutôt, ici, sans faire trop de bruit.

2. Fantassins armés auxquels on réservait le soin d'ouvrir la bataille et de subir le premier choc.

3. *Guerdon* : récompense. *Guerdonner* : récompenser.

4. La planche de bois troué des latrines.

envoyée au-devant de l'avant-garde adverse. Elle est composée…

— D'un amas de routiers qui se livrent à tous les excès !

— Vous êtes bien mal placé, messire Coucy, pour me jeter votre médisance au visage, ainsi qu'un gant. Je voulais parler de l'avant-garde ennemie, composée de guerriers de la pire espèce… À la bataille, ils sont exposés au premier heurt et, messires, ces gens-là sont indignes d'être combattus par vous et par nous. Une fois les premiers échanges d'horions accomplis, la chevalerie de France pourrait entrer à grande vigueur dans la mêlée… Hongres et alliés pourraient les soutenir et empêcher les *sipahis* [1] de les attaquer sur les flancs… Vous le savez tout comme moi, messires, l'honneur et la gloire de la bataille ne sont pas dans les premiers échanges, mais dans les derniers : ceux qui concourent à la victoire.

Outre que c'était bien dit, c'était la vérité. Mais la pouvait-on faire entendre à ces hommes qui s'étaient progressivement remis à manger et à boire ?

— N'oubliez pas, messires, que l'ost de Bayézid est tout en ailes, à la manière d'une haie, et quand elle choit…

— Assez !… Il suffit ! s'écria le comte d'Eu soudain debout. Nous, chevaliers aux Lis, ne sommes pas venus d'aussi loin pour nous laisser précéder par vos Blaques : une misérable route de vilains, de manants et de je ne sais qui, plus capables de fuir que de batailler à outrance. Notre coutume à nous n'est point de reculer mais d'exemplier les autres par notre bachelerie [2]. De plus, en tant que connétable de France, je précéderai l'armée. Celui qui me voudrait devancer commettrait une mortelle insulte !

1. Cavaliers turcs, d'où le mot *spahis* de la cavalerie française en Afrique.

2. Vaillance et chevalerie.

« Coucy en prend un coup », songea Gui. « Il est vrai qu'il le mérite, mais Eu n'en est pas moins un sot présomptueux. »

— Vous dites vrai, Philippe, approuva Boucicaut. D'ailleurs, nos armes sont les meilleures du monde, forgées sur notre sol par des fèvres et des taillandiers de grand mérite [1]. Cent alfanges, épieux, fauchons et je ne sais quoi encore ne valent pas une épée de France !

— Je vous suivrai, Le Meingre, dit Nevers tout à coup.

La voix de Coucy domina l'ovation de certains convives excités soit par le vin, soit par l'envie de combattre :

— Je vous suivrai, roi Sigismond, et même je vous laisserai l'avantage.

« Il ne s'avoue pas vaincu », songea Gui tandis que soudain dressé, Gui de la Trémoille se courrouçait :

— Vous suivrez Sigismond parce que vous avez peur d'être des nôtres !

— Nullement !... Nullement !... Je suivrai le roi des Hongres ni par peur ni parce que c'est plus sûr. Au combat, Gui de la Trémoille, je te montrerai mon courage et mettrai la queue de mon cheval là où tu n'oseras mettre le museau du tien [2].

1. Voir pages 251 et suivantes, tome I. On peut songer ici au fameux : *Nous vaincrons parce que nous sommes les plus forts* auquel il faut associer le magnifique *Avec vos vieilles ferrailles nous forgerons l'acier victorieux* (Giraudoux, ministre de l'Information, *dixit*). Cette phrase pédante et péremptoire fit dire, non sans courroux, au père de l'auteur de cet ouvrage employé en fonderie : « Quel crétin ! Il n'a même pas cherché à savoir comment on fait l'acier. »

2. Juvénal des Ursins écrit qu'à la veille du combat « *les François avoient des manières bien lubriques d'excès en mangeries, buveries, jeux de dés, puteries et ribauderies. Ils avoient de grandes poulaines à leurs souliers* ».

La querelle entre Coucy et La Trémoille semble une répétition de celle qui précéda le désastre de Poitiers :

Gui vit Sigismond, tête basse, quitter le pavillon à reculons. Le roi des Hongres disparut, furibond sans doute d'avoir été traité avec une hautaineté sans égale par des hommes dont l'émulation la plus ignare et la plus pervertie semblait l'unique raison d'être.

« Ils vont courir tête baissée vers un ennemi qui, plutôt que de venir à nous, va nous contraindre à galoper vers lui… J'irai à pied. Malheur aux bêtes, c'est-à-dire aux chevaux innocents et aux hommes écervelés ! »

Dans plusieurs pavillons, de jeunes chevaliers célébraient leurs prouesses – pour autant qu'ils avaient pu en accomplir en piétant devant Nicopoli pour en insulter les défenseurs.

« Nous sommes à la vesprée du dimanche 24 septembre[1]. Dans cinq jours sera la saint-Michel. Je vais dormir. Je

Alors que le connétable, duc d'Athènes, conseillait à Jean le Bon la modération (les Anglais, disait-il, manquaient de vivres. Il fallait attendre un jour ou deux, ce qui permettrait aux retardataires français de rejoindre l'ost), il fut approuvé par le maréchal de Clermont :

— *Le connétable a raison, sire. Un peu d'attente nous donne tout à gagner, rien à perdre.*

Le maréchal d'Audrehem, qui évitait de participer aux mêlées, se donna tout à coup de la vaillance :

— *Atermoyer !... Vous ferez tant que vous finirez par les laisser échapper comme souvent il advint* […] *On dirait, Clermont, que vous n'avez pas grand-hâte de vous battre, et qu'il vous peine de voir les Anglais de si près.*

Et Clermont de répliquer :

— *Vous ne serez pas si hardi, mes-huy, Audrehem, que vous mettiez votre cheval dans le cul du mien.*

Clermont fut un des premiers tués. Audrehem continua de duper le roi de France et un dauphin qui manqua, ce jour-là, de courage !

1. Certains historiens situent la bataille de Nicopoli soit le 25, soit le 28 septembre 1396. L'étude du calendrier prouve que l'affrontement eut lieu le lundi 25. En effet, Froissart, bien renseigné – il ne fut pas le seul –, le situe « *le lundi devant le jour de la Saint-Michel* ». Or, la Saint-Michel a toujours été célébrée le 29 septembre. En 1396, le 29 tombait un vendredi. Le lundi devant cette célébration était donc le lundi 25.

m'adouberai dès l'aurore. On se truffera de moi mais je n'en aurai cure… Je flaire le malheur comme un chien le gibier ! »

Contrairement à ce qu'il craignait, Gui dormit bien. Vers la mi-nuit, il devina qu'Antigny se glissait sous le tref pour choir dans un sommeil qui sans doute était celui de l'ivresse.

« Il se saoule par goût ?… Pour oublier les Turcs ? Que lui prend-il de ne pas ressembler à lui-même ? »

C'étaient là des questions de peu d'importance.

Broeckx l'aida à revêtir ses plates. Lorsqu'il en eut été fervêtu, il fit quelques pas pour éprouver les jointures de ses genouillères tout en mouvant ses bras. Ses cubitières étaient souples, elles aussi. Satisfait de son harnois, il se ceignit de Précieuse.

— Crois-tu qu'il serait bon d'éveiller Antigny ?

— Il cuve son vin, dit l'archer. Vaut mieux le laisser comme ça.

— Je ne sais pas ce qu'il a… Il est différent. De plus en plus différent. S'il y avait parmi nous des femmes autres que les ribaudes…

— Bah ! messire, laissez ça. Il y a des hommes qui sont des femmes, des femmes qui sont des hommes. Je crois plutôt qu'il a peur.

D'un geste, Gui pria l'archer de changer de sujet :

— Je vais te demander un service.

Broeckx acquiesça sans poser de question.

— Tu sais tout comme moi que les Mahoms approchent.

— Je sais aussi que les prud'hommes en doutent… Mais peut-être pas lui.

L'archer désignait un homme assez jeune qui, lui aussi, avait pris la précaution de s'adouber. Gui l'avait entraperçu de loin en loin en compagnie de Boucicaut et de Coucy.

— Qui est-ce ?

— Louis, dit le Haze, un bâtard du comte de Flandre[1]. On dirait qu'il a peur, lui aussi.

— Seuls, Broeckx, les niais n'ont point peur… Les Mahoms nous préparent sans doute un accueil qui ne sera dissemblable de ceux de l'Hôtel Saint-Pol. Je pense qu'il faudra leur courir sus, car c'est pour nos conduiseurs la seule façon de concevoir la guerre… Moi, j'irai à pied. Mon cheval n'est pas concerné par cette bataille.

— C'est aussi ce que je me dis pour le mien.

Gui se sentit soulagé :

— Alors, tout est simple !… Tu vas aller quérir Cyrus. Tu le selleras. Tu l'emmèneras où tu veux, aussi loin que possible de Nicopoli mais près de la Dunoe… Je veux qu'il échappe à la mort. Si les Turcs ont notre immolation en tête, sauve ton cheval et le mien. Sais-tu noer [2] ?

— Oui.

— Alors, va le long du fleuve couvert de vêtements légers pour le traverser au plus étroit. Gagne la Honguerie… C'est une chose que tu peux faire. Les Turcs seront tellement occupés de nous qu'ils n'iront pas plus loin que Nicopoli.

— C'est… messire, c'est m'encourager à… déserter !

— Crois-tu que tu comptes pour Boucicaut et les autres ? Non. Moi-même, je ne suis rien… ou presque. Et si tu peux revenir en France, ce sera tant mieux.

« Peut-être », songea Gui, « devrai-je lui demander d'aller à Tours voir Héloïse… ou à Montsurvent pour

1. Le lièvre. Fils de Louis, que le duc de Berry poignarda à Saint-Omer, à la fin de la campagne de Flandre parce qu'il refusait de lui faire l'hommage du comté de Boulogne qu'il possédait du chef de sa femme, la comtesse Marguerite. Il fut inhumé à Lille, le 28 janvier 1384.

2. Nager.

rassurer Mère… Mais je peux périr… À quoi cela servirait-il ? »

L'archer s'éloigna. Gui soupira. Il ne reverrait pas Cyrus. Il l'aimait comme on aime un compère fidèle. Mieux valait qu'il disparût de sa vie de la façon qu'il venait d'imaginer plutôt qu'à la suite d'une navrure qui l'eût fait souffrir avant d'expirer. Peut-être aurait-il dû le sortir plus souvent de l'enclos où il devait avoir eu, lui aussi, l'impression de perdre son temps. Ils étaient l'un et l'autre victimes d'une impitoyable fatalité. Une espèce de sortilège démoniaque s'exerçait sur une armée qui serait peut-être bientôt condamnée pour ses excès, ses orgueils incorrigibles et dont il craignait, lui, Clairbois, que ses Lis d'or ne fussent moissonnés par la grande faucille turque.

Pendant presque deux semaines, il avait négligé la table où Boucicaut assemblait ses parents et ses hommes d'armes du château de Tours. Il ne pouvait se lier avec eux, les trouvant sots et suffisants. Il se procurait sa nourriture avant que ce qu'il appelait les mangeoires fussent installées. Ce régime de Spartiate lui convenait. Il vit que l'on disposait des tabliers [1] sur les plateaux destinés à la Haute noblesse, fit un détour par la cuisine en plein vent où ce qui pouvait être un quartier de veau tournait au-dessus d'un feu qu'un jeune queux alimentait avec des brindilles.

— Derrière moi, messire, il y a des pâtés auxquels *ils* n'ont point touché et dont ils ne voudront plus. Il y a du pain de ce matin, du vin de Honguerie qui se laisse boire… et une escabelle… Asseyez-vous, mangez. Ils ont prévu de dîner de bonne heure et de tenir la table jusqu'à la vesprée en l'honneur de je ne sais plus quel anniversaire… Ils

1. Nappes.

fêteront bientôt la Saint-Michel en grand bobant et en poulaines !

« Vaudrait peut-être mieux qu'ils trépassent à table l'estomac plein que trespercé par une sagette ! »

Gui mangea sur un tranchoir de pain frais. Il but. Le vin était bon. Il se fût fait huer s'il avait dit qu'il était meilleur que celui de France. Et pourtant…

Comme les futurs convives arrivaient, tous en vêtements de Cour, il s'éloigna en se demandant, quand les cors mugiraient et que les vegilles crieraient : « À l'arme ! », s'ils pourraient courir jusqu'à leur tref chaussés de leurs excessives poulaines.

Il regagna son gîte. Antigny, habillé, en sortait.

— Tu as mis ton armure !

— Tu ferais bien d'en faire autant.

— Boucicaut dit qu'*ils* sont loin.

— Le maréchal peut se méprendre. Il veut même se méprendre et semble exiger que les choses tournent à sa façon… Mais libre à toi, si tu le prends pour un bon prophète, de demeurer comme tu es. Je t'aurai mis en garde.

Gui revint vers l'aire que les hommes du commandement s'étaient attribuée sitôt leur venue à Nicopoli. Déjà, certains discutaient haut et fort et s'ébaudissaient au seul nom de Sigismond.

— Et d'ailleurs où est-il ? demanda le jeune comte de la Marche à son voisin, Philippe de Bar.

— Ha ! Bourbon, la bonne question. Moi, je vais te dire où il est : dans sa latrine qu'il n'a pas quittée depuis hier tellement il a la rouille[1] quand il pense à Bayézid.

Il y eut un silence. Coucy l'exploita :

1. Colique.

— Erreur !… Il est parti avec ses coureurs vérifier les dires de ceux qu'il avait désignés hier et qui sont revenus cette nuit.

— J'ai, dit Boucicaut, envoyé avec eux trois de mes découvreurs. Attendons. La greigneur [1] partie de l'ost mange à l'entour de nous. Imitons nos compères et nos soudoyers. Prenons des forces !

— Certains les ont perdues cette nuit avec la Margot, l'Étiennette ou la Huguette, ricana le Borgne de Milli.

— Pourquoi ton œil me regarde-t-il ainsi ? demanda, courroucé, Guillaume de la Trémoille. Je t'ai vu besogner la Roberte vistement !

— L'ivresse t'aveuglait car c'était la Mahaut… Nos belles sont repues. Il va falloir bientôt nous fournir chez les Turques.

Gui entendit une galopade. Dix chevaux peut-être. Sigismond, debout sur ses étriers, passa entre les tables et lança, sans même se soucier de l'effet de son annonce :

— Ils viennent… Une multitude… Cent mille…

Un de ses découvreurs arrêta sa monture :

— À l'arme !… À l'arme, messires !

Mais les prud'hommes doutaient encore. Boucicaut se leva : un de ses découvreurs s'approchait sur un cheval à la bouche spumeuse.

— Alors, Jacquemin ?

Le soudoyer soupira. Pour confirmer ce qu'il avait vu, il fit signe à trois compères qui, eux, portaient le plus grand intérêt aux mets entassés sur la table.

— Or tôt, messires, armez-vous et apprêtez que vous ne soyez surpris et déçus car voici les Turcs qui viennent et chevauchent !

1. La majeure partie.

Cette révélation produisit l'effet contraire à celui auquel Gui s'était attendu : un gros éclat de joie et des « *Enfin !* » assaisonnés de rires secouèrent les jeunes chevaliers qui avaient reçu l'accolade à Brehappe.

« Tous se lèvent sus et boutent la table où ils venaient de commencer la bombance… au grand dam des découvreurs qui ont soif et faim après une nuit d'aguet… Ils ont déjà le vin dans la tête et en sont tout échauffés… Ils courent s'adouber en piétinant la mangeaille… Saligots ! Il y a dans l'ost des gens de peu et des otages qui sont affamés… Ils s'ébaudissent… Riez, compères : vous n'avez jusqu'ici déconfit que de simples gens sans défense. Vous allez être ébahis de prime face… Ébahis et sans doute occis… Vous meurtris, la Chevalerie ne perdra pas grand-chose ! »

Jean de Nevers s'égosillait. Il exigeait du bon ordre et de l'obéissance, l'abandon des poulaines et des parures d'or et de soie au profit du fer épais et protecteur. Dans la liesse provoquée par le plaisir d'ostoier [1] enfin, nul ne l'entendait. Gui vit Jacquemin s'approcher. C'était un gars de Tours avec lequel il s'était exercisé sans pour autant qu'ils devinssent amis.

— Ils sont loin ?

— Dans la plaine, à une heure.

— À nous attendre ?

— Certes !… Il faudrait que nous restions céans. Alors, ils ont tellement envie de nous détruire qu'ils viendraient. Nous aurions l'avantage.

— Tu as fait des suggestions à Boucicaut ?

— Je ne suis qu'un manant, un soudoyer : elles ne valent pas chipette.

1. Combattre dans l'ost.

— Qu'as-tu vu ?

— Des porteurs d'épieux et des martels. Ils vont bâtir un palis[1]. Les pals, c'est pour éventrer les chevaux… Ils s'aposteront devant nous pour disparaître quand vous galoperez vers eux… Pauvres bêtes !

Boucicaut, moins sûr de lui qu'à l'ordinaire, hurla :

— *Que chacun s'arme et saillisse en son logis !*

— Il est ému autant que tous ces jeunes coqs !

Le comte de Nevers fit ouïr sa voix, nettement moins sèche et puissante :

— Que chacun obéisse !… Que nos batailles soient ordonnées !… Que nul ne fuie et se conduise comme bête sans ordonnance… Que l'on aille devers le roi !

Au risque d'augmenter la fureur de Philippe d'Artois, Coucy hurla :

— Qui tiendra la bannière de Notre-Dame ?

— Jean de Vienne !… Le plus vaillant d'entre nous.

Le Borgne de Milli ! Sa louange semblait sans importance. « Vaillant ? » songea Gui. « Vaillant pour les rapts[2] de la dame de Craon et de sa fille ! » Et de souhaiter qu'il mourût.

Un homme adoubé passa, l'air égaré :

— N'avez pas vu passer un cheval ?

— Non, messire.

— Ah ! la charogne… Il a rué et s'est…

L'homme s'en alla, écartant de ses bras les gêneurs.

— Sais-tu qui c'est, Jacquemin ?

— Un Hannuyer : Henry d'Antoing. Et cet autre, là-bas, qui tranche l'extrémité de ses poulaines, c'est qui, messire ?

1. Palissade.
2. Viols.

— Le sire de Saint-Py[1]...

Gui imagina les Turcs soudain immobilisés dans la plaine, attendant, espérant la venue d'orgueilleux étourdis. Et Nevers hurlait :

— Les plus notables en vaillance, restez !... Soyez dignes de me croire sans faille : nous allons y aller mais en belle ordonnance. Habillez-vous comme faire on doit en ce cas. Les Turcs vont enfin savoir qui nous sommes !

Les Turcs ! Hormis quelques-uns qui sans doute s'approchaient de Nicopoli pour tourner bride si on leur donnait, comme ils l'espéraient, la chasse, ils devaient se ranger en batailles, à pied et à cheval, et faire une telle cautèle[2] pour accueillir les Hongres et les Francs que ce devait être à merveille. Il pouvait, lui, Clairbois, les imaginer d'après les commentaires des coureurs. Tout premièrement, une grande tourbe[3] à cheval en grosse bataille devant les gens de pied ; et derrière, entre ces sipahis et les piétons, une grand'foison de pieux aigus, plantés en biaisant, les pointes tournées vers les chrétiens, si hauts qu'ils pouvaient atteindre les poitrails des chevaux.

— Il faudrait, dit Jacquemin, les laisser où ils sont. Plusieurs jours s'il le faut... Qu'ils se rongent d'impatience. Alors, ils viendraient vers nous et nous les déconfirions.

— C'est bien pensé, mais avec Boucicaut, il n'y a rien à faire. Tout comme les écervelés que tu vois déjà à cheval, il ne pense qu'à galoper contre les Mahoms et à les occire par centaines. Il tient sa bataille et ne la lâchera pas.

— Et vous, vous êtes à pied !

1. Jean Prunelle, seigneur de Saint-Py. Philippe le Hardi l'avait envoyé en Plusse (1389) ainsi que les trois frères La Trémoille (Gui, Guillaume, Pierre).

2. Ruse.

3. Foule, multitude.

— Mon cheval est en lieu sûr. Je ne veux pas qu'il soit étripé.

— Vous avez raison.

Le coureur s'en alla. Boucicaut avait disparu et Sigismond apparaissait. Nevers marcha vers lui. Il avait passé ses grèves[1] et son gipon de mailles. Deux écuyers le suivaient, l'un tenant son plastron ajusté à ses tassettes, l'autre portant sa dossière et son gros bassinet à museau de chien.

— Eh bien, sire, qu'est-ce qui vous amène ?

Sigismond s'était adoubé. Gui trouva que son armure, avec ses cannelures apparentes sur les genouillères et les cubitières, était d'une beauté supérieure à celle du Bourguignon que le mécontentement gagnait.

« Quoi que Sigismond dise, la grosse tête sera contre. »

— Je voudrais, comte, vous exprimer un parchon[2].

— Le temps est terminé des échanges et des parçons.

— Laissez-moi vous esvoiturer[3] de ce qu'il convient…

— Croyez-vous, sire, que ce soit le moment ?

Sigismond insista. Il était roi. Nevers n'était comte que par la volonté de son père. Il devait, en tant qu'allié, obéir.

— Oyez-moi ! Oyez-moi !… J'ai dans mon armée des hommes exercés. Ils sont nombreux. Ils peuvent former une avant-garde et réserver aux chevaliers des Lis, mieux armés, le soin d'entrer dans la grosse bataille de Bayézid…

Une voix s'éleva, acerbe et moqueuse : celle de Philippe d'Artois, comte d'Eu, connétable de quatre sols selon Antigny, inquiet, soudainement apparu.

— Messire roi, je conçois que vous soyez estorbé[4] par ce qui nous advient. Votre parchon est injurieux et pour

1. Les jambières complètes.
2. Ou *pareçon*, *parçon* : proposition.
3. Persuader, amener à persuasion.
4. *Estorber* : troubler.

moi et pour la jeune chevalerie qui fut, comme Nevers, adoubée à Brehappe. Ils veulent estourmir [1] et vous voudriez le leur interdire ?

— Je ne veux pas, connétable, leur interdire quoi que ce soit. Il convient, si l'on veut gagner une bataille, de procéder à bon escient.

Gui se demanda si la bataille n'était pas déjà perdue. Avec d'autres hommes prêts à la dispute, la même scène n'eût point versé dans son esprit tant d'amertume et dans sa bouche tant de fiel. Il éprouvait pour Sigismond une espèce de compassion : il avait cru avoir des alliés dans tous ces Francs qui avaient parcouru tant de lieues pour lui venir en aide et il ne découvrait, en somme, que des ennemis plus ou moins révélés.

Aggravée sans doute par la remembrance de Clisson, Gui éprouvait pour Artois une aversion extrême. Sans trop savoir pourquoi, il attribuait à ce friquet des vices, des pensées de sang et de morve, un appétit de gloire immodéré. Cette gloutonnerie serait peut-être sa perdition.

— Nous gagnerons, roi !... Nous nous emparerons de Bayézid ! Nous l'emmènerons en l'Hôtel Saint-Pol où il y a, dans l'enclos réservé aux bêtes sauvages, quelques cages vides... Nous lui porterons...

— Il suffit, Philippe ! hurla Nevers. La témérité, la forcennerie et l'inexpérience des jeunes qui sont parmi nous peut avoir sur nos vies les plus terribles conséquences.

Jean de Vienne, présent, déploya la bannière de Notre-Dame :

— Laissons régner l'orgueil et la présomption puisque la voix de la raison ne peut se faire ouïr. Le comte d'Eu

1. Attaquer.

veut marcher aux ennemis ? Nous le devons suivre. Il veut nous engager dans une bataille que nous avons désapprouvée ? Nous le soutiendrons et ferons voir à ces jeunes impatients que le courage ne nous manque point.

Comprenant qu'il ne pouvait rien opposer à cette imprudente hardiesse, Sigismond s'éloigna en maugréant. Il dut entendre le mandement de Boucicaut :

— Qu'on occise tous les prisonniers. Leurs gardes nous seront précieux à la bataille[1].

« L'affreux !... Et il se recommande de Dieu, des saints et de la Vierge ! Il a passé une cotte d'armes aux couleurs semblables à celles de Nevers, de ses hommes et jusques à leurs chevaux que Dieu protège : le *vert gai*. Où est donc la gaieté depuis que nous avons quitté Dijon ? Il veut fonder, si ce n'est fait, l'*Ordre de la Dame blanche à l'écu vert* pour défendre les femmes et les filles de chevaliers en l'absence de leurs époux ou de leurs pères !... Faux dévot !... Abominable exterminateur !... Cette bataille, tu vas la perdre... Nous allons la perdre parce que Dieu, auquel tu ne cesses de te référer dans tes trois messes quotidiennes, Dieu est juste ! Il tient ce jour en main le glaive de Justice. Il n'ignore rien de tout ce que je te reproche, et c'est pourquoi j'ai foi en Son équité !... Le Meingre : le vert de ton habit sera rouge de sang ! »

Vienne fut pris d'une sorte de remords :

— Sigismond a raison pour la façon d'entamer la bataille. N'est-ce pas, Enguerrand ?

— Certes ! dit Coucy. Une bataille se pourpense. Nous avions cru les Turcs au bout de la Turquie. Ils sont là. Ils nous espèrent.

1. C'est sous ce prétexte que les mille prisonniers de Rachova (Brehappe) furent égorgés.

Philippe d'Artois gonfla ses joues, cracha, montra ses mains comme si des avillons[1] les eussent prolongées.

— Le roi des Hongres veut avoir la fleur de la journée et l'honneur d'obtenir le gain de la bataille. Je cueillerai cette fleur et l'honneur sera pour moi !

Un homme adoubé, à cheval, s'approcha : le maréchal de Sigismond. Henry d'Esten Lemhalle portait un court pennon à ses armes : *d'argent à une croix de sable ancrée*. Il arrêta son coursier devant la bannière Notre-Dame à l'entour de laquelle les grands seigneurs s'étaient groupés. Après les avoir considérés avec une certaine hauteur et peut-être un soupçon de pitié, il publia ainsi qu'un héraut lors d'une joute ou d'un tournoi :

— Je suis envoyé par monseigneur le roi de Honguerie. Il vous prie et mande par moi de ne point commettre le grand outrage d'aller commencer la bataille et d'assaillir les ennemis jusqu'à tant que vous n'ayez pas reçu de lui d'autres nouvelles. Car il doute que nos découvreurs et coureurs n'aient pas bien décelé la présence certaine des Turcs. Dans deux heures environ, vous serez mieux avisés car nous avons envoyé des chevaucheurs qui s'en iront plus avant que ceux par lesquels nous avons eu ces nouvelles ; et soyez tous assurés que les Turcs ne nous grèveront point si vous ne les assaillez, jusques à temps qu'ils seront en puissance tous ensemble. Or, faites ce que je vous demande, car c'est l'ordonnance du roi et de son conseil. Je m'en retourne et ne puis plus demeurer.

Les Français se retrouvèrent entre eux, certains indécis, d'autres prêts, sans doute, à approuver le maréchal. Quelques-uns souhaitaient du connétable un avis qui les

1. Griffes des oiseaux de proie.

satisfît. Il vint après que Philippe d'Artois les eut tous dévisagés comme pour déceler parmi eux des traîtres :

— Qu'est-ce que je vous disais ? Sigismond veut la victoire pour lui seul.

— Il la veut en vérité pour tous, dit Enguerrand de Coucy. Il faut lui rendre cette justice que ce n'est point un homme enclin à l'usurpation. Il ne nous a sommés de rien. Par le truchement de son connétable, il nous a mis en garde contre notre orgueil et notre inclination aux imprudences.

Il dominait le petit Eu de presque deux têtes. Le mépris lui sortait des yeux et de la bouche aux commissures inclinées vers le bas comme s'il s'apprêtait à cracher. Philippe d'Artois se sentit tout englué dans sa suffisance. Il le savait pour l'avoir vu : le messager du roi des Hongres s'était particulièrement adressé à Coucy. Sans tenir compte de l'ombre que le soleil faisait comme malicieusement peser sur lui, il s'enfelonna encore :

— Oïl !... Oïl !... Le roi de la Honguerie veut avoir, je l'ai dit, la fleur et l'honneur de la journée. Nous avons envoyé une avant-garde et déjà il se courrouce que nous ne l'ayons pas consulté. S'il nous veut retollir [1] d'avoir la première bataille, qu'il vienne auprès de moi !

« Il perd les étriers », se dit Gui. « Il ne sait plus ce qu'il veut et ce qu'il dit. »

Désignant un chevalier qui était peut-être Raoul de Gaucourt [2] et qui portait sa bannière :

— Au nom de Dieu et de saint Georges, va, car on me verra hui [3] bon chevalier.

1. Reprendre. *Retorroit*, *retolroit*, *retoldrait* : de *retollir*, *retordre* : reprendre.

2. Il devint premier chambellan de Charles VII et bailli d'Orléans. Détenu à Londres après Azincourt, il paya sa rançon et revint en France.

3. Aujourd'hui.

« Saint Georges ! »

Cette allusion au saint patron des Anglais alors qu'on allait célébrer le Michel de la Chevalerie aux Lis, courrouça Coucy et quelques autres. Gui se sentit concerné.

« Ce malebouche va nous porter malheur ! Il n'y a aucun Goddon parmi nous, contrairement à ce qu'on a voulu nous faire accroire ! »

Coucy s'approcha de Jean de Vienne :

— Toi qui portes le signal de Notre-Dame, souveraine de toutes les autres bannières et ralliances, que penses-tu de tout cela ?

La réponse fut feutrée : l'amiral sans flotte craignait d'être entendu et privé, du même coup, de la bannière.

— Là où vérité et raison ne peuvent être ouïes, il convient que l'outre-cuidance règne, et puisque le comte d'Eu désire combattre et défaire nos ennemis, il faut que nous le suivions ; mais nous serions plus forts si nous étions tous ensemble, que nous ne serons là où nous nous assemblerons sans le roi de Honguerie.

Gui devina que les Turcs approchaient et que les deux ailes de leurs batailles conservaient leur avance sur le gros des forces où sans doute officiait Bayézid. Bientôt, les chrétiens se trouveraient enveloppés, verrouillés, étouffés, incapables d'une victoire. L'orgueil démesuré d'un connétable ignare et d'un Bourguignon tout aussi hautain et écervelé que lui ne pouvaient hélas ! que provoquer la déconfiture. Gui vit Coucy considérer la foule des chevaliers, les uns fervêtus, les autres couverts d'étoffes flamboyantes. Il y avait des bassinets simples, d'autres pourvus de timbres de crête, la moraille[1] demi-levée, parfois, pour qu'elle fût vivement abaissée. Comme pour un galop à

1. Visière.

quelque pardon d'armes, des grillettes[1] tintaient sur le front des chevaux ou sur leurs avallouères[2]. Une futaie de lances et pennons apparaissait, banderolés ou non, en haut desquels brillaient les aciers bordelais ou poitevins. Certains glaives[3] avaient leur hampe cloutée d'or ou d'argent serrée dans un gantelet ou un miton qui eût dû, déjà, caresser une épée. Allait-on partir en désordre vers les taillis de pointes aiguës contre lesquels, soudain, il y aurait mort d'hommes ? Sigismond allait-il apparaître ?

Il fallait quitter Nicopoli – sous les huées de ses habitants – et se répandre soigneusement dans la plaine. Antigny apparut. À pied.

— Qu'en penses-tu, Gui ?

— Qu'il n'y a pas Clisson pour imposer ses vues et sa volonté à des ânes aveugles qu'il nous faut suivre… aveuglément.

Ils avancèrent parmi quelques piétons, chevaliers et écuyers. L'un d'eux leur assena :

— Ce n'est pas ainsi qu'on va à la bataille.

Gui désigna son cheval houssé de pourpre et dont les lormeries semblaient d'or :

— Pauvre coursier. Il te précédera sans doute dans la mort.

Plutôt que de voir une épée s'abattre en direction de son bassinet Gui vit l'écuyer entamer un petit trot qu'il accompagna d'un « *Ah! Ah!* » que n'eût point désavoué le connétable de France. Le jeune rieur disparut.

« Je l'ai excité. Il va vouloir se prouver et prouver qu'il est un exemple de vaillance… Tu feras un beau mort, compère. Peut-être te suivrai-je de près. »

1. Grelots.
2. Cuirs à la croupe du cheval.
3. On désignait ainsi la lance.

Il se refusait à penser. Il n'était rien d'autre qu'un fétu emporté par la rivière France vers une digue de pieux où des hommes et des animaux allaient s'accrocher. Il eût fallu contourner cet obstacle. Essayer d'attaquer l'ennemi à revers… Éviter d'aller droit dans ce piège mortel ! On disait aussi que les Turcs avaient une puissante archerie. Aussi bonne que celle des Anglais. Pourquoi, mais pourquoi allait-on les assaillir de front ?

Eu trottait en tête sur un cheval dont le houssement bleu à fleurs de Lis semblait avoir été préparé pour la monture de Nevers, encore que ses armes fussent…

— Penses-tu que nous allons vaincre ces Mahoms ?

— Réponds-toi oui, Yvain, si tu crois aux miracles.

Comme atteint par une sagette, le soleil versait des gouttes de clarté sur les hommes. Les bassinets et les cervelières miroitaient, mais à peine. Sous leurs cottes armoriées, les armures et les bardes des montures bellement et inutilement apprêtées semblaient faire la nique aux hommes en blanc qui n'avaient, la plupart, que des touailles pour couvre-chef. Et ce foisonnement de blanc, devant, imposa une souvenance à Gui.

C'était en mai, il y avait cinq ans. Il revenait d'Évron et c'était au soir d'un jour de foire. Pour raccourcir son chemin, il avait pris un sentier de traverse. Tout à coup, au sortir d'un petit bois, un champ de neige lui était apparu, immense, prodigieux parce que cette neige, c'était tout bonnement les houppettes duveteuses des dents-de-lion dont ce pré magnifique était couvert. Il en avait conservé longtemps une image poignante. Eh bien, c'était une neige humaine qu'il entrevoyait devant lui à la faveur d'une butte que les prud'hommes avaient contournée.

— Quiconque assisterait à notre montre en mouvement serait certainement tenté d'entrer dans notre armée.

— Ce serait, Yvain, sa désespérance et sa perte.

Levant la tête, Gui vit devant lui Nevers et Coucy, puis le jeune sire de Bourbon, les frères Henri et Philippe de Bar et Jean de Nevers.

— Avec Eu, les quatre cousins du roi sont présents.

Derrière venait le sire de Saint-Py, puis, groupés, les trois La Trémoille : Gui, Guillaume et Philippe – le fils et neveu. À senestre, Boucicaut qui allait de l'un à l'autre des siens comme un chien de berger : Le Barrois, Jean et Godemar de Linières, Chavigny, le Borgne de Milli, Jean d'Egreville, Cigogné, Vernon, Abondant. Tous présents. Tous sûrs de vaincre et de vivre ensuite.

— Vois, dit Yvain. Je les connais presque tous !

— Pas moi, et je m'en réjouis.

Peu soucieux de cette indifférence, l'écuyer poursuivit :

— Là, le comte palatin Ruprech Pipau, à côté Robert III de Bavière... Le gros en jaseran de mailles : le comte de Kaznellenbogen. Il chevauche entre Herman III de Cilly et le Burgrave Jean III de Nuremberg.

— Ils précèdent les guerriers de Bavière, Thuringe... Saxons, Hesses, Germains, les chevaliers de l'Aussay et leurs hommes.

Gui s'interrompit bien qu'il eût vu les bannières des Aragonais et des Italiens.

— Ces pavescheurs [1] là-bas ? questionna Antigny.

— Je croyais que tu savais tout !... Ce sont des Polonois... La compagnie de l'Arbalète.

Antigny resta coi.

— Je n'ai pas, Yvain, acommingé [2]. Je ne vais pas m'arrêter pour avaler trois brins d'herbe : elle est sale... Sale comme la mort. Je n'ai pas revu frère Théodore.

1. Arbalétriers portant un parvis.

2. Communié.

— Il a voulu s'opposer à l'exécution des prisonniers.

— Il a bien fait.

— Certes, mais il en est mat. Il voulait sauver un enfant. On l'a égorgé comme le petit… malgré sa bure et sa croix.

— Qui *on* ?

— Je n'en sais rien. C'est Broeckx qui me l'a dit.

— Alors, il sait, lui, qui a commis cette énormité.

L'esprit de Gui s'assombrit davantage. Il avançait parmi des criminels. Une fois de plus, il s'en administrait la confirmation. Il ne pouvait fuir. Il souhaita que tous les coupables mourussent. Il le fallait, dit-elle, la Chevalerie de France, devenir le centre de la risée universelle.

Les chevaux commençaient à sentir la mort. Quelques-uns encensaient. D'autres hennissaient, changeaient d'allure et témoignaient d'une sorte de fièvre. Les hommes réprimaient les bêtes desrayées[1] mais elles résistaient à la morsure des éperons et certaines faisaient des parades de chèvre. Leurs encolures suscitaient des cliquetis de gourmettes et quelques roncins, qui goûtaient du mors, commençaient à spumer. Leur lâcher, face aux Turcs, serait peut-être le premier malheur de la bataille.

« Ils nous attendent. Mieux : ils nous espèrent. Ont-ils moult archers ? Sont-ils meilleurs que les Gallois ? Nous avons des cranequiniers qui mettent trop de temps à recharger leur arbalète. Nous avons des archers. Depuis Paris et la Bourgogne, je n'en ai vu aucun s'exerciser en trayant, faute de bersail[2] sur quelque tronc d'arbre. »

Du blanc devant. Pas loin. Des hommes dissimulaient la palissade aux épieux. Du blanc qui rougirait. Déjà des cris sortaient des bouches indistinctes. Ces hommes n'étaient point des archers quelconques. Des janissaires,

1. Ingouvernables.

2. *Traire* : tirer. *Bersail* : cible.

sans doute. Tous brandissaient des alfanges, et Boucicaut avait eu beau dire, à Tours, que ces armes courbes ne valaient rien, elles tailleraient dans la chair vive, dans les épaules, les cous ; elles sauraient bien entrer dans les ventres et trancher les bras porteurs d'épées.

Il fallait attendre un commandement.

Il ne vint pas, mais quelqu'un dit, puis cria : « *Sigismond arrive !* »

Les chevaux s'élancèrent. Sabotements et voix formèrent un tumulte qui tira un frissonnement à Gui.

« Seigneur, faites que... Faites que... »

Il ne pouvait courir à cause de son armure, mais tout comme Antigny, il savait que les Turcs courraient ou galoperaient jusqu'à lui, jusqu'à eux.

Debout sur ses étriers, Boucicaut, l'épée levée, se retournait pour crier :

— À l'arme ! N'en respitez [1] aucun !

Gui ne put qu'imaginer les Hongres emmenés par Sigismond et son connétable. Ils survenaient trop tard. Une masse blanche, devant. Fourmilière blanche. Des éclats d'acier. Mauvais acier selon le maréchal. Bon acier pour les Turcs. Combien étaient-ils ? Cent mille ? Non. La moitié ? Déjà des chevaux tombaient sous une pluie de sagettes. Une pluie si serrée qu'à chaque lancée, le ciel s'obscurcissait. Devant, toujours, dissimulant les palis, mille hommes, deux mille ou davantage, haiés [2] en croissant, obstruaient le redoutable barrage. Les pieux. Maudits pieux encore invisibles. Sigismond ne devait pas être loin. Derrière ? Sur une aile ? Que se passait-il derrière ? À quoi bon le savoir. Les Mahoms du croissant talonnaient leurs montures.

« Ils vont nous rentrer dedans ! »

1. *Respiter* : épargner.
2. Disposés en haie.

Il y eut un heurt qui n'entama pas l'avancée des croisés, mais les ennemis se retiraient à dextre et à senestre. Leur retraite mettait les pieux en évidence. Derrière, des archers. Une multitude. Des Francs tombaient. Des chevaux ruaient, des sagettes plantées dans la gorge, le museau, la cuisse. Des chevaliers cherraient. Il fallait… Hé oui, il fallait… *Rien*. Se battre bientôt. Sur un court espace, les palis avaient cédé. L'avant-garde s'enfonçait non sans pertes dans la brèche. Les sabots des chevaux de France piétinaient les Français à terre dont certains n'étaient point morts. Plutôt que d'avancer, il eût fallu attendre la chevalerie honguerienne – comme le hurlait Boucicaut –, mais les jeunes chevaliers de Brehappe à l'entour du comte de Nevers continuaient de pousser leurs chevaux, de fournir des coups, de hurler plus fort que des loups en hiver.

Il fallait suivre. Gui sentait dans sa paume poisseuse la prise de Précieuse devenir humide et chaude. Les Turcs fuyaient. Les nouveaux adoubés les poursuivaient sans qu'aucun commandement ne les eût pu retenir. C'était à qui devancerait l'autre jusqu'au sommet d'une colline d'où soudain, jailli de l'autre versant, volait un nuage de sagettes comme porté par des hurlements. Aucun doute : Bayézid était là, bien au chaud parmi ses janissaires et ses sipahis. Gui devina que son invisible multitude se déployait, une fois de plus, en demi-lune. Les pointes se développaient, galopaient ; le milieu s'avançait aussi. Plus question, pour les croisés, de donner des coups d'épée qui semblaient n'avoir fait aucun mort parmi les mécréants. Après l'ébahissement, il fallait tourner bride. Fuir. Galoper vers le bas sans crainte de crever sa monture. Galoper pour ne pas sentir le fer de la dossière s'ouvrir sous la percée d'un dardillon d'acier. Galoper pour, si l'on était rejoint par un sipahi, éviter un coup de banderole… Le croissant… Le croissant de Saladin victorieux des Francs. Le croissant des fauchons ; le croissant blanc comme la lune… Ils fuyaient, les présomptueux ! Ils fuyaient sans hurler vers les palis pour se placer sous la protection de leurs vieux compères. Il fallait les franchir, ces pieux ! Les Turcs étaient là, bien décidés à moissonner des vies. Sigismond ! Si seulement Sigismond… Si on avait écouté Sigismond !… Mais pouvait-on deviner… Quoi ? Que les Turcs étaient si nombreux ? Si astucieux ?… Il fallait que Sigismond et ses hommes fussent présents. On lui demanderait pardon. Brave Sigismond !

— Les Hongres ! hurla Vienne.

Désespéré peut-être, Sigismond voulait précipiter sa cavalerie au-devant de celle des infidèles. Mais il semblait… Eh oui, il semblait que les Hongres qui s'étaient toujours sentis méprisés par leurs alliés de France et qui assistaient au commencement de leur déconfiture refusaient de suivre le roi. Lui-même, furibond d'avoir été traité en empêcheur de guerroyer bellement avant la bataille, faisait demi-tour et fuyait à toute bride, abandonnant un terrain jonché de chevaliers blaques et germains morts pour sa cause sans même avoir participé à la bataille : oui ! les Turcs avaient des archers aussi bons que les Gallois.

« Ces présomptueux qui ne méritaient point les éperons nous ont enfoncés dans la merde !… Nous en avons jusqu'aux oreilles !… Ah ! l'honneur, la victoire assortie de la passion du mal, de l'avidité du butin… Qu'en feront-ils au Ciel – s'ils y accèdent – ? À quoi leur servira leur trésor iniquement acquis ? Sigismond a raison de nous abandonner. C'est un sage. Mais nous, nous voici enfermés… L'anneau blanc se contracte ! »

Gui se trouvait, Précieuse encore inutile en main, au centre des enfermés de France. À l'extérieur, Turcs et Francs bataillaient. Le grand anneau blanchâtre se contractait. Les hommes tombaient, certains écrasés par leur cheval. Selon les fluctuations des avancées et des retraites on entendait hurler différemment. Peut-être les Mahoms criaient-ils que leur Dieu était grand. Que faisait l'Autre ? Allait-il accepter que les Othmans fussent vainqueurs ?

On se tuait à l'épée, à la hache. Les sagettes apparaissaient désormais comme inutiles. Les *kaftans* gris ou blancs, se tachaient et s'éclaboussaient de sang ; les cottes d'armes blasonnées commençaient à se ressembler toutes.

— Ils reculent ! hurla Vienne.

« A-t-il perdu la bannière Notre-Dame ?... Je ne la vois plus. »

— Soufflons ! hurla Coucy.

On ne soufflait pas chez les présomptueux aux Lis. On souffrait. La tête et le corps. On suait dans l'armure exposée aux coups. Du bon fer. Les *sipahis* et les janissaires tournoyaient autour des Francs, et bien qu'ils allassent au galop, leurs sagettes touchaient et couchaient des hommes. Où était la colline ? Y avait-il des renforts sur l'autre versant ?

— Les Serbes ! cria Boucicaut.

Des ennemis. Ils avaient dû, en venant, mettre les Hongres en déroute[1] mais ce succès ne leur suffisait point.

Un remous se produisit, provoqué par une attaque massive. Et les Turcs furent là.

« Défends-toi, maintenant. Ton tour est venu ! »

Premières faces de Mahoms, les unes sous la touaille blanche, nouée, les autres sous le cuivre ou le fer façonné

1. Ils étaient 1 500, conduits par le despote Étienne Lazarevic qui haïssait les Hongrois.

en calotte parfois surmontée d'un fruitelet [1] ou d'une pique; parfois pourvue d'un camail de fer ou de cuivre court et d'un nasal mobile [2]. Certains tenaient des écus ronds ornés de petits ambons accompagnés d'inscriptions et de vignetures. Ils maniaient la hache et l'alfange.

Premier turc. Précieuse au-devant de son acier courbe. Heurt. Se méfier d'être assailli par-derrière. Devant: « Il est jeune. Mon âge. » Ma haine. On lui a dit que je haïssais son Dieu. Erreur. Il abhorre le mien. Jeune!... On peut mourir jeune. Ou lui ou moi. Il est habile. Son fauchon est plus court que ma Précieuse. Autour d'eux, la gueule béante de la mort. Avaleuse d'hommes de fer plus nombreux que de Turcs. Comme on paraît fragile quand les ennemis dont certains se sont truffés, sont en surnombre... Ah! comme il devait faire bon à Tours. À Montsurvent. *Pense pas à ça!* Nicopoli! Pourquoi... Oh! son arme... Mon épaulière a résisté. Il me faut protéger mes épaules. Elles ont trop souffert!... *Tiens!* J'ai entamé la sienne. Il n'a rien d'autre que sa robe sur le corps. Est-ce cela qu'ils nomment *kaftan*? Sans doute. Pauvre frère Théodore qui m'a enseigné ce mot-là! Et toujours ces cris, ces cliquetis de lames, ces hennissements, ces meuglements de cors qui ne sont pas nôtres. Nous perdons... Nous étions condamnés à perdre. Une victoire se mérite... Nous ne sommes point méritants. Notre ennemi: la jactance. Nos ennemis: Nevers, Eu, Boucicaut. À l'entour, des formes blanches et véloces. *Tiens, prends ça!* Il crie. Je lui ai fait mal. Gui sentait bourdonner ses oreilles. Il n'avait point peur. Il avait dépassé la peur. Antigny devait avoir peur. Où

1. Sorte de gland qui servait de poussoir sur le couvercle des aiguières.

2. Ce casque était appelé *Kulah-khud*.

était-il avec sa peur au ventre. Engrossé de sa peur ! Holà ! il a failli atteindre mon col !… Pourquoi Broeckx n'a-t-il pas lacé mon bassinet au colletin ?… Il a failli toucher mes mains réunies sur la prise de Précieuse… Tu vas mourir. Turc, tu vas mourir. Il est fort. Il est hable[1]. Il renouvelle vélocement ses coups. Il va à dextre. Baisse la tête… Jausselin l'aurait décollé d'un coup. Il fallait des mouvements plus vifs. Allons, je l'ai touché. Tranché quand il levait un bras… Son flanc saigne… Il chancelle. Non, je ne te donnerai pas un second coup. Tombe. Va baiser la terre. *Un autre !* Il y en a plein. Mère, si tu savais !… Héloïse si tu me voyais… Messire Olivier qui êtes à Jocelin, votre successeur nous a plongé dans la merde ! Je suis entouré. Enveloppé de Mahoms. Les autres ? Je ne sais pas ce qu'ils font. Je ne veux pas savoir ce qu'ils font. Je suis seul. Je me sens lourd. Celui-là joue de la hache. Merde ! De la hache. Il peut trancher mon fer comme une branche morte. Je vois de moins en moins et pourtant, je n'ai pas avalé mon viaire[2]. J'étouffe ! La sueur sur mon front. Mes paupières… Oh ! mais il a failli m'avoir, ce saligot ! La sueur sur mes joues. Prends ça. Manqué… Alors, prends ça encore. La sueur sur mes joues… Chaud… Un coup sur mon bassinet. Il ne l'a qu'éraflé mais j'ai mal à l'épaule. Il pouvait faire sauter une verterelle… Alors, ma visière eût obstrué ma vue. Le fer résonne encore… À l'entour, ça grouille de Turcs et de Francs. J'ai chaud. Nous avons chaud. Nous sommes au chaud, en plein terribouris[3], à nous écueillir[4] en vain car nous perdrons. Mais pour vivre, il faut poursuivre. Nul ne peut sortir ce que nous

1. Habile.
2. « Je n'ai pas descendu (ou abaissé) ma visière. »
3. Vacarme.
4. Réunir ses forces pour…

deviendrons[1]. Dois-je me targuer de Dieu[2] ? On s'étripe et le terrain commence à glisser. Je marche sur des corps. Ma tigrerie est vaine, mais pour vivre, il me faut… Et voilà : il a levé les mains, je l'ai cueilli à l'épaule… Si sa tête ne roule pas, c'est que les os la retiennent…

Encore un !… Ça ne finira donc pas ? Si à la malheure, je succombe, nul ne saura que j'aurai trouvé la mort à Nicopoli. Mort en griévant[3] des hommes qui ne m'ont rien fait avant que je n'arrive en ce pays perdu !… Un autre auquel je dois contrester[4]. Un vieux, ce coup-ci. La trentaine… J'aurai labouré[5] pour rien… Boucicaut peut crever, je ne le pleurerai pas !… Je ne vais tout de même pas m'apitoyer !… Ah ! non. Où sont les autres ? Antigny, Eu, le Borgne de Milly, Broeckx, s'il est présent, mais je le préfère auprès de Cyrus… Je vais…

Qu'avait-il ? Il ne pouvait décider quoi que ce fût. C'était à pleurer d'enragerie d'être là, en pleine cohue, cerné par quelque vingt ou trente Turcs avec une poignée de compagnons qu'il ne pouvait voir et par conséquent reconnaître. De brefs et froids frissons d'épouvante couraient par tous ses membres. Leur guérison, c'était la mort.

Il éprouva soudain une frayeur nouvelle due à une oscillation terrible : un coup de masse d'armes dans son dos. Les bases mêmes de son être parurent se ployer comme une herbe sous une tempête. Il se sentit soulevé, poussé, arraché vertigineusement à la terre. Autour de lui, tout s'inclina. Il allait s'abattre et il ne le fallait point.

1. Nul ne peut prédire notre sort.
2. Se mettre sous la protection.
3. *Griéver* : faire mal.
4. Résister.
5. *Labourer* : travailler.

Il chancelait. Il était une statue sans socle. Les yeux bouffis allaient lui sortir des orbites !

Il ne voulait pas trépasser. Or, la mort était là, multipliée par mille, dix mille, cinquante mille… Il se pouvait qu'elle l'observât. Il devait la repousser. Mais comment ?… Elle devait lui épargner sa présence. Il devait vivre. D'autres devaient mourir pour avoir mené l'armée à sa perte.

Après un moment de terreur, il était debout. Il était resté debout. Il se ressaisissait. La mort pour les déments auteurs de cette déconfiture. Où étaient-ils ? À quoi pensaient-ils ? Savaient-ils qu'ils allaient enfin payer pour leur sottise grandissime, leur hautaineté injustifiée, leur forfait à l'égard des otages de Brehappe ?

— Dieu ! Où êtes-vous ?

Ébahi et inquiet par la sensation jusqu'alors inconnue que sa jambe dextre s'ouvrait en deux, du genou au cou-de-pied, sans qu'il eût subi la moindre atteinte, il comprit que ses fers protecteurs se désassemblaient sous l'empire des mouvements furibonds qu'il déployait pour se défendre. Le téton latéral qui, conjointement à la charnière extérieure, liait sa genouillère à sa trumelière [1] était sorti de son œillet. L'ensemble formé par le cuissot, la genouillère et la jambière se disjoignait sans que cette dernière pût s'exclure complètement des autres fixations encore solides. D'instant en instant, il sentait béer la gaine protectrice et enrageait de ne pouvoir remédier à un inconvénient qu'il eût trouvé sans gravité en d'autres circonstances. Son armure – un don de Clisson – le trahissait [2]. Heureusement, son épée lui demeurait fidèle.

1. Ou *grève*. Partie inférieure de la jambe de fer protégeant à la fois le tibia et le jarret.

2. À l'inverse des cuissots qui s'ajustaient par des sangles, les « grèves » se bouclaient soit en dehors, soit en dedans. Les charnières

Un janissaire. Un… ja… nis… saire ! Il bégayait. L'alfange levé dans une intention évidemment homicide. Cimeterre. Cimetière…

Gui lut sa mort dans le regard terrible du Mahom.

D'un bond, lâchant Précieuse, il fut sur lui. Déjà l'acier en croissant s'était abattu sur du vide.

Il était sauf ! Une torsion du poignet. L'arme tomba.

Les deux ennemis se crochèrent, le Turc voulant ramasser sa lame, Gui cherchant à l'en empêcher. L'effroi du Turc décuplait ses forces. Il était fou, ils étaient fous. Ils écumaient, hurlaient. Ils se turent, l'un essayant d'enfoncer ses doigts dans les yeux de l'autre et l'autre essayant d'écraser un cou sous ses gantelets. Un cou qui se dérobait.

Gui bourra le Turc de coups de poing dans la face. Brusquement, avec une agilité de fauve, le janissaire fit un croc-en-jambe au Franc qui le tenait à sa merci. Ils churent, presque désunis et surmontant le poids de l'armure, Gui fut au-dessus du Turc, le gantelet levé, prêt à heurter derechef un visage dont il ne voyait, sous le linge gonflé sur son front, que les yeux éclairés d'une haine indestructible. Il allait… Il fallait frapper.

Il sentit soudain bourdonner sa tête. Un essaim de frelons venait d'envahir son bassinet. Il allait périr d'un coup assené par-derrière. Ce n'était ni une épée ni une hache mais…

Il tomba face en avant et ne vit ni ne sut plus rien.

Des voix étranges. On le retournait. Des pieds chaussés de pigaces aux extrémités relevées comme celles des

étaient le plus fréquemment placées sur le côté interne de la jambe. Quant à la cuirasse et la dossière, elles s'ajustaient sur les flancs au moyen de goupilles introduites dans les orifices des pièces rivetées sur le fer de chacun des « flancards », formant ainsi, une fois assemblés, une espèce de paumelle.

sabots. On se riait de lui. On le devait observer comme une bête curieuse. Combien, à l'entour ? Cinq ou six. Sans doute allaient-ils l'occire. Qu'il le méritât ou non, il ne pouvait plaider sa cause. On ne l'avait point invité en Turquie. Il y était venu pour y porter la mort. Il était juste qu'il la reçût. D'ailleurs, il se sentait impur. Une sorte de boue dans son armure : la sueur des efforts et celle de la peur. Il était si las que cette peur lui paraissait ordinaire. Il l'acceptait.

Dans leurs faces suantes, ils avaient les yeux secs. Certains étaient barbus, d'autres, très jeunes, glabres. Ils eussent pu – et même ils eussent dû – s'ébaudir encore. Eh bien, non. Il se sentait pareil à ces gros hannetons aux cuirasses rouge-brun qui, une fois retournés, ne pouvaient, à moins qu'on les y aidât, recouvrer l'usage de leurs pattes. Seul, il fût parvenu à se mettre débout. Il devina que s'il essayait, quelques semelles appuyées sur son corps le contraindraient à renoncer.

En même temps que son regard s'élevait vers deux lames courbes enduites de sang, il s'aperçut que le tumulte avait cessé. Çà et là, des plaintes désignaient des navrés que la mort tardait à prendre.

« Qu'attendent-ils pour m'occire ? Quels sont ceux qui vivent encore ? S'ils ne me tuent point orains[1] est-ce pour me tourmenter bientôt ? »

Il tremblait et voulait que ce fût d'enragerie. Il refusait de s'effrayer. De tous âges, les Turcs étaient aussi de toutes tailles. Il y avait même parmi eux un colosse. Il les dominait comme Coucy dominait Eu. Ce Mahom avait le crâne rasé, le front bas et des sourcils épais comme de grosses chenilles, des lèvres dont la lippe exprimait davantage de

1. Maintenant.

dédain que de haine. Il heurtait l'un contre l'autre, doucement, des poings énormes. Ses poignets se paraient d'épais anneaux de cuivre. C'était certainement le Jausselin des Turcs : un étêteur du genre humain.

« C'est lui qui va m'occire quand on le lui dira. Il m'aide à me relever. Il grogne comme si je puais ! »

Maintenant, Gui restait immobile, mais son cou lui appartenait encore. Il le remuait. Partout des corps allongés : hommes et chevaux. Certains bougeaient faiblement. Il s'aperçut avec terreur que des centaines et des centaines et des centaines de Turcs et de bêtes jonchaient la terre. Tandis qu'assommé, il ne voyait et ne sentait rien, la bataille s'était développée, jusqu'à ce qu'il ne restât debout qu'une poignée de croisés.

« Ils vont nous exterminer pour ces occisions ! »

Le grand Mahom avait vu le Franc contempler ses frères en religion. Sa face safranée ne changea pas d'expression, mais ses yeux qui, jusque-là, n'avaient cessé d'être secs, se posèrent avec une méchanceté perçante sur le peu de visage que lui offrait un bassinet qui, bien que délacé, était demeuré en place pendant la chute.

Le colosse ne dit mot. Les autres échangèrent leurs pensées dans leur langue et le plus jeune interpella l'assommeur qui, d'un geste, lui demanda de le rejoindre.

Alors, Gui se vit décoiffé. Ils défirent les boucles de ses brassières, celles – sur les épaules – qui joignaient son plastron à sa dossière après avoir ôté les deux taquets de sûreté. Ils déceignirent la ceinture d'armes – ce que, pensa Gui, ils eussent dû faire d'emblée. Leur vue tomba sur Précieuse à terre, rouge de son estoc aux quillons. Le grand Turc s'en saisit, la planta de biais dans le sol et la tordit en pesant de son pied sur la lame. Puis il considéra ses mains rouges. Afin qu'il les essuyât, un compère lui tendit une des bannières de la Vierge. Il la jeta au loin son emploi achevé.

« Sacrilège !... Mais je suis un vaincu. »

Ils dénouèrent les derniers cuirs et aiguillettes de l'armure. Bientôt toutes les plates jonchèrent l'herbe humide de sangs mêlés. *Disjecti membra*, eût dit frère Théodore.

« Elle va disparaître, partagée, sans doute, entre ceux qui m'en ont dépouillé. »

Ébahi par la vélocité avec laquelle les deux Turcs l'avaient dépossédé, il leva les yeux au ciel pour le prendre à témoin d'un acte qui, en le privant de sa valeur chevaleresque, le réduisait à sa condition première : un homme des campagnes doué d'un esprit paisible et ordinaire.

Les Turcs s'étaient mis à rire. Un rire léger. Une joie d'enfants lors d'un jeu où ils triomphaient. L'un d'eux lui désigna les Mahoms qui, parfois entassés par deux ou trois, enneigeaient le sol comme naguère, près de Clairbois, les houppettes des dents-de-lion. D'un index mouvant sur la gorge, l'assommeur simula ce dont il avait envie et s'ébaudit encore, découvrant une mâchoire dans le plus bel état de brillance et d'entièreté.

Ses compères l'imitèrent : le geste d'égorgement et le rire. Bien que leur gaieté fût assez brève, Gui la trouva interminable. Le regard du colosse qui s'était illuminé un moment recouvra sa noirceur impitoyable et Gui se vit retirer son vêtement de bourras destiné à amortir les coups et son pourpoint. Il conserva sa chemise, ses hauts et ses bas-de-chausses et le Turc, satisfait, l'examina de la tête aux pieds.

« Il m'a laissé mes souliers. N'empêche que je suis comme une geline qu'on a plumée ! »

Une misérable félicité parut sur les traits des vainqueurs.

« Ils n'osent me mettre nu car ils ont reçu des mandements sévères… Si ce qui m'advient est le lot des Nevers, Boucicaut, Eu et d'autres, je m'ébaudis de les savoir en vie ! Leur orgueil ne sera jamais assez flétri ! »

Il les imagina tremblant de peur et du froid produit par le séchage de leur sueur. Nevers, blafard, son gros crâne bas, vergogneux… Eu, plus encore humilié que son parent… C'était lui, surtout, qui avait voulu, *exigé* qu'on obéît à ses sottises. Où était la victoire de ce connétable embrenné[1] désormais dans sa vergogne s'il pouvait toutefois en éprouver.

Un Turc arriva. Grand, lui aussi. Gui lui trouva un visage terrible. L'homme avait pleuré. Le colosse, après lui avoir parlé, se tourna vers le prisonnier.

— Perdu un fils, dit-il.

Hé quoi ! c'était la guerre. Il ne l'avait pas voulue, lui, Clairbois. Il y avait participé parce qu'il ne pouvait renier tous ses serments. Les yeux étroits du nouveau venu glissaient constamment sous ses paupières aux cils presque féminins. Il était coiffé d'une coque de fer d'où pendait un flot de mailles. Son nez saignait et lui faisait une moustache rouge. Son kaftan se parait de criblures vermeilles. Son fils, peut-être, avait combattu à ses côtés. Pour éviter les feux d'un regard composé de mépris et de répulsion, Gui égara le sien au-delà des Turcs.

Il y avait, de loin en loin, des prisonniers, mais en un tel état qu'il ne les pouvait reconnaître. Les Mahoms qui maintenant l'entouraient semblaient se demander ce qu'ils feraient de lui. Aucun doute : le nouveau venu, le père en deuil avait tiré son alfange. Il voulait sa mort. Les autres

1. Vulgairement « emmerdé ».

s'y opposaient. Bayézid devait châtier exemplairement toutes les désobéissances.

La discussion devenait violente, ténébreuse. Tous y exprimaient leur exécration et leur tigrerie. Gui n'osait trop les observer de crainte d'envenimer leur haine. Il se sentait plongé dans un mortel cloaque. Il s'y enfonçait. Et pourtant, il fallait vivre !

L'Assommeur le poussa en avant sans violence. En piétant, il se garda de marcher sur les morts quels qu'ils fussent. Il n'osait trop remuer la tête et s'usait les yeux à regarder d'un côté ou de l'autre.

Les Turcs ne disaient mot. Des cliquetis révélaient le partage de l'armure. Il sentait tous ces guerriers soucieux et sombres. Sans doute se demandaient-ils s'ils obtiendraient de Bayézid ou d'un autre soudan la permission d'occire leur prise.

Gui eût aimé dilater ses narines, aspirer l'air à pleins poumons même s'il commençait à puer. Il ne l'osait. Quelque juste qu'elle fût, son humiliation le rendait pesant et comprimait son cœur dont les battements inégaux devaient ressembler à ceux d'une mort lente, inévitable.

Il franchit les palis dont maints pieux avaient résisté aux heurts des chevaux et des hommes. Il fut mis, à proximité, en présence d'un homme assis sur une escabelle. Il portait une sorte de robe d'une teinte verdâtre, sobrement coupée. De la soie, sans doute, et une encolure noire où s'entrecroisaient des fils d'or. Du gros amas de tissu léger installé sur son crâne sortait une haute et étroite pyramide dorée. Ses traits qui accusaient la trentaine avaient une expression figée. Elle ne révélait rien de ses sentiments ; cependant, ses yeux comme étirés vers les tempes, plus sombres et luisants que le fond d'un puits, brillaient d'un éclat qu'exposé en plein soleil l'acier n'obtenait même pas.

« Il baisse la tête afin que je ne puisse l'observer davantage. »

— Qui es-tu ? demanda l'homme dans un français aussi brutal que sa question.

Gui sentit un regard d'une sombre acuité enfoncer son inquisition dans le sien.

— Gui de Clairbois, chevalier du pays de France.

— Qu'es-tu venu faire en ce pays ?

— La guerre.

À quoi bon mentir. Le Turc le considéra aussi attentivement que la première fois. Sous sa fine et longue moustache, un rire découvrit des dents assez grosses, carrées, plantées dans des gencives presque noires.

« Un chien de race », songea Gui. « Il aime à mordre et déchirer… Est-ce Bayézid ?… Non. C'est un allié. Il ne peut rien décider, sans quoi je serais déjà mat. »

L'homme semblait se ronger d'impatience. Avait-il combattu ? Sans doute. Il avait eu tôt fait de se changer. De ses doigts longs, griffus, il pétrissait dans sa gaine de cuivre ou d'or plus courbée que celle d'un alfange, un poignard au manche d'ivoire dont le pommeau représentait, accroupi, un lion ou un tigre.

Les Turcs s'approchèrent. Soudain debout, l'homme saisit dans ses bras le père éploré. Il lui tapota l'épaule. Gui avait pu voir, dans le mouvement qu'il avait accompli, la légèreté féline d'un corps exercé aux armes. D'une voix douce imprégnée d'épines métalliques – ce qui la rendait aussi sinistre qu'un visage où aucune compassion ne se lisait – l'homme consola le Turc et le repoussa lorsqu'il en eut assez de s'être épanché.

Tourné soudain vers le prisonnier, il se frappa des deux mains la poitrine :

— Dogan Bey, dit-il.

Et cherchant dans un fatras de mots étrangers aux siens :

— Moi, effendi… Nicopoli.

« Merdaille !… Le mayeur de la cité… S'il connaît le sort de nos prisonniers turcs… Ce sera notre mort à tous ! »

Dogan Bey fit un signe. Gui fut poussé vers un groupe d'hommes plus dévêtus que lui et surveillés par une centaine de mécréants. Antigny était là, indemne apparemment.

— Tu vis ! s'exclama-t-il tandis que Gui passait entre deux janissaires pour rejoindre les prisonniers.

— Je vis et l'on dirait que cela t'ébahit.

— Il y a tant et tant de trépassés…

— Il fallait se douter que nous serions déshonorés.

Un homme demi-nu s'approcha. Petit, l'air d'un coq de combat. Il n'avait que ses braies et marchait nu-pieds. Messire Philippe d'Artois, comte d'Eu, connétable de France, n'avait rien perdu de son air conquérant.

— Vaincus ! maugréa-t-il. Vaincus… Si Sigismond nous avait rejoints…

Il ne fallait point, maintenant, ménager ce falourdeur [1] qui n'était autre que le premier responsable de la perdition de l'armée.

— Messire, vous vous êtes bien peu soucié du roi des Hongres et de ses recommandations et conseils. Vous lui faites un méchant procès. Il n'est pour rien, *mais rien*, dans la merde où nous sommes… Et vous le savez bien… Ah ! si nous avions eu Clisson pour conduiseur…

C'était une insulte. Le petit homme avait une face de craie. Une craie qui eût exprimé des gouttes. Atteint dans son honneur, pour le peu qu'il avait, il souffrait.

— Prenez garde à ce que vous dites !

1. Prétentieux.

Un homme à moitié nu s'approcha : Coucy. Il saignait par maintes navrures. La défaite avait amoindri sa jactance. Il avait dû pleurer : ses paupières épaisses et lourdes étaient rouges en dedans et ses cils collés les uns aux autres avaient retenu des larmes.

— Clairbois !... Allons, messires, certes nous sommes égaux désormais. Or, ce que la male chance a conçu nous contraint à l'amitié, doncques à l'absence de querelle. Les Turcs seraient trop heureux de nous savoir en désaccord. Même en l'état où ils nous ont justement mis, sachons nous montrer dignes.

La dignité ! En avaient-ils eu, depuis Paris ou Dijon, ces grands seigneurs ? Par leur insouciance, ils avaient corrompu presque tout l'ost. Par leur exemple, ils l'avaient mené à la défaite. S'ils ne mouraient point – décollés, éventrés, empalés – c'en serait tout de même fini des repas copieux arrosés de vins divins et enluminés de filles vulgaires. Plus de lumières à grand'foison, plus de mangeailles abondantes. Leurs faces réjouies deviendraient lugubres. Finies les plaisances. Terminés les ruts. Pour quelques jours avant leur mort, ils allaient vivre l'existence des ahaniers et des manants. Nuit et jour, la remembrance des liesses de l'Hôtel Saint-Pol leur échaufferait les sangs. La bedaine de certains, qui tremblotait lors des chevauchées, deviendrait une besace vide. Et s'ils avaient grand'faim, ils mangeraient des ordures.

Négligeant Philippe d'Artois, toujours indigné, Gui se tourna vers Enguerrand de Coucy :

— Y a-t-il eu moult morts ?

— Notre chevalerie... Desroute[1] comme mon armure...

1. Rompue.

Le guerrier réputé n'osa dire : « *morte* » mais Gui, déjà, savait qu'elle ne pouvait que l'être. Le connétable de France, avec le consentement des chefs – excepté celui de messire Enguerrand – avait envoyé les nouveaux promus de Brehappe en enfer. C'était certes, comme on disait, « *bien fait pour eux* » mais quoiqu'ils eussent été dissolus autant qu'écervelés, on les pouvait plaindre.

Coucy ajouta d'une voix basse d'où l'émotion semblait exclue :

— Philippe de Bar, mort ; Jean de Vienne, mort, la bannière Notre-Dame en sa main…

— Le grand Turc qui s'en va en a ramassé une… Elle était belle et à peine souillée. Il s'en est servi pour touaille.

Coucy eut un grognement sourd, douloureux. Sans doute, sa bannière servirait-elle aussi à nettoyer quelques mains.

— Gui de la Trémoille vit ; Guillaume également, à ce qu'il paraît. J'ai cru voir tomber Henry d'Antoing. Je n'ai rien pu faire, une grappe de Mahoms autour de moi… Eu, que vous avez offensé, Clairbois, est donc vivant, puis Nevers, qui fut admirable.

« Peut-on être admirable quand on donne la mort ? Je l'ai donnée, certes mais je ne m'admirais point ! »

— Le comte de la Marche est sain et sauf.

« Dommage. »

— Henri de Bar est vivant… Il y en a d'autres.

Antigny demanda :

— Et messire Jean le Meingre ?

— Je pense qu'il vit, mais il est avec d'autres… Des soudoyers.

— Alors, il ne doit guère être à son aise.

Antigny exprima une question oiseuse :

— Allons-nous passer la nuit en ce lieu ?

— Sans doute. Ils vont nous obliger à flairer la mort… avant de nous la donner.

— Crois-tu vraiment ?

Antigny demeurait inchangé. Gui observa promptement quelques-uns de leurs vainqueurs. Ils avaient des visages et des armes à frémir : épieu dans une main, un alfange côté senestre, un poignard ou une francisque côté dextre. Sous leurs sourcils charbonneux, leurs regards révélaient des intentions horribles. Eussent-ils soudain reçu permission de tuer que c'eût été fait aussitôt.

— En nous dépouillant, ils nous ont privé de l'honneur.

Gui se regimba :

— Cesse, Yvain, d'employer ce mot-là. L'honneur est un sentiment qui n'a pas existé dans l'ost… Ni même chez nous deux, car si nous en avions eu, nous aurions quitté cette armée infâme.

Il avait haussé le ton. Une rumeur de curiosité flotta au-dessus des survivants d'où dépassait, déparée par la calvitie, la haute tête de Coucy.

— Le grand Enguerrand, qui me paraît mal en point, souffre de quelque chose d'autre que ses navrures.

— Nous souffrons tous.

Gui avait engorgé[1] toutes les paroles d'Antigny. Il voulut le prier de se taire, mais il fallait qu'il sût comment s'était achevée la bataille.

— Quand tu t'es effondré…

« Il m'a vu !… Il n'a pas essayé de me porter secours ! »

— … les sipahis ont tourné, tourné autour de nous en étrécissant leur ronde. Vergogneux de nous avoir entraînés dans cet enfer, Boucicaut a fait merveille… Philippe de Bar et un chevalier dont je viens d'apprendre le nom,

1. *Engorger* : écouter en murmurant sourdement.

Oudart de Chaseron, sont morts. Jean de Vienne aussi. Coucy a dû renoncer. Nevers et moi avons été cernés. Le comte s'est moult défendu, mais nous avons dû nous rendre. Tout s'est passé vélocement… Nevers m'a dit qu'il se souviendrait.

— Il a une tête assez grosse pour y engranger des remembrances. Quant à la mienne, j'ai été si fort frappé avec une massue que ma tête en bourdonne encore.

— C'est peut-être ce qui t'a sauvé. Allongé, on pouvait te prendre pour un mort.

— Ils nous ont pris nos armures, nos armes et certainement sont-ils en train de piller nos logements… Ils vont avoir fort à faire !

— Nous sommes plusieurs milliers, dit Yvain. Là-bas, au pied de la colline, ils sont comme enfermés par des janissaires : des Turcs sauvages à ce que dit Nevers. On les a mis nus… J'espère que Boucicaut est parmi eux… Il paraît que Bayézid a loué notre hardement. Nous lui avons fait des milliers et des milliers de morts. Il a fait planter son pavillon près de la cité. Demain, il viendra visiter le champ de bataille.

— Je pense qu'il sait tout sur la tuerie des prisonniers de Brehappe. Le mayeur de Nicopoli…

— On dit, je crois, un *hospodar*…

— Eh bien, le *hospodar* de Nicopoli nous en veut, lui aussi, mortellement. Et tout compte fait, sache que je ne donne pas cher de notre peau… Agar !

Quatre hommes s'approchaient. Deux Turcs et, dépouillés de leur armure, mais vêtus comme à l'ordinaire, deux chevaliers de l'ost respectés, semblait-il, par leurs gardes.

Sitôt que les nouveaux prisonniers furent, eux aussi, encerclés par les janissaires et que leurs gardes eurent repris le chemin inverse – vers Nicopoli –, le comte d'Eu s'empressa de les rejoindre :

— Les deux Jacques ! s'écria-t-il. Helly et du Fay !… Vivants !

— Et captivés [1] comme vous, messire.

— Hélas !… Sans la trahison de Sigismond…

Se sentant désavoué, le connétable n'osa poursuivre. Dans l'armée, Helly et Fay s'étaient montrés discrets. Gui se souvint de les avoir vus deux fois s'entretenir avec frère Théodore. Grands, maigres, ils ne provoquaient ni l'intérêt ni l'envie de paroler. Pour la première fois sans doute, ils se sentaient respectés. Connaissant leur passé, le comte d'Eu semblait en espérer quelque profit.

— Ils ont servi les Turcs, dit le jeune comte de la Marche, qui avait été navré aux deux bras et saignait petitement.

— Et Tanburin [2] ! ajouta Enguerrand de Coucy qui s'était approché en clopinant. Mais telle est l'abjection que les Turcs nous ont vouée que ces deux prud'hommes qui parlent leur langage ne pourront nous venir en aide. Peut-être seront-ils épargnés. Quant à nous, notre courage et notre forcennerie ne peuvent que nous préjudicier. S'il le faut nous mourrons…

La voix du comte de Soissons s'était soudain flétrie. Pensait-il à son château ? À son épouse ? Ses facultés semblaient se disjoindre sous l'influence d'un esprit qui souffrait autant qu'un corps agité, parfois, de tremblements.

— Mais non, mais non ! protesta Philippe d'Artois qui peut-être songeait qu'un connétable de France ne pouvait être considéré comme un chevalier ordinaire. *Ils* nous épargneront !

1. Capturés.
2. Tamerlan.

— Helly et Fay ne pourront rien pour nous, reprit Coucy en passant ses mains sur ses flancs – et en les retirant toutes rouges.

Ne sachant comment les nettoyer, il s'en frotta les bras. Or, ceux-ci révélaient l'un et l'autre des plaies profondes. Il reprit, en considérant ses pieds gluants de sang et de sanies :

— Sachant tous deux le turc, Helly et du Fay pourront au moins se défendre. Un des deux a servi, je crois, le père de Bayézid[1].

1. – *Jacques du Fay* était certainement un parent de Godemar du Fay, gouverneur de Tournai puis sénéchal de Beaucaire, triste héros, en 1346, du passage, par les Anglais, du gué de la Blanchetaque. Sa jactance et son inconscience permirent à Édouard III, son fils et leurs troupes d'aller s'établir en haut de la colline du Val-aux-Clercs, à Crécy, et de tailler en pièces l'armée de Philippe VI.

– *Jacques de Helly*, grand ami du comte de Nevers, devenu Jean sans Peur à son retour en Bourgogne, devint sénéchal de Guyenne.

Comme l'explique Froissart, parmi les captifs, « *là avoit un chevalier de Picardie qui s'appeloit messire Jacques de Helly, lequel avoit demeuré en son temps en Turquie, et avoit servi en armes l'Amorath-Baquin, père à ce roi Basaach* (Bajazet-Bay, Bayézid, dit l'Éclair) *et savoit un peu parler le Turc. Quand il vit que la déconfiture couroit sur eux, si eut avis de soi sauver, car il véoit que qui pouvoit venir jusques à être pris, il se rendit et mettoit en sauveté ; et Sarrasins, qui sont convoiteux sur or et argent, les prenoient et tournoient de côté et les sauvoient. Par cette manière fut-il sauvé de son être occis en la prise ; et aussi un écuyer du Tournesis qui se nommait Jacques du Fay et avoit servi au roi de Tartarie, lequel roi s'appelait Tanburin* (Tamerlan). *Et quand ce Jacques sçut les nouvelles que les François venoient en Turquie, il prit congé du roi de Tartarie, lequel lui donna asse : légèrement si fut à la bataille là pris et sauvé proprement des gens du roi Tanburin qui là étoient ; car le roi Tanburin, à la prière et requête de l'Amorath y avoit envoyé grand nombre de gens d'armes : ainsi que tous les rois chrétiens ou payens, quand mestier est, confortent l'un et l'autre.* »

Il convient de noter ici que tous les chroniqueurs de l'époque de Froissart ne se sont point étendus sur la bataille de Nicopolis. Il est le seul qui se soit vraiment intéressé à ses prodromes et aux consé-

— En voilà deux autres, dit Antigny. Que nous veulent-ils ?

C'étaient deux Turcs, des vieux à barbe blanche. Sans atermoyer, ils rejoignirent les deux nouveaux venus qu'ils semblaient connaître. Après les avoir entraînés à l'écart des autres vaincus, un entretien s'engagea. Lorsqu'il fut clos, Jacques de Helly haussa la voix :

— Messires, ces deux nobles hommes nous ont demandé si vous pouvez acquitter de fortes rançons pour obtenir votre liberté… lorsque Sa Hautesse les aura perçues.

Une rumeur naquit. Il y eut de nombreuses attestations de richesse. Gui se tourna vers Antigny.

— Et toi ?

— Non.

— C'est donc, Yvain, notre mort… à moins que nous ne devenions des esclaves à vie.

Gui posa sa dextre sur un cœur qui s'était remis à battre très fort et fit front aux deux messagers de Bayézid :

— Je suis insuffisamment fortuné pour acquérir la liberté.

quences de la défaite des alliés. Leur échec fut éminemment néfaste à l'empire grec. Il ouvrit aux sultans les portes de Constantinople.

Tous les autres chroniqueurs se montrent plus concis et font état d'une bataille qui fut perdue par le roi de Hongrie. C'est dans Froissart, le moine de Saint-Denis, et *Le Livre de Boucicaut* qu'on trouve le maximum de renseignements.

Nicopolis fut-elle une bataille extraordinaire ? Sans doute. Ce fut certainement le massacre des prisonniers qui concourut à sa triste célébrité.

Il faut se méfier des descriptions grandiloquentes. Ainsi, il a été doctement démontré que la grande bataille où Alexandre Nevski se serait illustré contre une formidable armée de Teutoniques (bataille dite *de la glace*, sur le lac Tchoudsk glacé ou lac Peïpous en Livonie, le 5 avril 1242) aurait été une simple escarmouche mettant aux prises 300 combattants (*Arte*, document allemand de Gudrun Ziegler et Ewa Pytka : *Les Secrets de la mer Baltique*, 15 mai 1999).

— Je suis pareil à mon ami, dit Antigny avec, dans la voix, un soupçon de crainte. Nous sommes venus en Turquie par obéissance à notre seigneur, Jean II le Meingre, qui doit être mort, je crois. Nous avons accompli ce qu'il exigeait de nous. Notre conscience est nette.

— La nôtre également ! proclama Jean de Nevers.

« Il ne manque pas d'audace ! » songea Gui. « Si par bonheur pour lui, il revoit la Bourgogne, on en fera le dieu Mars en personne après qu'il s'est répandu en récits mensongers ! »

Auprès d'Antigny, il suivit les vieillards. Ils durent traverser de biais le terrifiant champ de bataille. Combien de morts ? Gui n'osa en évaluer le nombre mais il lui parut qu'ils étaient des milliers. Une odeur épouvantable s'élevait de tous ces corps épars ou amoncelés qui faisaient les délices des mouches.

— Quand Bayézid verra tous ces hommes que nous lui avons occis…

— Nous avons fait au mieux.

— Tu veux dire, Yvain, au pire… Oh ! certes, nous avons été égaux dans la férocité. Je ne saurais, comme Nevers, Artois et quelques autres, me glorifier d'avoir tué des Mahoms. À vrai dire, je n'ai rien su de la bataille sitôt que je me suis trouvé dans la mêlée [1]. Or, ce dont je suis sûr, c'est que nos chefs nous ont menés à la ruine.

1. Il est évident qu'un combattant est dans l'impossibilité d'appréhender dans leur complexité et leur totalité les événements constitutifs d'une bataille. Celle de Nicopolis dura, paraît-il, trois heures. Il y eut, dans cette sinistre et sanglante mêlée, des prodiges de courage tant chez les Turcs que chez les Français et leurs alliés. Jean de Vienne, percé de sagettes et de coups de lame, releva sept fois la bannière de Notre-Dame. Coucy eut une conduite héroïque et Boucicaut, « *monté sur un puissant coursier* », se surpassa auprès des comtes de la Marche Saint-Pol, Henri de Bar, les La Trémoille, de Roye, Saint-Py, Louis de Brézé, etc.

Boucicaut fut-il chargé de chaînes comme le veut la légende ? Non,

— Je pense comme toi. Il n'en faut plus parler. Laisse-les battre leur coulpe… De toute façon, ils sont encore, envers nous, les plus forts.

— C'est bien ce qui m'afflige.

Il semblait à Gui que les deux patriarches les écoutaient. Ce devait être une erreur puisque, à la recherche d'un latinier [1], ils étaient allés trouver Helly et du Fay.

— De toute façon, dit Antigny, je ne me mettrai jamais à genoux devant Bayézid pour essayer d'obtenir ma grâce.

— Si tu t'agenouillais, ce serait l'occasion pour leur bourreau de te trancher le col. Je n'ai jamais tant pensé que j'avais une bonne tête scellée à mon corps par un haterel [2] solide.

sans doute. Ce fut parce que Nevers et ses officiers s'étaient agenouillés pour implorer sa grâce que les Turcs l'épargnèrent. En plus, sa très riche armure désignait un chef.

Sigismond voulut entraîner son armée à la rescousse des Français. Il fut « contré » par Étienne Lazarevic et ses 1 500 chevaliers serbes. Les forces du roi de Hongrie furent écrasées. Sigismond, son connétable et le Grand Maître de Rhodes, Philibert de Naillac prirent la fuite vers Nicopolis et se précipitèrent dans une barge qui venait d'accoster à la rive du Danube. Elle appartenait à la flotte vénitienne commandée par Thomas Mocenigo. Il conduisit Philibert de Naillac à Rhodes et Sigismond en Dalmatie. Le roi éludait ainsi une possible embuscade sur le littoral valaque. Il put réintégrer son pays par la Mer Noire et Constantinople.

— *Nous avons perdu la journée par l'orgueil et la vanité des Français*, dit-il au Grand Maître. *S'ils avaient suivi mon conseil, nous disposions d'assez d'hommes pour combattre nos ennemis.*

Quelques fuyards voulurent, eux aussi, échapper aux Turcs par le Danube. Leurs bateaux surchargés chavirèrent. Un chevalier polonais dont le nom est hélas ! inconnu, traversa le fleuve *en armure*, ce qui constitue un exploit. Ceux qui parvinrent miraculeusement sur l'autre berge du Danube trouvèrent la contrée « exillée » par les Valaques. Affamés, haillonneux, beaucoup moururent en chemin. Quelques-uns, cependant, purent regagner leur pays. Ainsi Robert de Bavière qui mourut d'ailleurs d'exténuation quelques jours après.

1. Interprète.
2. Cou, nuque.

Gui riait sans envie, ne doutant point d'une féroce revanche de la part d'un Turc qui, même envers des siens, passait pour intraitable.

— On approche, dit-il. Yvain, regarde !

— Comme des moutons à la foire du lendit.

Ceints par plusieurs centaines de janissaires et de sipahis en armes, des milliers d'hommes nus attendaient un châtiment dont Gui se refusa à imaginer la nature. Les conquérants qui, tout au long des chemins reliant la France à Nicopoli, avaient répandu la peur, la terreur et les forfaits de toute nature n'étaient plus qu'un troupeau immense ébahi d'avoir été domestiqué en attendant d'être sacrifié ou asservi. Cette grand'foison de vaincus, les uns apparemment indemnes, les autres blessés et dont les coulées de sang plus ou moins figé attiraient les mouches, exsudait une odeur aussi purulente que celle des milliers de corps immobiles sur la pierraille ou l'herbe gluante de sang, d'entrailles, de membres épars. De ces humiliés, la plupart debout, les autres assis ou allongés sur le sol montait une sorte de bourdonnement incessant qui s'atténua lorsque Gui et son compagnon ajoutèrent leur présence à la leur.

Parmi toutes ces chairs blêmes, ambrées, nettes ou vermillonnées, on ne pouvait deviner qui était chevalier, écuyer, soudoyer. Les perdants n'avaient qu'un seul nom : Chrétiens. Et une seule espérance : vivre. Un troupeau. Un troupeau immense. Nul n'était enchaîné, mais d'invisibles liens les unissaient tous. Et quoique différents, les visages étaient les mêmes. Plus encore que la guerre et la défaite, la vergogne y avait porté sa griffe. Toutes les faces étaient soit au front, soit aux joues, sillonnées de rides profondes. Bayézid tenait en main mille, trois mille, cinq mille destinées. Les plus vaillants, désignés au Turc, seraient les premiers châtiés. Il allait falloir passer la nuit nu, sans manger ni boire. Ceux qui, tout au long du chemin, avaient fait bombance, allaient connaître enfin les tourments de la soif et de la faim.

« Ils se parlent. Ils ganglent[1] ; chacun énarre sa bataille. Certains qui ne craignent point la mort se louangent d'avoir commis des monceaux d'occisions. »

Et soudain, *il* fut là : Jean II le Meingre en personne, nu, pelu, navré au cou, à la hanche et aux bras. Fier de lui mais la dextre dissimulant son sexe comme s'il vergognait qu'il fût trop gros ou trop court. La défaite l'avait dépouillé de son estoc[2] et de ses mérites. Il n'était ni plus ni moins qu'un homme d'armes parmi d'autres et cette insertion dans une multitude si longtemps méprisée devait l'indigner sans qu'il trouvât un palliatif à cette déchéance. À deux pas du maréchal, tout aussi nu que lui mais insoucieux de sa boudine, Gui reconnut Henri d'Antoing. Il était donc vivant ! C'était un compain des grands. Il avait mangé dans des écuelles d'or. Il n'aurait plus pour se sustenter que le creux de sa main.

— Vous êtes vivants tous les deux !

À l'ébahissement du maréchal, Gui mesura sa satisfaction d'être pour une fois son égal.

— Nous avons fait de notre mieux, messire, pour demeurer en vie.

— Savez-vous ce qu'il est advenu de Nevers, Eu, Coucy et d'autres ?

— Oui.

« À quoi bon un *messire*… Nous sommes désormais tous pareils. »

— Tous ceux qui pourront acquitter une grosse rançon se trouvent à l'autre bout… Là-bas, devers Nicopoli…

1. Parler familièrement.
2. Race, rang.

Deux chevaliers qui connaissent la langue turque, Jacques de Helly et Jacques du Fay doivent servir de truchements auprès de Bayézid et de ses soudans…

— Mais moi aussi, je puis acquitter une rançon ! Je n'ai rien à faire parmi ces…

Boucicaut se retint de dire ou ces *vaincus* ou ces *misérables*, mais son soudain silence était plus éloquent que ces mots. Pour un jour et une nuit peut-être, il allait mener une existence des plus médiocres, faite de résignation et de résipiscence s'il n'était pas entièrement mauvais. Depuis sa jeunesse prime il s'était complu dans une besogne de guerrier à laquelle il avait trouvé des délices. Il n'avait jamais cessé de l'accomplir de grand cœur, même si ce cœur était d'une singulière étroitesse. Maintenant qu'il allait être confronté avec la mort ou l'esclavage, était-il possible qu'il pût en revivre les événements les plus beaux et les plus exécrables et savoir s'il était un chevalier de grand mérite ou, simplement, un donneur de mort ?

Le maréchal tremblait sans que sa nudité en fût cause. Même sauf, l'émoi avait raison de sa fermeté d'âme.

— Clairbois !… Où vous ai-je menés, tous ? Qu'est-ce donc que cela ? Une déconfiture ?… Non, c'est pis. Nous avons survécu au péril. Nous sommes vivants. J'ai perdu ma force et ma fiance en moi. Je ne me sens plus prêt à lutter et à vaincre. La mort des autres a meurtri en moi la volonté de me dresser… de me tenir debout, droit devant ces gens. Leur mépris a avalé, digéré le mien !

Ce n'était plus la voix chaude des soirées tourangelles ni celle des feux dans la paix des logements nocturnes. Il était évident que les fureurs dissoutes, les déceptions pesantes et le sentiment aigu de sa responsabilité dans un échec nullement excusable le navraient plus encore qu'un fatal coup de grâce.

— Hé oui, messire. Vous étiez si sûr de vous, si sourd à toute espèce de conseil.

Gui n'ajouta rien qui pût paraître un reproche. Boucicaut releva le front et s'efforça de rire – sans sa hautaineté coutumière –. Pour la première fois de sa vie, sans doute, il se prenait en dérision.

— Nous étions les champions de la Chrétienté. Personne, après la fin du royaume de Terre sainte, n'avait poussé si avant l'audace de commettre un grand essart [1] d'infidèles… Le ciel ne nous en fut point reconnaissant. Dieu nous a abandonnés.

Dieu avait abandonné une armée de pervertis. Dieu n'avait pas admis le massacre des prisonniers de Brehappe. Dieu n'avait pas oui, sans doute, les promesses outrecuidantes hurlées par maintes voix haineuses, prometteuses et toutes gluantes d'un sang imaginaire. Gui leva son regard vers le ciel. Il était d'un bleu extrême, sans même un soupçon de nuage.

— Notre-Dame elle aussi nous a délaissés.

— Que va-t-il, Clairbois, advenir de nous ?

« Comme si je le savais ! » enragea Gui.

— Méritons-nous la mort ?… Nous sommes des guerriers…

— Des prisonniers, messire.

— Je le sais bien, Clairbois.

— Messire, il faut attendre.

— Pauvres de nous !

C'était la première fois que Gui voyait le maréchal faiblir dans son courage, sa foi robuste et sa présomption. Il promenait à l'entour de sa personne un regard effrayant tel

1. Massacre.

un damné descendu soudain en enfer. Il porta sa dextre à sa hanche senestre comme pour y sentir son épée.

— Ils ont brisé mon allumelle[1].

— Ils ont tordu la mienne.

— J'en ai joué, Clairbois, comme jamais. Parfois, dans d'autres batailles, j'en ai joué violemment, extraordinairement, en lui demandant parfois tant d'ouvrage…

— Je n'ai jamais atermoyé pour tirer la mienne.

— Je plains tous nos morts.

Jamais Boucicaut ne pourrait demander pardon à ces hommes. Il les avait encouragés de maintes paroles fallacieuses et abusés par le mirage de la gloire, des trésors fabuleux et de l'admiration qui les attendait en France. Tels Nevers et ses compères, il se savait sans doute un chevalier fatal, maudit, et qui méritait un châtiment à la mesure de sa vanité. Peut-être, en bataillant, avait-il pleuré, enragé de savoir son avenir défunt. Mais avait-il songé à son épouse ?

« L'a-t-il admirée un jour ? La chérissait-il encore lorsque nous avons quitté Tours ?… S'est-il dit *une seule fois*, depuis qu'il fut dévêtu, qu'il a toujours tout sacrifié à la volupté des armes ?… Et pourquoi, au juste ? Pour la vergogne de ce jour d'hui, lundi 25 septembre, je crois. Ah ! c'est la plus grande calamité de sa vie ! »

La nudité du maréchal devenait à Gui désagréable. Elle l'était aussi pour Antigny. Ils étaient tous les deux vaincus par une rhétorique à vrai dire désormais inutile. De quels reproches, de quelles excuses allaient se composer les discussions des Grands – de ceux qui étaient encore en vie – lorsqu'ils se trouveraient réunis ! Aucun d'eux ne serait coupable. Ils verseraient leur échec sur le compte de la

1. « Ils ont brisé ma lame. »

male chance. Or, si Bayézid se montrait rigoureux, quelle serait leur attitude ? Le supplieraient-ils à genoux ?

— Jamais nous n'avons été si proches du jugement dernier.

— Je sais, Clairbois.

— Tout ce long chemin pour rien.

— Pour rien, Antigny ?... Mais à Paris nous deviendrons des héros ! Les ducs et le roi loueront nos vaillantises [1].

— Je crois, dit simplement Gui, qu'une armée vaincue ne mérite que l'opprobre.

Il se sentait de nouveau en état de contradiction proche du dédain devant cet homme dépouillé de ses vêtements mais nullement de sa jactance. Regardant à l'entour, il ne put, bien qu'il en fît partie, se sentir disposé à la pitié envers le troupeau des réchappés qui, le moment venu, seraient peut-être enclins à envier le sort de ceux qui gisaient au sol, définitivement. La terrible ampleur d'une déconfiture inopinée aggravait d'une angoisse invincible les états d'esprit condamnés à la vergogne. De longs moments d'horreur assortis d'espérances toujours déçues avaient abouti à une expiation sans gloire. Le scandale qui s'offrait aux guerriers réunis pour un jugement sommaire leur semblait si puissant qu'ils n'osaient en entreprendre l'examen. Jamais, à l'instar de ceux qui les avaient entraînés à leur perte, ils n'avaient douté de la victoire. L'orgueil de leurs chefs avait vicié leur entendement et condamné les moins comme les plus confiants d'entre eux aux vertiges de l'abîme. Le soleil versait sur leur misérable troupeau un feu qui, pour une fois, ne ferait point resplendir leurs camails, cervelières, jaserans et armures. D'après les uns, il eût fallu transgresser les mandements des chefs

1. Actes de vaillance.

pour vaincre et avoir, ensuite, bonne conscience ; d'après les autres, sitôt que l'on avait flairé la déroute, il eût fallu tenter d'obtenir la paix. Selon d'autres encore, il eût été ingénieux de conquérir Nicopoli, même au prix de lourdes pertes et tenir, à l'intérieur, jusqu'à la venue de Bayézid. Alors, quelques sorties meurtrières eussent peut-être incité le Turc à pactiser. Toutes les illusions s'étaient diluées dans les sangs mêlés des combattants. Pour Gui – mais était-il le seul à entretenir cette opinion ? – la France s'était conduite en écervelée sûre d'elle-même, livrée au bon plaisir d'hommes absurdes, faussement conscients de leur force et d'un bon droit tout aussi pernicieux et consternant que leur hautaineté. Au moment où aucun succès ne pouvait encourager Nevers et ses conseillers à la modération – car la Comète et Brehappe n'étaient que des victoires minimes –, ils s'étaient crus irrésistibles. Ce n'était nullement Sigismond l'auteur d'une ruine à vrai dire exemplaire, c'était la Fleur fanée d'une Chevalerie dérisoire.

Gui osa regarder autour de lui. Des Turcs amenaient des navrés, les uns à peine atteints par des sagettes et des alfanges, les autres incapables de se mouvoir et qu'ils traînaient parfois par un pied ou portaient par les aisselles et les chevilles et laissaient choir sur le sol sans précaution. Certains malheureux gémissaient, provoquant chez leurs porteurs des rires brefs et parfois des crachats.

« Plutôt que de les achever, ils vont les laisser souffrir. »

Il baissa les yeux de crainte de s'enfelonner inutilement et d'attirer sur lui les regards de ces vainqueurs coiffés, les uns d'une cervelière à nasal mobile, les autres d'une aumusse de cuir.

Il s'assit devant un janissaire qui peut-être avait son âge, mais nullement sa bienveillance. Une statue et, comme toutes celles de pierre et de bronze, une complète absence de cœur et de cervelle. Il allait falloir attendre et tenter de refréner son imagination. Éviter de superposer les observations faites au cours d'un long et inutile voyage. Ne pas s'apitoyer au spectacle de ceux qui souffraient et dont la vie était *autrement* menacée. Essayer de recouvrer une foi non point disparue mais réduite en charpie. Il existait encore pour lui et pour d'autres un sentiment délabré dans son cœur et dans le leur : le besoin d'assister sans respect et même avec plaisance au châtiment de ceux auxquels ils avaient confié leur destinée. On pouvait comparer ce sentiment à une espèce d'apostasie.

— Il nous faut savoir perdre, dit Boucicaut. Que dire ? Que faire d'autre ? Je devrais m'étendre là, au pied d'un de ces mécréants. Or, je sais que je ne dormirais point.

— Demain me fait horreur, dit péniblement Antigny.

— Il y a quelques chevaliers avec nous, dit soudain le maréchal tourné vers Henri d'Antoing. Allons, mon ami, les rejoindre.

Ils s'éloignèrent. Leur nudité les rendait plus vergogneux que des pucelles dévêtues.

— Ils ont peur, dit lentement Gui. Davantage peur que nous-mêmes…

— Pour ce qui nous concerne…

— Pour ce qui nous concerne, Yvain, laissons les événements nous prendre en charge et espérons… Parfois, la providence a de bons jugements. Ils peuvent suppléer les mauvais en gésine…

Midi. Un soleil violent, lui aussi. On avait appris que la veille, à la vesprée, Bayézid et Dogan Bey, suivis de leurs chevaliers, avaient parcouru le champ de bataille dans l'espérance de découvrir, parmi l'amoncellement des morts, le corps du roi de Honguerie. Lors de cette inutile investigation, ils avaient pu constater que les pertes turques avaient dépassé de loin celles des croisés, d'où un courroux terrible qui s'était aggravé lorsqu'ils avaient appris l'extermination des prisonniers de Brehappe. Bayézid en avait pleuré de douleur et de malerage. Il avait piétiné la bannière de Honguerie que Jean de Gara, tel Jean de Vienne, avait portée bien haut jusqu'à son trépas.

Selon la rumeur, les Francs avaient occis entre quarante mille et cinquante mille Othmans dont dix mille janissaires. C'était à un de ces capitaines, Odjak, que l'Amorath-Baquin devait sa victoire. Sans la fermeté avec laquelle ce Mahom avait subi et repoussé l'assaut des chrétiens, l'Éclair eût été dans l'impossibilité de regrouper ses sipahis chamaillés[1] par la Chevalerie chrétienne.

La nervosité d'Antigny ne cessait de s'aggraver. Gui, anxieux lui aussi, s'efforçait de maîtriser les tremblements de son corps et les battements irréguliers d'un cœur qui lui semblait de plomb. Les serrements de sa gorge suggéraient ceux d'une corde. La hart[2] eût été un châtiment simple eu égard à ceux qu'il refoulait tout au fond de son esprit.

Boucicaut demeurait « quelque part » et les deux compères n'y eussent point songé si un homme qu'ils connaissaient et qui appartenait au charroi du maréchal n'était passé près d'eux.

— As-tu vu, Yvain ? C'est Albéric, notre palefrenier.

Antigny acquiesça d'un mouvement de tête.

Albéric n'avait plus que deux trous sanglants à l'emplacement des oreilles. Sa face jeune – peut-être avait-il vingt ans – reflétait, outre la douleur, une haine féroce. Gui se leva et le salua :

— Mon pauvre, qui t'a fait ça ? Qui t'a essorillé ?

1. Taillés en pièces.
2. Le gibet ou la corde.

— Boucicaut.

— Le maréchal… commença Antigny haletant, épouvanté.

— Lui-même… L'en croyez-vous incapable ?

— Oh ! non, Albéric, s'écria Gui. J'ai appris, depuis Dijon, à le bien connaître, mais je ne le soupçonnais pas d'être si vil. On avait dit que certains seigneurs de l'ost tranchaient les oreilles des porteurs de mauvaises nouvelles, mais je pensais que le maréchal, qui avait lancé cette idée, s'abstiendrait de la mettre en pratique !

Albéric faillit porter les mains à ses navrures, puis renonça :

— J'ai troublé, messires, une buverie des grands seigneurs en annonçant la venue – comment qu'on dit ? – imminente des Turcs. Il m'a accusé de répandre des sornes et a tiré son tranchelard de son feurre tandis que ses compères m'empêchaient de bouger.

Dans sa brièveté, c'était un récit dont l'horribleté laissa Gui muet. Il ne pouvait consoler le palefrenier. Il ne trouvait aucun mot assez doux, assez juste. L'heure de la justice approchait. Il souhaita qu'elle fût terrible, sinon humiliante envers un homme auquel il avait cru jusqu'à ce que sa confiance en lui se fût comme défalquée du fonds d'admiration qu'il lui avait vouée après qu'il eut quitté Olivier de Clisson.

— Tu n'avais pas menti, murmura Antigny. Les Turcs sont venus. Peut-être font-ils à leurs coureurs ce que Boucicaut t'a fait. J'éprouve la même haine pour ces procédures… surtout que toi, tu n'es pas à vrai dire un homme d'armes.

Gui n'osait trop regarder le malheureux. La turpitude du maréchal se confirmait dans un acte qui ne ressemblait à aucun fait de guerre.

— Si j'avais une lame, je l'en percerais, dit Albéric, avec une sorte de rugissement contenu. Au lieu de lui obéir, j'aurais dû rester près des chevaux !

Il sanglota sans oser protéger de ses mains les cavités sanguinolentes dont il avait vergogne sans même qu'il les eût vues.

— J'attends… J'attends la justice de Bayézid. Peu me chaut de mourir s'il trépasse avant moi, devant moi… Sans son fol orgueil, nous aurions vaincu.

C'était exagéré, mais si peu.

— Je l'ai revu hier quand il vous a quittés. Nul regret. Pour lui, je reste un mauvais découvreur… Or, sachez que bien que je n'aie plus eu le cœur à ça, j'ai dû ostoier, messires… Ostoier auprès du sire de Montcaurel, un vaillant chevalier d'Artois. Il avait son fils près de lui. Quand il a vu que la déconfiture était sur nous, il a crié à son écuyer : « *Prends mon gars. Partez par cette aile-là qui est toute ouverte… Sauve-le pour ma femme… J'attendrai l'aventure avec les autres.* » Or, l'enfant a dit qu'il ne se départirait ni ne lairrait [1]. Mais le père fit tant que l'écuyer l'emmena à la Dunoe. Je ne sais ce qu'ils sont devenus [2].

— Peut-être sont-ils morts…

Gui eût aimé que cet enfant égaré dans une armée déshonnête fût parvenu à revoir sa mère. Il doutait cependant qu'il eût pu réussir. Parce que l'armée tout entière s'était condamnée elle-même et que tous ses composants méritaient peu ou prou la géhenne.

1. *Il laira* : il laissera, *lairay* : je laisserai, *ils lairoient* : ils laisseront.

2. Froissart relate que le fils Montcaurel « *qui étoit mérancolieux* (mélancolique) *pour son père qu'il laissoit, fut noyé par grand'mésaventure entre deux barges. Ni oncques nul ne le put sauver.* » La panique était telle que le « chacun pour soi » atteignait certainement des limites ignobles.

— Je t'approuve d'avoir combattu les Turcs dans l'état où les nôtres t'ont mis. Je n'ai rien su de la bataille. Ce n'était pas la France que je voulais sauver, l'honneur de la France, mais ma vie, mon nom et mes lendemains. Dieu m'a pris en sa Sainte garde.

— J'étais près de Nevers, dit Antigny. Il était entouré des chevaliers et barons de Bourgogne qui tous s'efforçaient[1] par amour de lui. Il y avait même deux écuyers de Picardie avec qui j'avais lié connaissance : Guillaume de Bu et le Borgne de Montquel. Des hommes hardis… Sans leurs appertises d'armes, Nevers serait mat.

« Ce ne serait pas une grande perte », songea Gui.

— Nevers riait quand mes oreilles furent tranchées et que le maréchal me les mit dans la main… Tous les chevaliers se sont ri de moi excepté Enguerrand de Coucy. Il était contre cette mauvaiseté… On m'a poussé au-delà de la tente et je me suis trouvé seul, vergogneux, plein d'enragerie contre ces maufaiteurs… Mon cœur doresnavant souffre plus que ma chair.

Albéric, nu et tremblant, allait s'éloigner.

— Attends, dit Gui. *Ils* t'ont dévêtu et se sont égayés de tes navrures. Il te faut les protéger. Par bonheur et je ne sais pourquoi, *ils* m'ont laissé ma chemise, mes braies et mes souliers.

Il ôta et déchira sa chemise. Avec cette charpie, il enveloppa de son mieux la tête du malheureux.

— Tu ressembles à un Mahom… Va… Aie confiance en Dieu. Je voudrais qu'Il te protège.

Il ne croyait rien de ce qu'il souhaitait. Il sentait peser plus qu'une haine sur tous les prisonniers de Bayézid. Bientôt, ils seraient les hosties[2] d'une férocité sans pareille.

1. Faisaient des efforts.
2. À cette époque, *les victimes*.

La mort ne serait rien s'il la subissait d'un trait. Ce qui l'épouvantait, c'était la façon dont elle lui serait donnée.

Il ferma les yeux. L'odeur des mares de sang, des entrailles et des cervelles répandues, qu'elles fussent humaines ou chevalines, devint aussitôt plus forte. Son crâne lui parut plus lourd que d'ordinaire. Nonobstant, il se merveilla :

« Je ne suis point navré. C'est un corps comme neuf qu'ils vont détruire. »

Sa mère, Ermeline et Héloïse ne sauraient rien de sa malaventure. Un jour, Anceaux apprendrait l'infortune de l'armée chrétienne.

« S'il ne me revoit pas pendant un an ou deux, il devinera mon trépas. Clairbois lui appartiendra. *Mon* Clairbois ! »

Ses restes tomberaient dans une fosse commune, à moins que les Turcs ne prissent la décision de les abandonner sur place. Il pourrirait petit à petit. Sa puanteur s'allierait à celle des autres… Ah ! pourvu que sa mort fût brève ! Pourvu qu'il accédât vélocement au Ciel !

« Mais je voudrais avant voir périr Boucicaut !… Et Nevers, Artois, le jeune Bourbon, le Borgne de Milli – s'il vit – et moult autres. J'aimerais aussi que les ribaudes voient nus ces dépravés immenses et que les Turcs les émasculent… Et qu'elles s'ébaudissent en suppéditant [1] leurs génitoires ! »

Conscient qu'il en demandait trop, il cessa tout à coup ses souhaits homicides.

Et, commença pour lui la plus horrible des attentes.

1. *Suppéditer* : fouler aux pieds.

III

Des cors sonnèrent, innombrables. Lorsque leurs lugubres voix cessèrent, l'immense peuple des prisonniers fut secoué de frémissements et de remous tandis que des rumeurs naissaient pour composer un bourdonnement de plus en plus bruyant que ne traversait aucun silence.

Gui n'osa dire un mot. Avant la vesprée de ce mardi 26 septembre, il serait vivant ou mort. Certainement mort. Les Turcs ne passaient pas pour des procéduriers : ils ne pouvaient s'encombrer d'un troupeau de vaincus pour continuer sans doute leur avancée vers la Honguerie. Ils auraient, eux aussi, leur Jour du Jugement et Bayézid n'épargnerait que ceux dont la parole serait d'or. Il ne prononcerait aucun réquisitoire. Un seul geste déterminerait la fureur de ses bourreaux.

Une sorte d'innocence s'était emparée des vaincus. Le corps et l'esprit se refusaient à subir le martyre. Déjà certains courbaient le col. La sueur des visages n'était point due au soleil. Des rides en creusaient certains. Le beau songe de victoire anéanti par les mécréants allait se muer en quauquemaire[1]. Toute la nuit, les ventres avaient été tourmentés par des coliques effrénées. Le sol était jonché

1. Cauchemar.

de déjections liquides faites sur place, sans souci du voisinage, ainsi que des animaux.

La puanteur dégagée par toutes ces fientes semblait celle des milliers de cervelles travaillées par l'angoisse. Nul remède. Dieu serait ce jour d'hui d'une épouvantable impuissance. Allah triomphait.

Horreur et dégoût. Comment s'en guérir ? Nicopoli n'aurait donc été qu'un piège immense. Des centaines et des centaines de lieues pour ce néfaste aboutissement. Il y avait de quoi verser des pleurs. Certains ne s'en privaient point... Que de rires si quelques prophètes chevelus et barbus leur avaient affirmé que Bayézid *Yildirim*, l'Éclair, leur administrerait une leçon d'humilité, de modestie et de circonspection. L'effronterie et la vanité les avaient égayés ; la déconfiture les avait ébahis et ses conséquences les effrayait.

— Nous sommes déjà morts, murmura Antigny. Je me sens les jambes molles.

— Crois-tu, ami, être le seul ?... Certains qui se vantaient de leurs conquêtes auprès des femmes doivent se sentir déjà émasculés... Elles ne seront pas là pour les voir en eunuques !... Ni même les ribaudes !

— Crois-tu qu'ils oseront ?

Rongé de désespérance et d'angoisse, Antigny se voyait-il déjà privé de son escarcelle ? Il n'osait regarder les vainqueurs. Il savait que leurs yeux reflétaient, au-delà de la haine, une plaisance infinie.

— Ils peuvent tout oser car ils sont nos maîtres. Peut-être vaut-il mieux être un eunuque vivant qu'un homme mort... Dis-toi bien, Yvain, que si toi et moi mourons bientôt, ce sera moins parce que Dieu l'aura voulu que parce qu'Il a perdu la vue lorsqu'Il a observé les abus de notre ost. L'or de nos chevaliers l'a ébloui...

— Tu parais ne plus croire en Sa miséricorde.

— Je crois que les imprécations de nos ennemis vont nous effrayer. Je crois que nous allons être conduits à Bayézid comme des brebis dociles… Le Turc aura tous ses chefs assemblés à l'entour de sa personne. Nous sommes nus ou presque : nous serons accueillis par des huées, des tapements de tymbres[1] et roulements de tambours. Ils se trufferont de nous avant de nous tribouler[2]. Au soir, la plupart d'entre nous sauront s'il fait si bon qu'on le dit à la dextre du Seigneur.

Les cors à nouveau sonnèrent. Gui entendit un galop et vit apparaître quatre compagnies de janissaires. Bientôt, hourdés[3] à dextre, à senestre et à l'arrière, les prisonniers durent avancer par rangs de trois ou quatre en direction de Nicopoli. Des fouets sifflaient, des escourgées aux lanières garnies de grosses olives de plomb arrachaient des gémissements aux blessés incapables de piéter aussi vélocement que l'exigeaient les hurlades des Turcs. Une voix s'éleva : celle d'un clerc qui s'était insinué entre Gui et Antigny au moment où le vaste troupeau entamait sa procession.

— Mes fils, il m'est advenu de vous voir en conversation avec frère Théodore, hélas ! trépassé du fait des nôtres. Sa connaissance de la langue turque nous eût été utile… Allons sereinement vers notre destinée… Tout en piétant, oyez, mes fils, oyez à l'entour de nous, ce que disait jadis Marc Aurèle Antonin.

Le moine éleva la voix. Elle eût été la même, sans doute, au réfectoire, s'il avait fait la lecture à ses pairs assemblés devant leur écuelle :

1. Cymbales.
2. « Ils se moqueront de nous avant de nous torturer. »
3. Escortés.

— *Quand tu as fait ton devoir, ne te demande pas si tu as froid ou chaud, si tu as ou non besoin de dormir, si l'on te blâme ou si l'on te louange, si tu vas mourir ou courir quelque danger. Le fait de mourir est un des actes de la vie, et en cela comme dans tout le reste, l'essentiel est de bien faire ce qu'on fait dans le moment présent.* Lorsque vous verrez luire les alfanges, mes fils, dites-vous que le seigneur…

— Assez, mon père ! supplia Antigny. Vous aggravez ma peur et me rendez plus faible !

— Réfugie-toi dans la paix de Dieu. Je ne puis te donner ma croix pectorale à baiser : ils me l'ont prise et piétinée… Jette celle que je vois à ton cou mais pense à Dieu et à rien d'autre.

« Facile à dire », songea Gui. « J'ai peur, moi aussi. Nous avons tous peur. Même toi, vieux clerc chenu dont les Turcs ne feront qu'avancer de quelques années ta… limite. Tu as peur comme nous. Moins peut-être, mais tu as peur ! »

Ils marchaient ainsi que des bêtes, humbles comme des bêtes ; mais à l'inverse de celles-ci, ils n'ignoraient rien du sort qui les attendait. Il leur fallait enjamber des Turcs et des croisés. Morts, puants, où la vermine, déjà, peuplait, fouissait des navrures affreuses : on eût dit qu'elles palpitaient sous l'affluence des mouches et des fourmis.

— Il ne fait aucun doute que nous allons périr.

Gui se trouva soudain placé derrière les La Trémoille.

— Philippe est sûrement mort, dit Guillaume.

— Parle plus bas et ne le pleure pas, conseilla Gui à son voisin. Non, ne le pleure pas car il fut moult vaillant !

Du regard, Gui effleura le visage transi d'Antigny. L'écuyer paraissait sortir tout à coup d'une longue période de mortifications secrètes, de tension et de fièvre.

— Oui, nous allons mourir… et tu me sembles soudain disposé à des révélations qui n'ont cessé de te tourmenter depuis des mois… Bien avant notre départ de Tours. Elles ont marqué d'un sceau néfaste notre accointance.

— C'est vrai.

Sans crainte de se leurrer, Gui prit les devants :

— Alix en est la cause.

— Oui. Comment l'as-tu deviné ?

— C'est simple. Il m'a toujours paru que tu me jalousais d'en être épris autant qu'elle *semblait* éprise de moi.

— Tu dis vrai : elle n'était pas éprise de toi.

Entre eux, le dominicain cessa de serrer et desserrer les pans de son scapulaire.

— Elle n'était pas éprise !

C'était une révélation, surtout pour un clerc ignorant d'un événement qui avait marqué les deux hommes et qui semblait enfin les réunir dans la franchise et l'amitié recouvrée – ou en passe de l'être.

Antigny abaissa un front lourd de désagréables souvenances.

— Je la connaissais, Gui, depuis plus d'un an. Je savais, car elle me l'avait dit, qu'elle voulait se soustraire au joug de son père. Pour cela, il lui fallait fuir Paris, fuir la Cour et trouver quelqu'un qui l'y aiderait. Un gars capable de la défendre contre tous les dangers et de s'opposer à son père et à ses hommes si par mes-chéance ils la retrouvaient.

— Et elle a fait son choix aux joutes de l'Hôtel Saint-Pol ?… Ce fut moi, Clairbois, pas vrai ? demanda Gui à voix basse, une fois le coup assené.

Une étrange paix inondait son âme. Yvain ne lui déroba point son regard.

— En te voyant courir bellement des lances contre son père, contre Clisson et d'autres, elle a décidé que ce serait toi. Elle a feint de t'aimer. Elle était la malignité faite femme.

Pouvait-on feindre l'amour à ce point ? Peut-être. En se remémorant les refus et les éloignements d'Alix après qu'ils eurent été mariés par l'ermite de Saint-Germain-en-Laye, Gui fut soudain moins sûr d'un sentiment qu'il avait cru exemplaire.

— Elle m'a révélé tout cela tandis que je l'accompagnais dans cette hôtellerie de Saint-Germain où tu la devais retrouver. On peut dire qu'elle t'aimait bien sans t'aimer d'amour. Elle ne se désespérait pas d'avoir à te prouver un sentiment illusoire... car tu penses bien qu'elle n'en était pas à une coucherie près.

Gui ne doutait pas de ce qu'il entendait. Des soupçons l'avaient désenchanté lorsqu'ils avaient vécu à Montsurvent et qu'Alix s'était révélée comme une pimpesouée très éprise d'oisiveté, de fanfeluces et de liberté. Sur les chemins qui les avaient menés en Cotention, elle s'était toujours refusée à lui en arguant de fallacieux prétextes. Elle l'avait fait attendre. Peut-être, pour aggraver ses refus, avait-elle inventé une révélation qui l'avait empli d'une répugnance dont il avait mis des jours à se remettre.

— Dis-moi, Yvain, t'a-t-elle parlé du rapt[1] dont son père s'était rendu coupable, lors d'une bacchanale en l'Hôtel Saint-Pol ?

— C'était un mensonge pour te priver de la moindre envie d'elle.

Le clerc, entre eux, semblait sourd, mais Gui savait qu'il les écoutait avec une avidité dont Yvain, tout comme lui, ne se souciait point.

— Il n'y eut envers elle, ce soir-là, nulle violence ?

1. Viol.

— Non. J'étais à Saint-Pol. Boucicaut m'y avait envoyé pour aider, en cas de besoin, au service. Je l'ai vue… Elle était nue sur un cheval de neige. Tiens : comme Éole. Saoule, en vérité… Ensuite, aucun homme ne l'a houssepignée. Toutefois j'ai su, par des varlets accoutumés aux lieux, qu'elle avait eu deux ou trois liaisons. Je ne sais et ils ne savaient comment elle les avait dénouées.

C'était à ne pas croire. Et pourtant !

— Elle m'avait énarré l'histoire du cheval et confessé son ivresse. Mais d'une telle façon qu'elle m'avait fait pitié.

Gui essaya de formuler une autre pensée or, sur le coup, cela lui était impossible. Une sorte de fureur douceâtre grondait en lui. Elle ne concernait ni Alix ni Yvain mais lui-même. Quel niais avait-il été ! Quel niais, surtout, avait-il été pour Alix !

— J'ai voulu te prévenir. Or, tu en étais si entiché qu'il me semblait que tu n'aurais pas cru mes dires. Maintenant que la mort nous attend, il vaut mieux que nous soyons en paix tous les deux.

— Effectivement.

— Vous faites bien, messires, dit le clerc, de vider ce qui n'est pourtant pas une querelle. Vous assainissez vos vies, vous purifiez vos âmes et vous avez raison. Saint Dominique vous eût bénis.

L'écoutaient-ils ? Non, sans doute, bien que le murmure de sa voix eût chatouillé leurs oreilles. Yvain, enfin, se remit à parler :

— Je m'emberlicoquais dans mes envies de te confier la vérité. Je n'étais pas jaloux – et pour cause – de ce que tu croyais être une belle aventure. Je savais qu'elle finirait mal pour toi et qu'un jour, Alix disparaîtrait de ta vie. Je ne pensais pas que ce serait comme elle le fit.

Gui acquiesça.

— Ma mère, je crois, et Ermeline, son amie, avaient des doutes sur les qualités dont je la parais.

Yvain hésita puis, triomphant d'une sorte de timidité :

— À Saint-Germain, j'aurais pu… profiter d'elle.

Pourquoi Yvain aurait-il menti ? Gui songea qu'en d'autres circonstances il eût pu mesurer l'ascension de sa naïveté et le couronnement d'une confiance absurde. Il avait cru toucher le triomphe de l'amour ; il avait empoigné les crins de sa chimère pour galoper, tout compte fait, vers le néant. Désormais, il était assailli par une tristesse légère. Pourquoi se fût-il soucié d'une déception pareille ? Il allait mourir. Ils allaient mourir. Qu'importait demain. Qu'importaient aussi les dames de Montsurvent qui attendaient patiemment son retour. Comme Héloïse.

— Et tu n'as pas cédé à ses instances ?

— Non… Elle me les accordait comme un privilège. Elle a tout fait pour que je profite d'elle… Il y avait la chambre, le lit, la façon qu'elle avait d'ôter son pourpoint… Je suis parti sous ses ébaudissements… Or, je te le confesse : cette fidélité à notre amitié m'a inspiré parfois du regret. Alix était ce qu'on appelle un morceau de choix… Elle s'est truffée de moi avant que je ne la quitte. « *Pourquoi renonces-tu puisqu'il n'en saura rien ?* » Elle m'a traité de sot et m'a montré la porte… En vérité vous ne vous méritiez ni l'un ni l'autre.

Était-ce possible ? Oui. En se préparant à la mort, Yvain tenait à vider sa conscience. Il y procédait aussi simplement que possible sans trop insister sur des détails qui n'eussent rien apporté de plus à sa confession. Gui songea que quelques mois plus tôt, il eût été courroucé par le récit de tant de trahisons de la part d'une jouvencelle qu'il avait estimée sans égale. Il y avait maintenant Héloïse et même, s'il devait y renoncer, son amour pour elle s'en trouvait tout à coup dilaté. Elle, au moins, méritait qu'il l'aimât.

Il posa l'ultime question en espérant une réponse nette. Il lui tardait de l'entendre pour élucider ce qui restait encore confus dans le léger mystère qui n'avait cessé d'assombrir une amitié qui, en ce jour fatal, semblait renaître :

— Quels reproches as-tu envers Héloïse ?

— Aucun.

— Alors, pourquoi sembles-tu désavouer nos amours ?

Autour d'eux, les hommes avançaient avec une lenteur qui ne cessait d'exaspérer les janissaires. Les fouets claquaient, les insultes se multipliaient. Aucun prisonnier n'élevait la voix. On se parlait comme en pleine messe.

— C'est tout simple, Gui. Tout simple. Quand j'ai vu dans quelle aventure tu te fourvoyais avec Alix, j'ai pensé à ma sœur.

— Tu as une sœur !

Gui vit que les mains qu'Yvain venait de porter à son front humide tremblaient. Ce n'était encore qu'un frémissement mais lorsqu'il comparaîtrait devant Bayézid et ses victimaires, elles trembleraient comme les feuilles dans une tempête. « Et les miennes aussi », se dit-il.

— Oui, j'ai une sœur… Mathilde. Seize ans bientôt… Elle est belle… Vraiment… J'ai pensé que vous formeriez un beau couple… C'est pourquoi, quand je t'ai vu t'éprendre de la belle armurière, j'ai été dépité. J'avais eu pour dessein de t'emmener un jour à Antigny afin que tu la connaisses… J'ai longtemps différé de te le dire. Orains[1], je n'ai plus aucune raison de garder cette intention et cette espérance… N'en parlons plus.

1. Maintenant.

Il y eut, entre eux et le moine, un silence fragile, vite empli par la protestation d'un homme flagellé.

— Or, si je meurs et toi pas, va la voir, Gui, ne serait-ce que pour lui annoncer mon trépas… Je ne te demande même pas de me le jurer. Dis-moi simplement que tu iras… J'ai confiance en ta parole.

— J'irai, n'aie crainte.

Par un accord tacite et pour ne pas envenimer la peur qui reprenait possession de leur corps, ils avaient conclu nullement pour toujours, mais pour le peu de temps qui leur restait à vivre, un litige dont l'importance n'avait cessé de s'altérer. La mort les attendait. Fallait-il, pour les y conduire, que les Turcs fissent un si furieux abus de leur force et de leur terrible férocité ? Les fouets claquaient ; les voix, pareilles à des aboiements, se mêlaient aux hurlements de certains blessés dont les lanières, heurtant leurs chairs, avivaient les brûlures des plaies à vif.

— Ce sont des loups, chuchota le dominicain. Ils les portent d'ailleurs sur leurs bannières.

Il avait, soudain, très envie de parler, même à mi-voix. De trouver, lui aussi, une conclusion à tout ce qu'il venait d'entendre.

— Oubliez, mes enfants, dit-il d'une voix rompue, elle aussi, par la proximité d'un châtiment qu'il ne méritait point. Espérez. Priez en vous-mêmes. Oubliez vos amours qui vont être brisées. Vous n'êtes pas des vaincus ordinaires. Le bon frère Théodore m'a rapporté vos scrupules. Ils sont souvent le grand tourment de l'homme et surtout de l'homme aimant. Quand nous affronterons nos bourreaux, soyons dignes. Montrons-leur qu'au contraire de leur vie bestiale, nous sommes des créatures fières de ce nom. Nous allons nous unir à l'Éternel et nous naîtrons vivants à l'éternité.

C'était là, songea Gui, d'énergiques paroles. Il confessa, sourire aux lèvres :

— Je ne me sens pas prêt pour un si long voyage. Je ne me sens pas prêt à léguer à ceux qui nous ont conduits où nous sommes, l'exemple de la sérénité. Je prie Dieu, non pas qu'Il m'assiste mais pour qu'Il me protège. Car, mon père, je vous le révèle : la peur me pressure l'âme autant que les tripes.

— Je t'avoue, mon fils, que je pense comme toi.

Gui avançait tête baissée, les yeux fixés sur les talons de l'homme qui le précédait. La marche, pour lui, était aisée, mais ses deux compagnons, nu-pieds, peinaient sans mot dire.

— À dextre, dit tout à coup Antigny.

Gui regarda.

Il y avait, toutes proches, deux hautes pyramides scintillantes, l'une, composée par les plates de toutes les armures et harnois saisis sur les corps des croisés vivants et morts, l'autre bâtie avec toutes les armes portées par les hommes et contenues dans le bagage.

« Mon armure… Elle était belle dans sa simplicité. J'en étais fier. Une compagne qui m'a protégé… C'est peut-être mon bassinet qui scintille tout en haut de cette montagnette… Que vont-ils faire de toutes ces dépouilles ? Ont-ils, malgré qu'on l'ait faussée, récolté Précieuse ?… Ah ! Clisson, mon maître… Si vous aviez été présent de Dijon à Nicopoli, nous aurions vaincu. Vous eussiez fermé le bec à Nevers, balayé hors de votre vue un connétable dont l'épée a démérité… Vous eussiez donné une jouée ou même plusieurs au jeune Bourbon qui se prenait pour un nouveau César !… Pauvre de nous ! »

Il fallait avancer. Ces milliers de paires de pieds soulevaient çà et là une poussière qui avait une flaireur de sang. Au sol, des hommes dans les contorsions étranges de la mort. Certains avaient les mains serrées après les touffes d'herbe auxquelles ils s'étaient accrochés pour demeurer sur terre. Fosserait-on pour eux des tombes démesurées ? C'était peu probable... Et les chevaux !... Des centaines de chevaux morts, atteints par les sagettes, les lames, étripés, tranchés. Morts aussi dans une bataille qui ne les concernait point. Morts au service de chevaliers téméraires. Morts après de longues ou brèves secousses d'où semblait s'enfuir une vie ardente. Certains étaient couverts de leurs houssements lacérés et sanglants. Ceux-là, les Turcs les avaient respectés. Mais les autres ? Tous avaient été, en une nuit, privés de leur selle et de leurs lormeries. L'odeur de tous ces trépassés se mêlait à celle des hommes, forte, puissante et comme indignée. La pestilence hantait la terre et les cerveaux.

Le soleil versait son feu sur l'immense cortège blafard et silencieux où parfois les fouets cinglaient des chairs moities par l'approche de la mort. Certains, navrés en maintes parties du corps, seraient tombés si leurs voisins ne les avaient maintenus debout. C'étaient peut-être ceux qui avaient hurlé à la destruction des Turcs.

— Je sais désormais, mon père, ce que signifie avoir la mort dans l'âme.

— Si vous êtes purs, mes fils, Dieu vous voit. Vous avez participé à une cause juste, mais l'orgueil de certains l'ont souillée. Leurs âmes de conquérants se sont putréfiées. Ils subissent, et c'est justice, le même opprobre que vous.

— J'en doute fort, mon père !

Antigny s'était exprimé avec une sobriété singulière. Funèbre. C'était sans doute ce qu'on appelait avoir la gorge nouée. Il trébucha. C'était plutôt une glissade : après les avoir eus brunis de fiente, il avait les pieds rouges. Avilissement dont le clerc, lui aussi chaussé de rouge, ne tenait nul compte.

Tous trois n'osaient trop parler. La soif commençait à échauffer leur gorge mais, pour si peu qu'elle tenait désormais à leur corps, fallait-il se courroucer ? Avancer. Se souvenir des pyramides d'armes et de harnois. Bayézid ferait-il profiter ses sipahis et ses janissaires de toutes ces dépouilles ? Où était Boucicaut ? Il devait hausser le menton, respirer à grands traits, essayer de dissimuler sa vergogne plus encore que son vit. Il allait subir une montre d'une autre espèce que celles auxquelles il était accoutumé.

— Je voudrais qu'il soit devant nous.

— Qui ?

— Le maréchal, Yvain.

— Pourquoi ?

— Pour assister à sa déchéance… Or, je suis sûr que s'il survit, il ne se souviendra de rien… sinon qu'un jour, tout déchaux comme un moine, il a piété dans la merde et le sang.

Devant, des hommes nus ; devant, des hommes las promis aux victimaires. Un gars roux qui gémit ; un gros brun, coq de village, qui enrage de voir ses pieds visqueux et de savoir son escarcelle pendante et son dard mol. Ce barbu au dos courbe strié, marbré par des coups d'escourgée. Ce soudoyer qu'une singulière manumission avait placé entre deux capitaines et qui, alternativement, se truffait de leur frayeur. Égalité dans la nudité ; égalité dans la servitude. Seuls – mais en quel lieu ? – Nevers et les siens, à l'écart de l'immensité de leurs ouailles, ne subissaient point la leçon d'humilité qu'ils méritaient.

Eh bien, oui, comparée à leur provisoire bonne chance, cette marche lente, oppressante, vers la mort, dégageait une sorte de grandeur. Vaincus, mais dignes. Résignés mais heureux de fournir une leçon de noblesse aux mécréants qui çà et là debout sur un socle d'herbe, observaient leur immense et dérisoire procession.

Les pas traînaient sur un sol qui avait tremblé sous la fureur des galops et des chutes. Visage immobile, les Turcs regardaient, de plus en plus nombreux à l'approche de Nicopoli. Certains, sans doute, eussent voulu se réjouir du spectacle de ces hommes en marche vers un jugement dernier dont les Apôtres n'avaient point pressenti la venue. Ils ne l'osaient de crainte, peut-être, que leur dieu en fût courroucé.

— Je pense, mon père, que le ciel doit avoir une énorme contenance pour accueillir toutes les âmes que le Seigneur estime vertueuses. Quant à l'autre espèce de contenance, je commence à perdre la mienne.

Il fallait parler. Parler pour oublier que le moment terrible approchait. Parler pour annihiler cette contention de la mort qui s'aggravait, pourtant, pas à pas.

Les janissaires et autres vainqueurs devenaient plus nombreux. Il fallut avancer bientôt entre deux haies qui ne cessaient de s'épaissir. Seule l'évasion par l'esprit ne pouvait être empêchée. Mais était-ce un réconfort ? Non. Songer à Héloïse, aux deux bonnes dames de Montsurvent et à cette mère d'emprunt qu'avait été dame Hedwige… Les images du passé devenaient douloureuses.

« Anceaux sera heureux d'imaginer mon trépas. »

Un Turc se détacha de la palissade humaine. Un jeune au teint jaunet dont le kaftan vermillonné dénonçait la vaillance. Gui lui trouva de loin un regard d'une férocité folle. Sans s'y incorporer, il accompagna le mouvement. Dix, quinze pas. Il tira son badelaire et avec un rugissement qui eut pour effet d'immobiliser ses prochains, il l'abattit sur l'épaule d'un homme. Elle fut tranchée.

Le navré hurla, quitta de biais la cohue et voulut courir vers l'avant. Un nouveau coup lui entrouvrit la tête. De la cervelle en sourdit.

Et tandis que le Turc sautillait en brandissant son arme, Gui pensa :

« Voilà ce qui nous attend. Ils vont nous mutiler… Ils s'acharneront à nous anéantir… Ce sont des bêtes fauves… comme quelques-uns d'entre nous et non des moindres… Une oreille ou deux ou une épaule : le geste et l'intention sont les mêmes. »

— Tu as vu, s'ébahit Antigny, comme il l'a détranché ?

Gui n'eut pas à répondre. Le clerc s'en chargea :

— Il est mort vélocement. On dit que dans les ergastules de la Bastille et du Grand Châtelet, on meurt petit à petit ou comme on dit aussi : à petit feu. Des gens d'Église même assistent les bourreaux. La méchanceté génère partout des sévices.

Maintenant, c'était une foule de combattants partagée en deux pour dégager le passage, qui insultait les prisonniers. Des tambours ronflaient, ronronnaient puis laissaient la place aux frappements d'invisibles nacaires.

— La fête va commencer, mes fils. On ne nous jette pas des trognons ni des pierres, mais si les poings pouvaient se détacher des bras, nous serions tous assommés.

Ils avançaient sous les huées, les crachats, la dérision et la haine. Les parois humaines et vociférantes contraignaient les hommes et leurs gardes à des rapprochements qui, parfois, alentissaient la marche à la mort.

— Ils ne pourront nous occire tous, dit soudain Gui. Il leur faudrait plusieurs jours.

— Vont-ils nous enchaîner ?

Antigny se voyait les poignets et les chevilles mordus par des liens de fer. Exposé ainsi devant Bayézid et ses compères, il se sentirait aveuli, résigné au sort ignominieux de décapité. Il eût hurlé de malerage s'il l'avait osé.

— As-tu songé à ce fardeau de chaînes qu'il faudrait pour nous tous ? Les forges de Turquie sont incapables d'en fournir en suffisance… Non, mon fils. Bientôt, nous serons tous agenouillés devant une bille de chêne ou de quelque autre bois, le haterel [1] en avant, attendant qu'on nous le tranche.

Sous l'acuité de sa tristesse, Gui éprouva le désir de joindre ses mains et de prier. Ah ! si seulement, une fois face à Bayézid et à ses juges, il pouvait atteindre un état de plénitude et d'insensibilité ; un de ces ravissements miraculeux accordés aux âmes nettes et surtout pieuses.

Nicopoli apparut, blanche avec, dans le ciel, les deux cierges de ses mahomeries.

On hurla. Les Turcs commandaient l'immobilité. En se hissant à plusieurs reprises sur l'extrémité de ses orteils, Gui put observer que tout était prêt pour le commencement de la vengeance.

À quelques toises de la muraille, le grand pavillon de Jean de Nevers avait été dressé. Derrière se trouvaient assemblés les manants de la cité. Devant le seuil de la tente, une chaire à haut dossier attendait que Bayézid vînt s'y asseoir. De part et d'autre de celle-ci, tous de blanc vêtus, avaient été groupés les dignitaires et les capitaines de son armée. Un espace vide fut aménagé parmi ceux situés à la dextre du « trône » aux quatre coins duquel vinrent se placer des janissaires armés d'un épieu, d'un bade-

1. Le cou.

laire et d'un poignard courbe, lui aussi, comme une lune à son premier quartier.

— Ils ont passé la nuit sous nos trefs et nos tentes, grommela Antigny.

Eu égard à la défaite, son indignation était injustifiée. Les Turcs ne s'étaient point contentés de dépouiller les croisés ; ils avaient occupé leurs gîtes.

— Ils ont dû trouver moult pavillons bien remplis de pourvéances dont ils se sont aisés… Oh ! certes pas, Yvain, dans notre tref, mais dans les logis des Grands. Ils ont dû se merveiller en se mirant dans la vaisselle, les hanaps, les aiguières…

Gui, la gorge sèche, cessa de parler. La fureur d'Antigny l'eût fait s'ébaudir l'avant-veille. Comment, même, aurait-il pu imaginer qu'en partant à pied, Précieuse au poing, à la bataille, il eût pu augurer ce qu'il deviendrait ?

— Voyez, dit-il. Ils amènent des ménestrels devant la maîtresse tente. Ce ne sont pas les nôtres… je veux dire : ceux de Nevers… Cependant, certains se sont servis parmi leurs instruments.

— Bayézid peut se glorifier, mes fils, de la belle journée qu'il eut sur nous. Hier au soir, il a dû regracier ses troupes, bourder et gangler [1] toute la nuit avec ses amis et les adjurer de pousser plus avant en pays chrétien. Puis il a demandé que quiconque ayant encore des prisonniers les mette avec les autres. Je pense que sa fureur s'est enflée quand, chevauchant sur le champ de bataille en compagnie de ses frères ou de ses fils – je ne sais –, il a vu tous les morts que vous lui avez faits [2].

1. *Bourder* : moquer et charger. *Gangler* : causer familièrement.

2. Froissart écrit que Bayézid chevaucha suivi d'Alisbasaach et de Sourbasaach*, des soi-disant frères « *qu'il ne vouloit point connoître* » car il disait qu'il « *n'avoit nuls frères* […] *Il vit que pour un Chrétien*

— Nous ne pouvions épargner, mon père, nos agresseurs. Il y en avait toujours deux ou trois contre un seul d'entre nous. J'ai dû en occire cinq ou six.

Gui s'aperçut que le clerc ne l'écoutait point.

— Il y a, mes fils, trois ou quatre femmes voilées dans le grand tref du soudan. Voyez, ces robes pailletées ne sont point des vêtements d'hommes.

« C'est vrai », songea Gui. « Or çà, quelle importance. Elles n'apparaîtront point. Si quelques-uns d'entre nous sont occis au hasard, elles se pâmeront tout de même… »

Son sang roulait en torrents. L'attente était pour lui une sorte d'usure. Quelque courageux qu'il fût, des larmes commençaient à embuer ses yeux. Antigny, frissonnant, regardait en lui-même. Le moine, les prunelles levées, anxieux, espérait de l'azur quelque intercession.

— Les voilà ! dit Gui.

C'étaient, enfermés de prés par des janissaires, le comte de Nevers et les prisonniers de haut estoc. Ils étaient nus ou demi-nus, tête basse et liés deux à deux par des cordes. C'en était bien fini de la présomption d'avant la bataille,

qui gisoit mort, il y avoit trente Turcs » et de proclamer : « *Il y a ci en crueuse bataille sur nos gens ; et fort se sont défendus les Chrétiens. Mais je ferai cette occision bien comparoir à ceux qui sont demeurés en vie.* »

* Mots correspondant probablement aux mots turcs Ali-Bajazet et Suleim-Bajazet. S'il s'agit, pour Froissart, des frères de Bayézid, il n'y en eut qu'un : Yacub Tchelebi qu'il avait fait entrangler à la suite d'une révolte. S'il s'agit de ses enfants, il en eut quatre selon Cantemir** : Mustapha, tué dans la bataille contre Tamerlan, Soliman Tchelebi, Mose Tchebi et Mohammed qui furent tous trois sultans après lui.

Les historiens grecs lui en donnent cinq qu'ils appellent Erdogul, Issa, Calapin, Cyri Celebis et Cibelin, faisant de Tchelebi (*noble*) un nom propre. Phranzer, contemporain de Cantemir, les appelle Moses, Jyusuph, Yessi, Musulman et Mohammed.

** Demetre Cantemir (1673-1723), fils de Constantin, prince de Moldavie, régna de 1710 à 1711. Ce fut un historien et un savant.

des longs discours héroïques et des éblouissantes espérances. La chute était terrible et l'avenir obscur. On avait déjà délibéré, sans doute, du prix de leur liberté. Ces déconfits ne craignaient pas la mort : ils savaient qu'ils valaient un bon prix. Ils se doutaient que leurs parents ouvriraient leurs coffres et frapperaient leurs sujets d'impôts indignes et écrasants afin qu'ils pussent recouvrer leur dignité perdue. Avaient-ils pensé à l'immense rançon de Richard Cœur de Lion et à ses lugubres années de captivité ? Non, sans doute. Il semblait que leur espérance fut aussi déraisonnable que l'avaient été leurs ambitions et leurs mœurs.

Jacques de Helly les précédait On lui avait laissé ses vêtements ; des vêtements de pauvre eu égard à ceux que les chevaliers aux Lis avaient portés.

Les janissaires les firent entrer dans l'espace qui leur avait été réservé. Il leur fut interdit de s'asseoir. Gui plaignit Coucy qui chancelait. Les drogmans[1] du soudan les interrogèrent. Jacques de Helly, parfois, leur précisait un mot, un verbe.

— Jean de Bourgogne, comte de Nevers, n'en mène pas large, murmura Antigny.

— L'infortuné !... Ce falourdeur sent sa grosse tête s'enfoncer entre ses épaules.

— Philippe d'Artois, l'orgueilleux et piteux connétable. Il se tient au chaud parmi le comte de la Marche, Henri de Bar, dont le frère Philippe doit être occis... Guillaume de la Trémoille qui soutient Gui, angoisseux... proche de Geoffroy de Charny...

Le silence paraissait voué à l'éternité. Lorsque Nevers haussa le ton, Gui toucha ses voisins du coude :

1. Interprètes ou *latiniers*.

— Oye, Yvain. Oyez, mon père… Il se gonfle, il se paonne[1] mais il n'est rien d'autre qu'une geline plumée !

— Messire Jacques de Helly, hurlait presque Nevers car il s'exprimait aussi pour ses compères. Voyez comme la fortune est contre nous et que nous sommes en grand danger et en la merci de ce roi. Si que, pour nous sauver les vies, faites-nous encore plus grands devers le roi que nous le sommes. Et dites-lui que nous sommes hommes et seigneurs pour payer grand'finance.

Des quelque trois mille prisonniers qui avaient entendu ces propos, une rumeur monta et s'agrandit. Des invectives jaillirent :

— Vendu !

— Vois ce que tu as fait de nous !

— Traître !

— Égoïste !

— Saligot !

Gui les approuva.

— Nevers veut inciter Helly au mensonge… Et ses compères l'approuvent ! Qu'ont-ils fait de leur dignité ?… Aucun de nous ne compte pour eux. Pas même Boucicaut absent !

— Je ne sais où il est, dit le moine. Si Bayézid savait que c'est lui qui a fait occire les prisonniers de Brehappe…

— Il ne le saura point… Nul d'entre nous ne le dénoncera.

— Pourquoi ? demanda Antigny.

— Parce que nous sommes honnêtes. Parce que son occision ne servirait à rien. Je crois qu'un jour, j'espère qu'un jour, justice sera faite !

Jacques de Helly avait déjà ouï le discours de Nevers.

1. Il fait la roue comme un paon.

Comme Bayézid quittait le pavillon où il avait soit prié son dieu, soit pris un repas dans la vaisselle hongroise ou ducale, il signifia aux prisonniers de choix qu'il avait compris leurs craintes sinon leurs effrois. Gui entrevit une face triangulaire mangée de poils sous le nez et les joues ; des sourcils longs et saillants qui semblaient peser sur des paupières immobiles, et des yeux d'un noir profond, fixes, impénétrables.

— Approchez-vous du roi, messire Helly, dit un des latiniers en lequel Gui reconnut un des deux vieillards qui les avait transférés la veille, Yvain et lui, du groupe des nobles à celui des humbles.

Helly n'eut qu'à écouter les propos du vainqueur. Ensuite, il se tourna vers la masse attentive.

— Amis, dit-il, je me soumets à la volonté du roi… J'aurais voulu ouïr autre chose, mais il vient de m'annoncer que vous serez bientôt morts et détranchés comme les prisonniers de Brehappe… Il a promis à ses guerriers et par-delà aux Turcs tout entiers, qu'il délivrera ce pays de votre présence par quoi tous les autres s'y exemplieront.

Il y eut une rumeur. Un gros orage de protestations, de supplications et de plaintes.

— Sauvez-nous ! hurla une voix adolescente.

Soudain, ces milliers d'hommes dont certains avaient accompli strictement leur devoir devenaient pareils à des enfants malheureux.

— Eh bien, mes fils, dit lentement le moine, saint Matthieu n'avait point songé à cette interprétation du centuple. Nous avons tous quitté pour le triomphe du Christ nos maisons, nos frères, nos familles [1], mais c'est la mort qui nous

1. « *Et quiconque aura quitté pour moi sa maison, ou ses frères, ou ses sœurs, ou son père, ou sa mère, ou sa femme, ou ses enfants, ou ses terres en recevra le centuple, et il aura pour héritage la vie éternelle.* »

sera donnée au centuple pour l'inutile et funeste immolation des malheureux de Brehappe. Préparez-vous à la vie éternelle… Et voyez comme notre ennemi nous observe.

Pour en imposer aux prisonniers et leur prouver que lui aussi savait paraître en grand bobant[1] Bayézid s'était vêtu – ou fait vêtir – aussi merveilleusement que possible. Sa cervelière d'or, au timbre pointu achevé par un gland, était munie de deux porte-plumail latéraux. Ils étaient ornés d'une plantation de barbes d'autruche épanouies en gerbe. Cette coiffe était pourvue d'un nasal mobile à l'extrémité en forme de cœur, embellie d'un damasquinage aux motifs illisibles de loin. Le Turc l'avait relevé et l'on pouvait douter qu'il l'abaissât au combat. Cette coiffe se complétait d'un camail dont Gui n'eût guère été surpris que les fins anneaux fussent d'or. Le roi portait sur le thorax une cuirasse assez courte composée de trois pièces ajustées comme les gonds d'une porte : le devant et les flancs. Telle une grosse bossette, un soleil à face humaine en occupait le centre et rayonnait sur toute la surface où se distinguaient aussi des fleurs gravées et dorées. Le reste des vêtements était de soie blanche et à ses pieds scintillaient des souliers dorés à l'extrémité relevée. Ainsi vêtu, il semblait un dieu païen moins décidé à rendre la justice qu'à exercer sa cruauté.

Le despote cérémonieux et glacé s'installa entre les accoudoirs de sa chaise curule. Gui entrevit, par l'ouverture du pavillon gardé par deux sipahis à pied, les femmes voilées qui sans doute étaient celles du vainqueur.

— Il doit s'en payer, dit Antigny. Il paraît que ces gens-là peuvent avoir autant d'épouses qu'ils le désirent.

— À moi, dit Gui, une seule suffirait.

1. En grande pompe.

Mais comme Héloïse était loin !

Soudain, Bayézid se leva et considéra brièvement ses gens. Tous s'inclinèrent dans une révérence d'une dévotion extrême. Cependant, cette cérémonie de la servitude et de la dévotion assurément craintive n'était pas sans grandeur.

Sortis de derrière le pavillon qu'ils contournèrent, une vingtaine de janissaires apparurent. Ils entouraient dix ou douze hommes aux visages broussailleux, torse nu, le dos marbré par des coups ; tous décharnés.

— Des esclaves, dit le moine.

— Ce ne sont pas des Turcs… Vont-ils être sacrifiés ?

— Nous n'allons pas tarder à le savoir… Mais voyez : les hommes qui ont pour tâche de veiller sur nos grands chefs les obligent à voir ce qui va se passer… Je crains que ce ne soit horrible.

Bayézid se rassit et fit un seul geste : le bras tendu, le pouce en bas.

Aussitôt lui furent amenés deux prisonniers. Le sultan qu'on avait surnommé l'Eclistre [1] considéra leur nudité de bas en haut, se tourna vers les privilégiés de France pour leur signifier de regarder et fit un nouveau geste : le tranchant de sa dextre s'abattit sur sa paume senestre.

Les alfanges de deux janissaires brillèrent à la façon de la foudre versant ses feux un jour d'orage. Deux têtes churent sur le sol.

— Oh ! grogna Antigny tandis que les corps étêtés s'effondraient.

— Prie, mon fils, suggéra le clerc.

— Voyez, murmura Gui : Nevers, Eu et leurs pairs sont obligés d'avouer sous peine, eux aussi, d'avoir le haterel tranché.

1. L'éclair et parfois la tempête.

Deux esclaves saisirent les corps par les pieds et les emportèrent à quelque dix toises du lieu de l'exécution. Deux autres prirent les têtes par les cheveux et les déposèrent, l'une près de l'autre, quelques pas plus loin.

— Ils vont en faire une pyramide, chuchota le clerc... Souvenez-vous que la pyramide, qu'elle soit d'Égypte, de Timour bey [1] ou d'ailleurs, est une création criminelle, le signe tangible de tous les ennemis de Dieu, et je crains que cette chose dont nous allons voir, avant notre trépas, une des imitations les plus hideuses, ne se perpétue pour le plus grand malheur de l'humanité.

Deux autres prisonniers s'approchèrent. On les avait déliés et poussés. Le plus jeune, celui qui peut-être avait crié : « *Sauvez-nous !* » tendit vers le sultan ses mains jointes en prière ou supplication toute simple. Un gros janissaire, d'un coup d'une épouvantable vélocité, les sépara des avant-bras. L'adolescent hurla. Le col après ses mains. L'homme qui l'accompagnait protesta. Un second janissaire lui ouvrit le ventre et de sa main gantée de rouge, tira du corps vivant le cœur et les intestins avant de trancher une tête dont la bouche s'ouvrait sur un hurlement silencieux.

Deux esclaves emportèrent les corps dont l'un perdait ses tripes ; deux autres empoignèrent les têtes par les cheveux. On allongea les dépouilles ; on disposa les têtes tandis qu'une rumeur d'horreur s'élevait des futures victimes.

« Voilà », songea Gui, « où je me suis laissé entraîner. Je voulais voir du pays. J'en ai vu. Je voulais batailler. Je l'ai fait. Je voulais aimer. J'ai aimé. Je voulais devenir un honnête prud'homme. Quel gros nicet j'étais ! Je vais mourir. Je ne veux pas savoir si c'est juste ou injuste ou

1. Tamerlan.

si c'est la volonté de Dieu – ce qui m'étonnerait – ; je ne veux pas savoir si j'aurai du courage. J'aimerais seulement qu'Héloïse sache que je l'ai aimée avec douceur… Or, elle n'en saura rien ! »

Il n'osa plus regarder les têtes : elles tombaient. Les ventres : ils béaient. Il y avait des hommes auxquels on tranchait les bras. Qu'on allongeait pour leur couper les jambes. D'autres que l'on émasculait en riant avant de les étêter. Il y en avait qu'on assommait d'un coup sur la tête avant de les mutiler, ce qui les « éveillait » et faisait hurler avant que d'être décollés. Il y en avait auxquels on brisait les reins. Et leur tête allait former la base de la pyramide. Certains, qui connaissaient Eu ou Nevers, Coucy ou Bar les insultaient ou leur criaient adieu en pleurant. Mais Gui en était certain : aucune larme ne brouillait les yeux de ceux qui survivraient parce qu'ils avaient le plaisir d'être riches.

Le sire Henri d'Antoing fut égorgé lentement. Son voisin, un inconnu des Grands, eut le crâne fendu comme une bûche et le cou rompu. Un esclave saisit dans chaque main une demi-tête et se hâta vers l'assise de la pyramide. Tout ce qui pouvait tourmenter l'esprit des martyrs était soigneusement prévu. Certains acceptaient leur sort ; d'autres se défendaient, hurlaient, demandaient vainement grâce tout en sachant qu'ils étaient déjà des morts vivants. C'était une éruption de cris, de plaintes, de gémissements. Et l'on démembrait, éventrait, décollait. Bourreaux et condamnés pataugeaient dans le sang et les fragments d'entrailles. De loin en loin, Bayézid vérifiait si les Grands regardaient. Ils regardaient. Tous étaient pâles. Une nudité de mort. Tous pensaient. Mais à quoi ? Aux récits qu'ils déploieraient comme des bannières sitôt leur retour en France ? Gui n'osait plus rien voir. « Comment vont-ils m'occire ?… Et Antigny ? Il tremble. Le clerc tremble aussi… *Comme moi.* » Parfois, une conviction infime et puissante à la fois lui intimait d'avoir confiance. Parfois, regardant la tente du khalife, il y voyait, comme obstinée, une forme blanche, brève, attentive. Et c'était à se demander s'il la voyait vraiment ou si, au plus profond de ses yeux, c'était comme la réminiscence d'un vieux rêve de son enfance prime.

Simultanément à des oiseaux affamés – freux et corneilles –, des mouches apparurent en nuagelets gris-noir qui parfois, sous l'effet du soleil, se criblaient de scintillements éphémères. La plupart s'éparpillèrent sur les corps, les membres, les entrailles et les os encore chauds, apparents çà et là. Certaines se posèrent sur les épaules, le front, le nez des vivants avant que de participer à la curée. Affriandées par le sang et la puanteur grandissante, toutes se frottaient les pattes avant de s'envoler vers des festins abjects.

Attendre son tour. Attendre la mort. Attendre le Bleu Paradis – si toutefois il existait, ce dont un vieux religieux, muet, doutait peut-être. Le tonsuré ressentait lui aussi les lancinements précurseurs d'un effroi que sa comparution devant des victimaires qui ne cessaient de se relayer pour défatiguer leurs bras, porterait à son comble. Là-bas, on empilait les corps. On alignait les têtes. Et dans celles des promis à la mort, brûlantes d'une fièvre de sang et de larmes, tournoyaient des phrases de naguère et des images de jadis. Tous avaient le cerveau en dérive. Tous songeaient à leur corps, à celui de leur femme, à ceux de leurs enfants et parents. Depuis combien de temps durait cette géhenne ? Allait-on occire, occire, occire indéfiniment ? Dans le troupeau de prisonniers, certains tombaient d'émoi ou de lassitude. Parfois, d'autres regardaient le visage sévère de Bayézid dont les sourcils ténébreux se fronçaient chaque fois qu'on amenait de nouvelles hosties.

— Cet homme est un Moloch ! murmura le dominicain.

— Plus encore que cette divinité bestiale, murmura Gui. Oh ! oui, plus encore.

Face grave. Une sorte de gaieté tranquille dans le regard. Parfois, sur le sourire, se plaquait un mépris bref et pesant. Et d'un geste concis, il exigeait : « Aux *suivants*. » Les bourreaux acquiesçaient et obtempéraient sans voir qu'ils étaient tout aussi sanglants que leurs proies.

— Boucicaut ! dit Antigny.

Le maréchal était lié à un homme. Sans doute un soudoyer. Un homme qu'il n'eût même pas vu ailleurs qu'en cette journée de malheur. Il était nu, en proie à une désespérance ni plus grande ni plus étroite que celles de tous les sacrifiés. Ses yeux se tournèrent vers les privilégiés. Vers le comte de Nevers dont la grosse tête blême se distinguait des autres. Le fils du duc de Bourgogne bondit. Déjouant les mains des gardes qui le voulaient arrêter, il se précipita devant Bayézid, s'agenouilla, crocheta l'un à l'autre les petits doigts de ses mains pour signifier au despote que le maréchal et lui étaient unis ainsi que des frères.

— Oh ! fit Bayézid.

Un janissaire s'approchait. D'un geste, il l'immobilisa. D'un autre, il désigna l'espace réservé à la haute noblesse. Nevers y emmena le maréchal vacillant.

— La bonne chance est avec lui, murmura Gui. Mais si Bayézid savait ce qu'il a fait…

— L'existence qui va être la sienne ne sera pas des plus belles, dit le clerc. Je me refuse à croire que tous ces hommes favorisés par le sort et la fortune mèneront en captivité une vie de Cour.

— Ce qui m'ennuie ou ce qui m'indigne, mon père, c'est qu'ici comme ailleurs l'argent et l'or fassent des différences. Nous formions tous une armée. Une armée battue. Eh bien, nous devrions tous assumer les mêmes formes du malheur.

Gui voyait, devant lui, marcher d'autres victimes vers les exécuteurs. Il savait qu'il devenait visible à Bayézid. Bientôt, il apparaîtrait « en pleine lumière ». Avec qui devrait-il affronter le tyran ?

Il se mit à trembler atrocement. Son cœur semblait mordu par une mâchoire immense. Résigné, aveuli, il marcherait droit. Il ne supplierait rien. Mais il regarderait le Grand Meurtrier en face.

Des images perdues traversèrent son cerveau ; images décousues, obstinées, incongrues comme les seins d'Alix, la croupe d'Héloïse, la douceur des baisers de sa mère et ses pleurs contenus lorsqu'il l'avait quittée. Il récusa de toutes ses forces la soumission qui allait lui être imposée. Ses dents se heurtaient ; ses genoux se touchaient sans trêve. Devant, c'étaient les innommables recommencements. Les têtes, les membres, les ventres béants. L'entassement des corps. La montée laborieuse de la pyramide. Il eût fallu que tout ceci fût illusion. Or, l'air puait. Le sang. Les entrailles. Une mare de sang dans laquelle sacrifiés et victimaires s'engluaient jusqu'aux chevilles. Pas un mot du côté des Turcs. Plus un mot chez les futures victimes en proie à des frayeurs inavouables.

« Héloïse ! » songea-t-il désespérément comme si la pucelle avait pu l'entendre et le secourir.

Ce lui était un supplice d'y penser, d'imaginer *maintenant* le frémissement de leurs corps serrés l'un contre l'autre, d'imaginer leurs nudités assemblées, de respirer l'odeur d'une chair soyeuse, de se merveiller de la fraîcheur d'une bouche tendre en se délectant de toucher un sein offert.

« *Héloïse !... Adieu !* »

— C'est à nous, dit Antigny d'une voix fléchissante.

Un janissaire venait de les désigner.

— Allons-y tous les trois, proposa Gui.

Ils avancèrent. Il n'y avait plus rien à espérer.

Ils furent devant Bayézid. Le Turc les considéra, comme les autres, avec cette violence sauvage qui était comme la quintessence de son esprit. Il sourit à la vue des épaules blessées.

— Ça y est. Courage, Yvain ! Courage, mon père !

Un cri retentit. Un cri de femme :

— *Hayir onlor kurtardi beni* [1] *!*

— Qui est-ce ? souffla Antigny.

La femme en question devait demeurer sous la tente. Bayézid appela un de ses latiniers. Il partit, pénétra sous le vaste cône de toile. Il fallut attendre. Allait-on surseoir à trois exécutions ?

— Que nous veut cette Turque ?

— Sa voix est jeune, Yvain.

Ils se parlaient la tête basse et sans presque remuer les lèvres. Ce répit avant la mort leur semblait plus dangereux que miséricordieux. À la commotion de l'horreur succédait l'espérance. Une espérance mince que Bayézid semblait soupeser, pénétrer, détester. Mais une femme avait crié. Il attendait une explication. Une chose était sûre : cette femme avait sur lui quelque influence. De qui s'agissait-il ?

— Nous ne connaissons aucune Moresque, chuchota Antigny.

1. « Non, ils m'ont sauvé la vie. »

— Si, affirma Gui. Nous en connaissons une. Et nous l'avons arrachée aux deux Mortefontaine. Mes-huy, elle s'emploie à notre sauvement.

Le latinier revenait. Gui sentit grandir en lui, en même temps que l'injuste culpabilité qui lui valait la mort, l'obscure prescience qu'elle ne lui serait point donnée.

Le vieillard, la main sur le cœur, s'était courbé, devant son suzerain. Il lui parlait. Sans doute lui racontait-il que deux jeunes chevaliers avaient préservé d'une souillure qui peut-être eût été mortelle une jouvencelle de son haram ou de sa famille.

Bayézid acquiesçait. L'angoisse infernale de Gui s'émoussait, devenait une anxiété, un mésaise. Il scrutait les expressions du visage tyrannique. Elles perdaient de leur haine et comme de leur vigueur.

— Pourvu que… commença Antigny.

Gui ne pouvait quitter le Grand Bourreau des yeux. Ses desseins se trouvaient perturbés. Il avait déjà cédé à Nevers. Allait-il céder aux suppliques d'une femme – et qui plus était une jouvencelle – même si elle appartenait à son haram ou, tout bonnement, à un membre de sa mesnie ? Nevers était un ennemi avéré et il lui avait accordé la grâce de Boucicaut parce qu'il obtiendrait ainsi une grosse rançon supplémentaire.

« Nous sommes pauvres, Yvain, le clerc et moi. Le maréchal, qui nous observe, doit se demander ce qui se passe. *Pourquoi eux ?* se dit-il sans doute. »

Gui s'accrochait à la certitude absurde que sa destinée et celle de ses voisins changeaient. Sur la face impitoyable de Bayézid, les expressions de haine profondément inscrites perdaient ou semblaient perdre de leur férocité. En partie occulté par la coiffe emplumée, le front exprimait et la méditation et le recueillement. Trouvait-il singulier que deux jeunes chevaliers eussent sauvé de violences iniques une jouvencelle qui était sa propriété ? Se demandait-il s'ils avaient occis deux misérables pour profiter d'un corps qui n'était que de grâce ?

Il se leva. Suivant son ministre, il marcha jusqu'au pavillon et y entra. Parce qu'il avait besoin d'un réconfort extrême, Gui imagina la jeune beauté en larmes, peut-être agenouillée, les mains jointes, car la prière et l'imploration devaient avoir, chez tous les peuples, quelle qu'en fût la religion, les mêmes moyens d'expression.

Il sentait son cœur se gonfler, semer le désordre dans ses entrailles. La peur le reprenait car l'étrange discussion durait.

Enfin Bayézid et le vieillard réapparurent. Vie ou mort ? La question devint cruelle, insupportable.

Le latinier s'approcha. Serait-ce une déclaration fatale ?

— Messires, dit-il en commençant à chercher ses mots, je me passerai de Jacques de Helly car ce qui nous occupe concerne une pucelle que vous avez préservée, à Brehappe, de violences infâmes… Damoiselle Hatidjé[1] est la nièce de Sa Grandeur. Elle séjournait à Brehappe chez ses parents. Elle a quitté la cité pour galoper à la recherche de mon maître… Elle l'a trouvé, dirais-je, grâce à vous.

— Même en sachant qu'elle fuyait pour cette raison, dit Gui, nous eussions agi, mon ami et moi, de la même façon.

Antigny ne protesta point. Donc, il était d'accord.

— Avant que de prendre une décision vous concernant, reprit le vieillard, Sa Grandeur a fait examiner sa nièce par

1. Ou Hadice.

ses femmes. Elles le suivent partout où il va. Il est donc certain que vous vous êtes conduits parfaitement, noblement, alors qu'il sait quels crimes ont été perpétrés par les hommes de votre armée sur les chemins qui les ont menés en Turquie… Il vous a donc lavés de l'imputation d'ennemis mortels et vous épargne. Il fait aussi grâce à votre prêtre. Oh ! certes, vous demeurerez prisonniers. Il vous accorde le droit de partager le sort des chevaliers qu'il tient en grosse otagerie. Si vous êtes fortunés, sans doute reviendrez-vous en votre pays. Si vous ne l'êtes point, eh bien, vous resterez en Turquie.

Gui acquiesça bien qu'il trouvât, dans cet accès de clémence inespéré, une sévère et déplorable injustice. L'argent et non le mérite constituaient à Nicopoli comme à Paris, une prérogative inacceptable. Ni Yvain, ni un moine ô combien innocent, ni lui ne méritaient une captivité perpétuelle. C'était… Hé oui, c'était décourageant. Il comprit qu'en leur accordant, tout simplement, la liberté, Bayézid eût écorné sa réputation d'homme impitoyable. Il se pencha devant le truchement du roi et comme le Grand Turc venait de se réinstaller sur sa chaire, il se courba, la dextre sur le cœur, face au potentat, dans un geste d'humilité qui, bien que bref, lui coûtait. Yvain et le moine l'imitèrent. Aussitôt relevés, les janissaires qui les devaient étêter – à moins qu'ils ne les eussent occis autrement – les poussèrent vers les Français de haute lignée. Leur ébahissement réjouit Gui plus encore que son compère.

— Ne leur dis rien, Yvain, surtout !

Antigny acquiesça.

— Tudieu ! s'exclama Nevers. Pourquoi vous a-t-il épargnés alors que j'ai vu occire sous ses yeux des dizaines de chevaliers plus…

— Plus méritants que nous, monseigneur, en raison de leur estoch[1] ?

— C'est cela !... Pourquoi ? Êtes-vous devenus des traîtres ?

Après être demeuré un moment interdit, Gui adopta le ton rigoureux du prince :

— Monseigneur, qui que vous soyez, et en quelque autre lieu qu'où nous sommes et *dans la merde où vous nous avez mis*, votre supposition ou plus encore votre outrage m'eût fait vous jeter mon gantelet au visage... Mais je suis presque nu et vous l'êtes aussi, et je conçois que votre vergogne vous ait fait sortir de vos gonds. Jamais infortune n'aura réduit deux prisonniers à la même semblance.

« Encore, Nevers, que tu es plus repoussant nu, la boudine au vent, que vêtu de tes dorures ! »

— Eh bien, dit Boucicaut, le duc Jean de Nevers vous a demandé quelle action vous valait cette clémence. Pouvez-vous, Clairbois, nous éclairer ?... Et toi, Yvain, qu'as-tu à répondre puisque tu fus, toi aussi, épargné ?

Le maréchal semblait furibond que deux de ses hommes n'eussent point été raccourcis ! Le clerc, entre eux, ne l'intéressait point.

« Ne dis rien, Yvain », souhaita Gui. « Laisse-les se répandre en suppositions. Que nous importe qu'ils nous méprisent puisqu'ils nous méprisaient déjà ! »

Et tandis qu'Antigny se dépensait en dénégations sur toutes les hypothèses proférées par Boucicaut, Gui lança un regard vers le pavillon sur le seuil duquel, à demi dans l'ombre, une jouvencelle en qui scintillaient toutes les

1. Le rang, la race.

grâces de l'Orient – la souveraine beauté de Brehappe –, lui adressait un geste prompt et léger comme une plume ou une fleur exquise[1].

Allons, il ne fallait point désespérer. Il était en vie alors que les horribletés recommençaient. Dans les ténèbres de son existence future, cette inconnue serait le réceptacle de ses espérances tout comme Héloïse serait le refuge de ses amours. Il était un prisonnier ; il redeviendrait un homme libre. Il avait chevauché sur les chemins de la honte ; Dieu, désormais, le guiderait sur les secrètes voies de la résurrection.

1. Il y eut entre 3000 et, selon certains, 10000 meurtres, ce qui, pour cette seconde estimation, semble exagéré. Des monceaux de corps mutilés. On pataugeait dans le sang, les membres, les viscères. Bayézid, écœuré, épargna quelques prisonniers. C'était le mardi 26 septembre 1396.

TROISIÈME PARTIE

L'EXIL EST UNE TOMBE

I

— Proches ou lointains, quels que soient les lieux où ils nous emmènent, je crains de n'y point parvenir.

D'une voix basse où frémissaient peut-être des sanglots, Enguerrand de Coucy révélait sa faiblesse. Dès le premier engagement contre les Turcs, il avait accompli des prodiges de force et de courage. Sa nudité laissait paraître ses navrures : cinq ou six aux bras et aux flancs. Certaines suintaient encore. Point d'onguent pour en tarir le flux et en éteindre les brûlures. D'ailleurs, il fallait piéter, piéter encore sous la menace des épieux et des cimeterres maniés par des sipahis à cheval, muets et dédaigneux.

— Nicopoli est derrière nous à moins d'une lieue, dit lentement Jean le Meingre malcontent de clopiner auprès de ses vainqueurs.

— Hé oui, Boucicaut ! gémit Jean de Nevers. Il y a des centaines de lieues devant nous s'ils nous emmènent en Turquie. Nous allons écorcher nos pieds sur les rochers et les cailloux.

— Cela vaut mieux que de patauger dans le sang de nos martyrs comme hélas ! nous l'avons fait, chuchota Philippe d'Artois.

« Ça lui va bien d'y penser », songea Gui qui, voyant ses compagnons aller nu-pieds, se sentait plus à l'aise que jamais dans des souliers que certains sans doute lui enviaient. « Ces malheureux que nous abandonnons à la pourriture lui doivent leurs tourments. Jamais, il n'en dressera le martyrologe s'il survit à ce qui nous attend. »

— Nous ne méritions pas ce sort-là !

Celui qui s'exprimait à mi-voix était le jeune Jacques de Bourbon, comte de la Marche, l'un de ceux qui s'étaient enorgueillis de vaincre les Turcs en quelques coups de lame. Défiant les chefs éminents, il avait galopé derrière le successeur d'Olivier de Clisson tout aussi écervelé que lui.

Rendu soudain furibond par un propos d'une outrecuidance éhontée, Gui crut réentendre l'amiral Jean de Vienne avant que l'assaut eût été donné à l'armée de Bayézid : « *Laissons régner l'orgueil et la présomption puisque la voix de la raison ne peut se faire ouïr. Le comte d'Eu veut marcher aux ennemis ? Nous le devons suivre. Nous voici engagés dans un combat que nous avions désapprouvé. Nous le soutiendrons et ferons voir à nos jeunes chevaliers imprudents que ce n'est pas le courage qui nous manquait.* » Le trouvant trop pusillanime, les jeunes adoubés de Brehappe avaient tous voulu fournir une leçon de hardiesse à Sigismond de Honguerie. Ceux qui avaient survécu à la bataille avaient été décapités, despiécés, éventrés et dépecés vivants, devant Bayézid impassible. Jean de Vienne était mort dans les plis de la bannière Notre-Dame. Et tant d'autres…

« Tous ont été contraints d'ouvrir les yeux sur cette boucherie. Antigny et moi aussi. C'était d'une atrocité comme oncques n'en verra de sa vie. Combien les *sipahis*, les derviches et autres *silihdars* en ont-ils occis ? Nevers pense dix mille, Boucicaut trois mille, Coucy mille… Nul n'en sait rien. Certains pleuraient, d'autres suppliaient qu'on les épargne. Les archers tendaient le poing à tous ceux qui désormais m'entourent. Et ils avaient raison ! Maudits soient Eu, Boucicaut, Nevers et leurs suppôts !… Il semble qu'ils aient oublié déjà ces immolations ! Ils se croient la conscience pure !… Que leurs nuits aient l'odeur et la couleur du sang ! »

Antigny abandonna sa méditation :

— Nous sommes doresnavant tous égaux dans l'infortune et la nudité.

— Garde-toi bien de le croire. Nos fauteurs de mort n'ont rien perdu de leur jactance. Ils l'ont tout bonnement refoulée au fond d'un cœur tout aussi petit que leur cervelle. Peut-être, après avoir compati à leur propre meschéance, leur regret se borne-t-il à la perte de leurs poulaines.

— Je les ai vus en couper les jarretières et les extrémités. Ils se hâtaient de mettre à l'air leurs orteils !

Ensemble, ils observèrent Eu qui piétait devant. Derrière venaient Boucicaut et Coucy, puis Henri de Bar et Gui de la Trémoille. Ensuite, seul, le comte de la Marche. Derrière clopinait un jouvenceau blond et mince aux pieds tendres. Antigny révéla qu'il était Allemand[1]. Écuyer, il avait vu son seigneur mourir démembré. Son angoisse ne s'était allégée que lorsque Bayézid, las des supplices qu'il avait imposés à ses bourreaux, avait décidé d'y mettre un terme.

Il y avait aussi, dans la procession des vaincus, quelques chevaliers de Rhodes et de Honguerie, d'autres encore, nus, contrits.

« Et puis nous », songea Gui. « Yvain et moi ne valons pas un sol. La rançon de Boucicaut sera payée par Jean de

1. Il se nommait Schiltberger. Il avait seize ans. Avait-il cru à la victoire ? Ne pouvant acquitter le prix de son otagerie, il fut libéré après trente ans de détention et donna un récit de la bataille. Selon les historiens allemands, celle-ci aurait opposé de 7500 à 9000 chrétiens à 12000 ou 20000 Turcs. Schiltberger évalue les forces chrétiennes à 16000 hommes.

Nevers… Nous sommes pauvres. Notre protectrice s'est évanouie. Nous ne la reverrons plus. Que Dieu – le nôtre – veille sur elle et s'emploie à la rendre heureuse. »

Du menton, il désigna Nevers, Eu, Bar et Gui de la Trémoille ses frères Pierre et Guillaume privés du quatrième du nom : Philippe[1].

— Après avoir plié les genoux sous leurs habits appesantis d'or et d'argent, les voici maintenant habillés de leur chair !

— Et tu t'en réjouis ?

— Plus encore que tu ne l'imagines.

— Crois-tu qu'ils soient vergogneux ?

— Pour l'être, il faut une conscience. Tu sais bien qu'ils en sont dépourvus… Je te vois malcontent. Tu ne partages pas mon avis ?

— Si je te semble dépiteux c'est parce que je t'envie tes grolles[2].

— Je te les prêterai demain pour la journée… Je suis un fils de la terre. Tout jeune, je courais nu-pieds par les champs et les chemins.

Il fallait avancer sur des brisures de roche coupantes. Regarder loin devant soi eût été aggraver sa peine. Mieux valait baisser les yeux sur les aspérités du sol, sur les herbes rares qui, parfois, en atténuaient la rigueur. Gui se

1. Certains historiens ont fait mourir Gui VI de la Trémoille à la bataille de Nicopolis. Or il mourut à Rhodes où, en compagnie de Boucicaut, il cherchait des fonds afin de payer les otageries de certains prisonniers. Guillaume, son frère, ne fut pas occis, lui non plus, puisqu'il figure parmi les exécuteurs testamentaires désignés, avant son trépas, par Enguerrand de Coucy : Geoffroy Maupoivre, Jacques d'Amance, maréchal de Lorraine (duché de la famille de la seconde dame de Coucy), Eu, Boucicaut, et Jacques de Bourbon. En revanche, si l'on trouve Philippe de la Trémoille au départ de l'armée à Dijon, sa trace se perd à Nicopolis.

2. Vulgairement : savates.

refusait à imaginer ce que pouvait être le plaisir de chevaucher, la satisfaction de piéter selon son goût en ville ou à la campagne. Il n'enviait point les janissaires et les sipahis qui, du haut de leur selle, jetaient sur les protégés de Bayézid des regards où scintillait une supériorité après tout méritée.

Enguerrand de Coucy alentit soudain ses foulées. Gui et Antigny le rejoignirent.

— Je n'irai pas jusqu'au bout, grommela le grand éclopé. J'ai perdu trop de sang.

— Vous passez, messire, pour avoir moult courage à la guerre. Je vous adjure d'en avoir dans la semblance de paix où nous sommes. Vos amis, qui sont des hommes rudes, vous méjugeraient si vous leur montriez des signes de lassitude et de désespérance… et Henri de Bar, votre gendre, semble vous ignorer [1].

— Je le sais ! Je le sais ! Mes navrures attirent les mouches et repoussent mon gendre. Je sens aussi, dessus, les yeux de nos vainqueurs… Nous avons été humiliés… mortifiés…

— Il est avéré que nous le méritions. Vous avez voulu modérer la folle ardeur du comte d'Eu et des chevaliers de Brehappe… Trois cents… Tous mats. Vous ne nierez pas qu'ils ont cherché la mort… Ceux qui ne périrent point l'épée en main à la bataille ont trépassé privés de cette gloire qui les attirait comme votre sang les mouches.

— Ce fut horrible… Un sort d'une méchanceté…

— Croyez-vous, messire, que celui des Turcs de Brehappe… des Turcs et de leurs familles, fut moins

1. Il avait épousé Marie, la fille cadette de Coucy née de son premier mariage avec la fille d'Édouard III, Isabelle, le 27 juillet 1365 à Windsor. Isabelle mourut en 1379, selon certains, en 1382, selon d'autres. Cette dernière date est la bonne.

crueulx ?… Et tous ces rapts[1], embrasements et roberies qui ont jonché notre cheminement, ne méritaient-ils pas d'être redimés ? Ni vous ni mon compain et moi n'avons démérité. D'autres ont semé le vent pour que nous subissions la tempête. C'est le surnom de Bayézid.

Enguerrand de Coucy rejeta de la main ces considérations.

— Où nous emmènent-ils ? dit-il dans un souffle.

— En Turquie, possiblement.

— C'est à plus de cent lieues !

— Davantage, messire.

— J'ai faim et soif.

— Nous aussi, messire, dit Antigny.

— Il est à craindre, dit impassiblement Gui, qu'ils ne nous donnent rien. Il faut piéter dans les cailloux et trancades[2].

— Et si je m'étendais maintenant sur le bord du chemin, me fourniraient-ils un cheval ?

Cette question arracha un sourire à la bouche asséchée d'Antigny.

— Il est sûr, messire Enguerrand, qu'ils vous y cloueraient en quelques coups d'épieu.

Coucy fronça les sourcils et se résigna :

— Eh bien, mes compères, je continue.

— Où nous emmènent-ils ? s'inquiéta Antigny.

Si les otages se posaient tous cette question, était-il nécessaire de la formuler à haute voix ?

— Nous allons en Turquie, murmura Gui. Efforce-toi, Yvain, de paraître paisible. Ils s'ébaudiraient de te voir angoisseux. Dis-toi que tu vas piéter, piéter encore, piéter

1. Viols.
2. Blocs de pierre émergeant du sol.

toujours ce qui peu à peu te donnera de bonnes semelles de chair… Et cesse tes parlures : réserve ta salive pour la soif.

Puisqu'on les avait épargnés, tous supposaient qu'ils ne cheminaient point vers la mort. Il faisait chaud. La faim les tourmentait. Bientôt, la soif enflammerait les gosiers. La plupart des hommes accoutumés à toutes sortes d'égards et témoignages de complaisance enrageaient d'être considérés comme un vil bétail. Ils n'avaient pas perdu que leur honneur : leurs armes leur manquaient ainsi que leurs armures. Ils entendaient parfois les fers et les aciers dont ils avaient été dépouillés tinter dans des chariots. Ce bruit leur paraissait d'une ironie messéante. Et l'on avait attelé au charroi, turpitude suprême envers des animaux de grand prix, les palefrois que des varlets sans doute occis avaient tenus à l'écart de la bataille.

Guy n'avait pas revu Cyrus. Il le croyait vivant et c'était l'essentiel. Nevers avait pensé que les vainqueurs fourniraient aux vaincus de haut lignage des chevaux pour le grand voyage. Or, ils devaient s'écorcher les pieds, sentir de gros cailloux quelquefois pointus s'enfoncer dans leurs plantes. Les Turcs leur eussent-ils proposé des juments, montures dérogeantes, pour cheminer, qu'ils se fussent confondus en bassesses. Parfois, leurs regards s'attardaient sur les souliers d'un privilégié. Sans doute, dans leur crâne débile, des voix criaient à l'injustice. Gui savait qu'il devrait, la nuit, s'étendre sur ce trésor afin de le protéger d'un emprunt qui n'eût servi à rien puisque le lendemain, il eût reconnu son robeur.

Ils allaient clopinant. Parfois, tout près d'eux, un cheval amblait, incitant ses semblables à en faire autant jusqu'à ce qu'un chef décidât d'un alentissement permettant au charroi de regagner le terrain perdu. Et tandis qu'il errait sous un soleil miséricordieux encore, Gui se demanda soudain s'il reverrait les dames de Montsurvent et si, lasses d'attendre sa visite ou tout au moins de ses nouvelles, elles ne craindraient point qu'il fût mort.

Il imagina leur anxiété, leurs propos, leurs larmes et leurs prières à l'église. Héloïse, elle aussi, devait prier avec une ferveur constante. Puis il oublia tout, soucieux de l'humeur des janissaires, attentif à l'allure de ses devanciers, peu enclin à s'intéresser aux maisons rares, si différentes de celles de France qu'il s'épouvantait d'en être si loin.

Il fut soudain saisi par le coude et se retourna. Le clerc qui les avait, Yvain et lui, accompagnés au supplice, venait de les rejoindre.

— Je me suis attardé… Un écuyer est mort… Nous piétions tout au bout du troupeau lorsqu'il est tombé… Je l'avais soutenu autant que mes forces le permettaient… Sa navrure au flanc était inguérissable mais il voulait l'ignorer… Quand il fut allongé sur le bas-côté, un sipahi a retenu son cheval. Voyant que je ne pouvais rien pour lui, il s'est penché sur sa selle et lui a tranché le col d'un seul coup d'alfange.

Le moine baissa la tête. Gui vit son menton trembler. Il en éprouva un sentiment de gêne. Tout comme lui, tout comme Yvain, l'homme en froc de bure ployait sous le fardeau de l'opprobre. Il en avait tant vu que sa pitié semblait éteinte. Il dit pourtant :

— J'en pleurerais. J'en pleurerais car sa fiance en moi était profonde. Je lui mentais. Je lui disais qu'il guérirait… Il s'appelait Henri de Cigogné.

— Il était des nôtres, mon père.

À quoi bon ajouter que ce grand écuyer blond, solide, n'avait cessé de croire à la victoire et que sa présomption avait été parfois insupportable. Mieux valait demander :

— Vous, mon père, quel est votre nom ?

— Frère Grégoire, de l'ordre des Frères prêcheurs, comme feu frère Théodore qui avait pour vous une sorte d'admiration.

Gui sentit que ce propos lui était destiné. Antigny ne devina rien : il marchait, choisissant sur le chemin les endroits où poser franchement ses pieds.

— Sans vous, dit le clerc, je serais mort… horriblement.

— Abstenez-vous, mon père, de nous regracier. Nous avons, Yvain et moi, commis ce qui fut pour nous une bonne action… une double bonne action : nous avons sauvé une pucelle turque et libéré la Chevalerie de deux malandrins. Vous en avez profité et c'est tant mieux !

— Je crois que je suis le seul prêtre qu'ils aient épargné.

— Croyez bien, mon père, que nous eussions aimé, mon compain et moi, sauver vos frères en religion. Mais vous êtes présent. Par votre entremise, Dieu, qui ne nous a guère aidés, sera tout de même le très-bien venu.

Le moine acquiesça. Il avait un visage rond, glabre encore, un front haut, un regard noir, sans rudesse. Grand, il lui advenait de considérer les vainqueurs d'une façon particulière qui le dispensait d'user du moindre mot sévère à leur intention. Tout comme frère Théodore, sans doute, il ne se sentait plus, depuis longtemps, le truchement des volontés célestes puisqu'il semblait que l'Éternel n'avait jamais imposé la mesure et la clairvoyance aux maîtres d'un ost scandaleux.

— Vos vainqueurs, dit-il, méprisent la faiblesse. Tout ce qui pourra leur en fournir l'illusion développera chez eux une sensation d'omnipotence qui, je le crains, s'exaspérera si cette fragilité s'aggrave. Il importe que l'espérance d'échapper à votre condition d'otages ne vous préjudicie point. Ne bâtissez rien sur du sable. Ne satisfaisez pas, devant certains orgueilleux de ces hommes, le besoin d'ostentation inséparable de tous les guerriers, particulièrement des chevaliers… Vous avez vu où cela mène. Sachez refouler votre vanité. Vous êtes les vaincus d'une contestation immense et mortelle.

Ils parlaient bas, vérifiant parfois si on les observait. Les grands perdants avançaient tête basse. Les Turcs les considéraient d'un œil chargé de malice. On pouvait poursuivre un dialogue d'une tristesse infinie.

— Je ne sais, mon père, s'il ne serait pas malavisé de ma part de me mettre en parangon de nos chefs[1] et de me glorifier moi-même. Sans éprouver la moindre humilité, car notre déconfiture ne me concerne pas – je n'en suis point responsable, ni Yvain non plus –, j'accepte ma condition. Je sais qu'on nous emmène en des lieux d'où je ne pourrai sortir… à moins d'un miracle.

— Nous sommes pauvres, intervint Antigny. Bayézid sait que notre richesse, c'est notre cœur… Nous sommes évincés de la pesée de l'or.

— Mais point de la pesée des âmes.

Gui trouva cette réplique inutile. Son âme avait le temps d'être pesée. Il devait revoir Héloïse. Plus il s'en éloignait, plus elle lui devenait indispensable. Qu'eût-elle éprouvé en le voyant en ce moment ? Eût-elle versé des pleurs et supplié quelque vainqueur de le lui restituer ? Oui, elle l'eût certainement fait et ne se fût point offensée d'avoir provoqué des rires.

Un homme monté sur un cheval noir vint à passer. C'était le vieux latinier avec lequel il avait échangé quelques mots avant sa comparution devant Bayézid. Le Turc lui désigna Nevers et ses compagnons.

1. *Se mettre en parangon* : se comparer à.

— Vous leur devez votre défaite.

— Certes… Était-ce une raison pour occire de simples hommes d'armes tout en respectant ces gens-là ?… Le châtiment devait leur revenir.

— Sa Hautesse a dit que ces petites gens ne méritaient pas de vivre.

— Pourquoi ?

Le vieillard rapprocha sa monture. Gui s'aperçut qu'il s'agissait d'une jument morelle, fine, docile, et qui devait courir plus vélocement que certaines autres – de France et d'ailleurs.

— Pourquoi ! Parce qu'ils étaient moult fols… Fols d'obéir aux mandements de leurs capitaines et fols, conséquemment, de nous affronter.

— Qu'auraient-ils dû faire, selon votre… Hautesse ?

— Refuser de nous assaillir.

— Croyez-vous que votre maître les eût admirés ?

La réponse tomba, sèche, lourde d'une certitude mensongère.

— Certes.

Gui se sentit offensé. Les archers, les guisarmiers, les cranequiniers de l'ost avaient fait leur devoir sans délibérer. En hommes d'honneur.

— Votre maître admirerait-il ses janissaires et autres sipahis s'ils refusaient soudain de guerroyer ?

« Je lui ai cloué le bec », songea Gui sans éprouver la moindre plaisance.

— Évidemment non. Si une pareille félonie venait à se produire, il ferait jeter les couards dans des chaudrons d'eau bouillante.

— Alors, messire…

— Appelez-moi Mustapha.

— Alors, messire Mustapha, parlez-moi des oiseaux et de votre pays, de votre maître aussi, même si j'en suis… malade, mais surtout, évitez, je vous prie, de nous faire la leçon. Je savais quant à moi cette bataille perdue avant même qu'elle eût été commencée. Mes certitudes et mes doutes ne m'ont point empêché d'y prendre part.

— Au nom de votre foi ?

— Nullement, messire. Parce que je me devais d'accomplir mon devoir sous peine de me mépriser à jamais.

— Vous êtes un homme de bien.

Mustapha souriait dans son nid de poils blancs sans que Gui pût trouver dans son regard la moindre trace d'ironie.

— Sans doute suis-je un homme de bien, mais sûrement, messire, parce que je suis chevalier.

— Vos pairs ne sont point dotés de vos scrupules !

Plutôt que de répondre affirmativement, Gui crut bon de conclure :

— Si je suis de leur religion, je ne suis point de leur fortune et de leur espèce et c'est pourquoi je suis heureux d'être ce que je suis.

— Hé ! Hé ! fit le Turc en poussant vers l'avant sa monture. Nous nous retrouverons, jeune homme. Bon courage !

— Tu l'as sans doute offensé.

— Non, Yvain. Ce vieillard est un sage et je ne serais pas ébahi que Bayézid lui demande parfois conseil. As-tu mal ?

— Dans l'esprit et jusqu'à mes orteils.

— Demain, j'irai pieds nus et toi dans mes chaussures.

« Et je me demande », s'interrogea Gui, « si ce que je ferai, tu l'aurais fait à ma place. »

Un cri retentit. Il leur était adressé. Ils parlaient trop. Ils se résignèrent à se taire. Mieux valait demeurer silencieux que de recevoir une fouettade comme cela venait de se produire à l'arrière. Qui en avait souffert ? Se retourner eût été la subir aussi et augmenter la fureur du Turc. Il convenait de faire l'innocent, le repenti, changer sa nature et marcher, marcher toujours, encore, en se demandant quand on s'arrêterait et s'il y aurait au moins de quoi boire. Parfois, chez ceux de devant qui étaient aussi ceux dont la vie n'avait jamais cessé d'être aisée, s'échappaient des gémissements. Certes, ils étaient discrets. Ils n'en révélaient pas moins des douleurs. Les pieds, évidemment, puis la gorge et enfin l'estomac. Ces hommes qui, depuis Paris, n'avaient cessé de gloutonner, se sentaient soudain d'une faiblesse affligeante. Que se passerait-il s'ils défaillaient ? Les vociférations des janissaires envers ceux qui, manifestement, commençaient à piéter de mauvais gré, laissaient planer sur la misérable grappe humaine la menace d'une mort sans doute épouvantable. Point de pitié, songeaient les vainqueurs. Gui ne pouvait que les approuver.

Personne à voir d'autre que des Turcs armés. Devant ? Rien qu'un pays montueux et ingrat. L'immensité. Il fallait s'y inclure en se refusant à penser que c'était pour toujours.

Lorsqu'on s'arrêta sous des arbres rares mais bienvenus, Gui estima qu'il avait piété trois ou quatre lieues. Peu importait le nombre d'heures employées à ce cheminement. Il vit les Turcs abandonner leurs chevaux, s'agenouiller tout proches d'eux au risque de prendre un coup de sabot, et se pencher face contre terre en proférant des mots évidemment inconnus.

— À la fin de leurs supplications, ils vont sûrement tirer un dîner de leurs besaces, supposa Antigny que la faim commençait à tourmenter.

Or, ces gens étaient sobres. Il semblait que le repos consacré à la prière, fût plus important, chez eux, que la nourriture. Gui vit Philippe d'Artois s'éloigner, s'approcher des janissaires assis, immobiles. Le connétable promena une main lente sur son ventre avant de feindre de s'accroupir.

— Il leur fait comprendre qu'il a faim et va défaillir…

— Non, Yvain. Il veut tout bonnement chier. Il souhaite que ce soit hors de leur vue et surtout de la nôtre.

— Ils refusent. Ils lui disent de faire où il est et lui enjoignent de ne plus bouger d'un pas.

— Le malheureux !

Gui ne put maîtriser un accès d'enragerie :

— Quoi !… Vas-tu le plaindre ?… Il est logé à la même enseigne que nous tous. Comme Nevers, il nous a mis dans la merde. Il est nécessaire qu'il y patouille. Nous devrions même nous approcher pour l'observer dans ses œuvres. Il doit avoir la face d'un dogue constipé.

Frère Grégoire se détourna. Antigny également. Il y eut, chez les Turcs, une multitude d'ébaudissements et de « *Hou ! Hou !* » cependant que des grommellements d'indignation s'élevaient chez les nobles de France.

— Oye, Yvain. Seuls Gui de la Trémoille et Bourbon se rient de son mésaise !… Le pauvret ne peut se torchier qu'avec ses doigts… mais il ne l'ose !… Quand leur tour viendra, la gaieté de ces deux prud'hommes s'éteindra en un clin d'œil. Agar [1] !

Le comte de Nevers venait de se lever. Nullement pour la même raison que son cousin.

— Il a soif, murmura frère Grégoire.

Nevers alla de Turc en Turc, la main à demi serrée sur un gobelet imaginaire dont il versait le contenu dans sa gorge. Lorsqu'il ne provoquait pas une indifférence feinte,

1. « Vise un peu ! »

il récoltait des rires, bêlements, aboiements pour breuvage. Mortification supprême : ces Mahoms qu'il avait tant décriés se riaient de sa nudité, en particulier de son sexe.

— Aussi flasque et pâle que son nez, murmura Gui sans aigreur. Peut-être va-t-il entamer parmi eux et parmi nous une cure d'humilité.

— Vous le croyez ?

— Non, mon père. Je doute qu'il puisse tirer le moindre enseignement de notre déconfiture. C'est pourquoi je me réjouis de le voir ainsi, dans la peau d'un quémand [1] sur le parvis d'une église.

— Regarde les autres.

Allongé de tout son long sur des cailloux que sa sueur avait rafraîchis, Enguerrand de Coucy feignait de dormir – ou dormait – les mains jointes sur son ventre. Boucicaut examinait ses plantes douloureuses et les caressait comme des animaux blessés ; le jeune Bourbon, ce fornicateur insatiable, se grattait l'entrejambe en songeant peut-être à une épouse qu'il souhaitait, soudain, plus vertueuse qu'une nonnain. Gui de la Trémoille et Henri de Bar confabulaient, leurs mains jointes sur le crâne pour le protéger des ardeurs du soleil :

— Pauvre Jean de Vienne !

— La vergogne lui fut épargnée. Il est mort vêtu de la bannière de Notre-Dame…

— Ils nous fourniront bien des vêtements ! Ils ne peuvent nous laisser passer tout nus dans leurs cités et villages !

— Qui sait ? Nous affrianderons leurs femmes…

— Avant qu'ils n'en profitent.

1. Mendiant.

— Ne t'ébaudis point, La Trémoille, mon compère. Nous sommes mal partis.

— Et loin d'être arrivés.

Il fallut piéter sur le long chemin aux herbes rares et aux graviers pervers. Souffrir de sa nudité pour la plupart des Grands ; souffrir des plantes en clochant et en évitant les inconvénients du sol ; souffrir d'un estomac qui, trop accoutumé aux festins et buveries, réclamait ses lucullus quotidiens ; souffrir, pour Gui de la Trémoille, d'une diarrhée soudaine, forte et discontinue, dont il devait se soulager en marchant – ce qui écartait de lui ses voisins –; souffrir, pour Jean de Nevers, d'être insulté comme un huron parce qu'il avait trébuché sur une branche morte ; souffrir de ses nombreuses navrures pour Enguerrand de Coucy qui n'était ni roi ni prince ni duc mais comte[1] et qui se réjouissait sans doute d'être au même niveau qu'iceux.

« Bientôt tous ces gens-là mendieront leur pitance. Les Mahoms ne boivent point de vin : nos malebouches sont condamnés à n'absorber que de l'eau. Je devine déjà ceux qui se feront humbles, ignoblement serviles afin d'obtenir une simple bouchée de pain. Certains, déjà, sont disposés à se prosterner devant le parderrain[2] des janissaires pour tenter d'en recevoir une poignée de pois ou une rognure de viande. Leur fierté s'est déjà rétrécie. Il n'en restera rien dans deux ou trois semaines. Ils accepteront que les derviches et les *azabs*, puisque c'est le nom des archers,

1. La devise des sires de Coucy était la suivante : « *Roy ne suis, ne prince, ne duc, ne comte aussy : je suis le sire de Coucy* ». Le château, de dimensions fantastiques, était pourvu d'un donjon extraordinaire : 65 m de haut et 31 m de diamètre. Les Allemands dynamitèrent l'ensemble en 1917. Coucy était comte de Soissons. Du fait de son premier mariage, il avait été comte de Bedford.

2. Le dernier des derniers.

leur pissent sur le crâne pour un fragment de… je ne sais quoi !

La marche continua jusqu'à la fin du jour. Lorsque les prisonniers s'immobilisèrent à proximité d'une rivière, défense leur fut donnée d'en approcher sous peine de mort.

— Leurs chevaux, eux, vont boire. Ils nous humilieront jusqu'au bout.

— Eh ! oui, Yvain. Dis-toi que vainqueurs, nos prud'hommes se seraient livrés aux mêmes immolations et sans doute les prisonniers les plus riches auraient-ils subi outréement ce que nous subissons désormais. Viens, allons ombroier [1] sous ce qui me paraît être un chêne. Venez, frère Grégoire : il est prudent que nous restions unis.

Enguerrand de Coucy vint s'asseoir auprès d'eux et, tout en examinant ses pieds où suintaient des entailles :

— Je donnerais bien une tour de mon château à ces Mahoms pour obtenir une jointée [2] d'eau claire et fraîche.

— Je vous le déconseillerais, messire, s'empressa Gui. Ils vous demanderaient une seconde tour pour loger leurs femmes, une autre pour leurs serviteurs, une autre pour leurs enfants. Ils vous envahiraient larrecineusement [3] et bientôt exigeraient une mahomerie. Il vous faudrait guerroyer encore pour recouvrer toute votre chevance.

Le grand Picard eut un triste sourire :

— Reverrai-je cette chevance ?… J'en doute. Avez-vous de quoi payer votre rançon ?

— Non, dit sombrement Antigny. Vous connaissez la raison pour laquelle Bayézid nous a épargnés : nous avons sauvé du stupre [4] une de ses nièces.

1. « Allons nous mettre à l'ombre. »
2. Ce que contiennent les deux mains réunies en coupe.
3. Furtivement.
4. Viol.

Enguerrand de Coucy acquiesça et, sans le moindre commentaire concernant une intervention meurtrière :

— J'aimerais vous pléger [1] afin de vous prendre à mon service. Vous me semblez des chevaliers d'une race particulière.

Gui n'osa ni réfuter ni accepter cette opinion.

— Je sais, vous, Clairbois, que vous étiez à Clisson et que vous fûtes de cette malheureuse expédition où le roi devint fol à peine sorti du Mans. Olivier était mon ami et, par Dieu, c'était un autre connétable que celui qui nous a mis dans la fange… Je suis moult heureux qu'il ait pu regagner sa Bretagne.

— Pourtant, messire, sur le chemin de Mont-le-Héry, vous vous réjouissiez de son arrestation imminente.

Coucy eut un sursaut. Ses sourcils se froncèrent. Gui sentit des yeux clairs s'enfoncer dans les siens.

— Que prétendez-vous ?

— Messire, dit paisiblement Gui, le duc de Berry, voici quatre ans, vous avait chargé d'arrêter le connétable. Cinq compagnies confluèrent, au début de septembre, vers Mont-le-Héry pour encercler le châtelet et empêcher la fuite de sire Olivier. Or, nous étions partis lorsque vous et vos gens êtes apparus. Nous étions alors dans un sentier en contrebas du chemin où vous passiez. Je vous ai ouï – et Clisson également – vous réjouir de la prise d'un homme dont je puis affirmer qu'il se disait votre ami. Certes, je ne saurais répéter vos paroles, mais je puis vous assurer que le connétable en fut marri.

Gui vit deux solides poings se serrer tandis que sur un visage soudain figé, une bouche s'animait comme pour un crachat.

1. Cautionner ; de *plège* : caution.

— Tudieu !… Olivier aurait dû concevoir que je récitais des sornes !… Il me fallait leurrer quelques-uns de mes compagnons qui détestaient Clisson et se réjouissaient de le prendre au gîte. D'ailleurs, le connaissant mieux que vous, je savais qu'il n'avait pas attendu ma venue. Me croyez-vous ?

— À peine.

Un mésaise était né. Gui eût aimé y remédier, mais était-ce bien nécessaire ? Il savait qu'il n'offrait point au riche comte de Soissons une figure de juge. Berry lui avait commandé d'aller à Mont-le-Héry s'assurer de la personne d'Olivier de Clisson : il avait obéi. Le devoir d'amitié n'avait peut-être pas pesé bien lourd eu égard au mandement que le duc imposait à un seigneur condamné à l'obéissance. Il y avait de quoi se sentir confusément indécis et lugubre.

— Il vous faut me croire !

— Sachez bien, messire, que j'essaie. Il est dommage que sire Olivier ne soit pas présentement parmi nous.

— Si le Breton avait commandé, nous n'en serions pas là.

— C'est vrai, messire. Je suis adolé [1] de ce que je vous ai dit, mais il me fallait vider mon cœur.

Coucy abaissa ses yeux sur son ventre et éloigna une mouche qui tournoyait au-dessus d'une de ses plaies.

— Je conçois votre ire à mon égard et vous considère comme un guerrier de grande desserte [2]. Je vous ai entrevu dans la presse… Serrons-nous la main !

Gui obéit. Lorsqu'il reverrait l'ancien connétable, il lui conterait cet échange. Mais le reverrait-il ?

1. Attristé.
2. De grand mérite.

Il offrit une seconde fois sa dextre au maître de la Picardie. C'était pour l'aider à se lever. Ce faisant, il fut ébahi par son teint livide et les nombreuses rides qui bourrelaient son front et ses joues.

— Êtes-vous malade, messire ?

— Malade de vergogne et peut-être de haine.

— Envers les Turcs ou envers certains des nôtres ?

Enguerrand de Coucy considéra de haut en bas l'ancien écuyer de Clisson, puis Antigny, indécis, et enfin le dominicain, tête basse et mains jointes.

— Mes navrures me cuisent… Elles me font moins mal, cependant, que celles que m'infligèrent quelques écervelés avant que nous fussions en présence des Turcs.

— Je compatis, messire, à votre déception.

Le menton se leva, les yeux d'acier se tournèrent vers les « écervelés » assis ou allongés sur le sol. Leur nudité fit sourire un homme aussi nu qu'ils l'étaient mais qui ne s'était point dépouillé de sa noblesse.

— C'est, pour eux, ce qui s'appelle tout perdre : l'honneur, la certitude du lendemain et l'espèce de gloire dont ils se croyaient magnifiés…

Puis à nouveau face aux deux compagnons et au moine qui, privé de sa croix pectorale, touchotait sa bure à son emplacement.

— Sachez-le : si je crains d'eschoir [1] en chemin, je vous demanderai de l'aide… Je ne me sens guère solide sur mes jambes… Tout ce sang versé pour rien… Je ne veux nulle pitié de tous ces hommes-là !

Une voûte jonchée d'étoiles. Était-ce les mêmes qui piquetaient le ciel de France ? Bien qu'aucune évasion fût

1. De tomber.

possible, le cercle des janissaires était devenu plus étroit. Au-delà miroitait la rivière où des clartés tremblaient comme condamnées, elles aussi, à quelque châtiment. Parfois, l'épieu sur l'épaule, on voyait passer un fantôme. Parfois, un capitaine apparaissait à contre-courant des vegilles [1] pour s'assurer qu'ils accomplissaient convenablement leur service.

Point de nourriture. Les Turcs s'étaient abstenus de manger quoi que ce fût. « Ce jeûne ne les incommode point », songeait Gui, incapable de dormir. « Ils vont à cheval et sont donc moins affamés que nous. Il y a pourtant une odeur de mangeaille. Ils doivent nourrir leurs navrés qui nous suivent dans les chariots de ce qui fut notre bagage. » Antigny le toucha du coude :

— Crois-tu qu'ils avaient besoin de nous lier les bras pour la nuit ?

Gui leva ses mains jointes par une corde serrée aux poignets :

— Ils savent nous humilier. Pourvu qu'ils nous délient ce matin !

— Ils nous ont étroitement escharguetés [2]. Ils devraient pourtant se douter qu'aucun d'entre nous n'essaiera d'atteindre la rivière sans avoir la liberté complète de ses mouvements. D'ailleurs, il suffit d'imaginer les tourments dans lesquels périraient les courageux pour dissuader les plus hardis de s'escamper.

— Je ne tiens pas à tenter l'impossible, mais derrière, parmi les quelque deux ou trois cents hommes qu'ils ont épargnés et qui nous suivent, eux, les poignets liés à longueur de jour, certains doivent avoir des démangeaisons de liberté.

1. Gardes.
2. *Eschargueter*, *eschaugueter* : environner de sentinelles.

Deux soupirs de fatigue et d'ennui se mêlèrent. Et Gui reprit :

— Moi, ce qui me démange, Yvain, c'est la souvenance de tous ceux que je n'ai pas revus : Le Barrois, Jean et Godemar de Linières, Regnault de Chavigny, le Borgne de Milli, Jean d'Egreville, les parents de Boucicaut…

— Morts, sans doute. Égorgés ou étripés. Le maréchal ne semble guère peiné de leur perte.

— Je ne sais si le comte de la Marche s'est bien battu. Il s'est esseulé. Le remords, sans doute, d'avoir avec Eu décidé de l'assaut.

— Essayez de dormir, suggéra frère Grégoire. Ils ont vu ma croix pendant qu'ils vous liaient et me l'ont arrachée. Je l'avais glissée sous mon froc. Au contraire de vous, j'ai toujours les mains libres.

— Boucicaut semble nous en vouloir, dit Antigny, insensible à la tristesse du moine.

— De quoi ?

— Peut-être d'être en vie alors que ses fidèles sont morts. Je n'ai pas revu non plus nos compères Vernon, Abondant… Peut-être sont-ils parmi les vingt seigneurs pauvres qui nous suivent et qui précèdent les autres prisonniers plus pauvres encore.

— Morts comment, s'ils le sont ? Dans la mêlée ou par la volonté de Bayézid ?… J'aimerais, pour eux, qu'ils aient péri l'épée en main…

— Je me suis approché de Boucicaut et de Nevers. Tous les corps des croisés vont pourrir au soleil… Ils disaient aussi que quatorze chevaliers de Strasbourgh[1] qui s'étaient

1. C'étaient trois membres de la famille de Zom, sept de la grande famille des Müllenheim, – dont deux purent revenir en Aussay (Alsace) après une longue captivité : Welther von Eudingen, Friedrich von Heiligenstein, Hängel Seussen, Hans Engelbrecht.

promis de combattre ensemble sont morts ensemble, enfermés par les Turcs de si près qu'à la fin, ils ne pouvaient manier leur arme.

Une voix retentit, hargneuse. Celle du jeune Bourbon :

— Sang-Dieu ! Ils nous traitent comme des esclaves ! Ils ont tellement serré mes liens que mes mains sont engourdies.

— Les miennes aussi, murmura Gui. Le sang n'y parvient plus. Pauvre petit Bourbon !

Yvain grommela tout en essayant de détendre ses liens :

— Ils ne cesseront de nous punir. Ils nous reprocheront toujours notre outrecuidance et les morts que nous leur avons infligés. Nul ne sait où ils nous conduisent.

— Les uns disent à Kaliopoli, les autres à Burse[1], dit, après un bâillement, le moine. De toute façon, nous ne connaissons rien de la Turquie.

Une grande ombre s'approcha : Coucy.

« L'on dirait qu'il nous a adoptés », songea Gui. « Il est vrai qu'il faisait confiance à Sigismond plutôt qu'à Philippe d'Artois. »

— Impossible de dormir, les amis, avec des mains que je ne puis poser sur des navrures qui ne cessent de me démanger.

Gui sourit dans l'ombre et, sans méchanceté :

— Si vous avez, messire, enchartré quelques prisonniers dans les caves de votre forteresse, vous savez enfin ce qu'ils ont éprouvé.

— Certes, je sais désormais quelle fut leur faintise[2]. Si je ne puis m'alimenter, je ne piéterai plus longtemps... Je me suis moult battu, toujours tiré des batailles et des escarmouches... Jusqu'à Nicopoli, je n'avais jamais été vaincu.

1. *Kaliopoli* : Gallipoli. *Burse* : Brousse.
2. *Faint* : faible ; *faintise* : faiblesse.

Cette fois, mon esprit affronte mon corps et je ne sais lequel des deux l'emportera !

— Un homme comme vous, chuchota Gui, ne doit jamais relinquir [1]. Ils vous occiraient joyeusement si vous décidiez d'abandonner notre troupeau… en vous couchant au bord du chemin. Il vous faut revenir à Coucy, que je ne connais pas mais dont mon père m'avait énarré les merveilles. Je crois que vous avez de quoi payer votre rançon.

— Certes, gémit le comte de Soissons en essayant de desserrer la pression de ses liens… Jacques de Helly a dû rassurer Bayézid au sujet de ma fortune. Mon gendre, Henri de Bar, qui l'avait oubliée avec les follieuses, commence à regretter ma fille… Mais l'autre Bar, Philippe a été occis… Mes idées, parfois, se mêlent sous mon crâne où les cheveux sont rares, ce qui, heureusement, ne désole pas ma chère épouse… Que fait la jeune Isabelle ? Est-elle à Paris ? À Coucy ?

« Et moi qui le croyais marié à une Anglaise !… Je crois qu'il a deux filles et un bâtard. Y songe-t-il aussi tout à coup [2] ? »

1. Abandonner, renoncer.

2. Coucy avait deux filles, Isabelle et Marie, épouse de Henri de Bar, et un bâtard Perceval, dont on ne connaît pas la mère. L'oncle de Coucy, Aubert, avait aussi un bâtard Aubert.

Veuf d'une Isabelle, Enguerrand en épousa une autre à 46 ans. Elle était fille du duc de Lorraine, « *très belle damoiselle de grande et noble extrace de la maison de Blois* ». Le premier mariage du comte de Soissons avec la fille du roi d'Angleterre, Édouard III, n'avait guère été heureux. Cette pimpesouée dépensière dont cinq propositions de mariage avaient échoué avait, en 1365, huit ans de plus que Coucy qui tomba dans l'excès inverse. Le second mariage eut lieu en février 1386 et Coucy transforma son château pour « l'autre Isabelle ». Il créa une salle des Preux (60 x 15 m) où figuraient les statues d'Hector de Troie, Alexandre le Grand et Jules César ; Josué, David et Judas Maccabée ; Arthur, Charlemagne et Godefroi de Bouillon. Jouxtant cette pièce immense, il y avait une salle des Preuses où figuraient Sémiramis,

Gui, impassible, attendit la suite.

— Avant la tuerie, Jean de Vienne m'avait dit qu'il n'aurait aucun regret de mourir : il était cocu... Il avait eu des liens serrés avec une jouvencelle qui était une cousine du roi d'Écosse, lequel avait juré de le faire occire. Les Turcs s'en sont chargés... Si je meurs, je sais qu'on tentera d'imposer un second mari à mon épouse afin que celui-ci obtienne Coucy et ses dépendances, mais je la sais suffisamment hardie pour rebuter les prétendants [1] quels qu'ils soient.

Crainte d'être trompé, crainte que son château ne tombât en des mains impures : les tourments de Coucy ne faisaient que commencer.

Gui ne sut que dire. En ce qui le concernait, il s'efforçait de penser qu'Héloïse lui était fidèle et que la Ferté-Clairbois lui reviendrait un jour, dût-il, pour l'obtenir, employer une épée.

— J'essaie, messire Enguerrand, de ne pas trop acompter [2] l'avenir. C'est la nuit, surtout, que je m'interroge et que mon imagination galope sans que je la puisse alentir.

Penthésilée, Hippolyte et d'autres créatures que le singe de son épouse allait souiller de loin en loin. Les ruines que l'on peut visiter actuellement sont un ébahissement constant pour les touristes passionnés de Moyen Âge.

1. Dès la mort d'Enguerrand VII, des ambitions se firent jour. Coucy régnait sur maints châteaux superbes, 150 villes et villages, des forêts, des étangs. Marie de Bar et Isabelle de Coucy s'intentèrent de multiples procès. La reine Isabeau s'en mêla, qui voulut engager un mariage entre son père Étienne de Bavière et Isabelle. Et l'inévitable Louis d'Orléans se porta fermement acquéreur, le 15 novembre 1400. Sur le prix conclu : 400000 livres, il n'en donna que 40000. Isabelle entreprit 11 procès pour récupérer le solde de cette vente. Las ! elle mourut lors d'un festin de noces en 1405. *Poison*. Louis d'Orléans assistait au repas.

2. Songer à.

— Nous sommes tous ainsi, je crois, dit Antigny. Mais au réveil, ce qui était blanc devient noir, et inversement.

— Nous sommes passés de la liberté à la servitude avec une ravine[1] terrible. Nos vainqueurs ne connaissent point notre langue.

— Un dominicain, frère Théodore, qui savait le turc, est mort lors de l'occision des prisonniers de Brehappe. Il paraît qu'il protégeait un enfant, mais nos hommes d'armes les ont tous deux occis

— Je sais, murmura Coucy… Ces Turcs étaient un millier… Que de sang versé ! Que de meshaings[2] inutiles !… Je conçois la fureur de Bayézid et sa forcennerie envers les nôtres. J'ignore ce qu'est devenu mon médecin, Geoffroy Maupoivre. *Ils* ont bien dû voir qu'il était vieux et que ce n'était pas un guerrier…

— Peut-être, messire, dit frère Grégoire, est-il parmi les trois cents épargnés qui nous suivent. Il paraît que derrière, aussi nues que la plupart d'entre vous, piètent les ribaudes. On m'a supprimé ma sainte croix, mais j'ai conservé ma coule.

— Ces femmes, les mécréants les vendront comme esclaves à des soudans de grand appétit.

— Il y en avait de belles.

Antigny avait quelquefois erré parmi les chariots des filles follieuses. Peut-être avait-il eu accès à l'intérieur.

— Je n'ai pas eu l'usage de ces gaupes, grommela Coucy, mais certains de ceux qui nous ont conduits à la déconfiture en ont largement profité.

— Le jugement de Dieu, murmura Gui.

Il s'allongea sur le sol parsemé d'herbes. C'en était bien fini des énormités oratoires qu'il avait entendues en

1. Rapidité.
2. Maux, destructions.

chemin et surtout devant les murs de la Comète, Brehappe et Nicopoli. Il n'avait cessé de vérifier que la dévotion des maîtres de l'ost se dissolvait dans la luxure et n'avait décelé chez aucun d'eux, hors la satisfaction de la lubricité, un esprit subtil et bien meublé. Pareils, dans la nudité, aux soudoyers de leur mesnie, ces prud'hommes, après avoir été couverts d'or, n'étaient plus que des miséreux tout en muscles ou en graisse que la croyance exagérée de leur valeur avait enfin désertés. Comment eût-il pu demeurer serein parmi eux ? Contrairement à ce qu'il en avait pensé à Mont-le-Héry, et compte tenu des justifications de celui-ci, il découvrait en Coucy un seigneur épris de sa femme, amoureux de son château, et d'une conscience sans défaillance. Irrépréhensible ? Non, sans doute. Comment avait-il pu s'accommoder d'une collusion apparemment solide avec Philippe d'Artois, Boucicaut, Nevers et autres La Trémoille ? Sans ingéniosité, sans réflexion, sans modestie parfois, la conduite d'une bataille ne pouvait aboutir qu'à un échec. Coucy devait y songer puisqu'il dit :

— Sans la posnée [1] du comte d'Eu, nous étions vainqueurs. J'avais repoussé, il est vrai, toute idée défensive : nous étions venus aider Sigismond pour accomplir *avec lui* de merveilleuses appertises [2]. Mes paroles ont été approuvées par tous, excepté le comte d'Eu qui se considérait comme un nouveau César. C'est en assistant à nos mésententes que le roi des Hongres fut édifié sur notre hautaineté. Il avait compris que la présomption de notre connétable serait aussi notre ennemie. Pendant nos désaccords, Bayézid passait sans doute par Andrinople [3]. Je suis parti au-devant de l'avant-garde du soudan avec Regnault de Roye

1. Orgueil.
2. Prouesses.
3. Il avançait vers Tirnovo, par le col de Chipka.

et Jean de Saint-Py. Nous étions plus de mille. Tous ont crié : « *Notre-Dame au sire de Coucy !* » et la bataille fut heureuse. Ce faisant, j'ai augmenté la jalousie d'Artois à mon égard. Il m'a accusé d'attiser la discorde et de priver Nevers de la gloire du commandement. Sigismond a voulu percuter les premières compagnies ennemies composées des seuls *azabs*. Il avait raison mais Artois s'est obstiné à vouloir galoper au centre du grand croissant turc alors qu'il eût fallu l'attaquer sur les ailes… lesquelles se sont refermées sur nous… C'était pourtant un mouvement élémentaire ! Nous le pouvions prévoir et je l'avais prévu. Le connétable, Nevers, Boucicaut et ces trois cents jeunes coqs qui avaient reçu leurs ergots à Brehappe ont décidé de galoper droit devant, arguant que les armes turques ne valaient rien…

— Quand elles sont des milliers, elles sont redoutables !

— Nevers nous a réunis, Vienne et moi. Nous lui avons dit que son envie de combattre à l'aventure était malavisée. Vienne lui a conseillé d'avoir un dernier entretien avec le roi des Hongres. Peu après, il a crié : « *Avant bannière !* » Vous connaissez le reste… Ni Eu ni Nevers n'osent m'approcher. Pour eux et pour bien d'autres, je suis un reproche vivant !

— Vivez, messire, murmura Gui. Vos navrures attestent que vous avez fait merveille… Vivez pour témoigner, plus tard, de la mortelle jactance de ceux qui nous ont menés au déshonneur.

— J'eusse préféré mourir que d'être prisonnier.

— Ce n'est pas, dit Antigny, le sentiment de vos pairs.

Il y eut un silence. Gui regardait les étoiles. Aucune qui fût filante, donc impossibilité de formuler un vœu. Cette superstition lui déplut. En était-il donc là, maintenant ?

— Ils me jalousent, murmura Coucy, un soupçon de rage dans la gorge. Ils envient ma fortune. Il y a un abîme entre moult grands personnages et moi comme il y en eut un, à Nicopoli, entre les intentions du connétable et de Nevers et le funeste résultat qu'ils obtinrent. C'est à cet abîme qu'ils peuvent mesurer leur excès de fiance et tout le dérisoire de leurs prétentions... Mais la leçon sera perdue. Orains [1], s'ils ne dorment pas, ils cherchent dans les cendres de notre infortune des arguments pour exciper de leur male chance. S'ils reviennent à Paris et dans leur mesnie, leurs propos abondants ne rendront que plus évidente leur nullité mais, comme leurs auditeurs seront de leur espèce, ils sortiront grandis, glorieux de récits imaginaires auxquels ils finiront par croire.

— J'en connais, messire Enguerrand, qui se tresseront eux-mêmes des couronnes. Assistant à ces commentaires, je commettrais une erreur, je pense, à les contredire et à clamer mon indignation.

— Il est vrai. Ces gens n'acceptent point qu'on les contrarie.

— Je maudirai cette faiblesse.

— Je le devine. S'il est malveillant de titiller l'orgueil des Grands, on peut louablement éviter de se complaire dans une idolâtrie abjecte. À Coucy, je savais discerner parmi ceux que j'accueillais, les louangeurs hypocrites. J'adoptais leurs façons et leur disais du bien en les vouant au mal... C'est ainsi, jeunes gens, qu'il faut procéder... Mais reverrai-je Coucy ? Je sais déjà qu'au-delà d'où nous sommes, Louis d'Orléans et Isabeau voudraient bien que mon épouse fût veuve, ruinée, afin de s'approprier mon bien.

1. Maintenant.

Coucy bâilla et s'endormit d'un coup.

— C'est lui que nous devrions servir, dit Antigny à mi-voix.

Gui acquiesça de la tête. Il était cependant déraisonnable de s'inventer un avenir avec Coucy ou un autre seigneur. Il fallait se laisser porter par le courant de la vie, croire en soi-même, croire aux bienfaits de la providence et de loin en loin prier Dieu pour l'obtention d'une délivrance incertaine. Mais Dieu semblait malade et inefficace. Alors, quoi ?

Il fallut repartir. On était le jeudi 28 septembre, veille de la Saint-Michel. Dès l'aube, les Turcs s'assemblèrent pour une fervente prière. Lorsqu'elle eut été dite à grands murmures et longues prosternations, l'affligeante procession se reforma sous les regards toujours impitoyables des janissaires, les uns coiffés de la cervelière à nasal, les autres d'une espèce de chapel de feutre que Gui entendit nommer un *ketché*.

On avait délié les poignets des vaincus. Il leur fallut repiéter sur leurs blessures, les unes infectées, les autres rouvertes après une cicatrisation légère. Un chuchotement discontinu révéla que Bayézid suivait de loin, soit à cheval, soit en *hafe* [1], et qu'il avait envoyé Jacques de Helly à la Cour de France afin d'y annoncer sa victoire. Le messager devait révéler à Charles VI, à sa parenté et particulièrement au duc de Bourgogne, le montant de toutes les grosses rançons nécessaires à la libération des prisonniers fortunés.

« Nous n'avons aucun souci de cette espèce », songeait Gui. « Pas d'argent, pas de liberté… Il faudra bien qu'un

1. Litière.

jour nous nous évadions. Pourvu qu'Yvain n'atermoie pas ! »

Il lui avait prêté ses souliers pour la journée[1]. Il devait fouler un sol dur, jonché parfois de graviers aux arêtes coupantes. S'il hésitait à poser son pied sur quelques cailloux dont il imaginait les meurtrissures, un fouet sifflait au-dessus de sa tête. Il eût pu tourner son regard vers le sipahi survenu de l'arrière auquel ce simulacre de flagellation procurait de la plaisance. Il s'en garda.

— La rumeur prétend que nous allons à Burse[2], murmura Antigny.

La grande ombre de Coucy s'approcha, clopinante, et sa voix affaiblie commenta :

— Un vieillard, Mustapha, m'a dit que les armées de Bayézid se sont séparées. Certaines sont retournées en Tartarie, Perse, Mède, Syrie, Alexandrie, Letto[3] et autres contrées de mécréants. Il reste cependant vingt mille Turcs à l'entour de nous.

— Nous connaissons ce Mustapha. Ce n'est pas un guerrier.

— Il nous a dit, à Gui de la Trémoille et à moi, que Bayézid avait enjoint à Jacques de Helly, lors de son retour en France – qui a certainement commencé –, de cheminer parmi la Lombardie, de saluer de sa part le duc de Milan et d'annoncer partout sur son passage sa victoire sur les chrétiens.

— Il peut s'en enorgueillir.

— Certes. Souvenez-vous, car vous y étiez : le soir même du martyre de nos jeunes chevaliers et de nos

1. Les prisonniers durent parcourir, la plupart nu-pieds, 525 kilomètres.

2. Ancienne *Prusse*, puis Brousse.

3. Nom inconnu cité par Froissart.

soudoyers, Bayézid nous a conviés, enchaînés, sous son pavillon.

— Il est vrai. Yvain et moi nous sommes demandé : « Pourquoi pas nous ? » avant de deviner que nous étions sans importance.

— L'un après l'autre nous sommes assis devant une table. L'un après l'autre, nous avons reçu une feuille et une plume pour que nous écrivions une lettre à notre parenté... Le soudan nous a dit le montant de notre rançon. Nos lettres ont été closes et vallées [1] de notre petit scel. Jacques de Helly a dû jurer qu'une fois qu'il aurait noncié [2] au roi et seigneurs de France le prix exigé pour chacun de nous, il reviendrait vélocement à Kaliopoli, qui doit être au bout de notre chemin. Selon moi, pour vous ignorer, Bayézid vous trouve sans valeur... et j'en suis marri.

— S'il nous conserve en vie, c'est qu'on l'en a supplié.

— Qui ? Cette prière fut forte pour qu'il l'ait acceptée.

— Nous avons sauvé, Yvain et moi, une de ses nièces d'un rapt.

— C'est vrai !... Je l'avais oublié... M'eussiez-vous demandé mon aide que je vous l'aurais accordée. Ores, c'était à Boucicaut de vous offrir sa protection et de vous assurer qu'il ouvrirait ses coffres.

— En vérité. Il s'est... enraciné entre Artois et Nevers comme s'il avait besoin de leur assistance. Nous sommes donc admis parmi vous par une sollicitude ennemie, mais nous savons que notre sort est peu enviable. Dieu nous offrira bien l'occasion de partir.

Gui doutait d'un secours céleste, mais il fallait qu'il eût confiance en quelque chose. Toute sereine qu'elle fût, la présence de frère Grégoire n'apaisait pas sa détresse.

1. « Fermées et validées de notre petit sceau » – l'anneau sigillaire.
2. Annoncé. *Noncierre* : messager.

— Le Meingre est comme étourdi par notre échec.

— Il ne faut point méjuger l'ennemi. Je crois qu'il nous en veut…

— D'avoir été sauvés par une jeune Turque ? demanda suavement Antigny.

Le manche d'un épieu le frappa sur l'épaule.

— *Bitmich !* hurla le janissaire.

Cela devait signifier *assez* ou *terminé*.

Il fallait avancer, clopiner ; sentir les pierres s'enfoncer dans ses chairs et les gravillons pénétrer entre ses orteils et s'y maintenir. Les ongles allaient pousser. Comment les raccourcir ? Si l'on pouvait uriner en marchant, il fallait attendre une halte pour des accroupissements humiliants suivis d'expulsions hâtives. Pourrait-on bientôt se laver ? Déjà la masse des vainqueurs, des vaincus et des chevaux exhalait une odeur putride. Elle allait de jour en jour empirer.

— Croyez-vous, jeunes gens, que la nouvelle de notre déconfiture atteindra la France plus vélocement que Helly ?

— Les mauvaises nouvelles, messire Enguerrand, volent aussi vélocement que les coulons messagiers [1].

1. Peu de survivants du désastre atteignirent la France. Froissart révèle : « *Et tant avalèrent (descendirent) ces affuyans qu'ils vinrent en France et à Paris. Si commencèrent à bouter hors ces angoisseuses nouvelles, lesquelles, de premier on ne vouloit ni pouvoit croire ; et disoient les aucuns parmi la ville de Paris : "C'est dommage que on ne pend ou noie cette ribaudaille qui sème tous les jours tels gengles et fallaces." Nonobstant ces menaces, tous les jours les nouvelles multiplioient et s'épartoient partout ; car nouvelles gens revenoient qui en parloient, les uns en une manière, les autres en une autre. Quand le roi de France entendit que telles nouvelles se multiplioient et continoient, si ne lui furent pas plaisans ; car trop grand dommage y avoit des nobles de son sang et de bons chevaliers et écuyers de son royaume de France. Et fit un commandement afin que nul n'en parlât plus avant jusques à ce que on en seroit mieux informé de la vérité ou de la men-*

— Il est vrai. Sans doute, à la Cour, ailleurs et à Coucy même, ne croira-t-on pas la simple et affligeante vérité. Une sorte de deuil figera moult faces agréables et gaies lorsque Jacques de Helly apparaîtra… s'il n'a pas trouvé la mort en chemin[1].

— Quand, selon vous, messire, peut-il reparaître ? demanda frère Grégoire en rupture de prière.

Boucicaut s'était approché. Il avait presque tout entendu. Il prit un air de prédicateur :

— Certainement en janvier, février, voire mars, mon père, s'il a eu des inconvénients dans quelque contrée. J'espère qu'il est parti bien hourdé[2] et qu'il reviendra de même. Ce qui laisse à prévoir un long retour si nous allons au-delà de Constantinoble.

« Il ne nous demande rien », observa Gui. « Il s'est enfermé dans son regret ou son remords, encore que je le sache incapable d'en éprouver. Il avait voulu nous vêtir en

songe ; et que tous ceux qui en parloient, et disoient qu'ils retournoient de Honguerie et de Turquie, fussent pris et boutés au Chastelet à Paris. Si en y eut mis grand nombre ; et leur fut bien dit que, si on trouvoit en mensonge les paroles que dites avoient, il étoit ordonné qu'ils seroient tous noyés. Et en jurent en la fureur du roi en grand'aventure. »

Le roi, Louis d'Orléans et le duc de Bar envoyèrent des messagers à Venise et en Hongrie pour obtenir des nouvelles. Le 16 décembre, des navires marchands relâchant à Venise, leurs capitaines et les marins révélèrent le désastre de Nicopolis et la fuite de Sigismond. Or, le dimanche 24 décembre, sur l'heure de nonne, Jacques de Helly entra dans Paris. On lui dit que le roi était à Saint-Pol-sur-Seine. Il y entra « *tout housé et éperonné* ». Il n'était point connu de la faune curiale. On peut écrire que sa venue jeta un froid.

Les prisonniers du Châtelet furent relâchés.

1. Selon le religieux de Saint-Denis, les nobles éprouvèrent un « *si amer désespoir* » que des vêtements noirs firent leur apparition. L'affliction gagna la Bourgogne. Le mardi 9 janvier, jour des morts dans le duché, les églises bourguignonnes et parisiennes sonnèrent le glas.

2. Escorté.

vert gai, comme le souhaitait Nevers. Nous ne sommes même pas en *vert triste*. Nous sommes plus ou moins nus, affamés, assoiffés et, dans l'ensemble, dépouillés de notre insolence. Il le sait. »

La chaleur commençait. Certains crânes, certains dos allaient souffrir des attouchements d'un soleil qui, sachant son règne sur le point de se ternir, semblait enclin à des férocités peu communes en octobre.

— Vous êtes tirés d'affaire !

— Tant mieux pour eux, Le Meingre, dit Coucy. Combien d'autres ont été meurtris qui méritaient de vivre.

D'être nu gênait Boucicaut. Il avait pourtant un corps d'athlète, mais sans vêtements et surtout sans épée, il se savait risible. À l'inverse, Coucy se satisfaisait de son sort. Il dit d'ailleurs entre ses dents : « Nous l'avons bien cherché », puis :

— Ne nous soucions point de notre aspect. Chez nous, nous nous sentirions humiliés, mais dans cette sorte de désert où nous travaillons [1], quelle importance ? Nous avons perdu notre épée ; ils nous ont laissé notre braquemart. C'est une concession que j'apprécie après avoir vu tant des nôtres démembrés de partout.

Coucy, droit, domptait sa faiblesse. « S'il ne mange pas ce jour d'hui », songea Gui, « je crains qu'il ne s'effondre. » Or, le pas était ferme, comparé à celui du maréchal. Il n'avait plus aucun souci de ses blessures et pourtant, celle de son flanc et celle de son épaule dextre suppuraient encore.

— Si seulement, dit-il, nous pouvions vider un hanap de cervoise ou d'hypocras !

— Et manger une cuisse de geline !

1. *Travailler* : fatiguer, voyager. *Travailleux* : fatigant et aussi *traveller*, *traveiller* : marcher.

— Il est vrai, Boucicaut. C'est, dans l'état où nous sommes, la seule cuisse qui nous puisse intéresser. Mais regarde, derrière, et vois ce que je vois.

Nevers et Eu tendaient la main à un janissaire. « *Boire* », disaient-ils. « *Manger.* » Ils insistaient piteusement et leurs voix de quémands eussent fait s'ébaudir tous ceux qui mendiaient aux porches des églises. Avaient-ils conscience que cette bassesse les déshonorait ?

— Ils ont mangé comme quatre, comme six, grommela Coucy. Ils ne connaissent point la frugalité. Ils me font honte. Et à toi ?

— Évidemment, murmura Boucicaut.

Était-il sincère ? On en pouvait douter.

— Je m'attendais, osa Gui, à un abaissement pareil.

— On ne vous a rien demandé, s'indigna le maréchal. Ils ont faim, ceci explique cela.

— Croyez-vous que nous n'ayons ni faim ni soif, messire ?

Antigny, indigné, attendit vainement une réponse.

D'ordinaire, il se fût abstenu d'intervenir. L'attitude des deux grands seigneurs venait de lui révéler leurs caractères. La hauteur en France, l'humilité, et même la soumission la plus plate sous la férule des Turcs. Gui, d'un clin d'œil, approuva son compère. Jamais, sans doute, ils n'avaient éprouvé cette impression de plénitude et de force qui les exhaussait loin au-dessus de deux princes avec, pour témoins, deux hommes, l'un courroucé, Boucicaut, l'autre réjoui : Coucy. Sans doute le premier, depuis son enfance prime vouée – il s'en vantait – à la violence, n'avait été enclin à examiner la raison de ses actes et de ses excès de guerrier. L'autre paraissait plus sensible, bien qu'excellent bataillard. S'ils étaient de pareils perdants, leur résignation et leur repentir différaient. Bientôt, de façon à dissimuler ses torts, Boucicaut imputerait à Sigismond la responsabilité de la défaite. Coucy n'occulterait pas la sienne sous des discours drus et immodérés.

— Si cela continue, dit le comte de Soissons avec un méchant sourire, oui, bientôt, si cela continue, ils brosseront volontiers les chaussures de nos vainqueurs pour une bouchée de pain et, pour un morceau de viande, ils leur torcheront le cul.

C'était une prédiction terrible. Plutôt que d'y répondre, Boucicaut se laissa distancer. Coucy en parut satisfait.

— Vous avez frappé dur, dit Gui sur le ton de la louange.

— Il est vrai. Ce qui me courrouce en certains hommes, c'est leur absence de dignité. Plus on est haut placé dans un royaume, plus on devrait se montrer vertueux. Nevers et Artois, chemin faisant, se maculeront de boue.

On s'arrêta trois fois au cours de cette matinée. À midi, les Turcs s'alimentèrent à proximité des vaincus. L'orgueilleux Jacques de Bourbon que ses dix-huit années eussent dû rendre plus robuste qu'un Coucy, le plus âgé des otages, s'approcha de quelques-uns des mangeurs, espérant être pris en pitié par certains de son âge. Comme, explicitement, il se frottait le ventre, Gui interrogea son voisin :

— Voilà un falourdeur qui devient pitéable[1]. Qu'en dites-vous, messire Enguerrand ?

— Il se contenterait de légumes, murmura le comte de Soissons qui semblait avoir pris deux pauvres otages pour confidents. Il fera chou blanc, ce qui ne nourrit guère. Il mangeait comme quatre… Insatiable aussi pour les filles de joye.

1. « Voilà un prétentieux qui devient pitoyable. »

Des plaintes s'élevèrent, d'abord légères, puis lourdes, angoissées :

— Nous avons faim !

Nevers venait d'interpeller Mustapha qui passait parmi ses pareils à la recherche de l'un d'eux. Le vieux Turc se tourna vers l'homme au long nez que la fatigue et le courroux enlaidissaient davantage.

— Si vous et les vôtres, messire, aviez été vainqueurs, auriez-vous eu pour nous des bienveillances dont nous eussions pu nous réjouir ?... Non... Il est probable que vous nous eussiez fait passer de vie à trépas comme les prisonniers de Brehappe, les mal heureux de la Comète et autres cités dans lesquelles vous avez avec moult plaisance et zel[1] commis des forfaits de toute sorte... Rongez votre dépit en attendant que ce soit un os. Notre *serasker*[2] décidera quand nous devrons vous servir à boire et quand nous devrons vous accorder de la nourriture.

— Mais... commença Henri de Bar, pâle d'exténuation.

— J'ai dit, trancha le Turc sans la moindre déférence envers un duc tout aussi vain que Nevers.

— Mon gendre, commenta Coucy, vient d'être formené[3] de belle façon !

Il semblait s'en réjouir.

On repartit, les pieds en sang, l'estomac plat et le cœur gros.

Gui souffrait du cou et du faux-du-corps[4]. La multitude des gestes accomplis à la bataille avait étiré, sous l'effet de la sueur, les sangles qui joignaient, sur ses épaules, sa

1. Zèle.
2. Ou *serasquier* : général en chef turc.
3. Vexé.
4. L'endroit où se boucle la ceinture.

cuirasse à sa dossière. En avalant[1], le bas de celles-ci avait reposé sur les os supérieurs du bassin. Les chairs peu épaisses en cet endroit avaient été meurtries. Il se sentait partout des *bleus* et des surgillations[2] certainement violacées, douloureuses pour longtemps.

La nuit fut froide. Rien pour se couvrir. À l'aube du lendemain, des Turcs amenèrent devant les vaincus un chariot bourré de vêtements. Sitôt son contenu répandu sur le sol, chacun chercha ses habits sans jamais mettre la main dessus. Coucy, chanceux, trouva un pourpoint et des braies à sa taille, mais nullement un chaperon. Gui de la Trémoille et Boucicaut se disputèrent une chemise de satanin et faillirent en venir aux mains. Arguant de sa condition de commandant suprême, Jean de Nevers convoita un flotternel de soie et un haut-de-chausses vermeil saisis par le comte d'Eu. Très irés l'un et l'autre, ils eussent échangé des horions comme des escholiers en quelque rue de Paris si Huguenin de Lugny, toujours nu, ne les en avait dissuadés en s'appropriant les vêtures. Les deux frustrés se remirent à fouiller dans des dépouilles qui, sans doute, les rebutaient.

Gui s'était trouvé une seconde chemise ; Antigny des braies et un pourpoint dont il décousit l'écu de velours.

— *De gueules à la bande d'argent au chef couronné de France.*

— Roye.

— Sans doute, mais cela ne signifie pas qu'il est mort.

— Qui peut le savoir à part lui ?

— Nous l'avons peu approché.

— La *segregacion*, Yvain. Depuis Paris. Tous ceux qui sont ici nous en veulent de ne pas appartenir à leur estoc.

1. *Avaler* : descendre.
2. Ecchymoses.

Ils se hissent sur leurs ergots sans comprendre qu'ils ne sont plus que des chapons. Mais ils ne nous acceptent pas pour autant. Et si les Turcs nous habillent, ce n'est point par une compassion soudaine. C'est que nous allons traverser des cités sous les regards des femmes.

— Nous n'avons rien à nous mettre aux pieds ! hurla une voix furibonde.

— À force d'exigences, Nevers nous préjudiciera.

— Les Turcs ne peuvent nous mettre plus bas que nous le sommes.

Coucy souriait. Quoiqu'il fût mal vêtu, il se sentait consolidé : son pourpoint à lui seul lui rendait sa noblesse. Il avoua tout de même :

— Si je ne mange pas d'ici peu, je sens que je mourrai. Si j'avais Geoffroy Maupoivre près de moi, je me sentirais mieux, même s'il est démuni de tout remède… Or, je ne sais s'il est mort ou vivant.

— S'il est demeuré près du charroi, les Turcs n'avaient aucune raison de l'occire.

— Et ceux-là, demanda frère Grégoire en montrant, sur le sol, un amas de coules dont nul n'avait voulu, méritaient-ils d'être occis ?

Toutes les bures étaient éclaboussées de sang.

— On les a trespercés, détranchés : voyez, certaines manches sont absentes. Il ne reste que moi et j'en suis vergogneux.

Les yeux du clerc s'endeuillèrent d'une douleur certainement insupportable. La vision des tourments infligés à ses frères en religion s'était soudain comme vivifiée. Elle pénétrait jusqu'au tréfonds de cet homme sans défense et qui s'éloignait, tête basse, afin de mieux pleurer les siens.

— Nous avons, dit Coucy, ce truchement de Dieu pour le soin de nos âmes. J'aimerais bien que Maupoivre fût parmi nous pour la guérison de nos maux.

Gui décida de guetter la prochaine apparition de Mustapha.

Il fallut piéter encore. Les hommes chancelaient. À plusieurs reprises, s'étant retourné, Gui avait entrevu, soutenus par des compères, des otages de moindre valeur que ceux auxquels il appartenait. Vivraient-ils ? Seraient-ils éliminés en chemin ? Tous ces réchappés vivaient-ils en bonne accointance ? On leur avait donné des vêtements mais ils devaient, eux aussi, aller nu-pieds afin de bien connaître, de bas en haut, la rudesse du sol conquis par Bayézid. Parmi eux, certainement, d'aucuns maudissaient Nevers, Eu et tous les capitaines. Le jour, ils les avaient vus manger ; la nuit, ils avaient entendu, lors des festins, les rires des ribaudes et les exclamations des dépravés. Ils avaient maintes raisons de les maudire et la toute première était la conduite absurde d'une bataille où ils avaient perdu des compains, des frères, des cousins et surtout, sans doute, leur croyance en la grandeur et la toute-puissance d'une armée balayée par une humaine tempête.

Gui compatissait à leur déconvenue. Leur silence imposait le respect. Parfois, il se disait qu'il eût été bien aisé parmi eux, puis la circonspection lui revenait : Antigny et lui n'étaient rien d'autre que les privilégiés d'une défaite. Considérés comme tels, ils jouissaient et jouiraient sans doute d'une considération dont ils profiteraient.

Il fallait avancer. Yvain conserverait les souliers jusqu'au soir. Gui les eût volontiers prêtés à Enguerrand de Coucy ; or, il avait les pieds plus courts et moins larges que ceux du comte de Soissons. Messire Enguerrand eût souffert davantage chaussé que déchaux.

À la halte de midi, auprès d'une rivière, les Turcs amenèrent des chaudrons de cuivre, désignèrent leurs porteurs parmi les otages les plus robustes et les firent emplir sur la rive. Chaque homme eut droit à une louchée d'eau claire. Elle avait goût de poisson : ces cuveaux avaient dû contenir des harengs avant qu'on les eût employés pour un autre usage.

— Buvons peu, conseilla frère Grégoire. Cette eau salée, pour ne pas dire cette eau sale, va nous enflammer la gorge.

Et comme Mustapha passait, surveillant à la fois les otages et les janissaires, tous jeunes, affectés à l'abreuvement :

— Aurons-nous un jour de la nourriture ?

— Ce soir. Sa Grandeur vient d'en décider ainsi. Demain, le ventre plein, il vous faudra piéter avec plus de hâte.

— Nous essaierons mais je crains qu'un homme, le grand, là-bas… celui au pourpoint bleu et rouge, ne puisse suivre. La compagnie de son médecin lui serait profitable. Celui-ci, qui se nomme Geoffroy Maupoivre, est peut-être parmi ceux qui nous suivent… Je vous demande en grâce, s'il est présent, de vouloir bien l'insérer parmi nous.

Le Turc se mit à caresser sa barbe. Ses paupières s'étaient mi-closes. Pareille demande l'embarrassait et même le consternait. Soudain enveloppé par un regard sévère, Gui sentit se préciser un échec. Il recourut à un demi-mensonge :

— Cet homme est le plus riche de France après le fils du duc de Bourgogne.

Mustapha ignora cette précision.

— Vous êtes, messire…

— Gui de Clairbois.

— Vous êtes sous la protection d'une jeune fille. C'est un réel bénéfice. S'il s'agissait de vous, je refuserais d'acquiescer à votre demande. Cependant, vous ne sollicitez rien pour vous mais pour cet homme, ce chevalier dont j'ai compris la faintise[1]…

— J'aimerais…

— Qu'il revienne en son château ?

— Il craint qu'on ne le lui prenne… et sa jeune épouse avec.

— Je comprends.

— Avant que de le connaître, effendi, je l'avais jugé différemment. Il mérite mon estime. Je crains qu'il ne soit assez solide pour revoir, je ne sais quand, sa demeure et sa femme. C'est pourquoi j'ai formulé ce souhait qui peut, j'en conviens, vous paraître d'une audace désagréable.

Le Turc, méditatif, semblait avoir écouté d'une seule oreille. Gui se demanda si sa voix avait eu des accents suffisamment misérables pour atteindre un esprit sec et rébarbatif. Il se sentait humilié, soudain, la tête pleine de pensées dolentes. Une éventuelle mort de Coucy lors d'une marche suppliciante vers une cité, une prison et peut-être une condamnation suprême, eût affligé son âme à jamais.

— Je vais voir si ce médecin est en vie. Redites-moi son nom.

— Geoffroy Maupoivre.

Les bras soudain croisés en signe d'importance, Mustapha considéra Gui droit dans les yeux :

— Vous venez de requérir mon aide. Quelle que soit la protection dont vous jouissez, je ne ferai plus rien pour vous.

1. Faiblesse.

— Je vous comprends, dit Gui dompté en apparence. Et je vous sais bon gré d'exaucer ma requête.

À quelque quarante ans, Geoffroy Maupoivre était un homme grand, desséché, d'allure ecclésiastique. Vêtu d'un pourpoint et de hauts-de-chausses noirs, il avait, lui aussi, été privé de ses souliers. Ses pieds saignaient. Il semblait, comme la plupart des otages, avoir foulé des couronnes d'épines.

Avec un secret émoi, Gui vit Enguerrand de Coucy, en larmes, étreindre ce praticien qui ne pouvait lui apporter que le secours de sa présence.

— Ah ! Geoffroy ! Geoffroy !... Quelle bonne plaisance. Je vous croyais mort.

— J'étais demeuré au charroi. Ils se sont saisis de moi sans que je leur résiste. J'ai senti mon sang se froidir parmi les derniers que Bayézid eût fait exécuter s'il n'avait point été rassasié d'avoir fait occire férocement trois mille hommes.

— Qui, dites-moi, a fait en sorte que nous nous retrouvions ?

Avec une sorte de passion opiniâtre Coucy voulait savoir ; or, Maupoivre ne pouvait lui répondre : il ignorait tout. Quelqu'un avait demandé qu'il fût transféré d'un essaim de trois cents prisonniers à une trentaine d'otages les plus précieux d'une armée authentiquement démembrée. Un vœu aventureux venait d'être accompli.

Nevers, Bar, Artois, Bourbon, les La Trémoille et Boucicaut les entouraient, se demandant lequel d'entre eux, larrecineusement[1] avait pu exercer sur des Turcs aux sentiments impénétrables une aussi pesante influence. Gui

1. Furtivement.

sentit quelques regards l'effleurer. « Non », songeaient ces hommes dits « de bien », ce ne pouvait être ni ce rustique du Maine ni son compère. Mais alors qui ?

« S'ils savaient, ils me jugeraient d'une influence pernicieuse. Je deviendrais une calamité vivante. »

Il avait savouré, en son for intérieur, la question qu'incidemment un coup d'œil de Boucicaut lui avait posée. Il y avait répondu d'un négatif mouvement de tête.

« Ils vont chercher entre eux l'auteur de ce miracle. Ne trouvant rien, ils se suspecteront les uns les autres. Leur mauvaiseté foncière les opposera… S'ils savaient que c'est moi, ils me prendraient pour un espie, un traître ou je ne sais quoi. Bientôt, ils s'entre-déchireront. »

— Vous êtes trop petit, Clairbois, pour avoir une aussi grande influence.

Phrase corrosive. Elle glissa dans l'esprit de Gui comme un sirop de velours. Il sourit à un homme imprégné de violence et doté d'une tigrerie qu'il dissimulait sous la Croix.

— Ce qui m'ébaudit, messire le maréchal, c'est que celui d'entre vous qui fut l'intercesseur auprès des Turcs ne se soit pas paonné[1] de son bienfait et n'ait point révélé : « *C'est moi.* » Après leur présomption qui nous a coûté la victoire, vos pairs, messire, feraient-ils pénitence et s'enfermeraient-ils dans l'humilité ?

Boucicaut ne sentit pas le venin. Il sourit, au contraire :

— Certains, Clairbois, sont devenus plus modestes. Si vous observez qui je veux dire, vous admettrez que la leçon a été bonne, terriblement bonne. Mais nous prendrons un jour notre revanche !

« Il n'a rien compris », songea Gui.

1. N'ait pas fait la roue comme un paon.

Il aurait dû s'en douter. Il s'étonna que le maréchal se fût épanché sans contrainte. Cependant, qu'il fût déjà travaillé par une envie de vengeance révélait une bassesse d'esprit dont, après tout, il ne fallait point s'ébahir.

— Lors du péage de votre rançon, *ils* vous feront jurer de demeurer paisible.

Boucicaut tressauta : il ne pouvait rien tolérer qui ressemblât à une soumission.

— Ce n'est pas moi qui obtiendrai ma liberté mais le duc de Nevers qui, payant ma rançon, me la donnera. Et puis, promettre quoi que ce soit à un Mahom et l'oublier ensuite ne saurait être un parjure.

C'était une argumentation d'une simplicité infâme. Il semblait qu'une force maligne animait cet homme et que l'orgueil corrompait son esprit[1].

1. À peine revenu en France, Boucicaut repartit pour l'Orient. Il y affronta les Turcs dans une bataille navale acharnée qui s'acheva en partie vers le pas de Naretez, l'endroit le plus étroit du Bosphore, situé à six ou sept milles de Byzance. Boucicaut et l'empereur Manuel Paléologue qui lui avait accordé la connétablie de son empire « *promenèrent le fer et la flamme, détruisant les manoirs et les villages, massacrant tous les infidèles qu'ils rencontraient* », écrit avec admiration M. Todière dans son ouvrage : *Les Illustres chevaliers sous Charles VI.*

Cette seconde croisade est, selon cet auteur, une « *des plus belles actions du maréchal français en Orient* ». Autant dire que ce chevalier noir fut l'instigateur de boucheries bien plus abjectes que celle de Bayézid à Nicopolis. « *Tant de services* (!) *lui concilièrent tous les cœurs et la reconnaissance des Grecs* », écrit M. Todière.

Charles VI, lucide passagèrement, accueillit Boucicaut en héros. Les princes ne purent faire autrement que de lui adresser mille témoignages de bienveillance. Il paraît que « *la noblesse et le peuple s'empressèrent de lui marquer la joie que leur causait son retour* ». On était alors en 1400, quatre ans après Nicopolis, et les veuves des chevaliers occis étaient en butte aux sollicitations *pressantes* des hommes. Le fier maréchal créa l'*ordre de la Dame-Blanche à l'escu verd* dont il s'institua le Grand Maître avant de s'effacer devant Charles d'Albret, cousin germain du roi, comte de Dreux, connétable de France par la mort de Louis

— Qu'en dis-tu, Clairbois ? intima Boucicaut.

Contrairement à ce qu'il espérait, la familiarité douteuse de la question n'incitait point à y répondre avec une sincérité que d'aucuns, en d'autres lieux et circonstances, eussent trouvée méritoire. L'amertume roulait en torrent dans le cœur et la gorge de Gui. Immédiates, la sagesse et la crainte de se repentir un jour de sa droiture lui imposèrent de se montrer prudent.

— Chacun, dit-il, voit midi de son seuil. Vous accomplirez les actes que vous estimerez nécessaires. Je ne saurais approuver ou désapprouver vos intentions.

— Vous vous dérobez, Clairbois. J'ai la certitude, moi, que Dieu m'approuvera !

Gui s'inclina. Le tranchant de l'orgueil avait lacéré l'espèce d'accointance qui les avait unis jusqu'au fastidieux cheminement dont la Comète avait marqué la première station condamnable. Ensuite, ç'avait été une succession de commotions d'horreur entrecoupées de mornes nonchaloirs. Sa mémoire ne pouvait abroger ces remembrances et il advenait qu'en se tordant les chevilles sur le chemin d'un exil immérité et certainement abominable, il maudit l'homme qui, persuadé d'une admiration divine, lui souriait angéliquement.

Tourné vers Enguerrand de Coucy que soutenait Geoffroy Maupoivre, il redouta que la marche du grand blessé vers les profondeurs de la Turquie ne fût un martyre de chaque jour dont le dernier ne pourrait se situer en France et moins encore en Picardie.

Boucicaut avait intercepté son regard.

de Sancerre. Les douze chevaliers sous ses ordres furent : Boucicaut et son frère Geoffrey, François d'Aubissecourt, Jean de Lignières, Chambrillac, Castelbaïac, Gaucourt, Châtel-Morand, Betas, Bonnebant, Coleville et Torsay. On trouvera les statuts de cet ordre en annexe.

— Je crains, Clairbois, que malgré les amis qu'il s'est constitués, le comte de Soissons n'ait reçu trop de navrures. Il avait naguère un mire excellent qui sauva effimèrement sire Charles après qu'il eut été fol à lier… Las ! Guillaume de Harcigny est mat et je crains que ce Geoffroy Maupoivre ne manque de… de sel !… Est-ce vous qui l'avez fait mander parmi nous ?

Gui se crut tout à coup devant un échafaud. Les regards de Boucicaut le brûlaient tandis qu'il s'efforçait de maîtriser un tremblement contre lequel sa volonté pliait, pliait, et qu'un intense sentiment de perdition le couvrait de sueurs abondantes.

— Messire, je suis bien trop petit pour avoir quelque influence sur les sujets du Grand Turc. Il se trouve que, je ne sais pourquoi, un de ses hommes de confiance, qui connaît notre langue, a jeté les yeux sur moi en se disant que je différais, avec Antigny, des autres chevaliers qui sont présents, circonstans[1]. Il m'a choisi parmi vous tous pour me dire quelques mots aussi blancs que sa barbe.

C'était, à tout prendre, une méchanceté sirupeuse. Elle dut glisser sans difficulté dans les oreilles du maréchal dont le front s'était plissé, signe, peut-être, d'un doute inavoué. Gui résista difficilement à baisser les paupières sous la pression d'un regard où tressaillait une petite flamme noire.

— Défiez-vous, Clairbois, de plaire aux Turcs. Ce sont tous des sodomites. Ils trouvent une fangeuse volupté dans ces pratiques immondes.

C'était un conseil non moins immonde. Gui, cependant, acquiesça. Et comme une nouvelle coulée de sueur lui

1. « nous entourant ».

engluait le dos, il précisa d'une voix sereine et néanmoins péremptoire :

— Ne vous êtes-vous point avisé, messire, que j'étais sain de corps et d'esprit, aussi chrétien que vous, Antigny et les seigneurs qui nous entourent ?... De plus, je suis fiancé.

— Ah ! bon... Je l'avais oublié... Est-ce toujours la fille de l'armurier ? Sinon, puis-je savoir à quelle noble dame de Tours vous avez demandé de vous attendre ?

Pour une fois, Gui eut conscience d'une certaine supériorité sur cet homme tout d'une pièce.

— C'est un requoi [1], messire.

— Bien ! Bien ! Le temps va lui paraître long !

— Comme il le paraîtra, messire, à votre épouse.

C'était une réplique hardie. Elle ne tira qu'un rire à Boucicaut qui, sans doute, n'en avait point évalué la teneur.

Le maréchal s'éloigna.

« Évidemment, il va rejoindre Nevers... Il est vrai que, c'est grâce à lui qu'il est encore en vie !... J'aimerais, ah ! oui, j'aimerais que son Antoinette le fît cocu ! Mais elle est trop bonne épouse. »

Gui fut soudain hanté par l'image d'Héloïse. Jamais il ne l'avait vue ainsi. Elle était nimbée d'une lumière si puissante qu'il en cligna des paupières. Lorsqu'il en domina les cillements, Boucicaut piétait toujours, demi-nu dans le soleil, hésitant parfois pour poser ses plantes sur un sol jonché de cailloux pervers, certains aussi pointus que l'estoc d'une épée dont il ne semblait point regretter la perte.

1. Secret.

II

Marcher. Marcher toujours. Cela seul importait aux Turcs. Leur haine suscitait des sifflements de fouets et leur impatience imposait des cinglons à certains qui, incapables d'avancer aussi aisément que leurs voisins, chancelaient sans pouvoir se rebeller contre les flagellations et les injures. Parfois, un sipahi ou un janissaire abandonnait sa selle pour piéter auprès d'un cheval qu'un éclopé eût pu monter. Des bruits, à ce sujet, circulaient. Derrière, il y avait eu quelques occisions : des malades aux intestins inguérissables et qui avaient eu souvent besoin de s'arrêter ; des assoiffés, des affamés qui réclamaient juste le nécessaire. Il fallait cheminer dans les cris, les hurlements, les rires. Ne rien savoir d'autre que les aspérités du chemin tant on calculait où mettre ses pieds. Il importait de récuser de toutes ses forces amoindries la honte et la désespérance. Passer l'une ou l'autre main sur son visage en friche. Ravaler sans trêve une salive pâteuse. Se demander : « Mangera-t-on mes-huy ? » Se dire aussi : « Il se peut que leurs queux pissent dans notre pitance. » Trébucher. Mal aux orteils. Sentir ses yeux s'embuer de larmes de rage. Sentir ses jarrets se plomber. Voir, en traversant un village, des femmes tirer la langue. Subir quelques jets de pierres quand ce n'étaient des crachats. Avoir une des deux envies et la satisfaire promptement sous les regards égayés des Turcs et ceux, miséricordieux ou faussement indifférents, des vaincus. Se hâter de recouvrer sa place. Redouter qu'une montée qui s'annonçait ne fût longue. Voir le jour tomber lentement. Craindre que la nuit ne fût froide. Avancer toujours et toujours. Sentir, pour les uns, ses pieds fondre en sang, pour les autres les morsures de souliers dont le cuir s'est durci sous l'effet de la sueur et du soleil. Souhaiter que, s'il y avait une rivière, on pût s'y abreuver à défaut de s'y plonger. Se souvenir de certains chants qui célébraient les amours et la vie heureuse. Et se savoir seul, tout seul, déshérité, désespéré, si loin des cités et champagnes verdoyantes qu'on pouvait raisonnablement craindre de ne les plus revoir.

Marcher entre des hommes accablés aux visages mornes, inchangés depuis Nicopoli, n'oser trop parler de crainte d'une fouettade. Sentir, chez les Grands qui commençaient à se rejeter les uns sur les autres l'imputation d'une déconfiture et d'une double boucherie, des haines naître et des oppositions s'exaspérer. Que résulterait-il bientôt du heurtement des caractères ? Plutôt que de fournir à l'ennemi l'exemple d'une entente parfaite, allait-on s'entre-déchirer sous ses yeux ?

Enguerrand de Coucy, un moment revigoré par la présence de son médecin, avait piété bellement, avec courage. Au fil des jours, la fatigue reprenait son emprise sur des muscles trop secs en raison du sang versé, non renouvelé. Aucun de ses pairs – y compris son gendre – ne s'intéressait vraiment à lui. Il les suivait, les observait et cet homme qui, comme ses ancêtres, s'enorgueillissait de n'être ni roi, ni prince, ni duc, mais pouvait se flatter d'être comte de Soissons, leur eût fourni une leçon de vaillance s'ils s'étaient parfois retournés. Il les devait haïr et se dire qu'en bonne santé, il les eût non seulement dominés d'une tête, mais encore, sans doute, des vertus qu'il se connaissait. Gui s'efforçait de piéter près de lui tandis qu'Antigny avançait à la dextre de Maupoivre. S'il eût été inconvenant d'encourager ce grand seigneur, il n'était pas interdit de regarder son œil lugubre et sa bouche serrée sur des gémissements. Un bref soupir, parfois, s'égarait sur ses lèvres. Il s'immobilisait un soupçon de temps et reprenait sa marche, en proie, sans doute, aux émois d'une possible défaillance. On ne pouvait voir ses joues sous la barbe déplaisante à tous. On ne pouvait savoir ce qui se passait sous le crâne des gens de devant. Pensaient-ils à leurs orgies nocturnes ? Pensaient-ils aux morts ? Aux tourmentés ? Cette marche accomplie vers on ne savait quelle geôle, qu'en disaient-ils ? Songeaient-ils quelquefois aux jambes et aux bras rompus par les janissaires ? Se remémoraient-ils d'autres horreurs particulièrement épouvantables ? Pensaient-ils à leurs femmes ? Aux corps de leurs femmes ? Craignaient-ils qu'elles ne leur fussent infidèles ?... Comme celle de Nevers, Marguerite, sœur d'Isabeau, qui peut-être éprouvait les mêmes appétits que la ribaude couronnée...

Les cailloux, la soif, la faim, les souvenances de toutes couleurs où cependant le vermillon dominait. Certaines flottaient comme des encens, d'autres puaient le sang, les entrailles. Alentir son pas sous le coup d'une remembrance, c'était sentir sur son dos la rayure impérieuse d'un fouet. S'arrêter pour soulager son corps, c'était provoquer des rires. Il fallait être digne. Il fallait, pour certains, forclore de l'esprit un sentiment de culpabilité immérité. Avancer, avancer, vaincre, parfois, ce qui semblait être un commencement de fièvre. Avancer. Laisser incidemment ses pas agir seuls, dans une sorte de bercement où les pensées s'endormaient pour ne s'éveiller que lors du sifflement d'une mèche au bout d'une longe de cuir. Se tourner, à la suite d'un rire, vers un profil cuivré surmonté de l'espèce de touaille enroulée à demi sur un crâne brun et n'y trouver qu'une immobilité haineuse ou méditative.

— Allez-vous bien, messire ?

— Je pourrais, Clairbois, vous répondre par une sorne dite et redite en Picardie : *couci-couci*... En fait, je me demande si j'atteindrai les lieux où nous passerons la nuit.

— Vous les atteindrez, messire, affirma Geoffroy Maupoivre, le visage pourtant soucieux.

Terminer la journée était devenu pour ces deux hommes l'obsession pénible, dominante ; l'angoisse continuelle de leur âme. Vivre était une espèce d'encre qui se mêlait à leur sang, une flamme qui consumait leur cervelle.

— Je m'aperçois, Clairbois, qu'il me faut plus de cœur pour exister une journée de plus qu'il m'en fallut naguère pour courir sus à l'ennemi. Une chose est certaine : je suis si hodé[1] que je n'ai jamais aussi bien dormi.

— Pour moi, messire, c'est tout le contraire.

La nuit, les fantômes se réveillaient. Les brumes du passé se déchiquetaient. Gui semblait y voir comme en plein jour. Couleurs, odeurs, voix pourtant disparues prenaient une sorte de vérité seconde sous ses paupières closes. Il ne pouvait songer qu'à ses deuils, lesquels laissaient dans son esprit, tièdes et fumeuses, les cendres du bonheur de vivre. Vers l'aube, Héloïse apparaissait, dont il ne connaissait rien d'autre que le grain de peau et la douceur fruitée d'une bouche fraîche. Lorsque soudain Alix la voulait occulter, un soleil rouge obviait à leur rencontre. Des cris s'élevaient, des chevaux hennissaient

1. Fatigué.

et des oiseaux chantaient. Il fallait se lever, se remettre à piéter. Impossible de se laver, impossible de se rère [1]. L'important de la journée qui commençait serait de *durer*, de manger et de satisfaire au moins une fois, même petitement, à cette exigence. On avait une faim de chien, de loup, de hyène. On pouvait se morfondre dans l'opprobre et le dénuement et rester fier. On ne se sentait fragile que devant la faim. Et si les grands prud'hommes se répandaient en lamentations à la fois indignées et indignes, il savait, lui, que la misère le purifiait comme sans doute elle purifiait Antigny, Coucy et Maupoivre.

— Si mon épouse me voyait…

— Elle serait pour vous pleine d'admiration.

— Certes ! Certes ! Mais j'aurais bien du mal, orains à la satisfaire !

Coucy certainement chérissait sa jeune femme plus encore que lorsqu'il l'avait distinguée, conquise et mariée. Il devait l'aimer avec une sorte d'adolescente ferveur qui se trouvait comme rehaussée par sa déchéance. Plus il sentait s'amenuiser sa vigueur, plus il se disait, peut-être, qu'il l'avait insuffisamment employée dans le lit conjugal.

Que faisait Isabelle en leur château-palais ? Il comptait sur ses doigts les mois qu'il avait passés auprès d'elle et s'étonnait qu'ils eussent été si peu nombreux.

De loin en loin, frère Grégoire s'approchait de Coucy. Gui lui cédait sa place et le moine commençait :

— Je ne vous inviterai pas à prier, messire Enguerrand. Votre courage est votre soutien. Il vous fustige et, parmi les pénéants que nous sommes, il vous tient droit alors que devant, vos pairs se plaignent et courbent l'échine. Vous êtes, vous, un bel exemple de chevalier.

1. Raser.

Bien qu'il fût d'une bénignité extrême et d'une dévotion plus passionnée, désormais, que naguère – encore que celle-ci, sans doute, eût été forte –, le dominicain se montrait infiniment sensible à la misère des hommes de l'arrière et aux cris, hurlements et bourles [1] des Turcs. Sans doute, au tréfonds de son cœur, y répondait-il avec une amertume et une malice empoisonnées en implorant le Seigneur de son pardon. Antigny l'observait souvent comme pour obtenir de lui, si leurs regards se croisaient, un geste de bénédiction dont le religieux s'abstenait de peur d'exciter le courroux de leurs gardes. Personnage de l'ombre – celle du moutier –, indépendant des aventures humaines et du genre de vie des guerriers ; éloigné des incidents de toute sorte avant le départ de l'ost à Dijon [2], il se savait une fois de plus réduit à une présence peu considérable, et c'était pourquoi il y avait dans sa voix, toute basse qu'elle fût, des inflexions de coupable. Un coupable qui n'avait à se repentir de rien.

— Courage, messire Enguerrand ! Vos souffrances font votre force. Ils sont une trentaine, devant [3]. S'ils ne se

1. Moqueries.

2. Le 30 avril 1396. Nous sommes dans les premiers jours d'octobre.

3. Il y eut 24 otages de marque. La liste de ceux-ci est toujours incomplète. Les principaux étaient : Jean de Nevers, les comtes de la Marche et de Vendôme, Henri de Bar, Enguerrand de Coucy, Gui et Guillaume de la Trémoille, Boucicaut, le sire de Sully, Philippe d'Artois, comte d'Eu, connétable de France et Raoul de Gaucourt

Si Enguerrand de Coucy avançait avec difficulté, Gui VI du nom, sire de la Trémoille était accablé de fatigue et de chagrin. Le comte d'Eu, Philippe d'Artois sentait, lui aussi, s'amenuiser ses forces. Les brillants vainqueurs de la Comète et Brehappe, les destructeurs* de maints villages incendiés après que leurs habitants eurent été passés au fil de l'épée commençaient, haillonneux, à ployer le dos sous le fardeau de leurs turpitudes.

* Certains auteurs ajoutent le comte de Saint-Pol, Regnault de Roye, le seigneur de Saint-Louis de Brézé et son frère, Jacques d'Amance, maréchal de Lorraine, etc.

retournent jamais, c'est parce qu'ils n'ont toujours été que des égoïstes.

— J'ai froid aux jambes. Il me faudrait des hauts et des bas de chausses.

— Hélas ! messire, regretta Gui, vous êtes trop grand pour que nous puissions vous proposer les nôtres.

— Si Clisson, Clairbois, me voyait…

— Hé ! oui, messire Enguerrand. Il vous exhorterait à supporter la géhenne. Il verrait vos navrures et vous plaindrait grandement.

Gui s'exprimait à voix basse, concevant ses mots dans la fièvre d'une espèce d'amitié qui chauffait son cœur. D'aucuns se fussent fait une gloire de réconforter le comte de Soissons et de Bedford, grand bouteiller de France, époux d'une Isabelle dont il énumérait parfois les mérites afin d'écueillir [1] ses forces. Oui, d'aucuns se fussent enorgueillis d'être serviables. Il se défendait, lui, Clairbois, de toute commisération et craignait de temps en temps la survenue d'un événement dont il ne pouvait évaluer le niveau de nuisance et qui les eût préjudiciés inégalement l'un et l'autre.

— Si par malheur je trépasse bientôt et que Dieu ou la Providence vous aide à revoir la France… et si, une fois revenu, vous voyez Olivier, dites-lui que lors de notre errance, je me suis conforté en pensant à lui… Vous savez comme moi, mon jeune ami, que ce Borgne qui voyait mieux d'un œil que de deux, n'était pas sans défauts. Quel chevalier en fut jamais exempt ? Qui, autre que Clisson, a su fournir à notre Ordène [2] autant de grandeur et de majesté ? Qui éleva plus haut la bannière aux Lis ?… Il était supérieur à Guesclin.

1. Réunir, ramasser ses forces.
2. L'Ordre de la Chevalerie.

— Pourquoi, messire ?

— Parce que lui, au moins, ne fut jamais prisonnier… comme moi. Certes, Jean IV de Montfort le fit enfermer dans la tour de l'Hermine… Disons plutôt qu'il l'y retint après avoir usé d'une fallace[1] indigne d'un prud'homme et à plus forte raison d'un duc. D'ailleurs, il l'en fit sortir… Où allons-nous être enfermés, Clairbois ? Car l'hiver va naître… Ils ne pourront nous garder dans un champ !

— Ils jouissent de nos souffrances.

— Je sais. Il peut exister dans l'âme un niveau de hautaineté utile à la pratique de la guerre. Une louable volonté de triompher quelles que soient les pertes, adoncques d'occire, en dépit d'icelles, moult et moult ennemis. La bataille achevée, la victoire devrait inspirer aux vainqueurs le respect des vaincus, quelle qu'eût été leur conduite. Si la forcennerie ne s'éteint pas, elle préjudicie ses auteurs.

— La forcennerie de ceux qui nous ont conduits où nous sommes ne s'est pas éteinte à Brehappe… et ailleurs. Sans la haine de Boucicaut et de ses compères contre des innocents, Bayézid ne se serait pas montré si terrible envers les nôtres.

Coucy se contenta d'un hochement de tête.

— J'étais contre cette inutile saignée.

« Est-ce vrai ? » se demanda Gui. Il en doutait. Les gens du commandement s'enorgueillissaient d'une inévitable victoire et certains d'entre eux s'ébaudissaient à l'idée d'amener Bayézid en France dans une cage de fer. La cage s'était close sur eux !

Gui céda sa place à Antigny. Frère Grégoire remplaça Geoffroy Maupoivre. Quand le seigneur Picard se fut

1. Fourberie.

appuyé sur deux épaules nouvelles, le médecin avoua son inquiétude :

— Ses forces baissent.

— Sa volonté supplée à cette faiblesse.

Le dos voûté, les reins las et la bouche sèche, ils n'osaient trop parler. Bien qu'endurcis, leurs pieds hésitaient d'eux-mêmes à toucher la terre.

— Aucun de nos prud'hommes, devant, ne s'est proposé de lui venir et de nous venir en aide. Pas même son gendre. Sont-ils en froid ?

— Je ne sais, mais cette indifférence, Clairbois, ne m'ébahit point. Il se peut qu'un jour les plus hauts de nos compagnons soient hodés [1], malades. Je ne m'apitoierai pas sur leur sort.

— Ni moi !... Je me merveille de la ténacité de messire Enguerrand.

— Au fil des jours, vous apprendrez à le mieux connaître. Il est l'homme d'une vie sans mystère. Je n'ai jamais découvert en lui un seigneur dévoyé. À l'inverse de moult autres, il ne s'est guère enamouré de certaines enchanteresses. Je n'ai pas connaissance d'un... commerce avec les ribaudes qui venaient hanter les festins. Il s'est marié deux fois. Sa première épouse était... imparfaite. Il s'est laissé subjuguer par les blandices de cette Anglaise plus vieille que lui, moult fois fiancée, sans trouver, comme il l'espérait, le moindre enivrement dans cette union. La jeune Isabelle lui a fait oublier les mésavenances d'avec la première. Elle ne lui a pas imposé ses solas [2], ses vuiseuses [3] et pour tout dire, son théâtre. Ce mariage n'a pas été un injuste châtiment comme le premier mais une merveilleuse

1. Fatigués.
2. Jeux, divertissements, fêtes.
3. Choses légères et vicieuses.

alliance… Du moins, je l'imagine. Bien qu'ils soient différents par l'âge et l'esprit, il impose, je dirai même, il célèbre une espèce de modèle rare au temps où nous vivons. Or, vous ne l'ignorez point, l'ombre d'Isabelle le poursuit. Il voudrait déchirer le rideau de douleur qui l'en sépare. Il tient chaque jour davantage à la revoir et l'étreindre. Cet amour ne peut hâter la guérison de ses navrures. Certes, leur suppuration est close. Rien, cependant, ne peut apaiser sa lassitude et le pousser, le tirer vers des sommets d'où, même s'il les atteint, il ne pourra redevenir ce qu'il était avant que n'eût commencé la bataille.

— Je conçois, messire, tout ce qui lui pénètre l'esprit et le cœur. J'étais pour ainsi dire fiancé quand je suivis le maréchal… Et déjà, pour dire le vrai, je craignais la déconfiture.

Gui soupira amplement. Alors qu'il était entouré, étouffé par des Mahoms qui, dans l'exaltation d'un dieu inconnu et certainement terrible, le voulaient voir mort, il avait triomphé du désespoir à la seule idée de revoir Héloïse. Réminiscences brèves comme ses coups de lame. Et cette brièveté l'avait servi et peut-être sauvé. Désormais, pour assurer sa protection, il n'avait ni son armure ni Précieuse, l'épée offerte par Clisson qu'un colosse avait tordue avec joie sans parvenir à la rompre.

« L'épée de mon adoubement !… Dois-je y voir un mauvais présage ? »

Il lui advenait de chercher, devant, un visage connu, autre que celui d'un des Grands Perdants. Qu'étaient devenus le Barrois des Barres, Regnaud de Chavigny, le Borgne de Milli et plusieurs autres qui se faisaient fort de despiécer les Turcs ? Morts ? Sans doute. Boucicaut n'en parlait pas. Figuraient-ils parmi les trois mille sacrifiés ?… Derrière, leurs corps devaient se putréfier puisque Bayézid avait interdit qu'on les enterrât. C'était avec plaisance, sans doute, que les gens de Nicopoli flairaient cette puanteur de charnier.

Évadé de l'enfer, il en subissait encore l'effroi physique. Il n'avait plus rien à découvrir des horreurs de la guerre. Il n'oserait se confier à Héloïse… ni à sa mère et à Ermeline. Parfois, la nuit, lors d'un sommeil bref, il se réveillait après une sorte d'orage informe où s'assemblaient et se désassemblaient les meutes adverses. Comment oublier ? Les Turcs non plus ne pouvaient oublier.

Cris rauques. Qui était flagellé ? Ne pas se retourner.

En avant. En avant dans ce pays d'âpres collines, de montagnes lointaines, d'arbres déjà enrugnis [1] ou perlés par un précoce automne livré aux froidures humides du matin. Menaces :

— *Avancez, messires ! Avancez, chiens de chrétiens.*

Ils commençaient à connaître ces mots-là. Ils les utilisaient avec une enflure et un irrespect qui les réjouissaient. Il fallait supporter les insultes comme il fallait supporter le poids de son corps. Se demander déjà : « Mangerons-nous ? » Et se dire : « Antigny a conservé mes souliers. Est-ce un oubli de sa part ou veut-il, ce jour d'hui, en profiter encore ?… Demain, je les lui reprendrai pour deux jours. » Le soleil…

Un soleil rouge, frais. Le vent aigu s'infiltrait sous les vêtements rares. Le sol dur, pointu parfois comme sous une éruption de furoncles nommés fort justement des clous. Alentir la foulée. Choisir où poser ses plantes. Temps perdu pour les janissaires : hurlements semblables à des malédictions et promesses de mort ou de persécutions.

1. Rouillés.

— Nevers est encore soutenu par Eu et Boucicaut.

— Et tu le plains, Yvain ?

— Non.

— S'il n'est point sot, il doit comprendre quel est le sort des miséreux de Bourgogne.

Une voix sourde et déjà épuisée :

— Je crains qu'il ne soit sot… Je me sens aussi hodé que lui.

— Courage, messire Enguerrand.

Le comte de Soissons n'en pouvait mais. Une bave grise séchait aux coins de sa banlèvre[1].

— J'ai soif, dit-il. Nous n'avons rien bu depuis hier midi.

Ses yeux dépourvus de leurs fréquentes énigmes révélaient une détresse sans fond. Cet homme qui sans doute n'avait jamais pleuré sentait dans ses orbites des sources inconnues qui ne pouvaient couler. Gui éluda ce regard d'un mouvement de tête, puis le repentir de cette couardise lui enjoignit de tapoter le dos du prud'homme tout en l'encourageant :

— Montrez-leur, messire, que vous êtes vaillant. Et priez Dieu qu'Il vous assiste… Appuyez-vous sur mon compain et sur moi. Nous devons piéter huit ou dix lieues par jour. Kaliopoli[2], où nous devons aller, n'est pas si loin désormais.

— Depuis combien de jours sommes-nous sur ces chemins ?

— Peut-être dix ou davantage.

— Il paraît, dit Antigny, que nous devons aller à Andrinople. C'est sans doute une cité avant Kaliopoli.

1. Les commissures de sa bouche.
2. Gallipoli.

— Je n'y parviendrai jamais. Mes navrures me persécutent… Jamais…

— Si, messire. Accrochez-vous à nos épaules. Fermez les yeux. Ne vous souciez pas de la terre. Nous nous efforcerons de vous choisir les meilleurs endroits à suppéditer[1].

— Faites comme ils vous disent, Enguerrand, chuchota Maupoivre, observé par deux sipahis partagés entre la dérision et la pitié – s'ils pouvaient en éprouver.

Coucy eut un râle. L'angoisse embua le regard de son médecin.

— Soyez fort, Enguerrand. Je n'ai aucun remède. Vous avez, vous, la volonté. C'en est un !

— Il est un souverain remède, dit à mi-voix frère Grégoire. Dieu !

Gui entrevit les lanières de ses sandales. Elles commençaient à lui entamer les orteils. « Jamais », songea-t-il, « il ne se plaindra. » Coucy branla sur ses jambes.

— Je voudrais m'agenouiller… Prier Dieu et Sainte Marie.

— Attendez-en l'occasion, recommanda le dominicain. Pour ne point courroucer nos vainqueurs, nous vous entourerons. Nous serons les piliers d'une chapelle humaine.

Et portant sa dextre à son col :

— Nulle croix apparente. J'en ai une petite au fond de ma coule. Je m'en vais, messire, vous la confier. Puisse-t-elle vous aider.

— Ils ont décollé tous les prêtres. Ils vous ont épargné…

— Grâce à vous, Clairbois, et à votre ami, je suis indampne[2].

1. Fouler aux pieds.
2. Indemne.

Le clerc fouilla dans sa bure. Gui lui céda sa place. La dextre close du moine toucha la senestre d'Enguerrand de Coucy.

— Prenez, messire. Elle est petite. Conservez-la le temps que vous voudrez.

Un soupir révéla une satisfaction dont Gui, la gorge nouée, imagina l'ampleur.

— Quand viendra la halte, je m'agenouillerai et la serrerai dans mes paumes. Je prierai Notre-Dame de Chartres de m'aider. Cette église est loin, bien loin de ma chevance, mais j'y ai vu une Vierge magnifique lorsque nous nous sommes arrêtés sur le malheureux chemin du Mans... J'ai froid, j'ai faim, j'ai soif... Il me semble qu'une bouchée me rassasierait... Il me faut prouver à ces mécréants qu'en dépit de navrures que je ne puis soigner, je suis un... Je suis... Je demeure un...

— Un chevalier, messire, conclut Gui le cœur serré par un triste présage.

À la première halte, ils furent pourvus d'un bout de pain et des janissaires déposèrent devant eux trois cuvettes d'un brouet de pois chiches où trempaient quelques morceaux de viande. Arguant des prérogatives du chef, Nevers plongea ses doigts crochus dans un des récipients. Gui saisit l'anse du plus petit et invita ses compagnons à le suivre.

— Servez-vous, messire Enguerrand.

— Pourquoi tant d'honneur ?

— Vous êtes, messire, le plus faible.

C'était crûment la vérité. Coucy ne se fit pas prier.

— Dommage, dit-il, que nous n'ayons pas même une cuiller, cette belle arme avec laquelle on assaille un repas !

— Je ne sais, dit Antigny, si les Mahoms en connaissent l'usage.

— Mangeons, dit Geoffroy Maupoivre… Doucement, messire Enguerrand. Il faut laisser à votre estomac tout aussi vide que le nôtre le temps de rapprendre à s'emplir et à digérer. Vous vomiriez votre pitance si vous la mangiez vélocement… Il y a sept morceaux de viande. Nous sommes cinq.

— Un morceau chacun. Il en restera deux. Or, messire, si je vous abandonne sans partage le mien et Yvain aussi – n'est-ce pas ? – le dernier…

— Mais pourquoi ? dit Antigny… Je veux dire que j'accepte.

— Pourquoi ? Parce que deux hommes – le comte de Soissons et vous, frère Grégoire –, sont plus vieux et las que nous.

— Certes… c'est ce que je me disais.

Mais Antigny baissait la tête. Il avait faim, lui aussi. Or, il était jeune. « Et il peut jeûner ! » songea Gui. Il se sentait dévisagé avec reproche, si ce n'était avec indignation. Les mains d'Antigny tremblaient sous l'effet d'une mauvaise humeur que sa malefaim excitait. Il eut un ricanement trouble :

— Il semble que tu sois devenu notre chef.

— Nullement ! protesta Gui. J'essaie de faire pour le mieux.

Il puisa dans la cuvette le morceau de viande qui lui revenait. Il s'aperçut alors qu'il n'était constitué que de gras.

— Tiens, Yvain. Si tu as assez de courage pour avaler ça, je te l'offre.

Soudain, toute proche, une querelle éclata. Profitant d'un moment d'inattention de ses compères, Philippe d'Artois s'était saisi d'un morceau qui ne lui revenait point. Gui de la Trémoille protestait : c'était sa part. Il n'avait jamais cessé d'avoir les yeux dessus.

— Vous avez annexé sans raison ce bout de côtelette.

— J'ai pris le premier morceau venu.

— Mensonge !… Nous sommes tous égaux devant la nourriture.

Boucicaut s'en mêla :

— Messires, messires ! Nos vainqueurs nous observent. Croyez-vous que nous leur fournissons une bonne image des chrétiens que nous sommes ? Ils se rient de notre tençon[1] autant que de notre fatigue. Soyez dignes !

— Taisez-vous, Le Meingre ! Taisez-vous, La Trémoille. Je suis toujours votre connétable et par conséquent j'ai le droit…

Une voix s'imposa, comme acérée :

— Il suffit, Eu ! Il suffit !… Vous avez été notre connétable. Vous ne l'êtes plus.

— Pourquoi, monseigneur ?

Le comte de Nevers s'était levé de la grosse pierre sur laquelle il s'était assis. Debout, plus encore que par son estoc[2], il dominait le comte d'Eu, assis. Il avait les mains humides de la sauce où, parmi les petites billes des pois mal cuits, baignaient les bouts de viande. Il les agitait tandis qu'il s'exprimait avec une sérénité de Cour, non point onctueuse comme sans doute à l'accoutumée, mais hautaine, glacée, épicée d'un sourire au bas de sa lourde tête barbue dont le nez, comme aplati sur la bouche, semblait en flairer les poils.

— Et je crains, Eu, que les erreurs de commandement que vous avez commises ne vous desservent fatalement lors de notre retour en France… si nous y revenons… Je

1. Querelle.
2. Race.

vous invite donc au silence et à la droiture. À chacun sa rate[1] et rien de plus.

— Nous partagions le commandement, monseigneur et, si vous l'avez oublié, j'ai agi selon vos injonctions.

Eu se défendait. Peut-être avait-il raison. Sous sa face brune, poilue, ses joues devaient être pâles. Il pouvait mesurer désormais l'abîme qui séparait la place occupée par lui aux beaux jours de sa connétablie et celle qui, sans doute, lui reviendrait plus tard.

— Ils étaient frères d'armes et parents, marmonna Enguerrand de Coucy. Unis comme cul et chemise[2].

Un soupir. Le grand Picard se lécha les doigts.

— La providence nous a abandonnés, Philippe, insistait Jean de Nevers dont la voix de feutre, à présent, révélait une violence insoupçonnée à son vis-à-vis déconfit. Évite de provoquer une autre discorde. Nous sommes menacés. Si Jacques de Helly ne revient pas… et je comprendrais et vous tous aussi, ce manquement à sa parole, les Mahoms nous extermineront.

Ébahi par l'étrangeté de ce face à face, Gui, sans pourtant s'en délecter, y puisait une satisfaction dont ses compagnons semblaient, eux aussi, se repaître. Pour sans doute y mettre un terme, Enguerrand de Coucy posa la petite croix de frère Grégoire sur le sol, s'agenouilla et joignit ses mains.

— Vierge, protégez-moi. Aidez ma jeune épouse. Donnez-moi, si je dois dévier[3] la force de périr dignement… J'ai froid… J'ai grand peur de crever comme une

1. Portion.

2. Philippe d'Artois, comte d'Eu, était le gendre du duc de Berry grâce auquel il était devenu connétable. Berry était le frère du duc de Bourgogne, père de Jean de Nevers.

3. Mourir.

bête sauvage… Faites-moi un signe… Vous figurez en grand, à Crécy, dans ma chapelle. Lorsque j'y séjourne, je viens vers vous matin et soir…

Il y eut comme un sanglot. Coucy se releva péniblement. Maupoivre ramassa la petite croix que son ami et protecteur conserva sur sa paume avant de la remettre à frère Grégoire. Il fallut repartir.

— Vers quoi ? demanda le grand éclopé. Est-ce bien Andrinople ?

— Andrinople, dit Boucicaut.

— De qui tenez-vous cela ? demanda Maupoivre.

— Un Turc… Mustapha, je crois… Il m'a salué, j'en ai profité.

— Nous arrêterons-nous ?

— Sans doute, mais il ne m'a rien dit.

Il se mit à pleuvoir. Il fallut repartir. Gui tapota son épaule senestre.

— Appuyez-vous, messire Enguerrand.

Antigny s'approcha et offrit son aide.

— Allons-y !

Coucy soupira. Il fallait avancer. Combien de lieues ? Se sentait-il mieux maintenant qu'il s'était sustenté ?

— Ils ne nous ont rien donné à boire. Et pas un morceau de pain !

— Ils l'ont fait exprès. Ce sera pour plus tard.

Ils repartirent, Maupoivre et le moine en avant, les trois autres derrière.

— Si j'avais pu me douter qu'un jour… commença Coucy.

Il ne s'ébahissait pas de sa déchéance. Après l'avoir admise à Nicopoli, il la subissait en se disant peut-être qu'aux époques brillantes de son existence, il avait fallu que, fatidiquement, succédassent celle du désordre et de l'humilité. Il savait que ce qu'il endurait n'était point un état précaire de sa vie, mais ce qui en constituerait l'épilogue. Sa piété l'incitait à croire avec constance et fureur qu'au-dessus de lui régnait une autorité divine, supérieure à celle à laquelle Bayézid avait confié sa destinée. Il n'en percevait point la présence. Sa Vierge de Chartres avait-elle ouï ses propos ?

— Ces démons nous tiennent bien.

Gui sentait parfois sur son épaule la pression de doigts peu vigoureux. C'était heureux pour lui, bien que ses chairs cicatrisées désormais fussent en bon état. Parfois, cependant, une douleur légère lui rappelait le siège de Jocelin et les tourments qu'il avait endurés.

— Ces mécréants nous tiennent bien, Clairbois, n'est-ce pas ?

— Oui, messire.

Coucy avait cru comme tant d'autres vaincre les Mahoms et anéantir leur férocité sans s'apercevoir qu'elle pourrissait aussi maints hommes de l'ost aux Lis. Pour lui, au départ de sa chevance [1], puis de cette Italie où il s'était attardé, cette notion d'un ennemi cruel ne pouvait se présenter que sous une forme fallacieuse : les païens, les infidèles étaient assemblés presque frileusement derrière des monts, des fleuves, des champs incultes. Il avait à cheval – ce précieux compère – franchi toutes ces limites. Sa noblesse légitimée par sa fortune, sa vaillance qui l'avait toujours sauvegardée, son expérience des armes et la ténacité de ses espérances de victoire avaient précipité sa chute. Il avait trop cru en lui. Il n'était pas le seul. Il eût mieux fait, dit-il en gémissant, de demeurer dans son fief et d'y emprégner [2] son épouse.

1. Les biens, la propriété. Ici, le château de Coucy et ses dépendances.
2. Féconder.

— J'ai voulu que mon château soit le plus beau du monde. La huitième merveille…

Son cœur était meurtri et son âme en lambeaux. Il savait qu'il n'était plus qu'un homme quelconque. Il y avait de la grandeur dans cette déchéance, une grandeur désespérée, désespérante pour Gui et Maupoivre et peut-être également pour Antigny.

La pluie tomba plus dru et menu. Sans doute, sur le visage du grand seigneur, ses gouttes s'ajoutaient-elles à d'autres. Par spasmes, le vent plombait les larmes du ciel.

Le ciel ! Pouvait-on revivre Là-Haut ? Celui de ce matin n'était qu'un moutonnement de nuages sombres, éplorés, infiniment immobiles. L'automne, en Orient, se révélait plus violent qu'en France. Il fallait en subir les prémices sans montrer sa déception ou son découragement : les Turcs s'en fussent réjouis.

Gui se sentait la peau mince, poreuse, humide comme au sortir d'une étuverie.

— Vous devriez m'abandonner, dit Coucy. Ils en finiraient avec moi ; j'en finirais avec la vie. Votre charité ne doit pas…

— Taisez-vous, messire, dit Antigny certainement courroucé. Nous formons un attelage, nous irons ensemble au bout du chemin.

Ils allaient lentement, deux, les pieds dans la boue, le troisième – Gui – enjambant parfois les flaques afin de ne pas éclabousser son voisin. Il eût fallu pouvoir penser qu'au bout de ce pays ingrat se trouvait une vaste grange bourrée de paille. Qu'une soupe chaude, bien chaude, y était apprêtée. Déjà, ils se rongeaient d'une inutile impatience. Nul ne les attendait. Ils boiraient de l'eau. Les souffles âpres et puissants ne cessaient d'alourdir celle qui tombait. Elle pendait comme une roupie au bout de leurs nez que le froid rougissait. Devant et sur les côtés, au-delà des sipahis et des janissaires, les arbres bavards perdaient leurs feuilles. Il fallait avancer sous la verse, accorder ses pas, se dire, pour se stimuler, que les Turcs, quoique mieux vêtus, subissaient eux aussi l'enragerie céleste.

— Courage, messire !... Ce mauvais temps ne peut durer !

« Menteur ! » se reprocha Gui.

Il était las. Des écluses de vigueur et de découragement s'entrouvraient en lui. Droit devant. Il avait soif ? Eh bien, il pouvait aspirer les gouttes. Coucy et Antigny en faisaient autant.

— Ne cédons point, messire. Ils sont mouillés autant que nous le sommes. Ils devront s'arrêter, faire des feux pour se chauffer...

— Nous n'y aurons pas accès et je crains qu'avec ce temps les flammes ne se rapetissent !

Songer à une grande cheminée. Un feu qui craque, étincelle, pétille, éblouit de ses ors et de ses vermillons sans cesse renouvelés. On y approche ses mains, paumes en avant. Il les chauffe... Tièdes bracelets... Le chaud jusqu'aux coudes. Il monte, monte, accède aux épaules en même temps qu'il tiédit la poitrine, les cuisses, les genoux et descend jusqu'aux pieds qu'il engourdit...

— Un bon feu...

— Oui, messire. Un jour, nous regoûterons à cette simple merveille. Nous saurons l'apprécier.

— Où passerons-nous l'hiver ?

Antigny s'inquiétait. L'hiver pouvait attendre. Le présent importait. Et l'avenir immédiat... Marcher. C'était si agréable lorsqu'on était libre et bien vêtu et que rien ne venait infecter les pensées. Même sous la pluie, Gui n'avait jamais éprouvé ce délabrement de sa personne.

Cette chair exposée à l'eau, irritée par des glissades continuelles sur une terre spongieuse. Ces reins pesants, cette nuque inondée…

Il soupira, les nerfs tendus et pesants, la bouche lasse sous les baisers du vent ; les yeux poivrés de froid… Ah ! pouvoir être le même homme que celui de Tours, de Montsurvent, de Jocelin, voire de Paris. Changer d'âme et de peau. Ne plus être soumis aux Turcs et aux éléments… Toutes les têtes autour de lui portaient les signes d'une évidente malédiction. Le temps s'assombrissait encore. Le peu de la furtive lumière du jour devenait couleur de mâchefer.

Que faire ? De quel médiocre condiment rehausser un fade courage ? Droit devant, entre les vainqueurs. Les chevaux des vainqueurs. Quel absurde orgueil que de les avoir affrontés ! Il fallait subir leur présence, subir la défaite, subir la pluie, subir cette odeur de feuilles, d'herbes, de terre noyée.

— Je n'avais jamais pensé qu'on pût souffrir autant, hors de la guerre, dans sa chair et dans son âme.

— Hé oui, messire Enguerrand.

La guerre ! Le mot sonnait, sonnait comme un glas dérisoire. Quelle fin ! Coucy reverrait-il sa femme ? Tous les maris retrouveraient-ils leurs épouses ? Quelques-unes, déjà, avaient pu faillir. Était-ce leur faute si elles avaient des maris comme Nevers, Eu, les La Trémoille ?… Bar et Bourbon ?… Boucicaut ?

« Tandis que nous marchons, elles peuvent trébucher. »

Et Héloïse ?… Il n'y avait rien d'autre entre eux que des paroles et quelques gestes, effleurements, baisers. Rien, à vrai dire. Or, ce rien, justement, était tout.

— Voyez, dit Coucy.

Il chancelait. Devant, sortant d'un village apparemment vide, un homme venait d'apparaître. Il marchait à leur rencontre. Où allait-il ainsi, coiffé d'un chaperon de gros drap, le corps enfoui dans un manteau de brunette[1] ? Était-ce un marchand ? Un prêtre turc ? Un Bougerien[2] qui, ses affaires faites, revenait chez lui ? Il n'avait ni besace ni bâton pour aider sa marche. Il était barbu. Ses yeux pénétrants s'arrêtèrent sur ceux de Coucy.

— On dirait que les Turcs le respectent.

— On dirait plutôt qu'ils ne le voient pas… ou ne veulent pas le voir.

— Il ôte son manteau, dit Antigny.

— Il vous le tend, messire !… *Il vous l'offre !* se merveilla Gui tandis que le comte de Soissons enfilait le vêtement sans cesser de marcher.

— Il vous donne aussi son chaperon !

Gui saisit le couvre-chef humide et Coucy s'en coiffa.

— C'est la providence, dit-il. Ma prière a-t-elle été ouïe de Là-Haut ?

Gui se retourna pour remercier l'étrange donateur. Il avait disparu.

— On dirait, messire, qu'il est venu *exprès pour vous* !

Frère Grégoire avait raison. L'étrange piéton semblait s'être évanoui derrière l'épais rideau des gouttes. Les janissaires et les sipahis n'avaient pas protesté tandis qu'il se glissait entre deux de leurs chevaux et offrait ses habits au plus malheureux des otages. Cette hardiesse qui, pour d'autres, eût provoqué des coups de fouet et des hurlements d'enragerie n'en avait suscité aucun. Subjugué par cet étrange *passage*, Gui refusa d'en attribuer le fait à

1. Étoffe de laine sombre.
2. *Bougerie* : Bulgarie.

quelque illusion infernale : les vêtements attestaient d'un bienfait aussi bref que singulier.

« Alors ?… La Vierge ? »

Cette Vierge de Chartres à laquelle Coucy avait recommandé son âme et confié sa destinée ?

« Ce n'était pas une femme. C'était un homme brun, barbu… »

Si peu qu'il l'eût vu, il l'avait deviné bon et généreux, sans doute avant qu'il eût fait don de son manteau. Il n'osa trop songer au martyr de la Croix.

« Impossible ! Impossible ! »

C'étaient là des réflexions impertinentes, mais le pressentiment qu'il venait d'assister à une sorte de miracle le réconforta.

— Dieu est bon, dit suavement frère Grégoire. Je crois qu'Il nous a envoyé Son Fils…

Gui sentit sur son épaule une main moins tenace et moins lourde tandis qu'une voix plus aisée, plus vigoureuse, disait :

— Il semble que j'aille mieux. Ce doit être ce manteau et ce chaperon de pauvre… Qui était cet homme ? Nullement un Turc… Un Bougerien ?

— Sans doute, murmura Gui.

Et de songer : « Si c'était *Lui* ? »

Coucy le toucha du coude :

— Dites, Clairbois, est-ce la divine providence qui me l'envoya ? Tout de même, il m'a choisi sans atermoyer, *comme s'il m'attendait* [1]. Il n'a rien dit. Il s'est dépouillé vélocement… Dois-je croire au secours de *Celle* que j'ai implorée devant la petite croix de frère Grégoire ?

1. Cet épisode n'est pas inventé.

Gui se tourna vers son voisin. Il lui parut plus droit et ingambe. Le visage toujours flétri exprimait une sorte de certitude et les yeux regardaient droit devant plutôt que de s'abaisser vers le sol. Malade encore, sans doute, mais l'esprit désenténébré, Coucy avait recouvré son air de grand seigneur d'avant Nicopoli.

« Il marcherait sur des braises qu'il ne les sentirait point. »

Frère Grégoire souriait : miracle ou non, une accalmie s'annonçait.

III

Chancelants, moulus, tremblants de froid, de fièvre et de faim, les prisonniers hideux et couverts de vermine atteignirent Andrinople. Les Turcs les amassèrent en plein champ, sous la garde d'un triple cordon d'azabs[1] et de janissaires. La distinction qui, en chemin, avait séparé les otages titrés et richissimes des infortunés dont certains, pourtant, eussent pu négocier leur liberté, fut maintenue.

Nul abri, aucunes commodités. Une nourriture chiche en laquelle s'empoissaient des bribes de viandes douteuses, et pour boisson une eau trouble, l'une et l'autre servies au moyen de grandes chaudronnées où il fallait puiser avec des mains sales. Pour lit, la terre humide, pelée, semée de cailloux et de souillures où des traînées de paille ancienne alternaient avec des jonchées d'excréments de toute nature auxquels Nevers et Eu ajoutèrent les leurs sitôt leur venue dans cet enclos qui parut à Gui une imitation de celui de Nicopoli.

— Ils n'ont cessé de chier depuis le commencement de notre captivoison, observa Antigny en désignant du menton les deux hommes accroupis côte à côte, les grilots[2] au vent, les yeux exorbités dans un effort d'expulsion.

1. Ils tiraient à l'arc, maniaient l'épieu et ensuite le cimeterre.
2. Grelots.

— Voilà, dit soudain Gui, deux autres constipés que leurs entrailles persécutent.

C'étaient Henri de Bar et Gui de la Trémoille.

— Après tout ce qu'ils ont englouti jour après jour, nuit après nuit, commenta Geoffroy Maupoivre, ils ont entassé quelques lieues de merde dans leurs boyaux. Il faut croire qu'il en subsiste encore.

— Il y a belle heurette, révéla Enguerrand de Coucy, que j'ai les entrailles aussi plates que l'était feue mon épée. Dieu et la Vierge sainte de Chartres nous prémunissent, peut-être, contre les maux dispensés par des nourritures abominables. Car ce que nous devons nous efforcer de manger ressemble fort à ce qui macule cette terre turque où nous engluons nos pieds jusqu'aux chevilles !

Nevers passa, reniflant ses doigts et soudain s'immobilisa :

— Ayez foi en Dieu, Enguerrand. Je crois en la loyauté et en la droiture de Jacques de Helly. Il chemine… à moins qu'il ne vogue vers la Bourgogne [1].

« Il aurait pu dire : la France ! » releva Gui.

1. La chronique de Daniel Specklin éditée par R. Reuss, en 1890 chez Noiriel à Strasbourg relate (pages 364 et 365) que le frère de l'empereur Wenceslas, le roi de Hongrie Sigismond, avait rassemblé plus de 300 000 hommes contre le Turc Amuratus (Bayézid). Le texte est surtout consacré au duc de Bourgogne et à la rançon exigée pour son fils, à savoir 100 000 *guldens**. La rançon totale de 24 captifs se montait à 200 000 *ducats*. Lorsque le moment fut venu de l'acquitter, Philippe le Hardi crut bon d'y ajouter 12 chevaux blancs d'Espagne, 12 lévriers blancs d'Espagne, 12 faucons dressés, 12 faucons blancs, 12 paons blancs. Rien n'atteste que ce précieux charroi traversa l'Alsace. En revanche l'on sait que plutôt que de l'amadouer, ces présents rendirent Bayézid furibond.

* *Gulden* dont la contrevaleur fut un florin et *ducats* : il est impossible de « franciser » ces sommes.

— Avions-nous besoin, enragea Coucy, d'aller au-devant de ces démons ? Avions-nous besoin d'éprouver la volonté de leur nuire ?

— Il le fallait ! gronda Nevers, son grand nez presque en travers de sa bouche comme pour lui interdire la parole. Ils sont non seulement les ennemis de notre foi, mais encore, et vous le savez, leur dessein est de conquérir le monde, d'y imposer le culte d'un dieu diabolique et de faire en sorte d'asservir notre race.

— Je vengerai l'affront qu'ils nous ont infligé, grommela Boucicaut en s'arrêtant auprès de Nevers.

— Je crois, dit frère Grégoire qui semblait s'éveiller d'un sommeil bref et réparateur, je crois que vous avez juré à Bayézid de ne le plus combattre.

Le maréchal parut prendre un solide appui sur ses jambes souillées d'une boue épaisse. Son visage s'enflamma et ses yeux luirent comme deux pierres noires au sortir d'un ruisseau :

— Les Mahoms n'ont aucune fermeté d'âme. Renaud de Châtillon l'avait bien compris. Je le veux exemplier. Saladin lui donnait sa parole et se parjurait. Il en fit autant et il eut raison. Je me parjurerai et Bayézid mourra de ma main quand la providence nous mettra face à face.

« Présomptueux, va ! », songea Gui.

Boucicaut entraîna Jean de Nevers du côté de Gui de la Trémoille et Henri de Bar enfin debout.

— Qu'ils aillent au diable ! maugréa Geoffroy Maupoivre.

Antigny, de l'index, invita Gui à le suivre. Ils firent quelques pas en silence et comme l'écuyer lui demandait s'il n'était point désespéré, Gui répondit :

— Je lutte contre toutes sortes de mauvaises pensées.

Ce n'est pas notre estoch[1] – pour peu que nous en ayons – qui importe aux Turcs. Ce sont les fortunes qu'ils espèrent tirer de nous tous.

— Tu es comme moi : tu n'as rien.

— C'est ce qui m'inquiète. Or, nous avons sauvé la nièce de Bayézid d'un rapt[2]. Il s'en est montré reconnaissant.

Gui soupira. « Une fois », songea-t-il. « Il est possible qu'il ait volontairement ou non, oublié notre bienfait[3]. »

— Agar, Yvain !

Au-delà des gardiens, des véants[4] s'amassaient. D'où sortaient-ils ? Sans doute d'une cité en contrebas, par conséquent invisible. Tous à pied, frappés, peu à peu, d'une immobilité pesante, et muets par nécessité. Les femmes étaient voilées d'un *çarsafe*. Les visages des hommes étaient gras, tannés, épais ; les corps solides sous la blanche touaille érigée sur le crâne. Çà et là, des barbes massives. De loin en loin, une moustache en friche obombrait une bouche scellée par un mépris qui eût pu se muer en hurlade. Gui sut qu'il ne démêlerait jamais les sentiments épars de ces gens. La naïveté y voisinait avec la haine, la ruse avec l'orgueil, l'indifférence – rare – avec une sorte d'impatience qu'il imaginait rouge sang.

— Pour ces gens-là, riches et pauvres, les filles ne comptent guère. Ce ne sont que des matrices. Mais, tu le sais, notre vainqueur a fait examiner sa donzelle de nièce par des femmes afin de savoir si elle avait conservé son pucelage. S'il ne nous a pas fait occire, c'est qu'elle était toujours intègre. Et cette intégrité nous garantit la vie. Seulement…

1. Rang.
2. Viol.
3. Action bien faite.
4. Curieux, spectateurs, voyants.

— Quoi, *seulement* ?

— Nous avons commis une bonne action. Pour les Turcs, les monnaies, les mesures et surtout les sentiments sont différents des nôtres. Notre cœur alourdi par tout ce que nous avons vécu s'est allégé au sauvement de cette Hatidjé. Or, je sens le mien s'appesantir encore.

— Tu as retenu son nom !

L'étonnement d'Antigny affleurait l'indignation. Gui n'en eut cure.

— Ce que nous appelons une appertise[1] n'est peut-être pour Bayézid qu'un événement mineur, voire un égarement ; quelque chose qui allait de soi. À cette différence, sans doute, que sauvant, lui, une de nos pucelles, il l'eût forniquée sans penser commettre un forfait.

— Alors, à ton avis, qu'allons-nous devenir ?

Gui ne put ébaucher qu'un geste d'ignorance :

— Nous sommes crans et hodés[2]. Il n'est point question de fuir, tout au moins pour le moment où la surveillance est intense. S'il était un homme de bien, Jean de Nevers aurait pu nous envoyer comme noncierres[3], avec Jacques de Helly, devers son père. Il n'a aucune fiance en nous. En fait, il n'a d'intérêt que pour lui-même… et tu as vu ce que cela donne.

Ils n'avaient d'autre compagnie que celle d'une poignée de favorisés, lesquels, excepté Coucy, les tenaient ostensiblement à l'écart : ils n'étaient que des chevaliers pauvres, des profiteurs inattendus de la clémence d'un despote épouvantable. Nul ne se fût permis de les rendre responsables d'une déconfiture qu'ils n'eussent osé imputer, de crainte d'une lointaine vengeance, à ses instigateurs.

1. Exploit, prouesse.
2. *Cran*, *cram*, *cren* et *escran* : otage. *Hodé* : fatigué.
3. Messagers.

Il allait leur falloir attendre – mais quoi ? – dans un champ que des archers, nuit et jour, ne cesseraient d'enfermer de leur diligente présence.

Gui eût aimé se ceindre de silence plutôt que partager, presque obligatoirement, les parlures de Coucy, Maupoivre et frère Grégoire. Cependant, il appréciait ces hommes. Boucicaut seul entretenait en lui un mépris incurable. Ce sentiment tout-puissant s'assortissait de quelques émois. Comment le maréchal l'avait-il jugé dans la mêlée, si toutefois il l'avait entrevu ? Avait-il deviné son envie de le quitter dès leur retour à Paris, si Bayézid, magnanime, les autorisait, Antigny et lui, à partager la liberté des Grands ?

— Viens, Yvain. Rejoignons nos compères. Leurs propos nous guériront de notre mélancolie !

Les nuits plus que les jours semblaient interminables. Les flambeaux mouvants des Turcs allégeaient une obscurité qui sans doute eût été propice au sommeil. Car, il fallait se contenter d'endormissements brefs, à même le sol, en espérant qu'une fois rendus – où et quand ? – on disposerait de matelas gonflés de n'importe quoi pourvu qu'on pût y trouver ses aises. Pourtant, malgré les aspérités de la terre, certains chevaliers ronflaient, suscitant des protestations chuchotées et parfois des cris indignés. Une odeur de chairs sales, moites, animales, s'ajoutait à la flaireur d'une prairie en laquelle, peut-être, aucun cheval, aucun bœuf, aucun mouton n'eût osé pénétrer. Point d'eau pour se laver : elle était pour la soif à peine suffisante.

Aucune faille dans le dispositif de surveillance ne permettait d'ourdir une évasion. D'ailleurs, suspendue en plein essor, elle se fût terminée par la trancherie d'un ou plusieurs cols après maints tourments exécrables. Gui savait que certains y pensaient parmi les trois cents prisonniers tenus à l'écart des privilégiés. Les chevaliers de son espèce ne pourraient jamais acquitter le prix de leur otagerie. Fuir serait toujours une vaine aventure. Aussi laissait-il pour ce qu'elles étaient ses propres élucubrations. Il était absurde de penser que le guet des regards[1] se relâcherait : ils eussent payé de leur vie la moindre négligence.

— Nous en sortirons, Clairbois, prédit un matin Boucicaut en remontant ses hauts-de-chausses. Nous sommes désarmés ? Armons-nous de patience.

C'étaient là quelques phrases creuses, indignes d'un maréchal. Gui se demanda ce qu'eût fait et pensé Clisson en pareille malaventure.

— La patience, messire, me paraît être surtout la vertu des gens d'Église. Ce pauvre frère Théodore aurait dû être épargné avec l'enfant qu'il défendait lorsque fut décidé l'égorgement des prisonniers de Brehappe.

Boucicaut subit le coup sans broncher. Gui poursuivit :

— Ce moine nous eût exhortés à la patience, autant que nous l'enseigne frère Grégoire. Ce dont je suis acertené, c'est que le premier, tout bon qu'il fût, n'eût pas pardonné à ses bourreaux… parce qu'ils étaient de France !

— S'il est mort, c'est que Dieu y consentait. Sans quoi, saint comme tu dis, Clairbois, il eût commis un miracle.

C'était une observation indigne. Si Jean II le Meingre et ses compères revenaient en France, ils excluraient de leurs fables homériques le sacrifice du dominicain et le martyre des mille prisonniers de Brehappe. Ils oublieraient aussi la piétaille et les gens du charroi exterminés avec une horribleté sans pareille. Ils oublieraient leurs festins nocturnes et leurs corruptions scandaleuses. Et s'ils ne pourraient oublier leur déconfiture, ils en tiendraient Sigismond et

1. Gardes, sentinelles.

ses armées pour responsables. Un tourbillon d'anathèmes engloutirait ces absents qui, d'ailleurs, n'en sentiraient point les effets. Ah ! oui, les veillées seraient mouvementées. On se donnerait de l'audace, on se fournirait du courage. Si l'on avait occis dix hommes, on proclamerait qu'on en avait despiécé ou éventré une multitude. On affirmerait que les Turcs étaient faibles, désordonnés, mais si nombreux qu'il avait fallu ostoier [1] à un contre trente, quarante… et – pourquoi pas ? – cent. On oublierait les preux grands et petits sacrifiés sur l'autel agreste de Bayézid et la haute, l'immonde pyramide des têtes.

— Attendre, murmura Boucicaut. Vois, Clairbois : Jean de Nevers nous fournit un exemple de sérénité.

Entouré de sa petite cour, l'héritier de Bourgogne dissertait sur les mérites d'une croisade qu'il avait menée au déshonneur et à la ruine :

— *Nous avons essoufflé les Turcs. Le temps que Jacques de Helly atteigne Paris, le temps qu'il réunisse des fortunes, le temps qu'il les apporte, ce seront des mois et des mois passés en je ne sais quels lieux, à manger du mouton accommodé avec je ne sais quelle merde dans laquelle il nous faudra mettre les mains.*

— C'en est fini, messire, de vos vaisselles d'or et d'argent !

— L'on dirait, Clairbois, que tu t'en réjouis !

— À peine, messire. Je ne crois pas qu'un seul remords ne trouble ces hommes.

Gui se demanda s'il avait raison de parler ainsi.

— Penses-tu à fuir ?

Le maréchal y songeait-il ? Non : Nevers paierait sa rançon. Il devait donc demeurer et même veiller sur sa

1. Combattre dans l'ost.

personne. Il affirma, cependant, que s'il avait vu ou surpris une faille dans l'appareil immuable des Turcs, il se fût laissé tenter par l'aventure. Il eût bien trouvé un refuge, atteint la mer, noé[1] vers quelque crique où il eût restauré ses forces et laissé s'épuiser les recherches. Or, il se sentait verrouillé.

— C'est ce que j'éprouve, avoua Gui. Antigny et moi, et certainement frère Grégoire sommes condamnés à je ne sais quelle espèce de réclusion.

— Je ne puis rien pour vous.

— Je sais, messire le maréchal… Il me semble que vos… amis ne dissertent que sur leur sort. Ils oublient, non pas les trois miséreux que nous sommes, mais tous ces pauvres hommes, là-bas : chevaliers pauvres, écuyers pauvres, hommes d'armes plus pauvres encore…

— Je sais… Mais abstenez-vous de leur exprimer ce reproche.

— Même si je leur en faisais part, ils ne sauraient le comprendre.

Ils s'étaient lentement approchés des bien chanceux. Jean de Nevers discutait toujours haut et fort. Pour lui, Nicopoli avait été une partie difficile et injuste pour les chrétiens. Il s'en revancherait. Il ne se sentait point humilié. Il aimait à se remémorer les paroles qu'il avait prononcées avec Philippe d'Artois avant de lancer l'armée au galop devers les Mahoms. Apercevant Gui, attentif, il ajouta que peut-être, comme l'ancien écuyer de Clisson, il éprouvait de la mélancolie, mais le soleil se lèverait sur d'autres batailles et d'autres victoires.

Ce discours frémissait d'une sorte d'allégresse. Le prince au nez interminable avait oublié les martyrs de Nicopoli

1. Nagé.

extraits de leur armure et qui pourrissaient, justement, au soleil. Il s'approcha du maréchal de France :

— Vous avez, Boucicaut, accompli votre devoir. Et vous aussi, jeune homme, je présume.

— J'ai, monseigneur, fait de mon mieux.

— Je vous en sais bon gré. Nous quitterons les Turcs un jour… Tête basse, comme des hommes contraints à la pénitence. Puis, sitôt hors de leur vue et hors d'atteinte, nous nous ébaudirons.

Voire ! Il était possible que la nourriture préjudiciât des santés. Il était à craindre que sitôt reçue l'immense fortune exigée par Bayézid, quelque poison subtilement mêlé à la mangeaille détruisît les vigueurs les plus rudes. Et l'on pouvait envisager l'invention de quelques solas [1] terribles afin que le monarque à la tête couverte d'une sorte de gros chou de soie éprouvât du plaisir à voir s'affronter jusqu'à la mort deux anciens compagnons d'armes.

Boucicaut s'éloigna. Antigny, soudainement apparu, le suivit. Gui se demanda s'il devait rejoindre Coucy, Maupoivre et frère Grégoire ou s'il devait demeurer seul en attendant de s'accroupetonner entre le moine et le médecin pour avaler une nourriture pareille à celle de la veille et de l'avant-veille. L'on disait, à ces moments-là, que l'on partageait un repas. Or, Nevers, Eu, les La Trémoille, Bar et quelques autres ne pouvaient se retenir de se disputer des morceaux de viande sans crainte, aux yeux de leurs vainqueurs, de passer pour ce qu'ils étaient : des goujats que la fortune avait faits princes et grands seigneurs.

Dans la grande et fallacieuse paix qui l'entourait, Gui se mit à songer à Alix et à son père qui, dans l'ombre de Louis d'Orléans, menait une existence dépourvue de dan-

1. Jeux.

gers. À Luciane et Ermeline et surtout à dame Hedwige qui ne saurait jamais que son fils adoptif avait séjourné en vue de Bude sans avoir été tenté d'y entrer. Elle ignorerait qu'il était sorti de Honguerie pour éprouver, à quelques lieues de là, une abominable vergogne.

« Saleté de vie !… Voilà la vérité ! »

La mort égratignait son esprit. Et la dérision. Y avait-il songé dans la mêlée ? Peut-être. La mort par le truchement de laquelle on accédait à la paix résolvait-elle vraiment toutes choses ? Lorsque certaines remembrances de ses compagnons lui tiraient un sourire, celui-ci, toujours, frémissait d'anxiété.

Pour oublier la vaste destruction à laquelle ils avaient échappé, ses voisins se ramentevaient[1] des batailles gagnées. Elles étaient rares, insignifiantes, et ne méritaient pas qu'en les énarrant, ils eussent dans la gorge un tremblement d'orgueil. Ils dissertaient de leurs épouses avec de gros rires. De leurs chevaux, la plupart de haute race, sans jamais s'inquiéter de leur sort. Nul doute que ces coursiers, destriers, palefrois et roncins de belle apparence allaient peupler, s'ils vivaient, les écuries du khalife puisqu'il n'y avait de bons chevaux qu'en France. Jacques de Bourbon et Philippe d'Artois se demandaient, sans s'émouvoir, ce qu'étaient devenues leurs armes et harnois plains. Bah ! La France ne manquait pas de bons armuriers, heaulmiers, taillandiers. Les remarques les plus sobres et les plus insipides les passionnaient tandis qu'ils plongeaient à pleins doigts dans les vastes chaudrons où les viandes avaient été coupées pour suppléer l'absence de couteaux.

Puis c'était l'heure de la méridienne ou celle du coucher. On soupirait. On s'allongeait sur le dos comme autant

1. *Se ramentever* : se souvenir.

de gisants, les mains inemployées ramenées sur le ventre, parfois serrées sur une arme imaginaire en songeant peut-être à tous les hommes vivants ou navrés que les Turcs avaient émasculés avant de les occire. On se disait qu'une fois de retour au foyer, on se donnerait du bon temps. Et le jour s'éteignait pour renaître après une nuit jamais noire, du fait des torches, et couleur de sang avant même que le soleil se fût montré. Alors l'incertitude renaissait. Et la question : Jacques de Helly avançait-il toujours en direction de la France ?

— Il n'est pas près de l'atteindre, dit Boucicaut, un matin.

— Pourquoi, messire ? interrogea Antigny.

— Parce que Bayézid, je viens de l'apprendre de la bouche même de leur latinier [1], Mustapha, Bayézid lui a enjoint, avant toute chose, d'aller de sa part regracier Gian Galeazzo Visconti.

— Qu'est-ce que je vous avais dit ! s'écria Enguerrand de Coucy. C'est Visconti qui nous a porté dommage.

— Que le Turc ait été prévenu ou non de notre mouvement et du nombre de nos hommes, déclara Philippe d'Artois en s'approchant, ne pouvait nous préjudicier. Nous n'avons rien dissimulé ni de nos intentions ni de notre force. Nous étions les plus forts. En douteriez-vous ?

« Bientôt », songea Gui, « ce connétable écervelé transformera notre ruine en incident. Il affirmera que nous eussions gagné si les Blaques[2], les Hongres, voire les chevaliers de Rhodes, d'Aussay, de Pologne et d'Allemagne n'avaient pas honteusement faibli. »

Il se sentit dévisagé.

1. Interprète.
2. Valaques.

— Vous ne devriez pas vous trouver parmi nous… Ni, d'ailleurs, votre compain.

— Leur aide, Artois, dit Coucy, ne cesse de m'être précieuse.

— Ah ! oui, c'est vrai… J'oubliais. Mais est-il vrai… Clairbois, que vous avez sauvé une Moresque ?

N'avait-il rien vu, rien su du pardon de Bayézid ou voulait-il créer une sorte de tençon[1] pour mettre sa personne en évidence ?

— Nous l'avons, Antigny et moi, préservée de… l'appétit de deux malandrins.

— Qui ?… Étaient-ils chevaliers ? Écuyers ? Soudoyers ?

— Je n'ai pas l'intention, messire, de vous les dénoncer.

— Ni moi, dit Antigny avec une prodigieuse arrogance.

« Pourvu qu'il la conserve ! » souhaita Gui.

— À votre aise… Vous les avez occis ?

— Oui, messire. Pour ce forfait et quelques autres.

— Ce forfait, comme vous dites, était-il commis ?

— Il allait se commettre.

— Ils étaient des nôtres !

— Ils étaient indignes d'être des nôtres.

— C'est probable, si Clairbois le dit, intervint Boucicaut.

« Il galope à ma rescousse », songea Gui. « Pour une fois il a un accès de bonté ! De quoi vais-je devoir lui être redevable ? »

Jusque-là, il s'était exprimé sans artifice en s'efforçant de se donner une contenance de chevalier scrupuleux, accoutumé à défendre les faibles. Y était-il parvenu ?

— Ce n'était qu'une Moresque !

1. Querelle.

— Messire, si les Turcs, ce qu'à Dieu ne plaise, envahissaient la France, et que vous fussiez hors de votre chevance, ne vous indigneriez-vous point qu'ils enfourchent votre épouse ? Ne seriez-vous point furibond que personne, aucun chevalier, aucun écuyer n'ait tenté de s'opposer à cette énormité ?

— Vous vous égarez, Clairbois, dit Jean de Nevers profitant d'une accalmie dans ces propos acides. Le sauvement de cette Turque vous a, doit-on dire, sauvé la vie. Peut-être eussiez-vous aimé la besogner l'un et l'autre lors de votre absentement dans l'ost. Elle devait être belle.

— Laide et répugnante, nous aurions agi de même, dit Antigny.

— Alors, vous êtes deux sots.

Gui accepta cette opinion sans broncher. Toute rébellion eût été vaine et même offensante envers ces grands perdants auxquels s'étaient joints Bar et le Galois de Renty. Ce dernier avait eu un ventre rebondi. Il présentait désormais un corps aussi plat que son nouveau caractère : humble devant les Turcs qu'il sollicitait parfois pour obtenir un morceau de pain, hautain en deçà et au-delà de cette quête.

— Vous avez failli à votre devoir pour secourir cette Turque !

L'hésitation de Gui ne dura pas. Devant tout autre personnage que Nevers, sa fortitude eût été désarmée. Autant, sans doute, qu'Antigny, il se sentait dans son droit. Tout son intérêt était vivement attiré par la défense d'une dignité doublée d'une intégrité à laquelle ce duc affreux autant qu'infâme ne comprenait rien. Dans son esprit, les seuls noms d'Artois, Nevers et Boucicaut provoquaient un dédain teinté de rouge. Bien qu'ils jouassent aux nobles irréprochables, ils étaient les détenteurs d'un pouvoir illusoire. Il le savait : le mot vainqueur qu'il était tenté d'employer pour désigner Bayézid eût ulcéré chez Nevers et ses féaux, une plaie plus profonde que le nom du khalife.

— Mon devoir, monseigneur, fut accompli. Messire le maréchal l'a su en voyant mon épée.

— C'est vrai, dit Boucicaut. Je puis en attester.

Les bras croisés, Nevers se contenta d'un « Bien ! Bien ! » qui achevait la querelle. Gui devina sans effort qu'il s'était fait un ennemi.

« Sous le joug des Turcs, je ne saurais m'en soucier. Si je reviens en France – et lui aussi ! – je devrai me prémunir contre sa mésavenance ! »

Il n'avait été ni imprudent ni offensant. Son courroux se satisfaisait de cette certitude.

— Ne te soucie de rien, Clairbois, dit familièrement Coucy. Il veut péter plus haut que son cul !... Il a une tête à subir des déconvenues.

— Céans, messire, ou en France ?

— Les deux, mon compère. Si ça se trouve, en ce moment, le beau Louis est occupé à forniquer sa femme... après *l'autre*. Elles gagnent l'une et l'autre au change, crois-moi !

— Ça, je n'en doute pas, messire !

Ils rirent. Gui sentit une main sur son épaule. Il eût pu attribuer ce geste à Olivier de Clisson.

Après deux semaines d'immobilité à Andrinople, Bayézid, toujours invisible, décida d'emmener ses fidèles et les vaincus en des lieux particulièrement lointains de son empire. Un matin, sans avoir été prévenus, la veille, d'un prolongement de leur exode, les prisonniers de Nicopoli furent assemblés par deux ou trois de front et la rumeur apprit à Gui et à ses compagnons qu'il leur faudrait piéter vers l'Hellespont. Peu importait ce que ce nom signifiait :

ils allaient devoir s'éloigner davantage d'une France qui leur semblait déjà inaccessible.

— Combien de lieues ? demanda Coucy à haute voix.

— N'y songez point, Enguerrand ! lui recommanda Geoffroy Maupoivre.

— Dieu va vous soutenir.

L'exhortation de frère Grégoire parut ne pas atteindre les oreilles d'un homme auquel il eût fallu deux autres semaines de repos pour compléter, peut-être vainement, une guérison à laquelle il ne croyait guère.

On partit. Les prisonniers comprirent presque immédiatement qu'ils ne pourraient, vu leur état, cheminer de nombreuses lieues. Les plaies de leurs pieds se rouvrirent et l'infection de la plupart d'entre elles se renouvela. Certains avaient des orteils rouges, pelés comme au sortir d'une eau bouillante. Des scrofules et des rougeurs apparurent sur les jambes de Nevers et du jeune comte de la Marche, qui se révéla d'emblée peu doué pour elle. Le soleil de la mi ou de la fin octobre brûlait. La lune, elle, semblait vouloir glacer la terre. On clopina dans une interminable plaine aux arbres rares et chétifs. La soif et la faim retourmentèrent les plus faibles d'esprit – Nevers et Gui de la Trémoille – tandis que des coliques dues aux aliments et surtout à l'eau qu'ils avaient absorbée sans crainte, bien que son aspect eût été aussi désagréable que son goût, persécutaient leurs entrailles.

Boucicaut échappait à ces épreuves. Il regardait l'adversité en face et s'il lui advenait d'encourager Nevers, il semblait que ce fût par devoir plus que par sollicitude. Il fallait avancer. Les lanières s'étaient remises à siffler, les fouettades à pleuvoir. À ces molestes vigoureuses auxquelles les nobles n'étaient point dispensés, s'ajoutaient les rires humiliants des sipahis et autres azabs à cheval.

— Est-ce loin, où nous allons ?

Mustapha qui passait au galop eut cette réponse brève :

— Certes ! Dix journées… Sans doute dix autres pour être à Kaliopoli[1].

Le Turc talonna sa monture et disparut.

— Jamais je ne pourrai atteindre cette cité ! soupira Coucy, désespéré.

— Vous l'atteindrez, messire. Nous vous en faisons serment !

Gui, inquiet pour cet homme, se remettait à stimuler son courage. En dépit de ses lamentations peut-être exagérées, il admirait chez ce chevalier plus fortuné que la plupart des autres une solide domination de soi-même et, en dehors des marches épuisantes, un esprit toujours maître de ses propos : il s'évertuait autant à les limiter qu'à les rendre, si le besoin s'en faisait sentir, aussi congrus que possible.

— Je ferai de mon mieux, Clairbois, comme toujours.

Coucy n'était pas seul en lutte contre la fatigue, à se plaindre qu'elle engourdît ses muscles. Il se taisait sur les défaillances de son esprit et savait s'émanciper de mélancolies dont la ténacité inquiétait frère Grégoire plus encore que Geoffroy Maupoivre, lesquels souffraient des pieds. Le dominicain, faute de les pouvoir réparer, avait dû renoncer à ses sandales. Si ses pairs s'épanchaient fréquemment sur leur misère, messire Enguerrand évitait d'exagérer la sienne. Aucun d'eux ne pouvait passer pour un homme de bonne compagnie : leurs propos laissaient toujours une impression de sécheresse et d'impertinence dont ils ne guérissaient point. Même s'il se refusait à en examiner les fondements, Coucy aimait à regarder la déconfiture en face. Et si les Turcs avaient privé le fils

1. Gallipoli.

Bourgogne, ses satellites et lui-même, Enguerrand, de leur armure de fer, il dépouillait de leurs ornements conférés par la fortune ces présomptueux dont il s'apercevait enfin qu'il les eût dû depuis toujours mépriser. Si Nevers pleurait la perte de ses vingt-quatre chariots chargés d'or ; si Eu protestait tellement quellement contre la condition faite à lui, connétable de France ; si Boucicaut se prétendait d'une sérénité mensongère, en vérité toute chargée de haine, Coucy paraissait ou voulait paraître très éloigné des inconvénients du présent hormis ceux qui concernaient sa santé. Quelque élevée qu'elle fût, il possédait de quoi pourvoir à sa rançon. Touché par le dévouement de deux jeunes compagnons qui, relayant frère Grégoire et Maupoivre, lui offraient leur épaule, il laissa lentement échapper ce propos :

— N'ayez, garçons, crainte pour l'avenir : quel qu'en soit le prix, j'acquitterai votre rançon. Helly me rapportera de quoi vivre. Vous en profiterez.

Il n'y avait rien à dire. C'eût été offenser cet homme de bien.

« Vivrons-nous jusqu'à ce retour ? » s'interrogea Gui, maussade.

L'eau avait à nouveau manqué. La nourriture, liquide, était rare. Les barbes poussaient, les chairs puaient, les navrures s'envenimaient. Parfois, de l'arrière, s'échappaient les cris d'un prisonnier au dos aiguillonné ou flagellé. Sans rançon possible, il se savait promis à un exécrable esclavage. Dieu l'avait abandonné. Dieu les avait abandonnés. Sans doute, après tant de cruautés commises en chemin, n'avaient-ils pas mérité qu'Il les aidât ; mais tout de même !… L'Enfant divin ne s'était point manifesté. Ni saint Michel, ni même saint Georges. Allah, savamment, avait obstrué les chemins du ciel pour le plus grand bonheur d'un monstre : Bayézid.

Bien que frère Grégoire fût un bon compagnon, frère Théodore manquait à Gui. Même silencieuse, sa présence n'avait cessé de le rassurer. Il était l'image même de l'Homme : patient, subtil, courageux, toujours prêt à ouïr les moindres doléances dès le moment qu'il aidait son prochain. Bon et avenant, lui aussi, frère Grégoire était moins disert, plus secret mais également serviable.

Vers quoi allaient-ils ? Kaliopoli, certes. Mais encore ?... Séparation ou rupture définitive d'avec la France ? De toute façon, ils allaient *tous* être mis en geôle. Peu en importait présentement l'aspect. Il suffisait d'observer les Turcs pour se convaincre que rien ne serait possible en toute chose. Ils avaient vu empiler les têtes, amasser les armures et les armes. Ils allaient voir s'empiler les humiliations et s'amasser les déconvenues. Il leur serait impossible de se regimber. Rien ne leur permettrait de penser que leur captivoison se romprait, ni même qu'elle serait éphémère.

Sitôt la vesprée, avant un misérable repos nocturne, Nevers et les siens, assemblés à l'écart, évoquaient la puissance de leur parenté, la compassion probable de leurs alliés et l'épaisseur de leurs fortunes. Ils sauraient, eux, patienter. Pourvu que la nourriture fût convenable, pourvu que le gîte le fût aussi, ils attendraient sagement la manne. Et sans doute, à perte de salive, recommençaient-ils la bataille perdue non point pour en tirer les leçons et en condamner les responsables mais pour se glorifier de leur courage, de leur bachelerie[1] et vitupérer leur male chance. Pour eux, être vaincus, c'était bien ostoier[2].

1. Vaillance et chevalerie.
2. Combattre dans l'ost. Guerroyer.

Et le temps passait. Ils estampaient[1]. Peu d'arbres. Quelques villages tristes, nullement ruinés mais apparemment vides.

— Peuvent-elles imaginer, Héloïse, Mère et Ermeline, dans quel désert nous piétons ?

— Comme elles ignorent où nous sommes et dans quel état, ne te soucie pas d'elles.

Antigny, qui peut-être avait raison, poursuivit :

— Je m'efforce d'oublier que j'ai un père, une mère et une sœur.

Une image occupa la mémoire de Gui. Celle d'une Héloïse aux cheveux hurlupés, galopant sur Éole dans les campagnes tourangelles pour s'abriter sous un grand dais de feuilles où ils s'étaient attardés un soir. Une fois de plus, il lui dit adieu, le cœur serré par une sorte de désespérance. Pensait-elle à lui *maintenant* ? Où était-elle ? Que faisait-elle ?

Cette rencontre imaginaire, inattendue et comme provocante avait alourdi sa marche. Il sentit, sur son épaule, la main d'un Coucy qui commençait à trébucher fréquemment.

— Que se passe-t-il, Clairbois ?

— Il songeait à sa fiancée, s'empressa Antigny.

— Ah !... Et cette pensée ne soulage en rien votre mélancolie ?

— Non, messire. Elle l'aggraverait plutôt.

— Dites-vous que vous n'êtes pas le seul à vous demander ce qu'elle fait. Si elle vous est ou non fidèle. Qu'elle le soit ou non, pensez à vous. Pensez à vivre. N'ajoutez pas à la souffrance de l'âme celle d'un corps en le triste état où il est. N'aggravez point la désunion entre l'un et l'autre.

1. Marcher, errer.

Notre courage n'est que le fils bâtard de notre orgueil et de notre déconfiture. J'ai mal. Penser à Isabelle ne me guérirait point. Alors, je m'en abstiens. Je me demande si les grandes amours sont faites pour durer.

— C'est la crainte que j'ai, messire… Mes pensées, la nuit, se fatiguent et mon corps en subit les conséquences.

— Je songe, moi, à ceux qui dorment l'un près de l'autre, d'un sommeil qu'on peut dire heureux. Allons, avançons. Notre devenir, comme l'amour, est fait de craintes et d'incertitudes. Pensons à nous, Clairbois. Pensons égoïstement à ce que nous sommes, à ce que nous serons peut-être demain, après-demain… un jour. Il y a une plaisance farouche à nous dire que nous sommes des hommes de cœur avant que d'être des seigneurs, des guerriers et des vaincus. Vivons, ne serait-ce que pour consterner les Turcs !

Les pas succédaient aux pas, les jours interminables aux jours, accompagnés de longues nuits dont les feux, bien que nombreux, n'atténuaient pas la froidure. Des jours desséchants puisqu'on marchait au soleil, des jours à dire vrai inutiles puisqu'on n'avait plus à décider pour soi et que les vainqueurs régnaient aussi sur les vessies et les intestins. Des jours qui, après le sang, avaient une flaireur d'acier, une clarté vive et néanmoins consternante. Et c'était une étrange meute qui constamment aboyait. Il fallait avancer et parfois suivre. La docilité seyait mal à tous ces Francs accoutumés, eux aussi, à aboyer des mandements. Ils faisaient l'expérience du joug. Ils en pâtissaient sans enragerie apparente et Gui se délectait de les voir engoncés dans une illusoire dignité : il se trouvait à leur hauteur, à moins qu'ils ne se trouvassent à la sienne. Y songeaient-ils ?

Ses conversations avec Yvain devenaient rares. Il semblait que celui-ci s'en trouvait heureux. Il avait espéré qu'un latinier [1] autre que Mustapha, toujours bref ou évasif dans ses propos, figurerait parmi les Turcs. Il ne semblait pas qu'il y en eût, de sorte qu'on ne pouvait savoir quand on aboutirait. La question : « Sommes-nous loin de Kaliopoli ? » demeurait sans réponse.

La chaleur craquelait les lèvres ainsi que les gels hivernaux. L'eau rare, distribuée dans des outres en peau de chèvre, sentait le rance. On n'avait aucune plaisance à se désaltérer. Parfois, un tençon inattendu opposait Jean de Nevers à un compère qui, bien qu'avec bénignité, lui reprochait l'ose [2] dont il se vantait. Et plus on avançait, plus les dissensions se multipliaient sous de futiles prétextes eu égard à la misère en laquelle on pataugeait. Ceux qui avaient désapprouvé Nevers verbalement ou en silence, proféraient de vieux griefs contre son père, premier instigateur de la « croisade », ou des reproches jusque-là informulés contre son inconséquence. Or, ils ne l'avaient point désapprouvé lors du dernier conseil. D'autres, que Gui avait vus joyeux, s'en prenaient à la jubilation que certains avaient manifestée en quittant la France. D'autres même – Boucicaut était du nombre – reprochaient à certains d'avoir abusé des adolescentes et fillettes que leurs écuyers leur avaient apportées nocturnement et dont, pour étouffer les cris, ils avaient bourré la bouche de linges malpropres avant que de les souiller. C'étaient des échanges de pensées saumâtres, à mi-voix, et parfois le nom de Clisson en saillait. Si messire Olivier avait commandé…

Jean de Nevers et Philippe d'Artois se courrouçaient. L'un et l'autre haïssaient l'ancien connétable. Digne fils de

1. Interprète.
2. Audace.

son père quant à l'orgueil, Nevers devait, en ses tréfonds, concevoir ses erreurs sans jamais consentir à admettre ses torts. Artois semblait indemne de tout reproche. Il s'était montré impétueux et téméraire. Pouvait-on l'en blâmer ? Excepté Coucy, les prisonniers de choix épargnés par Bayézid révélaient, les uns envers les autres, une hostilité de plus en plus affligeante. Il advenait qu'ils se reprochassent jusqu'aux femmes qu'ils avaient épousées au détriment de quelques autres pourvues de qualités éminentes. Après s'être dressés contre les Turcs, les Francs se dressaient contre eux-mêmes. Derrière, chez les trois cents, il advenait qu'on se prît au collet, et c'étaient les vainqueurs qui arrêtaient les querelles.

— Je crois, murmura Gui, un matin, alors que les fouets de cuir claquaient sur quelques dos, je crois que les prisonniers de Brehappe étaient plus dignes.

— Je le crois aussi, dit frère Grégoire.

La dignité ! Nevers, Eu, Bourbon et les autres devaient affecter d'en être pourvus chez eux et à la Cour. Il suffisait, le soir, que la mangeaille fût apparemment copieuse et meilleure pour qu'une sorte de fraternité rapprochât les courroucés. Antigny, Coucy et le dominicain mangeaient sans mot dire. Maupoivre engageait son patient à se sustenter lentement pour tirer un meilleur profit des aliments. Gui puisait du bout des doigts dans la cuvette de cuivre apparemment propre, et dont il se demandait avec quoi elle avait été lavée.

Yvain lançait parfois à Boucicaut un regard presque féroce. Lui reprochait-il, lui aussi, les oreilles coupées et les égorgés de Brehappe ? Loin des feux, on entendait les Turcs faire ripaille mais, à l'inverse des logements des chevaliers aux Lis, nul cri de femme ivre ou tourmentée ne révélait une bacchanale. Gui les imaginait, leurs armes et leurs écus jonchant le sol, riant de toutes leurs dents de loup.

Leurs dents de loup gris.

Comme ce long cheminement eût été agréable à cheval !

Où était Cyrus ? Vivait-il encore ? Broeckx n'avait pas participé à la bataille. Avait-il pu traverser la Dunoe sur un cheval d'emprunt en tenant Cyrus à la longe ?

« Yvain pense-t-il parfois à Modus ?… Il lui a épargné le couris au-devant des épieux où tant de nobles roncins, coursiers, palefrois ont péri. Boucicaut a perdu ses beaux chevaux. Et Nevers. Et les autres… Le poitrail sur les bois aiguisés inclinés… Méchante guerre ! »

Chaque matin, les Turcs empoignaient une *kattab*[1] pour étriller la robe de leurs bêtes : des chevaux petits, nerveux, craintifs aux éperons. Les privilégiés les regardaient avec envie, tout en dénigrant parfois leur façon de faire cependant que les janissaires et les sipahis se truffaient de ces vaincus et de leur inutile arrogance. Il n'était pas question de leur prêter une monture. Il n'était pas question de se laver. Impossible de se rère[2]. Plus l'aspect des prisonniers fortunés devenait abject, plus les vainqueurs se réjouissaient. Les sonneries des cors prévenaient du départ, et il fallait avancer vers l'univers inconnu où dans un avenir peut-être proche une cité apparaîtrait. Les hommes, les enfants et sans doute les femmes les voudraient lapider.

« Il faudrait que quelques-unes frappent Nevers, Eu, Bourbon… et les autres excepté Coucy… Le malheureux accomplit des efforts désespérés… J'ai de la vergogne à être en l'état où je suis. »

1. Étrille.
2. Raser.

Quelque méritée que fût sa condition de vaincu, Gui l'acceptait avec une indifférence de surface qui pouvait passer pour de la hautaineté. À l'inverse d'Antigny, l'idée ne lui venait pas d'approcher Boucicaut. Il commençait à trouver la nourriture meilleure et les Turcs respectueux de sa personne. Le comte de Nevers eût aimé, lui, qu'on le traitât avec des égards que d'aucuns – surtout Coucy – trouvaient immérités. Ses encenseurs persistaient à l'appeler Jean sans Peur sans qu'on connût l'auteur de cette absurde trouvaille.

« Et pourtant », songeait Gui, « lorsqu'il s'est rendu aux Turcs, ses braies, selon Coucy, répandaient une odeur de merdaille. Si par bonheur pour lui Nevers revient en Bourgogne, on excusera ses inconséquences autant que celles de Philippe d'Artois. »

Gui sentait son cœur lui monter aux lèvres lorsqu'il assistait aux marques d'intérêt décernées par leurs pairs, à ces deux perdants.

« Me suis-je bien battu ? Ai-je bien ostoié ? »

Il avait été trop occupé de ses adversaires pour s'intéresser, même le temps d'un clin d'œil, au fils d'un des ennemis jurés de Clisson. Jamais, à moins d'y être contraint, il ne dirait un mot à ce hutin. À ce hautain. À d'autres les louanges ! Boucicaut s'abstenait autant que possible de lui parler. D'autres également. Il était possible que messire Jean s'en aperçût. Peu importait, sans doute, qu'il se sentît parfois déprécié, voire trahi par les siens. Il ne pouvait sévir. Et comme il n'y avait ni péril ni disgrâce, certains, lorsqu'il avait le dos tourné, l'arrosaient de leur mépris.

Aucun prêtre excepté frère Grégoire. Tous morts. Gui, le matin, se sentait prêt à acomminger [1] en cueillant trois

1. Communier.

brins d'herbe et en les avalant. Outre qu'ils eussent été peu ou prou souillés, son geste, sans doute, eût provoqué des commentaires sur une piété en sa défaveur. Personne, hormis le dominicain et Enguerrand de Coucy, n'était enclin à la prière. On en voulait à l'Éternel, à la grâce divine et même, à feu frère Théodore d'avoir semé le doute dans certaines âmes et surtout d'avoir voulu s'opposer au martyre des prisonniers de Brehappe.

— Je m'embrenne[1], disait de loin en loin Antigny.

Il semblait qu'il n'eût personne, en France, sur qui raccrocher ses pensées. Pas même sa sœur Mathilde et leurs parents. Quelle avait été sa jeunesse prime ?

Gui éprouvait parfois la sensation qu'il s'apprêtait à l'entretenir d'Alix. En bien ou en mal ? Avait-il envie de compléter le portrait qu'il en avait fait lorsqu'ils avaient marché côte à côte pour comparaître devant Bayézid ? Mieux valait qu'il restât muet.

Il fallait avancer, brandeler[2] en se demandant une fois de plus quand viendrait l'arrêt définitif. Certains Turcs ne savaient qu'un mot : « *Toi !* » pour désigner un homme et le menacer du fouet afin qu'il allongeât le pas. Déjà, l'on perdait son nom. L'on n'était plus qu'un *toi* dont les Grands devaient supporter l'opprobre sans mot dire. Certains courbaient l'échine au moindre glapissement ou claquement de fouet. Jean de Nevers, le jeune Bourbon, Gui de la Trémoille et le comte d'Eu, ces conduiseurs au verbe haut, à la condescendance froide qui, à Nicopoli, s'étaient indignés d'être contredits, faisaient de mauvaise grâce l'apprentissage de la soumission. Leur habitude du commandement leur avait fourni une idée fausse de leur valeur. Les menaces qui leur étaient fréquemment adressées en

1. Je m'em…
2. Chanceler.

faisaient parfois des espèces d'enfants battus sans qu'aucun horion leur eût été donné. Privés de leur armure, de leur épée, de leur écu, ils étaient nus. Leurs pairs les consultaient rarement. Invités à exprimer leur avis sur quoi que ce fût, certains feignaient une surdité tenace. Il y avait chez tous ces êtres divers une simplification de leur moi, un anéantissement discontinu de leur orgueil, une renonciation à leur propre ressemblance et comme une réduction de leur personne.

— Bientôt, nous serons entre quatre murs.

— Heureusement, car à partager un jour sur deux mes chaussures, il semble qu'elles se soient usées davantage que si je les avais portées seul.

— Tu en as du regret ? demanda Antigny avec une animosité due sans doute à la fatigue.

— Non, soupira Gui, agacé.

Plus il s'enfonçait dans une Turquie sur laquelle il évitait de disperser ses regards, plus il était enclin à mesurer ses propos. Le silence des nuits lui était doux. Parfois la respiration de Coucy l'inquiétait peut-être davantage que Geoffroy Maupoivre. *Bientôt*, ce serait quand ? Bientôt, sans doute, à force de partager une errance infinie, il n'y aurait plus aucune prérogative entre les riches vaincus d'un Bayézid invisible mais présent. Ils devraient se partager des tâches décidées par le vainqueur. S'ils voulaient boire et manger, tous ces hommes devraient participer aux corvées les plus basses.

— Tu penses à quoi, Gui ?

— J'aimerais voir Nevers faire la vaisselle.

— Je hais ceux qui, pour lui complaire, lui offrent les meilleurs morceaux.

— Ne parle pas mangeaille. Ça me donne mal au ventre.

Ils avaient peu de chose à échanger d'autre que ces considérations toujours sensiblement les mêmes. Les barbes poussaient et certains visages en friche commençaient à se ressembler. Sur les chairs moites, sèches ou froides toujours hâtivement lavées lorsque les Turcs décidaient d'une halte près d'un ruisseau, la crasse trouvait des terrains où prospérer. On avait des poux, des puces et des morpoils. Frère Grégoire les acceptait comme une calamité divine. Une fois le corps hors de l'eau, il fallait qu'il se séchât seul. Gui se cherchait une branche encore feuillue et s'en fustigeait, suscitant des ébaudissements et des moqueries qui le laissaient de marbre.

Sipahis, janissaires et autres bataillards, les Turcs ne riaient guère. Gui ne persistait plus à se demander vers quel champ clos on les emmenait, à moins que ce fût une prison dont la blancheur et la propreté extérieure dissimuleraient des ténèbres et des immondices. Les vainqueurs avaient exterminé quelques milliers de petits ; ils se réjouissaient à imaginer les traitements qui seraient infligés aux Grands et aux quelque trois cents vaincus de basse et moyenne condition [1] promis sans doute à une éternelle servitude.

On ne voyait toujours pas Bayézid. On savait seulement qu'il suivait, entouré de ses dignitaires, de ses femmes et de ses eunuques. Parfois, si le vent le voulait, s'éployaient les relents d'une musique aigrelette vivement absorbés par les bruissements des sabots et des armes.

Et l'on marchait.

De la faim, de la soif et du froid, Gui ne pouvait démêler ce qui lui semblait le plus exécrable. L'humiliation avait cessé de tenailler son esprit. Il avait accompli son

1. Sentinelles.

devoir et ne méritait nul blâme. Il avait faim d'amour, soif de liberté, besoin de savoir s'il reverrait une autre terre que celle qui se présentait invariablement à lui : rocailleuse comme le langage de ses gardes.

Un jour, alors que le soleil surplombait la procession infâme, une ville apparut, blanc et gris où se dressait, provocant, à proximité d'une tour immense, le phare immaculé d'une mahomerie. Il fallut passer en des rues peuplées d'une populace hargneuse, courber le dos sous des averses de pierres, subir des coups de poing et de bâton, essuyer les crachats avant d'atteindre une cour aux murs nus couronnés de regards [1], l'arc prêt, la sagette encochée. Céans, Jean de Nevers ne pouvait se prévaloir de ses titres. Enguerrand de Coucy, exténué, se mit à pleurer. Artois, les La Trémoille et les autres reçurent la confirmation qu'ils n'étaient rien moins que de pauvres hommes dépourvus de leurs fers et des qualités dont ils s'étaient crus dotés. Les Turcs chargés de les accueillir portaient devant leur ventre souvent boursouflé l'inévitable alfange. À leur dextre pendait un fouet dont ils se contentaient d'obtenir des claquements. Aucun cinglon ne fut donné, mais Gui devina des démangeaisons sous des poignes serrées.

Un janissaire en manteau de mouton, coiffé du *ketché* de feutre [2] glapit, dans la langue des prisonniers, qu'il exigeait du silence. Il allait s'exprimer au nom de Sa Hautesse :

— Messire Jacques de Helly, dit-il d'une voix où le mépris le disputait à l'orgueil, messire de Helly s'en est allé en votre royaume pour obtenir vos rançons. Elles ont été fixées selon vos titres et positions. Elles vous seront

1. Sentinelles.
2. C'était la coiffure des janissaires.

confirmées dans quelques jours. Leur montant est élevé… En attendant qu'il en soit fourni le détail, vous allez séjourner quelque temps à Kaliopoli. Vous n'aurez, vous, les grands seigneurs, aucune obligation au travail, mais votre logement devra être tenu propre. Un barbier vous rendra visage humain. Vous aurez accès aux étuves. Vous ne souffrirez donc d'aucune dégradation physique. Sa Hautesse vous déconseille d'ourdir des desseins d'évasion.

— Où sommes-nous ? s'enquit Jean de Nevers, son lourd menton, noirci par l'ombre de son nez, porté en avant comme le rostre d'une galère.

— En prison.

— Mais encore ?… Quel lieu ? Quelle cité ?

— Kaliopoli, messire. Ne l'ai-je donc pas dit ?

— Notre halte est-elle définitive ?

Nevers semblait avoir récupéré son outrecuidance bien qu'au fond de lui-même il se sût déchu, avili, réduit à un état misérable. Gui sentit sa gorge envahie de fiel envers cet homme dont la voix s'était soudain assombrie dans l'abandon d'une dignité qu'il ne devait qu'à son père. S'il n'avait eu la certitude que celui-ci paierait son otagerie, le comte se fût sans doute agenouillé devant ce héraut pour l'adjurer qu'il fît en sorte de lui instituer une existence aisée. Yvain se réjouissait-il que ce néfaste personnage fût dans un état pitoyable et surtout qu'il dût y demeurer ?

Le janissaire s'éloigna. Mustapha survint et invita les privilégiés à le suivre.

Il leur fallut passer sous des voûtes obscures et sinuer entre des murailles à semblance de courtines. Ils posèrent ensuite le pied sur le premier degré d'un escalier tournant.

— Plus de cailloux pointus, se réjouit Antigny en jetant un regard sur ses orteils.

— Mes semelles, Yvain, sont si minces que je vais devoir renoncer à mes chaussures pour endurcir mes plantes et mes talons.

Ils étaient les derniers. Devant eux, Geoffroy Maupoivre soutenait Enguerrand de Coucy. Ils précédaient frère Grégoire qui montait en soulevant sa bure. Devant, absorbés par l'ombre du colimaçon, Gui de la Trémoille et Nevers haletaient. Les autres montaient en trébuchant, tellement ils étaient recrus.

Un palier n'interrompit pas l'ascension. Il y avait pourtant une porte. Que dissimulait-elle ?

Il fallut monter encore.

— Où allons-nous ? questionna Boucicaut.

— Tout en haut, dit Mustapha. Vous avez cheminé plus de cent lieues et demie. Vous pouvez bien vous élever de deux nouvelles toises.

La gaieté de la réplique n'empêchait pas l'arrogance.

— Enfin ! soupira quelqu'un qui pouvait être Philippe d'Artois.

Une porte s'ouvrit. Gui et Yvain entrèrent les derniers dans une vaste salle nue, au plafond voûté, marbré de salissures verdâtres. La malpropreté des murs et les souillures du pavement provoquèrent maintes grimaces et Nevers exprima sa première observation d'une voix enflée, suraiguë qui, cependant, trahissait un soupçon d'inquiétude :

— Allons-nous devoir coucher à même ces dalles ?

Sous ses longs cheveux et ses poils en jachère, sa laideur s'était comme renforcée, et s'il avait maigri, son orgueil était toujours aussi massif. Ses épaules tombaient et ses jambes, tourmentées lors de la récente montée, le supportaient à peine. Gui allait cesser de l'examiner lorsque leurs yeux se heurtèrent. Il abaissa les siens de crainte que le prince n'y découvrît un dédain sans limites tandis que sous des paupières rougies par le froid et la fatigue, les prunelles semblaient jeter leurs derniers feux.

— Il nous faut des lits.

Philippe d'Artois semblait vouloir secourir son parent.

— Vous en aurez, messires.

Nul n'osa demander de quelle espèce ils seraient.

Les pâles clartés d'une fin de jour précoce s'assombrissaient sitôt entrées dans la vaste pièce par deux fenêtres assez larges, ouvertes sur la bleuité d'une mer aux flots apparemment immobiles. C'était une vision exaltante et décevante, une invitation au départ, mais au départ vers quoi ? Quelques verdures semblaient vouloir dissimuler la médiocrité du sol. Très loin s'entrevoyait l'ourlet bistré d'une rive. En bas, à dix toises, s'empilaient des provisions de bois, des cageots, des barils et sur un petit mur d'enceinte, des hommes d'armes passaient, leur tête coiffée d'une citrouille d'étoffe blanche.

— Impossible de fuir.

— C'est, Yvain, ce que je me disais.

— Il ne faut pas tenter le diable.

Coucy avait raison. Le dos au mur, il se laissa glisser jusqu'au pavement. Assis, les jambes allongées, la petite croix de frère Grégoire protégée par ses paumes, il se mit à prier. Le nom d'Isabelle filtra d'entre ses lèvres et, levant les yeux sur Geoffroy Maupoivre, il murmura :

— Chaque jour, il me semble perdre un grain de ma vie. Cette montée m'a presque achevé.

— Mais non, mon ami !... Mais non !

— Clairbois, approchez.

— Oui, messire.

La bouche et les joues hâves, plissées de douleur, l'ancien gendre d'Édouard III ajouta :

— N'oubliez pas : si je meurs et que vous regagnez le royaume, allez à Coucy. Mettez mon épouse en garde contre les oppresseurs… Qu'elle se méfie de Louis d'Orléans, d'Isabeau et des ducs… même de celui-ci.

Du menton, Coucy désignait Jean de Nevers.

— Vous ne mourrez pas, messire, mais dans le cas où le malheur vous frapperait, j'agirai selon votre volonté.

Le grand bouteiller de France essaya de se remettre debout, et renonça.

— Jure-le, Clairbois.

Cette soudaine familiarité plut à Gui. Il jura sans ajouter qu'il tiendrait parole si la Providence ouvrait devant lui la porte de la liberté.

Coucy avait fermé les yeux. Ce n'était pas la mort mais le sommeil qui avait pris possession de son âme.

Il fallut attendre, s'ils existaient, la nourriture et les lits. Ces derniers furent apportés par une demi-douzaine d'hommes à la tête rase, habillés de lambeaux, le dos ployé depuis des années sous le faix des horions et des injures. Nevers voulut les interroger. L'un d'eux, qui peut-être était de France et semblait plus solide que ses compagnons, lui répondit par des grognements et ouvrit largement une bouche sans langue. Un murmure d'horreur s'éleva. Boucicaut s'écria :

— Les monstres !

Gui se sentit consulté d'un regard. Le maréchal sollicitait-il son approbation ?

— La langue ou les oreilles ? dit-il d'une voix feutrée. Pour moi, messire, ces ablations faites à des innocents me semblent tout aussi méprisables…

— Ce qui signifie ?

Sur un visage effaré, le courroux, sans doute, grondait. Gui n'en eut cure :

— Que votre indignation me paraît superflue.

— Il semblerait, Clairbois, que vous me détestez !

— Nullement, messire le maréchal. Pour vous détester, il me faudrait vous juger. Je n'en ressens point la nécessité.

Gui, impassible, s'apprêtait à exprimer, en termes choisis, sa fureur et sa déception, lorsque Jean de Nevers s'approcha :

— Dites, Le Meingre, que pensez-vous de ces litterons[1] ?

Le maréchal considéra la natte de joncs tressés que le fils du Hardi étendait devant ses pieds noirs de crasse entre les orteils desquels du sang s'était figé.

— Ils vont faire de nous des cénobites. Cette chose où s'appuiera votre corps, monseigneur, ne me paraît bonne que pour des chiens ou des moines.

Frère Grégoire, tout proche, haussa les épaules. Sans doute la malignité des deux hommes lui était-elle une plaisance.

C'en était bien fini, pour ces outrecuidants, des privilèges glorieux, des incessantes louanges rendues à leurs prétendus mérites, des déférences sincères ou hypocrites et des parures ou des armures étincelantes. Sur leurs visages pelus et décharnés, leur déception était plus éloquente que des mots. Et si les yeux de ces insensibles s'humectaient, c'était uniquement par enragerie.

— Ils se prennent en pitié, murmura Antigny.

Il y avait deux nattes roulées sous ses aisselles.

— Tiens, mon compain, voici la tienne.

1. Petits lits.

Gui la déroula. Elle avait peu servi. Jacques de Bourbon le saisit par un coude :

— Clairbois, je crois... Voulez-vous trocher la vôtre contre la mienne ?

Gui sourcilla. C'était la première fois, depuis Montbéliart, que ce friquet[1] lui adressait la parole. Avant que de lui répondre, il se souvint des stupres[2] que les Anciens lui avaient débonnairement reprochés et des fornications nocturnes avec les ribaudes consacrées aux grands seigneurs.

— Messire, je ne vois pas pourquoi nous procéderions à cet échange... Je ne suis ni votre ami, ni votre écuyer, ni votre sujet. Nous sommes logés à la même enseigne. C'est sûrement dommageable pour vous qui n'avez cessé de dormir dans de la soie... Or, vous verrez : après avoir appris à gésir sur le sol, à boire de l'eau putride et à manger de la merde, vous vous ferez à cette natte, il est vrai, trouée, mais point trop... Vous allez vous courroucer contre mon irrespect mais il est bon, messire comte, que vous subissiez, tout comme moi et ceux qui nous entourent, une cure d'humilité. Croyez bien que j'en suis aussi marri pour vous que pour moi.

Sous le pelage noir où affleuraient quelques fils blancs semés au cours de la bataille lorsque la male peur de mourir l'emportait sur la volonté de vaincre, la fureur tout à coup s'était manifestée.

— Vous êtes d'une arrogance...

— Indue ?

Gui se sentit soudain en perte d'éloquence. La bouche toujours envieuse du jeune comte se tendait assez vilainement vers lui comme prête à cracher.

— Voudriez-vous, Clairbois, me donner des leçons ?

1. Freluquet.
2. Viols.

— Nullement, messire, puisqu'elles me paraîtraient tout aussi malséantes qu'inutiles.

Frère Grégoire s'interposa, devançant de peu Enguerrand de Coucy, debout et comme heureux d'un tençon[1] qui mettait un soupçon de bruit et de mouvement dans la vaste geôle où la plupart de ceux qui l'allaient partager cherchaient ou se disputaient une place où étendre ce que Henri de Bar nommait une litière.

— Allons, messire comte, dit le dominicain d'une voix sèche dont Gui trouva qu'elle ne penchait ni pour Bourbon ni pour lui-même. Nous sommes entrés, depuis votre déconfiture, dans un règne d'égalité. Installez-vous, comme nous tous, dans une fiance et une familiarité où les ascendants n'ont plus cours. Vous y pourrez conserver intacte, mais pour vous-même, l'affirmation de votre noblesse et de ses privilèges sans pour autant les vouloir imposer à quiconque. Vous avez, jusqu'à Nicopoli, profité de précieux avantages. Dorénavant, ils sont caducs… L'Éternel en a décidé ainsi dans sa suprême bienveillance.

Non sans cruauté, le moine maniait à sa façon le compliment et la semonce. Il savait sa présence dérisoire parmi des hommes qui, bien qu'ayant Dieu à la bouche sans jamais le porter dans leur cœur, sollicitaient sa mansuétude à chacune de leurs vilenies. Si Jacques de Bourbon s'était imaginé être un exemple de perfection humaine et militaire, il n'était qu'un vaincu pour le frère prêcheur.

— La vie qui sera nôtre céans apaisera vos esprits. Je crains qu'elle ne soit aussi rude, mais d'une autre façon, que celle que nous avons menée depuis Nicopoli.

Gui acquiesça, nullement imité par son vis-à-vis sur l'épaule duquel le jeune Henri de Bar, tout à sa semblance

1. Querelle.

en fait d'inconduite, posait une main amicale. La marche, lors des longs et pénibles cheminements, n'avait jamais permis la confrontation des caractères, et lors des repos, l'exténuation était telle que nul homme sensé n'eût songé à confabuler. Peut-être avait-il eu tort de faire front à un prince écervelé dont la nature fortement trempée d'orgueil voulait s'affirmer en toute chose.

Il fit deux pas en arrière et sentit dans son dos la présence de Geoffroy Maupoivre et d'Enguerrand de Coucy.

— Vous avez bien fait, dit le mire.

— Je t'approuve. Ma natte est trouée, elle aussi. Quoique connaissant ta bonté, jamais je n'ai été tenté de te demander un échange.

Coucy semblait avoir dominé sa fatigue. Il était debout, droit et fier. Une lueur dansait au fond de ses prunelles. Quant à Geoffroy Maupoivre, l'humeur tyrannique du comte de la Marche, plutôt que de l'indigner, semblait l'avoir informé sur les prochaines conditions d'une captivité qui s'annonçait plus terrible sans doute qu'un exode long de presque deux cents lieues.

— L'existence dans ce reclusoir, dit-il, va déchaîner les esprits. Vous feriez bien, Clairbois, de modérer désormais votre langue, toute chargée de vérité qu'elle soit. Ces gens, autour de nous, ont leur noblesse pour eux. Ils peuvent, alliés, vous écraser comme ce cloporte, à nos pieds, qui vient de s'arrêter pour nous examiner. Nous sommes tous d'humeur peccante et l'épreuve que nous subissons va développer nos aigreurs.

— Il est vrai, approuva frère Grégoire, que rien ne nous sera épargné. Ils nous ont, comme on dit, sous la main, et cette main peut nous vouloir broyer lentement.

La voix était aisée, souple, légère. Elle résumait en quelques mots les mouvements d'un esprit en quête d'une pureté qui n'existait plus – si elle avait jamais existé.

Gui acquiesça. Il avait découvert tous ces hommes de bien avant la bataille. Il les avait entraperçus pendant. Il les voyait mieux, dans leur essence même, et comme définitivement. L'immobilité à laquelle ils se trouvaient réduits n'allait cesser de leur peser. Cette sorte de petite cour misérable et sans femmes, où germeraient maintes cautelles [1], lui offrirait un champ d'observations tout aussi fructueux que les rassemblements auxquels il avait assisté. Sa curiosité en serait certainement rassasiée. Plus froid de tête et de corps, il deviendrait plus clairvoyant et, s'il le fallait, il saurait être hypocrite. Et les jours passeraient, toujours longs, toujours fades. Que faisaient et que pensaient les femmes, *là-bas* ? Avaient-elles appris l'épouvantable déconfiture ?

Il les imaginait avec le sang-froid d'un vivant qui n'était plus. Il les avait tenues en haleine et, certain de ne les revoir qu'après une infinité d'années, il lui advenait de souhaiter l'endurcissement de leur caractère et du sien. S'il était certain que la constance de sa mère et d'Ermeline ne dépérirait point, s'il eût pu témoigner de leur aptitude à la patience, il sentait Héloïse menacée par le temps et la désespérance. Elle l'avait moult aimé. Elle souffrirait donc en proportion. Elle oublierait les traits de son visage comme il commençait à oublier les siens. Elle oublierait ses baisers comme il oubliait la douceur des siens. Il oublierait la tiédeur de sa chair comme elle oublierait le glissement de ses mains passant de la ferveur à l'audace. Il se pouvait qu'un jour, le voyant accroupetonné, languissant dans un

1. Ruses, d'où cauteleux.

coin, Geoffroy Maupoivre vînt lui demander : « *De quoi souffrez-vous ?* » Pourrait-il lui répondre : « *Du mal d'amour* » ? Non. Il n'oserait.

— Allons, Clairbois, dit simplement le mire qui n'avait cessé de l'observer. Laissez s'accomplir votre destinée. Soyez prudent, soyez modeste et conciliant.

— Il a raison, dit Antigny, inquiet et comme charitable.

— Sache te montrer courtois, Clairbois, dit Enguerrand de Coucy. Mais défends ton bien comme tu viens de le défendre. Sache parfois désobéir à ta nature sans éprouver la moindre vergogne. Ton unique dessein doit être de ressembler à ces bataillards. En t'intégrant mensongèrement à leur… famille, tu seras considéré… Qui sait ? Il advient parfois qu'on en soit réduit à quêter l'aide de quelqu'un qu'on déteste… D'après ce que m'a dit ton compain, tu as déjà un ennemi puissant à la Cour. Fais en sorte de ne pas en ajouter quelques autres.

C'étaient là des propos pertinents. Ceux d'un homme connaissant toutes les gents curiales et guerrières. Ce dont Gui sut le plus de gré à Coucy ne fut pas de les avoir proférés, mais de les avoir achevés alors que ses jambes le soutenaient à peine.

— Venez, dit-il, messire, près de ce mur, là-bas… Viens, Yvain… Appuyez-vous sur nous et laissez-vous conduire.

Ce fut fait. Suivis par frère Grégoire et Maupoivre, les deux compagnons s'approchèrent d'un espace nu, entre deux fenêtres. Le médecin étendit sa natte sur le pavement ; Antigny la couvrit de la sienne, bientôt imité par le dominicain. Quand ce fut fait, après qu'on eut déposé dessus celle du blessé, Gui promptement y ajouta la sienne. Une sorte de matelas fut ainsi conçu.

— La bonne chance est pour vous, Enguerrand ! lança, de loin, Jacques de Bourbon.

— Ce jeune coq, dit sobrement Maupoivre, mériterait une litière toute chargée de fientes diverses.

Gui se tourna vers frère Grégoire, lequel hocha une tête pâle et flétrie d'épuisement :

— Pour interpeller un homme sur ses erreurs, offenses et méchancetés, attendez, Gui, qu'il commence à les entrevoir. Or, ce damoiseau présomptueux est aveugle. Souhaitons que le malheur lui décille les yeux.

— Que n'est-il demeuré dans l'herbe à la place d'un Henri d'Antoing !

C'était Yvain qui disait cela !

— Tu as raison, dit faiblement Coucy. Ce gars-là n'a pas assez souffert. J'échangerais bien mes maux contre sa bonne santé, mais il n'y consentirait point. Ce qui me console, c'est que ce voluptueux est condamné, céans, à toutes les abstinences.

Le blessé s'était allongé. Maupoivre commençait à examiner ses navrures. Gui, Yvain et le presbytérien s'éloignèrent.

— *Hæret lateri lethalis arundo* [1]. Il ne peut, commenta frère Grégoire, combattre la mort avec autant de force que les Turcs.

— Vous craignez qu'elle n'ait le dessus ?

Il parut à Gui que sa voix avait tremblé. Il avoua :

— Sa perte me ferait grand mal.

— À moi aussi, dit Yvain.

— Alors, murmura le dominicain, priez pour son sauvement et dites-vous que ce Maupoivre peut le bien chaloir [2]. Vous êtes bons par nature et meilleurs encore que naguère parce que vous avez souffert dans votre esprit et votre corps. Il m'est cruel, à moi aussi, de redouter la mort

1. Le trait mortel reste attaché à son flanc.
2. Soigner.

de cet homme. Le fardeau est lourd d'y penser car je crains que mes adjurations ne soient vaines.

Frère Grégoire s'éloigna. Gui le vit s'agenouiller dans un des angles de la geôle et se signer maintes fois.

— Il sait… Il prie désespérément. Il a voulu nous rassurer, Yvain, mais il sait. Abstiens-toi de parler… Tous les mots que tu pourrais dire, les plus sensés comme les plus creux, me paraîtraient inutiles.

Une porte s'ouvrait dans le coin opposé à celui du moine. À l'odeur qui fluait de dessous, on ne pouvait se méprendre. C'étaient là qu'on avait aménagé des latrines. Le comte d'Eu en sortit. Gui le laissa passer et entra.

— Même pas capable de gagner une bataille, dit-il tout en urinant. Même pas capable de chier dans un trou !

Il sortit furibond. Alors que son courroux s'envenimait contre Bourbon et le connétable qui, près d'une fenêtre, échangeaient leurs avis sur il ne savait quoi, Yvain le rejoignit :

— Cesse de t'enfelonner contre ces malebouches. Suis les conseils de notre moine. Sache enfin te contraindre. Ces deux-là sont céans bien plus faibles que forts. Laisse-les se nourrir de leurs déceptions et de leurs erreurs. Et jouis qu'ils en souffrent !

Il s'était fait entre eux un silence triste, comme s'ils eussent été en cérémonie. Gui dégagea leurs esprits de cette fâcheuse contrainte :

— Tu viens de me parler comme l'eût fait ma mère.

Ils se sourirent, mais c'était sans envie. Ils se tournèrent vers le gisant. Enguerrand de Coucy, comte de Soissons et de Bedford, grand bouteiller de France, amant plus que mari d'une jeune Isabelle, dormait profondément, l'esprit sans doute aussi épuisé que le corps.

Ils étaient reclus depuis deux jours, dormant peu en raison de la froidure nocturne et mangeant mal. Nulle cuiller. Des écuelles d'étain au fond desquelles des excoriations évoquaient les lames de couteaux absents. Aucune grande bassine d'eau pour nettoyer cette vaisselle. Aucun cuveau pour dégraisser des mains sales. Si Gui, Antigny et frère Grégoire s'accommodaient de ces déplaisances, Coucy et son médecin courroucé rejoignaient les autres pour protester contre un avilissement qui réjouissait leurs geôliers lesquels, à petites louchées, distribuaient la nourriture, emplissant en dernier les écuelles et les gobelets tendus vers eux les premiers. La viande était coupée. Elle trempait dans des légumes qu'il était préférable de manger les yeux clos. L'eau était pure.

Ils avaient eu droit aux étuves, à l'étage inférieur. Un barbier leur avait rendu leurs anciens visages, de sorte que Nevers avait recouvré sa laideur. Ils manquaient toujours de vêtements et chaussures et passaient leur temps soit allongés sur leur natte, soit assis ou debout, réunis par trois ou quatre en d'interminables parlures lors desquelles les mots devenant des armes, ils triomphaient de Bayézid et de ses turmes.

Ces spéculations destinées à remédier aux inconvénients de toute sorte générés par une oisiveté pesante, oppressive, sans jamais en guérir les malencontreux effets, corrompait des individus qu'aucune affliction, aucune reconnaissance de leurs coulpes [1], aucun repentir n'encombrait. Il était parfois question du montant des otageries et des prochaines revanches.

Tous savaient que les trois cents autres prisonniers que Nevers nommait les « roturiers » étaient groupés dans les

1. Fautes.

deux étages inférieurs, ce qui révélait des entassements inhumains puisqu'il devait être impossible à chaque homme de dormir, de manger, de satisfaire convenablement ses fonctions vitales. Le bourdonnement de leurs voix parfois entrecoupées de cris de douleur ou d'enragerie montait jusqu'au faîte de la tour par les voûtes et les fenêtres. Eussent-elles, ces dernières, été pourvues de contrevents que Nevers, Eu, Bar, les La Trémoille, Bourbon et quelques autres les eussent fermées. Or, elles n'en avaient point et la rumeur des mécontents et des malades venait gêner les favorisés de la défaite tout en leur remémorant les conséquences de leur futile orgueil.

Gui ne pouvait qu'imaginer ces hommes, la plupart nus, certains navrés à Nicopoli tout aussi grièvement qu'Enguerrand de Coucy, incapables peut-être, dans la cohue de leurs voisins, d'examiner simplement les plaies de leurs pieds. L'odeur de ces infortunés devait être insupportable. Ils étaient certainement enclins à se battre pour accéder aux fenêtres et y emplir leurs poumons d'air pur. Que mangeaient-ils ? Avaient-ils pu, aux étuves, nettoyer complètement leur vermine ? Quelques barbiers leur avaient-ils rendu des faces humaines ?

Le troisième matin, Gui se demandait s'il était le seul à se poser ces questions lorsque des olifants sonnèrent avec une insistance inaccoutumée. Aussitôt, enjambant Yvain, il fut à l'une des fenêtres et vit, comme chaque matin, la mer toujours bleue, paisible, éblouissante. Il aperçut quelques barques de pêcheurs parmi lesquelles un samequin glissait, toutes voiles déployées, vers le Ponant. Il y avait aussi, lointains, d'autres vaisseaux. Leurs bannières ventilaient.

— Trop loin pour les reconnaître, dit Yvain, les yeux écarquillés.

Il frissonnait de froid et d'émoi.

— Ils vont costier notre rivage.

Il y eut des cris, des hurlements, des mouvements au-dessous d'eux assortis de fouettades. Une vivacité dont ils ne pouvaient imaginer la raison.

— Agar ! murmura Yvain un bras tendu vers l'assise de la tour.

Les prisonniers sortaient. Leur précipitation était due aux horions destinés à ce qu'ils courussent. Lorsqu'ils furent immobiles et alignés sur trois rangs, les cris des janissaires affectés à leur garde se firent moins nombreux puis cessèrent.

— Pourquoi ce déploiement de malheureux ? interrogea frère Grégoire.

— Je crois comprendre, dit Boucicaut accoudé à la fenêtre voisine. Ces nefs sont aux chevaliers de Rhodes. Elles doivent transporter Sigismond et les réchappés de Nicopoli loin de Constantinoble… et de nous-mêmes [1].

— Les Turcs… gémit Raoul de Gaucourt d'une voix sans souffle.

Boucicaut s'adressa à lui et à ses pairs comme à autant de malades :

— Les Turcs sont en mer d'une faiblesse insigne. Leur navée [2] n'a gagné aucune bataille. Hier, quand il est venu nous annoncer la soupe, celui qu'on nomme Mustapha m'a dit que Sigismond a essayé de négocier avec Bayézid par le truchement de je ne sais qui.

— Négocier pour qui ? demanda Coucy, debout, appuyé d'une épaule contre le chambranle de la fenêtre.

1. Le 21 décembre de cette année 1396, la galère de Sigismond jeta l'ancre à Dubrovnik.

2. Ou *navie* : flotte.

— Pour racheter ces trois cents hommes qui sont au-dessous de nous, parmi lesquels il y a des Hongres... Or, les exigences du soudan ont été si démesurées que Sigismond a dû renoncer... Oyez les Turcs alors que les nefs naviguent devant nous !... Ils doivent hurler aux capitaines de ces vaisseaux de venir délivrer ces infortunés.

« C'est bien le mot qui convient », songea Gui en cédant sa place à Geoffroy Maupoivre.

Peu lui importait de voir des navires voguant vers la liberté. Sigismond allait retrouver Bude, son trône et probablement ses maîtresses. Il ne pourrait oublier la présomption des gens de France et le peu de cas qu'ils avaient fait de ses propos et de sa personne. En fait, outre qu'il avait eu raison de fuir lorsque la bataille avait été perdue, il aurait raison de gloser sur une déconfiture dont ses alliés portaient seuls la responsabilité.

— Nous ne pouvons aider ces infortunés, comme vous dites, Le Meingre, grommela tout à coup Philippe d'Artois en se penchant vers les trois cents, puis en cédant sa place à Henri de Bar.

— C'est malheureux de les abandonner ! enragea Yvain.

— Nous ne pouvons rien pour eux, dit frère Grégoire. Les Turcs ne voudraient même pas, j'en suis acertené, que j'aille leur donner le divin réconfort.

— C'est abject !

Yvain semblait peu enclin à se calmer.

— J'en connais d'autres qui furent abjects en cette guerre !

Si bas qu'il eût murmuré cette opinion, Gui vit Jacques de Bourbon se confier à Nevers tout en le désignant du menton. Le fils de Philippe le Hardi le considéra d'un œil prompt et oblique en acquiesçant aux propos de son voisin.

« Ils m'examinent et me jugent. Ma présence et mes dires les perturbent. Ils me voudraient déloger et me voir descendre jusqu'à ceux d'en bas… Plus encore qu'Yvain, je suis le seul témoin de leur nullité, de leur stérilité, de leur ostentation et de leurs turpitudes ! »

Il regagna sa natte et sentit longtemps, telles des sangsues accrochées à son dos, deux regards rien moins que haineux.

Ils vécurent deux mois à Kaliopoli sans avoir l'occasion de communiquer avec les trois cents roturiers, sans pouvoir échanger avec leurs geôliers quelques mots des plus ordinaires. Mustapha lui-même se refusait à leur parler. Il avait reçu ses mandements d'un Bayézid toujours invisible et toujours rigoureux quant au traitement à infliger aux reclus de la tour contraints à ne regarder rien d'autre que la mer. Ils mangeaient, buvaient et dormaient mal : le froid du dehors et du dedans s'insinuait dans les cervelles et les corps et Gui craignait parfois que Coucy n'y résistât point. Le comte de Soissons maigrissait ; la plupart de ses plaies continuaient à suinter. Maupoivre avait sollicité l'aide d'un mire turc sans obtenir rien d'autre qu'une promesse non tenue. Et les navrures se corrompaient.

Des anxiétés, des impatiences, quelques cicatrices mal refermées et qui suppuraient encore infectaient les cervelles. Il en résultait des discordes, parfois, simplement, lors des attentes devant l'huis clos des latrines où des coliques retenaient les déforcis aussi longtemps que les constipés. L'on savait que Nevers, Artois, Bourbon et Bar se refusaient à l'utilisation de la balayette. Nul n'osait flétrir leur malpropreté.

— Ils criblent les murs de leurs souillures et sortent de la longaigne[1] comme s'ils venaient de voir le Pape en confession !

Coucy passait son temps à observer ses pairs. Il en oubliait son état. Il connaissait les longaignes de l'Hôtel Saint-Pol, celles de Saint-Martial de Limoges pourvues d'eau courante et jusqu'à celles de certains moutiers, sorte de longs bancs percés d'orifices au-dessus desquels il avait vu des moines discuter de la pluie, du beau temps et des anges. Il regrettait, vu son état, de s'accroupetonner car il ravivait ainsi la grande douleur de sa hanche.

— Ah ! mes amis, si nous étions en notre royaume, je fournirais à ces mécréants quelques poignées de nos francs ou de toute autre monnaie pour qu'ils nous mettent des bostrués[2] au-dessus de leur trou !

La compassion qu'il suscitait ne le satisfaisait point. Il la devinait insincère. Et Gui, Yvain, Maupoivre et frère Grégoire, sachant qu'il ne se méprenait pas, considéraient cet homme las en souhaitant qu'un mire vînt enfin curer ses navrures, les bandeler et laisser à sa disposition quelque fiole emplie d'un remède efficace. Or, nul ne venait, excepté Mustapha souriant et sourd.

Lorsque cédant à une espèce de joie malicieuse, le Turc annonça la fin du séjour à Kaliopoli, certains reclus pensèrent à la cessation d'une otagerie qui les avait tourmentés sans trêve tout en les affaiblissant.

— Le khalife nous rend-il enfin la liberté ? questionna Jean de Nevers qui s'était, comme aux moments de la mangeaille, porté à l'avant de ses pairs.

— Nullement, messire.

1. Les W.-C., leur porte ou le couloir y donnant accès.
2. Bois troués.

Il parut à Gui que Mustapha s'esliesçait[1] d'une déception qu'il avait inférée. Il allait annoncer une déplaisante nouvelle :

— Vous allez orains[2], messires, ainsi que ceux d'en bas, changer de domicile.

— De geôle ! rectifia Guillaume de la Trémoille, la voix pâteuse à cause d'un rhume qui lui faisait un nez d'ivrogne.

Mustapha, doublement insensible aux propos comme aux sentiments, poursuivit sa pensée :

— Notre maître a décidé de vous emmener à Burse[3].

— Où est-ce ? demanda Jacques de Bourbon qui craignait sans doute d'endommager ses pieds sur des chemins aussi longs et âpres que ceux où il avait souffert.

— C'est en Bythinie, messire.

— Cela ne vous en dit pas plus !

Une rumeur parsemée de grognements accueillit une décision cruelle autant qu'inattendue. Bien qu'on y fût mal logé, mal nourri et traité à peine mieux que des chiens de meute, Kaliopoli était devenu un havre en lequel chacun s'était accommodé de la présence des autres tout en pouvant s'en abstraire pour se livrer à des cogitations douloureuses ou apaisantes. Il allait falloir se réaccoutumer à « d'autres choses ». Mais à quoi ?

— Après Burse, où allez-vous nous conduire ? Sommes-nous bons à être montrés dans vos foires ?

Geoffroy de Charny le taciturne s'indignait aussi. Il ne se confiait point, ne protestait jamais et semblait ne plus rien espérer de la vie. Cependant, à l'idée de cheminer longuement, nu-pieds, sur des voies jonchées de roches et

1. *Esliescer* : réjouir, mettre en liesse.
2. Maintenant.
3. Brousse.

de cailloux pernicieux, la répugnance des longues errances de Nicopoli à Kaliopoli reprenait possession de sa cervelle.

« Les foires », songea Gui, « nous n'avons pas cessé d'en avoir. Il se peut que nos ventres n'en soient jamais guéris ! »

— Vous obéirez ! s'écria Mustapha. Vous devriez, en hommes raisonnables, redouter les punitions qui pourraient vous être infligées.

Ses gestes n'étaient point d'apaisement. Mêlée au charivari des infidèles, une menace naissait dont le poing du Turc, agité de plus en plus violemment sous le long et flasque nez de Nevers, avait une signification précise. Que Bayézid décidât de faire occire un ou plusieurs indociles, cette exigence serait aussitôt satisfaite.

Nevers et Artois reculèrent, l'un d'eux marchant sur les orteils de Boucicaut qui jura.

— Combien de jours allons-nous devoir piéter ? s'informa Geoffroy Maupoivre occupé de l'état déficient de son ami.

— Cela dépendra de vous… si vous vous hâtez.

— Est-ce loin ?

Le Turc eut un geste qui ne signifiait rien, à moins qu'il ne voulût montrer qu'il était lassé par des questions absurdes.

— Pour aller de Kaliopoli à Burse, vous traverserez demain un bras de mer [1] qu'on nomme *Çanakkale Bogazi*… De vos fenêtres, vous pouvez voir les yermes [2] qui attendent votre présence.

1. Le détroit des Dardanelles (l'ancien Hellespont) est formé par la péninsule de Gallipoli où existait un port et la rive nord-ouest de la Troade. La largeur est de 1 300 à 7 400 mètres. On a parfois confondu l'Hellespont avec le Bras-Saint-Georges : le Bosphore.

2. Bâtiments larges en usage en Orient. Brousse est située à 60 km de Gallipoli, à l'intérieur des terres.

— Qu'est-ce donc ? questionna Antigny.

— Sûrement pas des gardiens mais des vaisseaux que j'ai aperçus au large, ce matin.

La voix de Mustapha domina celle de Gui :

— Messires, tout dépend de vous. Soyez raisonnables. Je vous adjure de penser que les fureurs de Sa Hautesse peuvent être terribles.

— Nous en avons pris acte à Nicopoli, se permit de remarquer Boucicaut.

Gui se sentit soudain exténué. Il allait falloir estamper [1] encore. Certes, ce serait rompre avec une immobilité parfois insupportable, mais ce serait aussi accroître une fatigue latente qui, autant que l'absence de mouvements spacieux, corromprait les esprits les plus endurcis. Bien nourri, vêtu et chaussé, cette mésavenance l'eût laissé indifférent, mais en l'état d'indigence où il se trouvait, elle lui laissait craindre des tribulations nouvelles qu'il aurait sans doute grand-peine à surmonter.

Et puis, il y avait Enguerrand de Coucy. Le Grand Bouteiller tenait à peine sur ses jambes. Pour que vécût cet homme, il faudrait lui accorder un soutien permanent. Il était inconcevable de se détourner de lui. Ni Yvain ni Maupoivre ni frère Grégoire n'argumenteraient de leur propre lassitude pour abandonner Coucy en chemin.

La dextre sur son front lourd, Gui sentait son cœur se racornir. C'eût été agréable, ô combien ! si une grosse fortune venue de France, fruit des quêtes de Jacques de Helly, était parvenue jusqu'à Bayézid. Une fortune si énorme qu'Antigny et lui eussent été inclus dans la grappe des libérés. Quel jour était-on ? Quel mois ? Décembre ? Avait-on dépassé Noël ?

1. Marcher, errer.

Vers le soir, épuisé d'avoir fixé son attention sur Enguerrand de Coucy prostré en travers de sa natte, Gui se confia au dominicain tout aussi soucieux qu'il l'était :

— Je crains qu'il ne supporte pas cette épreuve.

— Je crains, moi, qu'il ne renonce à nous suivre.

— Alors, ils le tueront.

— Sachez-le, Clairbois : il m'a demandé de lui procurer une plume, de l'encre et du papier pour dicter son testament à Maupoivre… Je n'ai encore rien demandé à Mustapha.

— Croyez-vous qu'il va dévier [1] ?

Frère Grégoire parut fournir un gros effort :

— Il est si las qu'il désire l'éternité. C'est la bataille entre le feu spirituel qui brûle son regard et les ténèbres où il devine qu'il éprouvera du bien-être.

« Une réponse de clerc », songea Gui en évoquant les démembrés, éventrés et décapités de Nicopoli.

— Il n'était violent, je crois, qu'à la bataille. Il y a répandu des forces qui lui font défaut maintenant. S'il pense à sa jeune femme, c'est pour la vénérer, mais il semble avoir oublié toutes les formes d'amour qui furent les leurs.

— S'il meurt, je lui ai promis de l'aller voir. *Et j'irai !*

Frère Grégoire acquiesça. Il était profondément las, lui aussi. Marcher une lieue l'apeurait autant que marcher dix, vingt ou trente. Et Maupoivre semblait dans un pareil état. Seul Yvain se mouvait sans peine. Il semblait qu'il eût apprivoisé sa faiblesse. Il était possible, toutefois, qu'il voulût fournir à tous les reclus, une fausse idée de lui-même.

1. Mourir.

Mustapha s'en était allé. Les grands seigneurs parolaient entre eux, passant de la voix basse à la voix haute, mais tous résignés. Gui souhaita qu'ils fussent aussi tourmentés que Coucy.

Boucicaut vint à sa rencontre :

— Avez-vous vu, Clairbois, en quel état se trouve…

— Coucy, messire le maréchal ?

— Non ! Non ! Le comte d'Eu.

Philippe d'Artois, effectivement, semblait malade. Visage pâle, yeux vitreux et stabilité parfois déficiente. Il n'avait guère souffert de ses blessures mais un mal sans nom, additionné de mélancolie ou de remords, s'était insinué en lui.

— Pourriez-vous, avec Antigny, le soutenir de temps en temps ?

C'était une proposition, nullement un mandement. Gui en sursauta. Ses yeux, sans atermoyer, trouvèrent ceux du maréchal :

— Messire, le comte de Soissons ne tient plus debout, lui aussi, et nous lui avons promis une aide sans défaillance… Messire Philippe d'Artois est entouré d'une vingtaine de ses pairs. En se succédant à le maintenir debout, voire à le porter, il pourra, comme nous tous, parvenir à Burse et s'y reposer.

Le menton haut, les pupilles dilatées, Boucicaut offrait, sous la flambée de ses prunelles, des cernes dus moins à la fatigue qu'à des nuits de veille certainement interminables lors desquelles, plutôt que d'instruire son procès sur ses errements, excès et abominations, il évoquait les lieux et les actes qui, jusqu'à Nicopoli, avaient composé sa vie. Gui convint que sa gêne, face à un homme dont la renommée égalait celle d'un Guesclin, l'agaçait et le rendait certainement injuste.

— Si j'étais, Clairbois, à la place de Coucy ou d'Artois, me soutiendriez-vous ?

C'était un piège ; une chausse-trappe si grosse qu'il fallait éviter d'y poser son pied.

— Mon devoir, messire, serait de vous soutenir à m'emmaladir les reins.

— Vous m'aideriez par devoir et non par compassion. Disons par humanité.

Décidément, l'essorilleur de Nicopoli se révélait malicieux !

— Il est des gestes, messire, qui se passent d'explications. L'essentiel est qu'ils s'accomplissent. Je ne fais jamais violence au destin. Si ma meilleure et légitime intention rencontre une espèce de résistance ou de réprobation, c'est que, pour une cause qui parfois m'échappe, je ne dois pas l'accomplir. Or, dans le cas que vous m'exposez, je vous viendrais en aide sans barguigner.

— Par devoir ou par sacrifice, Clairbois. Pour obtenir une victoire sur vous-même.

— Elle aurait, messire, un goût d'amertume. Quant au sacrifice, il n'a qu'un sens, selon moi, qui est de dépasser une interdiction. C'est un acte qui me coûterait tout en m'affranchissant d'une rancœur que je dois aux prisonniers de Brehappe. Bien que Turcs, j'en porte le deuil ainsi que celui de frère Théodore. Sachez-le, messire le maréchal : je ne marchande jamais mon aide. Ce que je n'accomplirais pas de tout mon cœur serait une fausseté.

— Tu te résignerais à m'aider.

« Il tourne autour du pot », songea Gui. « Il est vrai que je le titille. Or, à qui la faute ? »

Cet échange aigre-doux lui chauffait l'esprit. Plus ils parolaient l'un et l'autre et plus leur détestation semblait progresser. Boucicaut prenait l'avantage tandis que ses certitudes à lui, Clairbois, et sa volonté, se démaillaient comme un haubergeon trop étroit pour ses formes. Il aspirait à la solitude. Une vraie et non celle qu'on ne pouvait obtenir au sommet d'une tour étrangère et pourtant si pareille à un donjon de France.

— Il vaudrait mieux, messire le maréchal, clore définitivement ces parlures. Je n'aiderai pas le connétable de France, mais si, par malheur, vous vous tordiez la cheville, je vous proposerais vélocement mon bras ou mon épaule.

Boucicaut tourna le dos sans conclure. Antigny s'approcha d'un pas moins ferme que Gui l'eût cru.

— Qu'est-ce qu'il te voulait ? Il semblait courroucé.

— Il l'était.

— Qu'est-ce qu'il te voulait ?

Allons, bon, Yvain insistait. Mieux valait lui répondre.

— Il voulait m'embrenner [1]. Savoir si je faisais partie de leur meute.

Gui, du regard, désignait les privilégiés parmi lesquels le comte d'Eu, Philippe d'Artois, connétable de France souriait à Boucicaut comme à un complice [2].

1. M'emmerder.

2. Quels étaient exactement les privilégiés français et bourguignons qui furent emprisonnés à Galliopoli avant de partir pour Brousse ? Étaient-ils 24, 26 ou davantage ? On peut citer à coup sûr Philippe d'Artois, Boucicaut, Enguerrand de Coucy ; Gui, Guillaume Pierre de la Trémoille, Jean de Nevers, Jacques de Bourbon, Henri de Bar. Cependant, il y avait aussi, parmi les rescapés du massacre turc de Nicopolis : Jean de Boves, Jacques de Buxeuil, Geoffroy de Charny, Jean de Chiffreval, Jacques de Courtiambles, Jean de Hangest, Louis de Maréchal, Huguenin de Lagny, Jacques de Mametz, Guillaume de Nanton, Régnier Pot, Jean Prunelle, Le Gallois de Renty, Jean de Savoisy, Jean de Trie, Louis de Zweveghem. On cite aussi le sire de Sully, Raoul de Gaucourt, Louis de Brézé et son frère, Jacques d'Amance, maréchal de Lorraine ainsi que le comte de Saint-Pol, Regnault de

— Ils m'ont eu.

— Qui ?

— Artois et Boucicaut. Ils ont voulu savoir si j'étais des leurs, si j'étais docile et digne de les secourir en cas de besoin.

— Et alors ?

— Ils savent que non. J'attends la suite.

Roye, le seigneur de Saint-Py, Jean des Ermoises et, bien entendu, Geoffroy Maupoivre.

Il n'existe donc, apparemment, aucune liste *exacte* des 24 ou 30 écuyers et chevaliers « bénéficiaires » d'une rançon. Certains hommes cités ci-dessus furent certainement séparés des prisonniers *infortunés* promis à l'esclavage. Ils durent être libérés lorsque Bayézid fut vaincu et capturé par Tamerlan, à Angora (Ankara), en 1402.

Gui et Antigny, s'ils pouvaient connaître la plupart des noms de leurs « voisins », ne pouvaient s'intéresser à tous. Les principaux sont cités sans crainte d'erreur. Même dans une chambrée de 40 hommes, il est bien difficile de connaître les patronymes de tout l'effectif. On ne saurait, surtout, « copiner » avec tous et même observer ses voisins avec une continuelle attention.

IV

Il fallut quitter une tour que d'aucuns découvraient soudain accueillante et franchir un bras de mer sur des yermes et samequins emplis d'autant de prisonniers que de janissaires et de sipahis. Leurs chevaux, alignés au fond de quatre huissiers, participaient à une traversée qui eût été agréable s'il n'avait fait un froid de loup.

Vêtus d'une façon des plus ordinaires, les vaincus, pâles et tremblants, eussent supporté les rigueurs d'un hiver en son commencement. Or, ils étaient demi-nus, les pieds toujours livrés aux gibbosités et aux entailles des chemins. Alors que, sitôt débarqués, les vainqueurs séparaient une fois de plus les otages riches des roturiers, Gui vit certains de ces derniers pleurer tandis que d'autres, levant le poing, injuriaient Nevers, Artois, Boucicaut et leurs compères.

Si l'air sain et sec, respiré à pleins poumons, semblait avoir revigoré, malade ou non, le connétable de France. Enguerrand de Coucy résistait à un cruel affaiblissement. Antigny, Maupoivre, frère Grégoire et Gui l'avaient entouré d'aussi près que possible, sur le pont du yerme, à la place qu'on leur avait assignée, pour le soustraire au froid et aux atteintes du vent. Cependant, cette protection s'était révélée sans effet. Il n'avait cessé de tousser et de trembler, infligeant ainsi, à ses navrures, des douleurs dont il refusait de se plaindre.

— Ils ne m'auront jamais fourni un seul remède ! enrageait Maupoivre.

Et comme Mustapha passait en compagnie d'un homme de son âge, aux yeux de vautour dans un visage maigre et labouré de rides, le mire les interpella :

— Messires, accordez-moi un moment de votre temps.

L'inconnu des prisonniers de Kaliopoli était vêtu d'un kaftan de grosse laine verte, de bas-de-chausses bouffants au-dessus de ses souliers en forme de sabots. Sa tête était surmontée d'une espèce de chaudron de soie immaculée. Il portait un *zuhl fikar* [1] à la hanche enfoncé dans une gaine de cuivre roux. L'importance qu'il se donnait fut sans effet sur Coucy auquel Antigny et Maupoivre avaient prêté leurs épaules :

— Messires, mon sang coule encore… Il coule depuis quelque trois mois. À dire vrai, ce n'est plus du sang mais des suppurations infectes… si vous comprenez ce que je vous apprends. Adoncques, outre qu'elles me font souffrir comme au premier jour…

— Comme à Nicopoli, crut bon de préciser Mustapha en souriant dans sa barbe.

— Effectivement, messire, grommela Coucy dont la voix, plutôt que de se hausser, déclinait… Mes navrures s'infectent de jour en jour davantage. Quand donc, par pitié, offrirez-vous à mon mire de quoi procéder à mes soins ?

Le compagnon du vieillard – « Est-ce un derviche, un effendi ou quelque autre important personnage ? » se

1. Sorte de cimeterre.

demanda Gui – se pencha vers le comte de Soissons dont le manteau offert par un inconnu, aux abords d'un village sans nom, dissimulait mal des plaies rougeâtres.

— Il faudrait au chevalier, dit humblement Maupoivre, un remède suppuratif et quelques vêtements chauds.

Le vieillard au kaftan vert se tourna vers Mustapha. Ils se parlèrent. Le nom de Bayézid apparut une fois dans leurs propos et enfin Mustapha expliqua d'une voix qu'il voulait bienveillante mais qui empestait le mépris :

— Mon ami Youssouf vient de me rappeler que Sa Grandeur – qu'Allah conserve en sa sainte garde ! – que Sa Grandeur, dis-je, nous a mandé à tous de ne pas secourir les prisonniers. Je me permets d'ajouter qu'il est présentement très iré contre vous. En effet, il n'a reçu aucune nouvelle de votre royaume, ni de Jacques de Helly… Il se demande donc si vos rançons seront acquittées.

— Elles le seront ! affirma Jean de Nevers, soudain présent. Jamais nos parents, nos amis…

« Et le peuple que ton père va pressurer et oppresser », songea Gui.

— … ne permettraient que nous demeurions longuement en Turquie.

Il jouait au grand seigneur – qu'il était –, voire au grand argentier. Or, sa hautaineté n'atteignait point celle d'un Youssouf, lequel, empoignant le bras de Mustapha comme il l'eût fait d'un délinquant l'entraîna loin des infidèles en l'admonestant, sans doute, de leur avoir prêté trop d'attention.

— Mon pauvre Enguerrand, gémit Nevers dont le grand nez, en pleine lumière, semblait s'être allongé ou amaigri, priez la Vierge de Chartres une fois encore. Sans doute intercédera-t-elle en votre faveur auprès du Très-Haut.

Le ton soigné, onctueux, semblait assourdi par une compassion dont la fausseté indigna le malade.

— Conservez vos larmes au chaud, Nevers, gronda Coucy en se libérant de ses deux attelles humaines et en saisissant le prince par le col d'une chemise d'un usage désormais limité. Vous et Artois nous avez enfoncés dans la merde. C'est à vous pareillement aux Turcs que je dois mes navrures et ma déchéance. Et c'est pourquoi, votre pitié, je me la mets au potron !

Le prince conserva son regard ironique, sachant qu'il affirmait ainsi sa prééminence d'homme en imparfaite santé face à un autre que l'idée de mourir tourmentait moins, sans doute, que celle de ne point revoir son épouse et ses chevances[1]. Il s'éloignait auprès d'un Boucicaut qui l'admonestait à voix basse lorsque Coucy lui cria, dans l'évident dessein d'être ouï :

— Je n'assisterai pas, monseigneur, à la fin de votre otagerie ni à votre retour véloce en Bourgogne.

— Il sera véloce, Enguerrand, car ma descendance et ma femme m'espèrent.

Cette allusion de Nevers à son épouse parut égayer Coucy. Il savait peut-être que la sœur d'Isabeau était dotée de la même nature que la reine :

— Vos sens vous démangent autant que les soupçons que nous éprouvons tous peu ou prou envers nos femmes et leur vie hors de notre présence… Avec qui vous êtes-vous marié, cette nuit, non loin de moi ? Votre dextre ou votre senestre ?… Au moins êtes-vous sûr que ces deux concubines vous sont éternellement attachées !

Était-il subtilement question de Louis d'Orléans ? L'on disait qu'il avait profité de la duchesse de Nevers derrière

1. Les châteaux dont, en premier lieu, Coucy.

une tenture. Cette chance – pour le frère mains-né du roi et sans doute pour Marguerite de Bavière eu égard à la laideur de son mari – avait comme amorcé une rumeur qui n'avait cessé de croître. Nevers se savait-il trompé ? Certes, le duc de Bourgogne devait veiller sur sa bru, mais un esprit aventureux trouvait toujours des astuces simples et efficaces pour déjouer les périls.

— Vous y avez été très fort, Enguerrand, reprocha Maupoivre à son ami tout en l'empoignant par le bras.

— Hé quoi ?... Ce jeune coq ne s'est-il pas truffé de ma personne ? Dans l'état où je suis !... Vous connaissez le nombre de mes navrures... Les siennes, rares, ne sont que des écorchures auprès des miennes... Et savez-vous le plus beau, mon père ?

Coucy s'était tourné vers le dominicain qui, sans fléchir, le soutenait à nouveau :

— Pour l'encenser plus qu'il n'est nécessaire, Bar, mon gendre, et ce jeune friquet de comte de la Marche l'ont appelé Jean sans Peur... Les autres, eux aussi, lui ont décerné cette appellation... Jean sans Peur !

— Vous étiez tous sans peur.

Frère Grégoire disait vrai et son avis était désintéressé. Il disposait, lui, l'incorruptible, des éléments irrécusables pour juger les hommes et les événements. S'il avait trouvé impertinents les propos de Coucy adressés sans la moindre retenue à un prince qu'il n'osait décrier, il les savait justifiés. Et si sa prêtrise lui interdisait d'approuver la calomnie, son entendement l'autorisait à la comprendre.

— Jean sans Peur ! grogna Coucy. Nous étions tous sans peur. Je suis Enguerrand sans peur. Vous êtes, vous, Yvain sans peur, et vous, Clairbois, Gui sans peur. Et les autres aussi : Gaucourt, Boucicaut et le reste... Et même vous, Maupoivre ! Nous avons tous été sans peur… même ceux qui ne sont plus !

Coucy s'essoufflait. Ses aides lui firent accomplir un demi-tour qui l'immobilisa devant le chemin menant certainement à Burse.

— Nous allons devoir traveller [1] une fois de plus, Enguerrand, dit Maupoivre. Si nos ennemis compatissent à nos malheurs…

— Je ne mourrai point, mon ami, avant Burse. Je leur fournirai une leçon de vasselage[2] différente de celle que je leur ai donnée à Nicopoli. *Pride and dignity*[3], proclamait mon premier beau-père… qui n'en avait qu'à la guerre !

Ils se virent progressivement entourés par ceux avec lesquels ils avaient partagé les hauteurs de la tour blanche. Des sipahis à cheval et des azabs à pied, l'arc à la main, le carquois sur l'épaule, vinrent les entourer. Tout proche, un samequin accosta. Rien ne le différenciait des autres, hormis sa coque peinte de couleurs vives et, sur le pont, un velum de soie rose et safran soutenu par des piliers en bois doré.

— Bayézid doit être là-dedans, supposa Gui.

— Les femmes descendent les premières.

Gui devina les regrets d'Antigny à la faveur d'une mimique expressive avant que l'écuyer ne dît, pour clarifier son envie :

— Merdaille !… Il a de quoi mourir d'amour !

Mustapha s'approcha. Gui sentit sur sa paume quelque chose de tendre et de frais déposé astucieusement.

— Un *selam*[4], messire.

1. Vagabonder.

2. Bravoure.

3. Orgueil et dignité.

4. *Salut.* Nom donné à un bouquet de fleurs disposées de façon à exprimer un sentiment secret.

La voix était si basse qu'elle semblait un souffle.

— N'essayez point de savoir qui et pourquoi. Écrasez maintenant ces présents dans vos doigts… et sous vos pieds. Vous mourriez s'*il* savait et nous deux aussi.

Et plus bas encore alors que, sans en voir les couleurs, Gui pétrissait les quatre ou cinq fleurs et les laissait choir de sa main.

— Je vous regracie. Quelqu'un ne m'oublie pas comme je ne l'oublie pas moi-même.

— Ce quelqu'un ne peut rien pour vous et ne le pourra jamais. Il ne s'approchera pas de votre personne mais se souvient de ce que vous avez fait… Il vous souhaite du courage.

Gui leva les yeux après avoir pressé subrepticement les fleurs sous son pied nu.

— Qu'est-ce qu'il t'a dit ? s'empressa Yvain tandis que Mustapha s'en allait rejoindre Youssouf toujours imposant sous son épaisse citrouille. Qu'est-ce qui se passe ? Il me semble que ton esprit soit tout esvoyé [1].

— Bah ! Il m'a dit qu'il s'inquiétait pour Coucy et qu'il souhaitait qu'il vive… parce que, sans quoi, on accuserait Bayézid de meshaigner ses otages.

Au loin, sur une placette où se groupaient les femmes et leur domesticité, une jouvencelle porteuse du *çarsafe* [2] s'était éloignée de quelques pas des autres.

« Hatidjé. »

Antigny et lui, Clairbois, l'avaient sauvée. Elle avait tenu à lui prouver que sa reconnaissance lui demeurait acquise.

— Il ne se passe rien, Yvain. Parmi la haine qui ne cesse de nous ceindre…

1. Sortir de la voie.
2. Voile noir des Turques.

Gui fut heureux d'être interrompu par un hurlement de Youssouf et l'injonction de Mustapha :

— Avancez !... Avancez.

Il fallut obéir. Les trois cents suivaient. Au-dessus d'eux, les fouets se remettaient à siffler et les injonctions à se charger d'injures. Plutôt que de songer à la belle Hatidjé, à ses fleurs et peut-être à un amour interdit, Gui essaya de se remémorer les traits parfaits d'Héloïse. Il s'angoissa des liens qui attachaient la jouvencelle à son sort et qu'elle avait peut-être brisés. Il ne nourrissait plus guère d'illusions sur l'issue de sa malaventure, et pourtant, parce qu'il se sentait partiellement solide, il se prit encore à espérer par la grâce d'une volonté qu'avaient modelée ses épreuves. Il souffrait mais se guérissait des assauts de la mélancolie par la violence de sa constante rancœur envers les Turcs et les prud'hommes de son pays. Cette haine, sentiment pourtant peu compatible avec sa nature, le persécutait plus que la detestation qu'il n'avait cessé d'aiguiser contre Anceaux, Apilly, Roland d'Évron et Yvon de Languidic dont il portait près de son cou les empreintes d'un abominable adoubement.

— J'ai froid, révéla Yvain. Neige-t-il en ce pays ?

— Sans doute, dit frère Grégoire qui déjà donnait des signes de lassitude sous la pesée de Coucy.

— Attendez, mon père... Je vous remplace.

Le relais se fit en marchant. Le moine, soulagé, frotta son épaule endolorie.

— Pardon, mon père, dit Coucy.

— Non ! protesta frère Grégoire. Point de pardon. Je n'ose vous appeler « mon fils » parce que nous sommes du même âge, mais je n'ai pas à ma disposition la vigueur de nos compagnons.

Trop occupés à piéter, ceux-ci conservèrent un silence tout imprégné d'inquiétude. Le comte de Soissons allait-il soudain s'affaisser et mourir au bord du chemin ? Chaque pas apportait son incertitude. Il eût fallu avoir l'audace de crier : « Alentissez ! Nous soutenons un malade. » Mais rien n'eût changé. La menace des fouets n'était point destinée qu'aux trois cents. Peu d'arbres, des rochers ; peu de cités au loin d'où montaient des brumes cendrées.

— Merdaille de vie ! enragea Gui.

Les hommes, déjà, trébuchaient. Leurs pieds accoutumés au pavement lisse et uni de la tour offraient aux aspérités du chemin des chairs redevenues tendres. La lenteur de la marche exaspérait les Turcs. Gui de la Trémoille, qui voulait uriner sur le bord de la voie, fut poussé en avant à grands coups de plat d'alfange, et Artois, tout connétable qu'il fût, reçut sur son échine une volée de bois d'arme d'hast. Un fouet s'abattit sur Raoul de Gaucourt, qui s'indignait. Et si les sipahis et les azabs épargnaient Coucy, c'était par une espèce d'indulgence envers un homme dont les navrures, en partie visibles, attestaient d'une vaillance manifeste.

« Ils voient aussi – et s'ébahissent – que ses pairs ne font plus grand cas de sa personne et les jugent… et les frappent. »

Il était interdit de se retourner, partant impossible de savoir comment se comportaient les trois cents. Le vent d'hiver frappait, lui aussi, sans la moindre distinction, tous ces hommes privés du harnois de fer qui les eût protégés de la froidure et des souffles acérés. La soif, peu à peu apparue, venait à bout, déjà, de toutes les fiertés. Quoique interdits, des soupirs et des grommellements s'évadaient des lèvres sèches. Lorsque des chiens aboyèrent à l'arrière, on sut que la procession s'était accrue d'une grande meute qui pourrait devenir terrible.

— Il vous faut tenir, Enguerrand.

— J'essaie, Maupoivre, j'essaie. Quant à vous, les jeunes, j'aimerais vous guerdonner [1] et ne le puis.

— Qu'importe, messire ! À Burse, on vous fournira enfin des remèdes.

Gui n'osait regarder le blessé. Il ne connaissait que trop son visage blême, ridé, tellement différent de celui qu'il lui avait connu de Bude à Nicopoli ! Cet homme qu'il avait considéré comme un falourdeur [2] pareil aux autres, lui faisait peur. Il craignait que sa pitié ne fût trop apparente et que Coucy ne découvrît en elle la proximité de sa fin.

— Des remèdes, Clairbois ? À quoi serviraient-ils ? Je vais mourir en chevalier. Vous connaissez ma devise ?

— Messire, elle est connue à travers le royaume.

Et Gui, sans barguigner, récita :

— *Roi ne suis, Ne prince ne duc ne comte aussi, Je suis le sire de Coucy.*

Afin de faire bonne mesure, il ajouta :

— Votre *clam* est *Coucy à la merveille*. Et j'ai vu choir, à la bataille, votre bannière… *Burelé de six pièces de vair et de gueules*…

— Je peux bien te le dire et à vous, mes compères : mes ancesseurs ont tous été des malandrins souventefois mariés à des putes. J'aurai, moi, le privilège de mourir sans remords… Dignement. Vous le direz à ma femme… Toi, Clairbois, je veux que tu ailles à Coucy.

Gui acquiesça en se demandant s'il serait ou non déçu en découvrant cette épouse. La rencontrer supposait qu'il eût été remis en liberté. Rien ne l'incitait à penser qu'il

1. Récompenser, donner un pourboire : *guerdon*.
2. Prétentieux.

obtiendrait l'indulgence de Bayézid lorsque les otages fortunés quitteraient la Turquie. Des jours et des nuits d'attente. À Burse comme à Kaliopoli, il se lèverait tôt pour occuper une fenêtre face à l'Orient et assister à l'apparition du soleil sur la mer. *Mais y avait-il une vue sur la mer ?* Le soir, il le verrait, rouge comme au sortir d'une forge, tomber de haut pour s'enfoncer, au-delà des flots ou des terres, sans qu'il entendît le grésillement des feux pénétrant dans la fraîcheur des flots, des ramures ou des herbes.

Mes-huy [1], le soleil présent ne chauffait rien. Blanc, accessible aux regards, l'astre avait renoncé à aider les transférés. Les nuages roulaient de la pluie et du plomb sans oser les répandre. Pourvu que le ciel retînt ses eaux !

Marcher. Derrière, les fouets jetaient avec régularité leur sifflement exaspérant suivi parfois d'une protestation hargneuse. Les pieds nus, sur les graviers, produisaient un bruissement pareil à celui d'une ondée légère, irrégulière, évincée parfois par les crépitations des sabots.

Gui avançait, l'esprit rarement sollicité par quelque chose d'autre que la présence de Coucy. Il ne voyait d'ailleurs rien de particulier, devant lui. « Des têtes de chair et des têtes de fer. » Toutes penchaient à dextre, à senestre, d'avant en arrière, les seuls mouvements contre lesquels les Turcs ne se pouvaient courroucer.

— Est-ce loin, Burse ? demanda Antigny à Mustapha dont le cheval miroutte [2] remontait au trot la procession des prisonniers pour atteindre l'avant-garde des sipahis.

— Deux jours à raison de huit lieues par jour.

1. Aujourd'hui.
2. Se dit d'un cheval dont la robe noire ou baie est marquée de taches d'une couleur plus claire.

— Quand nous arrêterons-nous ? Nous avons entre nous un chevalier malade.

— Cet homme dont je ne nie point la vaillance eût mieux fait de demeurer en son châtelet plutôt que de vouloir nous vaincre. Soutenez-le avec votre compagnon. Vous n'êtes pas, que je sache, des femmelettes !

Autant qu'Yvain, à qui cette saillie s'adressait, Gui fut décontenancé comme s'il avait lui-même provoqué, par une légitime rancune, un incident absurde auquel aucun prisonnier n'avait assisté jusque-là. Mustapha, dont la barbe longue et laineuse flottait en partie au-dessus de son épaule, parut éprouver un léger repentir. Il considéra Enguerrand de Coucy et commenta d'un ton d'excuse :

— Je ne commande pas. Je vais essayer de convaincre Youssouf que nous pourrions nous arrêter... C'est le seraskier [1] qui a reçu, hier soir, mandement de Sa Hautesse pour nous mener à Burse.

— Cet homme a raison, dit faiblement Coucy. J'aurais dû demeurer soit en Italie, soit en mon château. J'ai meshaigné des Turcs alors que j'eusse dû mignoter ma femme.

Mustapha talonna son cheval. Coucy regarda ses pairs, devant lui. Aucun – pas même Henri de Bar –, ne s'était intéressé à la venue de Mustapha. Aucun n'avait ouï ses propos. Ni Boucicaut ni Nevers ni Artois et encore moins les autres ne compatissaient à ses souffrances. Il avoua, faiblement, que pour la première fois sa nature volontaire et inventive ne lui proposait rien pour défendre sa vie. Lui aussi digérait la honte d'avoir appartenu à un ost orgueilleux et téméraire. Il admirait ces Turcs qu'on avait fait passer pour des manants. Il révéla, au risque d'épuiser

1. Général en chef.

son souffle, que lorsque Nevers et Artois avaient décidé de l'assaut, il avait pressenti que la déconfiture s'inscrirait dans le sang et les larmes. Il avait attendu, en bataillant avec forcennerie, le moment de la curée. C'était fait depuis plus de deux mois. Parfois, il lui avait semblé que les chrétiens reprenaient le dessus.

— La désunion, la présomption, mes amis… Si pareilles à celles de Crécy, Poitiers, Brignais… Bayézid peut être fier… Mes éperons étaient d'or pur. Les lormeries de mon cheval l'étaient aussi… Je crains que la noble bête ne soit morte…

Puis, après un soupir bref qui apprit à Gui l'aggravation d'une faiblesse contre laquelle Maupoivre se désespérait d'agir :

— Je crains que notre séparation ne soit très prochaine. Je veux dicter à l'un de vous mes volontés dernières.

— Un testament ! suffoqua le médecin. Maintenant !… Il n'en existe aucun à Coucy ou ailleurs ?

— Je veux que celui-ci abroge tous les autres. Qu'il soit l'achèvement de mes pensées dernières.

— Plus court, si je comprends bien, Enguerrand ?

— C'est cela même.

— Permettez, messire, intervint Gui, la gorge serrée par un pressentiment qu'il ne pouvait qu'imparfaitement dissimuler, vous ne le pouvez dicter en chemin ! Vous connaissez les conditions qui sont nôtres…

— N'ayez crainte, je le dicterai à Burse. Je tiendrai jusque-là !

Nul doute : il tiendrait. Plutôt que restreindre ses forces, il semblait tout à coup qu'il eût aimé les dilapider pour être à nouveau en geôle et obtenir une plume, de l'encre et quelques feuilles de parchemin.

Mustapha repassa, trottant maintenant vers l'arrière-garde. Laissant le soin de soutenir le malade à frère Grégoire, Gui l'interpella :

— Messire !... Messire ! Oyez ce que j'ai à vous dire.

Le Turc ne dissimula pas son déplaisir à un prisonnier pour lequel il s'était déjà compromis :

— Parlez, mais sachez-le, mes nerfs sont tout aussi tendus que des cordes d'arc !

Gui joignit ses mains en signe de prière et non de soumission :

— Messire Enguerrand de Coucy sera bientôt tout au bout de ses peines.

— Vous ne m'apprenez rien. Or, sachez-le, Youssouf refuse de s'attarder pour un seul homme.

— Je le conçois... Nous le soutiendrons jusqu'à Burse...

— J'espère bien. Comme il ne peut retarder notre cheminement, j'ai reçu un mandement que je n'ai pas à vous préciser car vous en devinez l'issue.

« Ce mécréant le décollerait en chemin pour obéir au gros potiron qui nous emmène je ne sais en quels lieux ! »

La procession ne s'était pas arrêtée. Les sipahis et les azabs chargés de sa surveillance s'ébahissaient en passant qu'un vieillard de chez eux, qui jouissait de l'amitié de leur prince, eût pris le temps de s'entretenir avec un infidèle.

— Messire, notre ami veut dicter son testament à son mire... Pourriez-vous, une fois à Burse, lui accorder cette grâce en lui fournissant une plume, de l'encre et quelques feuilles de parchemin ?... Il va dévier. Vous ne pouvez lui refuser la grâce de dicter ses dernières volontés.

Gui s'était exprimé d'une voix dépourvue de la moindre sensibilité. L'homme fort auquel il avait affaire eût détesté ce qu'il aurait considéré comme une mendicité. Il s'effraya de la fragilité de sa supplique et n'éprouva aucune illusion sur l'issue de celle-ci. Pourtant, par faiblesse, par une espèce d'amitié envers un homme qu'il avait appris à connaître, il se prenait à espérer un miracle ; un de plus, aussi émouvant que celui de la rencontre du comte de Soissons avec un inconnu bienveillant dans un chemin perdu.

Les yeux au ciel, Mustapha, les lèvres boudeuses, affecta de prendre en considération la demande que Gui, indécis et malheureux, regretta d'avoir exprimée sans peut-être y mettre tout son cœur. En fait, selon ce qu'il essayait d'entrevoir sur le profil neigeux du Turc, Mustapha était déjà décidé – selon quelle raison ? – à entrer en négociation avec Youssouf ou quelque gouverneur de la prison de Burse.

— Je m'en vais essayer de fléchir des… statues… Rejoignez, messire, vos amis. Soutenez votre capitaine… Que votre Dieu vous fournisse à tous des forces et du courage… Allez !

Tandis que le Turc partait au galop vers l'arrière, Gui s'empressa de rejoindre ses compagnons.

— Eh bien ? demanda Maupoivre qui avait tout deviné.

— Eh bien, messire, ayons confiance… Cédez-moi votre place, mon père. Je vois que vous fléchissez.

— En effet, mon fils, dit frère Grégoire en frottant son épaule dégagée des doigts de Coucy. Je vais prier en piétant… Saint Dominique devait en faire autant jadis, lorsqu'il arpentait les terres du pays d'Oc pour le plus grand malheur d'icelui.

Gui acquiesça. Il ne se sentait aucune envie de prier. Il lui semblait même que sa prière eût compromis son dessein.

V

Deux jours. Deux jours d'une épreuve dure, angoissante, que Coucy supporta « en chevalier ».

Parvenus à destination, les otages furent poussés dans la chambre d'un ancien palais, différente de celle de Kaliopoli. Ils n'en distinguèrent que des paillasses rangées sur des dalles dont ils ne virent point la couleur : la nuit tombait. Des azabs leur distribuèrent des morceaux de pain qui constitueraient leur repas. Gui de la Trémoille, soudain charitable, s'en vint vers l'homme qui n'avait voulu, comme ses ancêtres, être ni roi ni prince ni duc cependant que Gui et Geoffroy Maupoivre, liant leurs regards soucieux, redoutaient l'ire du blessé.

Coucy gisait sur le dos, son manteau roulé sous sa nuque. Gui, plus soucieux que le mire, essaya d'observer, sur le visage immobile, l'aggravation d'une désespérance contre laquelle, pareillement aux douleurs physiques, il n'existait aucun remède.

— Mon pauvre ami…

— Je ne le suis point, précisa Coucy d'une voix qui semblait lui écorcher la gorge.

— Vous me tenez grief de notre tençon avant la bataille…

Coucy leva un bras vers l'endroit où il supposait que se tenaient – indifférents ou non –, Nevers et ses vassaux.

— Rejoignez-les… Votre ombre sur mon corps le rend frénésieux…

Or, La Trémoille n'entendait point. Il avait quelques mots à dire et l'accueil du gisant les refoulait dans sa gorge. Tandis que les deux hommes demeuraient muets, l'un dominant l'autre de sa personne, l'autre le dominant par l'esprit, Gui se revit avant la bataille lorsque Coucy et Jean de Vienne avaient dissuadé cet écervelé d'Artois de ne pas courir au-devant des Turcs. C'était tout juste si le connétable n'avait pas comparé la sagesse des deux hommes à de la couardise. Ayant choisi le parti d'Artois, La Trémoille avait eu l'audace de reprocher à Coucy une peur qui n'existait pas. Le comte de Soissons avait répondu qu'il n'atermoyait ni par prudence ni par peur mais parce que la circonspection était plus sûre que la célérité. Dans la mêlée, il saurait montrer sa bachelerie[1]. Il mettrait la queue de son cheval là où La Trémoille n'oserait mettre le nez du sien.

— Je n'ai point oublié que vous m'avez fourfait[2]… et ma grigne demeure entière. C'est même, en moi, la seule chose qui ne se soit point affaiblie !

— Je le comprends, Coucy. La bataille se préparait. J'en étais tout… enflammé. Avec le recul du temps, je comprends ma coulpe…

— Et vous vous dites : « *Il va mourir. Il faudrait qu'il me pardonne* » ?… Eh bien, La Trémoille, n'y comptez point. Vous m'avez traité de couard sans pour autant dire le mot comme naguère Audrehem à Clermont, avant la

1. Vaillance, chevalerie.
2. *Fourfaire* ou *forfaire* : vexer, opprimer.

déconfiture de Maupertuis[1]. Entre hommes de guerre, ce sont des outrages qui ne se commettent qu'à bon escient et les occasions sont rares. Alors, issez… Laissez-moi en paix avec mes amis… Pendant le long cheminement qui nous a exténués, de Nicopoli à Kaliopoli, il semble que vous ne m'ayez point vu… puisque jamais vous ne m'avez proposé votre aide.

— Je n'osais pas…

— Seriez-vous pusillanime à ce point ?

C'était une excellente question. Voyant Maupoivre, Yvain, Gui et même frère Grégoire sourire, La Trémoille partit rejoindre ceux que Coucy appelait parfois « les autres » et Gui « les perdants ».

— Ai-je bien fait ? demanda le malade en acceptant le bout de pain que Gui lui offrait.

— Oui, messire.

— Oui, mon beau sire, s'empressa Yvain qui avait avalé tout son pain.

— Mon beau sire, mon beau sire, grommela Coucy. Si mon épouse me voyait chauve et mol, nul doute qu'elle demanderait le divorce.

Gui, – fut-il le seul ? – vit une goutte briller et demeurer accrochée sur les poils d'une joue. Il ne savait que dire.

1. L'histoire s'était répétée. En effet, à Poitiers-Maupertuis, Arnoul d'Audrehem qui faisait souvent en sorte de ne point participer aux batailles, avait reproché sa couardise au maréchal de Clermont qui voulait, avec juste raison, reporter de quelques heures l'affrontement avec les Anglais. Il avait déclaré : « *Un peu d'attente nous donne tout à gagner.* » Audrehem s'était courroucé : « *Vous ferez tant que vous finirez par les laisser échapper comme souvent il advint. L'on dirait, Clermont, que vous n'avez pas hâte de vous battre et qu'il vous peine de voir les Anglais de près.* » Clermont répondit : « *Vous ne serez point si hardi, Audrehem, que vous mettiez le museau de votre cheval au cul du mien.* » Le vaillant Clermont mourut au combat. Il est possible qu'Audrehem se soit enfui avant d'être capturé.

Tourné vers une des fenêtres, il devina des montagnes et, dessous, une maigre forêt. Sans amertume, il comprit une nouvelle fois que toute fuite serait impossible. Vers quoi, d'ailleurs, se fût-il dirigé ? Il avait le ventre vide. Il ne parlait pas la langue de ses vainqueurs... Ils étaient les maîtres. Pour ce soir, les vaincus seraient privés d'eau. Les lueurs adoucies de la vesprée et les flammes des torches qu'on allumait lui apportaient, sans qu'il comprît pourquoi, une sorte d'apaisement. Les nuages du couchant se paraient çà et là des roseurs d'une chair féminine audacieusement révélée par les lambeaux du ciel. Il entendit Maupoivre conseiller à son ami : « Dormez, Enguerrand. Essayez de dormir. » Il n'y eut point de réponse. Coucy méditait.

— Je veux que ce testament soit fait, dit-il soudain. J'y porterai mon seing et le scellerai de mon anneau... qu'ils m'ont tout de même laissé.

— Croyez-vous, demanda frère Grégoire, qu'ils vous fourniront de la cire ?

C'était une question pertinente. Avalant une dernière bouchée de pain, Coucy la balaya de la main :

— S'il le faut, j'emploierai quelques gouttes du sang qui me reste.

Et repu de pain et de fatigue, il ferma lentement les yeux.

Le lendemain, Coucy semblait en meilleur état. Malgré un visage en jachère depuis quelques jours, ses traits avaient repris une apparence moins inquiétante. Il faisait froid. Les Turcs jetèrent sur le pavement de la nouvelle geôle un monceau de vêtements que les prisonniers se disputèrent avec de grands horions accompagnés de cris qui les méjugeaient, une fois de plus, aux regards de leurs vainqueurs.

Coucy, défendu par Gui, Yvain et Maupoivre, put échapper à ces molestes. Il fut pourvu de vêtements sans nom. Ils étaient chauds. Il suffisait, pour le contenter, qu'ils le fussent.

Il fallut s'accoutumer à la nouvelle vie, aux nouveaux geôliers, aux paillasses et jusqu'aux nouvelles latrines. De vieux esclaves, dont aucun ne parlait, bien qu'ils fussent invités à répondre au moins oui ou non à quelques questions simples, apportaient l'eau dans des seilles semblables à celles des étuves. On la buvait dans des gobelets d'argent douteux et l'on recommença, pour se nourrir, à consommer, servi dans des écuelles d'étain, du héricat[1] de mouton apporté dans des jattes de cuivre par des serviteurs qui, vu leur corpulence, leurs yeux de veau, leur façon de se mouvoir dans leurs souliers étranges, furent considérés comme des eunuques. La privation du moindre flambeau contraignait les hommes à dormir tôt. Il n'y avait aucune sonnerie à l'aube. Cependant, à l'extérieur, des mouvements et des cris révélaient que les hommes de garde avaient achevé leur nuit. Ce tohu-bohu précédait la litanie des prêtres tout en haut de la mahomerie voisine. Ensuite s'élevaient des cris gutturaux, des vociférations, des rumeurs de fers et de pas. En fermant les yeux, on se fût imaginé en France : au Louvre, à Vincennes, dans le quartier de l'Hôtel Saint-Pol. Mais ce qui se disait ne pouvait se traduire.

Un matin, alors que seul, assis à même le sol, Gui profitait de la douceur d'un soleil pâle, frère Grégoire s'immobilisa devant lui.

— Comment trouvez-vous ce lieu ? demanda-t-il en s'asseyant et en considérant ses pieds nus, tannés par d'interminables chemins.

1. Ragoût.

— Le fait, mon père, qu'il soit plus loin encore de mon pays que Kaliopoli, me contraint à la détestation.

— Je conçois que cet inconvénient vous tourmente. Si Bayézid nous a menés jusqu'ici, n'est-ce pas pour laisser croire aux Français qui nous y viendront trouver que nous avons été traités dignement ? Nous vivons céans dans de meilleures conditions que naguère. Un palais ancien ! Des paillasses propres ou presque…

Gui dut en convenir. Bien que la vieille demeure ne fût point entourée d'arbres et de maisons interdisant l'essor du regard, l'éloignement de la cité se révélait tel qu'ils n'en pouvaient rien voir, excepté les toits où certaines cheminées étaient surmontées d'un nid de cigogne, et la flûte blanche de la mahomerie. Quant au palais, il semblait mort depuis longtemps. Ses différents agencements, sous une toiture en forme de dôme dominée par une sorte de donjon adjacent au bâtiment, ses nombreux appartements – ou ce qu'il en subsistait – étaient interdits aux nouveaux venus. Il avait été conçu et construit par des infidèles. Soigneusement, dévotement. Gui dut convenir qu'à la différence des églises et des cathédrales, son esprit s'élevait sans effort vers quelques dorures et feuillages peints sur des parois fissurées, souillées par les ruissellements et les fluctuations du temps. Les plafonds incurvés, deux fois plus bas que les voûtes chrétiennes, s'opposaient aux songeries vertigineuses et aux enchantements parfois inattendus des regards. Bien que les fenêtres fussent rares, sans vitraux ni protection d'aucune sorte, la lumière douce, restreinte, sécrétait de la sérénité. Des janissaires avaient peut-être vécu là, ou quelque princesse languissante, recluse dans un sérail feutré, entourée de femmes nonchalantes et d'eunuques obnubilés par la peur de faillir à leur devoir :

il y avait sur un mur et les dalles proches de celui-ci des éclaboussures et taches suspectes.

— Oui, mon père. Nous sommes bien mieux qu'à Kaliopoli. Or, dans l'état où je suis, une hutte de charbonnier, du pain sec et de l'eau feraient mon bonheur.

Et Gui songea aux Trois Cents. Que devenaient-ils ? Étaient-ils employés à des corvées ignobles ? Certains d'entre eux étaient-ils à bout de forces ? Comment, puisqu'ils laissaient Coucy sans soins, les Turcs eussent-ils pu s'occuper d'autres malades ? Il regrettait de ne les point connaître. De ne pas échanger avec eux des paroles d'encouragement et d'espérance. La ségrégation dont il profitait – sans l'avoir demandée – lui semblait une mesure inique. Ces malheureux étaient aussi des guerriers. Ils avaient ostoyé aussi bien, voire mieux, que les expectateurs de rançon. Le sort qui en ferait certainement des esclaves était une injustice uniquement due à l'exiguïté de leur fortune. Ils n'étaient eux aussi ni princes ni ducs ni comtes. La modestie de leurs finances avait l'équivalence d'une maladie honteuse. S'ils y demeuraient longuement, leur geôle deviendrait une maladrerie.

Et les jours commencèrent à couler, briller, s'éteindre. Il advenait qu'on permît aux « riches » d'accomplir quelques pas hors du vieux palais. Il semblait que c'était pour qu'ils pussent voir, dans un bâtiment contigu au leur, dont les huis étaient sciemment grands ouverts, un extraordinaire entassement d'armures et d'armes, de pennons et de bannières. Pensant à son harnois écrasé sous la masse enchevêtrée des autres, Gui s'interdisait d'y jeter les yeux [1].

1. On remarquait, selon Michaud et Poujoulat (*Mémoires pour servir à l'histoire de France*), une lance qu'on appelait *la lance de Roland*. On prétendait que c'était celle de Jean de Nevers… qui s'était défendu, comme ses compagnons : en utilisant son épée !

Et l'on réintégrait la chambre. D'étroits conciles se formaient qui, parfois, dégénéraient en conflits. On s'escarmouchait de la voix et du geste. Comme à Kaliopoli, certains Grands avaient cru devoir oublier de nettoyer les latrines après leur passage. Des plaintes s'étaient élevées. Il n'y avait pas de bostrués. Il fallait s'accroupir. Si l'eau de boisson était chichement accordée, elle ne manquait pas dans les lieux d'aisances.

— Jamais, dit un matin Yvain, Jean qu'ils disent sans peur n'aura vu sa merde d'aussi près.

L'angoisse des premiers jours dépérissait. On voyait des chevaliers qui passaient pour des falourdeurs[1] – Bar, Bourbon, les La Trémoille – sourire à certains geôliers apparemment plus courtois que d'autres. Lorsque le soleil froid inondait la cour, on s'asseyait à même le sol. Un caillou à la main, on traçait les mouvements des compagnies lors de la bataille perdue. À mi-voix, on désignait les coupables. Il advenait aussi qu'on créât les contours d'une femme. On n'avait fait qu'en apercevoir. Leur mystère exaspérait certains que la seule vue d'un sein ou d'un potron eût comblés d'aise. Alors, on évoquait la beauté de la sienne, ses formes, sa façon de jouter dans le lit, sous des courtines tirées ou non. Les attraits de la charnalité n'étaient plus ce qu'ils avaient été en France. Dans l'indignité de la captivité, les nobles dames devenaient des anges qu'on eût pu montrer, demi-nues, aux tympans des églises.

Mais l'on enrageait, tout de même, de n'avoir pas profité davantage des ribaudes. Traire[2] un coup avant de risquer sa vie avait fait partie des mœurs de certains – et non des moindres. On disait aussi que les Turcs forniquaient entre eux et ne touchaient aux femmes que pour s'assurer

1. Prétentieux.
2. Tirer.

une descendance. Et Gui se demandait ce que frère Grégoire en pensait.

Il y avait les nuits. Le silence puissant et glacé des ténèbres troublé par quelques rumeurs de pas et vols d'oiseaux. Et plus l'inertie et la paix du dehors s'affirmaient, plus au-dedans du logis, délivrés des entraves d'une fastidieuse journée, les gisants commençaient à vivre. Des bruits s'imposaient, à commencer par les ronflements des dormeurs, leurs toux, leurs éternuements, leurs plaintes, leurs rires, leurs pets ou gargouillements d'intestins vides. Parfois, le cri d'un homme revivant la géhenne de Nicopoli ou d'une autre bataille ajoutait à la perturbation : « *Non!* » « *Tue!* » « *À l'arme! À l'arme!* » « *Mon épée!* ». Les voisins du perturbateur protestaient, réveillant en sursaut plusieurs ensommeillés. Puis c'était le passage chancelant d'un fantôme à la recherche de la puante latrine. Il écrasait des chevilles en les voulant enjamber, trouvait en tâtonnant la porte bruyante et malicieuse, exhalait un soupir d'aise et urinait de loin pour éviter de se salir les pieds. Des menaces naissaient à son retour avant qu'une sorte de trêve ne précédât une autre escarmouche. Où trouver le repos ? Quand pourrait-on enfin se reposer « *comme avant* » ?

Gui dormait mal depuis quelque temps. Son sommeil avait été d'abord troublé par un cri lointain, composé de feutre et d'angoisse, dont les accents ne pouvaient être décelés que par lui-même. « *Gui! Gui! Gui!* » clamait-on à de longs intervalles. Était-il victime de son imagination ? Cette voix s'approchait, s'éloignait, revenait derechef envahir ses oreilles, portée par un vent tantôt doucereux, tantôt aigre qui peut-être n'existait pas. Il y avait des nuits où, n'entendant rien, il attendait jusqu'au petit jour ne fût-ce qu'un seul appel. D'autres où la plainte renaissait avec plus d'autorité dans la désespérance.

« *Gui ! Gui ! Gui !* »

Il avait beau tourmenter sa mémoire, il ignorait qui l'appelait à l'aide et pourquoi. C'était assurément une femme. Jeune ? Vieille ? Vivante ou morte ? Il s'interrogeait jusqu'à ce qu'il succombât aux déceptions et fatigues d'une journée d'oisiveté, sans jamais parvenir au terme de ses suppositions.

Comme elle devenait plus fréquente et plus proche, il crut, une nuit, reconnaître la voix. Ce n'était ni celle de Luciane, ni celle d'Ermeline, ni celle de dame Hedwige, ni celle d'Alix. « *C'est Héloïse !* » Il ne la pouvait voir ni la situer comme elle ne pouvait ni le voir ni deviner où le destin avait voulu qu'il échouât. Il était de plus en plus certain que sa fiancée lointaine l'appelait à la rescousse. Pourquoi ? Était-elle malade ? Voulait-on la marier de force ? Était-elle tout simplement lasse d'une séparation dont elle ignorait tout ?

Il advenait que le silence ayant réintégré sa tête, il se sentît vieilli, en perdition de sa vigueur ou de son énergie nerveuse, privé d'une partie de sa confiance en soi et en son devenir ; le dos empoissé de sueur, incapable de joindre ses mains de gisant sur sa dure et répugnante couche afin de solliciter de Dieu l'apaisement de sa détresse.

Autour de lui, *les autres* dormaient ou paraissaient dormir sans éprouver, semblait-il, la moindre démangeaison d'une âme assaillie de remembrances ou de visions prodigieuses. Conjointement aux appels, une image se précisait de nuit en nuit. Adoubé d'un harnois plain des plus simples, il revenait en France. Ayant emprunté un chemin qui suivait le cours de la Dunoe, il montait Éole ou un cheval à sa semblance. Tout à coup, il entendait des cris. Ils étaient proférés par une Héloïse nue, enfoncée dans une eau mousseuse ; une Héloïse aux cheveux étincelants sous les braises d'un soleil couchant.

« *Viens !... Viens, Gui !* »

C'était une exhortation douce, joyeuse même. Elle dominait les rumeurs et les clapotements du grand fleuve.

Or, Héloïse n'était point seule. Une autre voix s'efforçait de dominer celle de la Tourangelle. S'il ne distinguait pas la femme qui tentait de s'opposer à son envie d'ôter son habit de fer pour rejoindre sa bien-aimée, sa voix lui était parfaitement connue. C'était celle d'Emma, l'épouse d'Anceaux, son demi-frère.

« Pourquoi ? », se disait-il. « Pourquoi ? Serait-ce que je deviens fol ? Non, c'est impossible ! »

Il sortait hébété de cette vision de plus en plus fréquente. Il la sentait appesantie d'une menace dont il s'évertuait à comprendre la raison. Emma lui avait toujours semblé une femme douce, affable, pénétrée de certaines ardeurs auxquelles Anceaux paraissait indifférent. Des images de Clairbois flottaient dans sa mémoire, toutes mêlées et comme inséparables ; et rien n'indiquait que les supplications de l'indésirable prendraient fin. Au contraire. Les bourrasques du vent sur les hauteurs de Burse semblaient en accroître l'inutile violence. « *Gui ! Gui ! Gui !* » reprenait inlassablement Héloïse, mêlant de plus en plus son cri aux plaintes des ténèbres. Une sorte d'extase le pénétrait. Il commençait à déceler derrière *elle* des bruissements comparables à ceux d'une mer léchant le sable d'une plage... Quelle mer ? Quelle plage ? Était-ce en France ? En Cotentin ? Ce ne pouvait être en Turquie !

Et la nuit s'apaisait comme les voix singulières. Le palet vermillon du soleil apparaissait. L'enchantement s'atténuait et sa procession d'inquiétudes et d'espérances. Il allait falloir vivre un jour de plus, maîtriser les tempêtes d'une âme et d'un corps excédés d'être asservis aux Turcs et à leurs rites. Se forger délibérément les sempiternelles raisons de croire en un avenir meilleur. Regarder vivre et ouïr des compagnons qui ne seraient jamais des compains tout en sachant que l'or, l'argent, les perles et les gemmes les sortiraient de la geôle où il demeurerait avec Yvain et, à défaut de Maupoivre, un dominicain paisible.

Une nuit, une scène l'éblouit. Tout en le rendant perplexe, elle le secoua de craintes douloureuses. Une main se tendait vers Héloïse. *Celle d'Emma*. Que lui voulait-elle ?... La main atermoyait puis se tournait vers lui. C'était une main menaçante. Pourquoi voulait-elle saisir les rênes ou le frein du cheval blanc ?

Ce songe ne revint jamais hanter ses sommeils. La voix d'Emma se fit petite et disparut. Derechef, Héloïse régna sur un cœur rassuré.

Coucy ne descendait pas dans la cour. Ni Maupoivre.

Un matin, Mustapha vint quérir Jean de Nevers : Bayézid le voulait voir. L'entretien fut bref. Le prince en revint le visage soucieux.

— Le Turc m'a fourni enfin le prix de ma rançon.

— Combien ? demanda Philippe d'Artois.

— Je ne le dirai pas. Le soudan m'a sommé de me taire.

« Mensonge ! » songea Gui. « Ta rançon doit être énorme. »

— Et nous ? s'empressa Boucicaut.

— Cela tournera autour de deux cent mille ducats. Vous voyez que nous sommes moult valeureux !

C'était une immense fortune révélée par un incommensurable orgueilleux.

— Comment pourrons-nous faire ? pleurnicha Philippe d'Artois.

— Bayézid nous accordera le temps nécessaire. Il s'est montré moult courtois, ajouta Nevers. Malgré ma mise de pauvre manant, ma personne lui en a imposé.

C'étaient toujours des mots d'une hautaineté absurde. Qui les eût pu croire ?

« Pendant qu'il nous ment », souhaita Gui, « j'aimerais que son épouse et le beau Louis forniquent… une fois de plus ! »

La captivité le rendait hargneux. Il sentait l'enragerie d'être ce qu'il était dévorer sa patience. Était-il le seul à ronger son frein ? Antigny semblait s'accoutumer à sa condition. Assez souple, prenant la vie comme elle venait, consultant de loin en loin Boucicaut mais privé du devoir d'obéissance, il se laissait porter, se disant peut-être qu'il serait incorporé dans la rançon du maréchal. Or, lorsque celui-ci l'eût dissuadé d'entretenir une telle espérance, il n'en parut point marri :

— Ils vont bien inventer quelque chose pour nous !

— Qui ? demanda Gui. Les Turcs ou nos prud'hommes ?

— Nos prud'hommes.

Ils étaient seuls, ce matin-là, dans un angle des étuves. Les Grands Vaincus déjà revêtaient leurs pénailles.

Il faisait chaud, l'eau était « bonne ». Gui se remémora sa malaventure aux étuves de la rue Hautefeuille en compagnie de dame Odile. Comme cela semblait loin ! Peut-être eût-il dû profiter davantage de la complaisance de la dame à son égard. Sans doute le croyait-elle mort.

— Si rien n'est décidé pour moi, maugréa Yvain, j'essaierai de fuir. Je préfère mourir trespercé de sagettes que de me languir céans jusqu'à la fin de ma vie !

— Il est vrai que, demeurant à Burse, les Turcs ne nous pardonneront pas d'être pauvres tout comme nos seigneurs qui s'en seront allés… Je me demande ce qu'on fait à la

Cour, à Montsurvent et à Tours… Je m'interroge sur la façon dont Héloïse emploie son temps, et si elle pense toujours à moi aussi fort qu'après mon départ. Il m'advient de mieux supporter les Turcs que les chevaliers avec lesquels nous partageons l'air et la nourriture, l'espérance et la vergogne, si petite soit-elle. Ils appartiennent davantage à la quincaille qu'à l'Ordène. Nous nous sommes inclus dans le malheur et le subissons comme une espèce de purgatoire. Ils s'en sont déjà exclus à la seule pensée qu'ils seront chèrement libérés. Si cette croisade fut pour eux le seul moyen de se mettre en valeur, elle aura été pour nous le bon moyen de comprendre leur nullité. Et si Boucicaut déteste nos geôliers, Nevers, Bourbon et Artois leur sourient. Pour un peu, ils en congratuleraient certains : « *Ah ! quels bons guerriers vous êtes. Nous sommes honorés d'avoir été désaguerris par vous.* » On les ovationnera, dès leur retour en France, d'avoir été outragés par les Turcs. Cela devient une tradition chez nous : à chaque déconfiture, on tresse des couronnes aux perdants, et plutôt que de conserver leur humiliation secrète, j'en connais, qui sont tout proches de nous, que l'on verra bomber le torse lors des joutes et des festins[1], Jean de Nevers le tout premier.

1. L'auteur tient à rappeler ici que de 1945 à 1950, la grande mode lancée par les anciens prisonniers fut d'arborer, au revers de leur veston *et même parfois de leur vêture de travail*, un morceau de fer barbelé long de 4 à 5 cm. À la Librairie Hachette, tous bénéficièrent d'une large promotion quelles qu'eussent été leurs compétences sinon leur zèle au travail avant les années 39-40. En revanche, les employés qui s'étaient battus avec courage et avaient échappé aux Allemands ainsi que quelques résistants (il y en avait peu) demeurèrent dans ce que les grands patrons appelaient le « petit personnel ». Un prisonnier fut même nommé directeur de deux collections et obtint – on le lui avait promis – le prix Goncourt. Il ne portait pas cet insigne absurde et, à y bien réfléchir, offensant pour ses porteurs. Ce qui n'empêcha pas Malaparte de ricaner sur son témoignage.

— Je hais nos conduiseurs. L'épouse de Boucicaut va devoir accomplir des sacrifices immenses.

— Je ne me soucie point d'eux. Le malheur de notre condition avait une qualité : il nous avait tous mis au même niveau. Bientôt, nous nous sentirons ignorés des Turcs et des Francs… Nous ne serons plus rien. La sourde courtoisie des Mustapha et Youssouf peut se muer en férocité. Notre perte leur simplifierait la vie !

Vêtus comme des quémands sur le seuil des églises, ils quittèrent les derniers les étuves. Ils allaient être propres deux jours, puis les Turcs les laisseraient s'encrasser pendant plus d'une semaine.

— Coucy n'est point descendu, dit Yvain.

Gui haussa les épaules. S'il avait manifesté l'envie de se purifier le corps, ils eussent volontiers soutenu jusqu'aux étuves celui qu'ils nommaient parfois familièrement Enguerrand. Cette dissolution du courage chez un homme qui n'en avait jamais manqué, tout en les inquiétant, les laissait sur une impression à la fois désagréable et courroucée.

— Il se laisse aller, Gui, je crois. Et cependant ses navrures se guérissent.

— C'est, Yvain, sa cervelle qui s'envenime. À sa demande, j'ai dû lui enconvenancer [1] d'aller visiter son épouse s'il m'advenait d'être libre avant lui. Il ne cesse de mélancolier [2] sur une liberté qui point ne viendra pour ce qui le concerne, et prétend qu'il ne reverra jamais sa chevance [3]. Il se trouve… achevé. Il se reproche d'avoir mené une vie trop active pour complaire à des ingrats et affirme que son escarmouche victorieuse contre les Turcs, avant

1. *Enconvenancer* : promettre.
2. *Mélancolier* : méditer avec tristesse.
3. La propriété. En l'occurrence, Coucy.

notre déconfiture, l'a vieilli tellement elle fut âpre, tout autant que la vue de tous les hommes martirés[1] devant Bayézid. Il déplore que la Chevalerie s'éteigne avec lui.

— Qui t'a dit ça ?

Gui, les paupières à peine ouvertes, imagina le blessé et son mire :

— Maupoivre se désespère… Il se demande si Jacques de Helly a pu atteindre Paris[2] et révéler notre infortune.

1. *Martirer* : martyriser.

2. Le samedi 16 décembre, les passagers de navires marchands relâchant à Venise annoncèrent le désastre de Nicopoli. La stupéfiante nouvelle fut vivement ébruitée. Elle atteignit Paris où ses propagateurs furent emprisonnés au Châtelet avec promesse de noyade si elle était inexacte. Le roi, le duc de Bourgogne, Louis d'Orléans et le duc de Bar dépêchèrent des coureurs à Venise et en Hongrie pour tenter de faire parvenir des lettres aux vaincus et rapporter leurs réponses.

Le lundi 25 « *tout housé et éperonné* », Jacques de Helly entra en l'Hôtel Saint-Pol où la Cour était assemblée pour la grand-messe et confirma, en s'agenouillant devant le roi Charles VI, lucide, la défaite… après une mêlée glorieuse. Il décrivit la tragique vengeance de Bayézid sans peut-être en fournir la raison. Il fut, évidemment, assailli de questions et remit à certains des nobles présents des brefs* émanant des otages. Entouré d'hommes et de femmes en larmes, il précisa que le sultan vainqueur convoitait « *or et richesses* ».

Les captifs du Châtelet furent relâchés. Le religieux de Saint-Denis rapporte que les nobles éprouvèrent un amer désespoir. L'affliction étreignait tous les cœurs. Des vêtements noirs apparurent Les églises s'emplirent. La douleur était d'autant plus immense qu'Helly avait révélé que Bayézid avait laissé les morts pourrir sur place (il semble avoir été discret sur les pyramides de têtes).

Le mardi 9 janvier 1397, en Bourgogne, à Paris et en province, des services solennels eurent lieu à la mémoire des défunts. Le glas retentit partout. Les gentilsfames pleurèrent qui son époux, qui son fils ou son amant. Froissart commente : « *La dame de Coucy, par espécial, ne pouvait oublier son mari et pleurait et lamentait nuit et jour, ni on ne la pouvait réconforter.* » Sur les instances de ses frères, le duc et Ferry de Lorraine accourus pour la réconforter, elle écrivit le 31 décembre au doge de Venise pour lui demander de participer à la rançon de son mari – dont elle ne devait pas connaître le montant, à moins que Jacques de Helly ne lui eût fourni une approximation. Deux messagers, Robert

— Même s'il est parvenu à Paris, ce qui s'est fait et dit à la Cour ne nous concerne pas. Une fois les rançons acquittées, nous resterons à Burse… car ce n'est pas notre Moresque qui nous fera libérer.

Gui acquiesça et se souvint d'un fantôme emporté au galop par un cheval de neige.

— Elle nous a protégés une fois. Si nos voisins savaient que, pour le sauvement d'une mécréante, nous avons évité d'entrer dans Brehappe, ils nous honniraient plus encore que les Turcs.

Devant eux, frère Grégoire sortait des bains, observé par deux janissaires qui se riaient de sa coule en mauvais état.

— Son moutier commence à lui manquer, dit Yvain. Il se demande, comme nous, ce que Bayézid fera de lui quand les nobles hommes seront partis.

— Nous manquons tous de moult choses simples, murmura Gui, les yeux levés vers un ciel de plomb. Il se pourrait qu'il neige, ce qui augmentera le froid que nous endurons surtout la nuit. J'aimerais être assis devant une cheminée. Assis, pensif, dans un faldesteuil ou même sur le pavement, devant un feu clair et ronflant.

— Une fille à ton côté. Soit Héloïse ou la Moresque…

— Pas même, Yvain…

d'Esne, chevalier cambrésien et cinq hommes, et Jacques de Willay, prud'homme de Saint-Gobain, furent dépêchés séparément pour contribuer à la libération d'Enguerrand et de Henri de Bar. Les dépenses nécessitées par ces voyages étaient payées par Louis d'Orléans plutôt que par dame Isabelle. Or, le beau Louis et la reine Isabeau avaient des vues sur Coucy… et ils n'étaient pas les seuls. Il est probable qu'ils se réjouissaient d'un éloignement qui s'acheva par un veuvage. On peut ajouter, pour conclure, que l'épouse d'Enguerrand mourut peu après ces événements, comme il se doit empoisonnée, et que Coucy revint au volage Orléans !

* Lettres courtes.

Gui cessa de parler. Soutenu par Maupoivre et frère Grégoire qui s'était hâté d'approcher le médecin, Enguerrand de Coucy quittait le logis. Entraînant Yvain, il les rejoignit sans mécontenter aucun des janissaires.

— Où allez-vous ainsi ? dit-il à Maupoivre.

— Ailleurs, Clairbois. Sans obtenir une audience de Bayézid, mais en disposant de Mustapha comme truchement, j'ai reçu du soudan permission de transporter Enguerrand tout près d'où nous sommes.

Du menton, le médecin désigna une maison derrière un rideau d'arbres. Coucy lui-même tint à fournir des précisions d'une voix faible, à peine portée par son souffle :

— Grâce au Turc, j'ai pu faire prévenir de mon état un vieux compère génois de Mytilène [1]. Nos vainqueurs ont obtenu de me faire transférer dans cette maison, là-bas. L'amitié de cet homme va me prolonger quelques jours [2].

— Je m'en réjouis, dit Gui en se reprochant bientôt son propos.

Il ajouta en hâte :

— Vous allez guérir. Vous allez être au chaud. Vous dormirez dans un lit et mangerez enfin convenablement !

Il mentait quant à la guérison du grand éclopé. Si son transfert avait été autorisé, c'était que Maupoivre, sans doute, avait révélé que son ami n'en avait guère pour longtemps à s'évader de Turquie et de l'existence terrestre.

1. Lesbos.

2. Cet homme se nommait François Gattilusio. Barbara Tuchman note qu'il avait une influence certaine à la Cour ottomane. « *Il aurait volontiers donné sa caution à un grand seigneur français connu à Gênes. Les petits souverains chrétiens de l'archipel que menaçait l'avance turque avaient été très affectés par la défaite de Nicopolis.* » Le sort des Francs tombés aux mains des infidèles les inquiétait. Un marchand, Nicolas Aenos, envoya du poisson, du pain, du miel et du linge – de la part de sa femme – en sus d'un prêt. On ignore si les Turcs les fournirent à leurs otages ou s'ils les détournèrent à leur profit.

Il s'efforça de se donner bon visage mais déjà, sachant qu'il ne le reverrait pas – à moins d'un second miracle de la Vierge de Chartres – il portait le deuil de ce chevalier hors pair. À ce degré d'émoi, il se crut victime de la fatigue d'esprit amassée durant des mois tant de jour que de nuit. Quand donc pourrait-il vraiment croire sans désespérance au retour ? Quand donc pourrait-il, autrement qu'en songe, revoir son pays et se plier aux us et coutumes d'une vie à vrai dire ordinaire ?

— N'oubliez pas, Clairbois, ce que je vous ai dit : rendez visite à mon épouse. Enarrez-lui ce que j'ai fait, ce que je fus, ce que j'ai enduré… Promettez !

— Je la verrai, affirma Gui avec une solennité dont Yvain fut troublé. Les Clairbois n'ont jamais manqué à leur parole.

Il n'usait peut-être pas de la force de persuasion qu'il eût dû employer, bien qu'une pesanteur insoupçonnée eût gêné son serment.

« Il va dévier [1] », se dit-il en sachant que Coucy trouvait au fond de son regard le deuil qu'il lui consacrerait.

— Allons, dit le prud'homme à Maupoivre et frère Grégoire. *Surge et ambula* [2] : emmenez-moi.

Et comme il s'éloignait en clopinant, Coucy, sans se retourner, insista :

— Sachez doucement, Clairbois, annoncer ma fin à mon épouse. Elle est aussi belle que fragile…

Le reste se perdit dans un sanglot bruyant.

Sitôt de retour dans leur geôle, Gui, touchant du coude un Antigny songeur, lui montra du regard deux emplacements dépourvus de leur paillasse habituelle.

1. *Dévier* : sortir de la vie.
2. Lève-toi et marche.

— Deux d'entre nous n'ont pas perdu de temps ! enragea Yvain.

— Encore heureux qu'ils n'aient point robé celle du moine !

— Qui s'est approprié ces lits de pauvre ?

En l'absence de trois prisonniers, la pièce semblait plus spacieuse et plus ronde. Immobile, la tête un peu basse, Gui n'osait porter ses yeux sur Nevers et Artois. Il était certain que les robeurs, c'étaient eux comme il était certain que son indignation les laisserait cois et dignes.

— Jean sans Peur ? dit-il entre ses mâchoires serrées. Non, Jean sans Cœur. Et l'autre, ce connétable de clinquant… Il s'est allongé sur la sienne, mais dessous, celle de Maupoivre déborde…

— Tu ne peux rien, rien, rien ! chuchota Yvain.

— C'est vrai, consentit Gui, l'œil morne et dur défiant celui de Nevers. Mais j'espère que Dieu les châtiera comme ils le méritent.

Tandis qu'il regagnait sa couche, il entendit Nevers sans chercher à savoir, en se retournant, à qui le prince s'adressait :

— Deux de moins. Nous aurons davantage à manger.

— Peut-être, dit Boucicaut, y en aura-t-il quelques autres. Bayézid a refusé une fois de nous recevoir, Gui de la Trémoille et moi, pour nous accorder l'autorisation d'aller quérir quelques fonds dans les îles toutes proches et à Rhodes. Selon Mustapha, qui m'a retenu avant que j'entre à l'étuverie, le Turc va nous fournir un sauf-conduit et nous donner congé, sous promesse de retour. J'ai demandé un écuyer pour grossir notre ambassaderie… et j'attends.

Gui se sentit observé. « Merdaille », songea-t-il, « je crois qu'il vient vers moi… *et je sais ce qu'il va me dire !* » Il ne s'était pas mépris car il se sentit saisi par un coude.

— Avez-vous ouï, Clairbois, ce que j'ai dit ?

— Je mentirais, messire, en vous répondant non.

Il s'efforçait d'avoir un regard déférent et redoutait que le maréchal n'eût suffisamment de clairvoyance pour deviner ses pensées.

— Si Bayézid y consent, accepteriez-vous de venir avec nous ?

Il suffisait de secouer la tête, de maîtriser sa voix et de répondre :

— Votre proposition m'honore, messire, mais je n'en ai nulle envie. Je préfère demeurer céans.

Gui sentit autour de lui naître un ébahissement dont il ne sut s'il devait s'en réjouir. Toléré sans bonne grâce parmi les privilégiés de l'infortune, son refus atteignait les limites de l'irrévérence. Nevers et Artois semblaient les plus hérissés. S'il demeurait – avec Yvain – ils ne pourraient donc point se retrouver « entre eux ».

— Vous n'avez pas de quoi acquitter votre otagerie. La Trémoille et moi pouvons revenir seuls et prétendre soit que vous vous êtes esbigné, soit que vous avez péri en mer…

Il faisait froid. Le silence parut se glacer. Jamais sa condition d'intrus n'avait fourni à Gui une telle occasion de plaisance.

— Je vous regracie, messire le maréchal. Ce n'est pas que la vie me plaise en ces lieux. Ce n'est pas que la mangeaille soit bonne et le sommeil parfait, mais il me semble que ce serait une espèce de trahison, non seulement envers Bayézid…

Il y eut un rire outrageux : celui de Nevers.

— Oyez, mes amis : il se croit obligé d'être fidèle au Turc !

— Qui le peut faire égorger un jour ou l'autre.

Celui-là, c'était le jeune Bourbon. Gui, qui n'en était pas à souffrir de ces piqûres, se contenta d'un soupir. Antigny et lui n'avaient jamais été acceptés. Il se sentait pourtant d'une souveraineté absolue sur ces vains personnages.

— Pourquoi m'en veux-tu ? insista Boucicaut.

Avant que de répondre, Gui hésita. Il ne pouvait pardonner au maréchal ni l'égorgement des prisonniers de Brehappe ni l'inutile et scandaleuse ablation, peut-être par lui, de quelques paires d'oreilles. Il s'abstint de proférer un seul mot et sa lâcheté lui déplut. Fort toutefois de son bon droit, il osa :

— Notre déconfiture nous appartient à tous, j'en conviens, mais depuis Nicopoli, je n'ai jamais ouï un mot de vous sur les morts que nous avons laissés en arrière. Sur les trois cents hommes qui souffrent tout près de nous et qui certainement vivent comme des bêtes… Si vous n'y pensez pas, j'y pense.

Il devina, sur les lèvres du maréchal, l'apparition d'un mot cinglant comme l'eût fait un grand seigneur offensé par un rustique.

— Je ne pourrais vous costier pendant de longs jours, messire, sans que notre déconfiture ne me remonte à la tête…

— Et sans que tu me l'imputes… en partie ?

Gui s'abstint d'acquiescer. Il était désolé par une évidence : cet homme-là n'avait cessé de le décevoir. Il ne s'était guère soucié de Coucy tellement il fréquentait *les autres*. Toujours auprès de Nevers et d'Artois comme les enfants dans le giron de leur mère.

— Prenez Antigny, dit-il soudain.

C'était une suggestion exprimée comme un mandement. Boucicaut en parut secoué tandis que ses compères, silencieux, se maintenaient dans une méprisante réserve. Et comme la proposition semblait demeurer sans effet, Gui se soucia de l'humeur d'Yvain :

— Qu'en penses-tu ?

Il savait commettre une effronterie : il eût dû attendre la réponse du maréchal, mais il en avait assez de paroler pour rien. Il reverrait la France sans commettre la moindre tromperie. S'il s'était montré impertinent, c'était parce que Boucicaut l'avait poussé à l'être. Dans l'esprit des Grands qui le considéraient de leur haut, il allait être abaissé davantage. Or, qu'importait ! Ils ne pouvaient l'humilier de vive voix, sachant bien qu'en l'état où ils se trouvaient tous, mieux valait fournir aux Othmans une impression d'entente que des vociférations de discorde.

— C'est une bonne idée. Qu'en penses-tu, Yvain ?

Tout d'abord l'intéressé eut un geste d'incertitude, puis Gui sentit son regard s'arrêter sur lui.

« Il hésite… Boucicaut ne peut pas s'en courroucer… Ah ! il va répondre. »

— Je veux bien.

La voix était basse, presque efféminée. Dans le silence et de toute son ardeur qu'aucun souci ne gênait plus, Gui rencontra le regard d'Yvain.

— Tu fais bien, dit-il.

Boucicaut les observait, croyant que quelque chose, entre eux, s'était rompu. Or, c'était tout le contraire. En acceptant de costier le maréchal, Yvain savait qu'il délivrait son compain d'une mission désagréable. Quant à ce qu'il adviendrait des rançons espérées, Gui ne se sentait point concerné. Une seule question se posait à lui :

« Yvain reviendra-t-il ? Il va devoir le jurer à Mustapha, Youssouf ou un autre. Résistera-t-il aux encouragements du maréchal ? Cédera-t-il aux incitations à trahir sa parole ? »

Boucicaut s'éloigna, peut-être apaisé. Gui sentit une main touchoter son épaule.

— Je reviendrai… Je n'ai pas aimé son instigation à trahir un serment… Je sais qu'à peine libéré, et malgré sa promesse de ne pas guerroyer contre les Turcs, il n'aura de cesse de les vaincre… Si j'ai accepté, c'est parce que, plus que toi, sans doute, j'ai besoin d'air et d'espace… Oye encore : si par male chance je ne revenais pas et que par bonne chance tu sois libre, n'oublie pas d'aller à Antigny et de consoler ma sœur Mathilde.

« Merdaille ! », songea Gui. « Après Coucy qui veut que j'aille consoler sa femme, Yvain souhaite que j'aille réconforter sa sœur ! »

Il y avait de quoi sourire. Ce qu'il fit.

Longtemps Boucicaut l'observa.

« Bientôt, je n'existerai plus pour lui comme il n'existera plus pour moi. »

À Paris comme à Tours, ils s'étaient crus vertueux l'un et l'autre. Une illusion tissée à grands traits dont il ne subsistait que des lambeaux. Les Turcs les ayant subjugués et comme démolis, ils n'étaient plus que les pâles reflets de leurs images. Incrédules, ils se voyaient tels qu'ils étaient. L'un croyait à sa foi et répandait la mort ; l'autre croyait en l'homme et n'avait jamais senti d'aussi près qu'à la bataille l'absurdité de la vie. Mourraient-ils l'un et l'autre en des lieux différents, un estoc d'acier dans le corps ?

Gui sentit Yvain s'approcher :

— Sur toi, les jours à venir, *il* ne va pas cesser de m'en conter !

— Eh bien, Yvain, tu feras le bon tri de ce qu'il te dira.

Gui abandonna la fenêtre sur le bord de laquelle il s'était accoudé. Un regret le saisit, qu'il exprima en modérant sa rancune :

— Avant Brehappe, il avait l'occasion de t'accorder la Chevalerie. Vous auriez été trois cent un au lieu de trois cents. S'il m'advient, où nous sommes, d'obtenir une épée, je te la donnerai à ton retour… si tu reviens.

La voix d'Yvain ne fut plus qu'un souffle :

— Tu fuirais, toi ? Tu renierais ta parole ?

Gui opta tout à coup pour la sincérité :

— Je le crois… Cette captivité me ronge l'esprit et le cœur. Je me sens vieux, moult vieux… Peut-être que Coucy est soulagé de fuir à sa façon… Tout quitter… Crois-moi : l'exil est une tombe… Ne reviens pas. Un jour, nous nous retrouverons.

VI

Boucicaut, La Trémoille et Antigny s'apprêtèrent le lendemain matin. Mustapha leur avait fait porter des vêtements dégagés de l'immense garde-robe des chrétiens. Un jour non décidé encore, elle brûlerait ainsi que leurs bannières. Afin que leur aspect redevînt militaire, le Turc avait fourni une épée à chacun.

Tandis qu'Antigny, serrant son compain dans ses bras, lui confiait ses regrets et ses espérances, le maréchal et son adjoint, pâles et décidés, recevaient les conseils, les exigences et encouragements de leurs pairs. Ils prétendaient tous à la liberté comme à une nécessité des plus naturelles, et c'était à croire qu'ils se demandaient pourquoi Bayézid les avait enchartrés[1]. Tous considéraient leur sort comme injuste, offensant, et les conditions de leur détention leur semblaient un permanent outrage envers une dignité issue de leur noblesse.

Les ambaxadeurs quittèrent leur geôle, deux d'entre eux après des effusions que Gui trouva superflues, pareillement à Antigny, immobile devant l'huis en compagnie de Mustapha ébahi d'assister à des embrassements et recommandations, voire des larmes versées par Henri de Bar et Jacques de Bourbon.

1. *Enchartrer* : enfermer, mettre en prison.

— Nous sommes au pays des pleureuses, murmura frère Grégoire à l'oreille de Gui. Je ne pensais pas qu'il y en avait parmi nous.

Penchés à l'une des fenêtres d'où des mains essayaient de les déloger, ils virent les trois compères monter à cheval et s'éloigner au trot entre deux rangs de sipahis au nombre d'une vingtaine.

— Ils ne se sont pas retournés ! enragea Raoul de Gaucourt.

— Il importe surtout qu'ils ne nous oublient pas.

La voix mouillée de Philippe d'Artois tira un sourire à Gui.

« Il a peur d'être abandonné !... Qu'a-t-il fait de son courage ? »

— Vous allez, messire Gui, vous sentir bien seul désormais.

Cela dit, frère Grégoire se replaça dans l'ombre en laquelle il s'était enfermé, la veille au soir, à son retour de la maison où Coucy avait enfin trouvé la quiétude, la nourriture et un lit convenable.

— Je ne suis jamais seul, mon père. Mes remembrances et mes espérances me tiennent compagnie.

— C'est Dieu qui partage essentiellement ma vie. Ce qui ne m'empêche pas de vivre ailleurs que sous son obédience. Croyez-vous que ces trois hommes réussiront à obtenir ce qu'il n'est pas outré de nommer des richesses ?

— Ils réussiront ! clama de loin Jean de Nevers. Boucicaut en a imposé à Bayézid. Il n'était nul besoin d'être présent pour deviner comment ils se sont fait visage[1] !

1. Les hagiographes de Boucicaut prétendent que le maréchal, obtenant une audience de Bayézid, eut devant le sultan une attitude superbe. Ils l'imaginent bras croisés, ferme sur ses pieds nus, faisant valoir au Turc que s'il considérait ses captifs comme de formidables ennemis et

Gui, peu soucieux de cette interpellation, jeta un regard sur la fenêtre où se découpait un pan de ciel bleu-blanc. Montrant son dos au fils de Philippe le Hardi, il baissa la voix :

— La Trémoille et Boucicaut sont connus. Je ne sais s'ils trouveront aux îles de l'Archipel la compréhension qu'ils espèrent, mais je pense qu'à Rhodes, où doivent avoir accédé quelques fugitifs de Nicopoli, l'accueil leur sera favorable bien que certains d'entre eux, les ayant vus contribuer à notre déconfiture, seront enclins à leur reprocher leur présomption.

Le moine acquiesça. Son éducation et sa religion l'avaient préparé à la mansuétude.

— Les chevaliers de Rhodes ne peuvent que se montrer attentifs à la géhenne dont se lamentent nos voisins.

craignait, ainsi, de les relâcher, il se méprenait. La mort ou la détention des princes ne ferait que provoquer envers lui de nouveaux adversaires en Europe (ce qui était une fausseté tellement on craignait l'Ottoman). Il ajouta, paraît-il (or, nul témoin n'assistait à l'entrevue, côté français) que le roi Charles VI pourrait engager aisément, dans sa querelle envers les Turcs, tous les princes de la chrétienté et les pousser à tirer une vengeance exemplaire de cet outrage. Enfin que, s'il délivrait les captifs (il n'était point question des 300 roturiers), il obtiendrait des sommes considérables pour leur rançon. Il ajouta (toujours paraît-il) que les rois chrétiens dont Bayézid était censé redouter les « efforts » le ménageraient par reconnaissance. « *Ces raisons pressantes* », écrit M. Todière* « *produisirent sur le sultan une impression salutaire. Il consentit à l'élargissement des prisonniers et demanda tout d'abord un million. Mais Boucicaut, par son éloquence, sa loyauté et son dévouement* [...] *put réduire la somme à 150000 livres*, etc. » Il semble que la prétendue arrogance du maréchal ait été sans effet. Après tant de victoires et de conquêtes, Bayézid se délectait d'une hypothétique coalition des princes européens contre lui. Il se savait craint. Le temps des croisades était révolu. Quant à l'armée française, il savait qu'elle ne valait pas tripette eu égard à la nullité de son commandement.

* *Les Illustres Chevaliers français sous Charles VI*, Paris, v. 1850.

Le dominicain avait lancé un coup d'œil en direction de Nevers, Artois et leur cour. Il parut prendre conscience d'une observation désagréable.

— Le connétable est malade. Il ne s'agit pas du même mal que messire Enguerrand. Ma curiosité à son égard remonte à quelques jours, lorsque j'ai dû prendre sa place aux latrines. Il y avait, j'ose vous le dire, du sang mêlé à ce que vous devinez. J'ai confié ma… découverte à Geoffroy Maupoivre qui m'a dit : « *Tant qu'il demeurera silencieux, je ne m'occuperai pas de sa personne. C'est lui, surtout, qui nous a mis dans la merde.* » Je n'ai rien trouvé à lui opposer.

— Il semble très abattu, lui qui… pétait le feu. Il faut convenir, mon père, que ce que nous mangeons, ces pois, ce mouton, parfois ce veau ou ces volailles nous abîment les boyaux. C'est une purgation plus qu'une nourriture… Tiens, justement la voilà. Nous pouvons préparer nos écuelles.

Les gros hommes des cuisines entraient, portant comme à l'accoutumée des chaudrons et des seilles, les uns fumants, les autres non. Il y avait aussi une jatte d'eau pure. Afin d'éviter les querelles, c'étaient les Turcs qui servaient et déjà les Grands leur offraient leur écuelle.

— Chaque jour, dit le moine, je me formule un vœu.

— Lequel, mon père, si ce n'est trop…

— Demander ?… Eh bien, quoique n'en ayant jamais abusé, je viderais volontiers un gobelet de vin. Cette souffreté[1] me fait parfois la bouche sèche. Il m'advient, la nuit, de me voir piéter dans je ne sais quelle cave, entre deux rangs de barriques… sans les pouvoir mettre en perce.

1. Privation.

Gui saisit son écuelle à la tête de sa couche. Il sut que Nevers, Artois et Bourbon surveilleraient sa rate [1] et se livreraient à des commentaires s'il avait obtenu de la viande et des légumes à son avantage. Il s'en réjouit à l'avance.

— Venez, mon père, dit-il. Allons nous saouler d'eau claire.

Il s'ébaudit assez bruyamment sans craindre – au contraire –, d'attirer sur lui l'attention des Grands assortie de leur mépris.

1. Portion.

VII

Quel jour était-on ? Nul ne le savait. On connaissait le mois : février. Avait-on atteint son milieu ? Glissait-on vers sa fin prochaine ? Gui ne s'interrogeait plus sur la fuite du temps : un temps gris, toujours enclin à la froidure, surtout lorsqu'un vent vif et acéré soufflait.

Deux jours après le départ des trois collecteurs de rançons, au retour de ce que frère Grégoire appelait le *caldarium* plutôt que l'étuverie, Gui fut interpellé par Geoffroy Maupoivre avant d'entreprendre la montée des marches qui l'eussent ramené à son gîte en compagnie du dominicain.

— Clairbois, Enguerrand vous demande.

Un clin d'œil suffisait pour deviner le terrible émoi du médecin.

— Il va si mal ?

Un seul mouvement du menton suffit à Maupoivre pour exprimer sa détresse.

— Il vous veut près de lui.

— Mustapha n'y consentira point.

Le médecin, d'un geste bref, invita le moine à s'approcher tandis que Nevers et ses compères, indifférents, pénétraient l'un après l'autre dans le vieux palais.

— Ils auraient pu me demander comment il va !

— Messire Maupoivre !… Messire Maupoivre !… L'on dirait que vous n'avez pas vécu avec ces égoïstes.

Frère Grégoire avait joint les mains. Il priait, sans doute, au-dedans de lui-même tout en conservant l'apparence d'un homme attentif à tout ce qui se disait.

— Mustapha est venu voir Enguerrand. Il a été fort ébahi de le trouver en l'état où il est maintenant… Il serait absurde de penser qu'il est un homme de cœur mais il… disons qu'il sait vivre, même si la façon dont je m'exprime a de quoi vous escandaliser. Ce Turc a le respect de la mort. Il a compris qu'il aurait de la déplaisance envers lui-même s'il se récriait tandis que Coucy lui demandait de quoi écrire, évidemment par un truchement qui serait vous, Clairbois, un codicille à son testament… qui est en lieu sûr en son château.

Gui, perplexe, n'osa répondre par une acceptation immédiate. Sa soudaine présence devant le comte de Soissons confirmerait à celui-ci son imminent trépas. Il répugnait à passer pour un oiseau de mauvais augure face à un homme qu'il n'admirait point comme il avait admiré Clisson, mais qu'il respectait sans tomber dans la vénération d'un Maupoivre.

— Ne vous inquiétez point, murmura le médecin cependant que Mustapha, de loin, exerçait une surveillance inappuyée sur les trois hommes. Ce codicille, c'est moi qui l'écrirai, mais Enguerrand, qui sait de quelles cordelles [1] son épouse va être entourée, tient à vous livrer quelques requois [2] afin qu'elle puisse se garder des nombreux appétits que sa viduité va provoquer.

— Vous serez libéré, j'en suis sûr ! Ainsi, vous pourrez vous-même conseiller cette dame !

1. Intrigues.
2. Secrets.

Maupoivre, d'une lippe dans le nid de sa barbe, exprima son doute avant que de parler :

— Je n'ai pas plus d'argent que vous et Antigny. Je sais, tout comme vous, que les Turcs sont contents de nous tenir à leur merci et qu'ils nous considèrent comme des déshonorés sans valeur. Ils nous croient sans amour-propre et… comment dire ? sans fermeté d'âme. Nous sommes le menu fretin d'un ost dont les plus méritants sont ceux qui sont pourvus d'or. Cependant, Mustapha veut passer à nos yeux pour un être équitable… Vous avez une accointance chez les Turcs et il ne tient pas à la décevoir.

— Comment le savez-vous ?

— Les fleurettes que cet effendi a glissées un jour dans votre main. Cela révélait un témoignage de femme éprise.

Gui sentit sur ses joues une chaleur déplaisante. Mais Maupoivre et frère Grégoire souriaient : il en fit autant.

— Non point de femme éprise mais de jouvencelle reconnaissante. Nous lui devons, Antigny, frère Grégoire et moi, de ne pas avoir été occis à Nicopoli. Eh bien, soit. Puisque Mustapha y consent, je suis prêt à vous suivre… Quand ?

— Orains [1]. Coucy vous espère…

Maupoivre se tourna vers le dominicain :

— J'aurais aimé que vous puissiez lui administrer les derniers sacrements, mais j'ai échoué dans ma requête.

— Il obtiendra l'onction suprême une fois mort. Je la lui donnerai. Il faudra bien que nous nous réunissions tous à l'entour de son corps… Vous pouvez donc aller… Mes prières vous accompagnent… Je dirai aux autres que le seigneur de Coucy se meurt…

— Quelques-uns verseront des larmes d'affliction.

1. Maintenant.

Gui n'osa détromper le médecin. Il crut ouïr Nevers, le nez et le front bas : « *C'était un bon guerrier. Jamais son épouse ne pourra défendre son château. Il pourrait, si on y met le prix, revenir à la France... ou à la Bourgogne.* » On allait spéculer à la Cour sur l'avenir et la valeur de toutes les chevances du comte de Soissons.

Frère Grégoire s'éloigna en trébuchant sur des cailloux et Maupoivre souhaita tout à coup, les yeux au ciel :

— J'aimerais qu'il trépasse ainsi qu'il a vécu... Au galop... Je vous l'avoue même si je vous déçois. Il avait, depuis des mois, sombré dans la mélancolie... Non seulement il éprouvait de la vergogne chaque fois qu'il pensait à la déconfiture dont, pourtant, il n'était point uniquement responsable, mais, sachant que le désir de revoir son épouse ne serait point accompli, il se lamentait de l'avoir quittée avec trop de hâtiveté en se riant, peut-être, d'une prescience d'icelle à propos... de ce qui lui est advenu. Il paraît, mais ce sont sans doute des sornes, que la Tiphaine de Guesclin le prévenait de ses jours heureux ou malheureux... Or, il se truffait d'elle.

« Héloïse n'est pas ainsi et c'est tant mieux ! »

— Je ne sais depuis combien de jours nous sommes en ces lieux, et je vous avoue, messire Maupoivre, qu'il m'advient d'être desbareté[1] autant que messire Enguerrand a pu l'être. Je n'ose plus penser à tous ceux que j'aime... Je demeure dans l'ignorance des jours et des mois où nous sommes...

— Mes-huy est un vendredi... Le vendredi 16 février de l'année 1397, jour de la *Khotba*[2].

1. Affligé, découragé.

2. Jour de grande prière. À Constantinople, le vendredi était consacré à la sortie solennelle du sultan. Dès son départ de la mosquée avait lieu une parade militaire.

Gui, ébahi, considéra le médecin :

— Comment le savez-vous ?

— Chaque matin, depuis Nicopoli, j'enferme dans ma tête et pour la journée le temps qui passe. Il suffit de le vouloir retenir… Je suis comme un sablier qui se retourne à chaque mi-nuit.

— Je ne fais, moi, que me retourner sur ma couche en y cherchant en vain des places chaudes.

Ils venaient d'atteindre la maison où gisait Coucy. Deux janissaires veillaient de part et d'autre du seuil. Leurs regards demeurèrent droits et vides cependant que leurs lèvres se joignaient et s'ouvraient comme pour un crachat.

— Ils nous haïssent, commenta Maupoivre lorsqu'il eut refermé l'huis après que Gui fut entré.

— C'est une haine, messire, que je ne puis blâmer. Nous voulions leur apporter la perturbation, la mort et la révérence d'un Dieu dont ils n'ont que faire… Oh ! je sais, puisque frère Théodore me l'a dit : la plupart sont des enfants chrétiens arrachés à leur famille et dont les Turcs ont su faire les meilleurs guerriers de l'Orient… et peut-être du monde. Ils sont ce qu'ils sont et nous ce que nous sommes : des perdants, tout simplement. Il est dur, mais il est juste que nous soyons devenus les objets de leurs moqueries. Si par miracle je reviens en France, je le clamerai bien haut !

— Vous vous ferez encarcérer au Châtelet dès l'envol de votre… sagette !

C'était une repartie fondée, raisonnable et dite sans la moindre aigreur.

— Vous parolez, Clairbois, ainsi qu'un sagittaire !

— J'en suis un, confirma Gui avec une espèce de fierté dont il éprouva du regret. Je suis né le 25 novembre 1373.

— Vous avez donc vingt-quatre ans. Tâchez de vivre au moins jusqu'à soixante. Sachez demeurer le chêne et le roseau, le guerrier et le penseur… et dites-vous que la prudence ne saurait être un défaut… Allons, venez… Entrons dans le *selamlik*, comme ils disent.

Allongé sur un lit convenable, le regard levé vers un ciel qu'il ne pouvait voir, Coucy, les bras repliés sur sa poitrine, attendait sereinement la mort. Gui fut péniblement ébahi par la maigreur d'un visage qu'il avait connu plein et rieur jusqu'à la grande bataille perdue. Le rythme de la vie s'épuisait chez cet homme dont le souffle rauque et oppressé s'alentissait parfois pour devenir d'une faiblesse extrême. Il ne se rebellait plus contre une échéance qu'il avait sans doute souhaitée dans les plus noirs moments de sa captivité. Il renonçait à l'ultime bataille, rejetait ses espérances d'avenir bien loin de son esprit qui seul paraissait souffrir d'un mal que Gui pouvait imaginer.

— J'ai amené, Enguerrand, le jeune Clairbois… Mustapha y a consenti.

— C'est bien, Geoffroy. Je vous en regracie… Avez-vous apporté ce qu'il faut pour écrire ?

— Je vois par la fenêtre Mustapha qui s'approche, une sorte de besace à la main.

L'huis s'ouvrit sans que le Turc eût proféré un seul mot, une seule recommandation aux gardes. Gui reçut le sac promptement offert et Mustapha disparut, lui laissant le soin de clore la maison.

— Y a-t-il ce qu'il faut ? demanda Maupoivre.

— Oui… Des parchemins, trois plumes taillées ainsi que l'encre dans une fiole, et un encrier de plomb qui n'est certes pas turc. Il y a une fleur de lis sur chaque côté.

— Courtoise intention. Les plumes et les parchemins appartiennent à quelque seigneur de chez nous.

— J'aime mieux cela, dit péniblement Coucy.

Gui aida le médecin à approcher une table du chevet du malade. Maupoivre s'installa devant les feuilles et versa dans le récipient aux lis une encre violette aux reflets d'or tandis que la décence imposait à Gui de s'éloigner.

— Puis-je me retirer ?

— Non, gémit le malade. Il vous faut ouïr ce que je vais dicter. Maupoivre, qui est aussi docteur ès lettres, se chargera de la transcription en latin… Êtes-vous prêt, mon ami ?

— Je le suis, dit le médecin dont Gui vit la plume trembler.

D'une voix ferme qui parfois s'amenuisait sans rien perdre de son obstination, Enguerrand de Coucy commenta :

— *Infirme de corps mais sain d'esprit, et considérant que rien n'est plus certain que la mort et plus incertain que son heure, j'ai décidé de joindre au testament fait en ma demeure de Coucy un codicille que je confie à Geoffroy Maupoivre en présence d'un témoin, Gui de Clairbois, qui participa aux événements funestes de Nicopoli d'où je suis sorti irréparablement navré*… N'est-ce pas, Maupoivre ?

— Notre longue et douloureuse errance, Enguerrand, et la façon dont nous fûmes traités et le sommes encore, vous ont…

— Achevé… N'ayez crainte de le dire lorsque vous serez de retour en ma grande chevance.

Enguerrand de Coucy avait dicté lentement, posément. Lorsqu'il vit que son scribe attendait, la plume levée, l'énumération de ses volontés, il reprit plus gravement qu'au commencement de sa dictée :

— *D'abord, et avant toute chose, je demande à être ensépulturé en France selon les dispositions de mon précédent testament : ma dépouille à Nogent et mon cœur à la Sainte-Trinité de Soissons*[1]*. Je sais qu'il me faut renoncer à être embaumé comme je l'avais souhaité. Je sais aussi que mon transport est impossible, vu les difficultés qui entraveraient un cheminement de Burse à Coucy tant par les chemins de terre que de mer. Je demande donc à mes exécuteurs, Geoffroy Maupoivre et Gui de Clairbois d'emporter non cœur et mes os.*

Maupoivre se tourna vers Gui. Son acquiescement immédiat lui avait cependant coûté. Il craignit que le testateur et son ami ne s'en fussent aperçus. Bientôt, cette anxiété lui passa.

— Vous pouvez poursuivre, Geoffroy, dit le malade.

Il offrit au monastère de la Sainte-Trinité ce qu'il nomma son investissement spirituel et demanda que l'on fît pour lui une croix d'argent pesant quarante marcs de Paris[2], un encensoir d'argent, deux burettes pour l'eau et le vin à utiliser pendant le divin service, une aiguière en argent pour le prêtre qui dirait la messe, un calice en argent doré d'un travail et d'un poids à définir pour un pareil monastère, quatre paires de chasubles et surplis pour le prêtre, le diacre et le sous-diacre dont trois seraient pour l'usage quotidien et les autres pour les solennités[3].

— *Pour le salut de notre âme, nous faisons don à vingt et une églises et chapelles, y compris Notre-Dame-de-Chartres qui, nous le croyons fermement, fit pour nous, sur*

1. Coucy l'avait fondée.
2. Environ 20 livres d'alors.
3. D'après Barbara Tuchman : *Un lointain regard.*

le chemin de la captivoison, un visible miracle. Je lègue également cent florins à la chapelle pour Pierre de Luxembourg en Avignon, mille florins pour Notre-Dame-de-Liesse où j'ai hourdé[1] *le roi Charles VI un jour*[2]*... Cent florins à chacune des cinq chanteries de Soissons afin qu'on y dît des prières pour mon âme, et six mille à mes exécuteurs testamentaires pour d'autres selon qu'ils le jugeront bon...*

Gui s'efforçait d'être inattentif à un inventaire qui ne le concernait pas. Mille florins pour les pauvres de Paris – mais leur seraient-ils distribués ? – mille florins pour ceux de Coucy. Huit cents pour l'Hôtel-Dieu de Paris. Le mourant demandait aussi qu'un Abraham, apothicaire et marchand de Burse chez lequel, par le truchement de Mustapha, Maupoivre s'était procuré des remèdes, fût défrayé, comme il se devait, et que les dettes nécessitées par le « voyage du retour » fussent acquittées par la vente de joyaux déposés chez un changeur de Venise. Il priait Charles VI d'occuper les terres de Coucy et nommait pour exécuteurs testamentaires, outre Geoffroy Maupoivre, le maréchal de Lorraine, Jacques d'Amance, le comte d'Eu, Boucicaut et Gui de la Trémoille. Jacques de Bourbon et six autres chevaliers à désigner devraient authentiquer le document.

« En serai-je ? » se demanda Gui.

Il en doutait. Il n'était présent, à proximité de Maupoivre, que pour ouïr les volontés d'un mourant et sans doute être chargé d'une mission lice à son retour en France.

« Comment ? De quelle façon ? »

Lorsque le médecin eut relu le texte qu'il avait soigneusement rédigé, le gisant, satisfait, ferma les yeux. Un

1. Escorté.
2. Lors du premier accès de démence du roi.

long moment s'écoula, le temps qu'une mémoire certainement vive encore développât un écheveau d'images et d'idées anciennes qui, elles au moins, avaient le pouvoir de ressusciter. Sans doute réprouvait-il ses émois perdus sur les champs de bataille et ailleurs, ses plaisances, ses épanchements et les enlacements nés d'un insatiable amour envers sa jeune épouse. L'une après l'autre, à peine évoquées, ses remembrances tombaient comme des blés à la moisson.

Soudain, les paupières frémirent et la voix demanda :

— Est-il toujours céans ?

— Oui, dit Maupoivre. Approchez, Clairbois, voulez-vous ?

Gui obéit à regret.

Il n'osa trop regarder l'homme qu'il avait en partie soutenu sur le long chemin de la déchéance, lorsqu'il estampait [1], quasiment nu et tout déchaux, sur les cailloux et la rocaille. Il le savait tellement dissemblable de ce qu'il avait été qu'un levain de frayeur l'obligeait à se reprocher d'avoir suivi Maupoivre jusqu'à cette maison dont ni les murs ni les meubles ne le pouvaient intéresser. En fait, jusqu'ici, il n'avait servi à rien. De quel service allait-on le charger ?

— C'est vous que j'ai choisi pour dépouiller mon corps.

Gui voulut protester contre ce qu'il ne pouvait accepter comme un privilège et qui, pourtant, pouvait être considéré comme tel : cette coutume abominable qui consistait à mettre le corps d'un trépassé très éloigné de sa demeure, à bouillir dans un chaudron immense afin que les chairs fussent séparées des os. Un regard lui enjoignit de préférer le silence à un refus que Maupoivre, tout en désapprouvant qu'il eût été désigné pour entreprendre une tâche aussi lugubre, considérait comme son devoir.

1. *Estamper* : marcher, errer.

— Acceptez, Clairbois. Il convient qu'il ignore votre decevement. C'est un honneur qu'il vous accorde.

Un honneur ! Décharner un corps chauffé à gros bouillons ! Un honneur ! Séparer le crâne du reste de la dépouille et avant… Oui, *avant* de mettre Coucy à bouillir, lui ouvrir la poitrine, rompre les côtes et extraire le cœur pour l'offrir, puant peut-être, à sa veuve !

Bien qu'il eût été résolu à ne point contrarier un homme qui l'avait, justement, honoré d'une sorte d'amitié, Gui hésita. Maupoivre murmura encore :

— Je vous aiderai.

« Ce n'est pas d'une aide dont j'ai besoin. C'est d'être affranchi d'une obligation détestable ! »

Il balbutia : « Je le ferai, messire », et refusant de s'approcher du lit pour ne point voir l'expression sereine ou satisfaite d'une figure où la mort apposait son sceau, il trouva refuge dans une encoignure, la poitrine oppressée et la gorge nouée.

— Je vous ai, Clairbois, de la gratitude.

Qui avait dit cela ? Maupoivre ou le mourant ?

Réfugié dans l'embrasure d'une fenêtre, il attendit que le mire s'approchât. Or, Coucy le retenait.

— Veillez à tout, mon ami. Ai-je oublié quelque détail ?

— Perceval, votre bâtard [1]…

— Il figure sur mon testament.

Tourné vers Gui, Maupoivre chuchota :

— Son seul fils, à vrai dire [2]. C'était au temps de son mariage avec l'Anglaise… qui vivait toujours en son pays. Cette liaison donna lieu à des commentaires fielleux. Avez-

1. Il fut le fruit d'une liaison tardive. L'identité de la mère est inconnue. Il obtint la seigneurie d'Aubermont, fief de La Fère. On a attribué la paternité de ce bâtard à l'oncle de Coucy, Aubert. Faussement.

2. Coucy n'engendra que des filles : Isabelle, Marie, Philippa.

vous remarqué, Clairbois, que ce sont les calomniateurs des amants adultères qui les voudraient bien imiter. Or, ils souffrent d'une absence d'audace. Enguerrand fut fier de ce fils.

Puis, s'adressant au mourant à voix haute :

— Je lui disais, mon ami, combien vous étiez, d'amitié, richement entouré. Il y avait Jean de Bucy, et un autre bâtard, Aubert, votre cousin germain et ancien écuyer [1]. C'était au temps du voyage en Langue d'Oc. Au temps où Berry songeait à épouser une fillette de douze ans [2]… La pauvre !

— Hé oui ! pour mes voyages à Soissons ou ailleurs, j'étais hourdé [3] de quatre-vingts chevaliers, écuyers et tout ce qui s'en suit… sans oublier Guillaume de Verdun, mon astronomien. Il m'avait annoncé ma mort à septante ans… dans mon lit… Je dois, tel que je suis, redimer certaines fautes.

— Bah !

— C'est peut-être quand mon sénéchal… Vous souvenez-vous, Maupoivre, de Chanoine de Robertsart ? Il esmaya [4] la Picardie après avoir choisi l'Angleterre.

— Vous l'avez choisie ensuite en la personne de…

— N'en parlez point [5]. Puisque je ne puis rentrer chez moi, je préfère être ensépulturé en Turquie plutôt qu'à Wesmoustiers !

1. Il fut légitimé par Charles VI.
2. 1389.
3. Escorté.
4. *Esmay* : effroi. D'où *esmayer*, *esméer*.
5. Coucy épousa Isabelle, fille d'Édouard III le 27 juillet 1365. Il rompit avec l'Angleterre le 26 août 1377 et renonça à son épouse qui demeura sur la Grande Île avec sa fille mains-née : Philippa. Lorsque l'Anglaise mourut, en 1379, Coucy resta en France avec sa fille Marie qui épousa Henri de Bar. Isabelle, sa seconde femme, était de trente ans sa cadette.

Gui sortit, la face pâle devant les gardes. Il regagna le vieux palais d'un pas qu'il savait abusivement lourd. Lorsqu'il entra dans la geôle où son apparition suspendit maintes parlures, Nevers, le nez pendant et l'œil vorace, demanda :

— Enguerrand de Coucy chemine-t-il vers la mort ?... Oui !... A-t-il pu dicter son testament ?

— Son codicille, monseigneur. J'en ignore le contenu. Geoffroy Maupoivre pourra vous en dire davantage... s'il le juge nécessaire.

Nevers, apparemment, ne sentit pas l'affront. Il venait d'être entouré par ses familiers, lesquels donnaient leur avis sur le futur défunt.

— C'était un homme de bonne bachelerie [1], dit le jeune Bourbon qui semblait regretter, soudain, une opinion antérieure peu favorable au mourant.

— Il était plein d'argu [2], ajouta Geoffroy de Charny.

— Dévoué au roi et au royaume, compléta Guillaume de la Trémoille.

« Les éloges commencent », songea Gui, consterné. « Il leur faisait de l'ombre, ils vont... l'ensoleiller. »

Nevers tint à fournir son avis. Il le fit d'une voix soyeuse, lente et compassée comme s'il allait perdre un parent :

— J'ai toujours admiré chez lui une belle domination de soi-même, un esprit toujours maître de ses propos. Il savait ostoier [3] avec acharnement. Il ne s'épanchait point. Je crois qu'il regrettait son mariage anglais mais non point d'avoir été le gendre d'Édouard III.

Le comte était toujours enclin, même en cette funeste occurrence, à prouver sa belle éloquence à des chevaliers

1. Vaillance et chevalerie.
2. Intelligence, subtilité.
3. Combattre dans l'ost.

que peut-être il n'aimait guère depuis une bataille où ils avaient été tous égaux dans la vaillance et la honte. Gui, qui savait ne point compter, eut un retour de pensée vers un autre chevalier de grand courage, l'ancien connétable qui n'eût point mené les croisés de France et leurs alliés à l'humiliation et au désespoir. Son regard défia le jeune comte de la Marche qui l'observait comme un intrus avant de s'appuyer sur Jean Prunelle qui ne disait mot, à croire que ce petit gros barbu avait, à force de ruire[1], perdu à tout jamais la parole à Nicopoli.

— Il était vaillant, n'est-ce pas, vous tous ?

Nevers insistait. Avait-il, quant au mourant, un reproche à s'adresser ? Il y eut un acquiescement complet auquel Gui, prudent, joignit le sien. Guillaume de la Trémoille s'autorisa un commentaire :

— Mourir loin… Mourir ainsi… Boucicaut et mon frère Gui en seront ébahis… s'ils reviennent.

Ébahis et non point affligés.

— Qu'allons-nous en faire ?

Nevers parlait de Coucy comme d'une ordure à jeter au fumier.

Raoul de Gaucourt, qui s'exprimait peu et demeurait fréquemment « dans son coin » se permit de souligner une obligation :

— Il convient de ramener, à défaut de son corps, quelque chose de lui en France.

C'était une allusion à cette pratique d'une simplicité macabre et répugnante à laquelle Gui s'était interdit de penser.

— Croyez-vous, demanda Nevers en s'éloignant vers une fenêtre d'où l'on apercevait peut-être la maison du

1. Crier, hurler.

mourant, croyez-vous que les Turcs disposent de chaudrons assez grands et profonds ?

— Certes ! dit Henri de Bar que la mort de son beau-père n'affectait point, puisqu'il paraît qu'on y jette parfois des esclaves vivants.

— Lesquels d'entre nous se chargeront de ce…

Philippe d'Artois ne trouvait aucun mot. Gui hésitait à suggérer effrontément celui de *cérémonial* lorsque le connétable le désigna du doigt :

— Vous sauriez, vous, mettre Coucy… comment dire ?

« *À cuire*… Il n'ose le dire mais il le pense. Par le sel de mon baptême, il m'enjoint de me soumettre ! »

— Je ne vois pas pourquoi ce serait moi.

— Vous pourriez commander à cinq ou six des trois cents qui sont au-dessous de nous, s'empressa Gaucourt qui ajouta :

— Cela leur permettrait de prendre l'air et… et nous les guerdonnerions.

— Les guerdonner [1] avec quoi, messire ? Nous sommes démunis et ils le savent… Ils savent aussi que vous les méprisez.

Il y eut une huée à laquelle Nevers ne prit point part. Il méditait.

— Il faut auparavant extirper le cœur, dit-il avec une espèce de sursaut dans la gorge.

— Nous avons un syrurgien, tout de même… Maupoivre n'a pas une âme de pucelle !

C'était l'opinion de Henri de Bar et c'était aussi celle des deux autres cousins du roi : Nevers et Bourbon. Quant à leurs pairs, sans doute se demandaient-ils, au cas où leur captivité se prolongerait maintes années, s'ils ne subi-

1. Récompenser, donner un pourboire.

raient pas un jour une mise en bouillie semblable à celle à laquelle, de près ou de loin, ils devraient assister.

— C'est une corvée, admit Nevers d'une voix pincée. Je l'aurais, chez mon père ou chez moi, confiée à des varlets ou des fienterons.

— Chez lui, notre compère eût été ensépulturé comme il convient. Mais qui rapportera le crâne et le cœur à la veuve d'Enguerrand ?

— Le comte de Soissons a désigné Maupoivre.

— Ah ! bon, fit Nevers, soulagé. De telles reliques m'eussent gêné… Il est dommage qu'il soit dévié là où nous sommes. À Coucy, nous lui eussions fait de nobles funérailles.

— Il aura bientôt le crâne comme une faisselle, augura Raoul de Gaucourt, révélant peut-être ainsi un irrespect secret envers le malade.

Gui s'éloigna. Un rire qu'il ne put imputer à Nevers ou Jacques de Bourbon en suscita deux autres : Jean de Boves et Geoffroy de Charny. Délivré des pensées qu'il n'avait cessé d'égrener, il reporta son intérêt sur un homme promis sans doute au même abject décharnement que le comte de Soissons : Philippe d'Artois qui, soutenu par Gaucourt, regagnait en brandelant sa couche. Qui, s'il trépassait à Burse, mettrait son corps à bouillir ? Qui se chargerait de ramener ses restes en France ?

« Coucy n'est point mort qu'ils referont bientôt son éloge funèbre. Je ne le verrai pas se réduire en charpie !… Pas lui ! Pas moi ! »

Cette décision occupa Gui tandis qu'il rejoignait frère Grégoire.

Le moine ne s'était point approché. Sans doute s'était-il abstenu de la moindre prière.

— Mon père, je me sens sevré du moindre émoi. Je crois que je vais pleurer une sorte de parent… Je ne puis parler de frère d'armes, puisqu'il pourrait être mon père, et pourtant, c'est un peu cela… Il faudra que Clisson sache tout sur sa fin… Je le réhabiliterai dans son esprit… Messire Olivier me croira… J'espère !… Pour moi, voyez-vous, messire Enguerrand fut de la même trempe, du même acier que l'ancien connétable. Le moins sujet à des forfaits de toutes sortes. Il me semble qu'il avait accepté de la Couronne, le bon et le mauvais en passant, sans y choir, à proximité des abîmes de la Cour. Comme Clisson, il a vécu en Angleterre… Pendant douze ans, il a partagé sa vie entre Coucy et la Grande Île… Il a bataillé pour Édouard III, mais sitôt la mort du roi des Goddons, son premier beau-père, il est loyalement entré au service de la France aussi bien pour des batailles que pour des actions de paix. Il a aidé une royauté dont il n'ignorait rien des faiblesses et des péchés… Souvenez-vous : la veille de Nicopoli, lui et ses hommes, qui doivent être tous morts, ont fait un grand treu[1] de Turcs… L'avant-garde de Bayézid… Il ne s'en est point enorgueilli. Jamais ! Si Nevers et Artois lui avaient confié plus d'importance dans la conduite de la croisière[2], il eût sans doute, avec Sigismond, mené l'armée à la victoire.

Frère Grégoire hocha la tête. Une tête dont la barbe dissimulait les expressions les plus fortes comme les plus minimes.

— Je crois qu'il était grand comme l'est son château… J'y suis passé une fois. Je l'ai vu de l'extérieur… J'aurais pu demander asile. On nous y eût accueillis, ma mule et moi… Je n'ai pas osé…

1. Ravage, destruction.
2. Croisade.

— J'irai, moi, puisqu'il me l'a demandé. Mais j'irai les mains vides. Je ne veux toucher ni à sa tête ni à son cœur…

À confier ainsi sa répugnance, Gui sentait son esprit s'alléger. L'intérêt que frère Grégoire prenait à ses propos devenait pour lui la meilleure garantie d'une sagesse dont il découvrait la profondeur.

— Demain, dit-il, Mustapha me permettra sans doute de revenir auprès de messire Enguerrand. S'il n'est point mort et s'il faut le veiller, je le ferai. Voyez les autres, là-bas. Leur mine a cessé d'être sombre. Ils ne pensent plus à Coucy mais à ce qu'ils mangeront bientôt… Et ils se disputeront l'écuellée du grand homme comme des quémands un morsel de pain !

À l'aube du dimanche 18 février 1397, après que Gui et Geoffroy Maupoivre l'eurent veillé toute la nuit, le comte de Soissons, Enguerrand VII de Coucy, exhala le dernier soupir. Il avait les yeux clos et la bouche pincée, la dextre sur son cœur comme pour un serment.

— Il s'est éteint lentement, dit le mire. Il attendait de précieux résultats de ce qu'il avait entrepris dans l'ost. Il avait tout espéré des hommes qu'il hantait depuis longtemps. Les plus grands ont fléchi par présomption et sottise. Parce qu'ils étaient aussi les plus vils. Au contraire de ces compains-là, il ne vilipendait point la piétaille. Il disait que l'injustice qui ajoutait à l'inégalité des natures celle de la naissance, méritait d'être punie. Et c'est lui qui l'est !

— Les hommes sont inégaux devant la vie. Ils sont tous les mêmes devant la mort… en tant que telle. Mais les meilleurs sont immortels et je crois que Coucy le sera… parce qu'il le mérite. Il m'a donné, sur le long chemin, une merveilleuse leçon de courage et de volonté.

Geoffroy Maupoivre acquiesça.

— Il fut très grand et beau dans l'extrême misère. C'est ce qu'il faudra dire à dame Isabelle. Je porte, entre ma vieille chemise et mon pourpoint plus vieux encore, les feuilles de son codicille.

— Craignez-vous qu'on vous le robe ?

— Sait-on jamais, Clairbois... Frère Grégoire et vous êtes les seuls hommes en qui j'aie la plus grande fiance... On ne peut me soulager de ce dépôt à Burse, car le robeur serait vélocement trouvé. Pourtant, s'il existe un chemin du retour et que vous l'accomplissez avec moi et le frère prêcheur, l'intérêt le jour, la vigilance[1] la nuit devront être nos qualités premières.

— Serai-je auprès de vous ? Notre moine sera-t-il présent ? Rien n'est moins certain.

Le mire éloigna ces questions de la main pour revenir à des soucis ou l'affliction le disputait à l'incertitude :

— Mustapha m'a promis le chaudron, la chaudière, le bois et l'eau. Il y a un puits à proximité du lieu qu'il a choisi pour... ce bien cruel office. Il faudra veiller à entretenir le feu et à mettre de l'eau chaude dans le chaudron lorsqu'elle commencera à manquer. Vous sentez-vous capable de pourvoir à ces nécessités ?

— À peine.

— C'est-à-dire oui ?... Allons, Clairbois, vous êtes bachelereux[2]. Vous avez vu des morts et vous en avez fait !

— Je ne les connaissais point et ils voulaient attenter à ma vie.

« Ne te laisse pas circonvenir », se dit Gui, en proie à une gêne extrême. « Tu as trop respecté Coucy pour le voir ébouillanté et déviandé... Détruit une seconde fois ! »

1. Insomnie.
2. Vaillant.

— J'ai foi en vous, insista Maupoivre. Ne m'abandonnez pas car nos prud'hommes ne me seront utiles en rien… Je vous sais de grande desserte[1]. C'est pourquoi je me permets d'insister… Vous êtes homme de cœur…

— C'est bien le moment d'en parler !… Est-ce vous qui séparerez *le sien* du reste du corps ?… Ne pensez pas à moi ! C'est vous le syrurgien !

Maupoivre dut chercher un alibiforain. N'en trouvant point, Gui insista :

— De toute façon, si j'acceptais, il me faudrait de l'aide.

Maupoivre acquiesça. Il parut soulagé. Qu'il répugnât à ouvrir le corps du défunt n'était pas pour déplaire à Gui. Cela prouvait l'étendue de son amitié pour Coucy et le respect qui, depuis sa mort, n'avait cessé de croître.

— Je crois que les trois cents malheureux prisonniers vont être dispersés bientôt comme esclaves… Je demanderai cette aide à Mustapha ou à Youssouf qui, sachant que je n'ai jamais porté d'autres armes que celles nécessitées par ma pratique, me considèrent plus favorablement que les autres. Retournez, Clairbois, au palais. Je vous y rejoindrai.

Gui s'en alla lentement, éprouvant sur tout son corps la fatigue d'une veille entrecoupée d'émois lors desquels, alternativement avec Maupoivre, il avait approché une oreille de la bouche et du nez du mourant pour s'assurer de son souffle. La cour où poussaient quelques herbes était presque nue, comme lui. Des azabs et des janissaires la peuplaient çà et là, aussi peu importants, pour lui, que des fantômes. Des cailloux entraient dans ses plantes. Il ignorait depuis combien de semaines il avait jeté ses chaussures et, du fait qu'il piétait rarement, ses pieds étaient devenus

1. Mérite.

tendres. Il s'immobilisa pour les regarder, posés difficilement sur le sol, les orteils écartés par des gravillons pervers et regretta le sable moelleux des plages où la mer normande venait échouer ses flots en des grésillements tantôt doux et faibles, tantôt forts, au point que, fermant les yeux, l'on pouvait imaginer qu'une tranche de viande où un poisson dégagé de ses mailles y cuisait à feu doux.

Le feu ! L'eau ! Le chaudron !... Il eût voulu être malade, endolori sur sa couche afin d'échapper au *devoir* ignominieux qui l'attendait.

Le porche du palais l'enveloppa de son ombre. Une rumeur issue du dehors lui révéla que les trois cents *savaient* et se réjouissaient peut-être du trépas de Coucy. Pour eux, il était l'un des responsables de la déconfiture, mais sans doute eussent-ils préféré savoir Nevers ou Artois mort au lieu du comte de Soissons.

Gui s'aperçut qu'il avait faim et soif. Il devrait attendre. En fait, sa vie n'était qu'une longue attente. Espérer le printemps, espérer une mangeaille meilleure, espérer qu'Héloïse l'attendait toujours, certaine de sa réapparition lorsque Dieu y consentirait. Sa lutte pacifique contre le temps ne cesserait que le jour où il serait devant sa mère et Ermeline ; le jour, ensuite, où il renouerait avec sa Tourangelle leurs amours interrompues. Ce serait d'abord sa mère, puis Héloïse. Bien que la flamme vacillante des certitudes menaçât souvent de s'éteindre, il croyait en la liberté. Il se refusait à devenir un serf. Il assouvirait un jour sa malefaim d'espace. Il assouvirait sa malefaim d'amour... Des amours que peut-être les Grands regrettaient bien qu'ils eussent été sordides. S'étaient-ils inquiétés du sort de leurs ribaudes ? Il ne le semblait point.

Justement, ils l'attendaient.

— Alors ? demanda Nevers avec une sorte d'angoisse naturellement infondée.

— Messire Enguerrand est mat. Son maître [1] et moi l'avons veillé toute la nuit.

Plus que jamais, Gui se sentait un étranger, un esseulé parmi ces hommes de peu qui se croyaient indispensables à la France. Le soleil semblait vouloir laver le pavement où Artois reposait, las ou malade, observé de près par frère Grégoire.

— Quand procédera-t-on à ce que vous savez ?

— Je ne puis vous le dire. Youssouf ou Mustapha… ou Bayézid décideront.

— Il faut procéder vélocement. Les chairs pourrissent…

Nevers s'interrompit ; Mustapha entrait, apparemment consterné :

— Messires, votre compagnon est mat.

— C'était un preux, énonça le jeune Bourbon.

Le Turc savait-il ce que c'était qu'un preux ? Les yeux demi-baissés, il semblait juger une fois de plus des hommes oublieux de leurs démérites qui parfois, involontairement ou non, le traitaient comme s'il n'eût été qu'un soudoyer. Une expression de tristesse lestée d'un puissant mépris glissa sur sa face barbue dont la maigreur révélait l'austérité d'une vie dominée par le culte de son suzerain avant même, sans doute, celui de son dieu. Pour lui, devant ces Francs effrontés, la contenance importait davantage que les sentiments, et déjà, semblait-il, Nevers ne l'intéressait que dans la mesure où il encombrait sa vue.

— Il convient d'amener notre ami dans la cour et de le dépouiller de ses habits de pauvre. Il faut, évidemment, prévenir Sa Hautesse.

1. Médecin.

Le Turc s'inclina sans la moindre envie de condescendre aux demandes d'un homme qui, bien que déchu de toutes ses prérogatives, prétendait en exercer certaines envers lui.

— Qui s'emploiera à mener à bien vos rites mortuaires ?

Pressenti par Bourbon, le doigt pointé vers sa poitrine, Gui se récusa d'un geste, mécontentant les Grands, excepté Gaucourt et frère Grégoire. Nevers révéla ce que tous savaient, y compris Mustapha :

— Avant de jeter Coucy, nu, dans un cuveau d'eau bouillante, il faudra lui trancher quelques côtes afin d'extirper son cœur… Ensuite, il faudra mettre cet organe à sécher avant de l'enfermer dans un coffret scellé que je vous prie, effendi, de nous procurer.

— Ce sera, murmura frère Grégoire à l'oreille de Gui, une succession d'opérations répugnantes.

— Vous obtiendrez tout ce dont vous avez besoin, messire duc, dit Mustapha, singulièrement aimable. Votre mire n'a guère attendu pour me décrire ce que vous nommez des obsèques.

Il s'en alla comme s'il avait suffisamment parolé. Gui l'entendit donner quelques mandements au janissaire de garde. Sitôt hors de sa présence, Nevers, enrageant d'avoir été désarçonné, tenta de reprendre l'avantage sur des compagnons peu disposés à l'entendre.

— Il faut demander à nos geôliers de prendre tous les inconvénients que Coucy nous crée à leur charge. Confier le corps aux Turcs qui seront peut-être heureux de le…

— Cuire ? suggéra Bourbon.

— Oui : *cuire Coucy*. Nous guerdonnerons ces gens. Ils n'ont peur de rien.

— Les guerdonner ? ricana Geoffroy de Charny que la hautaineté du prince commençait à rebuter. Avec quoi ?

ajouta-t-il, tourné vers Bourbon et Pierre de la Trémoille, ses plus proches voisins. Nous sommes pauvres comme oncques prisonniers ne le furent.

— Nous nous devons d'accomplir notre devoir. Seul au besoin, je l'accomplirai !

Nevers mentait effrontément.

— *Omnis homo mendax*[1], murmura frère Grégoire auprès de Gui appuyé contre le mur, près d'une fenêtre. Je vais prier pour le repos de l'âme de messire Enguerrand et… je vous y invite.

Ensemble, ils s'agenouillèrent pour une prière brève, certainement différente selon ce qu'ils étaient puis, debout, presque côte à côte, ils observèrent leurs voisins.

Comme ils étaient loin, tous, des continuels grands apparats qui avaient précédé leur humiliation ! Gui pensa que s'ils les avaient oubliées, il se souvenait, lui, des deux semaines consacrées au siège infructueux de Nicopoli. Les pires terribouris[2] n'étaient point dus aux cris, hurlements et injures lancés lors des assauts d'ailleurs rares eu égard aux déconvenues, mais aux chants des hommes, tous les hommes ivres morts avant de l'être pour de bon. À défaut de belles empaintes et appertises[3], on avait tout à coup préféré les festins, les solas, les débauches nocturnes tandis que les hommes de l'ost – des capitaines aux parderrains[4] des soudoyers livrés à eux-mêmes commettaient les pires forfaits. C'en était fini, et pour longtemps, des mangeries somptueuses et interminables en des pavillons vastes, ornés de peintures et de tapisseries de grand prix. C'en était heureusement fini des vaisselles

1. Tout homme est un menteur.
2. Tapages.
3. Attaques et actions d'éclat.
4. Les derniers des derniers.

d'or et d'argent, des vêtures merveilleuses complétées par des exhibitions de poulaines, elles aussi, rehaussées d'or et d'argent. Désormais, ces grands coqs n'étaient que des chapons dans une laide basse-cour turque. Leurs ergots, toujours d'or ou d'argent, victimes d'une épidémie ablative, ne tintaient plus à leurs talons noirs de crasse. C'étaient les ongles de leurs orteils qui avaient poussé, gênant ainsi, parfois, une marche sur des plantes rayées de cicatrices dont certaines encore demeuraient douloureuses. Ah ! que cette petite secte d'infortunés pouvait offrir à frère Grégoire et à lui-même, Clairbois, un merveilleux champ d'observation. Devant lui, devant eux se déroulait, s'il pouvait user de ce mot, un mystère sans fin dont Enguerrand VII de Coucy occupait tout l'espace. Quel en serait l'épilogue ?

Il vit Jacques de Bourbon saisir Jean de Nevers par l'épaule si familièrement qu'il n'osa développer sa pensée.

— Dites, mon cousin… Et si je m'employais avec Clairbois…

— Vous n'y songez point, mon cousin !… À chacun sa place.

Gui se courrouça : « Je n'ai jamais dit que j'acceptais ! »

— Vous voyez-vous, Jacques, déviander Coucy ?… Couper au couteau les chairs mal échaudées qui resteront accrochées à ses os ?… Rompre ses nerfs ?

« Il en parle comme s'il l'avait déjà fait ! »

— Il nous faut quelques hommes. Je ne sais quel nombre, mais nous pouvons les obtenir parmi les soudoyers d'à côté.

Gaucourt fit entendre une espèce de rire :

— Vous vous en inquiétez soudain après moult semaines de silence. Vous leur avez imputé la responsabilité de notre déconfiture comme sans doute ils nous l'ont imputée.

Aucun, tant ils nous haïssent, ne condescendra, je le crains, à nous obliger de son aide !

Nevers parut chercher au plus profond de sa cervelle quelque chose qu'il était ébahi de n'y point trouver, et cependant cette chose pesait grand poids sur sa langue.

— Ces gens-là, dit-il enfin, nous doivent respect et servitude.

— Ils ne sont plus sous votre obédience, cousin, dit Philippe d'Artois sans guère remuer sur sa couche. Ils sont sous la contrainte des Turcs. Certains, à l'inverse de nous tous, ne reverront jamais la France.

« Et toi, la reverras-tu ? » songea Gui.

Il sentait, pour la première fois, le connétable tout ramassé, prêt à un effort inaccoutumé pour imposer son opinion. Avait-elle encore quelque importance ?

Il y avait en lui, Clairbois, au spectacle de cet homme qui portait autant que ses pairs, sinon davantage, le fardeau de l'infamie, une paix qui peut-être confinait à la sagesse : « La France n'existe plus pour toi car tu n'existes plus pour elle. Tu l'as humiliée, flétrie, appauvrie puisque les rançons qui seront payées, y compris la tienne, c'est son peuple qui les acquittera ! » Il fit un pas en arrière comme pour se soustraire à une infestation dont le comte d'Eu, le tout premier atteint d'un mal sournois mais en quelque sorte providentiel, pouvait le contagionner. Coucy était mort de ses navrures et d'un remords inavoué : il avait abandonné sa femme pour quérir, au loin, une renommée dont il n'avait nul besoin. Les autres prud'hommes aussi avaient voulu assortir la gloire au pillage de la Turquie et à l'anéantissement du culte que les Othmans rendaient à un dieu plus ténébreux encore que celui de l'enfer. Ils s'étaient *endiablés*, d'où l'occision des innocents, la tuerie des animaux non pour augmenter une chiche mangeaille mais par la plus basse des plaisances, le stupre[1] des femmes, jouvencelles, enfants et les turpitudes dont, évidemment, ils ne se fussent point loués – hormis sous les pavillons des armées – s'ils étaient revenus triomphants à Paris tout d'abord et dans leur fief ensuite.

— Vous, Clairbois, allez quérir Mustapha. Il convient qu'il nous fournisse des aides… soit issus de quelque geôle, soit des hommes de notre ost.

Fallait-il obéir ? Le Turc consentirait-il à revenir devant des infidèles avantagés par leur fortune ?

Du regard, Gui consulta frère Grégoire. D'un faible mouvement de tête, le dominicain exprima son opinion.

« Eh bien, puisqu'il souhaite que j'accepte, je me plie à sa volonté. »

Gui croisa les bras à la recherche d'une acceptable irrévérence :

— Soit, *messire comte de Nevers*… car vous l'êtes toujours, j'y vais… parce que notre chapelain m'y incite. »

C'était comme une jouée[2] allongée sans violence sur une tête qu'une barbe de cinq jours rendait aussi horrible qu'une gargouille de Notre-Dame de Paris ou de Coutances. Comme pour protéger son parent d'un geste malencontreux, Jacques de Bourbon fit un pas en avant, s'enfonça dans des méditations et s'y perdit. Il se refusait à comprendre pourquoi, fréquemment, un petit seigneur du Maine, son aîné de quelques années, refusait d'accepter la prééminence, voire l'autorité dévolue aux nobles de son espèce par la naissance et la filiation.

— C'est bien, Clairbois, décida le soi-disant Jean sans Peur. Je craignais que vous ne refusiez.

1. Viol.
2. Gifle.

Dans l'ombre de son nez, d'autres mots parurent tourmenter ses lèvres et lorsqu'il voulut sans doute exciper de son titre ou de l'émoi procédant d'une mort inattendue, Gui avait poussé l'huis, salué, sur l'étroit palier l'azab commis à une surveillance inutile et entrepris, sans être retenu, la traversée d'une cour qui, de janissaire en janissaire et d'azab en azab, le mit à l'ombre d'une haute muraille, en présence du Turc.

Mustapha accueillit la requête de Nevers sans ébahissement :

— Pourquoi cet homme a-t-il besoin de répéter les choses ?

Il semblait avoir tout prévu et on le titillait avec des redites. D'esprit sec et hypocritement haineux, il demeura immobile et froid, imaginant sans doute ce qu'il devait faire. Gui, sans crainte de l'irriter, demanda qu'on mît à sa disposition et à celle de Maupoivre un échaudoir adapté à la taille du trépassé et un homme pouvant procéder à l'extraction de son cœur.

— Pourquoi pas vous ? Si vous savez dépecer un connil[1], vous saurez pour un homme !

Gui s'abstint de formuler une objection fondée sur sa répugnance à effectuer un rite qu'il désapprouvait. Il excipa de son amitié pour le défunt et ajouta qu'il eût préféré le voir ensépulturé en quelque lieu isolé d'un cimetière turc, tel qu'il était.

— Avec une croix au-dessus de son corps ?

— Si vous aviez une objection, pourquoi ne pas enfoncer une épée dans le sol ?

— La poignée d'une épée n'est rien d'autre qu'une croix.

1. Lapin.

— Eh bien, messire, si Enguerrand de Coucy était ensépulturé… chez vous – ce qu'à Dieu ne plaise – je choisirais une épée avec des quillons courbes, ceux qu'on appelle parfois en fer de hache…

— Les autres, là-bas, décida Mustapha, sourcils froncés, une main tortillant sa barbe, abusent de votre bonne volonté.

— Vous ne l'ignorez point : ce sont des gens d'une hautaineté…

— Dont vous vous accommodez mal.

La perspicuité du Turc n'ébahit point Gui. Depuis le temps qu'il observait les prisonniers dont Bayézid lui avait confié la charge, et sans pour autant avoir conversé longuement avec eux, il s'était composé, jour après jour, une opinion sur leur présomption, l'ostentation de leur lignage, leurs accès, justifiés ou non, de résignation ou d'impatience.

— Il est vrai, effendi, qu'entre eux et moi… et mon compain Antigny, il y a comme un abîme. Nous sommes, Yvain et moi, de petite noblesse. Ils seront libres un jour. Leur richesse deviendra leur sauf-conduit pour regagner notre royaume. Je les verrai partir sans verser une larme.

Mustapha, les yeux fixés sur les membres épars d'un arbre de la cour, revint à l'objet d'un dialogue qui s'égarait :

— Votre surgien[1], lui, ne pourrait-il pas sortir le cœur de la poitrine du mort ? Nous avons des lames de bon acier. Je puis aller lui porter un *handjar*[2] et de quoi éponger le sang.

— Il ne procédera pas à cette ablation. Le sire de Coucy était son ami.

1. Ou *syrurgien*.
2. *Kandjar* : couteau, poignard.

Mustapha pinça les lèvres, retenant peut-être dans leurs poils quelques mots désagréables sur la couardise des Francs. Gui resta coi, subissant amèrement un échec absurde et immérité. Il insista tout à coup.

— Il convient d'agir en hâte. Nous ne pouvons garder longtemps cette dépouille… Et quand je dis cela, effendi, je pense à tous les morts que vous avez laissés pourrir à Nicopoli… Il m'advient d'y songer, la nuit… Leurs corps se sont corrompus mais je voudrais que leurs âmes aient été sauvées…

— Quels que soient les crimes qu'ils aient commis ?

— Je les ai réprouvés mais je vous réponds oui. Enguerrand de Coucy n'était pas de cette espèce. J'en suis acertené [1].

— Êtes-vous un guerrier ? Votre compassion vous dessert… Vous désarme. Et ce que vous ferez du corps de votre chevalier me semble une profanation. À ouïr plaisamment votre propos, je me demande si vous n'êtes pas de la même graine que votre moine.

Gui trouva excessive une repartie qui le laissait misérable, plus conscient de sa petitesse aux prises avec une nouvelle espèce de hautaineté moins acceptable encore que le vain ascendant de Nevers et de ses compères.

— Je n'ai jamais requis, messire, cette appellation de guerrier. Je lui préfère un mot tout simple et comme étincelant pour moi : *chevalier*. Et c'est au nom de la Chevalerie que je suis venu quérir votre aide.

De l'extrémité de sa babouche, Mustapha poussa un caillou vers un autre et fut satisfait qu'ils se fussent touchés. Considérant ces souliers plus convenables que les poulaines, Gui se sentit soudain hors d'état de poursuivre

1. Assuré.

des propos qui, apparemment, ne menaient qu'à des déceptions.

— Apportez le corps, dit Mustapha le visage bas, comme appesanti par son énorme coiffure. Ce n'est pas à mes hommes de procéder à quoi que ce soit et je ne vous fournirai pas un seul des trois cents prisonniers qui sont enfermés près d'ici sans espérance, eux, de revoir leur cité, leurs femmes et leurs enfants. Vous aurez, mes-huy, un chaudron. Vous disposerez d'autant d'eau qu'il vous faudra et du bois que, par intérêt *pour vous seulement*, je ferai porter. Quant au cœur, je désignerai un janissaire qui aura de la plaisance à son… évulsion. Est-ce bien ainsi que vous dites ?

« Il se truffe de moi, de nous en s'exprimant dans notre langue », enragea Gui tout en acquiesçant.

— Ce janissaire… mangerait ce cœur si vous l'y autorisiez… J'ai idée qu'il sera remis à la dame de Coucy…

— Avec son crâne, tint à préciser Gui empêtré dans une sorte de lassitude composée de répulsion et de reconnaissance.

— Hé oui ! insista Mustapha. Adem le mangerait de grand appétit !

Cette éventualité fut pour Gui le ressaut désespérant d'une condition infamante.

— Il aurait tort, effendi. Ce cœur-là est indigestible… Votre homme vomirait dès la seconde bouchée.

— Je m'en doutais, dit Mustapha. Allez rejoindre messire Maupoivre. Je vais vous faire porter une civière. Vous obtiendrez l'échaudoir et tout ce qui convient à vos rites funèbres. Je les ferai mettre en place là-bas, mais sachez-le : j'aurais fait trancher la tête et l'aurais mise à bouillir dans un petit chaudron !

Le Turc désigna d'un doigt tremblant de vieillesse ou d'enragerie un espace entre la muraille de la forteresse et ce qui semblait être une ancienne écurie.

— Tout de même, vous qui prétendez dispenser des leçons au monde et dont la Cour, dit-on – nous avons nos espies – abonde en gens corrompus, tout de même, vous avez d'étranges us !… Pour ramener un crâne à une veuve, vous allez déviander un corps tout entier !… Il vaudrait mieux rompre le col, conserver le crâne et jeter le reste à la fosse une fois le cœur ôté… Ne serait-ce pas plus sage ?

Gui eut un hochement de tête affirmatif.

— Vous ne pensez qu'à extraire le cœur de cet homme… Ne serait-il pas plus sérieux de le vider de tous ses organes et d'aller les jeter ?

— Où ?

Mustapha désigna un mur d'où dépassait une toiture de tuiles.

— J'ai fait creuser une grande fosse derrière cette maison, là-bas. Vous pourriez tout d'abord y jeter les entrailles… Ce qui subsisterait du corps se décharnerait plus vélocement et…

— Et, effendi ?

— Cela puerait moins que si vous mettez le corps à bouillir sans l'avoir… comment dit-on ?

— Éviscéré, effendi.

— C'est cela… En êtes-vous d'accord ?

Précaire, certes, mais tellement inattendue, l'estime que Gui éprouvait pour la démonstration du Turc fut pour lui un bienfait inespéré auquel il allait pouvoir s'accrocher pour assister ou non à la fin matérielle d'Enguerrand de Coucy.

« Une fois que je serai quitte envers Coucy et Maupoivre, je proposerai à Nevers et aux autres de faire procéder, par un janissaire, à la décollation du comte et au dépôt du « reste » dans la fosse qui, de toute façon, l'attend. S'ils refusent cette suggestion, eh bien, qu'ils confèrent et fassent à leur gré… Je ne suis plus entalenté [1] à leur obéir !

— Vous aurez des pelles pour enterrer la viande et les os, dit sombrement Mustapha. N'ajoutez rien car je prendrais vos propos pour des reproches. Issez !

Sitôt le corps nu et vide du comte de Soissons jeté dans l'eau bouillante, une odeur abominable envahit la cour. Aux fenêtres de leur geôle, les prisonniers appartenant aux Trois Cents se disputèrent pour assister à la cuisson d'un homme détesté tandis que Nevers enveloppait le cœur du défunt dans des touailles offertes par Mustapha et l'enfermait dans une espèce de grande custode.

Le janissaire préposé à l'extraction d'un organe dont on pouvait se demander s'il l'eût vraiment absorbé à belles dents s'en était allé après un pied de nez adressé aux hommes assemblés à l'entour de l'échaudoir. Gui, à l'écart, l'avait vu s'ébaudir du deuil sincère ou non de ces chiens de Francs qu'il avait combattus.

Certains, tels Nevers et Artois, se bouchaient souventefois le nez. D'autres : Bar, Bourbon, Gaucourt obstruaient leurs oreilles afin de ne point ouïr les bouillonnements d'une eau qui, pénétrant dans le corps par la poitrine ouverte, en ressortait colorée de rouge-brun, comme gonflée de pustules dont la plupart éclataient en exhalant une fumée que l'absence de vent maintenait droite et haute ainsi qu'un vaste plumail tour à tour opaque et transparent.

C'était Maupoivre qui avait mis le feu aux bûches après que frère Grégoire eut dit la prière des morts : « *De*

1. Disposé.

profundis... subvenit, sancti Dei », puis en français moins pour ceux-ci que pour les Turcs qui, derrière Mustapha et Youssouf, avaient voulu juger une coutume peut-être inconnue d'eux : « *Venez à l'aide de messire Enguerrand, Saints de Dieu ! Venez à sa rencontre, Anges du Seigneur ! Recevez son âme et portez-la en présence du Très-Haut. Que Jésus-Christ, qui vous a, Coucy, appelé, vous reçoive et que les Anges vous conduisent dans le sein d'Abraham !* » Gui s'était aperçu que l'intérêt des Turcs dépassait de loin celui des Francs occupés à se chuchoter à l'oreille des propos certainement éloignés de ceux qu'ils eussent dû tenir. Sa prière était simple : il souhaitait qu'en attendant la résurrection des corps, l'âme de Coucy fût heureuse. Il eut comme une sorte de réveil lorsque la voix du dominicain, retournant au latin, devînt plus forte :

— *Huic ergo parce Deus. Pie Jesu, domine, Dona eis requiem sempiternam... Amen*[1].

Doucement, il regagna le seuil du palais et d'une grande enjambée pénétra sous le porche. Il monta les quelques degrés menant à sa geôle, découvrant pour la première fois combien cette ascension lui était devenue pénible.

Antigny, soudain, lui manqua. Reviendrait-il à Burse ? Aurait-il le courage de fuir si Boucicaut l'y incitait ?

Frère Grégoire le rejoignit alors qu'il allait s'allonger sur sa couche.

Ce bon visage cardé de barbe aux yeux baissés était celui d'un ami. Peut-être le meilleur qu'il eût connu, le plus absolument compréhensif. Cette tête chenue qui se penchait toujours comme sous le poids de maintes années de prières subissait la mélancolie d'une absence à partir de laquelle rien ne serait plus pareil.

1. Ayez pitié de lui, ô mon Dieu. Doux Jésus, ô Seigneur ! Et donnez-lui le repos éternel... Ainsi soit-il.

— Nous sommes un peu plus seuls.

— La male chance a sévi… Une injustice. Je sais, mon père, que nous ne la méritions pas. Ni *lui*.

Le lit d'Enguerrand de Coucy avait disparu depuis l'avant-veille, mais son emplacement subsistait. Gui éprouva la sensation toute physique, et douloureuse, que le trépassé les voyait et que son invisible et invincible main allait s'abattre sur les autres, frapper, frapper encore. Sans merci.

— L'on dit souvent que ce sont les meilleurs qui s'en vont. Croyez-vous, mon père, à une quelconque menace ? Une espèce de justice exercée par lui du haut du ciel ?

Le moine secoua sa tête blanche dont les cheveux encore touffus semblaient partir en lambeaux du sommet d'une invisible tonsure :

— Qui pourrait le dire ? Vous ne craignez rien, je crois, avant longtemps. Vous avez aidé les autres à s'acquitter d'une besogne immonde dont ils vont paroler pendant des mois… jusqu'à leur retour en France. Vous vous êtes réfugié, ensuite, dans une indifférence que vos actes et votre dévouement avaient rendue nécessaire. Patientez… Attendez… Espérez. Je vous y aiderai…

Gui soupira amplement et n'osa trop inspirer l'air de la geôle où pénétrait et montait la funeste odeur de la cour. Dans l'émoi qui, de toutes parts, ruinait son courage, il découvrait que seule l'obstination de vivre pourrait le protéger contre les assauts de plus en plus nombreux, de plus en plus cruels, d'une malaisance engendrée par un trop long exil. Il devait se rassurer, se retrouver tout au long des jours et des nuits à venir, ferme et résolu dans l'attente d'un achèvement heureux de sa captivité. Alors, il reprendrait une existence d'homme libre et de chevalier sans reproche.

— Savez-vous, Gui, demanda le moine, pourquoi Coucy en voulait à Bar ?

— Son inconduite à l'ost ?

— Certes !... Je l'ai reçu un jour en confession. Il détestait ce gendre frivole, tourmenté par la chair. Il avait osé besogner devant lui des ribaudes. Il ne l'a point châtié pour les infidélités commises envers sa fille. Il le voulait faire à son retour en France et contraindre Bar à accepter le divorce. Car il eût révélé tout à Marie.

L'âme éprouvée de Gui se durcit :

— Cela se saura.

— Par vous ?

— Par moi ou par un autre... Quoi qu'il advienne et même à en mourir, je ferai en sorte de recouvrer ma liberté, de revoir ma mère et ma fiancée...

— Tel que je vous connais, murmura frère Grégoire au sortir d'une poussée de mélancolie dont il se garderait de révéler la nature, je sais qu'elles vous espèrent toujours.

ANNEXES

ANNEXE I

Récits d'une défaite

Il est évident que chaque auteur qui a consacré peu ou prou d'intérêt à la bataille de Nicopolis (ou Nikopol) a décrit celle-ci d'après la vision tout d'abord globale, puis fragmentaire qu'il se faisait du heurt des deux belligérants. Le jour où elle se produisit diffère selon les historiens. Les uns la situent le 28 septembre, et c'était *un jeudi.* Or, l'affrontement ayant eu lieu un lundi « *devant la Saint-Michel* », qui se fête le 29, il ne peut s'agir que du lundi 25.

Froissart à qui l'on peut se fier en l'occurrence car il a suivi de près, par témoins interposés, les pérégrinations des Français, révèle :

« *Avint en ce temps, que on compta l'an mil trois cent quatre vingt et seize, le lundi devant le jour de la Saint-Michel, au mois de septembre, sur le point de dix heures, ainsi que le roi de Honguerie et tous les seigneurs et leurs gens qui, au siège devant Nicopoli étoient, séoient au dîner, nouvelles vinrent en l'ost de leurs ennemis que des Turcs chevauchoient.* »

À ce moment, Henry d'Esten Lemhalle les prévint du péril.

Il était environ midi lorsque les alliés reçurent confirmation de l'imminente apparition des Turcs et la ruée funeste contre les infidèles fut préparée dans le désordre, les contestations, l'ostentation, la présomption, ce qui eut pour conséquence le retrait provisoire de Sigismond écœuré par l'attitude de Philippe d'Artois, connétable de pacotille, et des jeunes hurluberlus fervêtus ou non qu'il entraîna dans son sillage… avec l'approbation de Jean, comte de Nevers, fils de Philippe de Bourgogne.

Édouard Perroy n'est pas tendre envers ce personnage surnommé Jean sans Peur après la défaite de Nicopoli à laquelle, par sottise et orgueil, il contribua. Il écrit[1] :

« *Homme nouveau, car il avait jusqu'alors vécu très retiré dans son apanage nivernais, d'une maigre pension paternelle, ou comme lieutenant de son père en Bourgogne, il s'avéra tout de suite d'un caractère énergique et déplaisant. Petit et laid, pourvu d'un long nez qui tombait sur une bouche sèche et un menton en galoche, plus ambitieux encore que Philippe et pourtant mauvais administrateur – il tirait des traites sur l'avenir – il était dur, cynique, fourbe, cassant, sombre, ennemi des plaisirs. Tous les moyens lui étaient bons pour atteindre ses fins, et d'abord le contrôle permanent de la chose publique.* »

Ce que fut la bataille

Bayézid avait donc rassemblé quelques milliers de guerriers à Andrinople. Rassuré par l'immense présence de ces combattants, il partit à la rencontre de l'ennemi. Son but initial semble avoir été de dessiéger Nicopolis : la nouvelle du meurtre des mille otages de Brehappe (Rachova) l'avait indigné. Il était enragé de haine.

Le 12 septembre, il campa sur la rive sud du Danube, attendant l'ost serbe de Stéphane Lazarevitch, son allié depuis la bataille de Kossovo.

Pendant qu'ils avançaient de conserve, les Français et les Hongrois discutaient. Sigismond proposa de placer à l'avant de l'armée les piétons valaques du voïvode Mircea en lequel sa confiance était restreinte. Derrière, la cavalerie et l'infanterie hongroises attaqueraient les Turcs frontalement. Les chevaliers

1. *La Guerre de Cent Ans*, Gallimard, 1945.

français et leurs alliés suivraient, dont le dessein serait d'attaquer les janissaires, protecteurs de Bayézid. Les Allemands et les Bosniaques soutiendraient les ailes des Français.

Boucicaut et Jean de Vienne parurent accepter ce plan. Philippe d'Artois se regimba. Quoi ! Sigismond voulait priver la chevalerie française de la place qui lui revenait d'office dans un ost hétéroclite !... C'était aux Français d'attaquer pour obtenir la victoire et l'honneur de la journée !

Aucune décision ne fut prise. Pendant ce temps, 3 000 janissaires dont les vainqueurs de Kossovo se préparaient à « recevoir » la cavalerie adverse quels que fussent ceux qui la composeraient.

Le lundi 25, les adversaires furent en présence. Côté français, comme maintes fois, la « pagaille » sévissait. On a vu quels étaient les chefs de cette chevalerie indigne.

Philippe d'Artois voulait charger. Jacques de Bourbon, Regnault de Roye et Jean de Vienne n'étaient guère plus impatients que Philippe de Naillac et ses chevaliers de Rhodes. Derrière ces fougueux et stupides foudres de guerre, une seconde ligne de combattants s'installa : au centre, Nicolas de Gara, palatin de Hongrie et une partie de la chevalerie magyare, les Germains du burgrave Jean de Nuremberg, les Tchèques d'Hermann de Cilly et d'Oswald de Folkenstein, les Alsaciens et les milices flamandes de Walter de Ruppes et Louis de Zweveghem. Il y avait aussi les Teutoniques conduits par leur Grand Prieur, Frédéric de Hohenzollern. À la droite de ces combattants prirent place des Transylvains de Stéphane Lazkovitch et à gauche, les Valaques de Mircea. Sigismond, déçu de n'être point écouté, avait choisi de commander la réserve. Elle n'atteignait pas, comme on l'a prétendu, le nombre de 50 000 guerriers. On a cité 100 000 hommes d'une part, 100 000 de l'autre, ce qui est exagéré : ils n'eussent pas tenu dans la plaine où l'affrontement eut lieu. Comme lors des premières croisades, les Turcs, vêtus à la légère, étaient montés sur des chevaux fougueux. Le poids des armures rendait les mouvements des roncins lents et pénibles, et tout galop les éprouvait.

Une dernière tentative

Les *azabs* turcs à pied, armés d'une rondache et d'un cimeterre, étaient prêts à soutenir une lourde charge d'hommes de fer. Les janissaires disposaient d'un arc et du *khanjar*, un poignard courbe qui, à l'occasion, pouvait faire office de perce-mailles. Les *sipahis* étaient armés qui d'un épieu, qui d'un cimeterre.

Alors qu'on s'apprêtait à galoper sus à l'ennemi, Sigismond, une nouvelle fois, entreprit d'exposer sa tactique. Il fut rabroué.

Le roi de Hongrie venait à peine de s'intégrer à ses troupes, que Philippe d'Artois, poussé par les jeunes coqs de la noblesse et les adoubés de Brehappe, donna le signal de l'assaut.

Les Turcs laissèrent approcher l'ennemi. La première haie des défenseurs craqua. Les *silihdars* et les *sipahis* se replièrent derrière deux lignes de défenseurs et les chrétiens furent désagréablement ébahis : à la faveur de la nuit, les Mahoms avaient installé de biais, en direction de leurs contendants, une double haie de pieux effilés dont l'extrémité pouvait, lors d'une charge, percer les poitrails des chevaux.

L'élan de la cavalerie fut stoppé. Les Français, les Hongrois et leurs alliés furent immédiatement assaillis par une pluie de sagettes. Boucicaut et ses gens parvinrent à s'enfoncer dans la multitude turque, suivis par l'infanterie hongroise. Les piétons turcs, les *azabs*, se replièrent ainsi qu'une compagnie de janissaires qui furent massacrés. La retraite des survivants contraignit les sipahis à la reculade cependant que les chevaliers où figuraient les adoubés de Brehappe et la piétaille (Français et Hongrois mêlés) les poursuivaient en désordre. Devant, plusieurs milliers de janissaires (on prétend 30 000, ce qui semble contestable) les attendaient. Bayézid en avait le commandement.

Les Turcs subirent des pertes immenses. Or, les Valaques de Mircea et les Transylvains de Lazkovitch désertèrent. Les Hongrois fléchirent. Nicolas de Gara et les Teutoniques entrèrent dans la bataille. Elle demeura indécise. Les Tchèques du comte de Cilly firent pencher la balance en faveur des chrétiens. Rien n'était perdu quand le Serbe Stéphane Lazarevitch, allié de Bayézid, survint avec quelque 5 000 hommes et affronta les Hongrois de Gara.

Sachant la défaite imminente et pestant contre la nullité des Français, Sigismond s'enfuit en direction du Danube. Nicolas de Kanish et Jean de Maroth le suivirent. Une mêlée désespérée s'ensuivit. Philippe de Bar, le jeune dévoyé, succomba sous les coups. Guillaume de la Trémoille tomba mais survécut. L'étendard de la Vierge, tenu par Jean de Vienne, ventila six fois avant de choir avec son porteur. Jean de Gara, qui tenait la bannière de Hongrie, fut blessé à mort tandis que Sigismond, Philippe de Naillac, Grand Maître de Rhodes et les chevaliers allemands s'embarquaient sur des nefs vénitiennes et qu'une partie de la chevalerie chrétienne, en fuite, se noyait en cherchant à traverser le Danube à la nage. Froissart relate : « *Or, parlons des François et des Allemands qui se combattoient vaillamment et moult d'armes y firent. Quand le sire de Montcaurel, un vaillant chevalier d'Artois, vit que la déconfiture tournoit sur eux, il avoit là un sien jeune fils, si dit à un écuyer : "Prends mon fils, si le mène, tu te peux bien partir, par celle aile là qui est toute ouverte ; sauve moi ma fame. J'attendrai l'aventure avecques les autres."*

L'enfant, quand il ouït parler son père, dit que point il ne départiroit ni le lairroit. Mais le père fit tant à force que l'écuyer l'emmena et le mit hors du péril, et vinrent sur la Dunoe. Mais là endroit l'enfant de Montcaurel, qui étoit mérencolieux pour son père qu'il laissoit, fut noyé par grand'mésaventure entre deux barges, ni oncques nul ne le put sauver.

Messire Guillaume de la Trémoille étoit en la bataille et se combattit moult vaillamment ; et fit ce jour grand fait d'armes ; et fut là occis, et un sien fils sur lui.*

* Non : il survécut.

Messire Jean de Vienne qui portoit la bannière Notre-Dame fit merveilles d'armes, mais il fut là occis, la bannière Notre-Dame entre ses poings. Ainsi fut-il trouvé.

Toute la force des seigneurs de France, qui pour ce jour furent à la besogne de Nicopoli, fut la ruée jus et détruite auques par la manière et ordonnance que je dis.

Messire Jean de Bourgogne, comte de Nevers, étoit en si grand arroi et si riche qu'il se pouvoit faire ; et aussi étoient messire Guy de la Trémoille, et plusieurs barons et chevaliers de Bourgogne, qui tous s'étoient efforcés pour l'amour de lui. Là eut deux écuyers de Picardie, vaillans hommes, lesquels s'étoient trouvés en plusieurs places de rencontres et de batailles, et en étoient partis et issus à leur honneur, et aussi firent-ils de la besogne de Nicopoli. Ce furent Guillaume de Bu et le Borgne de Montquel. Ces deux écuyers, par grand'vaillance et fait d'armes et hardiment combattre, passèrent outre les batailles et retournèrent en la bataille par deux fois, où ils firent plusieurs appertises d'armes ; et là furent occis. À voir dire les chevaliers et écuyers de France qui là furent, et les étrangers d'autres nations, s'acquittèrent et portèrent au combat moult vaillamment, et y firent moult d'armes. Et si les Hongriens se fussent aussi vaillamment portés et acquittés que firent les François, la besogne fût autrement tournée que elle ne fit. Mais de tout le meschef, à considérer raison, les François en furent cause et coulpe, car par leur ogueuil tout se perdit. Il avoit un chevalier de Picardie qui s'appeloit messire Jacques de Helly, lequel avoit demeuré en son temps en Turquie, et avoit servi en armes l'Amorath-Baquin, père à ce roi Basaach dont je parle présentement ; et savoit un peu parler de Turc. Quand il vit que la déconfiture couroit sur eux, si eut avis de soi sauver, car il véoit que qui pouvoit venir jusques à être pris, il se rendoit et mettoit à sauveté ; et Sarrasins, qui sont convoiteux sur or et argent, les prenoient et tournoient de côté et les sauvoient. Par celle manière fut-il sauvé de non être occis en la prise ; et aussi un écuyer de Tournesis qui se nommoit Jacques du Fay et avoit servi au roi de Tartarie, lequel roi s'appeloit Tanburin. Et quand ce Jacques sçut les nouvelles que les François venoient en Turquie, il prit congé au roi de Tartarie, lequel lui donna assez légèrement ; si fut à la bataille là pris et sauvé proprement des gens du roi Tanburin de Tartarie qui là étoient ; car le roi Tanburin, à la prière et requête de l'Amorath y avoit envoyé grand nombre de gens d'armes ; ainsi que tous rois chrétiens ou payens, quand mestier est, confortent l'un l'autre. »

La déconfiture était consommée. La plupart des janissaires, ces enfants chrétiens élevés à la turque, avaient été massacrés. Bayézid les vengea : le lendemain de la bataille 3 000 prisonniers furent massacrés dans des conditions épouvantables. Les présomptueux seigneurs groupés autour de Jean de Nevers durent assister au *spectacle*. Interdiction leur fut donnée de clore leurs paupières.

Froissart a certainement exagéré en disant, à propos du champ de bataille : « *car pour un chrestien qui là gisoit mort, il y avoit trente Turcs, ou autres hommes de sa loi* (Bayézid). *Si fut durement courroucé en soi-même et dit tout haut : il y a ci eu crueuse bataille sur nos gens, et fort se sont défendus les chrestiens.* » Sur le seuil d'un pavillon magnifique, entouré d'une garde nombreuse et de plusieurs bataillons de janissaires, Bayézid prit sa revanche. Aux survivants qu'il gardait en otagerie, il reprocha le massacre de ses sujets et l'embrasement de ses villes. Ses propos tombèrent dans des oreilles de sourds.

Quelques versions utiles

Il existe plusieurs versions de la bataille. Celle des historiens hongrois – en latin – est d'une concision surprenante. Il y est dit qu'il y eut une bataille à Nicopolis, qu'elle a pour ainsi dire « désarmé » le roi de Hongrie et ouvert la route de Vienne aux Turcs.

Asztrik Gabriel lui-même, dans son ouvrage sur *les Rapports dynastiques franco-hongrois au Moyen Âge*[1] note simplement :

1. Université de Budapest, lycée français de Gödöllö, 14 juillet 1944.

Malheureusement, cette croisade n'eut pas le résultat escompté et l'entreprise aboutit à la bataille de Nicopolis, de si funeste mémoire (du 25 au 28 septembre).

C'est peu, mais les dates confirment ce qui est dit ci-dessus.

Il existe plusieurs versions turques : celles des historiens contemporains de la bataille. Saad-El-Din, le plus diffus fait partir Bayézid-Bajazet de Brousse dans son cheminement vers l'Ouest.

Après avoir mentionné la venue du grand Turc à Constantinople assiégée par ses armées, il rapporte qu'on lui fit savoir que le roi de Hongrie était passé « *par Nigheboli* (Nicopolis) *et qu'il s'était emparé de la forteresse* », ce qui était faux puisque les alliés ne la pouvaient conquérir.

« *Bajazet n'eut pas plus tôt appris cette nouvelle qu'il quitta le siège de Constantinople, choisit 10000 des plus braves de son armée avec lesquels il passa à Nigheboli et surprit les infidèles qui étaient tous assoupis ; leur frayeur fut si grande qu'ils s'entre-battirent sans aucune attention et se massacrèrent les uns les autres. Le nombre de morts fut si grand qu'on ne put les compter ; une grande partie même se noya dans le Danube, et le roi eut bien de la peine à se sauver des mains des ottomans. Après cette expédition, Bajazet s'en retourna triomphant devant Constantinople.* »

On ne peut que hausser les épaules au récit de cette version dont le commencement n'est pas sans rappeler le funeste prélude à la bataille de Brignais.

Quant à la chevauchée de Bayézid, une narration turque est plus précise. On la trouve dans le dernier tome des Chroniques de Froissart publiées au *Panthéon littéraire*, sous la direction de J.A.C. Buchon (1863). Voici ce qu'on lit :

« La Bibliothèque du Roi contient plusieurs traductions d'ouvrages turcs, faits pour les Jeunes de langue française de Constantinople. Le n. 28 contient le texte turc et la traduction de l'Histoire de l'origine des empereurs ottomans, faite par M. de la Roque sous la direction du P. Romain, conseiller des missions et préfet des Jeunes de langue ; cette traduction a d'ailleurs été revue par M. Petis de la Croix, en sorte qu'on peut compter sur sa fidélité. Voici ce que je lis sur l'affaire de Nicopolis, que l'historien turc appelle Nigheboli :

« Après avoir peint Bajazet quittant Brousse pour marcher contre Karman-Oghli qui s'était révolté en s'emparant d'Amasia et de Kastemoni, il le fait partir de là pour la Romélie.

« Là, dit-il, il ravagea le pays des Lazes et prit Ghenghertchinlik, et fit des incursions dans la Hongrie. Il mit le siège devant Bellegrade, ce fut l'an 793, mais il le leva après un mois d'attaque. La même année il réduisit à son obéissance Nigheboli ; de là il passa dans la Valachie. Celui qui en était gouverneur s'appelait Mirtcho ; il sortit avec une armée fort nombreuse et vint au-devant du sultan Bajazet. Le combat qui se livra fut sanglant ; le carnage fut égal des deux côtés, et ainsi la victoire resta indécise. Après un jour de combat les deux armées se retirèrent. Le Grand-Seigneur fit venir devant lui Ali-Pacha, frère de Khaireddin – Pacha, homme d'un grand courage qui était pour lors grand vizir et lui demanda comment pouvait s'être passé ce combat pour n'en être pas sortis victorieux. Après avoir bien conféré ensemble, Ali-Pacha trouva un stratagème qui ne contribua pas peu à faire tourner la victoire du côté des Ottomans. Il fit enlever pendant la nuit tous les corps des fidèles martyrisés et les fit jeter dans le Danube ; les infidèles furent bien surpris quand ils virent le lendemain qu'il n'y avait aucun musulman sur le champ de bataille et qu'il était jonché d'infidèles. Ce spectacle les épouvanta si fort qu'ils prirent la fuite. Bajazet, après cette expédition, passa le Danube, alla à Nigheboli, de là à Andrinople. Ce maudit Mirtcho, dont nous venons de parler, étant de retour dans son pays, convoqua tous les grands de sa cour et tint conseil avec eux : mais quoi qu'ils pussent proposer pour éviter d'être subjugués par le sultan, Mirtcho, jugeant qu'ils ne pourraient jamais tenir tête aux Musulmans, prit la résolution d'envoyer un ambassadeur à Bajazet pour lui demander la paix, moyennant un tribut qu'il lui donnerait tous les ans. Bajazet la lui accorda, puis il passa en Morée. Il resta dans un endroit appelé Caraferi, d'où il envoya son armée faire des incursions dans tous les environs, et elle en revint chargée d'un butin considérable. Bajazet, après y être resté quelque temps, prit le chemin de Constantinople pour s'en rendre maître. Comme il l'assiégeait, on lui fit savoir que le roi de Hongrie avait passé par Nigheboli et qu'il s'était emparé de la forteresse. Bajazet n'eut pas plus tôt appris cette nouvelle qu'il quitta le siège de Constantinople, choisit dix mille des plus braves de son armée, avec lesquels il passa à Nigheboli et surprit les infidèles qui étaient tous assoupis ; leur frayeur fut si grande qu'ils s'entre-battirent sans aucune attention et se massacrèrent les uns les autres. Le nombre des morts fut si grand qu'on ne put le compter ; une grande partie même se noya dans le Danube, et le roi eut bien de la peine à se sauver des mains des Ottomans. Après cette expédition, Bajazet s'en retourna triomphant devant Constantinople. »

Il existe une narration beaucoup plus étoffée. C'est celle de Michel Ducas, dans le chapitre XIII de son *Histoire byzantine*. Il écrit :

« *L'empereur Manuel se voyant tous les jours plus pressé par le tyran Bajazet, et n'apercevant aucun secours prochain, écrivit au pape, au roi de France et au crale de Hongrie, en leur annonçant que Constantinople était réduite à la plus grande extrémité, et que s'ils ne venaient pas promptement à son aide il serait forcé de rendre cette ville aux ennemis de la foi. Excités par ces discours, les chefs de l'occident prirent les armes pour résister aux ennemis de la croix, et à l'approche du printemps on vit arriver en Hongrie le roi de Flandre**, *un grand nombre d'Anglais, les plus grands de la France et beaucoup d'Italiens. À l'approche de la canicule, ils campèrent sur la rive du Danube, ayant avec eux le crale de Hongrie, Sigismond, qui était en même temps empereur des Romains. Ayant passé le Danube devant Nicopolis, ils se préparèrent à combattre avec courage contre Bajazet.*

* Guillaume d'Ostrevant, le fils du beau-père de Nevers, Albert de Bavière et comte de Hainaut, sollicité, ne fut pas de la croisade. Ni d'ailleurs les Anglais et les Italiens.

« *Bajazet fut bientôt informé que les hommes de l'Occident avaient levé une armée, et il se hâta de rassembler ses troupes de l'orient et de l'occident et y réunit celles qui formaient le siège de Constantinople. Marchant vers l'occident, il traversa Philippopolis et s'approcha des hautes montagnes qui dominent le marais près de Sophia. C'est là qu'il s'arrêta et les attendit. Le lendemain, les Chrétiens s'avancèrent en bataille, en présence de l'armée des Turcs. Ils formèrent la tortue, brisèrent du premier choc le milieu de la phalange ennemie et combattirent avec la plus grande vigueur. Ils pénétrèrent enfin jusqu'aux dernières lignes et massacrèrent tout ce qu'ils rencontrèrent. Se réunissant de nouveau en masse serrée, ils se conduisirent avec tant de vigueur que les frondeurs et les archers turcs ne purent avoir aucune prise sur eux.*

« *Dès que ceux de Flandre aperçurent que l'avantage était de leur côté et que les Turcs prenaient la fuite, ils les poursuivirent en courant. Après avoir passé les retranchements des Turcs et ensanglanté le champ de bataille, ils retournèrent à leurs retranchements. Les Turcs, avec leur chef Bajazet, qui prennent le nom de* Porta *(Porte) comme s'ils étaient les portes du palais de la cour, tous salariés et de différentes tribus, au nombre de plus de dix mille, cachés dans une embûche pour ne pas être vus, se concertèrent et attaquèrent en poussant de grands cris ; et après les avoir entourés et en être venus aux mains avec eux, ils massacrèrent les uns et mirent en fuite les autres.*

« *Les hommes de Flandre, ayant vu la fuite des Hongrois et les Turcs les poursuivirent en poussant de grands cris, prirent eux-mêmes la fuite. Tout à coup, d'autres ennemis avec des cris retentissants et le bruit de leurs trompettes tombèrent sur les Francs, chassèrent les uns, démontèrent les autres, et tuèrent ceux qui voulaient résister. Ils poursuivirent ainsi les fuyards jusqu'au Danube dans lequel plusieurs se précipitèrent et s'y noyèrent. Parmi les chefs chrétiens, ils firent prisonniers le duc de Flandre et de Bourgogne et d'autres Français, ainsi que de très illustres barons que Bajazet envoya à Brousse, où il les fit renfermer. Il les rendit ensuite après avoir reçu beaucoup d'argent et pris pour caution le prince de Metelin, fils de Francisco Gateluzzo.* »

J.A.C. Buchon crut avoir trouvé, en son temps, à la Bibliothèque des ducs de Bourgogne, à Bruxelles, un document prometteur sous la foi de son titre :

Une espitre lamentable et consolatoire sur le fait de la desconfiture lacrimale du noble et vaillant roy de Honguerie par les Turcs, devant la ville de Nicopoli et l'empire de Boulguerie, adreçant à très puissant, vaillant et très sage prince royal, Philippe de France, duc de Bourgogne, etc. par un vieil solitaire des Célestins de Paris.

Or, cette épître qui eût pu être signée Philippe de Mézières, ne contenait que des consolations religieuses sur la défaite. Le seul fait qui s'y trouvait était celui-ci :

« *De la desconfiture en gros du roy de Honguerie, de son host, et des causes pourquoi il a été desconffis.*

« *Par la relacion de ceulx qui se trouvèrent à la journée lacrimale, le roy de Honguerie avoit en son host royal cent mil combattans, et Baxet n'en avoit guère moins. Les combattans du roy de Honguerie, par dicte relacion, estoient de quatre catholiques et de cinq scismatiques, c'est assavoir de catholiques : les Hongres, les François, les Alemans, les Anglois et aucuns Ytaliens. Les scismatiques estoient : les Bosniens, c'est du royaume de Bosne, et ceulx de Servie, d'Albaquie (Valachie), de Rasse et de Bulguerie.*

L'auteur conclut que la présence des schismatiques ne pouvait manquer de provoquer la défaite des catholiques, leurs alliés.

Le but avéré de cette épître était de rendre les Chrétiens pieux.

Du nombre de combattants

Il reste à examiner un dernier point : celui du nombre d'hommes de l'un et de l'autre bord.

On lit assez fréquemment que les alliés étaient quelque 100 000 et les Turcs tout autant. On ne trouve rien de précis sur ces nombres. Froissart avance :

« *Bien se trouvoient sur les champs soixante mille hommes à chevaux. Peu y en avoit de pied si ce n'étoient poursuivans. La compagnie des chrétiens étoit noble, belle et bien ordonnée. Entre ces Hongrès avoit grand nombre d'arbalétriers à chevaux. Tant chevauchèrent, ces osts, qu'ils vinrent sur la rivière Dunoe, et la passèrent à barges, à nefs et à pontons qui à ce avoient été ordonnés un grand temps pour le passage ; et mirent plus de huit jours avant qu'ils fussent tout outre ; et à la mesure qu'ils passoient, ils se logèrent ; et tous attendoient l'un l'autre.* »

On connaît approximativement le nombre d'huissiers et de vaisseaux qui furent utilisés pour ce passage. Cependant, pour avoir franchi le Danube en plus d'une semaine (hommes, chevaux, bagages) cette armée devait être forte de plus de 10 000 hommes.

Et les Turcs ?

Bayézid avait battu le rappel. Dans la grosse escarmouche où Coucy, Roye, Saint-Py, le châtelain de Beauvoir, le sire de Montcaurel et le Borgne de Montquel s'illustrèrent, les Turcs « *étoient vingt mille* ». Furent-ils, comme le raconte Froissart, « *occis à volonté* » sans que leurs adversaires en souffrissent ? C'est peu probable. Dans le camp français, on claironna que Coucy et ses troupes avaient « *rué jus et déconfit plus de quinze mille Turcs* ». On en peut sourire ! Les commentateurs de 1940 ont-ils puisé là leurs exagérations ?

Bayézid avait son avant-garde composée de 8 000 hommes, ce qui est plausible. Étaient-ils suivis par les « *200 000 de puissance* », comme l'écrit Froissart ? On peut également « rigoler », mais cet élément n'est-il pas fourni pour excuser la défaite franco-hongroise ?

200 000 Turcs et 100 000 alliés n'eussent point tenu sur un champ de bataille sans dimensions particulières.

Reste la suppression des prisonniers. Étaient-ils 3 000 ? *Ce nombre n'est sans doute pas exagéré* eu égard à la débandade consécutive à la défaite. Peut-être, lorsqu'on ramène cette évaluation à 300, peut-on se demander si ces hommes étaient des chevaliers ? Tout est mystère, sauf ce que ces malheureux endurèrent avant de perdre la vie*.

À propos des scènes de vengeance auxquelles Bayézid exigea que Nevers et ses compagnons assistassent sans clore leurs paupières, Pierre Gascar écrit** :

« *Gardons-nous cependant d'*imaginer *un tressaillement d'horreur plus profond qu'il ne l'est. La cruauté orientale n'impressionne pas outre mesure les Européens du Moyen Âge, qui y reconnaissent beaucoup de leurs façons de punir ou de se venger. Sur les rives de la Seine, comme sur celles du Bosphore, la foi religieuse associe le mécréant, l'hérétique ou l'infidèle au démon, le vouant ainsi aux pires tourments. Par ailleurs, de nombreux interdits sur lesquels la société monarchique et féodale reposent impliquent le châtiment exemplaire de ceux qui les transgressent. Enfin, amalgamant ce moralisme et une volonté de dissuasion, un code martial, en vigueur dans toutes les armées du monde, rend légitime la mise à mort des prisonniers ennemis. Elle peut, si on le juge bon, là encore pour l'exemple, comporter leur dépeçage, dont le combat à l'arme blanche a déjà donné un avant-goût, comme l'expression "tailler l'ennemi en pièces", couramment employée, l'indique. La sensibilité générale s'est accoutumée à cette boucherie pénale ou guerrière. On ne frémit pas exagérément à la vue des viscères de son semblable. Les cordes humaines dont Bajazet a tendu ses arcs*[1] *sont considérées comme appartenant à un langage imagé, un peu brutal sans doute, qu'on emploie soi-même à l'occasion.*

* 3 000 prisonniers, 300 « rescapés » : pratiqua-t-on la décimation ? Un homme épargné sur dix ? Il faut récuser les 10 000 exécutés avancés par Pierre Gascar.

** *Charles VI ; le Bal des Ardents*, Gallimard, 1977.

1. Pierre Gascar note que *si* Bajazet, après la bataille, a pleuré en voyant *ses* morts, le comte de Nevers a gardé les yeux secs : les archers roturiers que l'on égorgeait ou étripait ne lui étaient rien. Le Turc fit parvenir à Charles VI des arcs dont la corde était faite d'intestins humains prélevés sur les corps des martyrs.

Ces faits et ces fables, tel le combat d'étoiles, donnent la "couleur" de l'époque qui, encombrée de mythes et de symboles, engage, à chaque instant, le surnaturel. Il ne reste qu'à s'étourdir de messes. C'est ce que chacun fait, et le roi le premier. Peine perdue : au cours de l'année 1397, il est saisi d'un nouvel accès de délire. »

Barbara W. Tuchman dresse un bilan de cette défaite inexcusable :

« *Luxe et immoralité, orgueil et dissensions chez les croisés ; entraînement, discipline et tactique supérieurs chez les Turcs, tout cela contribua à la catastrophe finale. Néanmoins, ce qui est à la base de cette défaite, c'est la passion chevaleresque de la prouesse, d'où cette question : pourquoi les hommes combattent-ils ? On peut faire la guerre pour sa gloire personnelle ou pour un but précis, qu'il s'agisse de puissance, de territoires ou de politique. Au Moyen Âge, elle n'a pas toujours ignoré les préoccupations terre à terre ni le sens pratique* [...] *Pourquoi, depuis Crécy, les chevaliers français étaient-ils toujours aussi arrogants ou outrecuidants ? Pourquoi ne pouvaient-ils admettre que leurs adversaires eussent d'autres valeurs et d'autres règles qu'eux ? Tout ce que l'on peut répondre à cela, c'est que certaines idées cheminent lentement et que les Français se croyaient toujours sans rivaux à la guerre.* »

Les survivants du carnage turc étaient loin, bien loin, d'être tirés d'affaire. Leurs souffrances et leurs humiliations ne faisaient que commencer !

Froissart rapporte aussi que peu de temps après la bataille, 300 chevaliers et écuyers « *qui point ne furent à la déconfiture* »... « *étoient allés fourrager. Quand ils entendirent par les déconfits et fuyards comme la déconfiture se portoit sur les gens, ils n'eurent nul talent de retourner vers leur logis, mais se mirent au plus tôt qu'ils purent à la salvation, et prirent divers chemins en éloignant le péril de la Turquie. Et entrèrent, les fuyards François et d'autres nations, Allemands, Écossais, Flamands et autres en un pas qui joint à la Honguerie que on appelle Blaquie (Valachie) et est une terre remplie de diverses gens. Et furent conquis sur les Turcs et tournés de force à la foi chrétienne.* »

Tous les dangers les persécutèrent. Les nouvelles allant plus vélocement que les hommes, lorsqu'on entendit à Paris les rumeurs du désastre personne, les manants exceptés, ne les voulut accepter [1].

1. Ce sujet sera évidemment traité dans le prochain récit : *Le Bâtard de Clairbois*.

ANNEXE II

Après la bataille

En trois heures, l'étincelante année chrétienne fut anéantie. Froissart raconte :

Quand toute cette déconfiture fut passée, et que Turcs, Persans, et tous autres là envoyés de par le soudan et les rois payens, furent retraits en leurs logis, c'est à entendre ès trefs, tentes et pavillons que conquis avoient des Chrétiens, et que bien garnis trouvèrent, et remplis de moult de biens, de vins, viandes et de pourvéances toutes prêtes dont ils se aisèrent et menèrent leur gloire en joie et revel, ainsi que peuple lequel a eu victoire sur ses ennemis, le roi Basaach dit l'Amorath-Baquin vint descendre à grand nombre de ménestrels, selon l'usage qu'ils ont en leur pays, devant la maîtresse tente qui avoit été au roi de Hongrie ; laquelle étoit belle noble, et bien ornée de beaux paremens où ledit Amorath prit grand'plaisir et magnificence. Et se glorifoit en son cœur de la belle journée qu'il avoit eue sur les Chrétiens, et en remercioit Dieu selon sa loi où il créoit et que les payens créoient. Et quand on l'eut désarmé pour rafreschir et refroidir, il s'assit sur un tapis de soie en mi la tente, et fit venir devant lui tous ses plus principaux grands amis pour gengler et bourder à eux ; et il même les mettoit en voie et en matière de rire et de jouer et d'ébattre. Et disoit que prochainement tous passeroient à puissance au royaume de Honguerie et conquerreroient tout le pays, et ensuivant tous les autres royaumes et pays chrétiens ; et mettroient en son obéissance ; et lui suffiroit de tenir chacun en sa loi, mais qu'il en tînt la seigneurie ; et voudroit régner comme Alexandre de Macédoine qui fut roi sur douze ans de tout le monde ; duquel sang il se disoit et duquel lignage il étoit descendu et issu ; et tous ceux qui environ lui étoient lui accordoient sa parole et s'inclinoient contre lui. Là fit le roi Basaach faire trois commandemens. Le premier fut que quiconque avoit prisonnier, il le mit avant dedans le second jour et amenât devers le roi et ses hommes. Le second mandement fut que tous les morts fussent cherchés et visités, et les nobles qui se montroient à être plus grands seigneurs que les autres fussent tous traits d'un côté et laissés en leurs points tant que il les eût vus ; car il vouloit là aller devant souper. Le tiers commandement fut que son enquît justement et véritablement, entre les morts et les vifs, si le roi de Honguerie étoit mort ou vif, ou prisonnier. Tout fut fait ainsi qu'il l'ordonna, ni nul n'eût osé faire du contraire.

Quand l'Amorath-Baquin fut rafreschi et remis en autres habits, il lui vint en plaisance et volonté qu'il iroit voir les morts où la bataille avoit été ; car lui fut dit que grand nombre de gens il avoit perdu, et que trop lui avoit coûté la bataille : desquelles parolles il étoit moult émerveillé et ne les pouvoit croire. Si monta à cheval, et grand nombre des nobles de son ost en sa compagnie. Et étoient les plus prochains du roi et de son conseil, Alisbasaach et le Sourbasaach[1]*. Aucuns gens disoient que c'étoient ses frères ; mais il ne les vouloit point connoître, et disoit qu'il n'avoit nuls frères. Quand il fut venu jusques au lieu*

1. Mots qui correspondent probablement aux mots turcs Ali-Bajazet et Suléim-Bajazet. Si c'est des frères de Bajazet que veut parler Froissart, il n'en eut qu'un, Yacub Tchelebi, qu'il avait fait étrangler à la suite d'une révolte. S'il veut parler de ses enfants, il en eut quatre, suivant Cantemir : Mustapha, tué dans la bataille contre Tamerlan, Soliman Tchelebi, Mose Tchebi et Mohammed, qui tous trois furent sultans après lui. Les historiens grecs lui donnent cinq fils qu'ils appellent : Erdogul, Issa, Calapin, Cyri Celebis et Cibelin, faisant de Tchelebi, *noble*, un nom propre. Phranzès les appelle Moses, Jyusuph, Yessi, Musulman et Mohammed.

là où la bataille avoit été, et que les morts et occis gisoient, si trouva en vérité ce que dit lui avoit été ; car pour un Chrétien qui là gisoit mort, il y avoit trente Turcs, ou autres hommes de sa loi. Si fut durement courroucé en soi-même, et dit tout haut : « Il y a ci eu crueuse bataille sur nos gens ; et fort se sont défendus ces Chrétiens. Mais je ferai cette occision bien comparoir à ceux qui sont demeurés en vie. »

Adonc se départit le roi de la place et retourna au logis, et se aisa de ce qu'il trouva, tant du sien que de ce qu'ils avoient trouvé et conquêté, et passa la nuit en grand'fureur de cœur.

Et ce fut la hideur du Grand massacre !

Sigismond de Hongrie et Philibert de Naillac, Grand Maître de Rhodes et quelques-uns de leurs chevaliers purent rejoindre, sur la rive du Danube, la flotte vénitienne prête à appareiller*. Elle était commandée par Thomas Mocenigo qui conduisit Naillac et les siens à Rhodes et Sigismond en Dalmatie. L'on sait que Bayézid fit rassembler les prisonniers au pied de la tour de Gallipoli pour qu'ils assistassent au passage de ceux que les malheureux considérèrent comme des couards.

Sigismond digéra d'autant plus aisément la défaite qu'il l'avait prévue. Sa désertion n'était que la conséquence logique du mépris dans lequel il avait été tenu lors des conseils où ni lui-même ni son connétable n'avaient pu se faire entendre.

Le 21 juillet 1411, à Francfort, il fut élevé sur le trône impérial allemand par les princes électeurs qui avaient conquis la faveur de Strasbourg. Non seulement il avait confirmé aux Strasbourgeois le droit d'instituer une grande foire annuelle, mais encore, selon son désir, on put la tenir quatorze jours avant la Saint-Jean et autant de jours ensuite. Il éleva les péages sur le Rhin, ce qui produisit d'importants revenus. En retour, la cité lui organisa de fastueuses réceptions lorsque, revenant d'Italie par la Suisse, il y fit son entrée après avoir remonté le Rhin.

* Il est bon de signaler que les fuyards qui savaient nager et voulaient monter à bord furent poignardés par les Vénitiens pressés de s'éloigner du lieu de la bataille. Ils étaient pourtant peu nombreux !

Le 7 juillet 1414, lorsque la municipalité apprit que l'empereur campait à deux lieues de Strasbourg, elle fit sonner les cloches et de nombreux bateaux flottèrent au-devant du souverain et l'accompagnèrent jusqu'au nouveau pont où il débarqua. Il monta à cheval et fut reçu aux acclamations du clergé, de la noblesse, des édiles et corporations. Devant et derrière lui, l'on portait des cierges. Dans la suite du visiteur se trouvait Amédée, comte de Savoie, précédant 600 chevaliers et bacheliers.

Sigismond se rendit à la cathédrale. La foule était si dense, sur le parvis que, au dire de Bernard Hertzog, l'empereur ne put la traverser ! Il se fit accompagner à son hôtel, le *Lohnherrenhof* (futur *Luxhof*) dans la rue Brûlée. On ne le conduisit à la cathédrale qu'après le souper, quand la foule eut disparu.

Strasbourg offrit à Sigismond « *trois foudres de vin : un de vin rouge et deux de blanc et un broc en vermeil d'une valeur de 200 gulden* ». L'évêque, la municipalité et la noblesse se disputèrent l'honneur de rendre le séjour de leur hôte aussi distrayant que possible.

À cette époque, l'évêque et le chapitre discutaient avec les représentants de la cité pour plusieurs affaires apparemment insolubles. Sigismond les fit renoncer aux hostilités. Il les somma de concilier leurs intérêts. Il existait alors d'incessantes querelles entre les familles nobles de Zorn et de Mülheim. L'on craignait que Strasbourg ne devînt un champ de bataille. Des patrouilles furent organisées constituées de deux compagnies de piétons, soixante cavaliers et cent porteurs de torches soufrées.

Des plaisirs plus charnus

Les dames et damoiselles voulaient approcher l'empereur pour se réjouir de ses faveurs et de son amabilité. Sigismond s'était distrait à boire et à danser à la Pierre-à-Moulin, la « buvette » de ceux de Mülhneim, lorsqu'une ambassaderie des dames de la famille de Zorn l'invita à se rendre, le lendemain, dans leur salle de la Haute-Montée. Il les pria de venir le chercher.

Le lendemain matin, dès 6 heures, il fut réveillé par ces dames et s'étant enveloppé de son manteau, il se trouva nu-pieds en présence de cent femmes et jouvencelles en habits de fête. Et nu – ou presque –, il les dut suivre jusqu'à la cathédrale. Non loin de là, dans la rue dite Korbergasse, et pour 7 kreutzer, les « ravisseuses » de l'empereur lui achetèrent une paire de souliers puis le ramenèrent en son hôtel afin qu'il pût être décent pour continuer la journée.

Strasbourg, alors, regorgeait d'étrangers. Un chroniqueur, Kœnigshoven, rapporte :

« *À ce moment-là, il y avait dans la ville trois frères, ducs de Peyeren (Bavière) et le duc de Lorraine, et le margraff de Roettel (Rottein ?) et aussi le junkherr Lundwig de Lichtenberg, et le sire Margyse (marquis) de Vérone et le Baschan de Soffey (?) et beaucoup d'autres princes, barons et comtes. Il y en avait soixante-deux sans les chevaliers et varlets, innombrables dans la ville. Strasbourg paya. La totalité des dépenses atteignit 1 500 florins.* »

Au moment de son départ, Sigismond fit offrir aux dames 500 anneaux d'or achetés chez les boutiquiers. L'on peut imaginer que ses reins devaient lui peser, car cet homme aimait la ripaille.

Il n'oublia point son passage à Strasbourg. En effet, en 1416, pour débattre des affaires de l'Église, il se rendit en France. Le 1er mars, il était à Paris. Le troisième jour du même mois, le greffier de la ville de Strasbourg, Ulrich Meiger de Waseneck se présenta devant lui pour lui faire un rapport au nom de la ville au sujet des démêlés de celle-ci avec l'évêque. Non sans intention, sire Meiger remit d'abord à l'empereur une lettre à lui adressée par les dames de Strasbourg. Aussitôt, Sigismond fut d'excellente humeur. La lettre étant lue, il exprima son consentement. Ensuite le greffier lui remit, toujours au nom des dames, une riche chaîne en or qu'il se passa au cou. Comme il allait se rendre en Angleterre, il promit d'y acheter des présents.

Le 25 décembre de cette année 1416, arrivant à Aix-la-Chapelle, la première question qu'il posa à l'ambassadeur de Strasbourg, le chevalier Burggrat, fut:

— Ces dames, chez vous, vont-elles bien* ?

Ce grand débauché mourut à Znaïn en 1437. Il se déshonora en faisant brûler, au concile de Bâle, le réformateur Jean Huss en dépit du sauf-conduit qu'il lui avait accordé.

* D'après l'ouvrage de Jean Variot: *Contes populaires et traditions orales de l'Alsace* (Firmin-Didot, Paris, 1936).

ANNEXE III

Les statuts de l'Ordre de la Dame Blanche

Il est paradoxal que Jean II le Meingre, qui avait commis et fait commettre tant d'homicides et jusqu'à des encises [1] en éprouvant, plutôt que du regret, une jubilation d'homme fort, se soit apitoyé sur le sombre avenir des épouses des chevaliers et des écuyers que sa présomption et celle de ses pairs avaient condamnés au trépas. Les « veuves » de ces seigneurs petits et grands morts soit en combattant, soit sous le couperet des janissaires « *estoient oppressées er travaillées d'aucuns puissants hommes* ». Obtenant, peut-être non sans mal, une audience du roi pour se plaindre et le prier d'assurer leur protection, elles n'avaient obtenu de Charles VI alors lucide, qu'un témoignage de compassion vaine. Il paraît que « *leurs piteuses clameurs et plaintes touchèrent Boucicaut* ». Il résolut de soutenir leurs intérêts, de leur faire restituer les biens dont elles avaient été spoliées non seulement à la suite de la défaite de Nicopolis, mais après certaines autres batailles fatales à leurs époux.

Boucicaut voulut dominer de sa renommée l'*Ordre de la Dame Blanche à l'escu verd*, malheureuse couleur chère à Jean de Nevers. Elle ne laissait rien augurer de bon à cette entreprise de sauvetage des malheureuses esseulées. Douze seigneurs voulurent épauler le créateur d'un généreux dessein « *qui moult leur sembla estre juste, bel, honorable et chevalereux* ».

1. Meurtres de femmes enceintes.

Les statuts de l'Ordre tels qu'on les trouve dans le *Livre des faits du maréchal Boucicaut* sont dans un vieux français si compréhensible que nous les reproduisons tels quels, *in extenso.*

Cy dit comment le mareschal eut grand pitié de plusieurs dames et damoiselles qui se complaignoient de plusieurs torts que on leur faisoit, et nul n'entreprenoit leurs querelles, et pour ce entreprit l'ordre de la Dame Blanche à l'escu verd, par lequel, luy treiziesme portant celle devise, s'obligea à la deffence d'elles.

À revenir à nostre premier propos, c'est à sçavoir de parler du bon mareschal, duquel ne pourroient estre suffisamment représentées les grands bontés ; tandis que l'empereur de Constantinoble estoit en France devers le roy, [...] et que le dict mareschal estoit à séjour, advint que aulcunes complaintes veindrent devers le roy, comment plusieurs dames et damoiselles, veufves et autres, estoyent oppressées et travaillées d'aucuns puissans hommes, qui par leur force et puissance, les vouloient déshériter de leurs terres, de leurs avoirs et de leurs honneurs, et avoyent les aucunes déshéritées de faict. Ainsi maints grands torts recepvoient, sans ce que il y eust chevalier, ne escuyer, ne gentil homme aulcun, ne quelconque personne qui comparust pour leur droict défendre, ne qui soustint ne débatist leurs justes causes et querelles. Si venoient au roy comme à fontaine de justice, supplier que sur ce leur fust pourvéu de remède raisonnable et covenable. Ces piteuses clameurs et complaintes ouyt le mareschal faire à maintes gentils femmes par plusieurs fois, si comme il estoit en la présence du roy. Desquelles choses eut moult grand pitié, et de toute sa puissance estoit pour elles, et ramentevoit leurs causes au roy et en son conseil, et les portoit et soustenoit en leur bon droict par moult grande charité, comme celuy qui en toutes choses estoit et est tel que noble homme doibt estre. Si va penser en son couraige que moult grand'honte estoit à si noble royaume comme celuy de France, où est la fleur de la chevalerie et noblesse du monde, de souffrir que dame ne damoiselle, ne femme d'honneur quelconque eust cause de soy plaindre que on luy fist tort ne grief, et que elles n'eussent, entre tant de chevaliers et escuyers, nuls champions ne défendeurs de leurs querelles ; par quoy les mauvais et vilains de couraige estoyent plus hardis à leur courir sus par maints oultraiges leur faire, pource que femmes sont foibles, et elles n'avoient qui les deffendist. Et avec ce disoit en soy mesme : que moult estoit grand pitié, péché et déshonneur à ceulx qui mal leur faisoient, que femme d'honneur eust achoison de soy plaindre d'homme, lequel naturellement et de droict les doibt garder et deffendre de tout grief et tort, à son pouvoir, s'il est homme naturel, et tel qu'il doibt estre, c'est à sçavoir raisonnable ; mais pour ce que chascun ne veult pas user aux femmes de tel droict, que, quant estoit de luy, par sa bonne foy il vouloit mettre cœur, vie et chevance de toute sa puissance, à soustenir leurs justes causes et querelles, contre qui que ce fust qui le voulsist débatre, ne qui tort leur fist, au cas que son aide luy fust requis d'aucune. Ainsi devisoit à part soy le bon mareschal. Et quand sur ce eut assez pensé, adonc par sa très grande gentilesse, libéralité et franchise de couraige, va mettre sus un moult notable et bel ordre, et très honnorable à chevalier, que il fonda et assist sur ceste cause. Et de ceste chose va dire sa pensée et sentence à aulcuns ses plus espéciaulx compaignons et amis, lesquels moult l'en prisèrent, et luy requirent que ils fussent compaignons et frères du dict ordre, qui moult leur sembla estre juste, bel, honnorable et chevaleureux, laquelle chose il leur accepta de bonne volonté. Si furent treize chevaliers, lesquels, pour signe et démonstrance de l'emprise que ils avoient faite et jurée, debvoient porter chascun d'eulx, liée autour du bras, une targe d'or esmaillée de verd à tout une dame blanche dedans. Et des convenances que ils firent et jurèrent à l'entrer en l'ordre, voult le mareschal, afin que la chose fust plus authentique, que bonne lettre en fust faict, laquelle fust scellée des sceaulx de tous treize ensemble, et que après fust publié en toutes parts du royaume de France, afin que toutes dames et damoiselles en ouyssent parler, et que elle sceussent où se traire si besoing en avoient. Si me tais de deviser des convenances du dict ordre, pour ce que tout au long on les peult voir par la déclaration des propres lettres par eulx certifiées et escriptes, dont cy après s'ensuit la teneur. Et ne voult le mareschal estre le premier nommé ès dictes lettres, pour ce que monseigneur Charles d'Albret, qui est cousin germain du roy de France, voult estre compaignon du dict ordre. Si n'en vouloit estre nommé chef par devant luy : et pour ce est mention fait d'eulx tous ensemble, comme voir se peult.

Le contenu des lettres d'armes par lesquelles se obligeoient les treize chevaliers à défendre le droict de toutes gentils femmes à leur pouvoir, qui les requerroient.

« À toutes haultes et nobles dames et damoiselles, et à tous seigneurs, chevaliers et escuyers, après toutes les recommandations, font à sçavoir les treize chevaliers compaignons, portans en leur devise l'escu verd à la Dame-Blanche.

« Premièrement : pour ce que tout chevalier est tenu de droict de vouloir garder et deffendre l'honneur, l'estat, les biens, la renommée et la louange de toutes dames et damoiselles de noble lignée, et que iceux entre les autres sont trés-désirans de le vouloir faire, les prient et requièrent que il leur plaise que, si aulcune ou aulcunes est ou sont par oultraige ou force, contre raison, diminuées ou amoindries des choses dessus dictes, que celle ou celles à qui le tort ou force en sera faicte veuille ou veuillent venir ou envoyer requérir l'un des dicts chevaliers, tous ou partie d'iceux, selon ce que le cas le requerra. Et le requis de par la dicte dame ou damoiselle, soit un, tous ou partie, sont et veulent estre tenus de mettre leurs corps pour leur droict garder et défendre encontre tout autre seigneur, chevalier ou escuyer, en tout ce que chevalier se peut et doibt employer au mestier d'armes, de tout leur pouvoir, de personne à personne, jusques au nombre dessus dict et au dessoubs, tant pour tant. Et en briefs jours après la requeste à l'un, tous ou partie d'iceulx, faicte de par les dictes dames ou damoiselles, ils veulent présentement eulx mettre en tout debvoir d'accomplir les choses dessus dictes, et si brief que faire se pourra. Et s'il advenoit, que Dieu ne veuille ! que celuy ou ceulx qui par les dictes dames ou damoiselles seroient requis, eussent essoine raisonnable ; afin que leur service et besongne ne se puisse en rien retarder qu'il ne prist conclusion, le requis ou les requis seront tenus de bailler prestement de leurs compaignons, par qui le dict faict seroit et pourroit estre mené à chef et accomply.

« *Item*, si aucuns seigneurs, chevaliers ou escuyers de noble lignée et sans vilain reproche, ont volonté de faire aucune requeste, ou ont faict ou font aulcun vœu de faire ou accomplir aulcunes armes, quelles que elles soient ou fussent, honnorables et dues de faire, pour ce qu'il est à penser certainement que les dicts requeste et vœu ils ont grand volonté de les mettre à chef pour eulx oster de peine, et afin que plus légèrement ils puissent trouver l'accomplissement de leur désir, iceulx chevaliers dessus nommés, tous ou partie d'iceulx, à qui iceulx vouans et requerans vouldra ou voudront adresser leurs dicts vœu et requeste, à l'aide de Dieu seront ou sera prest celuy ou ceulx qui en sera ou seront requis, tous, un, ou partie d'iceulx, selon ce que le cas le requerra, de faire et accomplir les dictes armes à eux requises. Et pour mettre le faict à exécution due, veulent trouver juge à leur pouvoir dedans quarante jours après la requeste à eulx faicte, et la devise des armes, et plus tost si faire se peut. Et après que le dict juge sera trouvé d'estre prest, au chef de trente jours, quelque jour que le juge vouldra, donner tout accomplissement du dict faict. Et au cas que iceulx ne pourroient trouver juge, si celuy ou ceulx qui aura ou auront faict les dictes requestes et vœu le veulent pourchasser convenable, tel que par raison doibve suffire, le dict chevalier ou chevaliers dessus nommés sera ou seront prests de partir pour y aller, trente jours après que l'on leur aura faict à sçavoir qui sera le juge. Et s'il est besoing d'avoir saufconduit ou aultre seureté, ceulx qui trouveront le juge seront tenus de le faire avoir, tel comme au cas appartiendra.

« *Item*, pour ce qu'il pourroit advenir que plus d'un pourroit adresser son vœu et requeste à aulcun des chevaliers dessus nommés, iceluy chevalier sera tenu de l'accomplir à celuy qui premier luy aura faict à savoir. Et cela faict et fourny, si Dieu le gardoit d'essoine, après l'accompliroit à l'autre.

« *Item*, au cas que aucun ou aucuns des dicts chevaliers dessus nommés auroit ou auroient essoine raisonnable et honneste de non pouvoir accomplir les choses à luy requises, il seroit ou seroient tenus de bailler un de leurs compaignons, lequel qu'il luy plairoit, pour donner tout accomplissement au dict faict.

« *Item*, s'il advenoit que de tel nombre comme les chevaliers dessus nommés sont, ils fussent requis tous ensemble d'accomplir aucunes armes quelles que elles soient ou fussent, et un ou aulcun d'iceulx fussent en voyage, ou eussent aucune essoine raisonnable, parquoy ils ne pussent estre bonnement au jour qui empris seroit, la partie à qui on le feroit à sçavoir, puisqu'il ne pourroit recouvrer à temps leurs compaignons, seroient tenus de leur pouvoir d'en mettre avec eulx pour parfournir le nombre dessus dicts, pour accomplir toutes choses à eulx requises. Et s'ils estoient en lieu que ils ne pussent recouvrer leurs compaignons comme dict est, ne autre compaignie pour fournir le dict nombre, iceulx qui là seroient, ou qui se pourroient bonnement trouver ensemble, seroient tenus, de tel nombre comme ils seroient, de faire et accomplir toutes choses comme dessus est dict.

« *Item*, s'il advenoit que aucune ou aucunes dames ou damoiselles eussent requis le secours et aide de l'un, de tous ou de partie des dicts chevaliers, et après la requeste faicte de par les dictes dames ou damoiselles aucun ou aucuns seigneurs, chevaliers ou escuyers, pour leur requeste et vœu accomplir, s'adressassent à eulx d'aucunes armes quelles que elles soient ou fussent, comme dessus est dict, les dicts chevaliers ou aulcuns d'iceulx seroient tenus, comme raison est, de faire et accomplir premièrement le secours de la dicte dame ou damoiselle, et cela faict, donner tout accomplissement aux dictes armes de quoi on se seroit à eulx adressé. Et si ainsi estoit que aucun ou aucuns seigneurs, chevaliers ou escuyers, pour leurs vœux et requestes accomplir, se fussent adressés d'aucunes armes à aucun des chevaliers dessus nommés, et depuis aucune dame ou damoiselle requist pour son aide celuy mesme chevalier, en ce cas il pourroit eslire lequel qu'il luy plairoit, et après, si Dieu le gardoit d'essoine, donner tout accomplissement au surplus.

« *Item*, si aucun ou aucuns des dicts chevaliers dessus nommés, un, tous ou partie d'iceulx, estoient ou fussent requis pour aucuns vœu ou requeste accomplir, de faire aucunes armes, depuis la requeste à eulx faite, aucun ou aucuns autres seigneurs, chevaliers ou escuyers s'adressassent à iceluy ou à ceulx mesmes chevaliers de combattre à oultrance, les requis, un, tous ou plusieurs, s'il leur plaist, peuvent délaisser leurs armes pour prendre la bataille.

« *Item*, si aucun ou aucuns des dicts chevaliers ou escuyers s'adressoient pour leur vœu accomplir, de leur volonté ou autrement, à iceulx treize chevaliers ou à l'un d'eux, pour combattre à oultrance, comme dict est, et requissent que les vaincu ou vaincus fust ou fussent prisonniers des vainqueur ou vainqueurs, en celuy cas, et tout avant œuvre, seroit advisée une somme d'argent du consentement des parties, et par l'ordonnance du juge devant qu'ils combatroient; et celuy ou ceulx qui seroit ou seroient oultrés et desconfits, demeureroit ou demeureroient prisonnier ou prisonniers en la main du juge dessus dict, jusques à ce que il auroit payé et contenté, payés et contentés celuy ou ceulx qui les auroit ou auroient oultrés, d'icelle somme tant seulement qui paravant auroit esté ordonnée: et icelle payée, s'en pourroit ou pourroient aller tous quittes.

« *Item*, si aucun ou aucuns mouroit en bataille, ou tost après, pour achoison d'icelle, il seroit en ce cas quitte de payer aulcune finance.

« *Item*, si aucun ou aucuns des treize chevaliers dessus dicts, le temps durant leur méprise, alloit ou alloient de vie à trespassement, ou eust ou eussent essoine raisonnable de non pouvoir plus bonnement porter armes, les autres compaignons en ce cas seroient tenus de mettre d'autres avec eulx pour remplir et fournir tousjours le dict nombre.

« *Item*, les chevaliers dessus nommés ont emply et veulent donner tout accomplissement à toutes les choses dessus dictes et escriptes, de tout leur loyal pouvoir, à l'ayde de Dieu, et de Nostre-Dame, par l'espace de cinq ans, à commencer à compter du jour de la date de ces présentes, et porter leur devise le dict temps durant. Et afin que toutes celles et ceulx qui de ces choses oiront parler, sçaichent et tiennent fermement que les volontés des dicts chevaliers sont fermes de toutes ces choses accomplir, et aussi que l'on y adjouste plus grand foy, ils ont faict sceller ces présentes chascun du scel de ses armes, et chascun y a mis son nom par escript, qui furent faictes le jour de Pasques fleuries l'onziesme jour d'avril, l'an de grâce mille trois cent quatre vingt dix neuf. »

Messire Charles d'Albret, messire Bouciquaut mareschal de France, Bouciquaut son frère, François d'Aubrecicourt, Jean de Lignères, Chambrillac, Castelbayac, Gaucourt, Chasteaumorant, Betas, Bonnebaut, Colleville, Torsay.

L'Histoire ne nous informe pas sur les secours que ces chevaliers apportèrent aux dames et damoiselles en détresse. Il n'y avait encore, en ce temps-là, ni Saint-Simon ni Madame de Sévigné.

Composition : Francisco *Compo*
61290 Longny-au-Perche

POCKET
12, avenue d'Italie - 75627 PARIS Cedex 13

Imprimé en Espagne par LIBERDÚPLEX
St. Llorenç d'Hortons (Barcelone)
Dépôt légal : septembre 2006
Suite du premier tirage : juillet 2007